JENNIFER EGAN

マンハッタン・ビーチ

ジェニファー・イーガン
中谷友紀子 訳

早川書房

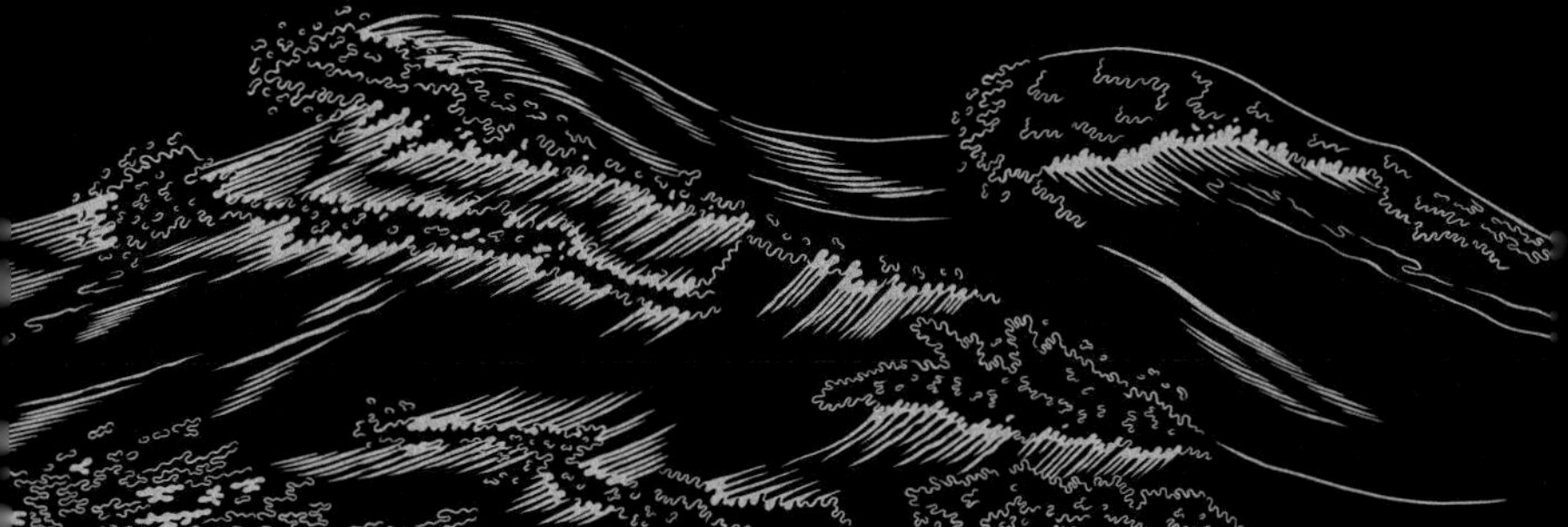

MANHATTAN BEACH

マンハッタン・ビーチ

MANHATTAN BEACH
by
Jennifer Egan

Translated by
Yukiko Nakatani
First published 2019 in Japan by
Hayakawa Publishing, Inc.
This book is published in Japan by
arrangement with
ICM Partners
acting in association with Curtis Brown Limited
through The English Agency (Japan) Ltd.

装幀／田中久子
装画／黒田　潔

イーガン家のクリスティーナ、マシュー、アレクサンドラ、
そしてロバート——みんなのボブおじさん——へ

そう、誰もが知っているように、瞑想と水とは永遠に結ばれているのである。

――ハーマン・メルヴィル『白鯨』

目次

第一部　陸

第一章

アナが父の緊張に気づいたのは、車がミスター・スタイルズの屋敷に到着したときだった。最初はドライブに気を取られていた。クリスマスを四日過ぎ、ビーチに出るにはあまりに寒すぎたが、それでもオーシャン・パークウェイを南にくだると、コニー・アイランドに向かっているような気がしたからだ。それから、屋敷そのものにも目を奪われた。黄金色に輝く煉瓦《れんが》造りの三階建ての豪邸にはずらりと窓が並び、緑と黄の縞模様の日除けがしきりにはためいていた。通りの一番先に建っていて、その向こうは海だ。

父はデューセンバーグ・モデルJを縁石に寄せ、エンジンを切った。「おいおい、お嬢さん。ミスター・スタイルズのお宅の前でしかめっ面はやめなさい」

「しかめっ面なんかしてない」

「してるじゃないか」

「違う、目を細くしてるだけ」

「それがしかめっ面だ。自分で認めたな」

「違うもん」

父はぱっとアナに向きなおった。「いいから、しかめっ面はよせ」

そのとき、初めて気づいた。父がごくりと喉を鳴らし、アナの胃は不安できゅっとした。父が緊張の色を見せるのは珍しかった。うわの空なことはある。もちろん、なにか考えこんでいることも。

「なんでミスター・スタイルズはしかめっ面を気にするの」アナは尋ねた。

「誰だってそうだ」

「いままではそんなこと言わなかったのに」

「家に帰らされたいか」

「そんなの嫌」

「帰らせたっていいんだぞ」

「しかめっ面をしたら?」

「父さんの頭痛がひどくなるような真似をしたらだ」

「わたしを連れて帰ったら、大遅刻じゃない」

頬をひっぱたかれるかもしれないとアナは思った。まえに一度そうされたことがある。波止場《はとば》で聞き覚えた悪態をすらすらと披露してみせたとき、鞭のようにひゅっと父の手が飛んできた。そのときの恐ろしさも、かえって頭をもたげた反抗心もまだ消えずにいた。

父は眉間を揉み、アナに目を戻した。緊張の色は消えている。いまのやりとりのおかげだ。

「アナ、おまえの役目はわかってるな」

「もちろん」

「父さんがミスター・スタイルズと話しているあいだ、子どもたちと仲良くやってくれ」

「わかってるって、父さん」

「だよな」

見開いた目を日差しに潤ませながら、アナはモデルJを降りた。その車は株式市場の暴落前まで一家が所有していたものだ。いまは港湾労働組合に買いとられ、父が組合の用事で出かけるときだけ借りることになっている。学校の休みに父の仕事についていくのがアナは好きだった。競馬場や、聖体拝領後の朝食会などの教会行事に出かけることもあれば、エレベーターに乗って高いビルの上のオフィスを訪ねることも、ときにはレストランに足を運ぶこともあった。ただし、こんなふうに誰かの自宅を訪ねるのは初めてだった。

ノックに応えて現れたミセス・スタイルズは、映画スターのような吊りあがった眉をし、つややかな赤い口紅をくっきりと引いていた。誰に会っても母のほうがきれいだと思うことに慣れっこのアナでさえ、ミセス・スタイルズのあでやかさには目を奪われずにいられなかった。

「奥様にお会いできるかと思っていましたのに」ミセス・スタイルズはハスキーな声でそう言い、アナの父の手を両手で握った。今朝は下の娘の具合が悪く、その世話がありましてと父は答えた。

ミスター・スタイルズはまだ現れない。

水色の制服姿の黒人メイドが銀の盆で運んできたレモネードを、アナは行儀よく、かつ、なるべく気後れを見せないように受けとった。玄関ホールの床板は、母の手縫いの赤いワンピースが映って見えるほど磨きあげられていた。すぐ横にある客間の窓の向こうに、冬の薄日を受けてちらちら輝く海が見える。

ミスター・スタイルズの娘タバサは八歳で、アナより三つも年下だった。アナはしかたなく少女に手を引かれて階段を下り、〝子ども部屋〟に足を踏み入れた。そこは子どもが遊ぶためだけに造られた部屋で、びっくりするほどの数のおもちゃであふれていた。さっと見まわしただけで、流し目人形に、大きなテディベアがいくつか、木馬も見つかった。部屋にはそばかすだらけでガラガラ声をした〝子守〟もいて、はちきれそうな胸を満杯の本棚のようにウールのワンピースに押しこんでいた。幅の広い顔と忙《せわ》しなく動く目を見て、アイルランド人だろうとアナは思った。心を見透かされそうな気がしてあまり近寄らないことにした。

幼い少年がふたり――双子か、でないとしても、瓜ふたつだ――電動式の鉄道模型のレールを組み立てるのに苦労していた。ふたりがせがんでも、子守は手を貸そうとしない。子守から離れていたいせいもあり、アナはレールのそばにしゃがんで手伝うことにした。部品の組み立て方は指先で触れてみればわかる。アナにとってはごく当たり前なことだが、ほかの人たちはなぜかやってみようとしないらしい。ものを組み立てるとき目にばかり頼るのは、写真を手で読みとろうとするのと同じくらい無駄な努力だ。兄弟を悩ませていたレールのひとつがうまく嵌《は》まると、アナはあけたばかりの箱からさらにいくつかを取りだした。ライオネル社の製品だけあって、レールの連結部のしっかりした作りに質のよさが感じられた。手を動かしながら、アナは棚の端に押しこまれた流し目人形を盗み見た。二年前はその人形が欲しくてたまらず、そのときの切なさの欠片《かけら》が心に刺さったままのように感じていた。こんなところでまたあの胸の痛みを味わうことになるなんて。苦く複雑な思いがこみあげた。

タバサはクリスマスにもらったばかりの、キツネの毛皮のコートを着たシャーリー・テンプル人形を抱いていた。弟たちの模型のレールを組み立てるアナをしげしげと眺めている。「うちはどこ？」

「わりと近くよ」

「海のそば？」

「まあね」

「遊びに行ってもいい？」

「もちろん」アナは双子たちから手渡されるレールをせっせとつなぎながら答えた。８の字が完成するまであと少しだ。

「兄弟はいる？」

「妹なら。あなたと同じ八歳。でも、意地悪なの。顔がかわいいから」

タバサが興味津々で訊く。「かわいいって、どのくらい？」

「ものすごくよ」アナは重々しくそう言ってから、続けた。「妹は母さん似だから。母さんはフォリーズ（一九〇七年～一九三一年にブロードウェイで興行されたスペクタクル・レヴュー）で踊ってたの」ついそう自慢してから、しまったと思った。**やむを得ないとき以外、余計なことはしゃべるな**――父の声が耳に響いた。

先ほどの黒人メイドが子ども部屋に昼食を運んできた。めいめいが小さな椅子にすわり、大人みたいに布ナプキンを膝に広げた。アナはちらちらと流し目人形に目をやりながら、興味があることを悟られずに人形に触る口実を探した。一度抱いてみることができたら、きっと気がすむはず。

食後、お行儀よくしていたご褒美にと子守が外へ出してくれた。子どもたちはコートと帽子に身を包んで裏口を飛びだし、屋敷の裏手から歩道を通ってプライベートビーチへ出た。雪をかぶった長い扇形の砂浜がなだらかに海へと続いている。波止場なら冬場でもよく行くアナも、冬のビーチは初めてだった。細かな波が打ち寄せる浜辺を歩くと氷の層がぱりぱりと音を立てた。甲高い声をあげるカモメたちが、白い腹をくっきりと見せながら吹きすさぶ風を突っ切っていく。双子たちはＳＦ漫画《バック・ロジャース》の光線銃のおもちゃを手にしているが、発砲音も断末魔の叫びも風にかき消され、パントマイムでもしているように見えた。

アナは海を眺めていた。波打ち際に立っていると、憧れと恐れがないまぜになった胸のざわめきを覚えた。この水が突然消えてなくなったら、なにが現れるのだろう。きっと失われた物たちの世界が広がるにちがいない。沈没船や埋もれた金銀財宝。アナの腕から抜けて排水管に流れてしまった、飾り付きのブレスレットも。**死体もな**、と父はいつも混ぜっ返す。父にとって海は不毛の地なのだ。

アナはそんな思いを口にしたくなり、隣で震えているタビー（というのが愛称らしい）に目を向けた。知らない相手のほうが気持ちを打ち明けやすいこともある。それを思いとどまり、父が空っぽの水平線を見るたびに言う台詞を口にした。「どこにも船がいない」

幼い双子たちも光線銃を引きずりながら波打ち際にやってきて、そのあとを子守が息をはずませて追ってきた。「フィリップ、ジョン＝マーティン、海に近づいちゃいけません」さらに盛大に息をあえがせる。「いいですか、わかりましたね」そして、アナのせいだと言わんばかりに睨んでみせてから、ふたりを屋敷へ連れもどした。

「あなたの靴、濡れちゃってる」タビーが歯を鳴らしながら言った。

「なら、脱いじゃわない？　どれだけ冷たいか、たしかめるの」

「そんなことしたくない！」

「わたしはやる」

タビーに凝視されながら、アナは下の階に住むザラ・クラインと共用している黒いエナメル靴のストラップを外した。ウールの靴下も脱ぎ、年のわりに大きな骨ばった白い足を凍るような水に浸けた。焼けつくような痛みにも似た強烈な感覚が両足から心臓へと突きあげる。なぜかそれが心地よくもあった。

「どんな感じ？」タビーが声をうわずらせて訊いた。

「冷たい。すごく、すごく冷たい」アナは必死で身震いをこらえ、そうやって耐えることに奇妙な興奮を覚えた。屋敷のほうを見やると、黒っぽいコートを着た男がふたり、砂浜の外周に延びた舗道を歩いてくるのが見えた。風に飛ばされないよう帽子を押さえたその姿は、サイレント映画の俳優のようだ。「あれ、父さんたちかな」

「うちのパパは外でお仕事の話をするのが好きなの。〝盗み聞きされないように〟って」

父親の仕事に関わらせてもらえない幼いタビーを、アナは気の毒に思った。自分はいつでも好きなだけ話を聞いていられる。聞いても面白くはないけれど。組合の仲間同士や友人のあいだで挨拶やお祝いの言葉を贈ろうとするとき、それを伝えに行くのが父の仕事だった。やりとりされるものには封筒や小包なども含まれていて、父はそれをさりげなく受け渡しするのが上手だった。注意深く見ていないと気づかないほどに。何年もその仕事を続けるうち、父は自分でも気づかぬままアナに多くのことを語って聞かせ、アナのほうもよく理解できないままにそれを聞いていた。

ミスター・スタイルズと話す父がずいぶん親しげで生き生きとして見え、アナは驚いた。友達同士なのだろうか。あんなに緊張していたのに。

ふたりは向きを変えて砂浜を突っ切り、アナとタビーのほうへ近づいてきた。アナは慌てて水から上がったが、靴のところまで戻って足を突っこむ暇はなかった。ミスター・スタイルズは肩幅の広い堂々とした身体つきで、ポマードをつけた黒髪を中折れ帽のつばの下から覗かせていた。「やあ、これが娘さんか。こんなに寒いのに、靴下も履かないで平気なのかい」

アナは苦々しげな父の様子に気づいた。「そう、これが娘なんだ。アナ、ミスター・スタイルズにご挨拶しなさい」

「初めまして」アナは父の言いつけどおり相手の手をしっかりと握り、しかめっ面をしないよう気をつけながら顔を上げた。ミスター・スタイルズは父よりも若く、目の下の隈《くま》も皺《しわ》も見あたらなかった。どことなく鋭い雰囲気があり、分厚いコートごしにも張りつめたものが伝わってくる。なにか対処すべきことや、興味を引かれることが起きるのを待ち受けているような感じだ。いま、その対象はアナだった。

ミスター・スタイルズはアナの傍らの砂浜にしゃがみ、まっすぐに顔を覗きこんだ。「なんで裸足なんだい？　冷たさを感じないのか、でなきゃ、はしゃいでいるのかな」

アナは返事に詰まった。そのどちらでもなく、タビーを驚かせ、感心させようとして衝動的にやったことだ。とはいえ、その衝動もうまく説明できそうになかった。「はしゃいだりしません。もうじき十二歳になるのに」

「そうやってると、どんな感じだい」

強い風のなかでも、相手の息のミントとお酒のにおいが嗅ぎとれた。父さんには話が聞こえないはず、とアナは気づいた。

「つらいのは最初だけです。じきになにも感じなくなるの」

ミスター・スタイルズは絶妙な返球をキャッチしたかのように、にやっと笑った。「座右の銘にちょうどいい」そう言って長身をまっすぐに伸ばし、アナの父に声をかけた。「たくましい子だ」

「たしかに」父はアナと目を合わせようとしない。

ミスター・スタイルズがズボンの砂を払い、歩きだした。頭を切り替え、別のものを探しに行くように。「ふたりとも、親よりたくましい」父にかけた言葉が聞こえてきた。「幸い、気づいていないようだが」振り返るだろうかと思ったが、すでにアナのことは忘れたようだった。

デクスター・スタイルズはオックスフォードシューズにもぐりこもうとする砂に邪魔されながら舗道に向かって歩いた。思ったとおり、エド・ケリガンに感じた負けん気の強さは、黒い瞳の娘のなかで見事に開花していた。かねてから思っていたことが裏付けられた形だ——子を見れば親がわかる。だからデクスターは、家族に対面した相手とでないと、めったに仕事をすることはない。娘のタビーが裸足にならなかったのが残念だった。

ケリガンの車はナイアガラブルーの一九二八年式デューセンバーグ・モデルJだった。趣味のよさと恐慌以前の暮らし向きの豊かさが窺える。服の仕立ても申し分ない。だが、どことなく暗さが感じられた。身なりや車、そして無駄のない機敏な話しぶりにはそぐわないなにかが。陰のような、苦悩のようなものが。とはいえ、そんなものは誰でもひとつは抱えている。あるいはいくつも。

舗道にたどりついたときにはケリガンを雇い入れることに決め、しかるべき雇用条件を定めなければと考えていた。

「ところで、古い友人のところまで車で行くんだが、時間はあるか」デクスターは訊いた。

「もちろん」

「奥さんが待っているのでは？」

「夕食まではとくに」

「娘さんは？　心配しないか」

ケリガンは笑った。「アナが？　心配かけるのはあの子のほうでね」

＊

父がじきに戻るものとアナは思っていたが、代わりに子守が不満たらたらの顔で呼びに来て、寒いからなかへ入るようにと言った。日が傾き、子ども部屋には重く暗い雰囲気が漂っていた。室内は薪ストーブで暖められていた。子どもたちは胡桃《くるみ》のクッキーを食べ、アナの組み立てた8の字のレールを走る電動式の汽車を眺めた。ミニサイズの煙突からは本物の蒸気まであがっていた。そんなおもちゃを見るのは初めてで、どれだけ高価なものかアナには見当もつかなかった。慣れない経験に、アナはうんざりしはじめていた。いつもの訪問よりもずっと長時間なうえ、子どもたちの遊び相手はくたびれるばかりだった。父と離れてから何時間も過ぎたように思えた。少年たちはようやく汽車に飽きて絵本を読みはじめた。子守もロッキングチェアで居眠りをしている。タビーは編み込みのラグに寝そべり、真新しい万華鏡をランプに向けてかざしている。

アナはさりげなく訊いた。「流し目人形、抱っこしてもいい?」

タビーがうわの空でうなずいたので、アナは棚の上の人形を注意深く持ちあげた。流し目人形には四つのサイズがあり、これは二番目に小さいものだった。生まれたてではなく、やや成長した赤ん坊の姿で、青い目をびっくりしたように見開いている。アナは人形を横向きにした。新聞の広告で見たとおり、青い瞳がアナを追うように目の端に移動する。混じり気のない喜びがわっと押し寄せ、笑いだしそうになった。人形の口は完璧な〝O〟の形に丸まっている。上唇の下から、白く塗られた歯が二本覗いている。

アナの興奮を嗅ぎとったのか、タビーがひょいと立ちあがった。「それ、あげる! もう遊ばないから」

そう言われたアナは、動揺を押し隠そうとつとめた。二年前のクリスマス、この流し目人形が欲しくてたまらなかったが、ねだることはできなかった。貨物船が入港しなくなり、家にお金がなくなったからだ。痛いほどのあの欲求が、いままた胸を切り裂こうとする。断るしかないと重々わかっているものの、それがつらくてたまらなかった。

「いえ、いいの」ようやくそう答えた。「家にもっと大きいのがあるから。小さいのはどんなだろうって思っただけ」引き裂かれるような思いで人形を棚に戻したものの、ゴムでできた脚から手を放せずにいると、子守と目が合った。それで、気のないふりをしてそっぽを向いた。

でも、遅かった。子守は様子を見ていて察したようだ。タビーが母親に呼ばれて部屋を出ると、人形をつかみ、投げて寄こそうとした。「持っていきなさいよ」潜めた声で熱心にそう勧めた。「あの子は気にしやしないし。おもちゃなんてあり余るほど持ってるんだから。ここの家の子はみんなそうよ」

アナは迷った。こっそりともらって帰ることはできるかもしれない。けれど、父がどんな顔をするかと考えたとたん、頑《かたく》なな返事が口をついて出た。「いえ、けっこうです。人形遊びなんて子どもっぽいし」そっけなくそう言い捨て、振りむきもせずに子ども部屋を出た。同情されたことが惨めで、階段をのぼりながら膝が震えた。

玄関ホールに父の姿が見えたとき、アナはもう少しでそばへ駆け寄り、幼いころのように脚にしがみつきそうになった。父はコートを着ていて、ミセス・スタイルズが見送りに出てきていた。「この次は妹さんも一緒にね」そう言って頬にキスされたとき、ムスクの香りがした。そうしますとアナは答えた。外に出ると、モデルJが遅い午後の日差しを浴びて鈍く光っていた。一家の車だったころはもっとぴかぴかだったのに、組合の若者たちが磨くのをさぼりがちだからだ。

車がミスター・スタイルズの屋敷を離れると、アナは父の機嫌を取ろうとうまい言葉を探した。幼いころは、なにげなく口にしたことで父が弾けるように笑いだし、自分が愉快なことを言ったのに気づいたものだった。最近はそのころの感じを思いだすのに苦心することが増え、自分の初々しさや無邪気さが失われたように思えていた。

「ミスター・スタイルズは株をやってなかったみたいね」アナはようやくそう言った。

父はくすりと笑い、アナを抱き寄せた。「ミスター・スタイルズは株なんていらないのさ。ナイトクラブをいくつも持ってるから。ほかにもいろいろなものを」

「あの人も組合の人？」

「いや、違う。組合とはなんの関係もない」

意外だった。たいていの場合、港湾労働組合の幹部は中折れ帽をかぶり、労働者たちは縁なし帽をかぶっている。ただし父のように、日によってかぶる帽子を替える場合もある。今日のように上等な服を着ると、手鉤を持った労働者姿の父は想像もつかなかった。母はお針子の仕事で余ったエキゾチックな羽根を溜めておいて、父の帽子の飾りに使っている。ひょろっとした身体が見栄えするよう、スーツも流行の型に仕立てなおしている。貨物船の入港が止まってからというもの、父は痩せてあまり運動もしなくなった。

父は指にローリーの銘柄の煙草を挟んだ手で車のハンドルを握り、もう片方の腕をアナの肩にまわしていた。アナは父にもたれかかった。いつも帰りの車内でふたりになると、ほっとして眠気を覚えるのだった。煙草のにおいに紛れてなにか別の香りがする。土っぽいような、嗅ぎおぼえのあるにおいだが、なにかは思いだせない。

「なんで裸足になったりしたんだ」思っていたとおり、そう訊かれた。

「水がどれくらい冷たいか知りたくて」

「そんなのは小さな子どものすることだろ」

「タバサは八歳だけど、やらなかったもん」

「あの子のほうが利口だな」

「ミスター・スタイルズは気に入ってくれたのに」

「ミスター・スタイルズの考えがおまえにわかるもんか」

「わかるもん。父さんには聞こえないように、話をしたんだから」

「気づいてたさ」父はちらっとアナを見た。「なんて言われた？」

アナの頭に砂浜が甦った。寒さや、じんじんする足の痛み、そして横にしゃがんでしげしげと自分を見る男の人――そのすべてが、流し目人形に対する切望とないまぜになっていた。「わたしはたくましい子だって」喉に塊がつっかえ、声がこわばった。視界がぼやけだす。

「そのとおりだ、お嬢さん」父は言って、アナの頭の天辺にキスをした。「誰にだってわかる」

車が信号で停止したとき、父は新しい煙草を抜いた。アナは箱の内側をたしかめたが、クーポンはすでに取りだしてあった。父さんがもっと煙草を吸ってくれたらいいのにとアナは思った。いまは七十八枚まで集まったけれど、カタログを見る限り、少なくとも百二十五枚はないと目ぼしい賞品はもらえそうになかった。八百枚あれば、専用のケースに入った六人分の銀めっきの食器セットがもらえる。七百枚なら自動トースター。でも、そんなに集めるのは到底無理に思えた。ブラウン＆ウィリアムソン社の賞品カタログには、おもちゃはほとんど載っていない。猛獣探検家フランク・バック印のパンダのぬいぐるみか、ミルク飲み人形のベッツィー・ウェッツィーなら二百五十枚でもらえるものの、その手のものはもう卒業した。〝年長の子どもと大人向け〟のダーツボードには心引かれていたが、狭いアパートメントのなかで尖ったダーツを投げるのなど、問題外だった。もしリディアに当たりでもしたら？

プロスペクト・パーク内の野営地であがる煙が見えた。じきに家だ。「忘れるところだった」と父が言った。「これをごらん」コートの内側から紙袋が現れ、アナに手渡された。なかには真っ赤なトマトが詰まっている。つんとする土っぽいにおいはこれだったのだ。

「すごい」アナは目を丸くした。「冬なのにどうして?」

「ミスター・スタイルズの友達がガラスの温室で育てているんだ。父さんも見に行ってきた。母さんが喜ぶぞ、な?」

「出かけてたの? わたしを置いてきぼりにして?」アナはショックを受けた。父の用事に付きあうようになって以来、置き去りにされたことなど一度もなかった。いつだってそばにいてくれたのに。

「ほんのちょっとのあいださ。寂しくなんかなかっただろ」

「どこまで行ったの?」

「すぐそこさ」

「寂しかったもん」父が遠くに行っていたこと、その不在の心もとなさを、自分がずっと感じていたように思えた。

「なに言ってる」父はまたキスをした。「そっちも楽しくやってたんだろ」

第二章

《イブニング・ジャーナル》紙を小脇に抱え、息をあえがせて自宅アパートメントの階段をのぼりきったエディ・ケリガンは、戸口で立ちどまった。アナを先に帰らせて新聞を買いに寄ったのは、なによりも帰宅を引き延ばすためだった。室内のラジエーターから絶え間なく発せられる暖気が階段ホールに漏れだし、三階のフィーニー家から漂うレバーとタマネギのにおいを充満させている。エディの自宅は六階で、本来ならばエレベーターがあるはずだが、二階を一階と呼ぶやり手の建設業者にごまかされ、表向きは五階とされている。とはいえ、この物件にはそれを補って余りある大きな利点がある。地下に暖房炉があり、各戸のラジエーターにポンプで蒸気が供給されるのだ。

ドアの奥で姉の豪快な笑いが響き、エディははっとした。予定より早くキューバから戻ったらしい。ドアを押しあけるとペンキが塗り重ねられた蝶番が軋んだ。妻のアグネスが半袖の黄色いワンピース姿（六階は常夏の暖かさだ）で台所のテーブルについている。向かいには予想どおり姉のブリアンの姿があり、軽く日焼けした顔でいつものように空になりかけたグラスを手にしている。

「お帰りなさい、あなた」スパンコールを縫いつけている最中のトーク帽の山のなかから、アグネスが立ちあがった。「ずいぶん遅かったのね」

アグネスにキスをされ、引き締まったその尻に手をまわすと、いつものように欲望が頭をもたげた。居間のクリスマスツリーからオレンジポマンダーの香りが漂い、ツリーのそばにいるリディアの気配を感じた。だがエディは振り返らなかった。それには心の準備が必要だ。まずは美しい妻とのキス。続いて、ブリアンが持ち帰った上等のキューバ産ラム酒のグラスに炭酸水を注ぐ妻を眺める——そこまでは申し分ない。

アグネスは夜に酒を飲まなくなっている。くたびれてしまうそうだ。エディはお代わりを注いで氷を足したハイボールのグラスを姉に手渡し、自分のグラスを合わせた。「旅はどうだった」

「もう最高よ」ブリアンはそう言って笑った。「最悪なことになるまでは。結局、汽船で帰ってきちゃった」

「ヨットほど優雅そうじゃないな。やあ、うまいな、これ」

「それが、汽船のほうが楽しかったのよ！　船内ですごくすてきな人と知りあって」

「そいつ、仕事は？」

「バンドでトランペットを吹いてる。はいはい、わかってるって、エディ。でも、すごくやさしい人なの」

毎度の話だ。三歳年上の、ほぼ離れて育った異母姉のブリアンは、無茶な運転でガタがきた高級車を思わせる。かつてはとびきりの美人だったが、三十九歳のいまは、下手をすれば五十近くに見える。

居間でうなり声があがり、エディは腹に蹴りを入れられたように感じた。さあ、と心のなかで自分を促す。アグネスに急かされないうちにやらねばならない。テーブルを離れ、安楽椅子にすわったリディアのそばへ行った。犬か猫のように椅子の背にもたれたきりなのは、上体を支える力がないせいだ。頭をぐらつかせ、手首を鳥の翼のように曲げたまま、近づいてくるエディに向かっていびつな笑みを浮かべる。明るいブルーの瞳が向けられた。形のいい澄んだその目には、苦痛は欠片も見てとれない。

「やあ、リディ」エディはぎこちなく言った。「今日はどうしてた、おちびさん」

つい茶化すような口調になる。リディの返事がないのはわかりきっているからだ。言葉らしきものを発することはあるが、意味不明な片言ばかりだった。医者の話では反響言語というらしい。それでも、話しかけずにいるのも気まずかった。歩くことはおろか、上体を支えることすらできない八歳の娘に対し、ほかにどう接しようがあるだろう。名前を呼びかけ、やさしく言葉をかける――それだけならものの十五秒で終わる。そのあとは？ アグネスの視線を感じる。エディに次女への愛情を示してほしくてたまらないのだ。エディはリディアの傍らにしゃがみ、頬にキスをした。金色に輝く髪はやわらかくカールし、アグネスがリディアのために買いつづけているばか高いシャンプーの香りを放っている。幼子のようになめらかな肌。成長するにつれ、障害を持たずに生まれていたらという思いは強まるばかりだった。きっと美人になっていただろう。おそらくはアグネスよりも――アナよりは確実に。考えても詮無《せんな》いことだった。

「今日はどうしてた、おちびさん」エディはもう一度小さく声をかけてから、リディアを抱えあげて椅子に腰を下ろし、胸の上で娘の体重を支えた。アナが母親に教えこまれているとおり、ふたりの様子を仔細に見ようともたれかかってくる。妹に対するアナの献身ぶりがエディには不思議だった。リディアが返せるものなどないに等しいのに。アナに靴下を脱がされ、丸まったやわらかな爪先をくすぐられたリディアは、エディの腕のなかで身をよじり、笑うような声をあげた。エディには耐えがたかった。この子は動物のようにただ生きているだけであって、ものを考えたり感じたりすることはない、そう思っていたかった。だが楽しげな笑い声を聞くと、それが打ち消されてしまう。そのことに腹が立った。最初はリディアに対して、そして、つかのまの喜びさえ娘に認めようとしない自分に対して。リディアがよだれを垂らすときも同じだった。しかたがないとは思いながら、頭に血がのぼり、手を上げたい衝動にさえ駆られ、そのあとやましさが押し寄せる。次女を前にするたび、エディのなかで怒りと自己嫌悪がはてしなくせめぎあい、心を麻痺させ、消耗させるのだった。

とはいえ、それはやはり幸せなひとときだった。窓の外には青い帳《とばり》が下り、ブリアンのラム酒が心地よく頭をほぐし、娘たちが子猫のようにまとわりついてくる。ラジオからはエリントン、今月の家賃の支払いもすんでいる。もっとひどい状況もありうる。実際、停滞の続く一九三四年のいま、そんな境遇にある者は多い。眠気にも似た幸せの気配がエディを包んだ。だがそこで、反骨心がむくむくと頭をもたげた──**いや、こんなもので満足はしない、この程度で幸せなどとは思わない**。だしぬけに立ちあがると、驚いたリディアが泣き声をあげたので、元どおり安楽椅子にすわらせた。こんなはずではなかった──まるで違う。エディは法と秩序を重んじる男だが（と、皮肉交じりにたびたび自分に言い聞かせている）、あまりに多くの法が破られた。現実から目を逸らし、距離を置き、幸せに背を向けることで、エディはその報いを受けているのだった──痛みと孤独の鞭を。

リディアには特別な車椅子が必要だが、それは法外な値がする。そんな娘を育てるには、デクスター・スタイルズほどの富を持つ必要がある。だが、はたしてそういった金持ちたちも、リディアのような娘を持つことがあるのだろうか。リディアがまだ幼く、自分たちが豊かだと夫婦が信じていたころ、アグネスは毎週ニューヨーク大の附属病院へリディアを通わせていた。女性療法士の指導で鉱泉浴をさせ、革紐と滑車を使った筋肉トレーニングを受けさせるためだ。いまはそんな治療には到底手が届かない。それでも車椅子さえあれば、上体を起こし、あたりを見まわすこともできるから、垂直な世界を味わわせてやれる。その車椅子にはすべてを変える力があるとアグネスは信じていて、エディは自分も同意見のふりをすべきだと感じていた。それに、少しくらいは信じているかもしれない。その車椅子こそが、デクスター・スタイルズに近づくことに決めたきっかけだった。

アグネスが卓上のトーク帽やスパンコールチェーンを片づけ、四人分の夕食を並べた。本当はそこにリディアも加えたい、自分の膝に乗せてやりたいと思っているはずだ。しかし、それではエディが食事を楽しめない。だからいつものように居間にひとり残し、その埋め合わせに、アグネスは娘に神経を集中させたまま食事をとった。ロープの端と端をそれぞれが握っているかのように。そのロープを通じて、アグネスはリディアの意識や興味の動きを感じとり、孤独にさせていないかたしかめる。そして自分の熱い愛や安心を娘に与えようとする。そのロープを握っているということは、アグネスの半分は食卓にはいないことを――エディに言わせれば、うわの空だということを――意味する。とはいえ、まともな治療が望めないいま、別の方法を与えてやれるわけでもなかった。

豆とソーセージのキャセロールを食べながら、ブリアンはバートとの破局話を面白おかしく披露した。ブリアンがバハマ沖のヨットの上から鮫《さめ》がうようよいる海へうっかりバートを突き落としたとき、ふたりの仲はすでにぎくしゃくしていたという。「あんなに猛スピードで泳ぐ人間がいるなんてね。オリンピック選手も顔負けよ。デッキに這いあがってぶっ倒れたから、引っぱって立たせて、抱きしめようとしたのよ、何日かぶりに楽しませてもらったから。そしたらあいつ、どうしたと思う？　顔を殴ろうとしたのよ」

「それで、どうなったの?」興味津々のアナに、エディは眉をひそめた。姉が娘に悪影響を及ぼしていることはたしかだが、どう対処すべきかも、どうすればやめさせられるかもわからなかった。

「もちろん避けたわよ。そしたら、はずみでまた海に落っこちそうになっちゃって。金持ちのお坊ちゃんに人なんて殴れやしないのよ。場数を踏んだ男じゃないと。あんたみたいにね、エディ」

「うちにはヨットなんかないがね」

「それは残念。ヨット帽がよく似合うだろうに」

「忘れたのかい、ヨットやボートは苦手なんだ」

「坊ちゃん育ちはやわでだめよね。どこもかしこもやわなんだから。意味わかるでしょ……その、性根が、ね」エディに睨まれ、ブリアンはごまかした。

「それで、トランペット吹きの話は？」エディは尋ねた。

「ああ、彼はほんとにすてきよ。歌手のルディ・ヴァレーみたいにカールした髪で」

姉はじきにまた金に困るだろう。ダンサーはとっくの昔に引退したし、現役時代もおもな収入源は男たちだった。だが羽振りのいい男はめっきり減り、目の下の隈や脇腹の贅肉が目立つ女につかまるような者はさらに少ない。姉に無心されるたび、エディは高利貸しから借りてでも金を渡すようにしていた。でなければ、姉がどうなるか心配だった。

「じつはその彼、なかなかの人気なのよ」ブリアンは言った。「デクスター・スタイルズの店でも演奏していたみたい」

エディは不意を突かれた。ブリアンやほかの者の口からその名を聞いたことは一度もなく、そんな可能性を予想すらしていなかった。テーブルの向こうでアナがためらう様子を見せた。今日はほかでもないその男の住むマンハッタン・ビーチの屋敷を訪ねていたと、暴露するつもりだろうか。エディはアナから目を逸らした。黙りこむことで、娘も口をつぐんでくれるようにと願った。

「へえ、それはすごい」かなりの間を置いたあと、姉にそう返事をした。

「まったく、エディったら」ブリアンがため息をつく。「呑気なもんね」

居間の時計が七時を告げた。実際には、十五分近く過ぎているということだ。「父さん」とアナが言った。「お土産を忘れてる」

先ほどの不意打ちにまだ気を取られていたエディは、その意味をつかみそこねた。ややあってようやく思いあたり、席を立つとコート掛けのそばへ行った。アナは利口だ。コートのポケットを探るふりをして呼吸を整えながら、エディは感心した。実際、たいしたものだ。テーブルの上で小さな袋を傾けると真っ赤なトマトが転がりでた。妻も姉もびっくり仰天した。「どこで手に入れたの？　どうやって？」矢継ぎ早に質問が飛んでくる。「誰にもらったの？」

エディが返事に迷っていると、アナがすらすらと答えた。「組合の人がガラスの温室で育てたんだって」

「いいご身分よね、組合の連中は」ブリアンが言った。「このご時世に」

「だからこそよ」アグネスもそっけなく答えたが、内心は喜んでいるはずだ。役得に与《あずか》れるということは、エディがまだ必要とされていることを意味する。それが今後も続く保証はない。アグネスは塩と果物ナイフを持ってきて、まな板の上でトマトを切りはじめた。果汁と小さな種がオイルクロスに飛び散る。ブリアンとアグネスは歓喜の声をあげて薄切りのトマトを頬張った。

「クリスマスには七面鳥、おまけにこんなものまで——選挙が近いってことね」ブリアンが指についた果汁を舐めとりながら言った。

「ダネレンは市会議員の座を狙ってるのよ」とアグネス。

「かんべんしてよ、あんな守銭奴。ほら、エディ。食べなさいよ」

ようやくトマトを口にしたとたん、塩気と酸味と甘味が一気に押し寄せ、エディを圧倒した。アナがちらりと目を合わせた。だが、共犯者めいた笑みを浮かべはしない。期待以上の機転を見せてくれたが、エディはそのことに一抹の不安を覚えた——あるいは、昼間に感じた不安がまた顔を覗かせたのかもしれない。

アナが母を手伝って食卓の片づけと皿洗いをし、ブリアンがラム酒のお代わりを飲むあいだ、エディは表通りに面した居間の窓をあけ、煙草を吸おうと非常階段に這いだした。リディアに風が当たらないよう、急いで窓を閉じる。暗い通りに街灯の明かりが黄色く滲《にじ》んでいる。かつては自分のものだった美しいデューセンバーグがとまっている。返してこなければと気づき、ほっとした。ひと晩借りたままにするのはダネレンが承知しない。

煙草をふかしながら、ポケットの小石を取りだして眺めるように、エディはまたアナの心配をはじめた。アナにはコニー・アイランドで泳ぎを教え、《民衆の敵》や《犯罪王リコ》や《暗黒街の顔役》を観せ（映画館の係員には咎《とが》めるような目で見られたが）、エッグ・クリーム（牛乳、チョコレートシロップ、炭酸水で作る飲み物）やシャルロット・リュス（女性の帽子に見立てたケーキ）も食べさせ、コーヒーも七歳で飲ませた。男の子とまるで変わらず、靴下を砂だらけにし、普段はショートパンツ姿も同然の格好をしている。雑草育ちでたくましく、どんな場所でも、なにがあろうとも生きていけるはずだ。リディアに奪われるのと同じだけの生気を、アナはエディに注ぎこんでくれる。

だが、ついさっき食卓で目にしたのは欺きだ。女の子が身につけるべきものではないし、道を誤ることにもなりかねない。昼間、スタイルズとともに浜辺にいるアナのほうへ歩み寄ったとき、娘が美人ではないにせよ、人目を引くことに気づいてはっとした。じきに十二歳になる――まだまだ子どもだと思っていたが、間違いだった。その思いが、一日じゅう影のようにつきまとっていた。

結論は明白だ。アナを仕事に伴うのをやめなければならない。すぐにではなくとも、近いうちに。そう考えると、心にあいた穴が広がっていく気がした。

室内に戻ると、ブリアンが酒臭いべたついたキスを寄こし、トランペット吹きのもとへ帰っていった。妻は台所にある浴槽に渡した板の上でリディアのおむつを替えていた。エディは背後からアグネスに腕をまわし、肩に顎をのせた。そうすればたやすくひとつになれる。ずっとそうだったし、いまも一瞬うまくいきそうに思えた。だが、アグネスの望みは夫がリディアにキスをし、おむつを手にして、やわらかい肌を刺さないよう気をつけながらピンで留めることだった。エディはそうしようとした――実際、手を動かしかけた。だがそこで思いとどまり、それと同時に欲望も消えた。エディが自分に失望しながら腕を離すと、アグネスはひとりでおむつ替えをすませた。

アグネスのほうも、かつての生活が恋しくはあった。振りむいてエディにキスして驚かせ、つかのまリディアを忘れる。そのくらいかまわないのではとも思った。そうするところを想像しようとしたが、できなかった。昔の生活はフォリーズ時代の衣装と一緒に箱にしまいこまれ、そこで埃をかぶっている。いつかはその箱をベッドの下から引っぱりだし、あけてみる日が来るかもしれない。でも、いまはまだ無理だ。リディアに手がかかりすぎる。

エディはアナのいる娘たちの寝室に入った。そこは通りに面しているが、夫婦の寝室は狭苦しい中庭に面しているせいで、健康に悪そうなかびや湿っぽい灰のにおいがこもっている。アナは賞品カタログを熱心に眺めていた。安っぽい賞品だらけのつまらないカタログに夢中な娘にとまどいつつ、エディはアナと並んで狭いベッドに腰を下ろし、あけたばかりの煙草の箱からクーポンを取りだして渡した。アナは〝丈夫で長持ち〟と謳《うた》われた象嵌《ぞうがん》細工のブリッジテーブルが気になるようだ。

「どう思う?」

「クーポン七百五十枚だって? それだけ集めるには、リディアにも吸ってもらわなきゃな」

アナは声をあげて笑った。父がリディアのことを口にするのがうれしいのだ。もっと頻繁にそうしてやらなくてはとエディは思った。たやすくできることなのだから。アナはページをめくった。男物の腕時計が現れる。「父さんのためにこれにしようかな。煙草を吸ってるのは父さんなんだし」

エディは感激した。「父さんには懐中時計があるだろ。自分が欲しいものにしたらどうだ、集めているのはおまえなんだから」そう言って子ども用の賞品のページを探した。

「ミルク飲み人形とか？」アナがばかにしたように答える。

その口調に慌て、エディはコンパクトや絹のストッキングのページを開いた。

「母さんにあげるの？」

「おまえにさ。人形は卒業したんだろ」

ほっとしたことに、アナはそれを笑い飛ばした。「そんなの一生いらない」そう言って、ガラス食器やトースターや電気スタンドのページに戻った。「家族みんなで使えるものにしようよ」と両手を広げて言う。ちっぽけな自分の家族が、フィーニー家のように大所帯であるかのように。アパートメント二戸にひしめきあうように暮らす彼らには、健康な子どもが八人もいて、三階のトイレのひとつを絶えず占領している。

「さっきは偉かったな、お嬢さん」エディはやさしく言った。「夕食のとき、ミスター・スタイルズのことを黙っていてくれて。たしかに、あの人の話は誰にもしちゃだめだ」

「父さんにも？」

「父さんにもだ。父さんも言わないことにする。思いだすのはいいが、口にしちゃだめだ。わかったかい」当然、口答えされるものと思った。

だが、アナはそのごまかしに飛びついた。「わかった！」

「さて。それじゃ、いま誰のことを話していたっけ？」

しばしの間のあと、答えが返ってくる。「ミスター・なんとか」

「さすがは父さんの娘だ」

「奥さんはミセス・かんとか」

「当たりだ」

アナは自分がその出来事をすでに忘れかけていることに気づいた。父と秘密を分かちあい、気の利いたことを言って父を喜ばせたことで満足だった。タバサとミスター・スタイルズに会ったその日の記憶は、つかもうとするとぽろぽろ崩れて溶けていく夢と変わらないものになっていた。

「住んでるのはどこか遠いところ、でしょ」アナはその場所を思い浮かべた――忘却の霧のなかに消えていく海辺のお城を。

「そうとも」父が答えた。「そのとおりだ。すてきだったろ？」

第三章

かつては帰宅したときに覚えた安堵を、エディはいま家を出ながら感じていた。なにより煙草が吸える。一階に下りて靴底でマッチを擦りながら、階段の途中でほかの部屋の住人に出くわさなかったことを喜んだ。リディアに対する隣人たちの反応はさまざまだが、どれもエディには耐えがたかった。信心深く親切なフィーニー一家の場合――同情。階段をのぼり下りする足音を聞きつけ、ゴキブリのようにカサコソとスリッパの音を響かせて戸口へ出てくるミセス・バクスターの場合――むきだしの好奇心。隣り合わせの部屋に住みながら十年も口を利いていない年寄りの独身男、ルッツとボイルの場合は――嫌悪（ボイル）と怒り（ルッツ）。「その子は家にいるべきでは？」ルッツにはそんな言葉をかけられたことさえある。エディはこう切り返した。「あんたこそ」

外の冷気のなかへ出ると、ひそひそとした囁《ささや》きと、くわえ煙草で吹き交わされる口笛が聞こえた。「みんな逃げろ！」というかけ声で、少年たちがリンゴレヴィオに興じているのがわかった。敵味方に分かれ、相手チームのメンバーを捕虜にする遊びだ。一家の住むアパートメントも、この界隈も、人種のるつぼのような場所だが――イタリア人にポーランド人、ユダヤ人、ただし黒人はいない――エディが育ったブロンクスのカトリック養護院でも、同じ光景を目にすることができるはずだ。どこへ行こうと、そこには少年たちの群れがいる。

エディはデューセンバーグに乗りこんでエンジンをかけ、昼間気になっていた軋むような振動音に耳を澄ました。ダネレンのせいで車は傷む一方だった。あの男が手にするものはすべてそうだ。エディも含めて。アクセルを踏み、異音を気にしながら、エディは自宅の居間の窓明かりを見上げた。家族がそこにいる。ときおり、家に入るまえに階段ホールで足を止め、ドアの奥から漏れる声を聞いていることがある。賑やかで楽しげな声に、いつも驚かずにいられなかった。そしてあとから自問することになる――**さっきの声は妄想だったのだろうか**。それとも自分がいないほうが、家族は気楽で幸せなのだろうか。

父が出ていくと、しばらくのあいだ家のなかの活気までが消えてしまう。居間の時計が時を刻む音を聞きながら、アナは奥歯を嚙みしめた。怒りにも似た痛切な虚しさで手首や指を疼《うず》かせながら、ごてごてと羽根飾りのついたヘッドドレスに刺繡をほどこしていく。母は五十五個のトーク帽にスパンコールを縫いつけているが、一番難しい仕上げの作業はアナの役目だった。裁縫は得意だが、それを誇る気にはなれなかった。誰かの指図を受けるだけの単純作業だからだ。母の場合、指図するのはパール・グラッキーという衣装屋だった。フォリーズ時代の知り合いで、ブロードウェイの舞台や、ときにはハリウッド映画の衣装も手がけている。夫は寝たきりだった。第一次世界大戦で脇腹にあいた穴が十六年たっても塞《ふさ》がらないままだからだ。品物の出来が気に入らないときパールがヒステリーを起こすのも、多くはそのせいのようだった。アナの母はミスター・グラッキーには会ったことがなかった。

リディアがうたた寝から覚めると、アナと母の物憂さは吹き飛んだ。アナはよだれかけをした妹を膝にすわらせ、母が粥《かゆ》を食べさせた。毎朝、やわらかい野菜と裏ごしした肉で母がこしらえるものだ。リディアはしっかりと目覚めた様子だった──目も見え、耳も聞こえ、理解もしていた。夜になるとアナは妹に秘密を打ち明けた。数週間前にミスター・グラッキーの脇腹の穴を見たことを知っているのもリディアだけだ。縫いあげた品物の包みを届けに行ったとき、パールは家にいなかった。どこからか湧いてきた大胆さに背中を押され、アナが寝室のドアを押しあけると、そこにミスター・グラッキーが横たわっていた。長身で、やつれたハンサムな顔をしていた。アナは脇腹の傷を見せてほしいと頼んだ。ミスター・グラッキーはパジャマのシャツをたくしあげ、ガーゼをめくって、小さな丸い傷口を見せてくれた。そこは赤ん坊の口みたいにピンク色でつやつやしていた。

リディアの食事がすむと、アナはラジオのダイヤルをマーテル・オーケストラ演奏のスタンダード・ジャズに合わせた。そして母とふたりで踊りだした。真下の五階に住むミスター・プレイガーに箒の柄で天井を叩かれないよう用心していたが、そのうちいつもの土曜の夜と同じように違法ボクシングの試合を観に出ているらしいとわかった。ラジオの音量を上げると、母はいつになく夢中になって大胆に踊りはじめた。見ているうち、幼いころにステージに立つ母を見たときのかすかな記憶が呼び覚まされた。色鮮やかなライトに照らされてきらめくおぼろげな光景が。母はありとあらゆるダンスを踊れた。ボルティモア・バズでも、タンゴでも、ブラック・ボトムでも、ケークウォークでも。それなのに、いまはアナとリディアを相手に家で踊るだけだった。

アナはリディアを抱え、妹のばたつく手足がダンスの一部と化すまで踊りつづけた。三人とも頬を染め、母の髪は解けて垂れかかり、ワンピースの胸もとのボタンも外れていた。母が非常階段に面した窓を細くあけると、凍てつく冷気に三人とも咳きこんだ。狭い室内にあふれたはずむような空気は、父が戻ると消えてしまうものだった。まるで、父にだけ通じない言語でもあるかのように。

身体が火照《ほて》るほど踊ったあと、アナは浴槽に渡した板をどけ、湯を張った。リディアの服を手早く脱がせて湯に浸ける。よじれ、曲がったリディアの身体が、重力から解放されて喜ぶのを感じた。母がリディアの両腋に手を差しこんで支え、アナは上等なライラックの香りのシャンプーで頭皮と髪を洗った。リディアの澄んだブルーの目がうれしげにふたりに注がれた。こめかみには泡がくっついている。リディアのために最高のものを用意するのは、秘密の王女様にふさわしい捧げ物をするようで、ぞくぞくするほど満ち足りた気分だった。

湯が冷めるまえに、アナと母はリディアを浴槽から抱えあげた。しきりによじれる身体をきらきらした泡が覆い、その姿は耳の内側の形のように、奇妙な美しさを湛《たた》えていた。ふたりはリディアをタオルで包み、ベッドへ運んで、上掛けの上で身体を拭いてから、肌にカシミア・ブーケ印のタルカムパウダーをはたいた。綿の寝間着にはベルギー刺繍がほどこされている。濡れた巻き毛はライラックの香りがした。リディアをベッドに寝かせたあと、アナと母はその両脇に添い寝し、リディアが落ちないよう左右から手をつないで、寝入るまで見守った。

父の世界から母とリディアの世界へと移るたび、アナはひとつの生活を脱ぎ捨て、より深くにある生活へ足を踏み入れる気がした。そしてまた父の世界に戻り、その手を握って街へ繰りだすと、今度は母とリディアのほうを脱ぎ捨て、たいていは存在すら忘れてしまうのだった。そうやって何度も行き来するうち、深く、さらに深く潜っていき、いつかはそれ以上潜れない場所にたどりつくような気がしていた。けれども、さらなる深みがいつも待っていた。底にはけっしてたどりつかなかった。

エディは埠頭の少し手前にある〈サニーズ・ウェスト・ショア・バー&グリル〉の外にデューセンバーグをとめた。大晦日を二日後に控えた土曜の夜で、外はしんと静まり返っている。今週も先週も船が来ていないことは明らかだ。

白髪頭の店主、マティ・フリンに挨拶してから、エディはおが屑を踏んで店の奥へ入った。左側の隅にはボクシングの試合着に身を包んだジム・ブラドックのポスターが貼られ、そこでダネレンの裏稼業が営まれている。ダネレンは大男で、もう十年も港湾荷役からは遠ざかっているものの、労働者そのもののごつい手をしている。ぱりっとした身なりをしてはいるが、港に停泊したまま錆びついた貨物船のような、陰気で冴えない風貌の持ち主だ。周囲には追従や嘆願に来た者たちが侍《はべ》っている。みかじめ料を持参した小物のギャングたちもいる。船が来ないせいで、闇商売が繁盛している——港の男たちは切羽詰まっているのだ。

「エド」エディが椅子にかけると、ダネレンの声がかかった。

「やあ、ダニー」

ダネレンはフリンに合図し、エディのためにギネスとライウィスキーを運ばせた。そしてうわの空のような顔を見せた。だが実際は、つねに持ち歩いているポータブルラジオ（折りたたむとスーツケース型になる）から低く流れる音声に耳を澄ましたのだ。競馬にボクシング、野球——賭けの対象になるものは残らず把握している。とりわけ愛しているのはボクシングだった。ジュニア・ライト級の選手ふたりを後援してもいる。

「花嫁にお祝いを伝えてくれたか」ダネレンが言った。数当て賭博の胴元で、取り巻きに加わったばかりのロナーガンがそばで聞いている。

「いや、難しかった」エディは答えた。「年が明けてからにする」

ダネレンは了解のしるしに低くうなった。「スムーズに、さりげなく。それが肝心だ」

今回の配達先は州上院議員だった。本来はその日の昼間、式の参列者がセント・パトリック大聖堂から出てきたときを狙って渡す手はずになっていた。花嫁の父デア・ドゥーリングは銀行家で、ヘイズ枢機卿と懇意にしている。式も枢機卿みずからの手で執り行われた。

「どこが難しかったんだ」ロナーガンが口を挟む。「たしかにおまわりはいたが、あいつは仲間だろう」

「あんたもいたのか」エディは困惑した。ロナーガンは好きになれない。出っ歯のせいで、いつもにやついて見える。

「お袋が花嫁の子守だったんだ」ロナーガンが得意げに言う。「そういえば、あんたのことは見かけなかったぜ、ケリガン」

「それでこそエドだ」ダネレンがくくっと笑う。「自分から姿を現さない限り、誰の目にも触れない」ちらりと視線を送られ、エディは長年の友に対して生々しい親近感を覚えた。ブリアンにさえ感じたことのない、家族に近い感覚を。かつてエディは、養護院仲間のダネレンともうひとりの少年の命を救った。ロッカウェイ・ビーチ沖の潮流から岸に引きあげたとき、ふたりはべそをかきながら海水を吐きだした。その事実はけっして口にはされないが、消え去ることもなかった。

「次はもっとよく探すことにする」ロナーガンが嫌味に言った。「酒でも奢《おご》るよ」

「ふざけるな」ダネレンが怒声を響かせ、その突然の激昂に、どこへ行くにも伴っている用心棒ふたりがちらりと目を上げた。ひしゃげた鼻の屈強なその男たちを、ダネレンは傍らに置かないようにしている。親しみやすく見せようとする努力が台無しになるからだ。「この店の外では、おまえとエド・ケリガンは赤の他人だ、いいな。お偉方と談笑した直後に、おまえみたいな雑魚《ざこ》としゃべるところを見られたら、エドがどう思われる？　エドがどこにいようが、おまえの知ったことじゃない。偉そうに首を突っこむな」

「すみません、ボス」ロナーガンは頬を真っ赤にしてぼそりと答えた。相手の嫉妬を感じとり、エディは笑いだしたくなった。ロナーガンがおれを妬《ねた》むとは！　たしかに身なりはよく（アグネスのおかげだ）、ダネレンの信頼も得ているが、幹部でもなんでもない。〝運び屋《バッグマン》〟とは、大っぴらに接触することが憚《はばか》られる者たちのために、文字どおり袋（中身は当然金だろうが、詮索はしない）を運ぶだけの下っ端だ。理想的な運び屋は、どちらにも干渉をせず、目立つ服装や振る舞いもせず、この手のやりとりに付きものの胡散臭さを感じさせないことが求められる。エド・ケリガンはまさにそういう男だ。競馬場だろうと、ダンスホールだろうと、劇場だろうと、聖名会の会合だろうと、どんな場所にも溶けこめる。感じのいい顔、訛りのない言葉、さまざまな世界に接してきたことで培われた豊富な経験。エディならば、ふと思いだしたようにさりげなく袋を手渡すことができる——〝**そうだ、忘れるところでした、共通の友人からこれを預かりましてね**〟、〝**これはどうも**〟

だがあいにく、ダネレンから受けとる報酬は、食うのがやっとな額だった。ついていれば週二十ドル。それにアグネスの内職の収入を足して、まだ質に入れていない貴重品をかろうじて手放さずにいられるといったありさまだった。手もとに残ったのは、墓場まで持っていくつもりのエディの懐中時計に、ラジオ、そしてブリアンから結婚祝いに贈られたフランス製の置き時計くらいだ。荷揚げ用の手鉤でさえ金目に見えるほどだった。

「検疫中のものは？」エディは訊いた。ダネレンが牛耳《ぎゅうじ》る三つの桟橋に着岸予定の船があるかという意味だ。

「一日か二日で来る。ハバナの船だ」

「あんたの桟橋に？」

「われわれの、だ。桟橋はみんなのものだろ、エド。それで、金でも借りに来たのか」

「あいつからはごめんだ」ダーツに興じている高利貸しのナットは、週に二十五パーセントの利息を取る。

「さあさあ、エド」ダネレンがなだめるように言う。「今週分の給料を前渡ししよう」

エディは一杯飲んで帰るつもりでいた。だがロナーガンの挑発を受け、念のため相手より長くいることにした。そのためには、こちらの三倍はあろうかという太鼓腹の大酒飲みに付きあわねばならない。エディは戸口に目をやり、やかまし屋の妻マギーが現れてダネレンを店から引きずりだしてくれないかと願った。市会議員の座を狙う組合の支部長ではなく、すっからかんになるまで飲んだしがない労働者のように。だがマギーは現れず、気づけばエディはダネレンやほかの男たちとともに、涙を拭いながらアイルランド民謡を熱唱していた。そのうち、ようやくロナーガンが腰を上げた。

「あいつが嫌いなんだな」ふたりになったとたん、ダネレンは言った。先に帰ったのがエディならば、ロナーガンにそう言ったのだろうが。

「そういうわけでも」

「信用できると思うか」

「いかさまはしないと思う」

「おまえの目はたしかだ。おまわりになるべきだったたな」

エディは肩をすくめ、指に挟んだ煙草を振った。

「考え方もおまわりに似てる」

「悪徳警官をやれっていうんだろ。そんなものになってどうする？」

ダネレンはいかつい顔を向け、鋭くエディを見た。「悪徳の定義は人によりけりだろう」

「まあな」

「不況でも、おまわりはクビにならないらしい」

「そいつはいいな」

ダネレンは遠くを見るような目になった。そんなふうに隙を見せるせいで、この男を甘く見たり、無遠慮な態度に出たりする者もいる。だが、それは過ちだ。岩に擬態して獲物を騙す毒魚がいるそうだが、ダネレンはまさにそれだった。エディが席を立とうとした瞬間、ダネレンがまた顔を向け、すがるような潤んだ目で引きとめた。「タンクレードのやつ」とうめく。「イタ公はボクシングがお好きなんだと」

イタリア系住民に対するダネレンの憤懣《ふんまん》に火がつくようなことになれば、軽く三十分は帰りが延びる。「ふたりの調子は？」気を逸らせようと、エディは尋ねた。

ボクサーたちの話に水を向けられたせいで、ダネレンの表情は冷めたローストビーフを火にかけたように緩んだ。「完璧だ」そう言って、お代わりの合図をする。これはまずい。「申し分ない。敏捷で、頭もいいし、耳もいい。ぜひ練習を見てやってくれ、エド」

四人から十人の子持ちが当たり前の環境には珍しく、ダネレンには子どもがいない。マギーの口うるささのせいだという意見もあれば、ふたりの相性が悪いのだという声もあった。ひとつたしかなのは、もしもダネレンがふたりのボクサーたち（いつもふたりと決まっている）と同様に息子たちを溺愛していれば、物笑いの種になっただろうということだ。試合の際には、自分の愛玩犬がドーベルマンと闘うところを目にした老婦人も同然に狼狽《ろうばい》し、ぶるぶると身を震わせるのだった。いつもリングにかけてくる緑のサングラスも、冷たい小さな目からこぼれ落ちる涙を隠せはしなかった。「タンクレードの野郎がちょっかいを出してきてる」ダネレンは声を震わせた。「うちの坊主たちに手をまわして邪魔しようっていうんだ」

酔ってはいても、ダネレンの悩みの種を察するのはわけもなかった。そのタンクレードとやらが、自分の組織の支配下にあるリングにふたりを上げる——場合によっては勝たせる——代わりに、ひとりを寄こせと要求しているのだろう。ダネレンの桟橋の牛耳り方とまさに同じだ——払うべき金を払わない者は、クビですめば御の字だと思い知らされることになる。

「おかげで困り果ててる。イタ公たちめ。考えると夜も眠れん」

ダネレンの言う〝イタ公の組織〟には、金儲けと組織の存続という明白な目的のほかに、アイルランド系の殲滅《せんめつ》という隠れた思惑がある——ダネレンはそう信じこんでいる。その根拠として、いくつかの事件を十字架の道行きの祈りのようにたびたび引き合いに出すのだった。たとえばイタリア系のラガーディア市長によるタマニー・ホール（アイルランド系住民の影響下にあった民主党政治団体）の弱体化や、シカゴでアイルランド系住民七人が殺された聖バレンタインデーの虐殺、さらに新しいところでは、レッグス・ダイヤモンドやヴィンセント・コールといったアイルランド系ギャングの殺害。殺された者たち自身も人殺しだったことは関係ない。組織の全員がイタリア系とは限らないことも、ダネレンが個人的に敵対しているのはひとり残らず同じアイルランド系だということも関係ない。そういった個人的な敵は——競合関係にある別支部のボスであれ、たちの悪い手配師であれ、組合への参加を拒む者であれ——子飼いのごろつきたちに始末させればすむ。春の解氷とともに、ぶくぶくに膨らんだ姿でハドソン川に浮かぶことになる。だが〝イタ公の組織〟の脅威だけは、ダネレンにとって聖書や宇宙に等しい重大なものなのだった。そういった思いこみも、普段ならば退屈きわまりないだけでエディにはなんの害もないが、あいにく今日はその組織のボスに会ってきたばかりだった。

「なに考えてる」ダネレンが言い、心を見透かそうとするようにエディを凝視した。「さっさと吐いちまえ」

なかば酩酊し、腑抜けたように見えるダネレンの巨体から、異様なまでに鋭い覚醒の気配が放たれている。ラジオの電波によって知覚がひときわ研ぎ澄まされているかのようだ。これがダネレンという男だ。たいていの人間は手遅れになるまで気づかないが、この男には人の心を読む力がある。軽々しく嘘はつけない。

「あんたの言うとおりだ、ダニー」エディは言った。「おまわりになればよかったよ」

ダネレンの視線が少しだけ長く注がれる。ややあって、その返事に納得したのか、身体を弛緩させた。「おまえならどうする」ふかぶかと息を吐く。「タンクレードの件を」

「相手の望むものをくれてやるといい」

とんでもない、という顔でダネレンがのけぞる。「なんだってそんな必要が？」

「抗うばかりが能じゃない。出口が見つかるまで様子見するのが最善なときもある」

ふたりを結びつけた海での救出劇は、いまもやりとりのすべてに影響を及ぼし、このような寓意的な形でときおり対話の表面に顔を覗かせるのだった。ダネレンとバート・シーハンはエディより年上で、バートが頭脳役、ダネレンが話し役だった。岸へ戻れずにもがくふたりに気づいたとき、エディは海に飛びこんでふたりのもとまで泳いだ。そしてめいめいの首に腕をまわし、怯えきった顔に向かって叫んだ。「暴れちゃだめだ。身体を浮かべて、流れに任せろ」

ふたりには抗う力すらなかった。呼吸が整うまで浮かんでいたあと、エディはふたりを促し、八百メートル沖のあたりを岸と平行に泳ぎだした。三人とも泳ぎは大の得意で、歩くのもやっとのころから、暑い夏には桟橋から海へ飛びこんでいたものだった。一キロ半ほど泳いだあたりで、エディは離岸流の切れ間を見つけ、そこを出口にしてふたりを岸まで連れ帰った。

「ちょっかいを出してくるイタ公相手に、様子見しろと？」ダネレンの目が怒りに燃える。

「望むものを与えて黙らせるんだ。満足させてやれ。そのあいだに手を考えればいい」

それはダネレンに向けた言葉であるのと同時に、ダネレンに対するエディ自身の姿勢でもあった。相手が身を寄せたせいで、好物の小タマネギのピクルスの酸っぱいにおいがエディを包んだ。吐き気の渦が腹の奥から迫りあがった。

「せいぜい参考にさせてもらうぜ、エド」ダネレンがつっけんどんに返す。

「どういたしまして」

「じゃあな」

ダネレンはくるりと背を向けた。酔っているせいで気づくのに少しかかった。約束の金を渡されないまま、話を切りあげられたのだ。ダネレンの弱みを目にした罰として。あの日、岸に戻ったときも同じだった。エディが髪をつかんで砂浜に引きずりあげると、ダネレンは泣きじゃくりながらひとしきり海水を吐き、涙を拭いてそのまま立ち去った。もうひとりのバート・シーハンのほうはエディを抱えあげて両頬にキスをした。だがエディは騙されなかった。当時もいまも。ガキ大将のダネレンが自分を庇護するようになることはわかっていた。実際、そのとおりだった。絆が強くなるほど、ダネレンの態度はあからさまにぞんざいになった。それだけエディへの思いが深いということだ。

ダネレンはご機嫌伺いに来た賭け屋たちにこれ見よがしに向きなおり、丸めた札束から紙幣を抜きとっては、わざとらしいほど愛想よく握らせ、口々に礼を言う男たちを手を振って追い払った。エディは頑固に居残りつづけた。手ぶらで店を出ることになると知りながらも粘ることにした。ふたりのあいだに存在するこみ入った数式に従えば、長く待たされたあげくに無駄骨に終わるほうが、結果的に得るものは多くなるからだ。

エディがまだいることに気づいたダネレンは顔をしかめた。やがて表情をやわらげ、喧騒が途切れるのを待って穏やかに訊いた。「あの子の具合は？」

「同じさ。これからもずっと」

「おれも毎日祈ってる」

それが事実なのはエディも知っていた。ダネレンは非常に信心深く、徹夜明けであろうとガーディアン・エンジェル教会の朝六時半のミサに参列し、午後五時のミサにも欠かさず顔を出している。すべての服のポケットにはロザリオが入っている。

「おれももっと祈るべきだな」エディは言った。

「自分のために神に祈るのは難しいこともあるさ」

その言葉にエディは心打たれた。ダネレンに対して、血を分けた兄弟のような深く生々しい近しさを覚えた。「あの子に車椅子を買ってやらなきゃならないんだ。三百八十ドルもする」

ダネレンが仰天する。「その店、まともじゃないぞ」

「だが、車椅子はそこで売ってる。あの子には必要なんだ」

金を無心する気はなかったが、ふと、ダネレンが手を差しのべてくれるのではという期待が頭をもたげた。うなるほど金があるのはたしかだ。いま手もとにある現金だけでも足りるかもしれない。ロザリオと同じく体温ですっかり温められた分厚い札束だけでも。

「ナットに相談したらどうだ」長い間を置いたあと、ダネレンは気遣うように言った。「返済は待つよう、おれから口を利いてもいい。よければ、給料から天引きにもできる」

一瞬のとまどいのあとにダネレンの言葉を理解したエディは、啞然とした。高利貸しに金を借りろということか。おまけに、愛想のいい表情を見ると、善意で勧めているらしい。

エディは気色ばみそうになるのをこらえ、「考えてみる」と穏やかに言葉を返した。これ以上ここにいれば、ダネレンはエディの不満を嗅ぎとり、制裁を加えるだろう。「じゃあな、ダニー」そう言って、エディはデューセンバーグの鍵をテーブルごしに押しやった。「助かったよ」

握手で別れたあと、エディは数分のあいだ店の外に佇み、ハドソン川の凍てつく川風に吹かれて酔いを醒まそうとした。だが思ったよりも深酒したらしく、地下鉄駅に向かって歩きだそうとしてふらつき、店の冷たい煉瓦の外壁にもたれた。波止場からもやい綱の軋む歯ぎしりのような音が聞こえている。錆びついた鎖や、魚油がしみついた歩み板のにおい――いまはそれが腐敗のにおいそのものに思えた。ダネレンは気前のよさで組合員たちの人気を集めているが、ナットたち高利貸しの上前をはねているのをエディは知っている。利息の一部を受けとり、支払いの滞った者のところへ子飼いのごろつきを送りこむのだ。ダネレンがひとこと言えば、手配師は債務者に日雇いの仕事をあてがい、その賃金から高利貸しへの返済金が差し引かれることになる。ひとたびそこに足を踏み入れた者は、彼らの所有物となり、がんじがらめにされていく。

かいかい、われわれのとダネレンは言った。われわれの桟橋だと。

エディは縁石の上でよろけ、通りに盛大に吐いた。やがて口を拭ってあたりを見まわし、人影がないのをたしかめて安堵した。

もうたくさんだ。エディは目を閉じて一日を振り返った。ビーチに、寒さに、すばらしい昼食。白いテーブルクロス。ブランデー。車椅子のことも頭をよぎった。だが、デクスター・スタイルズを訪ねたのは、車椅子のためだけではなかった。なにかを変えたい――それは矢も楯もたまらないほどの切実な望みだった。どんな変化だろうとかまわない。たとえ危険が伴おうとも。なにがあろうと、後悔よりは危険を選びたかった。

第四章

週に二回、ニューヨーク・カトリック養護院にボランティアの婦人がやってきて、夕食後に『宝島』や『千夜一夜物語』や『海底二万里』といった異国の冒険物語の読み聞かせをした。書見台に立って少年たちを見下ろす婦人を見て、エディはその目に映る光景を想像したものだった。幾列にも並ぶ、組みあわせられた手（食後はそうするのが決まりだった）、硬貨と同じように見分けのつかない無数の顔。ひときわ大柄な者や見てくれの悪い者、美しい者（デソートに、オブライエン、ちんまりとした天使のような顔立ちのマックルモア）ならば目立ちもしただろうが、エディ・ケリガンは違った。特徴といえば、チェーンがかけられただけのドアからこっそり抜けだすのと、猿のように街灯をよじのぼるのが得意なことだけだった。アイルランド訛りも使えたが、それで目立つのは恥ずかしかった。ほかには、イーストチェスター湾で二分以上水に潜ったことがあるくらいだった。

四歳のとき母親がチフスで亡くなり、エディは父親の手で養護院に預けられた。当時、養護院のあるヴァン・ネストの町はウェストチェスター郡の一部だったが、エディが物心つくころにはイースト・ブロンクスに組みこまれていた。近くのユニオンポート・ロード沿いには女子養護院も建っていて、どちらにも似たような池があったが、臆病で気難しい鯉を少女たちも同じようにすくって遊ぶのかどうかはわからなかった。ブリアンは母親がアイルランドで亡くなったため、ニュージャージーに住む母方の親戚に身を寄せていた。父は最初のうち面会に来て、エディを競馬に連れだし、一度はバーにも伴った。だが外出の思い出といえば、馬車や路面電車の流れを縫って猛然と歩く父に遅れまいと、その手にしがみつき、半ズボンの脚で必死に歩いていたことくらいだった。

だだっ広い寄宿舎のベッドに横たわり、大勢の少年たちの寝息に呼吸を合わせながら、エディは自分の貧弱な見てくれを恥じたものだった。か細い腰、特徴のない貧相な顔、おまけにくすんだ藁色《わらいろ》の髪。年に一度のサーカス見物よりも、月に一度養護院の理容師に髪を刈ってもらう日のほうが待ち遠しかった。手短で雑な散髪だったが、髪に触れられるのが心地よく、つい眠ってしまいそうになった。エディは自分の存在に煙草の空き箱ほどの価値しか感じられなかった。ときおり、自分以外のものの重みに、無慈悲に押し潰されそうな気がした。養護院の窓台に積み重なった蛾の死骸を自分が叩き潰すのと同じように。潰されてしまいたいと感じることすらあった。

九歳か十歳になると、少年たちは放課後の小遣い稼ぎをはじめるのがならわしだった。〝手伝い求む〟の張り紙はいくらでも見つかった。手紙や小包の配達に、ブロンクスに数多くあるピアノ工場での梱包作業。目端の利く少年たちはニューヘイブン鉄道のヴァン・ネスト駅でガムやキャンディを売るほうを選んだ。二、三人で連れだって呼び声を張りあげ、歌やダンスも披露した。養護院の近辺では、少年たちにはつねに監視の目が光らされていた。店の瓶からキャラメルをくすねたり、手押し車からサツマイモを盗んだりする犯人が彼らだと、近所じゅうの住民が承知していたからだ。もちろん、エディも盗みに手を染めていた。戦利品を山分けするときに手ぶらというわけにもいかない。それでも罪を犯すと堕落したように感じ、疑いをかけられると自分が汚れた気がした。だからよその地区で仕事を探すことにした。路面電車の最後尾につかまってブロンクス川を渡り、石と煉瓦の家々が並ぶクロトナ・パークあたりまで足を延ばした。養護院であてがわれた半ズボンと靴がいかにもみすぼらしいのは知っていたが、それでも仲間たちと離れると、背筋をしゃんと伸ばし、人の目をまっすぐに見ることができるのだった。

十一歳になった初秋のある午後、配達のアルバイトをしているモリス・アベニューのパン屋に向かうためクレアモント・パークを横切っていたとき、エディは車椅子の老紳士に呼びとめられた。車椅子を日向まで押していってほしいという。老紳士はダブルのスーツを着て、帽子の帯にきれいなオレンジ色の羽根を飾っていた。エディは言われたとおりに車椅子を押し、それからベルモント通りの売店で葉巻と《ミラー》紙を買ってきた。老紳士がそれを読みながら葉巻をふかすあいだ傍らに立ち、もう行っていいと言われるのを待っていた。やがて、忘れられているようだと悟り、ボランティアの婦人が読み聞かせをするときの気取った口調をできるだけ真似てこう言った。「ああ、日が翳《かげ》ってきたようですね。また車椅子を動かしましょうか」

老紳士は面食らったように顔を上げた。「カードゲームはするかい」

「トランプを持ってません」

「ルールを知ってるのは？」

「ナックルズ。ブラックジャック。チャック・ア・ラック。スタッス。ポーカー」エディは硬貨を放るようにゲームの名を挙げていき――やがてポーカーが正解だと気づいた。老紳士は格子縞の膝掛けの下を探り、新品のトランプをエディに手渡した。「セブンカード・スタッド（手札の一部を公開して行うポーカー）をやろう。きみが配ってくれ。ずるはなしだぞ」

ふたりは名乗りあってから日当たりのいいベンチのそばに移動し、エディも腰を下ろした。小枝を拾い集めて同じ長さに折ったものをチップとして使い、ミスター・デヴィアの萎《な》えた脚の上でぴんと張った膝掛けをテーブル代わりにした。カードはガラスのような手触りだった。新しい紙のにおいがして、エディは思わず舐めたり頬ずりしたりしたくなった。勝負には負けっぱなしだったが、かまわなかった。日差しの下でカードに興じる楽しさに夢中になっていた。やがてミスター・デヴィアはポケットからずっしりした銀時計を取りだし、姉が迎えに来るころだと告げた。そして五セント玉をくれた。「でも、ぼくは負けたのに」とエディは言った。時間を割いて相手をしてくれたお礼だとミスター・デヴィアは答え、翌日の午後も来てほしいと言った。

その夜エディは寝つけなかった。これまで知らなかった、すごいことがはじまった。その確信が身の内で疼いていた。ある意味、その予感は当たっていた。その後の人生に起きたことの多くは、その出会いをきっかけとしていたからだ。「ふたりでポーカーをやるだけじゃつまらんな」二度目に会ったとき、ミスター・デヴィアはそう言ってエディに賭け金を渡し、自分のポーカー仲間のところで代わりに勝負してこないかと勧めた。だが、本人が思うほどミスター・デヴィアのお墨付きに効果はなく、最初の数回は門前払いを食う羽目になった。一度など、髪にカーラーを巻いた女に箒で叩きだされさえした。ようやく、貨物置場の向かいの煙草屋で、オールド・ゴールドをひっきりなしに吸うシドという男に、緑のサンバイザーの下に立ちこめる煙ごしにじろじろと見られたすえ、参加を許された。

それから数週間、天気のいい日には、シドの店で一時間と十五分ほどゲームをして過ごした――賭け金を使い果たして早々に引きあげることもあったが。そのあとミスター・デヴィアのもとに戻り、どんな手で勝負し、どんなふうに賭けたかを逐一報告した。覚えるのも思いだすのも骨だったが、じきに慣れた。ミスター・デヴィアは熱心に話を聞き、エディのミスが判明するたびに口を挟んだ。「だめだ、ノーペアじゃポルスキーに勝てない。あいつははったりをかますタイプじゃない。この勝負は負けだな」やがてエディは、パトロンにスリルと楽しみを味わってもらおうと、結果を明かすのを極力引き延ばすようにした。ごくたまにエディが勝つと、儲けの半分をもらえた。負けたときは残金をそっくり返した。もちろん、嘘をつくこともできた。実際は勝ったのに負けたと偽り、儲けを独り占めする手もあった。だが、ほかの少年たちならやりそうだなと思うくらいで、そんな気にはまるでならなかった。

ミスター・デヴィアは〝遊び人〟だったといい、それはギャンブラーや競馬通のことを指すらしかった。メトロポール・ホテルの〈キャンフィールド〉でグールド家やフィスク家、ヴァンダービルト家といった上流階級の面々と勝負したこともあったが、それもパーカスト師のような〝おせっかいな道徳家〟が一流の賭博場やブライトン・ビーチの競馬場を閉鎖させたせいで終わりを告げた。品のいいギャンブラーの時代は終わりさ、とミスター・デヴィアは苦々しげにエディに語った。ギャングたちや、アーノルド・ロスタインのようないかさま野郎のユダヤの若造にお株を奪われたんだ、と。「いかさまには手を出すんじゃないぞ、一度たりとも」銀色の睫毛《まつげ》の下の濁った目でエディを見据えながら、そう言い聞かせもした。「いかさまは乙女の純潔と同じだ。一度だろうと百度だろうと関係ない、一線を越えたら、二度と元には戻れない」

自分でも気づいていたことではあったが、その言葉は並々ならぬ重さをもってエディの耳に残った。養護院ではいかさまが日常茶飯事だったが、エディはずっとそれに違和感を覚えていた。ミスター・デヴィアはそれを見抜いたのだろう。細工されたサイコロや、手札のごまかし、ぐるになった者たちが他人同士を装いながら交わす合図――幸運の女神の神秘なる思し召しを汚す行為を見破るすべを、残らずエディに教えこんだ。

ミスター・デヴィアは第一次世界大戦で負傷したが、車椅子の生活を余儀なくされたのは二年前に心臓病を患ったせいだった。以来、独身の姉のミス・デヴィアの世話になり、ギャンブルは一切禁止されていた。身体に毒だというのが姉の言い分だったが、本当は何百にものぼる磁器の人形のコレクションを増やすために、弟の軍人恩給をあてにしているのだとミスター・デヴィアは疑っていた。冬を挟んでふたたび会うようになったある日の午後、エディはいつもより遅い時間にゲームを終え、公園にいるミスター・デヴィアのもとに戻った。だが、なぜかきつい声で追い払われた。傷つきながらも少し離れたところから様子を窺っていると、黒いつば広の帽子をかぶった大柄な女性がミスター・デヴィアにつかつかと歩み寄った。とたんにうなだれ、弱々しげな様子になった老紳士を見て、姉が怖いのだとエディは察した。

「時計は持っていないのかね」次の日の午後、そう訊かれた。エディがないと答えると、ミスター・デヴィアは銀の懐中時計の鎖を外した。「これを使うといい」そう言って、時計をエディの手に握らせた。ずしりと重みがあり、彫刻がほどこされていた。

「いえ、だめです」エディは口ごもった。「きっと疑われ――」

「あげるんじゃない、貸すんだ」ミスター・デヴィアはぶっきらぼうに言った。

五月の末、ミスター・デヴィアは四日連続で姿を見せなかった。四日目の金曜日、エディは銀の懐中時計を一分ごとにたしかめながら、午後遅くまで待っていた。やがて以前ミス・デヴィアが現れたトッピング・アベニューに入り、地面に石蹴り遊びの枡目《ますめ》を描いている少女たちに近づいた。「車椅子のおじいさんを見てないか」淡いブロンドのお下げ髪の幼い少女が声を張りあげた。「お棺に入れられて、天国に行っちゃった」

「でなきゃ地獄にね。悪人かもしれないし！」小意地の悪そうな年かさの少女がそう言い、ばかにした笑い声がいっせいにあがった。見慣れない子どもが近づいてくると、よってたかって笑い物にするのは養護院でも同じだった。エディは腰ポケットの懐中時計に触れ、ミス・デヴィアを探して返さなければと思った。だがそう考えたとたん、磁器の人形のことを思いだし、心の声に止められた――**だめだ、あの人には返せない！**　それで、クレアモント・パークへゆっくりと引き返し、氷屋の荷車の横を過ぎたあたりで駆けだした。十二歳を迎えても身体は骨と皮ばかりで、革紐のような筋肉でかろうじてつながっているも同然だった。古いクレアモント・カジノの建物を通りすぎ、高架線の下をくぐった。そうやって全力で走りつづければ、二度とミスター・デヴィアに会えないという事実さえ振りきれそうな気がした。クロトナ・パークを突っ切り、橋の上で釣りをしている少年たちを驚かせながら、ブロンクス川を渡った。まだ影も形もない道路を建設するために整地された空っぽの畑も駆け抜け、ようやく鉄道の線路を横切って、かつては鄙《ひな》びた町だったヴァン・ネストまで帰りついた。いまにも倒れこみそうになり、肩で息をしながら、さらにユニオンポートの五セント劇場を目指した。そこで西部劇を観ようと、養護院の少年たちが行列しているところだった。それはごくありふれた一日だった。仲間たちはミスター・デヴィアのことなど知らない。エディは少年たちのあいだにすわりこみ、狡猾そうな口ひげの列車強盗に興奮した仲間たちの大声に紛れて、すすり泣きを漏らした。少年たちの熱狂がエディの悲しみを呑みこみ、消し去った。なにひとつ変わってはおらず、消えてもいないかのように。

その後、エディは養護院の仲間とつかず離れずの関係を保つようにした。気が向いたときには行動をともにするものの、仲間にすべてをさらけだしはしなかった。そういった限定的な付き合いを受け入れられたことで、エディのほうも仲間への愛着が湧いた。やがて少年たちは成長し、それぞれの道へ進んだ。年かさの者たちの幾人かは第一次世界大戦に出征し、パディ・キャシディはランスで戦死した。大半はウェストサイドの波止場で荷揚げやその他の労働に従事した（あてがわれる仕事は酩酊の程度で決まった）ほか、警官や酒場の店主、市会議員、労働組合の幹部、あるいは札つきの悪党になった者もいた。港湾地区では複数の役割を兼ねることも可能で、実際そういう者が多かった。ダネレンとともに溺れ、エディが助けたバート・シーハンはハイスクールから大学まで進み、ついにはロ、ー、ス、ク、ー、ルまで卒業した。途方もない成功に、十一番街の列車脱線事故でまっぷたつになって死んだ天使のような顔立ちのケヴィン・マックルモアの話と同様、声を潜めて噂されるほどだった。シーハンはいま州検事局に勤務しているが、エディはもう何年も顔を合わせていなかった。《シャムロック》紙よりも詳しいと言われる、噂とほのめかしからなるダネレンの情報網によれば、目下バートは〝イタ公の組織〟を捜査中だという。希望的観測ではないかとエディは思っていた。

エディはボードヴィルの世界に進んで仲間たちを驚かせた。ダンスを披露し、下手くそな歌で笑いをとり、劇場の梁からコウモリのようにぶら下がってみせ、フーディーニさながらの脱出トリックにさえ挑戦した。一シーズンのあいだフォリーズとも契約し、そこでミネソタ州の大麦農家を飛びだしてきた（とアグネス本人から聞かされている）ばかりのコーラスガールと恋に落ちた。結婚後、エディは劇場の支配人を務めながら、株式仲買人になるための勉強をした。目指したのは、ニューヨーク証券取引所よりも手頃な場外取引所《カーブ》の会員権の取得だった。経済的な理由からではない。エディにとってそれは、まさにお誂《あつら》え向きのゲームだった。株を信用買いし、それを売却してはさらに購入を続け——そして手にした富にふさわしい生活を手に入れようとした。アグネスにはロシア産のクロテンの毛皮や真珠のネックレスを贈った。五番街に借りたアパートメントでは、食べ残した料理にプリンス・ド・モナコの吸殻を突き刺して台所の流しに突っこみ、ふたりして寝室へ飛びこんだものだった。毎日午後に掃除をさせるためメイドも雇った。仕立て屋で服を誂え、イギリス製のスーツも注文した。ショーを終えたアグネスと十人あまりのダンサーたちに〈ハイホー〉や〈モリッツ〉でシャンパンも振る舞った。金持ちらしい暮らしとはどんなものかがエディにはわからず、そもそも金持ちである実感がろくになかった。パーティーにはアナも連れていき、毛皮のコートの山の上に寝かせた。むろん、リディアはそうはいかなかった。アイルランド人の洗濯女を雇い、夜間に洗濯と娘の世話を頼むことにした。

だが、成功の絶頂にあり、ブロードウェイのサイドストリートの先に覗く停泊中の貨物船に目を留めることがなくなっても、エディは仲間とのつながりを保ちつづけた。ガーディアン・エンジェル教会での聖体拝領後の朝食会やコロンブス騎士会の会合には、労働組合の幹部たちとともに出席した。年に一度のダンスパーティーのばか高いチケットも購入した。アグネスを自慢したかったせいもある。ハリウッド女優のようなウェーブヘアや、ダンサーらしいしなやかな身体を。アイルランド娘の花嫁は教会を出たとたんに老ける、という冗談がある。仲間たちの顔に嫉妬とはにかみの色が浮かぶのを見るのがエディには痛快だった。

そうやって維持してきた絆に、どれほど助けられただろう――まったく、ありがたいことに！ 株価の大暴落後、ついぞ自分のものと実感することのなかった奢侈《しゃし》品《ひん》の数々――毛皮に真珠、アパートメント、お揃いのカルティエのシガレットケース――がひとつずつ失われ、劇場の閉館で職も奪われたとき、ダネレンはエディを迎え入れ、デューセンバーグを買いとり、組合員証も用意してくれた。日に二度、求職者たちが手配師の前に並ぶ〝整列《シェイプ・アップ》〟が行われる際、エディは左耳の後ろに爪楊枝を挿して列に並んだ。そうすることで最低でも船倉での荷役にはありつけ、たいていはいくらかましな作業をあてがわれるのだった。そうでもしなければ家族を飢えさせることになった。一九三二年に海運不況で仕事がなくなると、ダネレンはエディにピンストライプのスーツを着せ、デューセンバーグを使わせて、組合の使い走りの役目を与えた。ある日の午後、ウォール街を走っていたエディは、通りの角でリンゴを売る見覚えのある男に気づいた。前を通りすぎたあと、ようやく思いあたった——それはかつて取引を任せていた株式仲買人だった。

アナは父が鍵穴に鍵を挿しこむ音を聞き、目をあけた。外の静寂《しじま》の深さから深夜だとわかった。路面電車のベルも聞こえない。おばのブリアンのために売らずにいる中国の衝立をしのび足でまわりこみ、アナは暗い居間へ出た。そこで足を止めた。シャツを脱いだ父が台所の流しに立ち、石鹸で上半身を洗っている。アナはその姿に見とれた。明るい台所にいる父からはアナが見えないらしい。奇妙なことに、つかのま父が赤の他人に思えた。ハンサムだが、痩せてやつれ、物思いに沈む、見知らぬ人に見えた。

父が廊下のトイレで用を足すあいだ、アナは台所で待った。ナイトガウン姿のアナを見て父ははっとし、とたんに憂いの色は消えた。いつもの父に戻った。アナも同じだった。

「おや、お嬢さん」父はやさしく言った。「なんで起きてるんだ?」

「父さんを待ってたの」

父はアナを抱えあげ、よろけてバランスを崩しかけた。息が酒臭く、酔っているのがわかった。

「大きくなったな」父は言って、戸枠で身体を支えた。

「父さんが小さくなったんでしょ」

父は少しふらつきながらアナを子ども部屋のドアの前まで運んだ。居間の窓のシェードが上がったままで、父はアナを抱えたままその窓枠にもたれた。ふたりは暗がりに目を凝らした。街が四方八方へと大小の通りを延ばし、川や波止場をつかもうとしているようにアナは感じた。

「静かだろう」父は気配を消そうとするように、声を潜めて言った。「この静けさが大恐慌の波止場の音だ」

「船がいないね」

「船がいない」

「鳥の声がした」

「鳥は困るな。まだ早い」

けれども、一羽の鳥が、冬の訪れに最後の抵抗をするように囀《さえず》りだした。待ちかまえていたかのように、東の空が白みはじめた。

「徹夜になっちゃったね」アナは驚いて言った。

「ミサの時間まで寝ていよう」だが、さらにしばらくのあいだ、父はアナを抱いたまま窓枠にもたれていた。あと何度、こうやって抱きあげてもらえるだろう。すでに大きすぎるくらいだった。

「このまま眠っちゃいそう」アナは父の首に腕をまわした。洗いたてのその肌は粉石鹸の香りがした。アナは父のむきだしの肩に頬をのせ、目を閉じた。

第二部　影の世界

第五章

きっかけは、彼女を見かけたことだった。監督のミスター・ヴォスに逆らい、アナが昼食を買いに出たときのことだ。女子工員は昼食を持参し、検品作業で一日すわっている背の高いスツールの上で食べること。それが監督の意向だった。全員を目の届くところに起きたがるのは、自由にさせれば、鶏の群れよろしく海軍工廠《こうしょう》じゅうに散らばってしまうと恐れているからだとアナは思っていた。たしかに作業場は清潔で、ずらりと並んだ二階の窓から差しこむ日の光で明るく、食事をするには快適だった。ここで働きはじめたばかりの暑い九月にも、エアコンが低いうなりをあげ、室内の隅々にまで冷気を送っていた。爽やかな十月のいまは窓をあけて風を入れたいが、アナたち工員の作業の邪魔になる塵や埃を避けるため、閉めきられている。それとも、検品している小さな部品が塵ひとつついているだけで機能しないためだろうか。理由は誰も知らず、ミスター・ヴォスも質問は好まなかった。一度、アナは自分の受け持ちのトレーに入った部品について尋ねてみた。「いまサイズを測っているのは、なにに使うものですか。どの船で使われるんでしょう?」

ミスター・ヴォスの淡い色の両眉が吊りあげられた。「それを知らなくても仕事はできるはずだがね、ミス・ケリガン」

「知っていたほうが、作業の役に立ちます」

「どういうことかな」

「自分のしていることを知っておきたいんです」

主婦たちが笑いを嚙み殺した。ここでのアナは生意気な妹役をあてがわれ――というより、自分からその役を買って出て、それを大いに楽しんでもいた。ミスター・ヴォスに対しても真っ向から逆らいはしないものの、ついちょっとした反抗を見せたくなるのだった。

「部品の寸法と形が揃っているか、検品しているんだ」ミスター・ヴォスは、頭の鈍い相手に言い聞かせるような調子で言った。「だから、不揃いなものを除外している」

まもなく、検品中の部品が戦艦ミズーリのものだとわかった。真珠湾攻撃のほぼ一年前に第四乾ドックで起工されたもので、その後建設の途中でワラバウト湾に浮かべられ、船台に移動させられた。巨大な鉄の骨組みに覆われた船台には作業足場がジグザグに設置され、その姿はコニー・アイランドのジェットコースター、サイクロンを彷彿させた。自分の検品する部品が最新型の戦艦に使用されると知ったことで、アナのやる気はたしかにかき立てられた。それでもまだ物足りなかった。

十一時三十分に昼休みを告げる笛が鳴ると、アナは我慢できずに席を立った。作業場を離れる口実にと、昼食を持参せずに来ていた――そんな小細工ではミスター・ヴォスをごまかせないと知りながら。それでも、工員に食事を抜かせるわけにはいかず、監督は作業場の出口へ歩きだしたアナを渋い顔で見送った。ほかの主婦たちはパラフィン紙に包んだサンドイッチを取りだし、新兵訓練所や戦地にいる夫の話をはじめていた。届いた手紙のこと。愛する人の所在についての手がかりや推測、見た夢の話。不安でたまらない心持ち。夫や婚約者が帰らぬ人になったらと泣きだす者もいた。アナは聞いていられなかった。そういう話になると、同僚たちの弱さに苛立ちがこみあげた。幸い、ミスター

・ヴォスが勤務中にその手の話題を出すことを禁じた。そのときばかりは監督への感謝の念が湧いた。いまでは作業中に大学の校歌を歌うことになっている。ハンター・カレッジに、セント・ジョセフ・カレッジ、ブルックリン・カレッジ。一年だけ在学していたあいだは知りもしなかったブルックリン・カレッジの校歌を、アナはここで覚えることになった。

アナは時刻の基準となっている大きな壁掛け時計に腕時計の針を合わせ、外へ出た。閉めきられ、静まり返った室内から工廠の喧騒のなかへ出るたび、はっとせずにはいられない。クレーンやトラック、列車のエンジン音。近くの鋼板加工工場で鋼鉄を切削《せっさく》するけたたましい騒音、負けじと張りあげられる工員たちの声。石炭と油のにおいがフラッシング・アベニューにあるチョコレート工場から漂う香りと入り混じっている。現在はチョコレートの製造は中止され、兵士の非常食が生産されている。チョコレートに似たものではあるが、兵士たちが嗜好品として食べてしまわないよう、茹でたジャガイモの味にされているという。それでも、においはおいしそうだった。

黒ずんだ無数の窓が並ぶ鋼板加工工場——四号館——の横を急ぎ足で歩いていると、自転車にまたがった若い娘が目に入った。工員の制服である地味な青い作業服を着ているせいで、最初は女性だと気づかなかった。それでも、自転車を漕ぎだす粋な物腰に目が吸い寄せられ、アナは震えるような羨望を覚えながら走り去る娘を見送った。

桟橋群のそばの食堂で四十セントの弁当を買い、C、D桟橋のほうへ歩きだした。そこなら作業場から近く、昼食をすませて（たいていは立ったまま、ときには歩きながら食べることもあるが）十二時十五分までに席に戻ることができる。C桟橋には前日から軍艦が停泊中で、突然出現した天を衝くようなその船体は、この世のものとは思えないほど巨大だった。一歩ずつ近づくにつれて船はいっそう大きく感じられ、しまいには、はるか頭上にあるせりだした艦首を見るには真上を仰がなければならなくなった。甲板にひしめきあう水兵はおもちゃの人形のような制服と帽子のせいでみな同じに見え、誰もが手すりに身を乗りだしてしきりに地上を見下ろしていた。そのとき、いっせいにからかいの声が飛んできた。アナは弁当を抱えたまま身をすくめたが、やがて注目の的が自分でなく自転車の娘だと気づいて安堵した。娘は桟橋の先から船体に沿って引き返してきたところで、風にあおられ、漂白した金髪がひと房スカーフからこぼれていた。近づいてくる相手が注目を浴びて喜んでいるのかどうか、アナは見極めようとした。が、その間もなく、自転車が砂利を踏んで横倒しになり、乗っていた娘は煉瓦敷きの桟橋に投げだされた。水兵たちがやんやとはやしたてる。娘のそばにいたなら、間違いなく我先にと助けに駆け寄っただろう。だがはるか高いところにいて、自分たち以外には格好をつける相手もいないせいか、盛大に野次を飛ばすほうを選んだようだ。

「おやおや、すっ転ぶとはお気の毒」

「スカートじゃなくて残念だな」

「よお、泣き顔もかわいいぜ」

しかし、娘は泣いていなかった。ばつが悪そうではあるものの、勝気そうに憤然と立ちあがり、とたんにアナは相手が好きになった。とっさに駆け寄って助け起こそうかと思ったが、思いなおした。ふたりがかりで自転車と格闘などしては、ひとりよりもなお滑稽だ。彼女も助けなど求めていないだろう。娘は背筋をしゃんと伸ばし、野次には耳も貸さず、アナのいる桟橋のたもとを目指してゆっくりと自転車を押してきた。娘はきれいだった。頬のえくぼ、きらめく青い瞳、女優のジーン・ハーロウ風の巻き毛。そこに親しみも覚えた。本当ならリディアもこんなふうだったかもしれないと思えるせいだろうか。同じ理由で、赤の他人に姉や妹のような好意を覚えることは少なくなかった（女優のベティ・グレイブルもそのひとりだ）。だが、アナには目もくれずに娘が通りすぎたとき、その顔に見覚えがあることに気づいた。九月に若い女性たちが海軍工廠で働きはじめた日、記者たちの注目を集めていた数人のなかにいたはずだ。《ブルックリン・イーグル》紙に写真も掲載された。

無事に船の横を通りすぎると、娘は自転車にまたがり、走り去った。腕時計に目をやったアナは震えあがった。昼休みは十三分もまえに終わっている。走りだすとちらほら視線が集まるのを感じたが、かまわず作業場へ駆け戻った。一階では男性検査員たちが梯子にのぼって大型の部品を採寸している。その横を駆け抜け、席についた。十二時三十七分。つなぎの作業服の腋から汗が流れ落ちる。その日の担当分の小さな部品が入ったトレーに目を据え、アナは息を静めようとつとめた。隣のテーブルにいる仲のよい主婦のローズが、目で警告を送ってくる。

マイクロメーターの使い方はばかばかしいほど簡単だった。部品を挟み、目盛環をまわし、数値を読みとる。最初のうち、アナはこの担当になったことを喜んだ。溶接や鋲打ちにまわされると研修に六週間かかるが、検品部門は一週間の適性検査だけですむ。大学生だったせいで、ミスター・ヴォスから〝エリート〟と呼ばれたのも悪い気はしなかった。なにより単純作業には飽きがきていた。ところが、マイクロメーターの目盛りを読み、すべての部品が均質であるしるしに、トレーに添えられた用紙に押印する作業を二日も続けると、その仕事にもうんざりしてしまった。単調なくせに集中力は必要とされ、頭が麻痺するほど退屈でありながら、〝清潔な空間〟で行われるほど正確さを求められるからだ。目盛りを読みとろうと目をすがめていると頭痛がしてきた。たまに、部品を指先でつまんだだけで寸法確認をすませたくなることもあった。しかしそれでは不確実で、結局はマイクロメーターで測りなおさなければならなかった。おまけに目を閉じたまま作業しているところをミスター・ヴォスに見つかった。「なにをしているのかな、ミス・ケリガン」主婦たちにくすくす笑われながらアナが返事をすると、こう言われた。「ふざけている場合じゃない。いまは戦争中なんだ」

勤務が終了し、私服に着替えたとき、ミスター・ヴォスのオフィスに呼ばれた。これまでそこに呼ばれた者はひとりもいない。嫌な予感がした。

「待っていましょうか」がんばってね、と言い残してほかの主婦たちがそそくさと引きあげるなか、ローズはそう申しでてくれた。だがアナは断った。ローズには家で待っている赤ん坊がいる。

監督のオフィスは、海軍工廠のおおかたの場所と同じく殺風景で簡素な造りだった。アナが入っていくと、ミスター・ヴォスはスチール机の向こうで軽く立ちあがり、また腰を下ろした。「昼休みに戻るのが二十分遅かったね。正確には二十二分だ」

監督の前に立ちつくしたアナは、心臓が跳ねあがり、頭で脈打つのを感じた。ミスター・ヴォスは工廠内で重要な地位にある。工廠長からもたびたび電話がかかるほどだ。自分はとっくにクビになっていてもおかしくなかった。監督に小さな反抗を続けてきたこの数週間、そのことをまともに考えたことはなかった。いまになって、それを痛いほど思い知らされた。ブルックリン・カレッジは退学してしまった。ここの仕事を失えば、母と家にいてリディアの世話をするしかない。

「すみません。二度と遅刻はしません」

「すわりなさい」そう言われ、椅子に腰を下ろした。「働いた経験が少ない人間には、ここは規則や制約ばかりで窮屈だろうね」

「わたしはずっと働いてきました」その言葉は空疎に響いた。ショーウインドーに映った自分の姿が滑稽だと気づいたときのように、ばつが悪くてたまらなかった。戦時労働を体験してみたいだけの女学生。〝エリート〟。そんなふうに見られているにちがいない。工廠の機関紙《シップワーカー》に掲載された標語が頭をよぎった──〝数分の違いが数多《あまた》の命を救う。怠惰は敵なり〟

「戦況が厳しいことは知っているね」

アナはたじろいだ。「でも、勝つに決まってます」士気の低下を防ぐため、工廠内に新聞を持ちこむことは禁止されているが、アナは毎夕サンズ通りにある門を出たところで《ニューヨーク・タイムズ》紙を買っていた。

「ナチスがスターリングラードを包囲したのは知っているかい」

アナはうなだれたままうなずいた。

「日本軍が太平洋戦域のフィリピンからニューギニア一帯を支配していることは？」

「はい」

「ここで行われている軍艦の建設修理が、わが軍の兵士や戦闘機や爆弾や護送船団を戦地に送るために不可欠だということは？」

アナはかすかな苛立ちを覚えた。反論のしようがない。「はい」

「開戦以降、数百もの連合国側の商船が撃沈され、いまもその状況が続いていることは？」

「失う船の数は減っていますし、それ以上の速さで建設が進んでいます」アナは小さく答えた。つい最近《ニューヨーク・タイムズ》紙で読んだ記事の受け売りだ。「先月、カイザー造船所はリバティ船（第二次世界大戦中、アメリカで量産された規格型輸送船）を十日で完成させましたし」

ひどく生意気な返事になり、アナはどやしつけられるのを覚悟した。だが、ミスター・ヴォスは少し間を置いたあと、こう言っただけだった。「昼食を持参していないようだね。自宅から通っているのではなかったかな」

「はい、そうです。でも、母もわたしも、妹の世話でひどく忙しくて。重い障害があるので」

これは本当だ。ただし嘘も含まれていた。母は朝食も夕食も作ってくれる。昼食も快く用意してくれるだろうし、実際そう言ってくれている。それにしても、ずいぶん率直に打ち明けたものだ。赤の他人や他人同然の相手を前にすると、そうなることがたまにある。それを聞いたミスター・ヴォスの顔には、かすかに当惑の色が浮かんだ。

「それはお気の毒に。お父さんは協力的ではないのかな」

「父はいません」そのことはほぼ誰にも明かしたことはなく、いまもそのつもりはなかった。

「戦地へ？」とまどった顔。十九歳の娘がいるなら、兵役年齢は過ぎていてもおかしくない。

「いえ、いなくなったんです」

「家族を捨てて？」

「五年前に」

そう告げることで気持ちが高ぶったとしても、顔に出すことはなかっただろう。でも、心は平静だった。父は普段となにひとつ変わらぬ様子で家を去り、アナにはそのときの記憶すらなかった。その事実は、夜の帳が下りるように徐々に現実味を帯びていった。帰りを待つうち数日が過ぎ、さらに数週間、数カ月が過ぎても、父は戻らなかった。アナが十四歳になり、十五歳になっても。期待は期待の記憶に、なにも感じない冷たい空白に変わった。いまはもう、父の顔さえおぼろげだった。

ミスター・ヴォスはふかぶかと息を吐いた。「とてもつらいことだろうね。きみにも、お母さんにとっても」

「妹にとってもです」アナはぽつりと答えた。

ふたりを包んだ沈黙は、ぎこちなくはあるものの、気詰まりなものではなかった。いくらかの変化が生じていた。ミスター・ヴォスの袖はまくりあげられている。手の甲や角張ったたくましい手首を覆う金色の毛にアナは目を留めた。相手の同情は感じるものの、つかのまの話の切れ目に感傷をもぐりこませる余地はなさそうだ。それに欲しいのは同情ではなかった。昼休みに外出したいだけだ。

工員の交代でざわついていた作業場も、すっかり静かになっていた。夜勤の検査員たちがすでにトレーを前に作業をはじめたにちがいない。ふと、自転車の娘のことが頭をよぎった。ネル——とたんに名前も思いだした。新聞で見た写真にそう書かれていたはずだ。

「ミス・ケリガン」ミスター・ヴォスがようやく口を開いた。「時間厳守で、全力で作業にあたってくれるなら、昼食をとりに出ることを許可しよう」

「ありがとうございます」アナは声をはずませ、ぱっと立ちあがった。ミスター・ヴォスも慌てたように腰を上げる。それから、初めてアナに笑いかけた。その笑みでがらりと印象が変わった。作業場でまとっているいかめしい鎧の奥から愛想のいい男が顔を出し、やあと手を振ったかのように。変わっていないのは声だけだった。

「お母さんが家でお待ちだろう。さあ、帰りなさい」

翌朝、アナはサンズ通りの門の前にひしめきあう中折れ帽や縁なし帽のなかに、ネルの淡い色の巻き毛を見つけた。八時十五分前、遅刻ぎりぎりの時刻だ。作業場に着くのが八時を過ぎると、遅れが三十秒であろうと三十分であろうと、一時間分の給料を差し引かれる。あたりには数十人もの水兵たちの姿があり、誰もが上陸期間用に誂えた細身の制服に身を包んでいる。ズボンは両脇についたファスナーで着脱できるようになっているそうだ。血色の悪い冴えない顔が大半なのは、休日の夜を飲み明かしたせいだろう。ふらつきながら人だかりを離れ、青い顔で外壁にもたれている者もふたりいる。

ネルは海兵隊の警備兵の中央にいるハーディーの列に並んでいた。その列が決まって一番短いのは、飲み物にアルコールを混ぜていないかたしかめるため、魔法瓶をあけて鼻を突っこむ癖があるからだった。爆弾を持ちこまないよう、小包も紐をほどかれ、包み紙をすべて開いて検査される。ドイツ軍のスパイや破壊工作員が工廠に潜入する可能性があるからだ。まわりにいるのは見知った顔がほとんどで、アナには大袈裟に思えるが、アメリカの各都市でドイツのスパイが暗躍しているのは事実だった。一月にはアメリカの商船ロビン・ムーア号の出港日をドイツ軍に漏洩した疑いで、三十三名が投獄されていた。船はアフリカの沖合で魚雷を受けて沈没した。

ネルのあとに三人が回転扉を通過したが、アナがハーディーに工員章を見せ、ハンドバッグを開いてチェックを受けるあいだも、ネルの香水があたりに漂っていた。きっと独身なのだろう。門の向こうで人目を意識しながら腕時計を覗く仕草と、整えられた爪の形でわかった。髪もセットされている。ピンで留めたまま眠っているのだろう。仕事のあと、デートの予定があるからだ。でなければ、作業場では覆わないといけない髪をわざわざカールさせるはずがない。アナは異性と火遊びをするタイプではないが、そういう娘のことをとやかく言うつもりはなかった。むしろ、娘たちが男たちをうまく手玉に取り、相手には手玉に取っているのは自分だと思いこませるのを見るのは痛快だった。アナも試してみたいとは思うものの、率直すぎる自分には向いていない気がした。

「ネルでしょ」アナは追いついて声をかけた。ネルは顔を知られていることに慣れっこな様子でうなずいた。「アナよ」手を差しだされたので、アナは歩きながら軽くその手を握った。ネルの顔には苛立ちと困惑が見てとれた。恋多き女によくあるように、同性と親しくするのなど無意味だと思っているのだ。女はライバルか、でなければ取り巻きのどちらかで、いまもアナがどちらかを見極めようとしているにちがいない。「昨日、自転車で転んだでしょ」

「ああ、あれね」ネルは目で天を仰いだが、アナに興味を引かれたようだ。

「あの自転車、あなたの？」

「違う、ロジャーのよ。同じ作業場で働いてる人」

「わたしにも貸してくれると思う？」

ネルがちらりと見る。「わたしが借りたげる。それをあなたに貸すわ」

アナには望みがあり、自分はそれに協力する。声をかけられた理由がはっきりしたことで、ネルは警戒を解いたようだ。二丁目を足早に歩きながら、アナは訊いた。「そっちの作業場には女の子が多い？」

「現図場にはわたしのほかに何人かいるけど、みんな退屈で」

「主婦ばっかり？」

「そういうこと。独身の子はほとんど溶接をやってるけど、あれは汚れるし。わたしはまっぴら」

「現図場ではなにを？」

「そうね……原寸の型を作ったり」ややこしい話は興味なしとばかりにネルは言った。

「船の？」

「当たり前じゃない。アイスクリームトラックのだと思う？」

ネルの作業場の前に着くと、アナはほっとした。長く話しているとネルを嫌いになりそうだった。

「自転車借りたいんだけど、どうしたらいい？」

「昼休みの笛が鳴ったらすぐ、四号館の入り口に来て。そこに持っていく」

「外出しても、監督に文句は言われない？」

「わたしに気があるから」ネルはこれまでも自分の身に起きることをそうやって――おそらくは正しく――理解してきたのだろう。

「うちの監督は、出歩くなって」アナは少しまえまでのミスター・ヴォスの態度を引き合いに出すことで、ネルの気を引こうとする自分に気づいた。あてがわれる役はただの取り巻きに決まっているが。

「口紅を塗ったら？　効果抜群よ」

「あの人はそういうタイプじゃないから」

ネルの顔立ちは陽気そのもので、絶えず笑いだしそうに見えた。それでいて、青い瞳は抜け目のなさに満ちている。「そういうタイプじゃない男なんていないわ」

昼に待ちあわせたとき、ふたりはどちらも青いつなぎの作業服姿だった。ネルは膨らんだスカーフに巻き毛をひと房残らず押しこみ、爪先に鋼板が入った工廠推奨の安全靴を履いていた。《シップワーカー》紙にはその靴のおかげで回避された危険を伝える短い記事が頻繁に載っていたが、アナは買っていなかった。二十五セント硬貨より重いものは扱わないのだから、履いても意味がない。

「使い終わったら、ここに置いといて」ネルは言って、使い古された黒いシュウィン社製の自転車をアナに渡した。「あとで取りに戻るから。カンバーランド門の外に、とびきりの卵サンドを売ってる女の人がいる。作りたてを家から持ってきてるって。フラッシング・アベニューに行列ができてるはずよ」

「ありがと」

「卵サンドは自分じゃ持ってこられないものね。べちょべちょになるから」

「自転車が二台あったらいいのに」アナの胸にネルへの親しみが押し寄せた。うぬぼれ屋だけれど、親切な子だ。

「やめてよ。わたしはもう飽きちゃった」ネルはそう言い、にっこりして続けた。「それに、そんなことしたら男たちが大騒ぎよ」

自転車に乗ったことはこれまでにもあった。プロスペクト・パークへ行けば十五セントで借りられ、週末にそこでサイクリングするのがブルックリン・カレッジ生に人気の遊びだった。この自転車はそれとは様子が違っていた。なによりも、男性用なので高い場所にバーが通されていて、それに当たらないように立ったまま漕がなくてはならない。そうやって立ち漕ぎをしたことが、変化をもたらしたのかもしれない。なんにしろ、ペダルを踏みこみ、煉瓦敷きの地面をぐらつきながら走りだした瞬間、アナは雷に打たれたような感覚に襲われた。走ることで視界に魔法がかかる。ばらばらだった周囲の景色がひとつの仕掛けのように見える。そのなかを誰にも見られずカモメのように突っ切っていく。笑い声をあげそうになりながら夢中でペダルを漕ぎ、煤《すす》交じりの風をいっぱいに吸いこんだ。その日は興奮のあまり昼食をとりそこねた。遅刻が心配で卵サンドを試す余裕もなかった。十二時十分に席に戻り、終業まで空腹を抱えて過ごした。マイクロメーターを持つ手は震え、痺《しび》れるような不思議な快感が身体を駆けめぐっていた。

翌朝、アナは時が早く過ぎるよう作業に没頭し、おかげで昼休みの笛が鳴ったときにはトレー内の四分の三の部品を検品し終えていた。ネルは自転車とともに待っていた。その日は船台のほうへ向かうことにした。鉄の骨組みの横を次々に通りすぎると、その向こうに、太古の獣のような巨大な船体がぼんやりと垣間見えた。戦艦ミズーリだ。工廠で働きはじめた日からその名が囁かれるのをずっと聞いてきたせいで、実際に目にすると、不思議なような、怖いような気さえした。これが本物なんだ、と。

作業の効率が上がったアナは、自分の受け持ち分を片づけたあと、要領の悪い工員たちに手を貸すようになった。ある日の午後、ミスター・ヴォスが丸く巻いた青写真を手にやってきて、七七号館にある工廠長室に届けるよう告げた。驚いて声もない主婦たちを尻目に、アナはモリス・アベニューを南へくだり、六丁目に入って、上階部分にしか窓のないのっぺりとした新しいビルに足を踏み入れた。エレベーターで十五階に上がると、周囲の壁にいくつもの地図が掲げられたフロアに出た。窓の外には空が広がっているが、私服の秘書から冷ややかな目を向けられ、景色を眺めたい気持ちは萎《しぼ》んでしまった。翌日の午後、今度は同じ場所へ小包を受けとりにやられた。そうやって運び役を務めていると、機密に触れているような、それどころか、なにかの陰謀に関わっているようなスリルさえ覚えた。スパイにでもなった気がした。

自転車の受け渡しの際に挨拶を交わす程度だったものの、やがてアナとネルには友情らしきものが芽生えた。とはいえ、同じアパートメントやブロック内で育ち、紙人形や縄跳びをして遊んだり、弟や妹の面倒を見あったりしてきたステラ・イオヴィーノやリリアン・フィーニーとの友情とは別だった。クラウンハイツやベイリッジ出身の生真面目な大学の級友たちとの付き合いとも違っていた。ネルは品行方正な娘ではない。どんな秘密を抱えていようとアナの知ったことではなく、だからこそ、一緒にいると気楽だった。ほかの友人たちといるときは無意識のうちにまとっていた見せかけの鎧を脱ぐことができた。

ネルが現れるのが遅いとき、アナは車庫の出入り口を思わせる四号館の戸口に立ち、そこを出入りするクレーンを避けながら待った。クレーンの鋸歯状の顎は巨大な鋼板をロープで吊りあげていた。アナは館内を覗き、分厚い手袋を嵌めた手にトーチランプを握った溶接工たちを眺めるのが好きだった。誰かが防護マスクを脱ぐとそれが若い娘だと気づいて驚くこともあった。女性溶接工たちは壁にもたれて床にすわり、安全靴を履いた足を投げだして昼食をとった。そんな姿を見ると自分が戦争の危険や本質から遠いことを感じ、アナは歯がゆさを覚えた。真珠湾攻撃以前からその思いはつきまとっていた。だから今年の夏、海軍工廠に女性が雇用されるというニュースを初めて知ったとき、志願を決めたのだった。それなのに、この場所にいてさえ戦争は苛立たしいほど漠然としたままで、実感を覚えるには遠すぎた。どうにかしてそれに触れたいと願うのはアナだけではなかった。一度、ローズが自分のトレーに入った銅管を爪やすりでこっそりとこすっているのを見かけたことがある。ロッカー室で私服に着替えながら、なにをしていたのとアナは尋ねた。ローズは顔を赤らめた。「ミスター・ヴォスみたいなこと言うのね」

「そんなつもりじゃなかったの。興味があっただけ」

銅管に幼い息子の頭文字を刻んだのだとローズは打ち明けた。息子の名前が連合軍の艦船の一部になって海を渡ると考えると、興奮せずにはいられなかったという。

どの方向へ走っても――ただし、昼食を大急ぎですませて四十五分以内に戻れる範囲で――行きつくのはいつも栈橋だった。西の端がA栈橋、さらに作業場から遠いワラバウト湾の東側にはG、J、K栈橋が並んでいる。はじめはためらいもあり、からかわれたりしないよう、ネルに倣《なら》って髪を帽子にしっかり押しこんでいた。けれど、アナの栗色の髪は下ろしても人目を引かないようだった。肌の色も〝イタリア系〟で、身体つきも長年リディアを抱えてきたせいで、男のように頑丈でがっしりしている。帽子のつばで目を隠せば、誰にも気づかれずに栈橋を走ることができた。

慣れ親しんだにおいが身を包んだ――魚、塩気、燃油のにおい。工業地帯のしょっぱい海のにおい。誰かの体臭のように複雑で独特なにおいだ。それを嗅ぐと、忘れかけた幼いころのことが脳裏に甦った。父のスーツはいまも戸棚にかけられたままで、襟には皺ひとつなく、肩にはブラシがかけられ、手描きのネクタイは鯨のひげで形を整えられている。いまにも持ち主が戻ってきて、身に着けそうに見える。父は現金の詰まった封筒と、母の知らなかった銀行口座の通帳を残していった。それらが用意されていたせいで、はじめのうちアナたちは、いつもよりも長い出張に出ただけだと思った。留守のあいだの生活費だろうと。そのまえから父は仕事で家を空けがちになっていたからだ。数カ月のあいだ、父の気配はそこここに生々しく残っていた。隣の部屋や近所にでもいそうに思えた。アナは痛いほどの思いで父を待った。非常階段にすわって通りをくまなく探すと、父の姿が見えるような気がした。そう思うことで、本当に父を戻らせることができると自分に言い聞かせた。これほど強く帰りを願っているのだから戻らないはずがない、と。

涙は一度も流さなかった。父の帰宅を信じていたときは泣く理由がなかったし、最終的に諦めたときには、泣くには遅かった。父の不在は硬い塊と化していた。父さんはどこでなにをしているんだろう。そんなことを考える自分に気づくたび、アナはその考えを頭から締めだした。心配なんかしてやらない。せめてそう思うことで、父を否定したかった。

母も似たような心境だと想像していたが、定かではなかった。姿を消したときと同じように、父のことはぱたりと話題にのぼらなくなった。いまさら口に出しても気まずいだけだ。その必要もない。

ある日の昼休み、自転車を受けとりながら、アナはネルに訊いた。「ねえ、たまにはあなたも乗ったら?」

「まっぴらよ」

「たった一度倒れたせいで?」

「だったら、いっぺん倒れてみなさいよ」

「あのときは平気そうだったじゃない」

「そう見せてたのよ」

ネルと同じ方向へ行くか、逆方向へ向かうか決められないまま、アナは自転車を押し、並んでC桟橋のほうへ歩きだした。

「そういえば」ネルが意味ありげに見る。「監督は出歩くのに文句を言わなくなったみたいね、口紅を塗らなくても」

「遅刻さえしなけりゃね」

「塗ったらもっといい思いができるのに」

すれ違いざま、男たちに声をかけられた。ネルといると、いつもとまるで違った──自分がネルならどんな気分だろう？　今日はC栈橋に停泊中の船はなく、突端にたどりつくと、ネルは作業服のポケットから銀のシガレットケースを取りだした。日の光を浴びてケースがきらめく。男友達からの贈り物だろう。「ここ、禁煙じゃないの？」アナは訊いた。

「みんな栈橋では吸ってるし。〝危険〟の張り紙もないしね。だって──あら、風除けになってくれてちょうどいいわ──まわりは水だもん、でしょ？」

いつものしなやかで洗練された物腰とは打って変わり、ネルは荒っぽい手慣れた仕草で靴底でマッチを擦り、口にくわえた細身の煙草に火をつけた。吐きだされた煙はクリームのようにおいしそうで、チョコレートの気体でも食べているように見えた。「こんなみっともない服を着せられるんだし、煙草ぐらい吸わせてもらわなきゃ。一本どう？」

アナの住むブロックでは、煙草を吸うのは男だけだった。女が吸うのは不作法だとされている。

「ありがと。もらうわ」

ネルは新しい煙草をくわえ、古いほうの煙草の火先を押しつけてから、二本の先端が赤く燃えたつまで吸い口を吸った。火のついた煙草と瑞々しいその顔の組み合わせは、アナをどきっとさせた。手渡された新しい煙草の吸い口は湿り気を帯び、口紅がついていた。「最初は深く吸っちゃだめ。くらくらするから。わたしはくらくらするの、好きだけど」

アナはそれを吸い、口のなかで乾いた熱を楽しんでから、煙を風に飛ばした。たしかに不作法だが、それは好ましい不作法さだった。床にすわりこんで昼食をとる女の溶接工たちに感じるのと同じような。ふたりは黙ったまま煙草を吹かした。アナはワラバウト湾の反対側で空に向かって頭を垂れる槌型クレーンを眺めた。二日ほどまえ、そのクレーンがセメント車をミニカーのように吊りあげるのを目にしたところだ。クレーンの向こうにはウィリアムズバーグ橋が横たわり、対岸のマンハッタン島の岸辺には低層のビル群が並び、窓ガラスがくすんだ空の下で金の欠片のようにきらめいている。

「今度、夜に出かけない？」ネルが言った。

「どこへ？」

「ショーとか、映画とか。レストランとか。マンハッタンに飲みに行ったことないの？」

ブルックリン・カレッジの男子寮に住む学生たちと三番街でビールを飲んだことはあるが、ネルが言っているのは学生の溜まり場とはわけが違いそうだ。「真面目な温室育ちだから」

ネルが目で天を仰ぐ。「お気の毒。お洒落も知らないってわけ」

「それはなんとかする。あなたに恥をかかせるようなことはしない」

ネルは青い目でにっこりと笑った。「今夜はどう？」そう言って、吸殻を海に捨てる。「なんたって金曜日だし——といっても、明日も仕事だけどね」

C栈橋の突端から引き返すとき、アナは第一乾ドックの先に停泊するはしけに気づいた。フックや滑車や薄汚れた差し掛け屋根のある見慣れた浚渫船《しゅんせつせん》とは違う。なにも積まれていない。船首のところで、ふたりの男が三人目の男に重たげな帆布地のつなぎ服を着せようとしていた。騎士の戦支度を手伝う従者のようだ。傍らには大きな直方体の箱が立てて置かれ、そこについたハンドルをさらに別の二名がまわしている。

「あれ、なにしてるの？」アナは尋ねた。

「あのごつい服を着てる人が、たぶん潜水士よ。水に潜って船を修理するの。いまはまだ見習いで、はしけの上で訓練中なんだと思う」

「潜水士？」そんな言葉は初耳だった。補助役のふたりが球体をした金属のヘルメットを抱えあげ、潜水士の頭にかぶせる様子を、アナは魅せられたように見つめていた。潜水服には、どこか根源的な親しみを感じさせるものがあった——夢か神話で目にしたことがあるもののような。食い入るように見つめるアナにつられ、ネルもなにが面白いのかとそちらを眺めている。

「潜水士だってどうしてわかったの？」アナは男たちに目を釘づけにしたまま訊いた。

「うちの作業場のロジャーが言ってた。民間人の志願者を募るんだって。危険手当が出るから、応募するつもりみたい」

立ちあがった潜水士がぎこちなくはしけの端まで移動し、後ろ向きに梯子を下りて水に身を沈めはじめた。水面はまるで硬い石のように見えるが、潜水士は下降をつづけ、やがて球形のヘルメットを水面上に残すだけになった。そして、きらめく気泡を残して消えた。

いつのまにか、ネルは食堂へ行って弁当をふたつ買ってきていた。ひとつを手渡された。「さっさと食べちゃって」

スパゲッティとミートボールを平らげるあいだも、アナは水面から目を離さなかった。いくら待っても潜水士は浮上してこない。水中で呼吸しているのだ。湾の底にいるその姿をアナは思い描こうとした。海底では歩くのだろうか、それとも泳ぐのだろうか。底にはなにがあるのか。妬ましさと憧れが全身を貫いた。「わたしたちも、させてもらえるかな」ぼそりとそうつぶやいた。

「やってみたいの？」

「やりたくない？」

ネルは呆れたように笑った。「させてもらえるんじゃないの。させられるの。このままどんどん男たちがいなくなったらね」

アナはその思いつきを幸運の硬貨のようにしっかり胸におさめた。九月には二百七十名もの工廠員が徴兵され、休職したと《シップワーカー》紙が報じていた。週ごとに出征する男たちの数は増えている。

「そんなことしろって言われたら、その日に辞めてやる」ネルは言った。作業服からコンパクトを出して、鼻に粉をはたき、口紅を塗りなおしている。

使ったフォーク類を食堂に戻しながら、アナは自分のなかで決定的な変化が起きたことに気づいた。自分はずっと潜水士になりたかった、海底を歩いてみたかったのだ。いまそれがはっきりした。でも、そう望んでも、却下される恐れはある。

昼食後、アナはミスター・ヴォスのお使いで七七号館に行った。すでに慣れっこになり、いまでは主婦たちもなにも言わなくなっている。十五階に上がると、潜水用のはしけを見たいと思い、工廠長の秘書に窓の外を眺めてもいいかと尋ねた。

「ええ、どうぞ」たびたび顔を合わせるうち、すっかり打ち解けた秘書はそう答えた。「わたしは見飽きちゃって。まるまる一週間も外を見るのを忘れるくらいよ」

アナは窓辺に近づいた。十月末の深みを帯びた陽光の下、設計図のように精緻に配置された工廠が広がっていた。大小の船舶が熊手の形に似た桟橋に四列に並んで停泊している。乾ドックには、浜辺で縛りあげられたガリバーのように、何百ものフィラメントロープで船が固定されている。槌型クレーンが拳を東へ突きあげ、西側には船台を覆う鉄の骨組みがそびえている。その周囲には渦巻くペイズリー模様のように線路が張りめぐらされている。潜水用のはしけは消えていた。

「この眺めを見ると」いつのまにかアナの隣に立っていた秘書が言った。「いつも思うの、勝つに決まってるわ、って」

作業場に戻ると、ミスター・ヴォスはオフィスにいた。アナが包みを机に置くと監督はこう言った。

「ミス・ケリガン、ちょっとそこにかけてくれ。ドアを閉めて」

以前ふたりきりで言葉を交わしてから、一ヵ月近くが過ぎていた。アナはそのときと同じ堅い椅子に腰を下ろした。

「昼食は楽しめたかな」

「ええ、とても。それに、遅刻もしていません」

「ああ、そうだね。おまけに、いまでは男女を問わず、ぴか一の検査員だ」

「ありがとうございます」

しばらく間があり、アナはとまどった。楽しくおしゃべりするためだけに引きとめられたのだろうか。「戦艦ミズーリを見ました」沈黙を破ろうと、アナは言った。「船台で」

「そうか。進水式が想像できるかい。戦艦アイオワのときは、ここにはまだいなかったんだったね」

「三週間の差で」そう思うと悔しくてならなかった。ルーズヴェルト大統領夫人が来ていたのに。

「それはもう圧倒されるよ、戦艦が船台を滑りだす瞬間には。目を潤ませていない者はいなかったね」

「あなたもですか？」それは率直な問いだった。ミスター・ヴォスが船を見て涙ぐむところなど想像できなかったからだ。ところが、なぜかからかうような調子になり、それを聞いてミスター・ヴォスは声をあげて笑った——初めてのことだ。

「わたしだって、ひと粒やふた粒、涙はこぼしたとも。信じないかもしれないが」

アナはにっと笑った。「氷の涙をでしょう？」

「かちんこちんのね。煉瓦の地面に落ちて、ガラスみたいに砕けたよ」

口もとに笑みを残したままアナは席に戻った。遅れを取りもどそうと、急いで作業に取りかかった。数分して、周囲が奇妙に静まり返っていることにようやく気づいた。いつからだろう？ ほかの工員たちに目をやったが、誰ひとり目を合わせようとしない。ローズでさえ。それでいて、自分に注意が集まっているのをひしひしと感じた。

そのとき、気づいた――主婦たちがまた陰口を利きはじめたことに。

第六章

　アナはアラン・ラッド主演の映画《ガラスの鍵》を観るため、午後八時にロキシー劇場でネルと待ちあわせた。だが、半分ボタンを外したコートから露わになったなまめかしいネルの胸もとを見て、なかに入る気はなさそうだと悟った。

「別のアイディアを思いついたの。やってみる気があればだけど」ネルは妙に陽気な、歌うような調子で言った。なんでもするとアナが請けあうと、ネルは続けた。「友達が〈ムーンシャイン〉のテーブルをキープしてるの。ナイトクラブよ。そこに招待するって」

「こんな格好じゃだめよ」

「服が野暮ったいことは伝えておいたから」

　アナは笑った。とはいえ、コートの下の服はそうひどくもなかった。工廠の友達に映画に誘われたけど、お洒落も知らないと思われているのと話すと、母は猛然と服の手直しに取りかかった。アナがリディアの通院用にS・クライン百貨店で買った地味な青いワンピースには、肩パッドとウェストまわりの襞飾りが付けくわえられた。アナのほうも、母と連弾でもするように忙しく手を動かし、襟にトルコ石のビーズをちりばめた。ファッション通の目はごまかせないにしろ、そこまで仔細に見られはしないはずだ。パール・グラッキーがつねづね公言しているように、〝イメージがすべての世界〟だからだ。

ネルはタクシーを呼びとめ、運転手に東五十三丁目へと告げた。「ほんの数ブロックじゃない！」アナは反対した。「節約のために歩きましょ」

わざとらしい高笑いが返ってきた。「心配しないで。このタクシー代を払ったら、あとは十セントだって出さずにすむから」

タイムズ・スクエアの北数ブロックは灯火管制で街灯の上半分が黒く塗られ、劇場の電光掲示板も薄暗くされていたが、それでもずいぶん明るく感じられた。めったに夜のマンハッタンに来ないアナは、大勢の兵士の姿に驚いた。分厚いコートの将校たち、水兵に下士官たち、アナの知らない制服姿の男たち。誰もが差し迫った用事でもあるかのように足早に歩いている。

「ひとつ言っとく」後部座席でネルがアナに向かって言った。「仕事の話はしないで」

「仕事って――」

「シーッ！」ネルが指を唇に押しあてる。深紅のマニキュアは、昼に別れたあとに塗ったらしい。

「海軍――」

「シッ！」

「どうしてだめなの？」

「もう、かんべんしてよ」ネルが裏返った澄まし声でなじる。「とぼけないで」

「とぼけてるのはどっちよ」

間があった。「言いたいこと、わかるでしょ」ネルが地声に戻って答え、真顔でアナを見据えた。

車窓からの明かりで、えくぼのある顔は影に沈んでいる。「余計なことは言わないって約束して」

「安心して。恥かかせたりしないから」

マディソン・アベニューの東側でタクシーを降り、白く輝く扉の前に立つと、シルクハット姿のドアマンが無上の喜びだと言わんばかりにうやうやしくふたりを迎えた。なかへ入ると喧騒がふたりを包み、アナはしんとした作業場から騒がしい戸外へ出るときと同じようにはっとした。

「いいじゃない」コートと帽子を預けると、ネルはアナのワンピースを品定めしながら言った。「思ってたよりずっと」

「そりゃよかった、ほっとしたわ」

アナの返事に茶化すような響きを感じたのか、ネルは小首をかしげ、笑いながらアナの目を覗きこんだ。「面白い子ね」

「そっちこそ」アナがそう言うと、ネルはその手を取り、音楽と話し声で沸き返る店の奥へと誘《いざな》った。いまのやりとりがネル流の友情の誓いなのだとアナは悟った。十歳のときに、自分がリリアン・フィーニーと姉妹の誓いを立てたように。とはいえその気になったのは、胸もとにたっぷりとドレープが入ったクリーム色のサテンドレス姿のネルがとびきり魅力的で、アナに男たちの視線を横取りされる恐れがこれっぽっちもないせいだろう。

ゆったりとした階段を下りてナイトクラブに足を踏み入れると、アナは別世界に飛びこんだような気がした。見えないスクリーンを通りぬけ、映画のなかに入りこんだかのようだった。徐々に心の準備をしたかったが、そんな暇もなく、その場に呑みこまれた。楽隊に、噴水、市松模様のタイルの床、蜜蜂の巣のように客がひしめきあう無数の赤い小テーブル。ネルはそのあいだを縫って進み、たびたび立ちどまっては、席についた客たちと甲高い声で派手に挨拶を交わしている。アナも気後れしながらそのあとに続いた。

人でごったがえした楕円形のダンスフロアがあり、そのそばのテーブルで三人の男が待っていた。胸ポケットには絹のハンカチ、上等そうなネクタイピン。三人とも似たり寄ったりのいでたちだった。違いといえば、ひとりはハンサムで、そうでないほうのふたりが若いか年かさかという点くらいだ。けたたましい声でいっせいにおしゃべりがはじまり、かろうじてアナが聞きとれたのは、断片的なフレーズばかりだった。

「……お祝いを……」

「……ジャップが……」

「……あそこにすわってる……」

「……シャンパンを……」

「……いい子だから……」

アナは黙って聞きながら、自分の堅苦しさを意識していた。軽口を叩きあうのは得意じゃない。うまくリズムをつかめないまま縄跳びに加わろうとするようなものだ。軍服姿の将校たちの姿はあるが、ここには戦争の気配も感じられなかった。ネルの男友達の若いふたりはなぜ召集されていないのだろう。

ハマグリをオーブンで焼いたクラム・カジノがシャンパンとともに運ばれてきた。ウェイターの若者は見てわかるほど手に震えがあり(そのせいで兵役不適格なのだろう)、浅いグラス五つに苦労してシャンパンを注ぎ分けた。アナには初めてのシャンパンだった。男子寮で飲んだのはビールだけで、家にあるアルコールはウィスキーと決まっていた。グラスのなかの淡い金色の液体は音を立てて泡立っている。ひと口飲むと、それはパチパチと弾けながら喉をくだっていった――甘さのなかにかすかな苦みがある。クッションにもぐりこんだ針が、ちくりと指を刺すような。

「ねえ、これおいしい！」と声を張りあげると、ネルも息をはずませて「最高よね？　一日じゅう飲んでたいくらい」と返したので、アナはつい、警備兵の目を盗んで、魔法瓶に入れて職場に持ちこんだらとふざけたくなった。が、すんでのところで思いとどまった。

グラスはすぐに空になったが、すかさずウェイターがやってきてお代わりを注いだ。オーブンのスイッチが入り、熱い炎が噴きだしたかのように、周囲の景色が溶けだし――音楽も、シャンパンの泡も、笑い声も――まばゆい光の渦に変わった。パール・グラッキーの言葉どおり、目の前にちらつくのは現実の場所というより、その〝イメージ〟だった。同時に、アナと周囲との隔たりも溶けて消えた。頬を上気させ、胸を躍らせて、アナはそのただなかに飛びこんだ。

テンポの速い曲がはじまった。ハンサムでないほうの若者があらためて自己紹介をしてから――ルイというらしい――アナをダンスに誘った。断ろうとしたが、陽気に遮られた。「冗談だろ、踊らない子なんていないよ。ほら、立って」ルイはアナの手を取り、市松模様のタイルのフロアへ連れだした。その足が少し引きずられることにアナは気づいた。それで疑問が解けた。最初のうち、母から教わった二〇年代のダンス――ピーボディに、テキサス・トミー、ブレイクアウェイ――が、いま楽隊が演奏しているベニー・グッドマン流のスウィング・ジャズには合わないのではと不安だった。でも、ルイのエスコートに救われた。器用で無駄のないそのステップには、細心の注意が払われているのがわかった。脚の不自由は上手に隠されていた。

「楽しんでる？　本当に？」ルイはホスト役を自任しているのか、一同を喜ばせようとつとめている。
「ネルはどうかな、楽しんでいると思う？　あの子のことはさっぱりわからなくてさ」
「楽しんでるわ」アナは請けあった。「みんなもね」

テーブルに戻ると、グラスはまた満たされていた。ネルがハンサムな男友達のマルコとともにダンスフロアから戻った。この人が恋人なんだな、とアナは思った。ところが、人込みをかき分けて化粧室に向かう途中、ネルにこう耳打ちされた。「恋人がまだ来ないの。ほんとにあいつったら」

「えっ」アナはとまどった。「その人って——」

「クラーク・ゲーブルに似てるってみんなは言ってる。店の前まで見に行きましょ」

そこにも見あたらないとわかると、ネルは悪態をついた。「あの屑野郎！」

「いいかげんな人なの？」

「彼——ひとり身じゃないの。だからいつでも来られるってわけじゃない」

「それって……」

ネルがうなずく。「でも、奥さんはがみがみ屋なのよ」

「子どもは？」

「四人。でも彼、家にいるときは死んでるも同然だって。わたしに会える日を指折り数えて待ってるの」

「ラジオのメロドラマみたいなこと言うのね」

「あんなの聴いてちゃだめ。脳味噌が腐るわよ」

「母が好きだから」

「ああもう、なんで来ないの？　テーブルにいるあの木偶《でく》の坊たちなんて、彼が来るまでのつなぎなのに」

「ルイは木偶の坊なんかじゃない。やさしい人よ」

「みんな同じよ」

ハンサムなマルコがネルの相手でないと知り、アナはその彼と踊ろうとテーブルに戻った。でも、結局はまたルイとダンスフロアに繰りだすことになった。准将に州議会議員、有名な黒人の学者。ルイは見知った顔を指差してはアナを楽しませた。春に《拳銃貸します》で観たレアード・クリーガーもいる。アナの大好きな《断崖》でアカデミー主演女優賞を取ったジョーン・フォンテインも。街を舞台にしたダークな物語がアナのお気に入りだった。映画館からの帰り道、背後で足音を聞いて胃が縮みあがるような話が。

「知ってる人ばかりなのね、ルイ！」

「まあね。残念なことに、向こうはぼくを知らないけど」

アナはその顔をしげしげと眺めた。痩せた身体、細い顔には大きすぎる歯。不自由な脚。「仕事はなにをしてるの？」

「保険計理士さ」ルイはぼそりと答え、どんな内容なのかアナが尋ねるまえに話を逸らした。「きみは？」

海軍工廠の話をしないよう、すでに何度かごまかしていたので、迷わず答えられた。「秘書よ」

「こういう店があるのは、ぼくたちみたいな商売の人間が仕事を忘れるためだろうね。〈ムーンシャイン〉はちょっとばかりいかがわしくはあるけど」

「どこが？」アナは声を張りあげた。「いかがわしさなんて感じないけど」

「ああ、だろうね。そこがミソなんだ。ギャンブルは二階でやってる。本物の遊び人たちを相手にね。バカラにカナスタ、ポーカー――いろいろ噂は聞いてるよ。ここにはあらゆる種類の人間が集まってる。ギャングもだ。女の子はギャングが好きだろ？」

「わたしは会ったこともないわ！　どの人がそう？」

「そもそも、オーナーがギャングだって話だ。あるいは、禁酒法時代にそうだったか。いつもはあそこにすわってる」ルイは店の奥の隅を目で示した。「デクスター・スタイルズ。いくつもクラブを経営してるから、この店にずっといるわけじゃないけどね」

「デクスター・スタイルズ」アナは言った。聞き覚えのある名だ。「見た目はどんな感じ？」

「ボクサーみたいだ。大柄で屈強、髪は黒。そのうち来るかもしれないよ」

ハンサムなマルコがようやくアナをダンスに誘った。癖の強い黒髪、陰のある瞳、歪められた口もと。映画の悪役みたいだ。召集されていないのは、イタリア系だからだろう。マルコは義務を果たすかのようにうんざりした調子でムッソリーニをファシストと呼び、あとは黙りこんだ。ダンスフロアをしきりに見まわしている。ルイではないほうの不器量な年かさの男と踊るネルを探しているのだ。アナはマルコとはうまく踊れなかった。三度目に足を踏まれたとき、苦い落胆を味わいながら踊るのをやめた。ルイのそばへは行かず、店のオーナーがよくすわっているという店の隅に近づいた。四人の男がテーブルを囲んでいる。シャンパンで視界がぼやけ、自分の姿もなかばそこに溶けこんだように感じていたせいで、アナはつかつかとテーブルに近づいて上から見下ろした。四人がいっせいに顔を上げる。ミスター・スタイルズはひと目でわかった――と同時に、以前会ったことがあることにも気づいた。

「化粧室なら表だよ」男のひとりが言った。

「いえ、その……ごめんなさい」アナは言い、その場を離れた。デクスター・スタイルズはマンハッタン・ビーチで会ったあの人だ。その発見は熱くて冷たい波のように押し寄せ、フロアが横倒しになったかのようにアナを動揺させた。忘れていた記憶が呼び覚まされる――父と車でそこへ向かったときのこと。女の子と遊んだこと。デクスター・スタイルズが凍えるようなビーチにやってきたこと。あまりの偶然に神秘を覚えた。よく考えもしないまま、アナはそれを伝えようと急いでテーブルに戻った。

二度目に顔を上げた男たちから冷ややかなまなざしを投げかけられ、迷惑なのだとアナは気づいた。シャンパンの酔いが一気に醒め、ひどく無防備に思えた。とくに、四人のうちでもっとも若く、たるんだ頬ともじゃもじゃの髪をした男が敵意をむきだしにしていた。「なんだ、またあんたか。とっとと消えな」

デクスター・スタイルズがぱっと立ちあがり、アナとテーブルのあいだに割りこんだ。「なにかご用かな、お嬢さん」アナをろくに見もせず、よそよそしい態度でそう言う。もちろん、アナを覚えてはいないのだ。マンハッタン・ビーチでの記憶は、車窓から捨てられるリンゴの芯のように色褪せた遠い過去となっているのだろう。いまさら持ちだすなんて、ばかげている。ふたりのあいだに沈黙が口をあけ、それが広がった。

「わたし、ブルックリンの海軍工廠で働いているんです」アナは思わずそう答えたが、言い終わるより先にしまったと思った。

「それはそれは」相手の目がようやくアナに向けられた。「新聞で読んだよ、若い娘たちがあそこで働きはじめたそうだね。きみはなにを？」

「マイクロメーターで部品を検査しています。でも、溶接や鋲打ちをしている子も……」

「溶接まで？」

「男性と同じように。マスクを脱がないと見分けがつかないんです」

「それが普通なのかい？　男と女が同じ場所で働くのが」

その目がまっすぐアナに据えられる。「さあ」アナはまごついた。「わたしの作業場は女性がほとんどですけど」

「それじゃ、話せてよかったよ、ミス……」

「フィーニーです」とっさにそう答え、手を差しだした。「アナ・フィーニー」

「デクスター・スタイルズだ」

握手のあと、スタイルズは通りかかったウェイターの腕に触れ、言った。「ジーノ、ミス・フィーニーを席にご案内して、店の奢りでお連れのみなさんにシャンパンをお出ししてくれ。それじゃ、ミス・フィーニー」

体《てい》よく追い払われた。デクスター・スタイルズが仲間たちのもとへ戻ったので、アナは人のあいだを縫うように歩きまわった。いま起きたことの驚きで、耳の奥ががんがん鳴っている。リリアン・フィーニーの名前を借りたのは、この手の場所では偽名を名乗るほうがいいと思ったためではなく、相手に自分とのつながりを気づかれないようにするためだった。ケリガンと名乗れば思いだしてもらえるかもしれないのに、なぜそんなことを?

テーブルに戻ると、アナはしきりに話しかけてくるルイをよそに、物思いに沈んだ。自分の席からデクスター・スタイルズの姿は見えず、二度と見たくない気もした。本名を告げていたらどんなやりとりが続いただろう。そう想像して初めて、自分がとっさにごまかした理由がわかった。〝**それで、お父さんは元気かい? 近ごろはどこでなにを?**〟そう訊かれるのは明らかで、それに答えると考えただけで屈辱を覚えた。

ウェイターがあけたばかりのシャンパンを運んでくる。ネルと一緒にダンスフロアから戻ったマルコが、ご満悦の表情を浮かべている。

「どうしちゃったのよ」ネルが訊き、アナの隣の椅子にどさっと腰を下ろした。「酔っ払っちゃった?」

「そうみたい」でも、その逆だった。いきなり押し寄せた鈍い悲しみ——というより、虚しさだろうか——を紛らすには、シャンパンが足りない。

「今夜はもう帰る」ネルが言った。

ルイがとんでもないという顔をする。「そんなこと言うなって。ほら、シャンパンでも飲んで、店の奢りなんだ！　店の奢りで飲めるのなんて生まれて初めてさ！」

「もう、ルイったら」ネルが言う。

「楽しんでほしいんだ。沈んだ顔をされたら台無しだよ」

陽気な声の裏に切ない響きを感じとり、アナの胸はちくりと痛んだ。「すごく楽しかったわ、ルイ」そう声をかけて細い肩に腕をまわし、ひんやりした青白い頬にキスをした。

「ワーオ」ルイが素っ頓狂な声をあげた。

ネルも反対側からルイの肩を抱いた。マルコと年かさの男が揃って笑いだす。誰もがルイを憎めないのだ。

「気絶しそうだ」ルイが言った。「ふたりとも、そうなったら支えてくれよ」


東五十三丁目に出たとたん、別世界に足を踏み入れたように、〈ムーンシャイン〉の喧騒はぱたりとやんだ。アナは腕時計に目をやり、ぎょっとした。午前一時を過ぎている。「帰らなきゃ」ネルの返事はなかった。来る途中には不自然なほど陽気だったが、今度は同じくらい沈みこんでいる。「明日は彼に会えるの？」アナは訊いた。

ネルが首を振る。「週末は出かけられないの。だから、今日すっぽかされて、あんなに怒ってたわけ。あのクソ男」

「そのドレスは買ってもらったの？」

「パームビーチでね。マイアミへの出張にわたしもついていったの。ね、驚いた？」ネルがことなげに訊く。

「少しね」アナはうなずいた。「それって……危ない気がするけど」

「彼にとってはね——わたしは失うものなんてないから。彼ったら、どんな危険を冒してもわたしといたいんだって」弱々しい笑みが浮かぶ。「わたしのこと、清らかな天使だとか思ってた？」

「思ってない。なにそれ」

「まあ、そんなの幻想だしね」

アナは黙っていた。

「天使なんて、とんでもない嘘つきよ、わたしはそう思う」ネルが吐き捨てるように言う。ややあって、問いかけた。「あなたは天使なの、アナ？」

舗道の落ち葉がかさかさ鳴り、ネルの梔子《くちなし》の香水が香っていた。そんなことを訊かれたのは初めてだった。みな、そのはずだと思いこんでいるからだ。

「いいえ。わたしは天使じゃない」目と目が合い、ふたりは互いを理解した。

ネルが気を取りなおしたように、アナの腕に手を絡ませた。ふたりしてハンドメイドの宝石箱のようなタウンハウスの前を歩きだす。「ずいぶんうまく隠してるのね」ネルが小声で言った。

「ならよかった」

「スパイか刑事になれるんじゃない。誰にも見破られないから。正体も、どこの組織の人間かも」

「わたしは潜水士になりたい」アナは言った。

第七章

　ブルックリン八十六丁目を車で走っていたデクスター・スタイルズは、隣のバジャーが腕時計に目をやり、ラジオのダイヤルに毛深い手を伸ばすのに気づいた。午前五時半からのニュースを聴くつもりだろう。デクスターはその手を払いのけた。

「なんでです?」バジャーが口を尖らせる。

「人の車に勝手に触るんじゃない。シカゴじゃ教わらなかったのか」

「すみません、ボス」従順な返事とは裏腹に、バジャーの目にはふてぶてしい薄笑いが浮かんでいる。思ったとおり、続きがあった。「でも……すわってるだけで車には触っちまう、でしょう? シートにも背中が当たってる」

「殴られたいなら、そう言え」

「なんなんです、今夜はえらくご機嫌斜めだな」

　デクスターは隣の男を横目で見た。バジャーに苛立つ理由は山ほどあるが、こちらの気分をやけに正確に言いあてることもそのひとつだった。たしかに機嫌は悪かった――理由は思いだせないが。もうじき来るお気に入りの時間をバジャーに邪魔されそうなせいかもしれない。夜と朝のはざまの、まだ見えぬ曙光《しょこう》の気配を感じる瞬間を。

「あの子のことだ」ようやく思いだした。「テーブルに近づいてきた娘に失礼な態度をとっただろう。ミス・フィーニーに」

バジャーがぽかんと口をあける。

「〈ヘルズ・ベルズ〉でなら話は別だ」デクスターは、ブルックリンのフラットランズ地区にある街道沿いのナイトクラブの名を出した。〈ムーンシャイン〉を出たあと向かった店だ。「それに〈パインズ〉でなら。もっとも、ミスター・ヒールズは客にあんな口は利かないが。だが〈ムーンシャイン〉は違う」

「お上品な店だから？」

「そういうことだ」

バジャーがため息を漏らす。「シカゴじゃ違うのに」

「らしいな」

かれこれ七晩ものあいだ、バジャーからシカゴの自慢話を嫌というほど聞かされつづけていた。いかしたバーやら、とびきりの女たちやら、美しい湖やらの話を。なにより、組織と警察との蜜月関係の話を。バジャーはシカゴを愛しているが、シカゴには愛されなかった。〝風の街〟で大きなヘマをし、運が悪ければミシガン湖の底で魚の餌になるところだった。だが母親がミスター・Qのお気に入りの姪だった。ミスター・Qの口添えで又甥《またおい》はブルックリンへ逃れ、デクスターがその指導と庇護を仰せつかったというわけだ。本来ならば運転手として使うところだが、そうするぐらいなら弁護士をやらせたほうがまだましだと思った。真新しいキャデラック62シリーズのハンドルは誰にも握らせるつもりはない。ボディの色は北欧《ノース》グレー、デトロイトの製造工場が軍需工場に全面転化される直前に出荷された最後の製品のひとつだ。デクスターは好んで運転をする。ニューヨークじゅうでも、自分ほど頻繁にハンドルを握り、闇で多量のガソリンを入手している者は十人といないだろう。

「おっと、ボス、道が違う」

「それは行き先がどこかによる」

「家に送ってもらえるんじゃ？」バジャーの住まいはベンソンハースト地区にある。そこでミスター・Qの妹にあたる独身の老婦人の家を間借りしている。

先ほどまでいた〈パインズ〉のあるグレーヴゼンドから、いつのまにかベイリッジまで車を走らせていた。二週間ほどまえ、フォート・ハミルトンのそばの小高い場所に住む同業者を訪ねた際、ナロウズ海峡の見事な景色を眺めたことがあった。車に戻ろうとしたとき、船や波止場の明かりが消されて黒く沈んだアッパー湾にふと目が吸い寄せられた。その闇のなかに、なにか動くものがひしめいているように見えたのだ。すぐに目が慣れて謎は解け、そこにあるものが明らかになった。護送船団だ。巨大な船の一団が等間隔に列をなし、獣か幽霊の群れのように海峡を抜けようとしていた。音もなく進むその姿はどこか深遠で、神秘的ですらあった。通過する船を最後まで数えると二十八隻だったが、それ以前にどれだけの船が通過したかはわからなかった。最後に小型船がやってきて海峡の防潜網を閉じた。それからというもの、また船団が見られないかと、数夜ごとにこの場所へ通うようになっていた。

「おまえは若くて丈夫なんだ、バジャー」エンジンをかけたままの車のなかでデクスターは言った。

「なぜ入隊しない？」

「兵隊なんて柄じゃない」

「いや、兵隊以外の何者でもない。おれもな」

「そういう意味じゃなく」

「おまえの大おじ、あの人がおれたちの将軍だ」

「行進なんかまっぴらだ」

デクスターは険しい顔でバジャーに向きなおった。「ミスター・Qに命じられれば行進する。制服を着ろと言われれば着る。それがおれたちだ。兵役不適格なわけじゃないだろう、バジャー」

「おれが？」バジャーがむっとする。「まさか、目はシャム人並みに利くんだ。ドレイク・ホテルの屋上にいたって、ミシガン湖の真ん中から送った点滅信号が読みとれる」

またシカゴか。バジャーの熱弁をよそに、デクスターは海を眺めながら〈ヘルズ・ベルズ〉と〈パインズ〉の両店で受けたばかりの報告のことを考えた。売上げは芳《かんば》しくないらしい。ガソリンが入手困難で、街道沿いの店へは足を延ばしにくいせいだ。今夜と月曜日にまわる予定のロングアイランドとパラセイズの店でも状況は同じだろう。

〈パインズ〉を任せているヒールズからは別の話も聞かされた。先日までカードゲームのディーラーをしていたヒュー・マッキーが面倒を起こしているという。ギャンブルにはまり、借金がかさんで店の金に手を出したためクビにした男だが、以前よりも高給で再雇用しろと要求しているらしい。八カ月のあいだ店で見聞きしたことで、関係者全員をシンシン刑務所送りにできると脅しているのだ。デクスターはヒュー・マッキーの顔を思い浮かべようとした。人の顔を見れば名前は思いだせるが、名前を聞いただけで顔を思いだすのはたやすくない。

「結局、なにがしたかったんだろうな」バジャーが気怠《けだる》げに訊いた。「何度も近づいてきたあのばか女は」

「口に気をつけろ」

「どうせ聞こえませんって」

いい度胸だ。それまで曖昧だったことがはっきりした。バジャーは無敵だと思っている。ミスター・Qに救いの手を差しのべられたことで、身の安全を保証されたと思いこんでいるのだ。台頭しつつあったミスター・Qの実弟と、少なくともふたりのいとこが忽然と消えた話は耳に入っていないらしい。そういう考え違いをしているのなら、デクスターに対するわざとらしい服従と、そこにしのばされた嘲りの説明がつく。

「降りろ」デクスターは言った。

バジャーがきょとんとする。

「失せるんだ。さあ」

若造はなにやら言いかけたが、デクスターが本気だと悟ったらしい。ドアをあけ、暗がりのなかへ出た。デクスターはそのまま静かに走り去り、一度だけバックミラーを覗いた。先週〈クロフォーズ〉で買い与えた安物のスーツ姿で車を見つめるバジャーの姿がちらりと見えて消えた。ベンソンハーストまで戻るにはかなり苦労するだろう。そもそも住所を覚えていればだが。キュッキュッと音ばかりうるさい近ごろのブローグシューズはすぐにだめになるはずだ。ああいう若造には、何度でも思い知らせてやらねばならない。シカゴではどんなピンチをミスター・Qに救われたか知らないが、ここニューヨークで序列に従わぬ者は、はるかに悲惨な地獄を見ることになる。無敵な者などいない。そう思いこむのは自殺行為だ。

ともかく、これで二日ほどバジャーが心の傷を舐めて癒すあいだ、子守から解放されるのはありがたい。正直なところ、付きあうのは女たちのほうが楽だった。商売をそっくり任せてもいいとさえ思っている。若いころによくいたもぐり酒場の女主人くらい肝の据わった者がいればだが。テキサス・

ガイナンやベル・リヴィングストンのように、屋根伝いに禁酒検査官から逃れるような女傑たちならば。最近の女たちは武器を持つのさえ敬遠しがちだ。とはいえ、服の下に拳銃をしのばせるのは容易ではない。デクスターでさえショルダーホルスターは使っていない。わざわざ〈F・L・ダン〉で誂えたスーツの形を、なぜ台無しにする必要がある？　ハンドバッグに拳銃を入れて持ち歩くというのは映画のなかだけの話だ。武器は身に着けていなければ意味がない。

マンハッタン・ビーチに帰りつくころ、マジックアワーが訪れた。夜明けの兆《きざ》しに身体が呼応するように、デクスターの胸も膨らむ。ビーチの東端で日の出を待つのが日頃の楽しみになっている。かつてここには大型ホテルが建ち並んでいた。デクスターの幼いころ、父親はオリエンタル・ホテルの厨房で働いていた。十一歳のときに取り壊されたが、いまもホテルの幽霊が海に向かって両腕を広げているかのように、仔細にその姿を思い起こすことができる。張りだした日除けや尖塔や風にはためく旗。どこまでも続く廊下の赤い絨毯。そこで目立たぬように働く、父を含めた何百もの従業員たちの気配。デクスターはホテルのビーチに立ち入ることを禁じられていた。そこは選ばれた者たちのための場所だった。

真珠湾攻撃から間もない今年二月、沿岸警備隊がマンハッタン・ビーチの東端一帯を封鎖し、別荘地のなかに訓練施設を建設した。デクスターはその門の前で車を停止させ、曙光が差しはじめた東の空を見やった。徐々に変わりつつあるはずが、いつもそんなふうには感じられない。一瞬ののちに朝が訪れている。

自宅はマンハッタン・ビーチの西の外れにある。正面玄関は施錠していない。台所に入り、ミルダが用意したコーヒーのポットをコンロにかけた。カップにコーヒーを注ぎ、海に面した窓の遮光カーテンをあける。その窓から外を眺めると、初めて一日のはじまりを実感する。十五分ごとに明るさが増し、それにつれて行き交う船の姿が露わになる。大小のはしけにタンカー、検疫停船中のものもある。木造の掃海艇がアンブローズ水路の両岸を行き来している。アッパー湾へ向かう船のまわりに、サーカスのピエロのようにタグボートがまとわりついている。

デクスターはコーヒーと双眼鏡を手に、海を見渡せる裏口のポーチへ出た。数分後、フリルのついたラベンダー色の化粧着姿のタビーが眠たげな目で現れた。デクスターは喜んだ。土曜はたいてい寝坊するはずだ。母親譲りの赤褐色の髪には、父親にからかわれまいと外してきたらしきピンの跡が残っている。「おはよう、タビーキャット」そう言って、デクスターは差しだされた頬にキスをした。

「なんだ、父さんのコーヒーなんか飲んでるのか」

「ほとんど牛乳よ」タビーはデクスターの隣の椅子に身を沈め、膝を抱えた。薄っぺらな化粧着一枚では、風除けになりそうもない。

「ゆうべはパジャマパーティーはなしかい？」

このところ、娘は女友達のひとりと（たいていはデクスターが気に入らないナタリーと）出かけているか、でなければ二、三人を家に呼び、溶かした蠟を使ったピンバッジ作りばかりしている。あるいは、〝ブルームスティック・スカート〟作りとやらを。それは染液に浸けたスカートを箒に巻きつけて乾かしたもので、仕上がりは見られたものではなかった。

「ゆうべは誰か映画スターが来てた？」

「ああ、そうだな。アリーン・マクマホンがいたな、ウェンディ・バリーも。アカデミー賞を取ったジョーン・フォンテインもいたぞ」娘を焦《じ》らそうと、わざと女優ばかりを挙げてみせる。

「ほかには？」

「そういえば、ゲイリー・クーパーも見かけたな。ずいぶん遅くに」

タビーがぱちんと手を叩く。「彼、なにしてた?」

「隣の奥方に愛想よくマティーニを渡していたな」

「いつも言うことが同じじゃない!」

「いつもそうだからさ」だが、実際はでたらめだった。店の二階の覗き窓から見たものを人に漏らすことはない。一方、友人で常連客のミスター・ウィンチェルは、あれこれ話しながらなにひとつ明かさない天才的な技を持っている。

「ほかには誰かいた?」タビーはヴィクター・マチュアの話が聞きたいのだ。去年、ナタリーと《アイ・ウェイク・アップ・スクリーミング》を観に行き、マチュアの水着姿を見て以来、のぼせあがっている。いまでは教科書のセロファンカバーの下に安っぽいスチール写真が何枚も挟まれていた。

「ヴィクターは見なかったな、気にしているのがそいつのことなら」

「違うわ」タビーがつんと澄まして言う。「あの人はナイトクラブなんか行かない、もっと大事な用があるから。沿岸警備隊に入ったのよ」

かつて、早起きだったころのタビーは、ほぼ毎朝ここで牛乳を飲んだものだった。娘の利口さや、なにげないやりとりのなかで見せる考え深さにデクスターは感心し、商売を継がせたいと考えるようになった——もちろん、堅気の商売を。だがこの一年のあいだにヴェロニカ・レイク風の髪型に変え、ウィジャボードに熱中するようになった娘を見るうち、期待は薄れつつあった。それでもタビーは、儀式でも行うように、いまも二週間に一度はこうして朝早く顔を見せるのだった。

「今日の予定は、タビー?」

「ナタリーと約束してる」

「なんの約束だい」

「映画。ドラッグストアに行ったり」不自然に目を伏せたところを見ると、男たちも一緒なのだろう。ナタリーは奔放で、タビーもデクスターがとまどうほどに魅力的な娘になりつつある。ひとり娘が不器量になることを願うわけではないが、人目を引く美貌は依存のもとだ。娘には控えめな美しさを、よく見ればそれとわかる類《たぐ》いの美しさを身につけてほしかった。タビーはアスピリンのケースに赤いマニキュアを塗り、ピンバッジに作りかえて、それを〝願い事の箱〟と呼んでいる。なかには秘密の願いを書いた紙切れがしのばせてあるのだろう。娘に隠し事があると考えると、デクスターはかすかな苛立ちを覚えた。

「見るか?」デクスターはそう声をかけ、双眼鏡を差しだした。タビーは首を振った。爪やすりを取りだして、爪を完璧な楕円形に磨きはじめる。「返事はどうした」

「けっこうよ、父さん」

「船がたくさんいるぞ」

「うん、見えてる」

「本当か? 爪しか見てないじゃないか」

「毎日見てるし」

デクスターは双眼鏡を掲げ、波立った灰色の海面に展望塔を探した。ナロウズ海峡に張りわたされた防潜網がアッパー湾を守っているが、デクスターの知る限り、ティルデン駐屯地のあるブリージー岬《ポイント》の突端をまわりこんで侵入するUボートを阻止するすべはない。自宅前のビーチからは目と鼻の先だ。潜水艦がいないかと海に目を凝らしていると、ときおりその恐れが期待のようにも感じられた——現れるのを待ちかまえているように。

「ほら」身づくろいに没頭するタビーの注意を引きつけようと、デクスターは双眼鏡を突きつけた。

「アマガンセットの海岸みたいに、ドイツ軍が上陸してこないか見張るんだ」

「なんで来たりするの、父さん。ここには重要なものなんかないじゃない」

「おまえの爪いじりにとってか。えらく重要そうじゃないか」

タビーはひらひらの化粧着をかきあわせ、ぷいっと室内に引っこんだ。デクスターは娘の虚栄心とみずからの迂闊さに苛立った。自分の悪い癖だ。

冷めたコーヒーを岩場に捨て、家のなかに戻った。衣装部屋に入り、アンクルホルスターの拳銃を抜いて、専用のキャビネットにしまって施錠する。ズボンとジャケットをクロゼットに吊るし、洗濯が必要なシャツは隅に放り、サルカ社の下着一枚の姿で洗面台に立って冷たい水を浴びた。それから床が一段低くなった、ムスクの香り漂う寝室に入った。広々とした豪奢な夫婦のベッドは、殺風景な寝床を好むピューリタンの家系に育った妻ハリエットの反抗のしるしだ。妻の寝息が聞こえ、デクスターも隣に身を滑りこませた。衣装部屋から漏れる明かりが、妻の形のいい頬骨と蠱惑的《こわくてき》な唇を照らしだしている。ハリエットは美しい。心を惑わすほどに——娘がそうならないなどと、なぜ思っていたのだろう？ 妻は寝姿さえ乱さない。乱れさせるのはデクスターの役目だ。ハリエットが十六のときからそうだった。酒の仕入れに遠出する際にはさんざん口説いて付きあわせ、その途中にロングアイランドのカボチャ畑で月明かりを浴びながらセックスした。ハリエットのデビュタントドレスは頭の上にくしゃくしゃに脱ぎ捨てられ、草の葉だらけになった。前夜の苛立ちが、出走ゲートで身震いする競走馬のように身の内に溜まっている。こういうときはやるに限る。デクスターはまだ眠りのなかにいるハリエットに覆いかぶさった。

「おはよう、あなた」ハスキーな声で妻が言った。若いころは、大人びたその声にどきりとさせられたものだ。「ひどい起こし方ね」

「長い夜だったんだ」

＊

翌朝、デクスターはミサのまえに新任の司祭から脇に呼ばれ、鐘のことで相談を持ちかけられた。〝微細なひび〟が入り、音色に濁りが出ているばかりか、割れたり、落下したり、それによって教区民が怪我をしたりする恐れもあるという。教会からはつねに寄付をあてにされている。罪深い商売をしているせいだろう。これまでにも欠けた祭壇の天板を替え、少年聖歌隊の制服を新調させられたが、今度はなんの問題もなさそうな鐘を修理するという。正直なところ、鳴らす回数が減ろうと一向にかまわなかった。

「それは驚きですな、神父」セント・マギー教会の外の人けのない草むらで、デクスターは言った。

「建って二十五年にもならないのに」

「大恐慌のあいだは修繕どころではなかったですし」司祭が弁解する。

「とんでもない。前任者のベルトーリ司祭には、新しい祭服と聖杯を買わされましたよ。もちろん、後陣に飾った十字架の道行きのタペストリーも」

「ご協力には感謝しております」司祭はぼそぼそと答え、目を伏せた。

デクスターは日の光に晒されたその姿を眺めた。年は若いが、目の下には隈があり、暑くもないのに赤らんだ顔をしている。おそらくは酒だろう。アイルランド人に比べれば少ないものの、イタリア人の聖職者にもそういう者がいると聞く。とくに独身者には。人間の欲深さを利用してのし上がったデクスターとしては、聖職者にもっとも根源的な欲求を禁じるローマ・カトリック教会の愚行には、呆れて首を振らざるを得なかった。ベルトーリは競馬好きだった。デクスターは〝静修〟中のはずの司祭とベルモント・パーク競馬場で二度、サラトガ競馬場でも一度出くわしたことがある。その後、競馬場のない街に異動になった。その後任者は酒飲みで、わずかな収入では手が出ない高級ワインが欲しくなったというわけだ。誰がそれを責められる？

ミサの説教は聞き流した。信仰にはなんの興味もない。セント・マギー教会との関わりを断たずにいるのは、たんに義理の家族が所属する米国聖公会に引き入れられるのを防ぐためだ。ピューリタンだけは我慢ならない。どうせ教会で一時間過ごすなら、血生臭く、香炉の煙が充満したカトリック教会のほうがましだ。ミサは商売のことを考える時間にあてている。今日の懸案事項は、借金まみれのディーラーのヒュー・マッキーがヒールズを脅している件だった。ヒールズは怒らせさえしなければこのうえなく穏やかな男だが、そろそろ堪忍袋の緒も切れかけている。

ミサのあと、教会の外で隣人たちとの欠かせない挨拶をすませると、デクスターは家族をキャデラックに乗せた。マンハッタンのサットンプレイスにある義理の実家まではかなりの距離がある。車を出したとたん、双子たちが棒切れでちゃんばらごっこをはじめた。「父さん！」タビーが金切り声をあげる。「やめさせてよ！」

「やめるんだ」デクスターがぴしゃりと言うと、双子は大人しくなった。ふたりのあいだには、楽しげな空気の流れが電報のように絶えず行き来している。

「昨日、狩猟クラブでね」とタビーが言った。「この子たち、テラスのそばでずっとハイアライ（バスク地方発祥の球技）をやってて、しまいにはまわりの人にやめなさいって叱られたのよ」

「告げ口はよくないわ」ハリエットがたしなめた。

「うるさくはしてないよ」ジョン＝マーティンがむっとして言った。

なにが楽しいのか、ふたりの息子は映画館で開催されることの多い賞品付きコンテストに好んで参加していた。タップダンスや宙返りをしたり、バーから逆さにぶら下がったり、口笛を鳴らしたり。優勝したときはラッパやハーモニカやローラースケートを持ち帰ってくる。どれもすでに持っているか、気軽に買えるものばかりだ。ふたりとも根っからのお調子者なのではとデクスターは懸念していた。

「狩猟クラブじゃ、ハイアライはスポーツのうちに入らないってわけか」デクスターは妻をからかわずにはいられなかった。

「競馬とは一緒にするなって？」

「ああいうレースはとっくになくなったわ。知ってるでしょ」

娘時代、ハリエットはロングアイランドにあるロッカウェイ狩猟クラブで行われる競馬の観戦に通っていた。娘にふさわしい家柄の夫をと母親が望んでいたためだ。願わくば、オックスフォード、ケンブリッジ、ロッカウェイの三校で行われるポロのチームマッチで滞在中のイギリス人学生を、と。

「あんなところ、酔っ払ってポロ選手に色目を使う年寄り女ばっかりよ」最初のうち、狩猟クラブのことをハリエットはそう評し、珍しくふたりで訪れた際には、毎回どこか目新しい場所を見つけては愛を交わしたものだった。だがここ数年、ハリエットはなぜかそこを気に入っていた。いまでは足しげく通い、かつてはばかにしていた年寄り女たちとピンクレディを飲み、社交界にデビューしたころヴィクトリア女王を見たなどというとりとめのない昔話に耳を傾けている。ゴルフもはじめた。そのことにデクスターは漠然とした当惑を覚えていた。

「行くんじゃなかったよ」ジョン＝マーティンがこぼした。「ぼくらは溶けこめないんだ」

「ポロをやればいい」デクスターは言った。「そうしたら溶けこめる」

「うちには馬がいないよ」とフィリップが指摘した。

ハリエットの両親は晩餐室の長テーブルの両端の席についていた。窓の外を流れるイースト川は、北にあるヘルゲートと呼ばれる狭窄部《きょうさくぶ》でロングアイランド湾とつながっている。ベス・ベリンジャーはハリエットの言う〝年寄り女〟そのものの風貌の持ち主だった。干ばつでひび割れや涸《か》れ川だらけになった三角州を思わせる顔、いまにも噛みつきそうなドーベルマンのような顎。薄いブルーの目は、一瞥をくれるだけで夫を自由に操ることができる。息子ひとりと娘三人、さらにその連れ合いたちもつねにそばに侍らせている。孫は総勢十四人、すでに寄宿学校で暮らす年長の男子たちもいる。ベスお気に入りのルーマニア人メイドふたりがローストビーフを切り、皿に取り分けた。アーサーが食前の祈りを捧げたあと、しばしのあいだ一同は静かに料理を口に運んだ。やがて、イースト川を行き来する船のモーター音が、子どもたちの声で破られた。

アップル・クリスプのクリーム添えを食べ終えると、女たちは台所や書斎へ、子どもたちは遊戯室や寝室へと引きあげた。男たちは残り、いつもの並び順でアーサー・ベリンジャーを囲んだ。息子のアーサー・ジュニア（呼び名はクーパー）が右、デクスターは左、残るふたりの娘婿がその両脇に腰を下ろした。デクスターの側にいるのが外科医のジョージ・ポーター、クーパーの側が校長のヘンリー・フォスターだ。デクスターが楽しみにしている週に一度の語らいのときがはじまろうとしている。

そのとき、晩餐室の入り口の引き戸のところでタビーが所在なげにしているのに気づいた。「おいで、タビー」義父がうなずくのを待ってから、デクスターは声をかけた。「少しここにいるといい」

デクスターは自分とアーサーの席のあいだに椅子を運んだ。タビーはそこにすわり、クーパーの煙草と、アーサーのパイプと、ジョージ・ポーターの葉巻から立ちのぼる煙に小さくむせた。デクスターとヘンリー・フォスターは吸わない――肘当て付きのツイードの上着を着ておんぼろ車に乗っている校長との共通点はそれだけだ。

アーサーがめいめいのグラスにポートワインを注いだ。第一次世界大戦後に海軍少将として退役後、義父は金融業界へ進んだ。軍人らしく背筋は伸びているが、さほど長身ではない。ピンクがかった小さな手、薄く白くなった髪、着ている服は仕立てのいいものだが（ブルックス・ブラザーズ）、最高級（サヴィル・ロウ）というわけでもない。車は三九年式のマッドブラウンのプリムス。だが、そういった地味な佇まいからは、ほかの誰にもない強力な〝生〟の精髄が放たれているのだった。デクスターにとって、義父は掛け値なしの崇拝の対象だった。

「さて、息子たちよ」タビーを無視してアーサーが言った。「なにか耳寄りな話は？」

新聞に載っているような話を所望されているわけではない。義父はルーズヴェルトと州知事時代から懇意にし、ワシントンへもたびたび出向いて、戦時公債の発行に関わり、武器貸与法の起草にも協力した。海軍時代の親友は艦隊を指揮している。つまり、アーサー・ベリンジャーはきわめて多くのことを知っている。だが、あまりに特異な環境にいるせいで、庶民の生活の多くを知らずにいることも自覚していた。

ヘンリー・フォスターが、自分が校長を務める私立校のオールトン学院があるウェストチェスターの町の出来事を話しはじめた。地元の女性が、八年来の隣人一家をアメリカ人を装ったドイツのスパイだと信じこんだという。「訛りまで偽装だと思いこんだんですよ、子どもまでもね。〝ドイツ人たちに見張られてる〟と言いだしてね。最後は療養所送りですよ」

「どう思う？」アーサーが外科医のジョージ・ポーターに水を向けた。

「精神的に弱く、戦争のストレスにやられたんでしょう。回復する見込みもあります」ジョージが答える。

デクスターはタビーの様子を窺ったが、娘は目を伏せたまま輪切りのレモンの皮をむしっている。

「その隣人っていうのが、本当にドイツ人だったら？」クーパーが言い、父親の眉をひそめさせた。

「感謝祭のあいだも学院をあけておくことになりそうです」ヘンリーが続ける。「父親は戦地で、母親は仕事……帰る場所のない生徒たちもいるので」

タビーを会話に引きこもうと、デクスターは口を挟んだ。「うちの店に、ブルックリンの海軍工廠で働く娘たちが来ていましてね。溶接や鋲打ちをやるとかで……どうやら、何百人もいるようです」

アーサーが疑わしげな顔をした。「何百人も？」

「危険だな」クーパーがそう言って父親の顔色を窺ったが、その心配が女子工員に対するものか、国に対するものかは判然としなかった。本人にもわかりはしないのだろう。父親に比べて息子は軟弱で、頭の出来もはるかに劣り、一族の血筋の限界を如実に示している。アーサーもそれを承知している。銀行でのクーパーの働きぶりを見れば明らかなのだろう。息子に対するアーサーの失望を見てとるたび、デクスターは義父との絆の揺るぎなさを自覚するのだった。クーパーには父親に教えられることなどないが、デクスターは、義父が世間体に邪魔され経験できずにいる事柄を見聞きすることができる。ベリンジャー家の誰よりも地べたに近い場所にいるからこそ、そこに含まれる塩やミネラルを味わうことができる。おまけに、娘婿のなかでデクスターだけが義父の財産を一セントも必要としていない。

「どういうことだ、クープ」アーサーが穏やかに言った。「危険というのは」

「女に造船なんてできっこない」

タビーがしきりに祖父を見つめているが、視線はちらりとも返されない。それがアーサーの世代の弱点だ——女の能力にまるで気づいていない。

「男っぽい女ばかりかい？」ジョージ・ポーターが含み笑いで訊いた。ジョージは妻のレジーナ――ハリエットの気性の激しい姉――をシフォンイエローに塗りなおした二三年式のデューセンバーグに乗せ、頻繁に〈ムーンシャイン〉に顔を出す。だが、覗き窓から見ている限り、小粋な身なりの外科医の連れは別の女のことも多かった。デクスターが知っていることをジョージも承知しており、それはふたりのあいだの暗黙の了解となっていた。

「ごく普通の娘たちだ」デクスターは言った。「昼休みに〈オートマット〉（自動販売式のカフェテリア）で見かけるような」

「〈オートマット〉へは行かんな」アーサーが言った。「どんな娘たちか話してくれ」

ミス・フィーニーの話を複数の女子工員のこととして語るのは厄介だった。数を増やしたのはとっさの判断だった。これまでも、少しでも浮気を疑わせるようなことは避けるようにしてきた。大臣の息子で家柄もいいジョージ・ポーターなら、控えめな女遊び程度は許されるだろう。デクスターにその自由はない。ハリエットへの忠誠なくして義父の信頼は得られず、デクスターにもその条件に異存はなかった。それは義父から授けられた恩恵のひとつですらあった。浮気癖は阿片やコカインの中毒と同じくらいたちが悪い。男がそれによって人生を狂わせるのは、嫌というほど目にしてきた。

「二十代前半で……褐色の髪、アイルランド系の名」デクスターは答えた。「感じのいい、健康的な子たちです。お洒落ではないですが」

「〈ムーンシャイン〉に入れるくらいにはお洒落なんだろう？」ナイトクラブをよく思っていないヘンリー・フォスターが言った。

「少し場違いには見えたね。誰かに連れてこられたんだろう」

「みな同じのようだな」義父が言って、笑った。「双子じゃないのか」

デクスターは顔を赤らめた。「よく見なかったもので」

「そうだ、工廠長に電話してみよう。フィリピンで一緒だったから。グレイディが海軍兵学校から戻ったら、見学させてもらうよう、頼むことにしよう」

「やった！」タビーが大声をあげ、一同を驚かせた。「お願い、お祖父様！　わたしも連れていって」

驚きと誇らしさで、デクスターはめまいを覚えた。

「感謝祭の休みだが、グレイディはいつ戻る？」義父がクーパーに尋ねた。

その名前が出てから全員が身を乗りだしている。クーパーにとっては、息子は月並みな自分に与えられたまばゆい宝石だからだ。残りの者たちも同様なのはなぜか。最年長の孫であるグレイディは、ベリンジャー一族にとっても光に満ちた存在だからだ。祖父の才気や茶目っ気、人当たりのよさは、クーパーをそっくり飛び越し、孫へと鮮やかに受け継がれている。前途有望そのもので、そんな息子に恵まれたクーパーをデクスターはうらやまずにいられなかった。

「感謝祭前の火曜日です」クーパーはグレイディの話をするときの癖で、軽く胸を張った。「ただ、卒業が前倒しになったせいでひどく忙しいらしくて――マーシャに訊いてみます」

「では、感謝祭前の水曜日にしよう」曖昧なクーパーの言葉を無視して、アーサーが言う。「工廠長には明日の朝電話しておく。おまえはどうする、タバサ？」妙に堅苦しい響きで娘の名前が呼ばれた。

「ええ、お祖父様」先ほどの大声を気にしてか、タビーは控えめに答えた。「行きたいわ」

「ぼくは学院に残らなくては」ヘンリーが言った。「ですが、ビッツィーは行きたがると思います。駅まで迎えに来てもらえればですが」

「いいとも」デクスターが言うと、ヘンリーは安堵の色を浮かべた。ハリエットの妹のビッツィーは理想的な校長の妻だったが、八カ月前に四人目の子どもを出産して以来、ヘンリーが言うところの〝情緒不安定〟な状態が続いていた。家庭教師についてロシア語を習いはじめ、プーシキンの作品を暗誦するようになったかと思えば、世界を旅してパオに住みたいとまで言いだした。気の毒なヘンリーは頭を抱えている。

ジョージの娘のエディスとオリーヴが、冴えない姿で部屋の入り口に立ち、泥のような色の毛糸玉を編み棒から垂らしている。兵士への贈り物だろう。「待ってるんだけど」オリーヴに文句を言われ、タビーは腰を上げてふたりとともに出ていった。デクスターは誇らしい気持ちで娘を見送った。

「あなたはどうです、アーサー」娘たちの姿が消えると、デクスターは訊いた。「なにか耳寄りな話でも？」

「そうだな。諸君と違い、こちらは耳を澄《す》ますくらいしかやることがないからな。だが聞くところによると、大きな動きがあるらしい。彼《か》の地では」

一瞬ののち、全員がその意味を呑みこんだ。クーパーでさえ、父の言葉が侵攻を意味すると察したようだ。「ヨーロッパですか、アジアですか、父さん」

「まともな司令官は、軽々しくそんなことを漏らしたりせん」アーサーがそっけなく答える。「むろん、可能性はそのふたつに限らんしな」

ならば北アフリカだろうとデクスターは当たりをつけた。イギリス軍がようやく戦力を結集させ、ロンメルに対して反攻に転じようとしているところだ。「こちらには戦闘の経験が必要です」思いついたことを口にした。

アーサーの目がデクスターをかすめる。「いかにも」

事実であれば、事前にそういった情報を手にできるのは途方もないことだ。これまでアーサー・ベリンジャーの口から聞かされた話はすべて事実だった。知性も判断力も欠いたクーパーに、あるいは裏世界の人間でもある自分にそういった機密を漏らすのはなぜだろうかと、デクスターはつねづね不思議に思っていた。故意に偽情報を流して自分たちを試しているか、あるいは都合のいい噂を流布させるために利用しているのだろうかと疑いもした。だが、他言する気は毛頭ない。義父の力はそれほど強大だからだ。それが答えだった。アーサー・ベリンジャーが息子や娘婿に気軽に秘密を漏らすのは、デクスターが玄関を施錠しないのと同じく、人に下手な考えを抱かせないだけの力があるということだ。ただし、デクスターの力が暴力に裏付けられたものであるのに対し、義父の力は蒸留によって不純物が除かれた抽象的なものだった。ベリンジャー一族は、デクスターの先祖が故郷の干し草の山の陰で交わっていたころから、すでにシルクハット姿でオペラ鑑賞をしていた。自分の力もいつか同じように純化され、それを生んだ血や土のにおいのない無色透明なものになる。そんな想像を巡らせるのがデクスターは好きだった。

「連合軍はこの戦いに勝利する」アーサーが言った。

「そうと決めるのは……時期尚早では？」ジョージが訊いた。

「まあ、大っぴらに吹聴する気はないが。だが、それが事実だ」

「海軍の見通しは違うんじゃないかな」クーパーが言う。

「見通しを立てるのは海軍じゃない。陸軍でもない。沿岸警備隊でもない。彼らの務めは勝利することだ。先を読むのは銀行家の務めだ——まあ、第二の務めだな、戦費調達の次の」

アーサー・ベリンジャーにとって、人類史上の大事件のすべては——ローマの世界征服にしろ、アメリカの独立にしろ——銀行家たちの企みの副産物でしかないのだった（前者は徴税、後者はルイジアナ買収）。アーサーお得意のこの話題になると、家族の者たちはうんざりしたため息を漏らす。デクスターは違う。目に見えるものの奥におぼろげな真実が隠され、それが寓話的に顔を覗かせることにたまらなく心引かれるのだった。十五歳のころ、父親の営むコニー・アイランドのレストランへ第三月曜日ごとにやってくるふたり連れの男に興味を持ったのもそのせいだ。ほかにも、いつも真新しい短ゲートル《スパッツ》を巻き、赤いハンカチを胸ポケットに挿した男もたまに現れた。デクスターの父はその男が来るとバーテンダーには任せず、みずからカウンターに立ってブランデーを出した。

　男たちが帰ったあとの虚脱した父の顔に屈辱と怒りが浮かんでいたせいで、デクスターは訪問の理由を尋ねなかった。だがその男たちになぜか惹かれていた。目の奥にくすぶる暗い色にも、頭や肩を軽く叩かれたときの手の重みにも。それで、しきりに機嫌を取り、お代わりを注ぎ、父の目を盗んでテーブルのそばをうろついた。そのうち男たちも気づき、獣の群れのように無言でデクスターを受け入れた。第一次世界大戦後、帰還兵たちの屈折したまなざしやのっそりとした動作を目にしたとき、ミスター・Qの部下たちに惹かれた理由と同種のものを感じた。その正体にもすでに気づいていた――――暴力との近さだと。

「知ってのとおり」アーサーが笑ってみせる。「大恐慌以降、いささか手持ち無沙汰な……侘しいとも言うべき状況に置かれているせいで、われわれ銀行家にはいま、先のことを考える余裕がある。南北戦争は連邦政府の強化につながった。第一次世界大戦によってわが国は債権国となった。銀行家は、この戦争がもたらす変化を見通さなければならない」

「どんな変化が来るでしょう？」ルーズヴェルト嫌いのヘンリーが訊いた。

　アーサーは身を乗りだし、深呼吸をひとつした。「この国は、どんな国家にも到達しえなかった高みへとのぼるだろう」静かにそう話しはじめる。「ローマ帝国にも。カロリング帝国にも。チンギス・ハーンにも、タタール人にも、ナポレオン時代のフランスにも。ハッ！　どうした、頭の病院に片足でも突っこんだかという顔だな。なぜそんなことが可能かって？　われわれの優位は、他国の征服によってもたらされるものではないからだ。われわれはこの戦争に無傷で勝利し、世界の銀行となる。われわれの理想や、言語や、文化や、生活様式を世界に輸出する。そして、大いに歓迎されるだろう」

耳を傾けながら、デクスターは胸の内で黒い不安の傘がゆっくりと開くのを感じた。自分は二十年以上ものあいだ兵隊として戦ってきた。指揮系統の維持につとめ、みずからが仕える組織の繁栄と発展に尽くしてきた。影の政府、影の国家のために。部族や氏族と同じだ。それがいまや、誰もがみなアメリカ人になった。共通の敵が奇妙な連帯を生んだというわけだ。ラッキー・ルチアーノほどの大物でさえFBIと獄中で取引し、波止場からムッソリーニのシンパを一掃するのに協力中だと噂されている。終戦後、デクスター自身の立場はどう変わるだろう。

「わたしの出る幕はそうないがな」アーサーが続けた。「結果を見届けるには老いぼれすぎた」小声で否定する一同を手でいなす。「ここから先は諸君にかかっている。諸君の世代にな。準備を怠らぬように」

フェリーの出航でも告げるかのような軽い口調だった。続く沈黙のなかで、乱れた忙しない鼓動の音が聞こえた。調子の狂った時計のような音だ。自分の鼓動だろうかとデクスターは思った。

アーサーがぽんとテーブルを叩いて立ちあがった。昼食会終了の合図だ。室内にはもうもうと煙が立ちこめている。男たちは握手を交わし、賑やかな声をあげるめいめいの妻子たちを呼びに向かった。

話の内容に心乱れたデクスターは、すぐにも空《す》いた道を飛ばして帰宅したくなった。スープとトーストの軽い夕食をすませ、家族全員でラジオの犯罪ドラマを楽しむ。それが日曜恒例の習慣だ。それから眠りにつく。週のあいだの睡眠不足を補い、すべてを忘れさせる、深く長い眠りに。

ハリエットを探していると、妹のビッツィーが書斎から飛びだしてきて叩きつけるようにドアを閉じ、デクスターにぶつかりそうになりながら走り去った。すぐあとに、困惑した顔のハリエットとレジーナも現れる。

「誰かが止めなきゃ」レジーナが言った。「気の毒に、ヘンリーじゃ無理よ」

「ビッツィーがボランティアで兵士とデートするって」ハリエットがデクスターに告げた。

「なんだって……？」

「ほら、街を案内してまわるっていうの」レジーナが続ける。「そんなの、二十歳くらいの娘のやることよ。ウェストチェスター暮らしの、四児の母がするなんて！」

「なんとかしてやめさせないと」とハリエットが言う。

うるさ型の姉と同様に騒ぎたてる妻が、デクスターには不思議だった。長年のあいだ、人騒がせなのはハリエットのほうだったのだから。立ち襟のワンピースを着た姿はお堅そうにさえ見える。妻のことをそんなふうに感じるのは珍しいことだった。

「さあ、車へ」

オリーヴとエディスとともに退屈な顔で編み物をしていたタビーは、待ちかねたようにぱっと立ちあがった。残るは双子だが、何時間も姿が見えないという。捜索に駆りだされた子どもたちが屋敷中を駆けまわり、しみだらけの鏡がついた衣装簞笥をこじあけ、ベッドの下を覗いた。「フィーリーップ……ジョーン＝マーーティーーン……」隠れている可能性も十分にある。だとしたら尻をぶってやらねばならない。デクスターはそれをなかば楽しみに思った。

最上階から裏手の窓を覗くと、ロングアイランド湾から南下してきたタンカーが目に入った。先ほどの乱れた鼓動に似た連続音が聞こえた。気のせいではなく、実際に音がしていたのだ。音をたどって屋敷の正面にまわり、丸窓からヨーク・アベニューを見下ろした。
そこに双子がいた。小さな赤い球をパドルで一心に打っている。
ポーン、ポーン、ポーン、ポーン、ポーン、ポーン……。
ずっとハイアライをやっていたのだ。
デクスターは苦笑した。

第八章

海に突きあたる通りに入り、奥に建つひときわ大きな自分の屋敷へと戻る途中、デクスターは縁石の上にとめられた古いダブグレーのダッジ・クーペの横を通りすぎた。運転席に男がひとり。見慣れない車だ。

振り返りもバックミラーを覗きもしなかったが、デクスターは瞬時に身構え、神経を張りつめさせた。よその車がこの通りにとめられることはない。子どもたちもこの通りでは遊ばない。そして家族を伴わずにデクスターの自宅を訪れる者もいない。

「どうしたの」ハリエットが訊いた。

「なんでもない」

ハリエットは片眉を上げただけだった。振り返りもしない。

家に入ると、デクスターは衣装部屋に直行し、キャビネットの拳銃をアンクルホルスターに滑りこませ、足首に装着した。そのまま居間へ戻る。じきに呼び鈴が鳴るだろう。用件がなんであれ、一家団欒の図を示すことで、訪問者に時と場所をわきまえさせねばならない。

双子たちは居間の床で積み木遊びをはじめている。デクスターは《ジャーナル・アメリカン》紙と分厚い漫画の別刷りを手に、急いで安楽椅子に腰を下ろした。「おいで、漫画を読んでやろう」

とまどったような顔で椅子の脇に立った息子たちを見て、漫画を読み聞かせるのは久しぶりだと気づいた。一年ぶり以上だろう。そのあいだにふたりとも、ことにジョン＝マーティンはずいぶん背丈が伸びた。それでも、呼び鈴が鳴るまで付きあわせるしかない。息子たちを引き寄せると、のしかかられた重みで胸が圧迫され、一瞬息が詰まった。ふたりを抱き寄せたまま新聞を広げるのは骨が折れ、そのうえ漫画に目を通すのは不可能だった。だがデクスターは諦めず、ふたりの首と首のあいだの狭い隙間ごしに《プリンス・ヴァリアント》を読もうと目を凝らした。息子たちがくすくす笑いながら身をよじる。ふたりだけの閉じた世界のなかで楽しげな様子に、デクスターはいつもの苛立ちを覚えた。静かにしろと叱りつけ、《親爺教育　ジグスとマギー》を読みあげるため、明るく滑稽な声を出そうと息を吸いこんだ。ふたりはぶすっとして黙りこみ、ますますデクスターを苛立たせた。戸口にちらりと目をやる。日曜日に押しかけられた怒りが、待たされることでいっそう増幅する。

ようやく呼び鈴が鳴り、ハリエットが完璧なタイミングと声でそれに応えた。デクスターは思惑どおりの光景を相手に見せられたことに小さな満足を覚えた。だが、無駄骨に終わった。戸口に立ったままでも、男の思いつめた表情が見てとれた。一家団欒になど気づく様子もない。

デクスターが息子たちを放すと、ふたりはほっとしたようにそばを離れ、客に挨拶に行った。男は骨と皮ばかりに痩せ、奇妙に引きつった顔は、大きな口と三日月形の目のせいでピエロの化粧が似合いそうに見える。すぐに誰かはわかった。

「これはこれは、驚いたな、ミスター・マッキー」デクスターを知る者ならば、その口調にこめられた非難と警告に気づくはずだ。デクスターは相手の分厚い手を握った。「なぜ細君を連れてこない？」

「母親のところへ行っているもんで」マッキーがぎこちなく答える。

「これから家族で夕食なんだが」デクスターはそっけなく言った。「よければ付きあうかね」

マッキーは憑かれたようなこわばった目を向けた。必死なあまり、平静を装う余裕すら失っている。帽子もかぶったままだ。「いやいや、とんでもない。ひとこと話がしたいだけなんです。先週マンハッタンの店にも顔を出したんですが、戸口で止められて」

デクスターの頭にあるのは、マッキーを家から追いだすことだけだった。いられるだけでこの場が汚れる。居間の床に小便をされたも同然だ。「そうだ、娘とビーチを散歩する約束なんだが。一緒にどうだい」

マッキーが陰気な顔を返す。影の世界を表の世界に溶けこませるための芝居に相手が乗らないことがデクスターを不快にさせた。うわべを取り繕《つくろ》うことは、その下にあるものと同様に——いや、それ以上に——重要だ。底に沈んだものはやがて消え去るが、表に現れたものは人々の記憶に留まる。

マッキーを一喝し、尻尾を巻いて逃げ帰らせることもできる。陰鬱な表情からして、本人もそれを予期しているだろう。だが、そのあとマッキーがどんな行動に出るか。それは読めない。散歩に出て、家から引き離すのが最善の策だ。じきに日も暮れる。

デクスターは居間でハリエットにマッキーの相手をさせ、二階へ上がって娘の寝室のドアをノックした。タビーは十六歳の誕生日に贈られたばかりの化粧台《ヴァニティ》に向かっていた。鏡の周囲にあしらわれた小さな電球が、ハリウッド女優の楽屋のような雰囲気を醸しだしている。虚栄心《ヴァニティ》——女の厄介さを助長する道具にこれほどふさわしい名があるだろうか。

「タビー」デクスターはぼそりと声をかけた。「散歩に行こう」

「行きたくないわ、父さん」

デクスターは深呼吸をひとつして苛立ちを抑え、娘の椅子のそばにしゃがんだ。電球の熱で、化粧台とともに贈られた白粉《おしろい》の花の香りが広がっている。たしか、チャールズ・オブ・ザ・リッツという銘柄だったろうか。

「頼むよ。おまえの助けが必要なんだ」

娘の好奇心は、深い深い井戸の底にある水面のようなものだ。だが、〝助け〟という言葉でぽちゃんと水音がしたのがわかった。

「仕事関係の知り合いが来ていて——なにか文句があるらしい。おまえがいてくれたら、穏便にすむ」

「わたしがいると?」

「そうだ」

タビーは化粧台を離れ、クロゼット（本人は最近〝衣装部屋〟と呼んでいる）に姿を消した。数分後、カラフルなパッチワークのスカートに、ケーブル編みのセーター、セーラーハットといういでたちで現れた。華を添えるのも自分の役目とばかりに。

ハリエットとヒュー・マッキーは押し黙ったまま居間の椅子にすわり、マッキーは窓の外の海を見やっていた。「娘のタバサだ」デクスターはふたりを引きあわせた。マッキーが生気のない目でタビーを眺めまわす。抱えねばならない荷の重さを量ろうとするかのような目だ。愛想を見せる気力も——意思も——ないらしい。

屋敷を出てビーチへ続く舗道を歩くあいだ、デクスターは自分とマッキーのあいだにタビーを挟むようにした。砂浜はやけに白く、暮れゆく光のなかで青っぽくさえ見える。普段は舗装路を外れることはないが、波打ち際へと歩きだしたタビーにつられ、デクスターも砂浜に足を踏み入れた。

「父さん、靴を脱いだら。そんなに冷たくないから」

タビーはスリッパも同然の薄い靴をすでに脱ぎ捨てている。服を着替えたのは、ウールの長靴下を脱いで素足になるためでもあったのだろう。ビーチへ出るんだし、と。ほっそりとした足が白砂よりもなお白く輝き、それを見たデクスターは自分も靴を脱ぎたい衝動に駆られた。だが、アンクルホルスターを着けている。「やめておくよ、タビー。このままでいい」

タビーはマッキーには靴を脱ぐよう勧めなかった。やつれたピエロのような顔のせいか、そもそもマッキーに足があるのも不思議に思えた。

海辺には静寂が存在しない。風やカモメの声、打ち寄せる波音が沈黙を埋める。灯火の消された船がブリージー・ポイント方面へ進んでいく。デクスターはやや肩の力を抜いた。マッキーは切りだすきっかけを窺っているが、タビーの存在に邪魔されている。三人は薄暮に包まれた東の方角へ歩きだした。タビーが軽くスキップをし、数歩先を行く。

マッキーがすかさず話を切りだした。「のっぴきならないことになっていましてね、ミスター・スタイルズ」甲高い、苛立った声だ。

「それは困った」

タビーが立ちどまったので、デクスターは足を速めて追いついた。マッキーが穏やかな海辺の散歩という建前を壊すことなく憤懣を訴えようと苦心しているのがわかる。曲がりなりにも努力はしているらしい。

「どうにかせねばと思っているんですよ、ミスター・スタイルズ」タビーの耳を意識してか、やや明るい口調に変わる。

「なるほど」デクスターもそれに合わせる。

「本気ですよ、どうにかするつもりです」

その言葉に苛立ち、デクスターは一瞬返答に詰まった。タビーの手前、マッキーと同じく愛想の良さは保たねばならない。「できることはないね、ミスター・マッキー。ミスター・ヒールズと相談してもらうしかない」

「ミスター・ヒールズじゃ話にならない」

追従と憤慨と脅しがこめられたその声が、デクスターを不快にさせた。「ミスター・ヒールズとは二十年来の付き合いだが、これまで——長年のあいだ、ただの一度も——日曜にうちへ来たことはないがね」

「では、どうしろと?」

野球の判定を争いでもするように語気が強まる。デクスターは娘とマッキーのあいだに身を割りこませ、話を切りあげようときっぱり言った。「力にはなれんね、ミスター・マッキー」

「よく考えたほうがいい。面倒なことにならないように」

「面倒?」デクスターは軽く訊き返した。タビーに手を握られている。ブレスレットのようにひんやりとした繊細な手で。

「おれが黙っている限りは問題ない。でも、ほかの人間が知ったらどうなるか」

気弱そうな腫れぼったい目は、夜の帳が下りはじめた東の空に据えられている。デクスターは耳鳴りを覚えた。砂に唾を吐きたくなる。薄闇のなか、沿岸警備隊の訓練所のフェンスが夕日の最後の残りを受けてきらめいている。そのとき、答えが決まった。

「なにか手を考えよう」相手にはそれだけ伝えた。

「よかった。そう言ってもらえて——安堵しましたよ。感謝します、ミスター・スタイルズ」

「いや」デクスターも安堵していた。残る問題は、こうしてまだマッキーとビーチにいることだけだ。こういう結果になると予想していたら、別の方法を選んだはずだ。タビーを巻きこみはしなかった。

「ねえ、見て」タビーがホタテ貝の貝殻を拾いあげた。淡いオレンジ色をしている。タビーはそれを空にかざし、波打つ輪郭に目を凝らした。

「やあ、きれいだな」マッキーが言った。

「そろそろ戻ろう」デクスターは促した。

振り返ると、派手やかな夕焼けが眼前に広がった。花火の残像のような鮮やかなピンクの筋が空を覆っている。ピンクに染まった砂は、吸いとった夕日をゆるゆると吐きだしているように見える。

「こいつはすごい、見てくださいよ」マッキーが空を見上げて言った。肩の荷が下りたのか、すっかり別人のように見える。

「すごいわね」タビーも歓声をあげた。

デクスターはふたりのあいだに割りこもうとした。これ以上口を利かせたくはない。だがタビーはマッキーの上機嫌がうれしいのか、そばを離れようとしない。

「お子さんはいるの、ミスター・マッキー？」

「リザっていう娘がいるんだ、きみと同じくらいの年の。タイロン・パワーのファンでね。もうじき新作の《海の征服者》が封切りになるから、連れていく約束をしているんだ。タイロン・パワーは好きかい？」

「もちろん。それにヴィクター・マチュアの新作も今月来るの、《セブン・デイズ・リーヴ》が。沿岸警備隊に入るまえに撮影したのよ」

そのやりとりを遠くで聞いているように感じながら、デクスターは不気味なほど鮮やかな空を眺めていた。マッキーに娘がいると聞かされても同情は湧かなかった――むしろ逆だ。所帯持ちだからこそ、影の世界の人間には教理問答《カテキズム》に等しいルールを破るような無謀な真似をするのだ。例外は認められない。認められると思いこむ者がいるのが驚きだった。誰もが自分だけは例外だと思いたがる。

マッキーは人間の屑だ。どれほど家族の面倒を見てきたか知らないが、いないほうが家族も楽になる。この件はヒールズとその手下に任せることになるだろう。そこから先にデクスターが関わることはない。すでに片づいたのと同じだ。デクスターが決定を下した瞬間、ことはなされたのだ。

「いとこのグレイディが海軍兵学校にいるの」タビーが話している。

「へえ、大学生か。うちの息子は陸軍だ」

「来年の六月に卒業する予定だったんだけど、十二月に早まったのよ。海軍の士官が足りないから」

「ああ、だろうね、優秀な若者は引く手あまただ」

この厄介なおしゃべり男をタビーから遠ざけねばとデクスターは思った。屋敷が癪に障るほど遠く感じられた。ハリエットが遮光カーテンを閉めたので、空き家のように見える。

「そうだ、いいことを思いついた」マッキーがいきなり言いだした。「靴を脱ぐよ」

「すてき！」タビーが叫び、手を叩く。

「もう戻ろう」デクスターは低く言ったが、意気投合した娘とマッキーを止めることはできなかった。

マッキーは砂の上に腰を下ろし、ズボンの裾をまくると、わざと時間をかけるように、注意深く丁寧に靴下を脱いだ。タビーが得意げな目でデクスターを見た。口論にならなかったのは自分のお手柄だと思っているらしい。

マッキーがのろのろと靴下を脱ぐあいだに、空のピンクの筋は拭い去られたように消えた。あとにはグラスをスプーンで叩いたときの音のような澄んだ群青が残された。

「こんなこともすっかりやらなくなったな」マッキーがため息をついた。くたびれたピエロを思わせる顔でデクスターを仰ぐ。「あなたはどうです、ミスター・スタイルズ」

デクスターは意味をつかみかねた。靴を脱ぐことか、ビーチに来ることか。

「ああ、まあ」そう言ってうなずいた。

マッキーは片手に靴をぶら下げて立ちあがり、もう片方の手で頭の帽子を押さえた。砂を踏みしめた大きな白い足が生々しい。デクスターは目を逸らした。

「走りましょ、ミスター・マッキー。砂浜を駆けっこよ」

「嘘だろ、走るって?」マッキーは訊き返し、笑い声をあげた。乾いた虚ろなその声は、デクスターの耳にいまわの際のあえぎのように響いた。「やれやれ、わかったよ。駆けっこだな。いいとも」

ふたりは歓声とともに駆けだし、白砂を巻きあげながら薄闇に吸いこまれた。

第三部　海を見る

第九章

アナは母とふたりがかりでリディアに丸襟のついた花柄のティードレスを着せ、背骨の歪みを隠すためにネッカチーフを巻いた。ディアウッド医師の診察日の身支度は、プライドをかけて続けてきた習慣だった。パーク・アベニューには高級百貨店〈バーグドルフ・グッドマン〉で服を誂え、〈リーバーマン〉で百二十五ドルの靴を買うような女性たちがいるからだ。だがリディアは女物の服や下着を嫌がった。ブラジャーやスリップ、ストッキング、ガーターといったものに無言で抵抗する様子には、すべての女性の本音が表れているようにアナには思えた。

ネルに倣い、アナは妹のブロンドの巻き毛を前夜からピンで留めておいた。それに櫛《くし》を入れ、青いベレー帽の下の顔が髪で半分隠れるようにした。「まあ、アナ、すてきじゃない」母は言いながら、リディアの耳の後ろに花の香りの香水をすりこんだ。「ヴェロニカ・レイクそっくり」

アナが近くの四番街までタクシーを拾いに出ると、近所の子どもたちが教会用の服を汚さないようにしながら歩道で遊んでいた。家の前に車を乗りつけるまえに、ミスター・マッカローネの食料品店に寄り、髪を撫でつけて腕まくりで待っていたシルヴィオを乗せた。シルヴィオは頭が鈍く、父親の店のレジでお釣りを勘定することもできない。それでも、真剣そのものの顔でリディアを抱え、アパートメントの六階から運びおろした。シルヴィオの表情がどこよりも表れるのは二の腕の筋肉で、リディアがうめき、足をばたつかせるたび、袖からむきだしになったその部分がぶるぶると震えた。リディアはシルヴィオに抱えられるのをひどく嫌っている。においのせいだろうとアナは思っていた。タマネギのような、鉱物のようなにおいが、階段を折り返すたびに強くなっていく。十六歳の少年のにおいだ。リディアを腕に抱いたことがあるのは彼ひとり――おそらくは今後もそうだろう。

リディアを抱えてタクシーまで運ぶシルヴィオの脚に、子どもたちが鳩のようにまとわりついた。アナはタクシーが逃げないよう、先に後部座席に乗りこんだ。母がリディアを挟んで反対側にすわり、運転手が折りたたんだ車椅子をトランクに積みこんだ。十一月なかばの、美しい日だった。車がブルックリン橋を渡り、イースト・リバー・ドライブを北上すると、対岸にワラバウト湾が現れた。船や煙突、槌型クレーンも見える。「母さん、見て！」アナは声を張りあげた。「海軍工廠よ！」

母が振りむいたときには、工廠はすでに見えなくなっていた。別にかまわなかった。どのみち母にはたいして興味がないのだから。残飯の脂肪を集めて肉屋に持っていったり（第二次世界大戦中、爆薬の材料に使用するため政府に奨励された）、血圧計用の腕帯を縫ったりといった義務は果たしていたが、母はほぼ戦争に無関心のようだった。隣人たちと集まっては、ラジオで《ガイディング・ライト》や《アゲンスト・ザ・ストーム》、《ヤング・ドクター・マローン》などといった連続ドラマばかり聴いていた。アナのほうが北アフリカ戦線を気にして、夕食時になると《ニューヨーク・タイムズ・ニュース速報》にラジオのダイヤルを合わせた。アメリカ軍の北アフリカ上陸から一週間、工廠はにわかに活気づいていた。長く待たれていた第二戦線が開かれ、戦局が転換したという話さえ聞かれた。

アナ自身は、別の理由から落ち着かずにいた。デクスター・スタイルズのせいだ。ナイトクラブのオーナーとの再会から二週間、アナの頭には不吉で恐ろしい想像がしのびこんでいた。父は家を出たのではなかったのかもしれない。暗黒街で銃弾を浴び、《市民ケーン》の〝薔薇《ばら》のつぼみ〟のシーンのように、いまわの際にアナの名をつぶやいて息絶えたのかもしれない。アナはエラリイ・クイーンの作品を山ほど読んでいた。散らばった謎を丹念に調べ、ひとりの悪人にたどりつく過程に、尽きない興味をかき立てられるからだ。それがいまは、みずからの生活がそういった謎の世界に近づきつつあった。十一月の思わせぶりな長い影も、工廠の煉瓦の壁に落ちる街灯の光も、身の奥を不穏にざわめかせた。新たに生じたそのざわめきは強力かつ鮮烈で、まるで薬にもたらされた眠りから覚醒したかのように感じていた。

ディアウッド医師の診療所は、パーク・アベニューのアパートメントの一階にあった。待合室は母の話では〝ヴィクトリア様式〟だそうで、東洋の絨毯が敷かれ、紋織りの布が張られたソファが置かれていた。カーテンには金色のタッセル、壁には重厚な額縁に入った小ぶりな絵画がパッチワークのように並べられている。たまにここで顔を合わせる患者は誰もが身体を支えられず、椅子の上で身をふたつ折りにしたり、杖をついたりしていて、そういったリディアとの共通点に親しみが感じられた。病で結ばれたいとこ同士のように。日曜日の今日は、待合室は無人だった。リディアは車椅子にすわらせたままにし、アナと母はソファに並んで腰かけた。必ず現れるとわかっているディアウッド医師を待つこの時間が、年二回の訪問のなかで、アナにとっての最高の瞬間だった。期待が胸で弾けていた。**先生が来る！　先生が来る！**

ドアが小さく軋み、医師の声がした。「やあ、こんにちは。ようこそみなさん」ディアウッド医師は恰幅がよく、蜜蠟で固めた白い口ひげは、灰色の診察衣よりもシルクハットがお似合いに見える。最初にリディアに声をかけ、目にかかった髪をやさしく払った。「こんにちは、ミス・ケリガン。またお会いできてうれしいですよ。お姉さんのミス・ケリガンも」そう言ってアナの手を握る。「それにもちろん、ミセス・ケリガンも」ここ数年、ミスター・ケリガンの所在について尋ねられることはなくなった。

隣の診察室は、飾り気はないが暖かく快適に保たれていた。隅には滑車や革のストラップがずらりと並んでいるが、リディアには用いられなかった。医師はリディアを車椅子から抱えあげ、そのまま体重計に乗った。針が動かなくなるまで、アナが錘《おもり》を調節する。子どものころはわくわくしながらその役を務めたものだ。それから医師はリディアをやわらかい診察台に乗せ、両手で頭を挟んでやさしく左右に動かした。リディアは眠たげにさえ見えるほど大人しく横たわっている。医師は口のなかを覗き、息のにおいを嗅ぎ、聴診器で心臓と肺の音を聴いた。髪と爪の具合もたしかめる。それから全身を調べはじめた。腕、脚、胸、手、足――それぞれを丁寧に伸ばし、長さを測っていく。リディアが立てたなら、アナより五センチは長身になっていたはずだ。

「夜になると落ち着きがなくなるんですな」と医師が訊いた。「カンフル液を処方しましょう、効き目があるはずです。ものを呑みこみにくくなっている？　たしかに、食事が困難になることはありますす。体重が落ちていないのはいいことですな、多くの患者さんの場合、そろそろ落ちてくるころですので。痩せてきたように見えても心配はしないように。極めて自然なことですから」

以前のリディアは笑った。窓の外の景色も眺めた。まわりの人間が発した言葉を、意味不明な片言ではあるものの、繰り返すこともあった。意識がはっきりしている時間も昔のほうが長かった。そういった喜びの表現や仕草はひとつずつ消えていった。ひとつ失われるたび、アナと母は新しい状態に適応し、それが戻るのを期待することも、思いだすことさえもしなくなった。

覚醒したいまのアナは、妹に対する考えに変化が生じているのに気づいた。一日じゅうラジオドラマばかり聴いていれば、誰だって頭が麻痺するんじゃないだろうか。リディアには目覚めている理由が必要なのでは？

　診察がすみ、ディアウッド医師はリディアのそばで話ができるよう、自分の椅子を近づけた。「おふたりはよくやっておられます」アナと母に向かって切りだした。「努力はすばらしい実を結んでいますよ」

　母の目から涙がこぼれ落ちた。嗚咽こそ漏らさないが、この場面になると毎度のように泣くことになる。「この子は幸せでしょうか」

「ええ、もちろんです。生まれてからずっと、こんなにも愛され、大事にされてきたのですから。同じような境遇の患者さんでこれほど恵まれている人はそういませんよ、残念ながら」

　わたしは先生に恋しているのかもしれない、とたまにアナは思うことがあった。自分たちの長い苦労を輝かしいものに変えてくれるマジシャンみたいに思えるからだ。それが今日は、診察衣の下に履いた乗馬靴に気づき、セントラル・パークの厩舎に馬でも所有しているのだろうかと思ったせいで、ふとこんな考えが浮かんだ――**この人にすばらしいと言ってもらうために大金を払っているんだ。**さらに別の声も割りこんできた。**いい商売だこと。**

「どうして悪くなる一方なんでしょう」アナが訊くと、母は身をこわばらせた。

「リディアの病気には治療法がないのでね。ご存じのはずです」

「ええ」アナは認めた。

「妹さんは、あるがままの道をたどっているのです。〝よくなる〟、〝悪くなる〟といった考え方は、妹さんにはふさわしくないんですよ」

「なにかしてあげられることはないんでしょうか」アナは訊いた。「もっと頻繁に外へ連れだすとか。この子は海さえ見たことがないんです、生まれてからただの一度も」

「新しいことや刺激を経験するのは誰にとってもいいことですよ、リディアにもね。潮風はミネラルも豊富ですしね」

「風邪でも引いたらどうするの」母が硬い声で言った。

「そりゃ、冬には連れださないけど。でも、今日みたいな日なら、しっかり着こんでいれば大丈夫よ」

「春まで待ったほうがいいわ」

「どうして？　なんのために待つの」

「なぜ急ぐ必要が？」

　ふたりは睨みあった。

「わたしは、どちらかといえばミス・ケリガンに賛成ですね」ディアウッド医師が穏やかに言った。

「光陰矢のごとし、ですから。のんびりしていると、あっという間に五月の診察日が来るでしょう。待つ必要はないのでは？」

　普段なら、医師の診察後はアナも母もふわりとした幸福感に包まれ、とっておきの心楽しい数時間をともに過ごせるのだった。ところが今日は、リディアの車椅子を押してパーク・アベニューに出るあいだ、互いに目を逸らしたままだった。通りに出るとアナは妹の髪を整え、母はネッカチーフを巻きなおした。

「さて。公園へ行きましょうか」母が言った。

「ビーチじゃなくて？」

「ビーチってどこの、アナ」

　アナは唖然とした。ついさっきの医師の言葉を聞いていなかったのか。「コニー・アイランドでも、ブライトン・ビーチでもいいじゃない！　タクシーをつかまえたらいい」

「時間もお金も、とんでもなくかかるわ。おむつも食べ物も十分に用意していないし。なんだって急にむきになってリディアに海を見せようとするの。だいいち、ろくに見えないだろうし」

「見たいものがなかったからかもしれないでしょ」

秋の深い日差しのなかで、母の顔ははっとするほど青白かった。前夜に帽子に縫いつけた羽根飾りの鮮やかな緑が、血色の悪さを際立たせている。「いったいどうしたの、アナ」母が悄然と訊いた。

「いつもみたいに、せっかくの一日を楽しんじゃいけないの？」

アナは折れた。食べ物とおむつの件は母の言うとおりだ。ちゃんとした備えなしに行くのは無謀すぎる。ふたりはセントラル・パークまで歩いた。そこは母子連れや、マスタードで制服を汚すまいと慎重にソーセージを食べる兵士たちであふれていた。アナは飴を嚙みくだくように、その日の楽しみを丸ごと味わおうとした。馬たちの鼻息やいななき。ポップコーンのにおい。舞い落ちる枯れ葉。リディアは俯いて居眠りをしている。まばゆい髪で顔が隠れているせいで、脚が不自由なだけに見える。その状態のほうが、真実の姿よりも心からの同情を寄せられる。**気の毒に、あんなにきれいな子なのに。**兵士たちのそんな囁き声が聞こえる気がした。

そんなふうに過ごしながらも、アナの思いはやはりビーチへ向かい、やがてデクスター・スタイルズに行きついた。ベセスダの噴水へ下りる階段を見下ろしながら、母に尋ねた。「父さんは帰ってくると思う？」

父の名前を出したのはゆうに一年ぶりだが、母は驚きの色を浮かべなかった。同じように父のことを考えていたのかもしれない。「ええ。そういう気がするわ」

「父さんのこと探した？　波止場とか、組合の会館とかで」

「もちろんよ。覚えてるでしょ。でも、アイルランド人は口が重くて。〝気の毒にな、アギー、残念だよ……〟。青い目をきらきらさせるだけで、なにを考えているのか、まるで読めないのよ」

「事故に遭ったのかもしれない。波止場で」

「あら、それなら隠したりしないはずよ！　未亡人と孤児にはとびきり親切なんだから。やさしくないのは妻にだけ」

「もし……誰かに襲われたんだとしたら？」そう口にしたとたん、アナの鼓動が速まった。母の顔に驚きが浮かぶ。

「アナ。父さんには敵なんてひとりもいなかった。知りあったときからずっと」

「なぜ言いきれるの」

母は答えを探すようにした。しばらくしてこう返す。「父さんは身辺を片づけて出ていった。現金も通帳も……ちゃんとまとめて置いてあった。あなたが――言ったような消え方をするなら、なんの前触れもなくいなくなるはずでしょ」

そのことを考えに入れるのは忘れていた。思いだしたことでアナは激しい失望に襲われ、思わず手すりにもたれた。長い沈黙のあと、ようやくこう訊いた。「父さんは遠いところにいると思う？」

「近くにいるのなら、帰ってくるはずよ」

「なにをしてるのかな」

「さあね」

「母さんの考えは？」

母がちらりと見た。「父さんのことは考えないようにしてるの、アナ。本当よ」

「それじゃ、どんなことを考えてるの」

母の両頰に赤みが差した。怒っている。アナも同じで、怒りのせいで力が、闘志が湧くのを感じた。

「わたしが考えることなら、すっかり知ってるはずよ」と母は言った。


シルヴィオにリディアを家まで運びあげてもらったあと（帰りはいつもスムーズにすむ）、ほどなくしておざなりなノックが響き、ブリアンが勢いよくドアをあけた。椅子にどさっとすわりこみ、階段をのぼったせいで息をはずませながら、コートを脱ぎ捨てた。バラとジャスミンに、ウィッチヘーゼルのようなかすかに薬草っぽいにおいが混じった香りが室内にあふれだす。湖の乙女《レディ・オブ・ザ・レイク》。アナの記憶違いでなければ、そういう名の香水のはずだ。男はみんないちころよ、とおばはよく言っている。いまでもある程度事実とはいえ、声には自嘲も混じっていた。


　息切れがおさまると、ブリアンはアナと母にキスをし、にこやかにリディアにうなずいた。「工場勤めはどう？」とアナに尋ねる。「あいかわらず、戦争屋の大統領のために油まみれになってるの？」

「じつは、戦時公債を買ってほしいんだけど」

「まっぴらごめんよ」

「フィラデルフィアとチャールストンの工廠に負けてるの。母さんたら、〝十パーセントクラブ〟に参加させてくれないのよ」

「この子、戦争語をしゃべってる」リディアに食事をさせている母に向かっておばが言った。「あたしにはさっぱり」

「お給料の十パーセントを戦時公債で受けとりたがっているのよ」母が無表情に答える。アナとは何時間もろくに口を利いていない。

「公債をたくさん買ったら、おまけでももらえるんでしょ。違う？」ブリアンが言う。「白状しなさい」

「戦艦アイオワに積みこまれる巻物にサインもしたのよ」笑われると知りながら、アナは自慢せずにいられなかった。

「ちょっと、いったいどうしたっていうの！　魔法にでもかけられた？　そもそも、やらなくていい戦争なのよ。ジャップたちがルーズヴェルトの罠にかかっただけ。金を払ってやらせたと聞いたって驚かないわね。あの狸親父なら」

「コグリン神父みたいなこと言って」母が言った。

「神父のラジオ番組だって、やめさせることなかったのに。リンドバーグもルーズヴェルトに真っ向から立ち向かって、ぎゃふんと言わせてやるべきなのよ」

「リンドバーグもいまは戦争支持に変わったのよ、おばさん」

「ふん！　本音を漏らしたら追いだされるからでしょ」

「コグリン神父なんて狂犬よ」母が言った。

「ヒトラーなんて、お尻をぴしゃりとやってやればいいだけよ」とブリアン。「空き地にいるいじめっ子と同じなんだから。この国の若者たちが死ぬ必要なんてある？　陸軍や海軍の兵隊だけじゃない、商船の船員たちはどうなるの。シープスヘッド・ベイにも大勢いるのよ、そこに新しく商船員の訓練施設ができたから。食料も、武器も、毛布も、テントも、誰が戦地へ運んでいると思う？　商船がたくさん魚雷で沈められてるのに、船員は自衛のための銃もろくに持ってないのよ」ブリアンは顔を紅潮させている。

「そのために戦時公債があるのよ、おばさん。ヒトラーをぴしゃりとやってやるために」

「わかった。いくら?」

「一ドル? 二ドル?」

「五ドルにする。それで、あんたはいつ大学に戻るの」

「ありがとう、おばさん!」

ブリアンはハンドバッグから五ドル紙幣とシャルトリューズの瓶を取りだした。ここ数年、ブリアンは〝特別なお友達〟と付きあっていた。ロブスターの卸売り業者で、ブリアンにエイブラハム&ストラウス百貨店で買い物をさせ、一本十ドルのシャルトリューズを買わせるほど羽振りがいいらしい。ただし、恥ずかしいからと、アナと母に紹介しようとはしなかった。

アナはぎこちなく母と笑みを交わした。おばがいると、母と自分の近さを実感することになる。ブリアンは四十七歳、肉づきがよく、蓮っ葉で、チェシャ猫の消え残った笑いのように、昔の名残りの真っ赤な口紅を引いている。十七歳のとき、名前を〝ブリアン・ブレア〟と変えてフォリーズに加わった。八年後にアナの母も入団したが、ほとんど共演することのないまま、ブリアンは〝ミスター・Z(フォリーズのプロデューサー、フローレンツ・ジーグフェルドのこと)〟と仲違いし、よりきわどい舞台に移った。ジョージ・ホワイトのスキャンダルズや、アール・キャロルのヴァニティーズだ。本人の弁によると、波瀾万丈のブリアンの半生は、情事と命拾いと、破綻した結婚と、七本の映画でのちょい役と、酒や舞台上でのヌードに絡んだ警察とのいざこざの連続だったという。スコッチ以外、どれも身につかなかったけどね、というのがお気に入りの台詞だった。この世からの贈り物などお粗末であてにならず、ウィスキーソーダが与えてくれる確実な満足にかなうものなどありはしないということだ。なによりの失敗は男たちだった。卑怯者や、人間の屑や、役立たずばかり——でも連中を責めてもはじまらない。男なんて所詮は出来損ないなのだから。結婚するなら、理想は裕福で子どものいない未亡人になることね。おばはいつもそう言っている。いまのところ、叶えられたのは子どもがいないことだけだ。

ブリアンは酒を注ぎ、グラスのひとつをアナの母に押しやった。「ねえ、そろそろ飲んでもいいんじゃない?」とアナにも声をかける。「あたしなんて、十九のころには飲んでたけど」

「十九で結婚していたからでしょ」母が指摘する。

「別れたけどね!」

「やめとくわ、おばさん」

ブリアンがため息をつく。「ずいぶんお堅いのねえ。あんたの影響ね、アグネス」

「あなたの影響じゃないことはたしかね」

アナにも、飲んでみようかと思うことはあった。おばと母の反応を見るためだけにでも。いまではすっかり身につき、きっかけさえ忘れてしまったが、これまでアナはずっと、周囲の悪徳に染まらないいい子を演じてきた。骨も、心臓も、歯も、どこもかしこも清らかな娘を。ふたりが思うほど善良ではない——十四歳のときにそうでなくなった——という事実は、母とおばの前では忘れがちだった。それでも忘れ去ることはなかった。

母が肩に手を置いた。仲直りのしるしだ。アナも自分の手を重ねた。「リディアを着替えさせて、ベッドに入れないと」母は言った。

「いいから、ゆっくり飲みなさいよ、アギー」ブリアンがきっぱり言った。「リディアは逃げやしないんだから」

母は意外にも素直に腰を下ろし、ふたりはグラスを掲げた。テーブルの向こうでは車椅子にすわったリディアが頭をだらんと垂らしている。ブリアンは介護に手を貸そうとはしなかった。そういうことは苦手だと言っている。そもそも大人といってもいい年のリディアにおむつをさせてアパートメントで暮らさせていること自体が無茶だと思っているのは、アナにもわかっていた。だが母は、おばの考えを知ってか知らずか、やり方を変えようとはしなかった。

「悲しい話なんだけど」ブリアンは長々と酒を喉に流しこんでから話しだした。「劇場の案内係のミルフォード・ウィルキンズを覚えてる？　かつらをかぶってた彼よ。オペラ歌手志望だった」

「ええ、もちろん」母が答える。

「このあいだアポロ劇場で見かけたのよ、もぎりをやってた。麻薬中毒みたい」

「嘘！」

「目を見てわかったの、間違いない」

「まあ、なんてひどい。きれいな声だったのに」

「その人、案内しながら歌ってたの？」アナは訊いた。

「いえ、でもときどき聞かせてくれたのよ、ショーのあとで」母が言った。

ブリアンは目を伏せて首を振ったが、フォリーズ時代のダンサー仲間たちの悲劇をさらに引っぱりだそうと記憶をあさる音がアナには聞こえそうだった。最近の事件がネタ切れになると、今度は過去の逸話が持ちだされるのだった。大女優メアリー・ピックフォードの弟ジャックの妻で、ろくでなしの夫との喧嘩のあとに塩化第二水銀を飲んで死んだオリーヴ・トーマス。太りすぎて衣装が入らなくなり、五階の窓から飛び降りたアリン・キング。有名な妖婦でミスター・Zの長年の愛人だったが、いまは惨めな飲んだくれになり、あちこちのバーで酔っ払っては管《くだ》を巻いているリリアン・ロレイン。幼いころのアナには、そういった悲運の美女たちが、マザーグースの〝小さなマフェット〟やら、グィネヴィア王妃やら、眠れる森の美女やらと同じ、想像の世界の存在に思えていた。別のことに気づいたのは、あとになってからのことだった——話に出てくる女たちはスターで、ブリアンや母は、その噂話をするだけの平凡なコーラスガールだったのだと。

「二週間前、ナイトクラブに行ったの」とアナは言った。「海軍工廠で働いてる子と」さりげない調子で話しだしたが、おばにデクスター・スタイルズの話をするチャンスをずっと窺っていたのだ。「〈ムーンシャイン〉っていうお店。行ったことある？」

「あたしみたいな女がナイトクラブに入るのはご法度なのよ。戸口で手錠をかけられちゃう」

「やめてよ、おばさん」

「たしか、昔はもぐりだった男が経営してるはずよ。いい店はたいていそう――オウニー・マドゥンのクラブ、覚えてる？ 〈シルヴァー・スリッパー〉とか〈エル・フェイ〉を」その問いは母に向けられたものだった。母は昼間処方されたカンフル液を温めた牛乳に混ぜ、リディアに飲ませている。

「女店主のテキサス・ガイナンがフロアショーを仕切ってたわよね」ブリアンが続ける。「〝よく来たね、カモたち！〟って」そこでため息をつく。「気の毒なテキサス。よりによって、赤痢で死ぬなんてね」

アナは痺れを切らした。「もぐりって？」

「デクスター・スタイルズのこと。会ったことある、アギー？」おばが訊いた。「あたしたちより若いはずよね」

「わたしもあなたより若いけど」母が指摘する。「八歳もね」

「はいはい。スタイルズもそのくらいね。昔付きあってた人が、彼の店のひとつでトランペットを吹いてたっけ」

「デクスター・スタイルズ」と母はつぶやき、知らないというように首を振った。

「もぐりって、どういう意味？」アナは訊いた。

「そう、昔はお酒の密売をやってる人間のことを言ったわね」ブリアンが答える。「いまじゃ政府の商売になってるけど」

母が立ちあがり、リディアの車椅子のハンドルを握った。「ベッドに連れていくわ」とアナに言う。

「夕食をお願い」

母が前夜作ったスペアリブとザウアークラウトが、タオルのかけられた冷蔵庫にしまわれていた。アナはオーブンに火をつけて料理の皿を入れ、サヤインゲンをふた缶あけて鍋で温めた。そして母に聞かれないよう、小声でおばに訊いた。「父さんはあの人と知り合いだった？」

「あの人って……スタイルズ？　違うと思う」

「仕事で付き合いがあったとかは？　組合関係で」

「組合関係はありえない。アイルランド系の組合だし、スタイルズはイタリア系だから」

「でも、名前は？　ぜんぜん……イタリアっぽくないけど」アナはそう口にすることになぜかためらいを感じた。

ブリアンが笑う。「スタイルズはイタ公よ、間違いなく。生粋のじゃないかもしれないけど。名前なんて変えるためにあるようなもんよ、まえに教えたでしょ？　ま、あたしはしくじったけど。アイルランド系の名前が嫌だったのに、姓のケリガンよりブリアンのほうがよっぽどアイリッシュっぽいでしょ。そっちを変えるべきだったのよ！」

「なにに？」

「ベティとか。サリーとか。ペギーとか。アメリカ人っぽい名前に。アナは悪くないけど、アンのほうがいい――アニーだとなおいいわね」

「へえ」

「それにしても、なんでそんなことを訊くの」

おばのまなざしは、この世のすべてをひととおり目にしてきたかのような鋭さを放っている。なんでも見抜かれてしまいそうだ。アナはスペアリブの様子をたしかめるふりをして背を向けた。オーブンに向かったまま続ける。「名前を聞いたことがある気がして」

「社交欄に載ってるからよ。実際、名士扱いされてるしね。でも本当は違う。みんな、彼の店で映画スターの近くにすわりたいから付きあってるだけよ」

母がガードルとストッキングを脱ぎ、ゆったりしたワンピースに着替えて戻ってきた。「誰の話?」

「気をつけて、アギー。あんたの娘、ギャングに興味津々みたい」笑いだした母に、ブリアンは続けた。「アナも悪いことを覚えなきゃ。戦争協力以上のね」

夕食中、アナは混乱した頭を整理しようとした。父はデクスター・スタイルズと知り合いだった――それは事実だ。なのに母もブリアンも、ふたりにつながりがあったことも、その理由も知らなかった。秘密にされていたということだ。父たちはなんのために会ったのだろう。

ブリアンがもうひとつ哀れな身の上話を語りだした。有名なコーラスガールのイヴリン・ネズビットが、いまはカリフォルニアで細々と陶器作りをしているという。「落ちぶれたもんよね」

「陶器作りを楽しんでるかもしれないじゃない」母が言った。

「アギーったら」ブリアンは言い、グラスを置いた。「イヴリン・ネズビットよ? 伝説の美女の。ハリー・ソーがスタンフォード・ホワイトを射殺するきっかけになった。それが、陶器職人よ?」

「たしかに意外よね」母はいつも相槌を打つ役だ。五月祭のメイポールのようなもので、そのまわりにブリアンが、自分の知識や、ゴシップや、悪趣味な暴露話をリボンのように巻きつけていく。

から。楽しそうじゃない？」と母。

「アデル・アステアは、いまやレディ・キャヴェンディッシュよ。スコットランドの貴族と結婚したから。楽しそうじゃない？」と母。

「スコットランドって、暗くて寒々しいらしいわよ」ブリアンがスペアリブに齧《かじ》りつきながら言う。

「住んでる人間も妙ちきりんだって」

「なら、ペギー・ホプキンズ・ジョイスはどう？　離婚のたびにお金持ちになってるじゃない」

「太ったし、必死な感じ」ブリアンが嬉々として言う。「商売女も同然よ」

「ルビー・キーラーは歌手のアル・ジョルスンと結婚したけど」

「離婚したでしょ。女手ひとつで子育て中よ」

母が考えこんでいるあいだに、ブリアンはザウアークラウトを平らげた。「そうだ、マリオン・デイヴィスと新聞王のウィリアム・ハーストはまだ続いてるんじゃない？」

「引きこもってるけど。スキャンダルまみれだし」ブリアンがすらすらと切り返す。

〝ロブスター王〟の愛称で呼ばれる特別なお友達は、ブリアンがアナと母にお金を渡すのを認めていた――了解はとってあるというブリアンの言葉を信じるならば。いずれにせよ、アナのブルックリン・カレッジの学費も、古い車椅子がきつくなったリディアのための新しい車椅子の代金も、その懐から出る形となっていた。あまりに多大な援助に、アナの母は恐縮しきっていた。

「ぜひ夕食に来ていただきたいわ」缶入りのカットパイナップルを食べながら、母が訴えた。「またスペアリブを作るから。おいしかったでしょ？」

「彼、漁師だから」それが断る理由になるかのように、ブリアンが答えた。

「〝卸売り業〟なんだから、自分で魚を釣るわけじゃないでしょ」

「でも魚臭いのよ」ブリアンは昔から交際相手のことを詳しく明かそうとしなかった。ときどきヨットや鉄道の専用客車で彼らと旅に出ては、何年もたってから〝古いお友達〟だと紹介するのだった。「言っとくけど、ごくごく平凡な商売よ。想像してるような悪の組織なんかじゃなくて」もちろん、アナに向けられた言葉だ。

「そんな想像してないから、おばさん」

「そんな世界、知らないものね！」


寝床に入るまえに、アナはリディアの隣に身を横たえた。台所からはハイボールのお代わりを飲みながら、アン・ペニントンの有名な膝のえくぼの話をする母とおばの声がかすかに聞こえている。

「……無一文なのよ」おばが言っている。「競馬ですっからかんになって。気の毒にねえ……」

「リディ」アナはやさしく話しかけた。「ビーチに連れていってあげるからね」

窓のシェードの端から差しこむ薄明かりのなか、妹の目が開いているのが見えた。返事をするように唇が動く。

「海を見るのよ」アナは囁いた。

ウミヲミル　ウミヲミル　ウミヲミル
かすかな電波を受信したラジオのようにリディアの放つ振動を感じた。リディアはアナの秘密をすべて知っている。コインを井戸に落とすように、ひとつずつ耳もとで話して聞かせてきたからだ。父が組合の仕事にアナを伴うのをやめたときも、支えになったのはリディアだった。父に文句を言い、さんざん反抗して困らせながら、夜には妹にすがりつき、髪に顔を押しつけて泣いたものだった。近所の子どもたちと遊ばなければならないのも、特別な場所に出かけられなくなったのも、耐えがたかった。十二歳がやるようなことにはなんの興味も持てなかった。スティックボールやストゥープボールやフットボール（〝ボール〟といっても、木の塊を新聞紙で包んだものだ）に興じる少年たちを見ても、その脇でおしゃべりする少女たちを見ても。だからリディアの介護を口実にしてそういった退屈な遊びにはできるだけ加わらず、父が元どおりになり、アナが必要だと気づいてくれるのをじっと待っていた。平気な顔を装いながら。やがて数カ月がたち、一年が過ぎるうち、本当に平気になっていった。

近所の少年少女たちがハイスクールに入ってもこぞって参加していたのが、リンゴレヴィオだった。敵チームのメンバーを見つけて牢屋に入れる、隠れんぼの一種だ。八年生だった三月のある日、アナは誰かの家の地下倉庫のなかで、リンゴの樽の陰に隠れていた。そのとき、囁き声がした。「そこにいたら見つかっちゃうよ」

声は高い板塀に囲われた物置のなかから聞こえた。ドアには南京錠がかかっていたが、アナは樽の上に乗ってどうにか板塀を乗り越え、薪の山のようなものの上に降り立った。暗がりのなかで手探りすると、それが巻いたカーペットの山だとわかった。

「静かにしてろ。誰か来る」

相手が少年だということに、アナはそのとき気づいた。板の隙間から覗くと敵チームの三人の姿が見えた。ひとりはリリアンの兄で、アナに気があるらしいシェイマスだった。シェイマスはアナが先ほどまでいたリンゴの樽のそばへ行き、それから物置に近づいてきた。よじのぼろうとするように、板に手がかけられた。服にしみついた防虫剤のにおいと、息に混じったジューシーフルーツガムの香りがした。自分のにおいにも気づかれてしまうかもしれない。アナは横たわったまま、狭い空間に少年とふたりきりでいるところを見つかるのを恐れた。嫌というほどからかわれるに決まっている。まだ十四歳になったばかりなのに。三人が倉庫内の別の場所を探しはじめたので、ようやくほっとした。あたりはしんと静まり返った。アナは物置へ入ったときと同じように、少年が出る方法を思いつくのを待った。ところが、横になったままじっとしているうち、出ていきたい気持ちは薄れていった。暗く暖かい場所に寝そべり、かすかな暖房炉の音と隣の少年の息遣いを聞いているのが心地よく感じられた。

そのうち、少年に手を握られた。大騒ぎするまいとじっとしているうちに、手を引っこめるのが気まずく思えてきた。自分は怯えているだろうか？　そんなことはない。重ねられた少年の温かい手が心臓のように脈打っていた。手をズボンに導かれると、前合わせのボタンがはちきれそうになってた。**わたしはここにいない、**とアナは思った。手を引っこめることももちろんできた。けれどもそうしないまま、**これはわたしじゃない**と考えていた。熟れたリンゴの香りと、穀物のような埃っぽいカーペットのにおい。少年が握った手を動かしはじめ、なにが起きるのだろうというアナの興味はやがて確信に変わり、さらに期待に変わった。ほどなくして、少年は電線に触れたように身を引きつらせ、これで終わりとばかりに背中を向けて身を丸めた。けれども、それでは終わらなかった。ふたりでした行為によって、アナのなかにもなにかが呼び覚まされていた。アナは少年の手を取ってプリーツスカートの上から自分に押しつけ、その温かい指を動かした。やがて激しい快感が身を貫いた。

相手の少年がレオンだと、そのときようやく気づいた。あるいは最初からわかっていたのかもしれない。「おれが先に出る」とレオンは言った。

ふたりは別々にゲームに戻った。レオンは十六歳だった。それっきりでおしまいだとアナは思った。でも、違っていた。

レオンは放課後に墓石職人の父親の仕事を手伝っていたが、不況のせいで商売は振るわず、自由になる時間は多かった。通りでリンゴレヴィオに参加しているレオンの姿がふっと消えることがあり、そんなときは物置へ行ってみると、そこでアナを待っていた。ときには待ちぼうけを食うことも、入れ違いになることもあった。物置に入ると、ふたりは盗人のようにこそこそと貪欲に求めあった。最初のうちは、初めてのときと同じ方法で互いを喜ばせるだけだった。そのうち素肌への誘惑につられ、一枚ずつ服を脱ぎ捨てていった。レオンは母親の箪笥から羽根布団をくすねてきてカーペットの上に広げた。行為が少しずつエスカレートするたび、アナはここまでだと心に誓った。次も同じことしかしないと。けれども、否応なく先へと駆りたてる圧倒的な論理がふたりを支配していた。アナは行為中の姿を思い浮かべることができず、だから自分は清らかなのだと思いこもうとした。ふたりだけの暗い夢の続きを味わいたいと胸を焦がしながらも、それがどこか別の場所で、別の少女に起きていることのように感じていた。暗い物置に入ったとたん、床板のあいだにもぐりこむ針のように、いつもの自分からするりと抜けだすのだった。**なんのことでしょう、わたしはそんなことしていません——どういう行為なのかも知らないのに、**顔のない告発者に向かって、切々と訴えるところも想像した。

と。

たまに間が悪く人が来ることもあった。建物の所有者や、洗濯女や、樽のリンゴで果実酒を作っているイタリア人一家の誰かが。ただし、ふたりの行為があまりに大胆なせいで、かえって見つかることはなかった。誰も想像すらしなかったからだ。以前から、路上で身体をまさぐりあったり、こっそりキスをしたり、無理やり唇を奪われたりといったことは起きていた。少年三人と少女ふたりがクロゼットにこもっているところを発見された事件は、何週間ものあいだ語り草となった。親たちに厳しく監視され、一分たりともふたりきりになれない恋人たちもいた。けれども、数カ月のあいだ逢引を繰り返し、夏の熱気にまみれて全裸で抱きあうなどというのは、到底ありえないことだった。リリアンとステラに打ち明けたとしても、嘘をついているか、頭がおかしくなったかのどちらかだと思われただろう。打ち明けられるのはリディアだけだった。

処女を捨てた日、アナは物差しを持参した。既婚者の姉がいるステラからひどく痛い思いをすると聞いていたからだ。痛みがはじまると、アナは犬のように物差しを口にくわえ、奥歯を木に食いこませた。ひとことも声は漏らさなかった。

もちろん、レオンは最後の瞬間に身を離した。男ならそれくらいは知っている。

ときおり頭のなかで秘密が鳴り響き、耳を塞いで叫びたくなることもあった。父が知ったら勘当されるに決まっている。父の視線を感じると、気づかれたかと不安になった。でも、知っているはずはなかった。父は仕事にかかりきりで、ひと晩じゅう帰らないことも増えていた。たまに昔のように話しかけてくることもあったが、アナのほうが父との話し方を忘れ、話すのを楽しみにもしなくなった。父の落胆は感じたものの、どうしようもなかった。先に落胆させたのは父なのだから。

父が消えたとき、アナは真っ先に安堵を覚えた。一、二週間が過ぎ、父の不在が吐き気の発作のように押し寄せるようになると、それを忘れようとレオンと物置に行った。

ハイスクールでは、〝親戚のところで暮らす〟という理由で急にいなくなる女子生徒が噂にのぼることがあった。ロレッタ・ストーンもそんなひとりで、すでに同級生より一年進級が遅れていた。控えめでもの静かな少女の堕落の噂は、同級生たちの格好の話題だった。その点、幸運にもアナは仲間のなかでひとりだけ初潮を迎えていなかった。

初めて物置へ行ってから八カ月が過ぎた十一月のこと、建物の持ち主が親類を大勢集め、地下倉庫を片づけはじめた。なんとか生計を立てようと、そこを酒場にすることにしたのだ。石ころや土、樽の欠片、ばらばらにされた石炭ストーブなどが、広げた黄麻布《おうまふ》の上に積みあげられ、通りに運びだされた。アナは戸外に居あわせたほかの子どもたちと一緒にそれを見物した。虫食いだらけのカーペットの山の上に血のしみついた羽根布団が広げられ、容赦なく白日の下に晒されていた。アナは自宅のあるアパートメントに戻り、一階のトイレに入って掛け金をかけると、嘔吐した。

アナとレオンのあいだにあった親密さはあっけなく萎んだ。互いの夢に出てきただけの見知らぬ他人同士だったかのように。アナはレオンの汚れた爪やすきっ歯が気になりはじめた。父の失踪からすでに二カ月が過ぎていたが、父がレオンを見たら呆れるにちがいないという思いを拭えずにいた。ふたりは二度と触れあわなかった。というよりも、最初から他人でしかなかったのだ。翌年、レオンの父が家族を連れて西部に引っ越した。

酒場は結局、開かれなかった。

その後のハイスクール生活でも、ブルックリン・カレッジへ進学後も、アナは初心《うぶ》な娘を演じようとした。そういう娘は、男の子に壁に押しつけられてキスを迫られたとき、どんな反応をするだろう。セーターとブラウスのあいだに手を差しこまれ、胸をまさぐられたら怯えるだろうか。自分の経験の幅広さがアナにとっては危険だった。どこまで経験ずみか悟られたら、ロレッタ・ストーンみたいに逃げださなくてはいけない。警戒のあまりアナの態度は頑なになり、男子学生からは冷ややかでお堅い子だと言われた。「怯えてるんだね、でも傷つけたりしないよ」とデート相手のひとりは言った。「本物のキスを教えてあげたいんだ」でも、アナは知っていた。本物のキスの先になにが待っているかも。そういった場面になると、たいてい相手が憤然と立ち去る結果になるのだった。とっくの昔に再会を諦めたあとも、アナはときおり心のなかで父に呼びかけていた。自分の清らかさを見ていてくれる、漠然とした証人として。**ほらね、わたしはふしだらなんかじゃないでしょ**、と。

けれども本物の証人は、昔もいまもリディアだけだった。ただし、妹は聞くことしかできなかった。

なによりもアナを悩ませている問いに答えや助言を与えてはくれないのだった――いつになったら、すでに知っていることをまた経験できるのか。あるいは、いつになったら忘れることができるのか。

第十章

感謝祭前の水曜日の朝、デクスターはヘンリー・フォスターとともに、オールトン学院の葉の落ちかけた並木の下で待っていた。男子生徒たちの声があたりに響いているが、ひとりの姿も見あたらない。「待たせて申しわけない」義弟は言い、みすぼらしい木造の自宅に目をやった。ささやかな芝生の庭があり、周囲には寄宿舎が建ち並んでいる。「最近、ビッツィーは身支度に手間取るようになって」

プロテスタントの男性によくあるように、ヘンリーは感情表現を苦手としている。それでも、苦しげなその顔からは、あいかわらず家庭生活に悩んでいるのが見てとれた。「とんでもない」デクスターはそう返し、ヘンリーの肩をぽんと叩きながら、こっそり時計に目をやった。義父からは、海軍工廠長を待たせてはならないと厳命されている。「赤ん坊はどうだい」

「かわいらしい子でね。だが、よく泣くんだ。ビッツィーにはそれがこたえるらしい」校長の手は震えている。

「そのうち落ち着くさ」

「そう思うかい」デクスターの答えにすがるように、ヘンリーの穏やかな青い目がいつになく鋭く据えられた。

「もちろんさ」

ようやく現れたビッツィーは、タビーであれば即刻着替えを命じるような服装だった。胸もとが大きくあいたアンゴラのセーターと、襞飾りのついた絹のスカートといういでたちは、上司と不倫中か、それを期待している速記者のように見える。赤褐色の髪と猫を思わせる瞳はハリエットにそっくりだが、ビッツィーの気難しさのせいで、ふたりは昔から似て見えなかった。ピンで留められていない髪は小さな帽子からこぼれ落ちている。デクスターはヘンリーに――哀れな気の弱いヘンリーに――不適切な服装ではあるが自分は気にしないと目で告げた。気にする必要などどこにある？　これから実の父親と会うのだ。必要なら、娘のしつけは親に任せればいい。

キャデラックのドアが閉じると、ビッツィーがつけた苦いムスクの香りで息が詰まった。遅れを取りもどそうと大通りを飛ばす途中、煙草に火をつけたビッツィーに、デクスターは啞然とした。相手が男なら、口からひっこぬいて窓から投げ捨てるだろう。人の車のなかで断りもなしに煙草を吸うのは許されない。新車の62シリーズで、内装がクリーム色のラム革張りならなおさらだ。煙草の箱を差しだされ、デクスターはそっけなく首を振った。

「やめたの？」ビッツィーが残念そうに言う。

「何年もまえに」

「わたしが気に入らないのね。ヘンリーからなにか聞いた？」

「いや、ひとことも」

「でしょうね」

「ヘンリーはきみにべた惚れだ、知ってるだろ」

「わたしには過ぎた人よ」ビッツィーがため息とともに煙を吐きだす。

「なら、なぜ大事にしない?」

返事はない。横目で見て、はっとした。ビッツィーの目から涙がこぼれ、マスカラが滲んでいる。

「ビッツィー」

「わたしがすべてをめちゃくちゃにしたの」

「ばかなことを言うんじゃない」

「ひどい母親よ。ひとりになりたくてたまらないの。いっそ逃げだして、別の人間としてやりなおしたい」

ビッツィーが泣きじゃくりはじめる。ヒステリックに震える泣き声を聞き、デクスターは道端に車をとめて慰めてやりたくなった。だが、時間がない。数分たっても泣きやむ様子がないので、きっぱりと話しかけた。「いいかい、ビッツィー。落ち着いて、頭をはっきりさせるんだ。きみはすばらしい。なにもかも思うがままだ。きみは……」

ビッツィーは大人しくなり、熱心に耳を傾けている。ヘンリーと同じように、デクスターのアドバイスを期待しているらしい。だが困ったことに、ビッツィーのなにが問題なのか、見当もつかなかった。「……情緒が不安定になっているんだ」つまらない返事しか思いつかない。

ビッツィーが苦い笑いを漏らす。「ヘンリーみたいなことを言うのね。最近、夫と似てきたんじゃない、デクスター。そんなこと思いもしなかったけど。あなたもハリエットもね。思っていたほど自由奔放じゃないのね」

「いつまでも同じじゃいられないさ」そう返したものの、ビッツィーの言葉は胸に刺さった。車を走らせるにつれ痛みは増していき、アクセルをいっぱいに踏みながら、デクスターはいつしか頭のなかで毒づいていた――校長の妻のくせに、おれに奔放さが足りないだと？　こっちを誰だと思ってる？　ふざけるな！

その後はふたりともほぼ押し黙っていた。ビッツィーはラッキーストライクを吸いながら――全部で十四本、と数えてもしかたがないが――コンパクトを覗きこんで丹念に化粧を直していた。予定時刻の三分前に海軍工廠の外に車をとめるころには、デクスターは自分がひと箱空にしたような気がしていた。シートの革もすっかり黒ずんだにちがいない。

四人の海兵隊員が門のところで出迎え、一行を見学用の車両数台に分乗させた。デクスターはすかさず別の車にビッツィーを押しこんだ。デクスターの車の前席には義父とタビー、海兵隊員の運転手が並んだ。タビーはこの訪問のことを何度も口にするほど楽しみにし、デクスターは熱心なその様子に娘を見なおさずにいられなかった。比べるのは愚かだが、大人っぽく髪を巻き、真剣で興味深げな顔をしたタビーは、後部座席でデクスターの右にすわった青い制服姿のグレイディに劣らず立派に見えた。

見学は工廠病院からはじまり、建物の外には献血をする男女の列ができていた。取付工の楽隊が〈真珠湾を忘れるな〉を演奏している。デクスターは何週間かまえに店で会った娘がいるかと行列に目をやったが、そこにはいないか、あるいはよく覚えていないせいで見つけられなかった。そのあと一行は車を降り、槌型クレーンが路面電車ほどもある砲塔を吊りあげて海上へ動かし、そこに浮かぶ戦艦の甲板に降ろすところを眺めた。ビッツィーはジョージ・ポーターの腕にしがみついている。レジーナはありがたいことに来ていない。おかげでしばらくのあいだ、ジョージにビッツィーの面倒を任せられる。

「じきに卒業だな、あと三週間くらいか」デクスターはクレーンに目をやったままグレイディに尋ねた。

「イエス、サー。三週間半です」

「〝サー〟なんて呼ばれると、後ろに将校でも立っているのかと思うよ、グレイズ」

「おれもそう言ってるんだ」クーパーがいかにもうれしげに言う。

「癖になっているもので、サー――」グレイディは途中で言葉を切り、にっと笑った。均整のとれた長身の持ち主で、間隔の広い目には悪戯っぽい光が宿っている。

「戦地に発つ日は決まったのかい」デクスターは訊いた。

「早ければ早いほどありがたいです。国が戦っているときにポエニ戦争についてレポートを書かされるのはうんざりですよ」

「そんなに急ぐことはないだろ」クーパーが間延びした声で言い、自分のものよりはるかにたくましい息子の肩に腕をまわした。「戦いはこれからなんだ」

父親に触れられたグレイディは身をこわばらせた。「戦うために訓練を受けてきたんだ、父さん」

次に立ち寄った一二八号館は広大な機械工場で、いくつものピストンやタービンや滑車がなにかしらの用途のために忙しなく稼働していた。風が吹きぬけ、紙吹雪のように枯れ葉を巻きあげた。タビーは身を震わせている。デクスターはコートを着てきていなかったが、グレイディがそばに寄り、腕にかけていた祖父のコート（アーサーは異様なほど寒さに強い）をタビーの肩にかけた。グレイディがそのままコートに――タビーに――両腕をまわしたままでいると、タビーが顔を傾けてグレイディを見上げ、口もとに親しげな笑みを浮かべた。デクスターは娘と甥の姿を食い入るように見つめた。

機械音が耳を打つ。**いまのはなんだ？**　〝願い事の箱〟が頭をよぎった。赤く塗られ、秘密を書いた紙がしのばされたピンバッジが。

車に戻ってからも、デクスターは疑念を払えずにいた。グレイディはまもなく二十一歳、コネチカット州の名門寄宿学校チョート・ローズマリー・ホールに入学以来、七年近く家を離れて生活している。大人の男も同然だが、タビーは十六歳になったばかりだ。だが、昨夏ふたりはニューポートでクーパーのヨットに乗り、テニスのあとラウンジでともに過ごしていた。その際になにかあったのだろうか。グレイディは折り目正しい若者だが、茶目っ気もあり、それが魅力の一部になっている。デクスターは疑念の渦から抜けだそうとつとめた。いとこ同士のキス程度なら珍しくもない――キスだけですんでいれば。

なにもかも、自分の思いこみなのだろうか。

最後に立ち寄った四号館の鋼板加工工場では、八百人の女子工員が働いていた。男女を見分けるのは難しかった。分厚い手袋と防護マスクを着けた溶接工の場合はとくに。背格好で判断するしかないが、仕切られた工場内をひとつずつ見てまわるうち、しだいに当たりがつくようになった。トーチランプを握る女たち。金属を切削する女たち。船の部品の木型を作る女たち。美しい娘たちも、人の視線を気にもせず淡々と仕事に勤しんでいる。髪はスカーフで覆われている。近ごろの若い女の軟弱さを嘆くことの多いデクスターだが、ここにいる工員たちはリボルヴァーさえ平気で携帯しそうに見える。それこそ、つなぎの下ならばショルダーホルスターを装着しても気づかれないだろう。

「たいしたものだな」デクスターはタビーに声をかけた。

振り返ったタビーは頬を染めている。「なに？」

「彼女たちさ。これが見たかったんだろう？」デクスターは声を尖らせた。「今日来たのはそのためだろ」だが、虚しい問いだった。答えはわかっている。タビーが楽しみにしていたのは、海軍工廠ではなくグレイディだ。すべては彼に会うためだったのだ。

「そうだっけ?」タビーが心ここにあらずといった様子で髪に触れた。「来たいと言ったのは父さんだと思ったけど」

アナが献血の列の先頭まで来たとき、ローズが〝蛇口〟とあだ名したデボラという女性工員の声がした。自分の血液を確実に夫に使ってもらう方法はあるかと尋ねている。

「残念ですが、それはできません。それに、血液型が一致しないかもしれませんし」看護婦が言った。

「同じです」デボラが泣きだした。「同じに決まってます」

「ほら、はじまった」ローズが小声で言った。

「たしかですか」看護婦はなだめるように言いながら、デボラの腕に針を刺した。「違う型の血液を輸血するのだけは、絶対に避けないと。大変危険ですからね。ただしAB型の場合は、何型の血液でも受けられますけど。ご主人の血液型をご存じ?」

デボラの答えは泣き声でくぐもり、聞きとれなかった。看護婦は慣れた手つきでデボラの腕を支えた。透明なビニールチューブのなかを血液がくるくるとまわりながらのぼっていく。取付工の楽隊が〈リンゴの木陰で〉を演奏している。

「結婚して五年もたてば」ローズが声を潜めて言った。「涙なんて出なくなるわよ」二十八歳のローズは主婦たちの大半よりも年上で、ユダヤ女性がよくうらやまれるように、つややかな黒い巻き毛をしている。夫の話になるとうんざりしたように目で天を仰ぎ、留守のほうがゆっくり眠れていいわなどと憎まれ口を叩く。幼い息子のことも〝きかん坊〟と呼んだりするが、いかにも愛おしげな顔を見て、そうやって茶化さずにはいられないのだろうとアナは想像していた。

チューブのなかを螺旋状にのぼっていく自分の血液を眺めながら、アナは訊いた。「こんなに赤いものなんですか」

看護婦が笑った。「どんな色だと思いました？」

「その……すごく鮮やかなので」

「酸素と結びつくせいよ。ほかの色だったら、大変ですよ」

アナは一列に並んだ椅子を眺めまわした。どこも同じように、さまざまな太さの腕から深紅の液体が螺旋を描いて吸いあげられている。アナはネルの姿を探した。先週から急に姿を見せなくなってしまったからだ。五日のあいだ、昼休みのたびに四号館の脇で待ってみたあと、ついに現図場へ事情を訊きに行った。友達の姓を知らずにばつの悪い思いをしたが、ネルのことは誰もが知っていた。名前を出したとたん、ぱたりとおしゃべりをやめた女子工員たちを見て、自分の作業場と同じだとアナは思った。監督の話では、ネルは週のはじめから欠勤しているそうだった。もう戻らないかもしれないという。

青天の霹靂《へきれき》というわけではなかったが、アナには痛手だった。自転車に乗るのが当たり前になっていたからだろう。いまでは作業場の周囲の煉瓦敷きの通路に閉じこめられたような気がしていた。秋の低い日差しは、昼時でさえわずかに屋根を照らすだけだった。主婦たちの反感を買い、作業場が憂鬱なせいもあるかもしれない。ローズ以外はみなひどくよそよそしい態度でアナに接した。夫が寝言でアナの名をつぶやきでもしたかのように。慰めといえば、作業場を辞めて潜水士になる自分を想像することくらいだった。毎夕、仕事が終わるとアナはC桟橋に急ぎ、日が沈むまではしけを探した。潜水士に応募したいとミスター・ヴォスに申しでたかったが、恩知らずだと思われそうでためらわれた。

献血がすみ、所定の休憩を取ったあと、アナとローズはバスに乗ってサンズ通りの門へ戻った。すでに私服に着替えてあった。献血の日はそのまま帰宅が許されるからだ。フルーツジュースを飲むよう推奨されているが、ローズはそれを口実に、昼食にワインを飲もうと言いだした。「ワインだって果汁でしょ、どう考えても」

アナは水兵たちのたむろするサンズ通りにしようと提案したが、ローズは真面目な女たちがそこを歩くのは昼間でも危険だという評判を信じていた。それで、路面電車でヘンリー通りのセント・ジョージ・ホテルに向かい、エレベーターでバミューダ・テラスにのぼった。そこからはブルックリンを一望でき、夜にはダンスも楽しめる。ふたりは一番安いメニューのスパゲッティと、赤ワインの小さなピッチャーを頼んだ。ステラ・イオヴィーノの家でワインを飲んだときは好きになれなかったが、ローズとふたりで飲めば、いつもと違う話ができるかもしれないとアナは思った。予想どおり、ウェイターがふたりのグラスにお代わりを注いだあと、ローズは切りだした。「ほかの子たちがなんて言ってるか知ってる？　あなたとミスター・ヴォスのことで」

「想像はつくけど」

「あなたのせいで、奥さんを捨てたって」

「あの人、指輪してないじゃない」

「最初はしてたのよ、噂では。わたしは気づかなかったけど。それで本当なの、アナ？」

「そんなはずないでしょ」

「そうよね！　わたし、言ってやったのよ、〝アナはそんな子じゃない〟って」

「ミスター・ヴォスは噂を知ってるのかな」

「あの人が自分で蒔《ま》いた種じゃない！」

「なにか迷惑がかかると思う？」

ローズにまじまじと見つめられ、アナは自分が初心すぎるような、それでいてやましいことがあるような気持ちになった。「迷惑がかかるのは自分のほうでしょ、アナ。あなたをオフィスに呼んだり、特別なお使いを頼んだり。それじゃすまないわよ。その見返りを求めるようになる。まだそうなってないのが意外なくらいよ。電話会社で働いてたとき、そういう話は山ほど聞いた。遅かれ早かれ、あの人は見返りを求めるはず。そうしたら、困ったことになるのはあなたよ。拒絶して機嫌を損ねたら、クビになるか、ひどい噂を立てられるかもしれない。受け入れたら——そう、その手の女だってことになる」

「そんな噂、でたらめなのに？」

ローズが呆れた顔をする。「嘘か本当かなんて関係ない。女の子に悪い噂が立ったら、まともな男の人は敬遠するものよ」

「汚れた女だってこと？」

「まあ、そういう言い方もあるかしら。やだ、言葉に困るわ、アナ」

「景色も見ましょ」アナは窓の外に目をやった。イースト川には無数の船が行き交っているが、高い場所にいるせいで音は聞こえない。ローズに聞かせたいことがあるものの、恐ろしく経験豊かにも、どうしようもない間抜けにも見られずに告げるすべが見あたらなかった。ミスター・ヴォスはそういう目でアナを見てはいない。ふたりのあいだにその種の感情は存在しない。それはたしかだった。

「女は慎み深くないと、白い目で見られるの」川を眺めていると、ローズが低い声で続けた。「そういう相手を選ぶと、〝あいつは厄介な結婚をしたな〟って言われる。誇りある男なら、そんなの耐えられないはずよ」

「でも、男はほとんど戦場に行っちゃってるじゃない。戦争が終わるころには、誰が慎み深くて、誰がそうじゃないかなんて、すっかり忘れられてるんじゃない？」

「噂は消えない。ついてまわるのよ。思わぬところで邪魔をするし、消すこともできない。戦争が終わったら、狭い世界が戻ってくる。昔と同じように、みんながみんなのことを知っている世界に戻るの」

いつしかふたりは目と目を見交わしていた。真剣そのもののローズの表情を見て、アナは深い親愛の念を覚えた。「心配しないで。わたし、ちゃんと恋人がいるし」

「あら！」

「幼なじみなの。同じ学校に通ってた人。ずっとまえから、そうなるってわかってたの」

「もう、アナったら。ずっと黙ってたのね」

一から話をこしらえるのは久しぶりだった。あれこれ問いただされることが多く、うまいごまかし方も知らなかった子ども時代に戻った気がした。それに——と、ほっとして笑顔になったローズを見ながらアナは考えた——嘘をつくなら相手が聞きたがっている話にしたほうがいい。

「その人、戦地にいるのね」ローズに訊かれてアナはうなずき、「海軍なの」と答えようとしたとたん、喉が詰まり、なぜか目がじんとした。卓上の赤いカーネーションの一輪挿しに目を据えると、涙が滲んだ。

「言いたくないのね、わかった」ローズが言い、アナの手を握った。「ほかの子たちには黙っとく」

化粧室に立ったアナは、胸の高ぶりに当惑しながら、慌ててナプキンで目を拭った。きっとワインのせいだ。

そのあと、ローズの家へ息子のメルヴィンの顔を見に行くことになり、ふたりで路面電車を待った。アナは電車に揺られながらミスター・ヴォスのことを考えた。監督は自分を特別扱いしているけれど、噂されているような理由からじゃない。本当の理由はなんだろう。あれこれ思案するうち、どうでもいいという結論に達した。監督はアナになにかを望んでいる。アナにも望みがあった。

海軍工廠長の住まいは緑の丘に建つ黄色いコロニアル様式の大邸宅で、庭には温室も備えられていた。かつては手つかずの浜辺が一望できたはずだが、いまは煙をあげる煙突が無数に並んでいる。昼食は楕円形の晩餐室で振る舞われた。レモンの薄切りが浮かべられた水差し、氷で冷やされた渦巻き形のバター、各人に用意された塩入れ。海軍のお偉方は客のもてなし方を心得ている。アーサー・ベリンジャーは工廠長の右にすわっていた。ふたりは一九〇二年のフィリピンでともに戦ったという。彼らの交わす言葉はすべて、二十数人の招待客たちの啓蒙を目的としたものだった。銀行家や州の高官も幾人か、その妻たちも二、三顔を見せている。

「それにしても、あの島々を奪還できれば痛快だな」アーサーはくっと笑った。フィリピンのことだ。

「ああ、そうなるはずだ」工廠長は復役した元海軍少将で、よくまわる舌と、太鼓腹の持ち主だった。新たに担った大役にも、ご馳走を楽しむ余裕は失われていないらしい。

「マッカーサー将軍はめったなことでは諦めんからな、たしかに」とアーサーが返す。

デクスターとジョージ・ポーターは目配せを交わした。ふたりとも、義父がマッカーサーを軽蔑しているのを知っていた。三月に日本軍の攻撃を受けフィリピンを脱出してからというもの、〝地下壕《ダグアウト》のダグ〟と呼んでいる。

デクスターの向かいにすわったタビーとグレイディは、不自然なほどに互いを無視している。テーブルの下で足を絡ませあっているのではと疑い、デクスターは喜劇映画のようにナプキンを落としてたしかめようかとさえ思った。

「十一月は連合軍にとって最良の月となった。ここにいる彼のような若者たちのおかげで」工廠長は言い、グレイディに向かってグラスを掲げた。「スターリングラードを包囲し、北アフリカにも上陸した。敵軍の被害は甚大になりつつある。ニューギニアのココダ道のジャップどもは、死者二万人とのことだ！　マラリアに皮膚病……肉が膿《う》んで膨張すると、軍靴すら履けなくなる。泥のなかを裸足で行軍中のはずだ」

「泥は寄生虫の温床ですからね」ジョージ・ポーターが外科医としての見解を述べる。「小さな傷口からバクテリアも侵入しますし。気づけば赤痢や、サナダムシが……」

数人の客がフォークを置いたが、アーサーは嬉々として続けた。「トブルクのサシバエはどうだ？ドイツのやつらは森しか知らん、砂漠のハエなど見たこともなかろう。刺された箇所が感染して、じきに壊疽《えそ》した脚を引きずりながら砂漠を歩くことになるだろう！」

「ロシアは冬だ」工廠長がそう言って、鶏料理のお代わりの合図をした。「凍傷にかかったドイツ兵どもの指がぽきりと折れるだろうよ、焼き石膏のようにな！」

数少ない女性客のひとりのミセス・ハートが顔を蒼白にしている。話題を変えようと、デクスターは口を開いた。「それにしても、工廠に女子工員が大勢いるのには驚きましたよ、少将」

「ほう、気づいてくれたかね。みな、期待を大きく上まわる働きを見せてくれているよ。意外に思うかもしれんが――わたしも実際そうだったからな――女ならではの利点もある。小柄で柔軟なせいで、男には難しい場所にも入りこむことができる。家事をしているおかげで手先も器用だ。編み物やら、縫い物やら、靴下の繕いやら、野菜のみじん切りやら……」

「わが軍は女を甘やかしすぎだ、はっきりしてる」テーブルの末席にいる気難しげな男が断じた。

「赤軍では、女も衛生兵として働いている。戦場へ出て、負傷兵を背負って救出するそうだ」

「飛行機も操縦するらしい。爆撃機を」別の男が続ける。

「本当に？」タビーが訊いた。

アーサーが笑う。「ソヴィエトの娘たちとおまえとでは、少々育てられ方が違うようだな、タバサ」

「これだけは覚えておいてほしい」工廠長が言った。「赤軍には、兵士たちの背後に控え、敵前逃亡する者を射殺するための師団があるそうだ。血も涙もない連中だな」

「男の仕事をそっくり女に任せるのはどうかと思いますが、少将」クーパーが言った。

「むろん、そんなことはせんよ。肉体的、精神的な極限状態に耐える力が必要とされる仕事には、一切関わらせせん。工廠内の女たちはいわゆる〝補助員〟で、男の指示に従って働いている。艦内にも立ち入らせせんしな」

それまで黙っていたビッツィーが急に口を開いた。「女は艦内に入れない？　そういう決まりなんですの？」

「ああ、いかにも。そこは厳守している」

「海軍工廠なのに、女は軍艦に乗れないだなんて！」

誰もがビッツィーのほうを振りむいた。上気した頰と風に乱れた髪。焦燥と不満の炎を湛えたその姿は美しかった。デクスターはアーサーが娘をたしなめるだろうかと様子を窺ったが、義父はなにも言わず、代わって工廠長が艦内の狭苦しさについて長々と説明をはじめた。「知ってのとおり」と繰り返されるたび、客たちはみな——不満顔のビッツィーを除いて——ばね仕掛けの人形のように頭をうなずかせた。

ピーチメルバが出されたあと、工廠長の妻が百年前にペリー提督が暮らしたという屋敷の案内を買って出た。タビーとグレイディが数人の客たちとそれに応じた。デクスターも腰を上げようとしたが、クーパーが立ちあがるのを目にして、息子自慢に付きあう気にはなれず、その場に残った。工廠長からブランデーと葉巻が振る舞われ、ふたたびはじめられたフィリピン制圧の話に、数名の客たちが熱心に聞き入った。

重い昼食のせいで気怠さを覚えたデクスターは、顔を洗いたくなった。年配の黒人執事に案内された洗面所は使用中で、厨房のそばにあるふたつ目の洗面所にまわった。そちらが施錠されているとわかると、デクスターはあとにすると執事に告げた。屋外の温室へ続く両開きの扉を押しあけようとしたとき、背後で物音が聞こえた。引き返して洗面所の前に立ち、耳を澄ました。囁きに、うめきに、吐息。ドアの奥でなにが行われているかは明らかだ。まさか、娘とグレイディが——そう思ったとたん、頭から血の気が引いた。

「あっ……ああ……ああっ……」

洗面所の奥から響くリズミカルな女のあえぎがいっそう大きく、切なくなる。デクスターはよろめくようにその場を離れ、両開きの扉を抜けて乾いた芝生の上へ出た。目がまわり、眼下の工廠がびっくりハウスのようにぐらつきだす。思わず温室にもたれて息をあえがせた。ようやく身をかがめ、膝に手をついて、頭に血が戻るのを待った。危うく失神するところだった。

「父さん？」

デクスターははっと身を起こし、とまどった。タビーの声は頭上から聞こえた。頭をのけぞらせ、そちらを見上げた。そこに娘がいた。屋敷の最上階の窓から手を振っている。あまりの安堵に、またもや意識が遠のきかけた。膝に力が入らない。あんなおぞましい誤解をするとは、自分はどこかおかしいにちがいない。

「父さん、どうかした？」

「なんでもない」弱々しく答える。「平気だ」

「上がってきて。あたりをぐるっと見渡せるの」

「わかった」そう答えて急いで屋内に戻った瞬間、洗面所のドアが開き、薄笑いを浮かべたジョージ・ポーターが濡れた手でベストの裾を整えながら現れた。デクスターと同様、ぎょっとした顔になる。相手はビッツィーだ。デクスターは直感した。ドアごしに聞いたあえぎ声のヒステリックな響きにも、そういえば聞き覚えがある。デクスターは驚きを隠しきれず、ジョージもそれに気づいた。気まずげに笑いかけられたので同じように笑みを返し、いつものように義兄の軽率さに対して中立の態度を示そうとした。無言のまま連れだって晩餐室へ戻りながら、いましがた目にした衝撃をやわらげる言葉を探したが、なにも浮かばなかった。

　ふたりは離れて席についた。ややあって戻ったビッツィーは、その日初めて安らいだ表情を見せていた。父親の隣にすわって身体に腕をまわし、肩に頬を預けさえした。タビーの潔白がもたらした気も遠くなるほどの安堵は、しだいに不吉な予感に変わりはじめた。ジョージがこんな形で義父を裏切るとは――義父のすぐそばで、しかも貴賓として招かれた少将の屋敷で、長女と三女の双方を侮辱するとは。一族全体を危機に陥れる、許されざる背信行為だ。アーサー・ベリンジャーが気づいたら？　いや、気づかないはずがない、北アフリカ上陸を何週間もまえに知っている人間なのだ。ジョージ・ポーターは死んだ。そんな考えがデクスターの頭をよぎった。

　だが、住む世界が違うことを忘れていた。こんなことで人が死ぬのは影の世界だけだ。義父の世界では死んだりしない――比喩的な意味以外では。それでも、迫りくる危機の予感を追いやることはできなかった。洗面所のドアごしに聞いたあえぎ声が耳に甦る。羞恥と当惑を覚えながらも、その律動的な響きにデクスターは身を熱くし、気づけば繰り返し頭で反芻《はんすう》していた。破滅も厭《いと》わないとすら思うほど、その欲望は激しさと恍惚に満ちていた。

禁断の欲望を求める危険ならば、すでに知っていた。セントルイス行きの列車で乗りあわせた女に教わったものだ。八年前に初めてそれを知ったのは、女が真夜中すぎにデクスターの一等寝台車のドアを小さくノックしたときだった。食堂車で最初に互いを意識したときは、通路で軽く言葉を交わしただけだった。デクスターと同様、女の指には結婚指輪が光り、胸もとには小さな金の十字架が下げられていたが、そのふたつが厄除けのお守りに見えるほど、女には隠しきれない婀娜《あだ》っぽさが漂っていた。深夜の訪問がもたらした肉欲のひとときは翌日まで続き、開いたカーテンの向こうに通りすぎる凍てついた田園風景と溶けあって、いまもデクスターの記憶に留まっていた。一月にニュージャージーやロングアイランドを車で走る際、目の前にちらつく寒々しい原野に、胸のざわめきを覚えることがたびたびあった。

その日の午後、ふたりはインディアナ州エンジェルで列車を降りた。なんのためにか――そう、続きを楽しむために。駅近くの古い大きなホテルに、ジョーンズ夫妻の名で部屋をとった。だがデクスターはすぐに違和感を覚えた。絵のように通りすぎていた荒涼とした冬景色は、そこに囚われてみると興醒めに思えた。苛立ちの理由はほかにも見つかった。相手の香水が急に鼻につき、笑い声も耳障りに思え、ホテルのレストランで出たポークチョップはぱさつき、ベッドの上の照明には蜘蛛の巣が張っていた。ことがすむと、女は死んだように眠りこんだ。デクスターは横になったまま眠れず、犬かオオカミらしきものの遠吠えと、風でがたつく窓ガラスの音を聞いていた。慣れ親しんだものから取り返しがつかないほど離れてしまったように感じられた。ハリエットも、子どもたちも、ミスター

・Qに任せられた取引も、二度と手の届かない場所へ行ってしまったように。日常がいかにあっけなく失われるか、何千キロもの虚空に隔てられてしまうか――そう実感した。

夜明け前の薄明のなか、デクスターは身支度をしてスーツケースを閉じ、こっそりと部屋のドアを閉めた。たるんだ電話線と揺れる信号機の下を歩いて駅に戻り、次の列車の切符を買った。目的地とは逆のシンシナティ行きだったが、かまわず乗りこんだ。部屋の鏡台の上に二十ドル札を置いてきたものの、外の通りへ出たとたんにそれを後悔し、その後も思いだすたびに悔やんだ。彼女は商売女ではない。自分となにも変わらないのだ。

ほぼ二日遅れでセントルイスに到着すると、ハリエットからの至急の電報が待っていた。フィリップが虫垂炎で死にかけたという。ミスター・Qの取引相手はデクスターを待たずに去り、遠出は無駄になった。突然の高熱に見舞われたとデクスターは言い訳した。車中で朦朧《もうろう》となって倒れ、病院に担ぎこまれたのだと。遠い場所で、疑われる理由がない場合に限り、一生に一度ならそんな作り話も通用する。そもそも、真実とさほどかけ離れてもいない。のちにデクスターはそう気づいた。

見学用車両に乗った海兵隊員たちが工廠長の屋敷の車まわしで待機し、勤務交代時間のまえに客たちを門の前まで送り届けた。桟橋に停泊した軍艦が所在なげに見下ろしていた。ビッツィーはサットンプレイスの実家に泊まることになり、送る必要のなくなったデクスターは安堵した。二、三軒隣にジョージとレジーナの家があるから、好都合なのだろう。〝夫と似てきたんじゃない〟とビッツィーに言われたが、たしかにそうかもしれない。

タビーも翌日の感謝祭のご馳走作りにサットンプレイスに行きたいと言った。デクスターは快諾し、キスをして娘を見送った。グレイディとの戯れはすっかり無邪気なものに――先ほど目撃したものに比べれば、健全そのものに――思え、微笑ましささえ感じていた。

　サンズ通りの門の外に立ったデクスターは、誰かに秘密を明かしたくなった。クラブへ向かうまえにハリエットに電話することにし、通りの角の〈リチャーズ・バー&グリル〉に滑りこんだ。水兵が公衆電話に五セント硬貨を何枚も投入しながら、誰かをデートに誘っている。デクスターは苛立って窓の外を見やった。突然、門から人があふれだした。作業服姿の無数の男たちと、そこに交じったワンピース姿の若い女たちが、試合後にエベッツ球場から出てくるファンのようにサンズ通りを満たした。デクスターは人知れずそれを見守りながら、同胞愛で結ばれた者たちをうらやんだ。彼らは国の戦いのために働いている。その事実は、屈託のない気楽そうな歩き方に表れていた。昼食の席で義父が口にした輝かしい未来をすでに予期し、その一部であることを自覚しているかのように見えた。

　押し寄せたときと同様、人の波はまたたく間に四散した。水兵も去り、電話は空《あ》いている。だが妻と話したい気持ちはすでに消えていた。ハリエットは肝の据わった女で、酒の密輸を手がけていたころには、銃弾が飛び交うなか、デクスターの車の座席に身を沈め、けらけらと笑っていたものだった。だが、ビッツィーとジョージの件を明かせば、あまりに大きな秘密を抱えさせることになり、悪くすればその毒を漏らすことになるかもしれない。だめだ。ハリエットには明かせない――いったい、なにを考えていた？　誰にも告げるわけにはいかない。成り行きに任せ、双方が傷や痛手を負いすぎないうちに、情事が終わることを祈るだけだ。秘密を守ることには慣れている。

　バーを出るときには日が暮れかけていた。車まで歩く途中、見覚えのある娘が歩道に現れ、反対方向へ行きすぎようとした。「ミス・フィーニー」デクスターは呼びかけた。先ほど探していた、海軍工廠の話を最初に自分に聞かせた娘だ。

　相手はぎょっとしたように、くるりと振り返った。

「デクスター・スタイルズだ。これから仕事かい」

「いえ」と、ようやく笑顔を見せる。「今日は献血をしたので、早く上がったんです」

「家まで送ろうか」道連れが欲しい気分になり、デクスターは言った。

アナはデクスター・スタイルズを見上げた。以前に会ってから幾度となく思い起こしたせいで、暗い存在感に満ちたその姿は奇妙に見慣れたものに思えた。そばにはいかにもギャング風の車がとまっている。

「いいえ、けっこうです。上司と話があるので」幸い、その返事は出まかせではなかった。潜水士の応募の件をミスター・ヴォスに訊きに行くところだった。勤務交代時間が終わるまで待っていたのだ。

「わかった。それじゃ、ご機嫌よう、ミス・フィーニー」

帽子に手をやった相手を見て、突然アナは、その姿をもう少し見ていたい衝動に駆られた。「もしできれば」と言葉が口をついて出た。「別の日に乗せてもらえません？」

デクスターはうめき声を漏らしかけた。整備の行き届いた車を所有し、みずから運転もすることから、最近は人を乗せる必要に迫られることが多い。歯痛を起こした近所の少年を歯医者まで送ったこともあれば、母親の降圧剤を買うためにヒールズを終日営業の薬局に連れていったこともある。頼まれてしまうと、断るのは難しい。もっと早い段階で牽制しなければならない。「ああ、もちろんだ、また会う機会があれば」そう言って、車のドアをあけようとした。

「具合の悪い妹がいるんです。海に連れていくと約束したんですけど」

「病気なら、春まで待ったほうがいいな」

「病気じゃありません。身体に障害があるんです。男の子が階段の下まで運んでくれます」

障害。男の子。階段。気の滅入る要素が、小石のように次々と投げかけられる。ミス・フィーニーの地味なウールのコートは袖口が擦り切れている。相手の困窮ぶりを見せられると、どうにも弱い。

「いつならいい?」デクスターはしぶしぶ訊いた。

「日曜日。日曜ならいつでも。お休みなので」アナは言った。日曜日には母がリディアをアナに託し、外出することになっている。

デクスターは忙しく頭を働かせた。教会に行く代わりに人助けをすれば、会衆席まで修繕しろと言いだした新任の司祭と会わずにすむし、昼食会には間にあうはずだ。障害者の手助けをすることで、甘やかされた子どもたちも、少しは自分の幸運に気づくかもしれない。

「今週の日曜日はどうかな。冬が来るまえに」

「もちろん! うちには電話がないけど、時間を決めてもらえれば、それに合わせて妹を運びおろしてもらいます」

「ミス・フィーニー」デクスターは咎めるように言い、言葉を切った。

アナは相手を見上げたが、背後の街灯の明かりで、顔は影に沈んでいた。

「おれには運べないと?」

第十一章

「興味がある、だと？」アクセル大尉が言い、机の前に立ったアナを見上げた。海兵隊員に案内されてアナがオフィスに入ったときも、大尉は席を立たなかった。

「はい、そうです。非常に興味があります」

「いったいなんでまた、潜水に興味など持ったのかね」

アナは答えに迷い、ためらった。「はしけに乗った潜水士をずっと見ていました。C桟橋で。昼休みに。終業後も」ひとことずつ言葉を区切り、相手の顔に理解が浮かぶのを待った。

「昼休みに潜水士を見ていたというわけか」ようやく返事がある。

それは問いではなく反復で、その口調にばかにしたような響きを感じとり、アナは返事をしなかった。沈黙しながら、自分が大尉を見下ろしていることに気づいた。相手もそれを感じとったのか、だしぬけに立ちあがった。海軍の制服に包んだ体軀は小柄だがたくましく、風雨に晒された顔は、ひげがないせいかどこか青年らしくも見える。「失礼ながら、ミス・ケリガン、これは誰の考えなのかね」

「わたしです。わたしひとりで考えました」

「きみひとりでね。だが、きみひとりの意向では無理なはずだ。昨日工廠長からの電話で、きみとの面接を直々に依頼されたんだぞ」

「上司のミスター・ヴォスが――」

「ああ。きみの上司のね。ミスター……ヴォスか」大尉はその名前を、骨付き肉の最後の一片を食いちぎるように発音した。そして薄笑いを浮かべた。「ずいぶんときみがお気に入りのようだね、きみのほうもだが」

それは不意打ちだったが、露骨な侮辱による傷は火傷のように少し遅れて痛みだした。大尉は拍子抜けしたような顔を見せた。アナは狭い館内が不自然にしんとしていることに気づいた。ひょっとすると誰かが盗み聞きでもしていて、大尉はそれを意識して話しているのだろうか。

「潜水士になるためのテストはありますか」アナは冷ややかに訊いた。

「テストはない。潜水服を着るだけだ。サイズが合うか試着させよう」

「わたしに？」

「いや、そこにいるエスキモーにだ」

ミスター・ヴォスにはここに来るのを反対された。「きみは歓迎されていない」工廠長への電話がすんだあと、そう言われた。「嫌な思いをするよ」愚かなことに、自分を引きとめたいのだとアナは誤解した。

大尉のあとについて、なぜか細く開かれたドアが並ぶ廊下を歩き、屋外へ出た。五六九号館は船台の西の外壁にへばりつくように建てられ、そのあたりは自転車でも見に来たことがなかった。見上げるとエジソン発電所がそびえ、五本の煙突から水蒸気が吐きだされていた。

アクセル大尉はウェスト通りの桟橋のたもとにあるベンチにアナを案内した。そこに潜水服が折りたたんで置かれている。かさばったごわごわのその物体は、感覚を持った生き物のように、身体をふたつ折りにした人間のように見えた。ひと目見てアナの胸は躍った。

「ミスター・グリーアとミスター・カッツが補助を務める」アクセル大尉は言い、好奇心を押し隠した顔でそばに立つふたりの男を示した。盗み聞きしていた場所を飛びだし、大尉よりひと足早くここへ駆けつけたらしい。「諸君、ミス・ケリガンが潜水に興味があるそうだ。服を着せてやってくれ」

単純明快な指示だったが、〝補助〟や〝服〟といった言葉が正式な用語なのか、あるいはアナをまごつかせるためにそんな言い方をするのかはわからなかった。大尉が館内に引っこみ、アナはほっとした。

「いま着てる服の上からこれをかぶせるからな、お嬢さん」グリーアが言った。痩せた身体に引っこんだ顎、薄くなった髪、指には結婚指輪。「靴だけ脱いでくれるかな」

もうひとりのカッツのほうは横柄そうに見える。「サイズは合ってるのか」靴下一枚になったアナの前に置かれた潜水服を持ちあげながらそう言った。「たまげたな、グリーア。おまえと同じだとさ」

グリーアが目で天を仰いだ。ゴム引きの帆布は穀物と湿っぽい土が混じったようなにおいがし、アナはミネソタの祖父母の農場を思いだした。広い開口部になった黒いゴム製の襟から足を入れ、ごわついた両脚に通し、靴下状になった先端に爪先を押しこんだ。身体を支えるために男たちにつかまらなくてはならず、ばつが悪いが、男たちのほうは慣れっこのようだ。ふたりが襟ゴムを胴から肩まで引きあげたあと、アナは先端に三本指の手袋がついた袖に手を通した。手首に細い革のストラップが巻きつけられる。

「もっと締めるんだ」カッツが言う。「手首が細いから、手袋が外れちまう。おまえはその女みたいな手で間にあわせてるらしいがな、グリーア」

「ミスター・カッツは肉体美がご自慢なんだ」グリーアがアナを味方に引きこもうとする。「兵役不適格のショックを癒したいのさ」

アナははらはらしたが、カッツはわずかにひるんだだけだった。「こいつはその話ばっかりだ。おれの顎がうらやましいから」

「顎の形がよくたって、結婚してくれる子が見つからなけりゃな」グリーアが言い返す。

「グリーアの恐妻ぶりを見たら、どうしたって二の足を踏んじまう」

アナは憎まれ口の応酬を笑顔で聞こうとつとめたが、無駄な努力だった。ふたりともふくらはぎの部分につけられた紐を締めるため、アナの背後に立っている。「ちなみに、なんで不適格になったんだ?」グリーアがカッツに訊いた。

「鼓膜が破れてるせいさ。二年生のとき、教師に殴られたんだ」

「そのころから無駄口が多かったってわけだ」

「ひどい話ね」そう言ったとたん、アナは口を挟んだことを後悔した。カッツが初めて悔しげな顔を見せた。「潜水するには有利なんだ」ややあってそう答えた。「そっちの耳には水圧がかからない」

ふたりはアナの足に木と鋼と革でできたブロック状の〝靴〟を履かせた。手際のいいふたりの補助は小気味よく感じられた。カッツは靴の留め金を留めるため四つん這いになりさえした。「靴は両足で十六キロ。服は全部で九十キロだ。お嬢さん、体重は?」

「恋人ができなくて当然だな」グリーアが首を振りながらつぶやいた。

「その半分ってとこだろう」カッツが相棒を無視して続ける。「言っとくが、おれは百十キロあるが、服を着ると歩くのもやっとだ」

「平衡感覚がないからな。鼓膜のせいだろ」

「四十五キロは軽く超えてます」アナは言ったが、むきになっていると思われそうで、口を挟んだのをまた後悔した。腰を下ろしたあと、銅製の肩金がかぶせられると、尖った縁の部分が肩と首のあいだの柔らかい皮膚に食いこんだ。

「おっと」とグリーアが言った。

カッツの顔に意地の悪い笑みが浮かぶ。「そのまえに……」

「ほら、その……」グリーアの顔が後退した生え際までピンクに染まる。「どうした？」「やめろよ、カッツ。かんべんしてくれ」

「ああ、おまんこクッション《プッシー》か」カッツがようやく答えた。「たしかに忘れてたな。つまり、枕みたいなもので」――とアナの目を見ずに言う――「縁が肩に食いこむのを防ぐってわけだ。帽子をかぶせたときにそれが必要になる。帽子と肩金を合わせて二十五キロだ」

プッシー・クッションを着けてほしいと頼む気にはなれなかった。名前を口にするわけにはいかない。グリーアの額は真っ赤に染まっている。次にふたりは帆布地の服のゴム襟の部分を肩金の上にかぶせ、肩金についたボルトを襟ゴムの穴に嵌めていった。すべてのボルトが穴に通されると、その上から銅の当て金をかぶせ、蝶ねじで固定した。グリーアがアナの前に、カッツが背後に立ち、声をかけあいながらT型レンチでねじを順に締めていく。やがて肩金と帆布とがゴムでぴったり密着した。

「お次はベルトだ」カッツがにっと笑う。「三十八キロ」

ベルトにはブロック状の鉛錘がいくつも下げられていた。ふたりはベンチにすわったアナの腰にそれを巻き、背後で留めた。それから革のストラップを胸の前でクロスさせ、肩から背中にまわした。

「ベルトを締めるから、立って前かがみになってくれ」とカッツが言った。

肩金とベルトの重みで立ちあがるのに苦労した。前かがみになると、ストラップが脚のあいだを通され、股間を締めつけるのがわかった。それが通常の手順なのか、それとも恥ずかしがらせるためにわざとやっているのだろうか。プッシー・クッションの話が出てから、グリーアは一度も目を合わせようとしない。

「すわってくれ。お次は帽子だ」

〝帽子〟というのは真鍮製の丸いヘルメットのことで、間近にすると、人間の装具というより、なにかの配管か機械の一部のようだった。カッツとグリーアがそれを両側から持って頭上に掲げたとき、アナは思わず身震いした。ヘルメットがかぶせられると、湿気の混じった金属のにおいに包まれ、味さえ感じた気がした。電球をソケットに嵌めるようにヘルメットの基部がまわされ、肩金に固定される。圧倒的な重みがのしかかり、肩金の縁が首まわりに鋭く食いこむ。アナは服の下で身をよじり、重みを逃がし、押しやろうとした。ヘルメットの天辺がコンコンと叩かれ、正面の丸い窓がいきなり開いて冷たい空気が流れこんだ。グリーアが覗きこむ。「気絶しそうになったら言ってくれ」

「大丈夫」

「立つんだ」カッツが言った。

アナは立とうとしたが、肩金とヘルメットと鉛錘付きのベルトのせいで、ベンチから腰を上げられなかった。立ちあがるには、鋭い縁が当たった左右の肩に渾身の力をこめなければならない。爪が肉に食いこむような激痛が走った。痛みのあまり目がまわり、重みで膝が崩れそうになるが、必死に身体を持ちあげた。一瞬ごとに、次の一秒も重さに耐えられるかと自問する。いける。まだいける。もっといける。いける。いける。いける。

カッツが正面の覗き窓から覗きこんだ。右の上唇に縦に入った細く白い傷が見え、肩の激痛を強いている相手への憎しみが湧きあがった。カッツはいま楽しんでいる。「歩け」

「気絶するぞ」

「させればいい」

「気絶なんてしない。いままで一度もしたことがないから」

猛烈な痛みを発する二カ所でヘルメットの重みを支えながら、アナは煉瓦敷きの地面に一歩を踏みだした。足枷を嵌められたように靴を引きずる。さらにもう一歩。汗が頭を伝い落ちる。九十キロ。帽子と肩金が二十五キロ。靴が一足十六キロで、ベルトが三十八キロ。それとも靴は片方が十六キロで、一足三十二キロだったただろうか？

もう一歩。さらにまた一歩。進み方も進む理由もわからないまま靴を引きずる。痛みで頭は真っ白だ。

三本指の手袋になにかが押しこまれた。「それを解け」

「歩きながら？」アナは叫んだ。

グリーアが覗き窓の前に現れた。「足は止めていい」とやさしく言う。心配げな顔だ。アナの顔が痛みに歪んでいるせいだろう。アナは手のなかのものを見ようと目の前に持ちあげた。ロープだ。複雑に結び目がこしらえられている。三本指の手袋のなかで指の位置を調節し——小指と薬指を一本目に、中指と人差し指を二本目に、親指を三本目に差しこむ——十本の指先を結び目に押しつけた。熱で湿り気を帯びた手袋ごしにまさぐると、肩の痛みがすっと遠のいた。たいていの結び目には、力をこめて押しつづければ緩むポイントがある。目を閉じて指先に神経を集中させると、現実世界が遠ざかり、触覚だけの領域へと漂いだした。それは壁を押して奥に隠れた部屋を見つけるのに似ていた。リンゴの傷んだ箇所のような結び目の緩みが見つかり、そこに指を押しこんだ。どんなに固い結び目もいつかは解ける。長年の経験で学んだことだ。ネズミの巣にあやとりの紐、靴紐、跳び縄、パチンコ——近所の子どもたちは、絡まったものがあるとアナのところへ持ってきた。結び目は生き物のようにしぶとく最後の抵抗を見せていた。やがて降参し、解けたロープが手のなかに残った。

それを差しだすと、誰かが受けとった。カッツが窓から覗きこむ。睨みつけられるかと思いきや、感嘆の色を浮かべて言った。「よくやったな」その手放しの称賛よりもさらに驚いたことに、アナの胸は誇らしさでいっぱいになった。要するに、自分はカッツを負かしたかったのではなく、感心させたかったのだ。

ヘルメットが外されて肩から持ちあげられ、ベルトと肩金も取り去られた。重みから解放されたせいで、アナは身体が浮いているように、飛んでいるようにさえ感じた。そのはずんだ気持ちが男たちにも伝染した。アナの成功をわがことのように感じているせいか——それとも、少しはアナの力を認めたせいだろうか。靴と服を脱がせるあいだも、ふたりは装着作業のときと同じように興奮していた。ただし、装着時にはからかいの対象だったアナも、今回はその興奮を共有していた。まもなくアナは作業服姿に戻って桟橋に立った。いつしか日が暮れていた。

「おまえが報告するか」グリーアがカッツに訊いた。

「責められるかな」

「そりゃ、誰かはな」

「頼んだ」カッツが言った。「大尉はおまえを気に入ってる」

「誰だってそうだろ」グリーアは言って、アナに目配せを寄こした。

アクセル大尉はアナの成功を聞くと顔をしかめ、そっけなくグリーアを退出させた。グリーアは共犯者めいた顔で、アナに向かって軽く帽子を持ちあげた。

「かけたまえ、ミス・ケリガン」大尉が言った。

浮かれたアナは笑みを浮かべそうになったが、得意に見えないよう、どうにかこらえた。大尉は指先でこつこつと机を叩きながら、しばらくのあいだアナを見つめていた。「服は着られたというわけだな」なだめるような口調に、アナは警戒を覚えた。「だが、潜水するとなると話は別だ」

「それがテストだったはずです」

大尉が気を落ち着けようとするように、長いため息をつく。「海底での作業は人体に甚大な危険を及ぼす。きれいな波やら泡やらだけ見ていれば信じられんだろうが。泳ぐのは楽しい。だが海底では事情が違う。水は重い。水圧の力はすさまじい。女性の身体にどんな影響を及ぼすことか」

「やらせてください」口のなかが急に渇く。

「きみは強い女性だ、ミス・ケリガン。それは証明された。だが、わたしの良心にかけて、きみを潜らせるわけにはいかない。自分の娘でも同じことを言う」

気遣うような、同情するような、気の毒げなその様子は、初対面のときの横柄さとは別人だった。元のままのほうがよかったのにとアナは思った。そのほうが、まだチャンスがあった。

「やらせてください」アナは繰り返した。「失敗したら、そのときです」

「潜水病にかかった人間を見たことはあるかね」大尉が親しみを示すように身を乗りだした。「血管内に発生した窒素の気泡が体外へ出ようとして軟組織を圧迫する。それで目や鼻や耳から出血するんだ。押し潰された人間を見たことは？　水圧で潜水士の身体が――人間ひとりの身体が丸ごと――ぺちゃんこになり、さっききみがかぶったヘルメットのなかに押しこまれることもある。〝失敗したら〟と言うが、海底十五メートルでの失敗は、地上でのものとはわけが違う」

「ミスを犯せば誰にでもその危険はあるはずです。女にだけじゃなく」そう言いながら、アナはその光景を想像して気持ちがくじけるのを感じた。

大尉はにっこりした。白い歯、日焼けしたひげのない肌。「きみのことは気に入ったよ、ミス・ケリガン。ガッツがある。悪いことは言わない、持ち場に戻りなさい。ここでどんな作業を担っているのか知らんが、それに全力を注ぐんだ。この戦いに勝てるように。日曜の夕食にヴィーナー・シュニッツェルとタコの干物ばかり食べる羽目にならないようにな」

話は終わりとばかりに、大尉は机を叩いた。けれども、アナは動けなかった。あと少しだったのに。結び目も解いたのに！　時間が引き延ばされたように感じられ、アナはそのあいだにあらゆる可能性とその結果を検討した。怒れば相手の不快を買う。涙は同情を誘うだろうが、弱さを証明してしまう。色目を使ったりすれば、元の評価に逆戻りだ。

大尉はアナが退出するのを待っている。

「アクセル大尉」考えたすえ、冷静で淡々とした口調で言った。「命じられたことはすべてこなしました。なのに帰れと？　納得がいきません」

「はっきり言おう、ミス・ケリガン、きみが潜水するチャンスなど、最初からなかったのだ」姪に接するような愛想のよさは消えた。アナと同じ、単刀直入なもの言いに変わっている。「きみのミスター・ヴォスは、のぼせあがって理性を失っていると見える。わたしが女に潜水を許可するなどと思うとはな。工廠長からの電話でも、問題外だと伝えたんだ。服を着せるだけ着せて、無謀だと悟らせるつもりだと」

「服なら着ました。ちゃんと歩きもしました。結び目も解きました」

「それには驚嘆したとも、たしかに。だが、潜水させるつもりは端《はな》からない、今後もだ。気の毒だがな。悔しいのはわかるが、それが現実だ」

ふたりは机ごしに睨みあった。互いの考えは明らかだった。アナは席を立った。気づくと五六九号館の外に出ていた。コートを着たことも、途中でもう一度カッツとグリーアに会ったかどうかも覚えていなかった。暗がりのなかを、遠くのサンズ通りの門を目指して歩きだした。冷たい風がめくるめく成功の喜びを剝ぎとっていく。船台のそばを通りすぎると、微動だにしない船体が無数の人工照明に照らされ、ひどく大きく見えた。

答えはノーだった。

これほどあからさまな偏見に直面するのは初めてだった。〝それが現実だ〟と大尉は言ったけれど、そんなはずはない。歩を進めながら、アナの落胆と敗北感は石のように硬化し、カッツに感じたのと似た対抗心に変わった。大尉になんて負けない。こちらが負かしてやる。大尉こそ敵だ。ずっとそういう相手を求めていた気がした。

アナは手のなかの結び目を思い起こした。命あるもののようにきつく絡みあったその感触を。糸口は必ずある。それを見つければいい。

それが現実だ。

現実なんかじゃない。相手は大尉ひとりだ。男ひとり。ひげだって生えていない。

第十二章

身体が不自由だというミス・フィーニーの妹をビーチへ案内すると決めて四日、約束の日曜の朝が来るころには、その予定に対するわずかばかりのデクスターの熱意は跡形もなく消えていた。子どもたちが参加できないからだ。感謝祭の晩餐の席で、ヨーク・アベニューのセント・モニカ教会に一族で礼拝に行く計画がベス・ベリンジャーの口から告げられた。そのあと〈バンドルズ・フォー・ブリテン〉の慈善活動に参加するという。イギリス兵に手編みのニットを送る〈バンドルズ〉の活動はパーク・アベニュー在住の女性がはじめたものだが、デクスターには上流階級の戦争協力ごっことしか思えなかった。同様の活動が山ほど進行中だった。

アーサーもそういったものは苦手と見え、代わりにデクスターをザ・ニッカボッカ・ホテルでの昼食とビリヤードに誘った。バーに飾られた見事な壁画に加え、デクスターに気づいたピューリタンたちの驚愕の表情まで眺められるという、魅力的な誘いだった。ミス・フィーニーの家に電話さえあれば、約束を反故《ほご》にするための第一歩として、延期の連絡をしたはずだった。だが電話はなく、休日のため手紙も間にあいそうにない。すっぽかせばいいようなものの、卑劣な真似はしたくなかった。しかたなく、義父には障害のある従業員の妹を朝のうちに海へ連れていく約束があると伝え、終わりしだいホテルに駆けつけると誓った。

そういうわけで――タビーは来ない。双子とハリエットも来ない。十一月末には珍しいほど穏やかな陽気で、悪天候を理由にする手も使えなかった。ミス・フィーニーが住む通りはほぼ想像していたとおりで、キャデラックをとめるより先に子どもたちが群がってきた。62シリーズを見ることなど、あったとしても数えるほどだろう。車を降りたデクスターは帽子を目深にかぶり、まぶしさに目を細めながら顔を上げた。上階の窓で手が振られ、最後の望みも消えた。ミス・フィーニー自身が忘れていることを期待していたのだが。

軋む正面ドアを開き、金曜日の魚料理（カトリック教徒は金曜日に魚を食べる習慣がある）のにおいがこもった玄関ホールに入った。そこにあるすべてがなじみ深いものばかりだった。とりわけ階段にこだまする自分の足音が。それにしても、いったい何階まである？　障害者をこんなに上階に住まわせるとはひどい話だ。

アパートメントは狭苦しく窮屈だった。安っぽい壁板にいたるまで、そこらじゅうから女のにおいが放たれている。香水、髪、爪、月のもの――それらが入り混じった、饐《す》えたような生々しいにおいに包まれ、頭がくらくらした。そんな女の瘴気《しょうき》のなかで、ミス・フィーニーに男のような握手で迎えられたとき、驚きを覚えたほどだった。彼女だけがその場所で異質に見えた。

薄暗い台所を抜けて居間に案内されると、そこには大恐慌のさなかも手放さずにいたらしき装飾品が飾られていた。数は多くない。蛇を退治する聖パトリキウスを光輪とともに描いたステンドグラス、壁に貼られた羽根扇子の隣には、ディオンヌ家の五つ子姉妹のカレンダー。額縁を外したあとの、空っぽの長方形がいくつか。理由を尋ねようとしたが、先ほどの女のにおいが答えだと気づいた。ここには男がいない。死んだか、あるいは出ていったか。壁に残った額縁の跡から考えて、後者だろう。死別ならば記憶に残そうとするはずだ。

通りの子どもたちの叫び声に交じり、古い置き時計の音が響いている。台座に金の天使があしらわれたもので、針は二十分遅れている。この家の家宝なのだろう。火中に飛びこんでも守ろうとする類いの。デクスターの母の呼び鈴と同じだ。「呼び鈴を持ってきてちょうだい」母にそう言われると、それを走って取りに行き、振り子の部分を握って運んできたものだった。母の祖国ポーランドから持参したもので、銀の音色につられるように、母は娘時代の思い出を語りはじめるのだった。教会のこと、吹雪のこと、氷の張った真っ暗な池でスケートをしたこと。ごうごうと燃えるかまどから取りだした焼きたてのパンのこと。普段、母のことはめったに思いださない。なじみのあるアパートメントと、階段に響く自分の足音のせいだろう。あるいは、これから身体の不自由な人間と接するせいかもしれない。

「妹さんはどこに?」デクスターは尋ねた。

案内されたのは、狭いベッドを二台置いただけでいっぱいの寝室だった。ひとつきりの窓にはシェードが下ろされている。片方のベッドに、美しい少女がうつ伏せに横たわっている。薄暗い光のなか、淡い金色の巻き毛が散らばった金貨のように広がり、その姿は快感に恍惚とするさまを思わせた。その想像にデクスターは狼狽した。頭から追いやろうと目を瞬きながらそばへ寄ると、少女の顔には激しい恐怖や断末魔の苦しみを思わせる表情が浮かんでいた。手足が痙攣しているのは、身体を制御する力がないせいだろう。青いビロードのワンピースとウールの長靴下を身に着け、眠っているように見える。身支度を整えさせるのにどれほど苦労したことだろうとデクスターは思った。やはり約束どおりここへ来てよかった。

「とても……元気そうだ」なにか言わねばと感じ、そう伝えた。

「そうでしょう?」萎えたその身体に愛と誇りに満ちたまなざしを注ぐ姉を見て、デクスターはこの家族の痛みに土足で踏みこんでいるような気がした。とはいえ、来たくて来たわけではない。言いだしたのは彼女だ。

「さて。どうしたらいい？」じっとしていられず、そう切りだした。

「コートを取ってきます」

その場に取り残されるのをためらい、デクスターもあとを追って部屋を出ようかと思った。代わりに窓辺へ行き、シェードを持ちあげてキャデラックの様子をたしかめた。ベッドに目をやり、横たわった少女の目が閉じられたままなのを見て安堵した。ふと、こんな娘の姿を来る日も来る日も目にせねばならなかった父親のことを思った。その苦しみを。美しい髪の下に宿されていたはずのものを。家を出たのであれば、それが理由だろうか。デクスターはアイルランドの人間に親しみや魅力を感じていた。信頼を裏切られることも少なくはなかったが、それは二枚舌というよりも、酒やその他のものに溺れがちな気質的な弱さが原因だった。計画を練るのには役立つが、いざ実行する段になると、イタリア人やユダヤ人やポーランド人の手が必要となるのだった。

ミス・フィーニーが戻ってきてベッドに身を乗りだし、妹のよじれた四肢を洒落たデザインの濃紺のウールコートに押しこんだ。慣れた手つきを見るだけで、長い年月を妹の世話に費やしてきたのは明らかだった。人生のすべてをだろう。

デクスターは少女の身体をベッドから持ちあげ、両腕に抱えた。ふっとにおいを感じたとき、その瞬間を恐れていたことに、閉めきった部屋で寝たきりの人間の体臭を嗅ぐのは不快だろうと予想していたことに気づいた。だがそのにおいは爽やかで、香《かぐわ》しくさえあった。女物のクリームやシャンプーにあるような花の香り。朝風呂に入り、泡だらけの浴槽から爪先を突きだして、脛《すね》毛をきれいに剃ったばかりの娘を思わせる香りだ。戸枠にぶつからないように少女の頭をかばいながら居間へ運びだすと、金色の髪がデクスターの袖に垂れかかった。

「この子の名前は？」

「あら、すみません、リディアです。リディア、こちらはミスター・スタイルズよ。ご親切に、海に誘ってくださったの」

厳密には違うが、とデクスターは苦笑し、リディアを抱えたままミス・フィーニーに続いて戸口を出た。ふと見下ろすと、リディアの目が見開かれ、デクスターの顔に据えられていた。とたんに両手でつかまれたかのような衝撃が走った。瞬きひとつしないきらめく青い目は、タビーが昔遊んでいた人形を思わせた。

汚れた壁に目を向けたまま、デクスターは爪先で階段の曲がり具合をたしかめながら下りはじめた。こつを要する作業だ。「こんなに大人しくしているなんて」背後で姉が驚きの声をあげる。抱えている車椅子はリディアよりも重そうだ。「シルヴィオのときは、泣いたり叫んだりするのに」

「それは光栄だ」

外に出ると、ミス・フィーニーは子どもたちにふたりばかり声をかけた。デクスターは少女のこわばった身体を抱えなおし、後部座席のドアをあけようとしたが、慌てたような姉の声に遮られた。

「もしよければ、前に乗せてもらえません？」

「後ろのほうがゆったりしているが」

「景色を見せてあげたいんです」

「好きにするといい」相手の逸《はや》る気持ちが伝染したように、デクスターも急いで車の反対側にまわり、助手席のドアをあけた。ミス・フィーニーがなかへ滑りこみ、デクスターはその腕にそっと妹を預けた。62シリーズとはいえさすがに窮屈だ。ふたりが座席におさまるのを待ってドアを閉めたとき、姉妹の連れでなく、たんなる運転手役に留まろうとする自分に気づいた。
〝**善い行いをためらうな**〟。父によくそう言われた。実家のレストラン近くの巡回サーカス前にたむろする物乞いや季節労働者たちに、覆いをかけた残り物のミートボールの皿を差し入れに行くのを、デクスターが恥ずかしがり、嫌がったからだ。折りたたんだ重い車椅子をトランクに積みながら、デクスターはその言葉をつぶやいた。**善い行いをためらうな**。

子どもたちを残して車を出し、フラットブッシュ方面へ引き返しながら、この調子ならザ・ニッカボッカ・ホテルでの昼食に間にあいそうだと思い、デクスターは勢いづいた。隣から小さなつぶやきが聞こえる。「この子は話せるのかい」

「ええ、昔は。話すというより、おうむ返しするだけですけど」

「それが話すってことだ、そうだろ？　理解はどのくらいできているんだい」

「わたしたちにも、よくわからないんです」

わたしたち。おそらくは母親だろう。そうでなければ、姉が海軍工廠で働きながら、夜に〈ムーンシャイン〉へ来られるはずがない。これほどの障害があればつききりの介護が必要だろう。普通ならば施設にいるはずだ。車に乗りこむ際の娘の慌てぶりを思いだし、母親は今日の外出のことを知っているのかと尋ねそうになったものの、デクスターはその言葉を呑みこんだ。自分の知ったことではない。それでなくとも、思った以上にこの家族に深入りしているのだから。

車はグランド・アーミー・プラザ広場を通りすぎ、プロスペクト・パーク沿いを南下してオーシャン・アベニューに入った。デクスターの脳裏には母親の記憶がまとわりついていた。呼び鈴の音で呼びだされた母が、あっさりと帰るのを嫌がっているようだ。元気だった母が弟を死産したのは、デクスターが七歳のときだった。それがもとで、丈夫だった心臓は砂糖細工の時計のように脆《もろ》くなった。

身体が弱いせいで、母はよその母親たち――子だくさんで、騒ぎまわる子どもたちをほったらかしにしたり、顔をぴしゃりとやったりするような母親たち――とはまるで違う存在となった。おそらくは息子の成人を見届けられないことに気づかぬふりをしていた。母は父が長年かけて開いたレストランには顔を出さず、できるだけデクスターと過ごそうとした。大半の時間を睡眠にあてなければならない――母もデクスターもそのことに気づかぬふりをしていた。

睡眠にあてなければならないからだ。デクスターの昼休みが母にとっての夜明けであり、その訪れを告げるのは、アパートメントの階段を四階まで駆けあがるデクスターの騒々しい靴音だった。よその子どもたちはパンと牛乳と残り物のハムが昼食だったが、デクスターの場合、父が前夜に店から持ち帰った本格的な料理をオーブンで温めて食べていた。母はすっきりした顔でデクスターにあれこれ尋ね、笑いかけ、キスをし、やがて昼休みが終わると寝床に引っこんだ。特別誂えの枕がしつらえられたその場所で休息をとり、今度は父の帰宅に備えるのだった。

デクスターは界隈に住む少年たちには稀なほど母を崇拝していた。母はいつ消えてしまうかわからず、それでいて、いつもそこにいる存在だった。完全に自分のもののようでいて、手が届かない、そんな複雑さに引きつけられていた。母はどうしてそんなことができたのだろう。魔法でも使ったのか。あるいは妖精の粉を。そののち、母の心臓が死産から一年もたないだろうと言われていたと父から聞かされた。ところが六年が過ぎ、デクスターが十三歳になっても母はまだそこにいた。しだいに母が疎《うと》ましくなり、デクスターは日が暮れたあとまでスティックボールに熱中し、家に帰らなくなった。リンゴやペパーミントやチョークも盗んだ。ささやかな反抗のしるしだったが、か細い母の手に顔を包まれると、後ろめたい思いを見透かされるような気がした。母は容赦ない速さで衰えはじめた。まるで、命の時計はとっくの昔に壊れ、それに気づいた身体がその時点に戻ろうとするかのように。

「あの、まだ訊いてませんでしたけど」長い沈黙のあとで、アナは口を開いた。「行き先はどこでしょう？」

「マンハッタン・ビーチだ。コニー・アイランドの近くだが、あそこより海がきれいで、人もいない。うちの家はビーチに面しているから、なんなら裏口のポーチにすわれば、砂を踏まずに海を眺められる」

「すてき」アナはつとめて軽い調子で答えた。四日前に海に行く約束を交わしてからというもの、ある迷いが耐えがたいほどの重みでのしかかっていた。デクスター・スタイルズに自分たちのつながりのことを話すべきか。さんざん考えたすえ、やめることにした。目的は情報を集めることで、伝えることではない。それで、急いで壁の額縁を外した。舞台衣装姿の母とブリアンの写真と、両親の結婚式の写真、そして戸口にうずくまったブリアンに男の影がしのび寄るシーンが写った映画《弾を放て》のスチール写真を。

けれども、デクスター・スタイルズの車でかつてふたりが出会った場所へ向かううち、それがあまりに不誠実に思えはじめた。包み隠さず、打ち明けてしまいたかった。いや、そうじゃない、打ち明けるのは怖い。できるなら、すでに打ち明けたあとの自分になりたかった。

アナはリディアの細い身体を自分にもたれさせ、両腕を腰にまわしていた。やわらかい肋骨の奥の鼓動が伝わってくる。両目は開かれていて、窓の外に広がるプロスペクト・パークの葉の落ちた灰色の並木に向けられている。妹が目覚めていることで、アナの期待は高まった。もうすぐ海へ行ける！一緒に海を眺められる！デクスター・スタイルズに頼み事をしたのは、考えがあってのことではなく、たんにその姿をもっと見たいと思ったからだった。でも、こうして実行に移してみると、またとない機会を得られたことがわかった。母とブリアンは買い物ついでに〈シュラフツ〉で食事をしたあと、ミュージカル・レビュー《スター・アンド・ガーター》の昼公演を観に行くことになっている。

このチャンスを無駄にしたくはない。だから、素性を明かすのは一日の最後まで待ったほうがいい。

「海軍工廠の仕事はどうだい」ミスター・スタイルズがだしぬけに訊いた。「どんな作業を担当しているのかな」

「造船に使う小さな部品を検品しているんです」アナは話しだしたが、ひとこと発するたび、秘密を暴露してしまいそうになった。だがミスター・スタイルズは興味深そうに話に耳を傾けている。あるいは、黙ったまま運転するのに飽きただけかもしれない。話を続けるうちアナの舌はなめらかになってきた。検品作業が嫌いなことや、潜水士になりたいことも打ち明けた。最後には、尋ねられるまま、前日のアクセル大尉とのやりとりまで話して聞かせていた。

「なんて連中だ」ミスター・スタイルズは心から腹立たしげに言った。「揃いも揃って大ばかだ。川にでも飛びこんじまえと言ってやるといい」

「そしたらクビです」

「そんな仕事、辞めてしまえ。うちで働くといい」

アナはリディアに腕をまわしたまま身をこわばらせた。妹も話を聞いているようだ。「工廠を辞める？」

「悪いか？　給料ははずむよ」

「残業なしで週四十二ドルもらってます」

ミスター・スタイルズが感心したような顔になる。「そうか、なら同額出す」

不思議なことに、突然アナは父を近くに感じた。面影が脳裏に浮かんだわけではない——思い浮かべることはできないままだ。喩えるなら、直前まで父がいたはずの駅に立ち、どの列車に乗ったかを当てようとするのに似た感覚だった。数年ぶりに父のかすかな気配を感じ、車内が活気を帯びたように思えた。

「どんな仕事をするんでしょう、あなたのところで働くとしたら」アナは慎重に訊いた。

「そう、商売は手広くやっている。知ってのとおり、ナイトクラブもそのひとつだ。この街だけでなく、いくつかの街で店を構えている。それに加えて……それらをつなぐ仕事にも関わっている。流れを構築すると言うべきかな」

「なるほど」とは言ったものの、アナにはまるでわからなかった。

「堅気な商売ばかりじゃない、厳密には。自分の娯楽は自分で選ぶべきだという立場でね、法に決められるんじゃなく。むろん、きみには別の考えがあるだろう。万人向けとは言えない世界だ」

「わたしは平気です」アナは不思議の国のアリスになったような、どこに続くとも知れぬドアを次々に抜けるうち、身体が縮んでいくような気がした。

「だからこそ誘ったんだ。すぐに決めなくていい。その気になったら手配しよう」


アナの記憶のなかのミスター・スタイルズの屋敷は、雪と海に囲まれた断崖に立つ城だった。車がとまり、目に入ったのは一軒家が建ち並ぶ通りで、屋敷も立派ではあるものの、ブルックリン・カレッジ周辺で見るものと変わらない大きさだった。少しがっかりした。

「車椅子を降ろそう」ミスター・スタイルズが言った。トランクから車椅子が持ちあげられ、車が縦に揺れる。

「お待たせ、リディ」アナはやさしく言った。「海はすぐそこよ」

車のドアが全開され、ミスター・スタイルズがアナの腕のなかのリディアを抱えあげた。アナも車を降りた。灰色の空の下、通りの突きあたりには、なにかが眠っているような海の気配がある。まとめ髪に挿したピンが風で飛ばされ、舗道にこぼれ落ちた。アナは車椅子を押しながらミスター・スタイルズのあとについて玄関へと歩きだした。ミスター・スタイルズはリディアを抱えたままドアノブをまわし、扉を押し開いた。

少女が大人しくデクスターの腕に抱かれているあいだに、姉のほうが玄関ホールに車椅子を広げにかかった。少女の引きつった顔や瞬きひとつしない目にも、デクスターは慣れつつあった。車椅子の用意がすむと、デクスターは少女をすわらせ、姉がベルトとストラップで身体を固定した。頭をまっすぐに支えるためのU字型のヘッドレストもついている。少女の両手はきつく握りしめられ、手首のところでねじまがっている。デクスターはそれを伸ばしたい衝動に強く駆られた。「こういうふうになったのは？」

「生まれたときです」

「理由を訊いたんだが」

「酸素不足になって」

「いったいどうして？　なぜ不足に？」デクスターは苛立ちを抑えかねた。解けない疑問は辛抱ならない。

「わからないんです」

「わかる者がいるはずだ。原因は解明できる。医者にだってかかっているんだろう」

「長年のかかりつけの先生がいます」デクスターの望みどおり、ミス・フィーニーが妹のねじまがった手首を伸ばして車椅子をつかませた。てきぱきとしつつも、やさしい手つきだ。

「役には立っているのかい、その医者は」

「治療法はないんです」

「患者が悪くなるのを見ているだけで、医者と呼べるのか」

「力づけてもらってはいます」

「けっこうな商売だな」その言葉に、相手がはっとするのがわかった。これまでも同じようなやりとりをしてきたのだろう。

「外に出てもいいですか」

「ああ、もちろんだ」デクスターは口調をやわらげた。「ポーチはすぐそこだ」

居間を抜け、ポーチへ出る裏口のドアのほうへ向かった。窓の向こうにはくすんだ虹色の海がのっぺりと横たわっている。穏やかそうに見えるが、デクスターがドアを開けた瞬間、一陣の風が吹きつけた。車椅子の妹が頰を張られたように身をよじった。

「寒すぎる」姉が悲しげに言った。「もっと厚着をさせるべきだった」

「心配ない。毛布ならいくらでもあるから」

収納場所は定かではなかった。ミルダはいつものとおり、ハーレムにある実家へ日曜を過ごしに帰っていて、月曜の朝食の支度に間にあうよう戻ることになっている。クロゼットを開け放ち、抽斗《ひきだし》をあさって毛布を探しながら、デクスターはふと家族が留守でよかったと思った。この状況はあまりに痛ましく、リディアの扱いも厄介すぎる。子どもたちと触れあわせたくはなかった。

二階に存在すら知らなかったリネンクロゼットが見つかり、そこに毛布類がたたんでしまわれていた。ジョージ・ポーターがラップランドへの狩猟旅行の土産に持ち帰ったフィニッシュ・ランドレース・ウールの特大の毛布が目に入り、ほかの四枚とともにそれを引っつかむと、デクスターは階段を駆けおりた。姉とふたりがかりで、毛布をリディアの身体に巻きつけにかかる。リディアの帽子が話にならないほどちっぽけなので、小さめの毛布の一枚を肩にかけ、ランドレース・ウールで帽子ごと頭を包むことにした。そのためにヘッドレストから頭を持ちあげ、両手で支えた。人の頭部がみなそうであるように、それは意外なほどの重みがあり、やわらかな髪に包まれた頭蓋骨の凹凸が生々しく手に触れた。そうやって頭に触れているうち、デクスターのなかの不本意な思い——さっさと終わらせたいという苛立ち——は唐突に遠ざかった。不運な少女に海を見せるという計画にみずからも加わり、その作業の重要性を、かけがえのなさを実感した。心がすっと軽くなった。

リディアをしっかり毛布に包み終えると、アナはもう一度車椅子をポーチに出した。押し寄せた風に、妹がぱちりと目を開いた。アナは目の高さが同じになるようにかがみこみ、妹の視線の先を見やった。目に入るのは水と空だけだ。石とコンクリートの防波堤は下のほうに隠れ、海と陸が交わる箇所が見あたらない。つまり、ビーチが見えない。

「ミスター・スタイルズ。できれば、妹を砂浜に連れていきたいんです。ひとりで抱えられます」

「ばかなことを。階段を下りたところにある歩道からプライベートビーチに出ればいい」

ふたりは両脇からリディアの車椅子を抱え、階段を運びおろした。歩道は平らにならされた砂利敷きの道で、ゆったりとした幅があり、よく手入れされていて、楽に車椅子を進められた。妹は目を閉じていた——眠ってしまったのだろう。せっかくここまで来たのに、海を見せられないかもしれないとアナは思った。大半の時間を過ごす半醒半睡の世界に、こうして漂ったままなのだろうか。歯がゆくてたまらなかった。妹にはもっと豊かで自分らしいときを過ごさせたいのに。

ふたりは歩道を進み、砂浜へ出た。デクスターは潮風をふかぶかと吸いながら、車椅子を持ちあげて運びはじめた。リディアを乗せているせいで車椅子は重く、運ぶのに苦労したが、筋肉にかかる負荷が心地よかった。骨を思わせる灰白色の砂が広がっている。車椅子を降ろすと、砂が車輪を包みこむように盛りあがった。「半分持ちます」とミス・フィーニーが申しでたが、砂に足を取られてじきに音をあげるだろうと思った。波打ち際まではまだかなりある。だが、彼女は音をあげなかった。その強靭さにデクスターは感心した。

アナはいったん止まってほしいと断り、パンプスを脱いで砂の上に揃えて置いた。役に立たない帽子も脱ぎ、飛ばないように靴で押さえた。手早く髪を三つ編みにし、編んだ房をコートの襟もとにたくしこむ。ふたたび歩きだすと、ストッキングごしに冷たくざらついた砂を感じた。風が参ったかとばかりにふたりをなぶり、打ちすえる。

もう一度休憩をとった。デクスターはリディアの目以外が風に晒されないよう、ランドレース・ウールを鼻から下にしっかりと巻きつけた。両目は開かれているが、空き家の窓のように虚ろに見える。ようやくふたりは波打ち際に車椅子を降ろした。息をはずませながら、アナは妹の頭に自分の頭をもたせかけ、打ち寄せる波を眺めた。長く延びた波が平たく透明になり、やがてくるりと向きを変えて、次の白い波頭にぶつかって砕け、車椅子のそばまで押しもどされる。また次の波が立ち、押し寄せ、砂の上を滑る。淡い日差しが水面に銀の筋を描いている。不思議で、荒々しく、美しい海。これをリディアに見せたかった。海は世界のすべてに接し、きらめくそのカーテンの向こうに謎を湛えている。アナは妹の身体を抱きしめた。「リディ」と毛布の上から耳があるあたりに囁きかける。「海、見える？　ねえ、聞こえる？　ほら、目の前にあるでしょ――せっかくのチャンスなのよ。ねえ、リディ。ねえったら！」

海見える、海見える

目の前にある。リディ！　リディ！

ねえ聞こえる？

バシャ　バシャ　バシャ　ほら、海よ

「船が見える」ミスター・スタイルズが言い、沖を指差した。「大きいだろ」

妹を抱きしめたまま、アナはそちらを見やった。見慣れたタグボートやはしけのほかには、静止したように見える貨物船やタンカーが二、三いるだけだ。やがてその向こうに、灰色のばかでかい船影が見えた。あまりの大きさに目が捉えそこねたらしい。船は驚くほどのスピードでブリージー・ポイントを通過していく。ほんの一分前にはいなかったはずだ。「あれは？」

「軍隊輸送船だ。元は大洋航路船だった。おそらくはクイーン・メリー号だろう。豪華な内装に覆いをかけて、兵士を詰めこんでる。一万五千人、一個師団をまるまる運べる」

ハリエットとの挙式のあと、デクスターはクイーン・メリー号で三日かけてイギリスのサウサンプトンに渡り、義父のおばであり、ケント州で競走馬の繁殖を手がけるレディ・ヒューイットを訪ねた。結婚の祝福を受けるためで、目的は無事に果たされた。

「船足が速すぎて護送船団には加われない」海軍工廠で働く者なら知っているはずだと思いながら、デクスターは続けた。船影が見えているうちに、その船のことを語って聞かせたかった。「護送船団は遅い船の速度に合わせて走る必要がある。石炭焚き船より遅いリバティ船を含めると、十一ノットということだ。クイーン・メリーは三十ノット、〝灰色の幽霊〟とあだ名されている。Uボートにも追いつけない」

デクスターは自分もそこに乗りたいような、奇妙な切なさを覚えた。だが兵士たちと同船するのはごめんだ。戦前ならば？　だが、そういうことでもない。やはり兵士たちとともに乗りたいのだろう。

「戦争関係のお仕事もしているんですか」船影が見えなくなると、ミス・フィーニーが訊いた。

「将校連中を楽しませたり、配給生活の憂さを紛らせたり、そういったことが含まれるなら、必要以上にやっていると言えるだろうな」

笑い声があがった。「それで儲けているってことね」揶揄《やゆ》する意図はなさそうだ。だが、デクスターとしてはいい気がしなかった。

「〝士気を鼓舞している〟と言ってほしいね。戦争に負けないよう、国民の気分を高揚させているんだ」

「それ以上の貢献もしたいと思います？」

稀有《けう》なことだが、それは混じり気なしの好奇心から出た、率直な問いらしかった。彼女は妹の肩に手を置いたまま立ちあがり、眉を弓なりに吊りあげてデクスターを見ていた。明るく澄んだまなざしで。

「ああ」デクスターは答えた。「ああ、したいと思っている」言われてみれば、かねてからそう望んでいたような気がした。実行せずにいることに苛立ちさえ覚えた。

アナは、抽斗がぴしゃりと閉じられたような衝撃をてのひらに感じた。はっとして見下ろすと、妹は目を見開き、寄せては返す波を見つめていた。「リディ！　ここがどこかわかる？」

ウミミエル　ウミミエルウミ
「妹がしゃべってる。ほら！」

デクスターはしばしリディアを忘れ、姉に問われた戦争協力について考えこんでいたが、そこでリディアに目を戻した。毛布の隙間から青い目と巻き毛の房だけを覗かせたその姿は、謎めいたヴェールの美女といった風情だった。顔を近づけると、毛布ごしにくぐもったつぶやきが聞こえた。

「目を覚ましたのがわかったの。誰かに揺さぶられたみたいに、身体がびくっとして」

デクスターは銀色の波に目をやった。風がコートを打ち、頭上ではカモメが鳴き声をあげている。

「美しい。その子が見とれるのも当然だな。誰だって一度はこの眺めを見るべきだ」

「そうですね」
あなたに海を見せたかったの。海を海を海を
寒くはないだろうか？
鳥がキー、キー、鳥がキー、鳥って知ってるでしょ、部屋の窓に来る小鳥たちを覚えてる？
きーきー　トリ
風が強くなったみたい。
この子も見ているんだな。
ええ、ちゃんと見てるんです。さっきは笑ったし《シー・ラーフト・ア・ミニット・アゴー》。
しーらふだみんご　ふらみんご　トリ　きーきー
きす
ああ、リディ！
きす
まあ、そんなことしてくれるの久しぶりね。ほら、毛布を外したらキスしてくれるそうです。
きすシテクレルきす
いまのがキスなの。見ました？
ああ、そうだな。気の毒に。
唇がとてもやわらかいの。
あな
ほら、話してる。話そうとしてます。外に出たおかげで、元気になったんです。
あな　ぱぱ　まま　りでぃ

あなたに話しかけてるんです。そっちを見てるでしょ。
誰だかわからないはずだ。これは誰だと思ってるんだろう。
コレハダレ　ワタシハダレ　ぱぱ
「連れてきてくれてありがとうございます、ミスター・スタイルズ」アナは感極まって叫んだ。これまで誰もこんなことをしてくれなかった。ふたり揃ってビーチに連れだしてはくれなかった。「わたしたちを連れてきてくれて」なんとお礼を言ったらいいか」アナは相手の両手を握り、頬にキスしようと爪先立ちになった。だが、顎までしか届かなかった。
「なんでもないさ」そっけなく答えたものの、デクスターは不思議に心を動かされていた。少女の変化は目覚ましかった。最初に見たときは高所から墜落したかのように力なく横たわっていたが、いまはひとりで身を支え、頭もヘッドレストから離している。毛布を頭から垂らし、海に向かって唇を動かすその姿は、嵐や翼ある神々を呪文で呼び寄せる神秘の存在を思わせた。荒々しい青い瞳は永遠を見据えているかのようだ。
時間を気にするのをすっかり忘れていた。十二時三十分。思ったほど遅くはないが、義父との待ち合わせには間にあわない。まあいい。気にしてもはじまらない。急いで帰る必要がなくなり、ありがたいくらいだ。デクスターは姉妹の傍らに立ったまま海を眺めた。注意して見ると、同じ海は二日とないのがわかる。気の毒なこの子をビーチに連れてきて正解だった。こうして息をするだけで、誰だって元気になるはずだ。
きす　あな
トリ　きーきー
ナミガミエル　ばしゃ　ばしゃ　ばしゃ

ウミミエルウミミエル
きす　あな
アオ　トリ　しーっ
イキ　スル
トオォォォォ　クゥゥゥゥ
ウミミエルウミ　ミエ　ルウミ
まだ帰りたくない……この子がしゃべってるうちは
ぱぱ
ワタシハダレ　コレハダレ
きす　あな
きす　りでぃ
ぱぱ　コレハダレ
帰ったらこの子が
ばしゃ　ばしゃ　ばしゃ
急ぐことはない。好きなだけいるといい。

第四部　闇

第十三章

午後遅く、アナの母は日曜日の外出から戻った。勢いよくドアを開け、血相を変えてリディアに駆け寄ったところを見ると、階段を六階までのぼるあいだに、車で来た見慣れない男の話と、長い外出の話を聞かされたのは明らかだった。リディアは窓辺にすわり、非常階段にとまった鳥を眺めていた。母を振り返ると、にっこりした。

「まあ、驚いた」母は叫び、リディアを抱きしめた。「この子をどこへ連れていったの」

「じつはね」

リディアの変化が母を感激させたおかげで、アナは帰りの車のなかで入念に練った話を、ピクニックのバスケットから弁当を取りだすように気楽に告げることができた。上司のミスター・ヴォスが思いがけず訪ねてきてドライブに誘ってくれたので、リディアをプロスペクト・パークに連れていったと話したのだ（もちろんしっかり厚着をさせて）。とっさに思いついたおまけも付けくわえた——ミスター・ヴォスにもリディアみたいな妹がいるそうなのよ！　だから様子を見に来てくれたの、リディアを抱えおろすのも安心して任せられたし、と。

「公園に行くには寒すぎるわ」母は言って、リディアの額に触れた。「でもこの子、とても生き生きしてる」

「寒いのが好きなのかもね」

リディアの目がもの言いたげに見えた。アナがいま並べた嘘八百のことだけではなく、ミスター・スタイルズにふたりのつながりを伝えそこなったことについても。マンハッタン・ビーチからの車中、ミスター・スタイルズはラジオのニュースをつけた。トゥーロン港でのフランス艦隊自沈のニュースは、前夜にボストンのナイトクラブ〈ココナッツ・グローブ〉が全焼した事件のせいですでに脇に追いやられていた。店内の人工ヤシの葉に火がついたのが火災の原因だという。ミスター・スタイルズはすでに事件を知っていたようだが、詳細を聞いて憤慨を露わにした。死者は三百人、さらに数百人が病院に搬送された。パニックに陥ったコーラスガールや客たちが狭い出入り口に殺到した結果だった。

「ばか者めが。犯罪者どもだ。まったく、自国民を焼き殺している場合か。ドイツ兵など用無しだな」

「そこもあなたのお店だったんですか」アナは訊いた。

射るような一瞥が返ってきた。「うちの店は死人などひとりも出していない」

リディアを運びあげると、ミスター・スタイルズはそそくさと帰っていった。だからアナは父のことを切りだしそびれた。後悔はしていなかった。むしろ言わずにいて正解だったと思った。なのに、リディアはアナから目を離そうとしなかった。リディアはほかの人間とは違って気まずさを覚えることがないため、目を逸らすのはいつもアナのほうだった。いまもやはりアナが視線を外し、妹の注意が逸れるのを待った。目を戻すと、リディアはまだ見つめていた。

次の月曜日と火曜日、アナが仕事へ行っているあいだに、母はシルヴィオの助けを借りてリディアを運びおろし、車椅子を押してプロスペクト・パークへ連れていった。風が強くてすがすがしいお散歩だったわと母は報告した。夜のあいだもリディアの片言のおしゃべりは続いた。トリ、キス、アナ、ママ。「海のこともよく言うのよ」と母は言った。「どういう意味かしらね」アナとリディアは笑みを交わした。

水曜日、アナが帰宅すると、母とブリアンが居間で男性とハイボールを飲んでいた。ウォルター・リップというブリアンの〝古いお友達〟だという。青白い顔と細い口ひげを見て、アナは〈ムーンシャイン〉で会ったネルの友人ルイを思いだした。ウォルター・リップは、アグネスとブリアンとリディアをフォードのセダンに乗せて、ジョージ・ワシントン橋の下のピクニックエリアへ連れだしたのだった。リディアはコートを重ね着して車椅子にすわり、行き交う船を眺めた。笑い声をあげ、片言でおしゃべりをし、売店で買ったサツマイモをあらかた食べてしまったという。アナの母が一部始終を語るあいだ、ウォルター・リップは真剣な表情で耳を傾け、同意のしるしにときおりうなずいていた。ブリアンの〝古いお友達〟には珍しく浮ついたところがなく、ハイボールも飲み残した。

「やれやれ、やっと帰ってくれた」ウォルター・リップの足音が階下に消えると、ブリアンが心の声を口にした。

「いい人じゃない」母が答える。「控えめなユーモアのセンスがあって」

「それって、女に〝なんて興味深い人なんだ〟って言うのと同じよ」

「だったら、なぜ招待したの」アナは訊いた。

一緒にいて楽しい男は運転手としては最悪だからよ、とおばは説明した。「いまは戦時中だから、そういう男たちは新しいタイヤも買えなくて、古いのに継ぎを当てて使ってるわけ」その点、ウォルターはリディアを乗せても事故を起こす心配がないという。

リディアは生気にあふれた様子で車椅子にすわっていた。ふたたび水辺へ行ったためなのは明らかだった。四人は揃って夜更かしした。十二月の冷気に向けて開け放った窓からは、ベニー・グッドマンのうねるようなクラリネットの音色とともに、ほの暗くくすぶる街の気配がしのびこんでいた。リディアが刺激を求めているのは間違いなく、どのようにそれに応えるかが問題だった。ブリアンは運転を頼めそうな退屈な男たちにほかにも心当たりがあるという。このままいけば、リディアにはなにが可能になるだろう、と三人は語りあった。歩いたり話したりできるようになったら？　ひょっとすると、結婚して子どもも持てるかも？　アナはおばを見ながら、本気で言ってはいないのではと思い、そんなふうに感じる自分を不思議に思った。やがて理由がわかった。あれこれ想像を巡らせ、胸を膨らませているのはアナと母だけで、ブリアンはもっぱら相槌を打つ役を買って出ていた。メイポールの役を。楽しむことを大事にするおばは、ふたりを楽しませてくれているのだ。

翌朝、リディアは少し元気がなく、夜更かしのせいだとアナと母は話しあった。もうやめなきゃね、と。ところが、アナが夕方仕事から戻ると、妹はいっそうぐったりし、食事をさせるのもやっとだった。咳や震えやくしゃみが出るわけではない。熱もない。ただ無反応のままじっとしていた。

「心配だわ」と母が言った。「様子が変よ」

「明日、また外に連れだしてみたら？」

「そのせいで悪くなったのかもしれない」

「悪くなってなんかないわ、母さん」だが、パニックの羽根がアナの心臓をくすぐっていた。

次の朝、リディアは昏睡状態に陥った。心配のあまり、アナは昼休みに外出する気にもなれなかった。十二月の長い影の下で胸騒ぎを覚えながら食事するより、主婦たちのいつものとげとげしさのほうがましだった。終業後、家路を急ぎながら、アナはうわごとのように小声で祈りつづけた。母さんが笑顔で迎えてくれますように。リディアも椅子にすわって笑っていますように。けれども、階段の最後の折り返しにさしかかったとき、ドアが勢いよく開き、母が階段ホールに飛びだしてきて手すりの上から叫んだ。「ひどく具合が悪そうなのよ。ああ、どうしたらいいの!」

アナの心臓がきゅっと締めつけられた。それでも室内に入ったあと、つとめて落ち着いた声で言った。「ディアウッド先生に電話しなきゃ」

「ブルックリンまで往診には来てくださらないわ」母が声をうわずらせる。

アナは震えながらリディアのいる寝室に向かった。母はドアのところでためらい、後ずさった。背後ですすり泣きが聞こえはじめた。アナはいつものように——幼いころから、数えきれないほどの夜をそうしてきたように——リディアの隣に身を横たえた。「リディ」と囁きかける。「目を覚まして」

リディアの瞼が半分開いた。目はどんよりとして熱を帯びている。呼吸も脈拍も低下しているのか、異様なほど生気が感じられない。

「リディ」アナは潜めた声で必死に呼びかけた。「あなたがいないと母さんが困るの、わたしも困る」

悪くなったのはわたしのせいだ。ひとこと言葉を発するたび、パニックとともにそう痛感した。恐怖のあまり吐いてしまいそうだった。でも、リディアは生きている。息もしていて、心臓も動いている。アナは妹の身体に覆いかぶさり、その奥に息づいている命に意識を集中させた。錨を下ろしてそれを留めようとするように。リディアを呑みこみ、リディアに呑みこまれようとするように。そして記憶のなかに漂いはじめた。ミネソタの祖父母の家の思い出に。二度の夏、父を残して母と一緒にリディアをそこへ連れていったことがある。いとこの少年たちは、怖いもの見たさの興味を示しながらもリディアに近づこうとせず、野生児のように雄たけびをあげながら森を駆けまわっていた。アナは妹とふたり、除《の》け者にされた思いだった。いとこたちはいつでもひと塊で存在していた。ひと括りにして呼ばれ、叱られるのも、鞭で打たれるのも、ご褒美をもらうのも、一度にまとめられていた。ご褒美だけは、もらったあとで取り合いをしていたけれど。たまに寄ってくるときもやはり集団で、リディアの髪や、アナの手でワンピースに縫いつけたレースの襟をじろじろと眺めた。「この子、なにかできるのか？」そんなことも訊かれた。

「いいえ」アナは言い、妹に苛立った。「なにもできないの」

ところが数週間が過ぎるうち、意外なことが起きはじめた。いとこたちは初めて集団を離れ、ひとりでリディアのそばにやってきては、そこで静かに過ごすようになった。なるべく長くそうしていたいとせがまれ、調整役をこなすうち、アナは自分まで重要な存在になったような気がした。いとこたちはリディアからいろいろなことを聞いたと言い張った。好物はパイだとか、蜘蛛が怖いとか、一番好きな動物はウサギだとか。いや、山羊だ。鶏だ。馬だ。豚だ。**ばかみたい、リディアは豚なんか見たこともないのに！**

「家が恋しいって言ってるよ」一番幼いフレディといういとこが、リディアの手を十五分も握っていたあとに言った。

「家のなにが？」アナは〝父さんが〟という答えを予想しながら訊いた。だがフレディは、最寄りの湖から八十キロ離れた場所に住んでいるにもかかわらず、こう言った。「海が恋しいって」そのときアナは、妹が海を見たことがないのに気づいたのだった。

夜になると母は浴槽に湯を張り、アナがリディアの髪を洗った。お湯の心地よさで意識が戻ればと期待していたが、逆効果だった。リディアは目を閉じたまま、唇にうっすら笑みを漂わせて浮かんでいるだけだった。その萎えた身体はもう妹を宿していないのではないか、いくらかはすでに去ってしまったのではないか。アナはそんな不吉な思いに駆られた。これまでもなかば住んでいた神秘の世界へとリディアが消えていこうとしているような、抗いようもなくそこへ引きつけられているような気がした。

翌朝、寝坊したアナは家を飛びだし、どうにか八時前に職場に滑りこんだ。力なく寝床に横たわるリディアの姿が一日じゅう脳裏を離れなかった。祈りにも似た忘我の境地で作業を続けながらも、胸には不安と希望が後光のように渦巻いていた。**今日が変わり目になりますように。今日からよくなってくれますように。**

帰宅すると、玄関ドアの内側に見慣れないコートと帽子がかけられ、壁には杖が立てかけられていた。アナはハンドバッグを置き、靴を脱いで、靴下一枚の足でそっと寝室に向かった。ディアウッド医師が部屋の入り口に置かれた台所椅子にすわっていた。母はアナのベッドに腰を下ろしていた。寝床に横たわったリディアの身体は不自然なほどまっすぐに伸びていた。目は閉じられ、眼窩《がんか》が見たこともないほど窪《くぼ》んでいる。胸もとの毛布が、ゆっくりゆっくりと揺れる振り子のように上下している。

ディアウッド医師が椅子から立ってアナの手を握った。立派な診察室にいないせいか、その姿は往診に来た普通の医師と変わりなく見えた。いかめしい黒い鞄は閉じられたままで、特段診察らしいことをしているわけではないが、それでも医師がそこにいるだけで、落ち着きと安堵を覚えた。医師への信頼はとたんに回復した。お医者さんが来てくれたんだから、もう大丈夫。

アナは二台のベッドの隙間にひざまずき、ゆうべのシャンプーの花の香りが残るリディアの頭に自分の頭を押しつけた。

「外に連れだしたりしなければよかった。風が強すぎたんだわ」母が言った。

「ばかなことを」ディアウッド医師が言った。

「具合が悪くなったのはそのせいです」

「そんな考えは捨てることです、ミセス・ケリガン」医師が静かな声できっぱりと言う。「間違っているうえに、つらくなるだけですから。あなたは喜びに満ちたリディアの人生に、もうひとつ喜びを加えてあげたのですよ」

「なぜわかるんです？　どうしてそう言いきれるんですか」

「この子をごらんなさい」医師にそう言われ、アナは頭をもたげて妹のつややかな肌や、繊細な頬の線や、豊かな髪に目をやった。長い睫毛の下の眼球が、絹のような瞼を通してこちらを見ているように、かすかに動いている。

母のなかでなにかが壊れた。身体をふたつ折りにして、獣のように咆哮《ほうこう》をはじめた。そんな声を聞くのは初めてで、アナは母の気が触れてしまわないか、窓から飛び降りてしまわないかと怖かった。わたしのせいだ、とまたパニックがこみあげる。でも違う、間違ったことはしていない。医師がそう言ってくれ、その場にいてくれることで、たしかにそうだと思えた。

ディアウッド医師は母の手を両手で握った。大きくがっしりとしたその手は、肉体労働者のもののように節くれだっていた。アナはその手に見入った。こんなに大きな手に気づかなかったなんて。

「わたしを信じて、ミセス・ケリガン。あなたは最善を尽くしたんですよ」

「十分ではなかったんです」母はしゃくりあげた。

「十二分ですとも」

その言葉はこだまのように響きつづけていた。医師が往診のあとのコーヒーを断ってコートと帽子と杖を手に持ったときも、白いものが交じったぼさぼさの眉にアナが目を留めたときも。もう会うことはないと互いに知りながら握手を交わし、階下に消えていく医師の足音を聞いているあいだも。アナと母が寝室に戻り、リディアの様子を見守っているあいだも、医師の声はまだアナの耳に響いていた。**十二分ですとも**。

母は虚ろな顔で言った。「先生、鞄を開きもしなかったわね」

葬儀はクリスマスの前週の寒い日曜日に行われた。アナは会衆席の最前列にステラ・イオヴィーノとリリアン・フィーニーに挟まれて着席した。母の両脇にはブリアンとパール・グラッキーがすわった。パールは二年前に夫を亡くしてからというもの、雇い主というより友人に近くなっていた。祭壇の装花の代金を負担したのもパールだった。白百合の香りが満ちるなか、マクブライド神父がリディアを子羊や天使といった無垢なる存在に喩えた。

妹の死以来アナの心はすっかり麻痺し、そのおかげで必要な諸手続きをどうにかこなすことができた。海軍工廠への忌引き休暇の申請。葬儀と埋葬とその後の昼食会の手配。棺と墓地の購入。リディアをどこに眠らせるかで、アナと母は少しのあいだ途方に暮れた。母方の一族の墓はミネソタにあり、リディアをなじみのない人々とともにそこへ埋葬するのは考えただけでも耐えがたかった。最終的に選んだのはクイーンズ区のニュー・カルヴァリー墓地だった。パール・グラッキーから夫の墓の隣に買ってあった区画を譲りうけたもので、両脇にアナと母も眠れるだけの広さがあった。パールはその取り決めにご満悦だった。「お隣同士、仲良くできるわね」そうすることでみずからの寿命が延びたと信じているらしく、欲深さと安堵の色を浮かべてそう言った。

祭壇の前から運びだされるリディアの棺について歩きながら、アナは会衆席に並ぶ参列者の数に驚いた。どこからこんなにたくさんの人が？　来てくれるのはほんのひと握り、マッカローネ家とイオヴィーノ家、フィーニー家の人々くらいだと思っていたが、ほかにも顔見知り程度の人々が何十人も並んでいた。向かいのアパートメントの窓辺でバスタオルに肘をついて通りの様子に目を光らせている老女たち。朝の挨拶を交わすだけの隣人たち。シルヴィオ・マッカローネは母親の腕のなかですすり泣いている。ドラッグストア店主のミスター・ホワイトもハンカチを顔に押しあてて人目も憚らずむせび泣いている。何十人もの女たちが葬儀用の帽子のヴェールを上げて目もとを拭っている。近所の若者たちは軍隊に志願し、あるいは召集されたせいで当然ここにはいない。父親たちの多くも戦時労働に駆りだされているか、日曜も仕事に出ている。灰色の空の下に大勢の女たちとともに立ったアナは、そこに同じ悲しみが共有されていることに気づいた。激動のさなか、リディアは最後に残された変わらない存在だったのだ。

　式後の昼食会はブリアンが取り仕切り、隣人から覆いをかけて差し入れられる料理の皿を並べ、自分が持ちこんだビールとウィスキーを気前よく振る舞った。玄関前から階段の下まであふれだした弔問客たちは、めいめい紙ナプキンに包んだ料理を手にしていた。そのナプキンはブリアンがシープスヘッド・ベイの〈恋する牧夫《ディジー・スウェイン》〉なるバーからくすねてきたものだった。印刷された店のマークは羊飼いのイラストで、両目がハート形、足もとには羊、片手に杖、もう一方の手にカクテルシェーカーがあしらわれていた。

　アナはリリアンとステラとともに非常階段に這いだし、踊り場の冷たい鉄格子の床の上でコートと帽子に包んだ身を寄せあった。幼なじみに挟まれるとほっとした。昔もそうやって食器棚に隠れたり、暑い晩に三家族で集まって屋上で寝るときには、マットレス一枚を分けあったりしたものだった。髪を三つ編みにしあったり、トニ社のホームパーマをかけあったり、ミスター・イオヴィーノの剃刀《かみそり》で腋毛を剃りあったりもした。そばかすの散った丸顔のせいで十四歳に見えるリリアンは速記者として働いていて、マンハッタンのおばの家で暮らしている。美人のステラは婚約したばかりだった。しきりに長い指をかざしては、涙の形の小さなダイヤモンドをうっとりと眺めている。入隊前の婚約者から、ひざまずいて贈られたのだそうだ。

「シェイマスに手紙を書かなきゃ」アナはリリアンに言った。

「兄さん、英雄になって戻って、アナと結婚するつもりよ」

「するわ、英雄のためならなんだって」

ミセス・フィーニーはシェイマスの入隊をきっかけに戦地に手紙を送る運動をはじめ、いまではアナも、出征前にはろくに知らなかった若者たちに宛てて長い手紙を書くようになっていた。

「ステラの婚約のことはどうか書かずにいてあげてって、母さんが」リリアンが、三人集まるとよくやるように、映画スターの気取った口調を真似て言った。「若者たちの生きる支えなんだからって」

「兵隊さんの夢を奪うわけにはいかないわ」アナも調子を合わせたが、うまくいかなかった。

「もう、ふたりとも、おだてないでよ」ステラも芝居がかった調子で返したが、いつものようにはいかず、三人は黙って通りを見下ろした。

「お父さんから連絡は？」リリアンが訊く。

アナは首を横に振った。

「行方がわからないと心配よね」ステラもぽつりと言う。

「もう死んだと思ってる」アナは言った。

ふたりは当惑の色を浮かべてアナを見た。「なにかわかったの？」リリアンが訊いた。

アナは答えに迷った。海軍工廠で働きだしてから数カ月、友人たちとはほとんど会えずにいた。戦争のせいで三人ともずいぶん忙しくなった。だから、デクスター・スタイルズのことを打ち明けるのも、心境の変化を説明するのも難しく思えた。順を追って話すべきことが多すぎる。

「そうじゃなけりゃ、帰ってこないはずがないもの」ようやくそう答えた。「なにもかも忘れちゃうなんて……そんなことできると思う？」

ステラがアナの手を握った。友達の温かい指に嵌められた婚約指輪は、氷の破片のように冷たかった。

「死んだものと思うことにしたのね」ステラは言った。

真夜中、アナは母に揺り起こされた。「ミスター・グラッキーなんて知らないのに！」耳もとで母は訴えた。「もしも、いい人じゃなかったら？」

「いい人よ」アナは寝ぼけまなこで答えた。

「パールの言葉を鵜呑みにしていたけど、会ったこともないじゃない。ずっと寝たきりだったんだから！」

「わたしは会ったことがある」

母は唖然とした。「ミスター・グラッキーに会ったことがあるの？」

「傷も見せてもらったし」

翌日の月曜日、アナは灯火管制の闇に包まれた夜明け前に起きだした。台所のカウンターには〈ディジー・スウェイン〉の紙ナプキンが散らばっていた。前夜はブリアンが泊まり、母の寝室から騒々しい鼾《いびき》が聞こえていた。

路面電車のなかでは身体がふらつくような妙な感じがしたが、サンズ通りの門の外で工員の群れに加わるころには気持ちもしゃんとしていた。フラッシング・アベニューに注ぐ冬の朝日が目をこじあけ、吹き寄せる潮風が力をみなぎらせた。リディアは海軍工廠を見ずじまいだった。ミスター・ヴォスとローズのほかには、妹の存在を知る者もいなかった。

夕方帰宅すると、玄関ドアの鍵が合わなかった。母がドアをあけ、削り屑が残った新しい鍵をくれた。「万が一、お父さんが帰ってきたとしても、この家にはもう入れない」

アナは仰天した。「帰ってくると思ってるの？」

「もう思わないことにしたわ」

母は続く二日間で簞笥のなかの父の服を残らず引っぱりだした。アナが仕立てなおしを手伝った洒落たスーツも、上等の靴も、コートも、手描き模様のネクタイも、絹のハンカチも。そしてホーンビー社のオートミールやボスコ社のチョコレートシロップの箱に、ぞんざいに詰めこんだ。箱に紐がかけられるまえに、アナは上着を一枚手に取った。すでに流行遅れになり、今風の角張った肩のミリタリーカットのものとは形が違っていた。箱はシルヴィオの手でマクブライド神父のもとへ運ばれ、寄付にまわされた。

表面的には、アナの生活はほぼ変わらなかった。母がまだ寝ている夜明け前に出勤し、夕暮れ時に帰宅した。クリスマスが過ぎ、一九四三年がやってきた。夜はふたりとも縫い物をして暇を潰した。ステラの結婚祝い用の襟に刺繡の入った部屋着や、アナのいとこたちの子どもに贈る洗礼式のドレスをこしらえた。泥んこのやんちゃ坊主だった農場育ちのいとこたちもいまや戦地にいて、妻の幾人かがすでに妊娠中だった。ラジオでは《カウンタースパイ》や《マンハッタン・アット・ミッドナイト》、《ドック・サヴェジ》といったドラマを聴いた。夕食には隣人たちの差し入れを温めて食べた。単調なその繰り返しが、深い淵に架かる脆い急ごしらえの橋の役を果たしていた。日中、アナの母はその淵の底で過ごしていた。すっかり生気を失い、心が麻痺してしまったようだった。アナも同じ状態に陥りそうで怖かった。それをつなぎとめているものが仕事だった。アナはひっそりと静かに作業に没頭した。身内に不幸があったことが知れわたり、主婦たちもふたたび態度をやわらげていた。それでもアナは、かつてのように末っ子役を演じようとはしなかった。

リディアのいないアパートメントは奇妙なほど狭く感じられた。アナと母は室内を移動するときにたびたびぶつかりあうようになった。ふたりとも冷蔵庫や窓や流しのほうへ揃って身を避けてしまうのだった。帰宅すると母はまだ眠っていて、トイレに立つ以外にベッドを出た様子が見られないことさえあった。母が留守にした日、アナは深呼吸をしながら狭苦しい家のなかを歩きまわった。ひとりになれてほっとしたが、そんな自分をやましく思った。母が出かけたのは、ドラッグストア〈ホワイツ〉の公衆電話でミネソタの姉たちと話すためだった。その後も頻繁に電話をかけるようになり、交換手の催促に応えるためにコーヒー豆の空き缶に小銭を貯めはじめた。

ある晩、アナは母の昔の舞台衣装がベッドに広げられているのに気づいた。黄色い羽根があしらわれたミニスカートに、緑の翼がついたボディスに、スパンコールがちりばめられたベストも。翌日の夜にはすべてなくなっていた。「パールに売ってもらうことにしたの」《イージー・エーセス》を聴きながらミセス・マッカローネお手製のカネロニを食べていた母は言った。「フォリーズが終了したから、値打ちが出てるらしいのよ。そのうち博物館に飾られるかもって」そう言って、驚きねという顔で笑った。

「着てみた？」

「太っちゃって入らないわ」

「ダンスをはじめたら痩せるのに」

「四十一歳で？　誰がどう見ても、ただのおばさんよ」

母の苦しみを受けとめ、やさしさと思いやりを示さなければならないのはアナにもわかっていた。けれども、そういった感情には空に浮かぶ雲のように手が届かなかった。かえって反発を覚えさえした。母さんは弱いけれど、わたしは違う、と。毎朝そそくさと仕事に出かけ、サンズ通りの門を入ったとたんに身を包む気楽さを喜んだ。家のことはすべて忘れようとした。

仕事に復帰して三週間が過ぎた一月のある日、ミスター・ヴォスのオフィスに呼ばれ、まだ潜水に興味があるかと尋ねられた。

「ええ、それは」アナはゆっくりと答えた。「もちろんです」

訓練に挫折する者が続出し、アクセル大尉が民間人の志願者をさらに募っているという。「きみのことを覚えていたようだ。印象に残ったらしいね」

「わたしも覚えています」

数日後の夜、階段をのぼると、戸口の奥から料理を作るにおいがした。十二月初旬以来、初めてのことだ。ドアをあけたアナは、とっさにリディアの定位置だった居間の窓辺に目をやった。空っぽの車椅子が折りたたまれ、壁に立てかけられていた。誰かに膝蹴りを食わされたように、アナの胃がぎゅっと締めつけられた。

「ただいま、母さん」声に涙が混じった。母はアナに両腕をまわし、長いあいだ抱きしめた。

夕食はご馳走だった。ステーキとマッシュポテト、ニンジン、サヤエンドウ、そしてグレープフルーツジュース。「ご近所からの差し入ればかり食べていたから、配給切符が余っちゃって。お昼間、フィーニー家とイオヴィーノ家にもお裾分けに行ったのよ」

「いったいどうしたの、母さん」

「まずは食事を楽しみましょ」

暖かい台所で食事をするうち、アナは眠気を覚えた。バニラアイスと缶詰のサクランボを食べ終えた母が、スプーンを置いて切りだした。「うちへ帰ろうと思うの」

「うちって……？」

「ミネソタよ。両親と姉さんたちとしばらく一緒に過ごすの。もちろん、あなたのいとこたちもいるしね」

「農場で暮らすってこと？」

「あなたには苦労をかけてばかりだったでしょ、アナ。本当に感謝してる。でも、そろそろ楽をしてほしいの。しばらくのあいだ、家族の世話になりましょ」母は小さく付けくわえた。「農場でだってやることはあるし」

「農場なんて大嫌いだったじゃない！」

「昔のことよ。それに、あなたはずっと好きだったでしょ」

「ええ、そりゃ、遊びに行くのはね、でも……わたしは行けない、母さん」アナは満腹のせいで襲ってくる眠気を振り払って言った。「潜水できることになったの」

「なんの話？」

母には潜水の話をしていなかった。無関心な顔をされてがっかりするのが嫌だったのだ。「わたしは行けない」アナは繰り返した。

なにやら事情があるらしいと察した母は、みるみる顔を曇らせた。「すっかり話をつけてあるのに」と声をうわずらせる。「みんな歓迎してくれているのよ」

「母さんは行って。わたしは残る」

母が勢いよく立ちあがった拍子に、椅子が後ろに倒れた。「とんでもないわ」ステーキもポテトもサクランボも、そしておそらくは長い抱擁も、拒絶されるのを恐れてのことだったのだとアナは悟った。

未婚の娘がひとり暮らしするなんて話、聞いたこともないでしょ、と母は続けた。子どもたちに魔女だと思われている、お二階のミス・デウィットみたいなお婆さんは別として。そうよ、未婚の娘はひとりで暮らしたりしないの。身持ちの悪い娘ならともかく、あなたはだめ。ご近所になんと思われるか。家に帰っても誰も迎えてくれないのよ。朝食や夕食はどうするの。非常階段から誰か押し入ってきたら？　病気や怪我をしたら？　女性専用のホテルに住めばいいでしょ、母さんがニューヨークに出てきたときみたいに、とアナは答えた。それは昔の話よ、いまはドイツ軍の空襲があるかもしれない、どうやって逃げるつもり？　海から侵攻されるかもしれない。去年の十一月も、それを警戒して港が閉鎖されたじゃない。実際、夏にはアマガンセットの海岸に上陸したし。それに、ああいう女性用ホテルでは、あなたの知らないようなことがいろいろ起きるの。

母は行きたがり、アナは残ると決めている。となると、結論はひとつだった。はじめからそう察したアナは、落ち着いてひとつずつ母の心配を取りのぞいていった。三階にはフィーニー家がいるし、近所にはイオヴィーノ家とマッカローネ家もいる。ブルックリンの区庁舎の近くにはパール・グラッキーが、マンハッタンにはリリアン・フィーニーもいる。ブリアンおばさんが住むシープスヘッド・ベイのアパートメントに伝言を残すこともできる。上司のミスター・ヴォスも、困ったときには力になってくれるはず。潜水士の仕事は長時間勤務のはずだから、家には寝に帰るだけだし。それに、ブルックリンは夫が出征中の妻だらけなんだから、わたしのひとり暮らしもそれと同じでしょ？

そんなわけで、リディアの埋葬から五週間が過ぎた一月末の日曜日の午後、アナは母を手伝ってスーツケース二個をタクシーに積みこんだ。母はブロードウェイ特急でひと晩かけてシカゴまで行き、そこでツイン・シティ400急行（気前のいいロブスター王のおかげだ）に乗り換えて、翌日遅くにミネアポリスに到着する予定だった。

ペンシルヴェニア駅は同一の茶色い雑嚢《ざつのう》を背負った兵士たちであふれ返っていた。賑やかな話し声や渦巻く煙草の煙がアナには心地よかった。ふたりは広い待合ホールに並んですわり、亀甲《きっこう》模様の天井で翼をはためかせる鳩たちを見上げた。なにか言わないと、とアナは思ったが、頭に浮かぶのは意味もない言葉ばかりだった。ぐずぐずとそうしていたせいで、風の吹き抜けるコンコースを慌てて突っ切る羽目になった。プラットフォームに続く階段では、ふたりの兵士がスーツケースを運んでくれた。兵士たちに続いてそこを下りながら、アナは自分も列車に乗るかのように、胸の高鳴りを覚えた。本当は自分も行きたいのだろうか。違う。早く母を送りだしたいのだ。

アグネスもまた、娘とまともな言葉を交わしたいと思っていた。だからこそ、パールとブリアンとは前夜に別れをすませ、駅にはアナとふたりで来るようにしたのだ。「あなたが寂しい思いをすると思うとつらくて」プラットフォームの上で、アグネスはぎこちなくそう言った。

「大丈夫」寂しい思いをするとは、アナには思えなかった。ひとりで平気だ。

「毎日手紙を書くわね。明日シカゴに着いたら、さっそく一通目を出すわ」

「わかってる、母さん」

「いつでも電話してね、缶に小銭をいっぱい貯めてきたから。電話は母屋にしかないけど、わたしがいないときは、呼び鈴で呼んでもらえるから」

「覚えとく」

こんなことが言いたいんじゃないと思いつつ、アグネスはやめられなかった。「ミセス・マッカローネが喜んで料理を作ってくれるわ。今週分の食費は払ってあるから。明日、仕事の帰りに受けとりに寄ってね」

「わかった、母さん」

「お皿は朝返しに行くのよ」

「うん」

「配給切符を渡してね」

「もちろん」

「リディアのお墓へも行ってくれるわね」

「日曜ごとにね」

列車の汽笛が鳴った。出発を待ちかねた様子の娘を、アグネスは力ずくでつなぎとめたかった。娘にも名残り惜しさを覚えてほしかった。アグネスはきつくアナを抱きしめ、心の奥の扉をこじあけようとした。その瞬間、幻のように、腕のなかの筋張った肩がエディのものと重なった。その抱擁は人生そのものとの別れだった。夫と、娘と、こよなく愛したか弱い下の娘との。アグネスは二等寝台車に乗りこみ、窓からアナに手を振った。列車が走りだし、無数の手がいっせいに掲げられた。思えば、十七歳で成功を求めて故郷から出てきた日に降り立ったのもこの駅で、おそらくはこのプラットフォームだったはずだ。手を振りつづけながら、アグネスは思った——**これで、物語はおしまい**。

列車が角を曲がると、糸が切れたように人々の手が下ろされた。向かいのプラットフォームの列車に乗りこむ乗客や見送り客たちと交代するように、誰もが足早に立ち去っていく。アナはしばらくそこに立ったまま、空っぽの線路を眺めていた。やがてコンコースへ引き返そうと、先を急ぐ兵士や家族たちの邪魔にならないように階段をのぼった。新たな感覚が芽生えるのを感じた——どこにも行くあてがない。ほんの数分前までは、ほかの人々と同じく小走りに階段を下りていたのに、いまは走る理由も、歩く理由さえも見あたらなかった。奇妙なその感覚は七番街へ出るといっそう強まった。夕暮れのなかに佇み、アナは左右どちらへ向かおうかと迷った。アップタウンへ、それとも、ダウンタウンへ？　バッグにはお金があり、その気になればどこへでも行ける。母を心配せずにすむこの自由を、どれだけ求めていたことか！　けれども、いざ手にしてみると、それはむしろ虚脱感に似ていた。列車が去ったあと、振られていた手が下ろされたときのような。

アナはニューアムステルダム劇場で映画を観ようと決め、四十二丁目を目指して北へ歩きだした。劇場に着くと《疑惑の影》が十分前にはじまったところだった。幼いころ、母が踊る姿を見たのと同じ劇場で――ひょっとすると同じ席で――観ることができる。けれども、なかへ入ってぞっとする映画を観たい気持ちはすでに消えていた。四十二丁目を歩くほかの人々のように、心浮き立つような目的があればと思った。笑い声をあげるいくつもの水兵たちの一団、ピンとスプレーで髪をセットした娘たち、年配の夫婦、毛皮の女たち。誰もが薄暗くされた街灯の下を忙しげに歩いている。アナはその姿をしげしげと眺めた。なぜこの人たちには行くあてがあるのだろう。

結局、家に帰ることにした。六番街の地下鉄駅へと歩く途中、蚤《のみ》のサーカスや、中華料理屋や、俳優ルドルフ・ヴァレンティノの死因に関する講演会のポスターの前を通りすぎた。そのうち、同じように連れのいない者たちが建物の戸口や日除けの下に佇む姿が目に入りはじめた。みな行くあてのない者たちだ。六番街の角にある〈グランツ〉のガラス窓の奥には、ひとりで食事をする陸海軍の兵士たちの姿があり、若い女性もふたりばかりそこに交じっていた。ガラスごしにその様子を眺めていると、背後で新聞売りが夕刊の見出しを読みあげはじめた――「トリポリ占領！」「ソ連軍、ロストフへ攻勢！」「ナチス窮地に！」それらはまるで、ひとりで食事をする人々の写真に添えられたキャプションのように思えた。戦争で人々は寄る辺を失った。〈グランツ〉にいるひとり客たちも寄る辺を失った。アナもまた、寄る辺を失った。いまにも薄暗い街の裂け目に迷いこみ、消え去ってしまいそうだ。そう思ったとたん、引き波に連れ去られるようなかすかな感覚を身に覚えた。アナは怖くなって地下鉄の入り口に急いだ。

ところが、階段の下り口まで来たところで、新たな状況に対する好奇心が勝り、そこを下りるのをやめた。そのまま五番街へ進み、ぼんやりとした街灯が並ぶ薄暗い大通りに出た。市立図書館が不気味にそびえている。父は子どものころ、その図書館が貯水場の跡地に建設される様子を目にしたことがあった。そう思いだしたとたん、父の声が甦った。ずっとそばにいたかのような、なにげない口調だった――**シルクハットの男たちが通りを行き交っていたっけな……馬たちは餌をたっぷりもらっているから、ニンジンをやっても見向きもしないんだ……いまプラザ・ホテルがある場所にはすごい豪邸が建っていたんだぞ、想像できるか。**ふと思いついたように昔語りをする、疲れと煙草でかすれた父の声。車のなかで聞いた声。いつも熱心に話を聞いていたわけではないけれど。

何年も遠ざかっていた父が、アナのそばへ戻ってきた。姿こそ見えないものの、腋に手を差しこまれて抱えあげられたときの、ごつごつした指が押しつけられる痛みを感じた。ズボンのポケットで鳴るくぐもった小銭の音が聞こえた。どこへ行くときにも、嫌いな場所に向かうときにさえも、アナは決まって父の手に自分の手を滑りこませたものだった。あまりに鮮やかな記憶に圧倒され、アナは足を止めた。無意識のうちに指を鼻先にやっていた。苦い煙草のにおいが生々しくそこに残されていることをなかば期待しながら。

第十四章

デクスターとミスター・Qとの関係は、父のレストランに来る部下たちに心引かれたときから数えるならば、三十年近くに及んでいた。その関係の持つ奇妙な特徴のひとつが、対面する機会の少なさだった。特段の問題がなければ、年に四度を超えることはない。それでもミスター・Qの存在はつねにそばにあった。密かなるパートナーとして、デクスターが携わるすべての事業の筆頭出資者かつ受益者として。両者のあいだには絶えず複雑な資金のやりとりが存在し、小切手による合法的な支払いと、密かな現金の受け渡しとが双方向に行われていた。端的に言えば、デクスターの仕事は、ボスの莫大な不正収益を蜘蛛のように貪欲な内国歳入庁の手から守ることだった。ミスター・Qを脅かす力を持つ者はいないが、課税と会計監査という制度的な力が相手となると話は別だった。偉大なるアル・カポネでさえそれに屈した。内国歳入庁こそが、いかなる犯罪組織にも勝る組織なのだ。

表向き、ミスター・Qの家業は前世紀と同じく農業経済に属している。若かりし日に快速帆船でこの国にたどりつき、畑だらけのブルックリンを初めて目にしたときから変わっていない。ベンソンハースト地区の自宅ではワインや保存食、牛乳、チーズといったものをいまも生産し、八百メートル離れた場所にあるみすぼらしい商店を四人の息子に任せ、そこで販売させている。

デクスターはいつもの月曜日の朝（この日だけは世間並みに早起きする）と同じく、その店の前に車をとめた。胸ポケットには小切手帳を、そのほかのポケットにはきちんと封筒に入れた札束をいくつか入れてある。ドアを押し開くとベルが鳴った。ミスター・Qの長男で、六十近くに見える（実年齢は不明だが）フランキーがカウンターの奥にすわっている。弟のジュリオとジョニー、ジョーイと同じく、ポマードで固めた薄い髪と、無表情な顔の持ち主だ。四人ともクローブや胡椒のような乾物のにおいがするが、それは店自体にしみついたにおいなのかもしれない。店外で四人に会うのは稀だった。

「おはよう、フランキー」

「おはよう」

「いい週末だったかい」

「ああ、そうだな」

「えらく冷えこんだよな」

「ああ、そう言われれば、そうだったな」

「奥方は元気かい」

「変わりないよ」

「お孫さんたちは？」

「ああ、みんな元気だ」

「大きくなったろうね」

「ああ、まったくだ」

時に応じて天候や季節や家族構成（四男のジョーイにはまだ孫がいない）に変化を加えはするもの

の、店番がどの息子であれ、月曜の朝はこれとほぼ同じやりとりを繰り返している。四人とも父親の代理としては完璧で、遠隔操作で自由に操れる無人機のようだと思わずにいられない。とはいえ、たまにその無表情な顔に、経験の蓄積や知識や鋭い洞察が垣間見えることもあった。

デクスターはミスター・Qに宛てて小切手を切った。一万八千ドル、前週分の名目上の収益だ。紙を振ってインクを乾かしながら言った。「戦争中はクラブが繁盛すると言うが、たしかにそうらしい」

「親父が聞いたら喜ぶよ」

「街道沿いの店はガソリン不足で振るわないが、街なかの店が補って余りある儲けを出している」

「たいしたもんだ」

「ところで、午後に親父さんと話がしたいんだが、一分ほどもらえるかな」

「居場所は知ってるな」

「三時ごろ寄らせてもらうよ」

面会の申し込みとは呼べないほどの口約束だが、速記も完璧な専門学校出の秘書がスケジュール帳にタイプ打ちするのと比べても、確実さで引けは取らないだろう。

帰りぎわ、デクスターは現金で膨らんだ封筒を三つフランキーのほうへ押しやった。帳簿に載らないほうの前週分の収益だ。もっとも分厚いのは〝1〟と表に鉛筆書きされたギャンブルの上がりと決まっている。

「そういえば、最近バジャーを見たかい」デクスターは立ち去ろうと背を向けながら言った。

「ああ、毎日のように顔を出すよ」

「新しい土地で、調子よくやっているかと思ってね」

「かなりよさそうだね」フランキーがくくっと笑う。その様子から察すると、バジャーの羽振りは相当いいらしい。いったいどうやって――競馬場でスリでも働いているのか？　いや、それほどの能もないはずだ。昨年の十月に車で置き去りにしたあと、バジャーがぱったり姿を見せなくなったのは意外だった。のちに聞いた噂では、アルド・ローマのもとに身を寄せたらしい。アルドは昔気質《かたぎ》のギャングで、ミスター・Qの下級幹部のひとりであり、デクスターは友好的かつ距離を置いた関係を保っていた。

キャデラックに戻り、ヒールズの自宅へと向かいながら、デクスターはミスター・Qとの面会に備えはじめた。組織のボスの多くは社交クラブで幹部相手に雑談をして日々を過ごすものだが、ミスター・Qは違う。デクスターの知る限りでも、ミスター・Qに関してはさまざまな噂が囁かれていた。老いぼれてすっかり耄碌《もうろく》し、寝室のスリッパ履きのままでキュウリの種を蒔いたり、トマトジャムの瓶を積んだ荷馬車を走らせたりしているといった話もある。にもかかわらず、ベンソンハースト地区から延ばされたその支配の手は、オールバニー、ナイアガラフォールズ、カンザスシティ、ニューオーリンズ、マイアミにまで及んでいる。それほどの組織を円滑に機能させるには、かなりの荒業も含む巧妙な手腕が必要とされる。ひとりでに機能するなどということはありえない。齢《よわい》九十に近いはずのミスター・Qは、いつ、どうやって指示を与えているのだろうか。もしや、背後に別の人物が――

陰の有力者が――存在し、ミスター・Qはすでにお飾りにすぎなくなっているのだろうか。巨万の富の使い道は？　南米の小国を買ったという話は本当だろうか？

デクスターにはひとつの提案があった。数年に一度、そういった閃きが訪れることがあり、ミスター・Qにもその能力を買われていた。その案とは、感謝祭の直後に障害のある少女を連れてビーチに立っていた際に思いつき、その後の数週間で補強し、詳細化したものだった。親切心が思わぬ見返りを生んだ格好だ。

ヒールズは病弱な母親とダイカーハイツの生家で暮らしていた。室内には置き物やカットクリスタルがごたごたと置かれ、カーテンのレースは蜘蛛の巣と一体化している。噂ではあえて独身を貫いているそうだ。ヒールズはビロードの襟付きのガウン姿で戸口に現れた。わずかに残った淡い金髪の房は、陶器のようにつるりとした頭にポマードで丁寧に撫でつけられている。長い象牙のシガレットホルダーに挿した煙草を手にしている。「すみません、ボス。お袋の聞き分けが悪くて、着替える間もなくて」

「それ、サルカのやつか」デクスターはガウンの下に覗くターコイズ色の縁取りがついたパジャマを手で示した。趣味のよさはヒールズの多くの美点のひとつだ。ビクーニャの毛皮のコートまで何着か持っている。

「いや、誂えました。サルカのは、ほんの少し生地が粗いもんで」

「ずいぶんと繊細だな」デクスターはそっけなく返した。

「コーヒーはいかがです、ボス」

ヒールズがコーヒーを淹れるあいだに、デクスターは居間のソファに腰を下ろした。アップライトピアノに楽譜が立てられている――ショパンだ。これまでずっとヒールズの母親が弾くものだと思っていたが、この数週間は寝たきりのはずだ。「ヒールズ」デクスターはコーヒーを運んできたヒールズに向かって言った。「まさか、ショパンが弾けるのか」

「酒に酔ったときだけですがね」

ヒールズは〈パインズ〉の支配人だが、この二年はデクスターを補佐してニューヨーク全域の店舗の経営にも関わっている。毎朝短い睡眠をとったあと、ふたりは懸案事項――頭痛の種、とデクスターは内心で呼んでいる――について相談する。今日の最優先課題は、前夜フラットランズ地区の〈ヘルズ・ベルズ〉に警察の手入れがあった件だった。カジノのディーラー三人と補佐役のクルピエひとりがマンハッタン拘置所に勾留中で、ヒールズが保釈手続きをすることになった。

「例の警部補か」デクスターは訊いた。

「例のやつです」

「話はしてみたか」

「一応は。ですが、まるで聞く耳なしです」

「目的は金か、脅しか」

「後者ですね、要求がないので。〝一掃する〟だの〝腐敗〟だの〝屑ども〟だのと口走ってましたし」

デクスターは目で天を仰いだ。「アイルランド野郎か」

「姓がフェランですしね」にやりと笑うヒールズの姓も、元はヒーリー（アイルランド起源の姓）だ。

「おれのほうで手を打つ」

警察との協調は当然ながら不可欠であり、それだけに莫大な経費がかかる。巡回警官に定期的に差し入れる酒一本から、地区の警察署長以上の上級幹部へときおり渡す札束入りの封筒まで、あらゆるレベルでの心づけが必要とされる。デクスターの仕事と家庭生活との距離がもっとも近づくのはこういった領域、つまり警察上層部が組合幹部や州議会議員たちと密接なつながりを持つ世界だ。名門の出で大統領の友人としても知られる義父のおかげで、金で買っている以上の身の保証をデクスターが得ているのは間違いない。同業者のなかでは誰より安全な立場にいるのはたしかだが、功を焦る青臭い警部補というものが必ずいる。たいていは手頃な餌をちらつかせることで解決する。フェランのような潔癖漢の場合、上司に話を通して別の署へ飛ばすこともできる。

次の案件はヒュー・マッキー夫人だった。警官を伴って〈パインズ〉に二度も押しかけ、夫の失踪を捜査しろと騒ぎたてているという。

「失踪など日常茶飯事だろうに」デクスターは言った。「元の雇い主を脅迫していたかどうかにかかわらず」

「家出なんてするはずがないと言い張るんです。やさしい夫で、愛情深い父親だったんだと。涙、涙ですよ」

「望みはなんだ？」

「夫と同じでしょうな」

「なら簡単だ。金をやって追い払え」

売上げをちょろまかしているらしき給仕長。店の情報を漏らしていると思しき支配人。パラセイズにある〈ホィール〉の賭博台で働く女同士の喧嘩。「わめきあうやら、引っかきあうやら、髪を引っぱりあうやらの大騒ぎですよ。罰金でも取ってやるべきです」

「本人たちの言い分は？」

「お客を奪われたとか。おおかた、どこかの優男の取り合いでしょうよ」

「任せていいか」デクスターはじりじりしはじめた。

「車にチョコレートとシャンパンを積んであります。それでおさまらなければ、頭と頭をがつんとやってやりますよ」

「それがいい」

三十分後、キャデラックに戻ったデクスターは、逸る気持ちを抑えきれずにいた。女たち、警官たち、厚かましいミセス・マッキー――どれも些末な問題だ、今回の案に比べれば。心はなじみの古いものを離れ、前へ進み、新たなものに近づく実感を切望していた。そんな高揚を覚えるのはひどく久しぶりだった。

午後三時、デクスターはキャデラックを黄色い質素な木造家屋の前にとめた。家は隣の家にもたれかかるように傾いている。ミスター・Qが花嫁の父親役や、洗礼式で水に濡れて泣き叫ぶ赤ん坊に口づけする代父役をやめてずいぶんになる。近ごろは外出先といえば自分の店くらいになっている。家には呼び鈴も電話もつけず、本人が好んで言うように、電報を送ったことも――受けとったことも――一度もなかった。ミスター・Qと話したければ、家の戸を叩き、飼い犬のスコッチテリアのロリーが到着を盛大に告げてくれるのを待つしかない。

鳴き声が響きだして三分後、ミスター・Qがドアをあけ、果物の香りのする温かい抱擁でデクスターを迎えた。たくましさと脆さを同時に感じさせる身体、焼けて赤茶けた皮膚。植物や鉱物のように、時とともにその身はかさを増している。木の幹や、洞窟に堆積する塩のように。年齢による衰えは、砂を運ぶ波のような荒い息遣いに表れている。

「すわるといい」ミスター・Qはかすれた声で言った。足もとでは興奮したロリーが忙しなく走りまわり、頭の白いリボンをひらめかせている。「それじゃ……コーヒーを淹れよう」

十六歳のデクスターが父のレストランに来た部下たちの暗号めいた合図を読み解き、この家への行き方を知ったときから、そして、迷い犬同然になんの許しもなく戸口に立ったときから、訪問の最初には決まって同じ石炭式のコンロで淹れたコーヒーが振る舞われた。ミスター・Qの震える分厚い手にはあまりに繊細な作業に思えたが、コーヒーを一滴でもこぼすのを見たことはなかった。

コンロの前に立つミスター・Qを静かに待つあいだ、デクスターは（おそらくはほかの訪問者もみな）裏窓の外を眺めながら考えをまとめた。石造りのバードバスは先週の雪をかぶり、果樹園だったころの名残りの幹巻きがほどこされた桃や西洋梨は、パンチの途中で石と化したボクサーたちのように見える。ひときわ丁寧に養生がなされた六本の葡萄《ぶどう》の木は、根を土に包み、それを粘土に包み、さらに黄麻布に包み、シチリアの新聞で包んで、このニューヨークの地に持ちこまれたものだった。青春をともにした木々だ。ミスター・Qの家族と見なされた者だけがその収穫の手伝いを許される。デクスターも幾度となくその務めを果たしてきた。いまも鋏《はさみ》を入れたときに茎が放つ乾いた酸っぱいにおいや、日差しで温められたつややかな実をてのひらにのせたときの重みを思い浮かべることができる。収穫自体は象徴的なもので、ワイン蔵のオーク樽に仕込まれるのは、木箱で配達された市販の葡萄が大半だった。

コンロのコーヒーが沸騰すると、ミスター・Qはそれを小さなカップふたつに注ぎ、テーブルに運んだ。「いい顔をしとる」穏やかな声でそう言い、デクスターの頬に触れる。「だがそれは……持って生まれた見てくれのよさだな。調子はどうだ」

「ええ」デクスターは答えた。「申し分ありません」

「身体は強いか？　そう見えるが」

「ええ、強いです」

囁きに近いにもかかわらず、ミスター・Qの声には原初の息吹きにも似た低く轟くような力強さがあった。ほとんど笑みを見せることはないが、その姿からは火山を思わせる熱が放たれている。そばにいる者は、おのずとその物腰を真似ることになる。ミスター・Qが気づいたこと、口にしたことは、即座に事実となる。デクスターは強い。日頃からそう思ってはいるが、あらためてそれを実感した。

「おまえはわしの部下のなかで……誰よりも強い男だ」ミスター・Qは言葉の途中で息を継ぎながら

言った。「よければ……瓶詰作りに付きあってもらえんか」

「ええ、喜んで、ボス」

ミスター・Qの瓶詰作りは以前も一度手伝ったことがある。中身は庭で穫れた桃だった。言いつかる可能性のある一連の作業のなかで、瓶詰作りは中間に位置する。広い温室（借用したかあるいは脅しによってか、ミスター・Qは同じブロック内の家々の裏手の土地を独占し、一万平米ほどもある農園として使っている）で野菜を収穫するよりは骨が折れるが、馬車馬のアップルの糞を肥やしにするためシャベルですくう作業よりはありがたい。最悪なのは乳搾りだ。乳牛のアンジェリーナのぶよぶよした乳房は青筋が浮いてハエがたかり、さらにひどいのは山羊の場合で、蹴られたりネクタイを舐めまわされたりしたあげく、骨折り損で終わる羽目になる。ミスター・Qに仰せつかる農作業は、ごく稀に幹部同士が顔を合わせた際の和やかな笑いの種となったが、それは用心深い笑いでもあり、誰もが人より大きな声で笑うのを避けるのだった。

今日の瓶詰の中身は、温室で穫れた黄色インゲンらしい。「食べてみろ」デクスターが大理石のまな板の上で固い莢《さや》の両端を切りはじめると、ミスター・Qが勧めた。味は豆そのものだったが、デクスターは大袈裟に褒め、むしゃむしゃと食べてみせた。「お聞き及びかと思いますが」作業を続けながら話をはじめる。「三カ月ほどまえ、バジャーを少々懲らしめてやりました」

「バジャーには」ミスター・Qが息を継ぐ。「ガッツがある」

「それきり顔を見ていません」

「大胆《フツパ》だな、ユダヤの友人たちの言葉を借りれば」

「ええ、まあ」

「あいつはちょっとした……数当て賭博をはじめた」

豆のほうを向いているときで幸いだった。その知らせに動揺したからだ。ニューヨークに来てわずか三カ月のバジャーが、自力で賭博場をはじめた？　それはない。アルド・ローマの商売のひとつを任されているのだろう。ミスター・Qはお気に入りの幹部に相当な自主と独立を認めている。ライバルたちと距離を置けることはデクスターにとってもありがたかった。たとえば、獣じみた振る舞いが横行するレッドフック地区の埠頭の連中と関わる気はさらさらない。だが、ミスター・Qの大帝国の持つ〝無秩序な〟性質のせいで、幹部同士が話を交わすことはもちろん、実情を把握しあうことも皆無に等しくなっている。その意味で、ボスの話の続きをデクスターは歓迎した。「できれば……バジャーの数当て賭博を……二、三の店でやらせたいんだが」

「むろんです。どの店にしましょう」

「それは任せる」

デクスターは納得してうなずいた。これでバジャーに目を光らせることができる。

コンロの上の大鍋が沸騰し、こぢんまりした台所を湯気で満たしている。ミスター・Qは震える手で豆をすくい、鍋に入れた。

「思いついたことがあるのですが、ボス」デクスターは切りだした。「次のステップとでも言うべきものを」

ミスター・Qの身体に雷に打たれたかのような震えが走り、潤んだ褐色の目に活気が宿った。「そう……おまえの見る目は頼りになる」

一九三三年の禁酒法廃止をまえに、暗黒街の住人の多くが火傷を負った犬のように吠えたてるなか、密造酒取引で得たミスター・Qの莫大な資金を洗浄するため合法的なナイトクラブを各地に開業することをいち早く思いついたのはデクスターだった。その結果、内国歳入庁から富が守られただけでなく、デクスターの思惑どおり、合法・非合法にかかわらず多くの付随的な商売が――携帯品預かりから、煙草の販売、交際クラブまで、ありとあらゆる商売が――生まれ、さらなる利益がもたらされた。デクスターが名目上の経営者となることは不可欠だった。逮捕歴がなく、結婚によって家柄も手に入れ、舌がもつれそうな本名を早い段階で人知れず捨て、短い粋な名前に変えるだけの先見の明も備えていたからだ。

その計画がいかに成功をおさめたことか！　合法化の波に乗ることで、デクスターは映画スターや新聞人や州議会議員や国会議員に近づき、ミスター・Qの富が彼らの懐を潤した。万事が順調だった。ただひとつの失敗を除いては――エド・ケリガン、この道二十余年のデクスターが犯した、一度きりの判断ミスだ。よくある表現を使うなら、多くの血が流れた。だが結果的に、そのトラブルのせいで競合相手が倒れ、ミスター・Qは無傷で残った。望ましい結果に終わったことが幸いしたのだろう、三年前にミスター・Qから重々しい声でこう告げられた。「もう忘れよう。二度とこの話はすまい」そのあと車内でひとりになったデクスターは、安堵にむせび泣いた。

豆が茹であがると（ミスター・Qには本能的に茹で加減がわかるらしい）、それを玉杓子ですくい、広口瓶に移し替えるのはデクスターの役目だった。すべての瓶が満員のエレベーターの様相を呈すると、ミスター・Qの指示で熱湯を豆の上に注ぎ、瓶の口まで満たした。

「そうしたら、蓋を固く……だが固すぎないように……閉じて……圧力鍋に入れる」たいした作業はしていないが、ミスター・Qの息はすっかりあがっている。「そのあとで……聞かせてもらおうか……おまえの思いつきを」

本当ならば、ワルツのステップのようにひとつずつ段階を踏み、唯一無二の必然的な結論へと導く腹積もりだった。だが豆を茹でるあいだにその手順は頭から消え去っていた。それがミスター・Qの狙いなのだろう。熱気と真実だけに満たされた空気のなかで、長々とした前置きを取っ払い、要点だけを告げさせることが。デクスターはミスター・Qを手伝い、広口瓶の蓋を閉じて、海底から引きあげたように真っ黒に汚れた鍋に慎重に並べた。ミスター・Qが鍋に蓋をし、火にかける。そして息をあえがせながら椅子に沈みこんだ。

デクスターはハンカチで顔を拭うと、小さなテーブルを挟んだ向かいに腰を下ろし、切りだした。

「われわれのサービスや事業を活用して戦争協力を行うことを、政府に提案したいと思います」

すぐには返事がない。いつものことだ。すべてを詳《つまび》らかにするのはデクスターの務めだ。

「連合軍の勝利は時間の問題です。その時点で、合衆国はいまだかつてない力を手に入れるでしょう。史上最強の国となるのです」

アーサー・ベリンジャーの受け売りだ。ミスター・Qと義父が接近することはデクスターの望みだった。結婚当時はまだ下っ端で、ボスに式への出席を乞える立場になかった。デクスターの知る限り、ボスと義父に面識はない。だが、ふたりがそれとなく興味を示しあっていることは感じられ、デクスターの知らないところで関わりを持っている可能性も考えられた。そうであればと思っていた。

「ミスター・スターリンはどうだ……相応の力を欲しはせんか」ミスター・Qが尋ねる。

「それを手にすることになるでしょう。ですが、あの国は破綻します」

ミスター・Qは同意のしるしに顎を下げた。

「ヨーロッパ勢も金に困り、荒廃しています。残るはわが国の政府です。われわれが――ボスが――勝利にひと役買うのです、合法的な形で。それによって、ものを言える地位を確立する」

ミスター・Qが論戦態勢に入る。ここからはじまるソクラテス式問答は、次回の訪問時まで続くこともある。「われわれに……金がある限り、ものくらい言えるだろう」

「公の地位です。非公式なものでなく」

「なんの得になる?」

「権力です。本物の権力を手にできます」

「権力というものはすべて……本物だろう」

「ええ、では、合法性と言いましょう。それによって、いまよりも幅広い力の行使が可能になります」

強大化した連邦政府が法の支配を用いてこちらを潰しにかかる恐れもある。そう口にしたい気もあった。タマニー・ホールはすでに力を失ったが、そんな事態を誰ひとり予期してはいなかったはずだ。だがミスター・Qは懸念を嫌う。それに、早くも提案に興味を引かれているようだ。

「ラッキーも政府と取引したな」ルチアーノの話だ。「港の……スパイ摘発に協力した」

「そのうちグレートメドウ刑務所を出ることになるでしょう」

「やつには政府のほうから近づいたんだ」

「こっちから近づいたっていい」

「それで……なにを餌に?」

ここが勝負どころだ。デクスターは深呼吸をし、テーブルに身を乗りだした。「戦時公債を割引価格で買い占め、われわれの組織が持つあらゆるルートを駆使して転売するのです。現金はすべて購入にまわす。不要な事業も売却し、その金も使います。そして戦時公債ビジネスを立ちあげる」

「銀行に……なるということか」

「ええ、そうとも言えます。一時的にですが。戦争が終われば、われわれの金はきれいになる。どこへでも動かせるようになります」

圧力鍋がシューッと音をあげ、針の先ほどの蓋の穴から蒸気が立ちのぼりはじめた。ミスター・Qは腰を上げてよろよろとそちらへ向かい、錘をかぶせて穴を塞ぎ、蓋を固定した。鍋の側面にある目盛りの針が跳ねあがる。ミスター・Qのやわらかい褐色の目が自分に据えられ、デクスターはここぞとばかりに切り札を切った。

「政府に協力すれば、内国歳入庁も手出しができなくなります、ボス。おそらくは二度と」頭の真後ろのコンロの上で密封された鍋がぐらつきはじめる。「どのくらい火にかけるんです?」デクスターは静かに訊いた。

「しっかりと……ボツリヌス菌が死ぬまでだ。茹でるだけでは足りん。瓶に……しばらく圧力をかけんとな」ミスター・Qはコンロの前に立ったまま、亡き妻アナリサが縫った花柄の鍋つかみで鍋を押さえている。

「ずいぶんと……愛国心旺盛じゃないか」デクスターに笑みが向けられる。

「これは正しい行いです。そんなふうに言える機会は、そうあるものじゃない」

「われわれの利益と……政府の利益が……合致するというわけだな」拍子抜けするほどあっさり話が通じた。ボスもすでに同じことを考えていたのだろうか。鋳鉄のコンロにかけられた鍋が囚われたリスのようにもがきまわる。ミスター・Qの震える手が跳ねのけられそうな勢いだ。デクスターは煮立った鍋の中身を頭からかぶらないよう腰を上げた。

「勝利はみなの願いというわけだ」騒音のなかでミスター・Qが静かに言った。

デクスターはにやりとせずにいられなかった。ミスター・Qも笑い返す。ボスの笑みには、奇妙に欠けたものがある——歯だ、と最初は思うが、歯は揃っている。個々の歯がひどく小さいだけだ。いびつな形の黒々とした穴は、口というより裂け目に近い。それを目にしたとたん、デクスターの笑み

244

は消えた。

「もう……政府とは……話をしたのか」

「とんでもない」デクスターは声をうわずらせた。幸い、騒々しい鍋のおかげで驚きは隠せた。ボスの許しも得ずに政府の人間に話を持ちかけるほど愚かだと――不忠であり、無分別だと――思われているのだろうか。

ミスター・Qがコンロの火に蓋をすると騒音はぱたりとやみ、訪れた静寂の深さに鼓膜を押さえたくなる。

「問題は」ミスター・Qがあえぐ。「一度ルートを開けば……閉じようがないことだ。そこを流れるものを……制御するのは至難の業だ……流れの方向もな」

デクスターは黙っていた。どういう意味だろうか。

「そこがおまえの弱点かもしれんな」

ケリガン。忘れようと言われた日以来、例の失態についてほのめかされるのは初めてだ。どうやら、忘れられてはいなかったらしい。

ボスが両手でデクスターの頬を包みこんだ。やわらかく、不格好で、血にまみれた手で。「打つ手はたくさんある。そう、打つ手はたくさんな」

デクスターは身をこわばらせた。ミスター・Qの発する言葉にはある決まりがある。反復は逆を意味するという法則だ。〝打つ手はたくさんある〟と繰り返すということは――デクスターの案は打つ手に含まれないという意味だ。

「打つ手はたくさんある」ミスター・Qは語尾を引き伸ばすようにもう一度繰り返し、デクスターの目をやさしく覗きこんだ。

打つ手なしか。

いつものようにミスター・Qとの面会は慌ただしく終わり、ものの数分でデクスターは戸口の外に立っていた。来たときと同じように抱擁を受けた。ミスター・Qの愛想のよさに変わりはない――むしろ増している。ボスは自分を気に入っている、可愛がってさえいる。そのはずだ。

「そうだ！ すっかり……忘れとった」ミスター・Qが言い、手の甲でぴしゃりと額を打った。「今週は……何個……熟れたトマトを食べた？」

「味もそっけもないものばかりです」デクスターはぼそぼそと答えた。いま起きたことを呑みこむのに苦労していた。家のなかに引き返したボスを、ポーチに立って待った。弱々しい日の光がかき寄せられた雪に反射してきらめいている。近所の子どもたちはこの通りで遊ばない。ミスター・Qの家畜の鳴き声を別にすれば、聞こえるのは遠くの波止場の音だけだ。ミスター・Qの荷馬車が縁石の上にとめられている。品物を店まで運ぶのにいまも使用しているものだ。最近では珍しい光景だが、牛乳屋だけは別だ。荷馬車がすべての配達を終えるあいだに次の配達先に到着できる配達車さえ、いまだに登場していない。

ようやくミスター・Qが戻り、熟れたトマトの入った茶色い小袋と、ラベルのない桃のジャムの瓶をデクスターの手に押しつけた。勘違いでなければ、そのジャムは何年もまえに自分が瓶に詰めるのを手伝ったものだ。くそっ、滅菌効果はいつまでもつ？「恐縮です、ボス」

「会えてよかったよ」ミスター・Qは家のなかまで戻ったせいで息をあえがせながら、戸枠にもたれた。数カ月前の訪問時と比べると衰えは明らかだ。寒々しい冬の光のせいか、顔は青白くさえ見える。

「もっとちょくちょく……顔を見せるといい。もっと……ちょくちょくな。年寄りを……ひとりにしないでくれ」

意味するところは――ミスター・Qとの面会は数カ月お預けだ。デクスターはトマトと瓶詰を受けとり、ボスの両頰にキスしてから車へ戻った。

あてもなく走りだす。頭を働かせようにも、苛立ちのあまりじっとしていられず、車を駆りでもしなければなにも考えられそうにない。提案があっけなく却下されたことに呆然としていた。本当に却下されたのだろうか。勘違いではないのか。数カ月待っても――呼ばれなければそのくらいは遠慮せねばならない――答えはノーなのだろうか。きちんと内容を理解されたのだろうか。

気づけばコニー・アイランドに来ていた。冬季のため閉園中で、クラムチャウダーやホットドッグの売店にもシャッターが下りている。子どものころ、デクスターは観光客のいないこの季節が好きだった。地元民のほかには、父のレストランを目当てにやってくる客しかいなくなったものだった。

車をとめ、人けのない板張りの遊歩道へ出た。沿岸警備隊員が海岸をパトロールしている。雪の積もった砂浜に、ローワー・ニューヨーク湾から茶色く濁った波が打ち寄せている。ふと、父を思った。料理をし、それを振る舞うことに情熱を注いだ男だった。父に対するデクスターの憧れは、十四歳で母を亡くしたころを境に消えた。それまでの従順さから一転、卑屈な小物として父を嘲りの目で見るようになった。その思いを消し去ることができなかった。

ミスター・Qの黄色い家を初めて訪れた際にも父には告げなかったが、その記憶はしきりにとぐろを巻く蛇のように腹の底に居すわっていた。数カ月後、そのことを知った父は、すでに十六歳になり自分の背丈を超したデクスターの耳をつかみ、店の事務室に引きずりこんだ。そして鼻の穴を広げて睨みつけた。「なにより恐れていたことをしでかしてくれたな」

「お袋が死んだことより?」デクスターは言い返し、大枚をはたいて買ったばかりのきつい短《スパッ》ゲートル《ツ》を巻いた足をもぞもぞさせた。

「そうだ」

「破産するより？」

「そうだ。金を受けとったが最後、一生あの男のものになる」

「金を渡すより、受けとるほうがいいだろ」

面と向かってそんな生意気を言うと、普段ならげんこつを食らったはずだ。だが父は深刻な顔で身を乗りだした。「おまえはまだ子どもだ。いまなら縁を切らせてもらえる」

「縁を切るなんて！」

「いますぐそうしろ、きっぱりとだ。父さんのせいにすればいい」

デクスターは父に身を案じられていることに気づいた。とっさに安心させようとこう言った。「ミスター・Qは年寄りなんだ、親父。永遠に生きるわけじゃない」

父に思いきりひっぱたかれ、馬が噛み潰したリンゴから汁が飛び散るように、目から涙がほとばしった。

「そんな口を利くなということじゃない」父は妙に静かな声で言った。「そんなことを考えるのをやめろ。でないと気づかれる。嗅ぎつけられるんだ」

「あの人のことなんか知らないだろ」デクスターの声が震えた。

「昔、ミスター・Qはこのあたりにいたことがある。何人もの人間が消えるのをこの目で見てきたんだ。存在さえしていなかったようにな。ある日突然いなくなる。冗談だと思うか？　あの男が、女房の瓶詰作りを手伝っているだけの年寄りだとでも？　ハッ！」

「会ったこともないくせに」

「ある日突然消えるんだ。そして、誰も名前を口にしなくなる。そんな人間は神様がお造りにならなかったみたいに」

「用心しなきゃならないのは親父のほうだろ」

「おれはあの男の金は受けとらん」

「心を読まれたらどうするんだよ」

「おれは面と向かって言う」

「親父だって消されるかもしれない。そう考えないのかよ」

デクスターは父にミスター・Qの力がいかに強大かを思い知らせたかった。それにひきかえ、父がいかにちっぽけかを。だが父の顔からは恐れが消え、嫌悪だけが残った。「出ていけ」

デクスターは店を飛びだし、その後も当然出入りはしたが、本当の意味では二度とそこへ戻らなかった。ミスター・Qのもとで働く日々は夢のようだった。飲酒が国を滅ぼすと信じたミネソタ州選出の下院議員アンドリュー・ヴォルステッドとその同調者たちのおかげだ。禁酒法案が可決したときわずか十九歳だったデクスターは、法に背く快感に夢中になった。高級車で田舎道を飛ばすのを楽しみ、カーチェイスもお手のものだった。いざというときは脱兎《だっと》のごとく森に逃げこんだ。小川のほとりで息を潜めて身を伏せ、満天の星の下で苔と松と灰のにおいを嗅いでいると、測り知れないほどの美と高揚を味わえるのだった。

デクスターは車に戻り、二、三ブロック北上して、マーメイド・アベニューと西十九丁目の角へ向かった。レストランは一九三四年に閉店した。店を救うこともできたが、父はみかじめ料の免除以上の援助を頑なに拒んだ。店を銀行に取られるまでは咳ひとつしたこともなかったが、五十八歳で癌に命を奪われた。

店の前に立つのは久しぶりだが、そこは不気味なほど変わっていなかった。傾いたブラインドに、埃をかぶったカウンター、窓ガラスの内側に剝がれかけた金文字で記された舌のもつれそうな自分の本名。壊れてひっくり返ったテーブルがひとつ。そのテーブルにも、デクスターは父の有名なペスカトーレを運んだことがあるはずだ。腕にぱりっとした白いリネンのナプキンをかけ、ワインを注いだこともある。当時は発見したばかりのまだ見ぬ世界に夢中になっていた。掟や人脈が縦横に張りめぐらされたその世界を知ると、それまでの日常は目に入らなくなった。日々の生活のなかで、ミスター・Qの力の波動が、犬笛のように音なき音として聞こえる気がすることがあった。デクスターはその音の源にどうしようもなく引きつけられていった。

「ひとつ覚えておくといい、デクスター」初対面の際、ミスター・Qは言った。「おまえはおまえのものだ。おまえ自身のものだ」そして、桃のような産毛に覆われたデクスターの頬を分厚く熱い手で包み、ぼうっとなった目を覗きこんだ。「おまえ自身のものだ、いいな」

　デクスターはその言葉を理解し、信じた。いまになってようやく、反復は逆を意味するという法則に照らしあわせ、ミスター・Qの真意に気づいた。

　ミスター・Qは年寄りなんだ。戸口の階段に立ったボスの荒い息遣いを思いだし、デクスターは自分に言い聞かせた。**永遠に生きるわけじゃない。**父の平手打ちの衝撃と、痛みで滲んだ涙の感触が甦った。

第十五章

アナが呼びもどされた理由は、訓練初日にアクセル大尉が志願者三十五名に向かって演説をはじめたとき明らかになった。「服の重さは九十キロある。帽子だけでも二十五キロだ。靴は左右で十六キロ。さて、それを全部身に着けるのかと天を仰ぐまえに、聞いてもらおう。そこにいるお嬢さんは──長身ではあるが、工廠内でよく目にするシャーマン戦車なみの大女というわけでもない──泣き言ひとつ言わずにそれを着て、泣き言ひとつ言わずに歩いただけでなく、三本指の手袋をしたままロープのもやい結びを解いてみせた。このなかで、もやい結びができる者は？」

手が二本上がった。ほかの男たちはアナを盗み見た。アナは顔が赤らむのを感じた。ばつの悪さのせいだけでなく、平静を装わなければならないせいだ。自分が解いた結び目の名前も、もちろんその結び方も知らなかった。それに、九十キロの服を着ると聞かされても、どの志願者もひるむ様子はなかった。たくましい身体から見て、大半が港湾労働者なのだろう。アクセル大尉は、人をいたたまれない気持ちにさせて喜ぶ性格の持ち主だった。皺だらけだがひげのない顔は、残酷さを湛えた子どもを思わせた。その日、大尉は次々に志願者たちの問題を指摘してみせた──デルバンコの肥満に、グリーアの貧弱さ、ハマースタインの喘息、マジョーンの眼鏡、カレツキーの扁平足、ファンタノの軽いよたつき、マクブライドの平衡感覚のなさ、ホーガンの鼓腸《こちょう》などなど。兵役年齢を超えた者が大半だが、退役時に最上級潜水士を務めていた大尉の目には、誰もがひよっこも同然に映るのだろう。小娘が合格したテストに失格するかもしれないと不安がらせるのは、とっておきの嫌がらせなのにちがいない。

アナを除く全員が潜水服を着せられた。カッツとグリーアがアナを補助したのと同様に、ひとりにつきふたりずつ補助役がつけられた。アクセル大尉は五六九号館の外のベンチの上に立ち、雪のなかをしきりに指示を飛ばした。アナはオルムステッドという機械工の補助役として背後に立った。オルムステッドの手首が太すぎるせいで、三号サイズの潜水服の袖口のストラップを固定するのに苦労した。ようやくそれがすむと、オルムステッドはわざとらしい安堵の声をあげ、にやっと笑いかけた。アナは俯いたまま気づかないふりをした。幸い、もうひとりの補助役――亜麻色の髪、無表情で陰気な顔の男――にも聞こえなかったようだ。ふたりがかりでベルトを巻いたあと、股間を締めるためにオルムステッドを立たせた。

「もっときつく締めてくれ、ダーリン」アナが背後から股の下にストラップをくぐらせ、もうひとりの補助役がベルトの正面に固定すると、オルムステッドが甘ったるい声で言った。「もういっぺん引っぱってくれ。ああ、いい気持ちだ、ダーリン。それでいい、あともうちょっと……ああ……」

「もう一度〝ダーリン〟呼ばわりしたら」正面に立った補助役が抑揚のない声で言った。「一発お見舞いするぞ」

「あんたじゃない！　彼女に言ったんだ！」オルムステッドが顔を赤らめる。

「引っぱってるのは彼女じゃない」補助役は釣り針のように鋭く目を細めた。アナのほうはちらりとも見ない。

オルムステッドは桟橋に唾を吐き、黙りこんだ。ところが、アナたちが巨大なヘルメットを頭にかぶせようとすると、「待て」と言った。「なかで息はできるのか」とアナに向かって訊く。

「もちろん」アナはそっけなく答え、腕の震えをこらえながら、もう一方の補助役とともにヘルメットを掲げた。「少しかび臭いけど、息はできる」

「待て」オルムステッドがまた言う。

「遅れをとってる」正面に立った補助役が言った。「続けるぞ」

ヘルメットを肩金の襟口に下ろし、溝を合わせて回転させ、固定した。補助役の男がヘルメットの天辺を叩き、アクセル大尉の検査に備えてオルムステッドを立たせる。ベンチから腰を上げたオルムステッドは腕をばたつかせた。服の重みで動作はもたつき、靴のせいで足が桟橋にへばりついて、強風にあおられる木のように見える。補助役の男が覗き窓をこじあけたとたん、なかから怒鳴り声が響いた。「息ができない。脱がせてくれ！　閉めると息ができないんだ！」

すぐさまアクセル大尉がグリーアを連れて現れ、手際よくヘルメットを外したあと、ベルトも肩金も靴も服も脱がせた。オルムステッドはすごすごと桟橋を去った。大尉が満面の笑みで一同に告げた。

「諸君、いまのが閉所恐怖症、つまり閉ざされた空間に対する恐れだ。一グループにたいていひとりはいるから、さっさとお引きとりいただくことにしている。そんな人間が潜水士を目指しても無駄なのでね」

「なんなんだ」もうひとりの補助役がつぶやいた。アナには目もくれないので、ひとり言だろう。

「装着は完璧だったのに、なんの評価もされないのか」

第二のテストは再圧チャンバーで行われた。水中と同じ高気圧の状態を生成する装置だ。耳の怪我や疾患で耳管が塞がっている者は、鼓膜の内外にかかる圧力を均等化することが難しい。不幸なことに、そういう者が〝英雄を気取ろうものなら〟（と大尉は含み笑いで釘を刺した）、刺すような痛みに襲われ、鼓膜が破れて聴覚を失う恐れすらあるという。肺に問題のある者はチャンバー内で呼吸障害に陥る可能性がある。さらに高圧酸素状態に反応して原因不明の発作を起こす者もいるという。

一同を十分に動揺させてから、アクセル大尉は六名ひと組で志願者たちをチャンバーへ送りこんだ。そこは一室分ほどの広さの円筒形の空間で、内部はいくつかに仕切られ、もっとも広いスペースにはベンチが置かれていた。五人の男たちはアナと距離を置こうとするように、電線にとまった鳩よろしく身を寄せあってそこにすわった。無表情な補助役の男もそのひとりで、自己紹介の際にポール・バスコムと名乗った。

「このテストも楽々合格したのか」バスコムがアナのいるほうにちらりと目を向けて訊いた。

「いいえ、これが初めて」アナは妙にはしゃいだ調子で答えた。「潜水服を着たときも必死だったし。大尉はわたしを利用して、あなたたちをからかってるだけ」

「やっぱりな」

アナはむっとした。「結び目は解いたけど」

空気が暖まり、密度が上がると、室内はしんと静まり返った。「口笛を吹いてみろ」とバスコムが言った。

アナを含めた全員が試したが、誰も音を出せなかった。「いったいどうなってる」と声があがる。「気圧のせいさ。声も聞いてみろよ」とバスコム。「普段、おれはこんなキンキン声じゃない」

アナも小声で試してみたが、男たちがトゥイーティーやバッグス・バニーを真似する声にかき消された。アナの存在を忘れれば忘れるほど、男たちは気楽になれるらしい。

初日の最後に、ご満悦のアクセル大尉がさらに四人の脱落を告げた。再圧チャンバーを出たサッコとモヒーリーが耳痛を覚え、ハマースタインはあえぎはじめ、マクブライドは〝頭が変な感じ〟だと訴えてただちに除名された。

その後の四日は教室に集められ、大尉から潜水物理学のほか、基本的な機器の取り扱いと整備方法、空気の組成、水深図についての講習を受けた。水深十メートル以上の場所に一時間潜ると、次の潜水が〝安全〟と見なされるまで地上で八時間の休憩が必要となる。「ごまかしはなしだ、諸君」と大尉は警告した。「タフガイ気取りはやめろ。さもないと、耳からも目からも鼻からも窒素の気泡が漏れだして、全身の軟組織から出血をはじめるぞ。潜水深度十二メートルなら、無減圧潜水可能時間は最長二時間だ。十五メートルなら七十八分。この数字を思いだすのに苦労するようではだめだ。誕生日や記念日や、真珠湾攻撃の日付と同じように、頭に刻みつけろ」

事故の危険についての講習もあった。「潜水士には時給二ドル八十五セントが支給される。ただし、民間の潜水士諸君は忘れがちなようだが、〝危険手当〟がつくのは任務が危険だからこそだ」舌なめずりしながらデザートのメニューを読みあげるような調子で、大尉は得々と語りだした。送気管の不具合が起きると潜水服内に空気が溜まり、身体が逆さを向いたままコルクのように急上昇する〝吹き上げ〟が発生する。そのほかにも窒素酔いや、そしてもちろん、恐るべき〝圧外傷《スクィーズ》〟も起きる。妻子持ちのリッテンバーグとマロニーは翌日から来なくなった。「うちへ帰って女房と相談したんだろう」大尉は満足げに言った。「毎回、ふたりはそれで辞める」

そして、子どもっぽいその顔にわざと困ったような色を浮かべてみせ、「どうだ、カッツ」と小声で訊いた。「残りはあと何人だ?」

黒人もひとりいた。マールという名の溶接工で、アナと同じ年頃らしく、すべての課題を楽々とこなしていた。アナはマールを意識せずにはいられなかったが、つとめて避けてもいた。そんな自分を恥じたが、マールも同じ思いらしかった。教室でもふたりは対角線上に離れてすわった。アナは背後からじろじろ見られないようにいつも後ろの席を選び、最前列のマールは左手で細かな文字を丁寧にノートに書きこんでいた。ごくたまにすれ違うと、ふたりのあいだに火花が散り、そして同時に目が逸らされるのだった。

一日の終わりには、先輩の潜水士たちが仕事を終えて五六九号館に引きあげてきた。ワラバウト湾内での作業や、スタテン島と海軍の監視所をつなぐ水道パイプラインの建設作業に従事しているのだ。夕闇のなかへ出たアナたち訓練生は、潜水訓練用タンク脇の小さな門を出るか、遠いほうのサンズ通りの門へまわって帰途についた。アナはネルに会えないかといつも遠まわりをしたが、すでに本気で期待してはいなかった。

訓練五日目の帰り、検品作業場から出てきたローズとばったり顔を合わせた。ふたりは抱きあい、腕を組んでサンズ通りの門を出た。「あなたがいないせいで、作業場もすっかり変わっちゃって」とローズが言った。「みんなそう言ってるわ」

「ゴシップの種がなくなったものね」

「ミスター・ヴォスがやつれたって、もっぱらの噂よ。顔色が悪いし、少し痩せたみたい」

「あの人たちこそ、彼に夢中なんじゃないの」

ローズがけらけらと笑った。アナはフラッシング・アベニューまでローズと歩き、路面電車を待ちながら、夕食に誘われないかと期待した。けれども、満員の電車が到着するとローズはそこに飛び乗り、吊革をつかんで窓ごしにアナに手を振った。

アナはクリントンヒル方面に走りだした電車を見送った。くるりと背を向け、自分の乗る電車がとまるハドソン・アベニューの停留所に向かって歩きだしたとたん、孤独に呑みこまれた。昼のあいだその感覚は遠ざかり、潜水訓練中には思いだそうにも思いだせなくなる。けれども日暮れとともにまた戻り、不気味にアナを包みこむのだった。孤独は脈拍と鼓動を持っていた。その手はアナを捕らえ、子どもの手を引く母親たちや、夕刊を小脇に抱えた男たちの領域から引き離した。電車に乗りこみ、アコーディオンドアが背後で音を立てて閉じると、アナは車窓の向こうを通りすぎる夜の闇を眺めた。恐ろしげに震えるその闇にかろうじて抵抗するすべが、孤独で単調な生活だった。でも、いったいどんな危険があるというのだろう？

ミスター・マッカローネの食料品店のカウンターには、まだ温かい夕食が待っていた。覆いがかけられた皿をシルヴィオから受けとると、思い出が足もとにまとわりつく猫のようにアナを包んだ。シルヴィオに抱えられ、声をあげて抵抗するリディアの姿が。アパートメントに帰りつき、郵便箱を開けると、いつもの母からの手紙と、出征中の近所の若者ふたりからのV郵便（第二次世界大戦中、米軍が行ったマイクロフィルムによる郵便制度）が届いていた。片手に郵便を、もう一方の手に皿を持ち、アナは階段をのぼった。子どものころはもうひとつのわが家のようだったフィーニー家のふたつの戸口を通りすぎる。孤独に囚われたアナはノックする気になれなかった。やめよう、迷惑になる、と心でつぶやいた。

公衆電話でステラやリリアンやおばのブリアンと話そうかと思うときも、同じことが起きた。ブリアンとは《カサブランカ》を観に行き、友人たちともエンパイヤ・ローラー・ドームでスケートをすることはあった。たまにそういった機会はあるものの、相手には帰るべき場所があり、アナだけはひとりに戻るのだった。孤独から遠ざけてくれる相手はいなかった。

アナは玄関を施錠し、シェードを下ろして、家じゅうの照明とラジオをつけた。最初はニュース、次に音楽を聴く。お気に入りだったカウント・ベイシーとベニー・グッドマンはもう聴かない。胸をざわめかせるそのサウンドが路地裏の暗さを思わせるからだ。ラジオのダイヤルをまわして探すのはトミー・ドーシーやグレン・ミラーで、それればかりか、かつては甘ったるい歌声に胸焼けがしたアンドリューズ・シスターズまで好んで聴くようになった。いまはそれが、暗い夜道で吹く口笛のように安心をもたらしてくれるのだった。アナは母の手紙に目を通した。文面は短く、大半は日々の出来事が綴られていた。ミネソタの冬の厳しさや、牛や羊の健康状態や、新兵訓練所や戦地にいるアナのいとこたちのことが。

けれどもどの手紙にも、母が自分を――あるいはアナを――忘れ、より内省的な領域にさまよいこんでいるらしき箇所が見つかった。〝**ある朝目が覚めたらやるべきことがわかるんじゃないかとずっと思っているの、ハイスクールを卒業してニューヨークに出ることを決めたときみたいに。でも、なにか決断しても、二十四時間ともたないのよ**〟

別の手紙では――

〝**幼なじみの男の子たちはすっかり太って髪も薄くなっていて、亡くなった人も三人いる（ひとりはトラクターの下敷き、ひとりは乗馬中の事故、もうひとりは喉の癌で）。わたしは鏡を見てもそんなに変わっていない気がする……でも、自分をごまかしているだけね！**〟

さらに別の手紙では――

〝**ここの月は明るすぎるの**〟

食事を終えると、アナはミセス・マッカローネの皿を洗って拭き、翌朝返そうと脇に置いた。それから手紙の返事を書きはじめた。そばに母がいたら退屈するにちがいない話をこまごまと書き連ねるのが満足だった。今夜の便りには、アクセル大尉が訓練生を脅かして喜んでいることを書いた。そのうちに眠くなり、手紙に封をして、ラジオと寝室以外のすべての明かりを消した。ベッドに入り、リディアの枕を抱える。物心ついたときからずっと、夜寝るときにはそばに横たわる身体があり、息遺いと温もりがあった。アナは傷を塞ごうとするように枕を胸に押しつけ、かすかな妹の残り香を吸いこんだ。

それからエラリイ・クイーンの本を開いた。ミステリ小説には奇抜な設定が数多く登場するものの、すべてはある特定の世界――遠い昔にアナがわずかに触れた世界――のなかで起きる話のように思えた。一冊読み終えるたびに、どこか納得がいかず、期待を裏切られたような、満たされないものが残った。それでも読む本の数は増えていき、週に数冊は図書館に返却に行くほどだった。母が去ってからというもの、そういった小説が父と出かけた少女時代の思い出につながるドアになっていた。父と手をつないでエレベーターに乗りこむと、くしゃくしゃの髪の老人が眠たげにクランクをまわしたこと。磨りガラスに金文字が入ったドアが並ぶがらんとした廊下を、足音を響かせながら父と並んで歩いたこと。摩天楼の窓から見下ろすと、緑がかった雷雲の下、黄色いタクシーが蜜蜂のように忙しく動きまわっていたこと。紙がかさかさと鳴る音や、包みが机ごしに押しやられる音、抽斗が閉じられるかすかな音がするまでは、背中を向けていないといけないこと。それがすむとたんに場が和み、誰もが急に陽気になるのだった。

父はいったいなにに関わっていたのだろう。危険な行為だったのだろうか。アガサ・クリスティーであれ、レックス・スタウトであれ、レイモンド・チャンドラーであれ、どんな作品を読もうとその奥から解けない暗号を送ってくるのは、まさにこの謎だった。奥に隠れたその問いが意識にのぼると、表面にある作りものの話の筋は溶けだし、気づけば文字を追うのを忘れ、本を持ったまま回想に耽っていた。謎を解こうとして。ミスター・スタイルズはその謎の一部だった。でも、父と知り合いだったあのミスター・スタイルズは、リディアをマンハッタン・ビーチに連れていってくれた人とは別人に思えた。彼の親切のおかげで、アナは最高に幸せな思い出を手にすることができた。ミスター・スタイルズをナイトクラブ経営者のギャング――あるいは元ギャング――として見ると、あの崇高で神秘的な一日が台無しになるような気がした。それが嫌だった。アナは読書に戻り、そのまま眠りに落ちた。夜半に目を覚まして明かりを消した。

翌朝の講習中、アクセル大尉のものとは違う低い囁き声が聞こえた。左にすわったバスコムはまっすぐ前を向いている。顔にはなんの表情も浮かんでいないが、声の主は彼だとアナにはわかった。ひとり言だろうか。講習の内容は規則や制限事項についてで、潜水前の二十四時間はビールを控えることと説明されている。

「ああやって、でたらめばかり吹きこむんだ」また囁きが聞こえた。「血管内の気泡と炭酸飲料にはなんの関係もない。まあ、おれには関係ないけどな、酒はやめたから」

アナは前を見つめたままでいた。アクセル大尉に聞かれたら自分も叱られる。

「あんな戯言、覚えることないぞ。向こうはきみが女だからなんでも信じると思ってるんだ。どのみち潜水させる気はないくせに」

「どういうこと?」アナは思わず訊き返した。

「来週、潜水訓練がはじまったらきみを落第させるつもりなのさ」淡々とした答えが返ってくる。「そう話してるのを聞いた」

アナの鼓動が跳ねあがった。アクセル大尉を睨みつけながら、以前の面会のことを思いだした――潜水服を着てみせたのに、相手を説き伏せられなかったあの絶望を。大尉は今度も邪魔をする気だろうか。

気もそぞろのアナは、コートを着るのを忘れたまま昼食をとろうと五六九号館を出て、船台のそばの食堂へ向かった。バスコムがコートを持って追いかけてきた。「潜水服を着たまま梯子をのぼるのが一番きつい」まだ教室にいるように潜めた声でそう言い、アナと並んで歩きだした。「体重の軽い潜水士はとくに」

「まえに潜ったことがあるの？」アナは視線を前に据えたまま訊いた。

「いや。ピュージェット・サウンドの工廠で補助役をやっていたんだ」

「それってカナダ？」

「いや、アメリカの西海岸だ。ワシントン州シアトルの近くの。遺体回収の仕事だった。乾ドックに入れるまえの空母二隻から遺体を回収する作業を、民間潜水士が請け負ったんだ。一九四二年一月に。そう、ご想像どおり、はるばるハワイから曳航されてきたやつだ」

アナは半信半疑で相手の顔を盗み見た。

「トップシークレットさ。おれも潜水士も海軍の所属じゃなかった」

「補助役はもうひとりいた？」

「いや、いない。おれだけだ。作業は潜水士に教わった。潜水士が海中で袋詰めにした遺体をおれが引きあげるんだ。埠頭から直接送気しながら」

相手の潤んだ瞳の奥を覗かず、言葉だけをやりとりするこの話し方がアナにはありがたかった。

「それで潜水士を目指すことにしたの？」

「たぶんな。ずっと海軍に入りたかったんだ。シアトルで志願して、サンフランシスコでもサンディエゴでも試したが、目が悪くて、細かい海図の文字が読めないいんだ。でも、民間人の潜水士でも、優秀なら海軍に入れると聞いた」

アナはバスコムの顔を横目で見やった。苛立たしげなしかめっ面も、猛烈な集中ぶりも、必死なせいなのだと初めて気づいた。「それではるばるここまで来たのね」

「そういうことだ。民間人が潜水をやるにはニューヨークに勝る場所はないからな。一年前、火事で焼けたノルマンディー号が八十八番埠頭で転覆したろ、あれが全長三百メートルの訓練場になったってわけさ。復旧のために、引き揚げ作業の訓練校を設立したくらいだ。それに、引き揚げ後に船がどこで修理されると思う？　ほかでもない、この海軍工廠でだ。それにもうひとつ」八一号館の入り口に向かいながら、バスコムは続けた。「目が悪くたってなんの影響もない、海底じゃなにも見えないからな」そう言い終えると、言葉を交わしていたことなど嘘のように、いきなり離れていった。

開講二週目に入ると、何人かの若い訓練生たちは放課後に連れだって帰宅するようになった。酒場の話に花を咲かせることもあった――〈レオズ〉や〈ジョー・ロマネッリズ〉、〈オーバル・バー〉に〈スクエア・バー〉。サンズ通りにある〈オーバル・バー〉と〈スクエア・バー〉は店主が兄弟同士で、斜め向かいに店を構えて張りあっていた。スターリングラードのドイツ軍がついに降伏したとで士気も高まっていた。近くで訓練生たちが寄り集まるのに気づくと、アナは自分を誘わずにいるのが無礼にならないうちに、タイミングよくその場を離れるようにした。目立つ存在にもかかわらず、不思議なほどさりげなく消えることができた。黒人のマールもこの技にかけては達人だった。見た目は人目を引くものの、集団が自分を置いて去っていくまで離れているこつを心得ていた。アナだけがそれを知っていたが、気づかぬふりをしていた。ふたりのあいだに絆が生まれると、それでなくとも希薄な主流派グループとのつながりが危うくなりかねない。つまり、人との交わりがないという共通点のせいで、ふたりもまた交われずにいるのだった。

放課後には毎日のように、サンズ通りの門の外で淡いブロンドの娘がバスコムを待っていた。バスコムとほかの訓練生との話を小耳に挟んだところでは、ルビーというその娘は彼の婚約者で、前年の夏にバスコムがブルックリンに暮らしはじめてから出会ったのだという。地元育ちの娘だというのに、ルビーは冬には寒すぎる薄っぺらいコートで震えながら待っていた。そして筋張った両腕を投げ縄のようにバスコムに巻きつけ、首に齧りついて額と額を合わせるのだった。アナもバスコムは好きだが、それは言わば、彼といるときの自分が好きなのだった。淡々と、距離を置いたやりとりを交わしていると、男でいるのがどんな感じか、少しはわかる気がした。貪るように抱きしめられたら、また別の感じがするのだろうとは思いながら、嫉妬は覚えなかった。自分の求めるバスコムさえいれば、それでよかった。

潜水訓練初日の朝、アクセル大尉が操縦するはしけに十二人の訓練生が乗りこんだ。はしけは船台の先をまわりこみ、蠟のような浮氷をかき分けながら、船舶の航行の邪魔にならないよう桟橋の外周に沿って進んだ。桟橋に立った男たちがかつてのアナのようにそれを見物していた。大尉が自分を失格させるつもりだと聞き、アナは落ち着かなかった。もっとも、大尉は全員を失格させるつもりでいる。それを隠してもいなかった。

大尉は第一乾ドックの突端の近くにはしけを停泊させた。潜水は一度に二名ずつ行われるという。各自に二名ずつ補助役がつき、残りは各潜水士に送気する空気圧縮機の巨大なはずみ車をまわす役を務める。全員が潜水するまで、順繰りに担当を交代することになっていた。

大尉は無作為を装いながらアナとニューマンを最初の潜水者に選んだ。子どもじみて見える老大尉の顔をさんざん眺めてきたアナは、悪戯っぽい表情がそこに広がるのを見逃さなかった。大尉はなにか企んでいる。アナの役目は、以前と同じように、ほかの訓練生を動揺させることなのかもしれない――そうであればと願う気持ちもあった。それは自分の成功を意味するからだ。補助役にはバスコムと黒人のマールが指名された。おかしい、とアナはそのとき初めて気づいた。溶接工のマールがなぜかはしけに乗っている。溶接工はウェスト通りの桟橋にある新式の潜水訓練用タンクで初の潜水訓練を受けているはずだ。それは深さ六メートル、直径五メートルの円筒形のタンクで、カッツとグリーアが内部を確認するための覗き窓があけられている。それではっきりした。用意された悪戯は、互いに避けあっているはぐれ者のアナとマールをわざと接近させることだった。それによって動揺させ、チャンスを潰させようというわけだ。

マールもアナと同じ狼狽の色を浮かべていた。バスコムは無表情を保っているが、空気を求めてエラをひくつかせる魚のように顎の筋肉を引きつらせている。失敗はバスコムの敵で、なんとしてでも避けたいものだからだ。三人とも痛いほどの緊張に包まれていた。男たちが帆布地の潜水服を支えて持ち、アナはふたりに触れないよう慎重にそこに足を入れた。補助役の役割は潜水士を支え、導くことだとわかっていても、アナはふたりの男に、それもひとりは黒人の男に手を貸されることに身の縮むような気恥ずかしさを覚えた。ふたりにも伝わっているにちがいない。最初に手首のストラップと靴を装着し、ふくらはぎの紐を締めるあたりまでは、三人とも動きがぎこちないままだった。それでも、バスコムとマールが真鍮の肩金のボルトを襟ゴムの穴に嵌めるうちに、おなじみの作業が気まずさを中和させていった。ふたりはアナの前後で声をかけあいながらボルトに蝶ねじを嵌めた。最後に頭に帽子がかぶせられると、金気を帯びたにおいがアナを包んだ。立ちあがると九十キロの重みがのしかかる。その数字は覚えていたものの、押し潰されそうなほどの衝撃は忘れていた。もちこたえられるだろうか。大丈夫。まだいける？　いける。誰かがドアを叩きつづけ、返事を催促しているような気がした。まだいける？

バスコムが覗き窓から顔を覗かせた。とびきりの上機嫌に見える――しかめっ面でないというだけだが。「五分もかかってない。ニューマンは帽子の固定もまだだ」

アナはよろめかないよう気をつけながら、潜水用の梯子へ近づいた。腰に固定されたコードをマールが確認する。送気管と命綱が束ねられたものだ。ヘルメットにシューッと音を立てて空気が流れこむ。梯子の前に立つと、アナはふたりの手を借りて身体を反転させ、背中を海に向けた。マールが覗きこみ、生き生きとした茶目っけのある目でアナを見つめた。「よろしく、ミス・ケリガン」

「こちらこそ、ミスター・マール」

「成功を祈るよ」

「ええ、ありがとう」

マールが覗き窓を閉じ、密閉した。それがふたりの交わした初めての言葉だった。

アナは丸くカーブした手すりを握り、慎重に梯子を下りはじめた。鋼板の入った爪先で一段ずつ横桟をたしかめ、体重を預ける。凍てつく水が両脚をぎゅっと締めつけ、襞の寄った潜水服が皮膚に痛いほど押しつけられる。浮氷がぶつかってくる。じきに水面が胸まで達し、さらに覗き窓の下のところで波打ちはじめた。最後に一度見上げると、バスコムとマールが梯子の上から見守っていた。さらに二段下りると水中に沈み、四ヵ所の覗き窓から見えるのはワラバウト湾の緑褐色の海水に変わった。シューッという空気の音しか聞こえなくなる。

横桟の最下部の十四段目まで下りると、アナは動きを止めて送気量を増やした。狙いどおり潜水服がわずかに膨らみ、水圧で締めつけられていた脚が楽になった。マニラ麻でできた潜降索をつかみ、左脚をそこに絡ませて、手袋をした左手のなかを滑らせながら潜降をはじめる。服の重みがアナをやさしく海底へと導き、水面が遠ざかるにつれ視界が暗くなる。やがて靴がワラバウト湾の底に届いた。といっても、両脚の先が暗闇に吸いこまれているのがかろうじて見てとれるだけだ。不意に心地よさが押し寄せたが、すぐには理由がわからなかった。ややあって、気づいた――潜水服の重みが消えている。内圧と外圧がうまく調節され、マイナス浮力が保たれた状態、つまり、沈んでいられる状態になったのだ。地上ではあれほど容赦なかった重みのおかげで、いまは水深九メートルの水底で立って歩くことができる。そうでなければ、ひと粒の種のように水面に吐きだされてしまうはずだ。

腰のコードが一度引かれた――**順調か**。アナも引き返し、合図が伝わったことと無事を伝えた。**すべて順調**。気づけば微笑んでいた。鼻から吸う空気がとびきりおいしい。大尉に〝追い払えない蚊のよう〟と聞かされていた送気音さえ、やさしく心地よく耳に響く。排気弁は二回転半締めた状態に設定してあり、調節の必要はないと教わったが、アナは星形のノズルをほんのわずか絞り、潜水服内の空気を増やしてみずにはいられなかった。身体が少しばかり浮き、海底の泥から靴底が引きはがされる。アナのなかで喜びが弾けた。まるで飛んでいるみたい。魔法か夢のなかにいるみたいだ。それから弁を緩め、ふたたび足が海底につくまで排気した。

続いて、潜降索につながれて浮かんでいる工具袋を手に取った。いくつも穴があいていて、地上では滑稽に見えたものだ。なかには金槌と釘、そしてそれらを使って箱を組み立てるための板が五枚入れられている。厄介なのは、板――と箱そのもの――が手から離れて海面に浮かんでしまわないようにすることだった。もちろんタイムは計測されている。「水中での時間はあっという間だぞ」とアクセル大尉には念を押されていた。「板を取りに浮上すれば、貴重な潜水時間が無駄になる」

アナは工具袋の口を緩め、片手を差しこんだ。板が逃げだそうとするように手首のまわりで暴れるが、どうにか二枚だけ引っぱりだした。と、金槌と釘を忘れたことに気づいた。取りだした板を左の腋に挟み、袋をあさって金槌を探す。板が一枚袋から飛びだし、それをつかもうとした拍子に、腋に挟んだ二枚を放してしまった。三枚が手の届かないところへ行くまえにどうにか手で押さえつけ、つかまえた。心臓が早鐘を打ち、めまいがする。パニックを起こすと、あるいは水中で激しい動きをすると、排出する二酸化炭素の量が増え、それを吸うことで身体が消耗する。アナはすべての板を袋に戻し、その口を閉じた。深呼吸をひとつしてから目を閉じると、とたんに眠りから覚めたかのように指先の感覚が研ぎ澄まされた。そう。目は閉じたままでいい。袋の口をもう一度緩め、右手に触れた二枚の板を手にした。左手で金槌と釘を一本引っぱりだす。袋を肩にかけ、二枚の板を直角に合わせてベルトの鉛錘に押しつける。水に邪魔されて緩慢な動作になりながらも、やわらかい板に釘を打ちつけ、二枚をつなぎあわせた。手の感覚だけを頼りにし、視覚はほとんど使わない。最後に箱の底を打ちつけながら、もっとゆっくり組み立てればよかったと思った。まだ戻りたくない。

補助役のふたりに合図を送るまえに、アナは箱を工具袋にしまい、排気弁を少しだけ締めて、ふわふわとした足取りで何歩か歩いてみた。靴底にごろごろした塊が触れる。これまで知らずにいたワラバウト湾の底の地形だ。なにが沈んでいるのだろう？　ひざまずいて手で触れてみたくなった。腰のコードが絡まないよう持ちあげながら、ぐるりと身体を一周させると、川とその向こうの海から来る潮流や海流の圧力が感じられた。

腰のコードが三度強く引かれた。お遊びの時間は終わりだ。**浮上に備えろ**。吐いた泡で、立っている場所を知られてしまったのだろう。梯子から離れた場所に浮かんできた泡を見て眉をひそめるバスコムが見えるようだった。もちろん、心配しているのはタイムと首尾、つまり他のチームに先がけて課題を完了することに決まっている。アナは潜降索を探したが、直径七・五センチのマニラロープは消えていた。ほとんど動いていないつもりが、いつのまにか離れていたのか、周囲を歩きながら腕を伸ばしても潜降索を捉えることができなかった。

コードが七度引かれた。問題を察知したらしく、進むべき方向を指示すると合図を送ってきたのだ。

アナが七度引いて応えると、今度は三度コードが引かれた。右への合図だ。でも、アナがいまどちらを向いているか、どうしてわかるのだろう？　それでも指示どおりに右を向いて歩きだし、潜降索に触れることを祈りながら両腕を広げた。命綱をたぐって引きあげられる自分が目に浮かび、恥ずかしさに耳の奥で鼓動がどくどくと音を立てはじめる。

そのとき、閃いた。潜降索など使わなくても、ヘルメットの送気弁と排気弁を調節して浮上すればいい。潜水服をわずかに膨らませると、ふわりと身体が持ちあがり、靴がふたたび泥から引きはがされた。両手をふたつの弁にあてがったまま、アナはさらに服を膨張させ、〝吹き上げ〟状態にならないよう気をつけながら、明るさを増す水のなかを浮上し、四肢を広げた姿勢で水面に浮かびあがった。

ヘルメットが水面に出ると覗き窓から日の光が注ぎこんだ。目の前に槌型クレーンがあるということは、はしけを背にしているらしい。水を搔いて身体を反転させると、ほんの六メートルほど先にはしけが見えた。潜水服を着たままでは泳げないが、自転車を漕ぐように脚を動かすことで、ゆっくり身体が進みはじめた。重たい靴を動かすのはひと苦労だった。汗が胸の谷間を流れ落ち、覗き窓が曇る。動きを止めて二酸化炭素を排出すべきだとは知りながら、最後の力を振りしぼって梯子との距離を縮めた。ようやく両方の手袋で手すりをつかみ、もう一度水面から顔を出して、鋼板入りの靴を梯子の最下段にかけてひと息ついた。

熱気のこもったヘルメットのなかであえぎながら、アナは自分の無謀な行動の代償に気づいた。もうひとかけらの力も残っていない。梯子をのぼろうとしたものの、ヘルメットが水上に出たとたん、もう一度休まずにはいられなかった。水面から十センチ上がっただけでその重みが背骨と肩にのしかかる。どうにか力をかき集め、一段梯子をのぼった。さらに三段のぼり、腰の高さまで自力で身体を引きあげたものの、そこで力尽きた。

覗き窓がいきなり開き、バスコムが梯子の上から顔を出した。予想していたとおりの険しい顔だ。

「脚を引きあげて、服を水から出すんだ。それで軽くなる」

アナは覗き窓から流れこむ冷たく新鮮な空気を貪った。「いったん……下に戻りたい」

「なに言ってる。脚を引きあげるんだ」

言われたとおりにすると、水の重さから解放された。それでも、ヘルメットと肩金の重さがのしかかったままだ。

「一段のぼれ」バスコムは身を引いて場所を空けた。アナはどうにか左の靴を次の横桟にかけたが、身体の残りを十センチ引きあげようとした瞬間、膝の力が抜け、仰向けに落下しそうになった。バスコムがアナの両腕をつかみ、梯子の手すりにきつく押しつけた。ふたりともいま起きかけたことを理解した。覗き窓をあけたまま落下すれば、海底まで一直線に沈んでいたはずだ。

「マールとふたりで引きあげようか」とバスコムが訊いた。「いいさ、そうしたって。〝厄介払いしたな〟と言われるだけだ。〝ママのところへ追い返せ〟ってな。くそったれ」覗き窓ごしにバスコムの視線が突き刺さる。濃いブルーの、水晶のように鋭い目だ。アナは初めてその目をまともに見たような気がした。「根性を見せろ、ケリガン」とバスコムが言う。「根性・を・見せろ」

バスコムは必死だとアナは思った。「あなたの不利にはならないはずよ、わたしが失敗しても」

バスコムが鼻で笑う。「おれには関係ないさ。ニューマンは吹き上げ、サヴィーノは釘で服に穴をあけ、ファンタノの板は流された。モリッシーは浮上中だが、箱は組み立てられたかどうか。このぶんじゃ、合格はマールとおれだけだな」

「箱は組み立てた」アナは息をあえがせながら言った。

バスコムの目に驚きの色が浮かんだ。「そうか、なら、さっさと梯子をのぼって、手柄をあげろよ。

靴を持ちあげろ！　よし。もう片方もだ。ほら、のぼれ」バスコムは梯子の上からコウモリのように身を乗りだし、アナの手首を手すりに押しつけつづけている。「上で待ってる」そう言って、覗き窓を閉じた。

バスコムの挑発は気つけ薬のように効を奏した。それとも、ひと休みしたせいだろうか。新鮮な空気のおかげかもしれない。理由はどうあれ、アナは梯子をのぼった。一段、また一段と。自分で思っていたよりもアナは強かった。

はしけの甲板に戻り、マールにベンチへ導かれると、アナは崩れるようにすわりこんだ。マールが覗き窓をあけたとき、アクセル大尉が組み立てられた箱をふたつ手にしているのが見えた。ヘルメットをかぶったままのアナとモリッシーも含め、全員が動きを止めてそちらへ注目した。

「今朝もまた残念な結果を見ることになった」大尉がわざとらしく沈んだ調子で話をはじめる。「だが、喜ばしいことに、ここにいるふたりの男子は真の潜水士と呼ぶことができる」

「ひとりはケリガンです、大尉」マールが風に負けじと声を張りあげた。

疲労困憊していたが、そのとき大尉の顔を覆った驚きと当惑の色はけっして忘れないだろうとアナは思った。首を横に振りながら、大尉はふたつのベンチを見比べた。

「いや、まさか、そんな」そして、「どっちだ？」

第十六章

　ワラバウト湾での潜水に失敗した三人の訓練生を、アクセル大尉は痛烈な言葉とともに追放した。ところが、水に囲まれたはしけの上にいるせいですぐには立ち去れず、補助役と空気圧縮機のはずみ車のまわし手としても必要なため、その場に残されることになった。その後も大尉は三人に目を光らせていた。訓練生が足りなくなりかけているのだ。十分な数の潜水士を養成することと、訓練生を残らず落第させること――相容れないふたつの願望のうち、後者のほうに傾きすぎたらしい。

　残りの者たちが潜水に成功したあと、大尉はしぶしぶニューマンとサヴィーノとファンタノの三名に挽回のチャンスを与えた。今回は三人とも箱を組み立て、無事にはしけへ帰還した。一同は意気揚々とはしけで西の端の栈橋に戻った。その勢いのまま、潜水用のベンチと、空気圧縮機と、濡れて重さを増した潜水服をはしけから降ろし、五六九号館へ運びこんだ。

「傷んだリンゴを事前に選別したおかげで」アクセル大尉は控えめに一同を称えた。「ここに残ったのは、潜水士にふさわしい強靭で優秀な男子ばかりだ。まだ脱落する者はいるだろうが」と声に期待を滲ませる。「事故や怪我、災害――なにがあるかわからん。だがとりあえずは、おめでとう、男子諸君」

〝男子〟と口にするたび、大尉の目は消えろと呪いをかけるように、ちらりとアナに向けられた。企みが失敗に終わり、目障りでしかたないのだろうとアナは察した。五六九号館には女性用トイレさえなかった。トイレを使いたいときは、男性用トイレに誰も入ってこないよう、カッツとグリーアに気まずい見張り役を頼まなくてはならなかった。月のものが来るのが心配だった。元の作業場にいたころは、主婦たちがサンズ通りの門で持ち物検査を受ける際、警備兵にバッグのなかの生理用ナプキンを見られることに文句を言っていた。彼女たちがこんな扱いを受けたら、どんな顔をすることか!

アナにはロッカー室もなく、代わりに物置部屋をあてがわれていた。そこで私服に着替えていると、男の訓練生たちが廊下の奥のロッカー室でふざけあう声が聞こえた。これから〈イーグルズ・ネスト〉に繰りだすらしい。今日は土曜日で、翌日は休みだ。アナは物置部屋に隠れたまま、騒々しい一団が通りすぎるのを待った。

館内が静まり返ってから廊下を覗くと、ひとりで出口に向かうマールが見えた。アナと同じように、ほかの者たちがいなくなるのを待っていたのだろう。つい声をかけたくなった。物置部屋から出ようとしたとき、外からバスコムの呼び声がした。「なあ、マール、まだなかにいるのか」

「ああ、ここだ」マールは返事をして、歩みを緩めた。

「みんな先に行ってる。おれが待ってるから」

マールはためらい、腕時計に目を落とした。アナはその心のなかに入りこんだような、不思議な感覚に襲われた。行って気まずい思いをするのではという気後れと、仲間に入りたい気持ちとがせめぎあっている。待ってくれているバスコムの誘いを断るのは不躾になるし、二度と声がかからないかもしれない。「わかった」マールは答え、足早に出口に向かった。

ふたりのブーツが煉瓦敷きの地面を踏む音が響き、話し声はかすかな工場の騒音や船のエンジン音に紛れて消えた。あたりを包む静寂が、路面電車や覆いのかかった夕食や空っぽのアパートメントへの序曲のように響く。そう思うとアナはやりきれなかった。昼間にほかの潜水士たちと協力して作業しているときは、幼いころに戻ったようだった。昔は仲間たちと身体をぶつけあい、相手の息や、べたついた手や、パンを思わせる頭皮のにおいを感じたものだった。そんなふうに人との触れ合いを味わったあとで孤独に戻るのは耐えがたかった。

アナは検品作業場の建物に急ぎ、夕食に誘おうとローズを探した。幼いメルヴィンが待っているからと断られそうだが、それでも家に食べに来ないかと誘ってくれるかもしれない。けれども、勤務交代時間は過ぎたあとで、二階に着いたときにはローズやほかの主婦たちの姿はすでになく、席についているのは見知らぬ工員たちだった。

監督室のドアが細くあいていた。ミスター・ヴォスがいるのだろうか、それとも夜勤の監督だろうか、と思いながらアナはノックした。

「どうぞ」

「ミスター・ヴォス！」

ミスター・ヴォスはコートを着て、帽子を手にしていた。「ミス・ケリガン」と顔をほころばせる。

「これはうれしい驚きだな」

「わたし――その――」訪ねた理由を話そうとするものの、言葉がつっかえた。「今朝、ワラバウト湾で潜水したんです」

「あのばかでかい服で？」

「九十キロの」

「すばらしい。大尉は喜んだかい」

「いえ、ちっとも。あの人、わたしを落第させたいんです。見返してやれて、いい気味」その口調はいつものアナと少し違い、以前にミスター・ヴォスと交わした軽口に近い調子に戻っていた。

「それはぜひお祝いしないとね。夕食に誘っても？」

「お風呂に入らないと」乾いた汗が全身にこびりついたままだ。ミスター・ヴォスは上品なグレーのスーツを着ている。

「それなら、家まで送っていって、着替えが終わるまで外で待っていようか」

もう上司ではないのだから、ミスター・ヴォスといるところを見られても問題はないはずだ。《シップワーカー》紙にもときどき工廠の工員同士の結婚の記事が小さく載っている。サンズ通りを並んで歩きながら、アナはずっと気になっていたその通りをじっくりと眺めることができた。制服店やタトゥーの店、埃だらけの窓に小さく〝空室〟と張り紙された貸部屋がひしめきあっている。だが、喧騒の陰からも孤独がアナを覗いていた。路面電車に乗ると、アナは闇を覗きこまないよう、ミスター・ヴォスを見つめていた。

家に帰りつき、浴槽に湯を張った。ネルに聞いた話では、仕事帰りに立ち寄って入浴し、デート用にドレスアップしてお化粧もできるデパートがあるという。そうやって変身するのは楽しそうに思えた。いまの自分にはうんざりだった。アナは母が置いていった衣装をあさり、エメラルドグリーンのサテン生地で肩が露わになったストラップレスドレスを選びだして、浴槽の湯がいっぱいになるまえに手早くサイズを調節した。それから湯に浸かり、細かく削った石鹼で身体を洗ってから、腋を剃った。身体を拭き、胸もとと首に白粉をはたき、口紅を引いて、母の頰紅も差した。そこに真珠のネックレスとダイヤモンドのドロップイヤリングをあしらう。もちろんどちらも模造品だが、遠目にはわからない。肘まである銀のサテン風生地の手袋も見つかった。髪をアップにし、たっぷりとしたつやのある髪をできるだけきれいにピンで留めてから、ドレスに合う小さな丸い帽子をのせた。台所の鏡を覗くと、あでやかな娘に見つめ返され、思わず噴きだした。変装したみたい！　なぜいままでやってみなかったんだろう？　アナは粋な姿の新しい相棒と目配せを交わした。

ミスター・ヴォスは底冷えする玄関ホールの壁にもたれ、《トリビューン》紙の夕刊を読んでいた。「ミス・ケリガン」ビーズがあしらわれた母のマントを着たアナが階段を下りてきたのを見て、そう声をあげた。「これは驚いた」

「なにがです、ミスター・ヴォス」

「チャーリーと呼んでくれるかい」

「わたしもアナと呼んでもらえるなら」アナはちらっと不安を覚えた。わたしに気があるわけじゃないと思ったのはたしかだろうか？

「フラットブッシュ地区の〈マイケルズ〉へと思っていたんだが、これはぜひともタクシーでマンハッタンまで行かないと」

「褒められたのか、けなされたのか、どっちかしら」リリアンとステラといるときのような、映画の台詞めいた声になった。

ブルックリンの四番街でタクシーを拾い、じきにマンハッタン橋を渡った。青黒く横たわるイースト川に小さな光が点在し、無数の船が行き来しているのがわかる。アナは深呼吸をひとつした。いつもの孤独の錨から解き放たれたようで、橋の上から暗い川底へと転がり落ちそうな気がした。

「聞いておきたいんですけど、チャーリー。いまごろあなたのことを心配しながら家で待っている女の人はいませんか？」

真剣な顔がアナに向けられた。「待っている女性などいないよ、本当だ」

「作業場の人たちが……」

「ああ、みんな噂好きだからね」

「ご迷惑じゃありません？　みんなはなんて？」

「事実じゃないから平気さ」

思ったとおり、ふたりはただの友人だ。「娘さんもなし？　家で待っているんじゃ？」

「いまのところ、子どももいないよ」

「あなたはハンサムなのに、チャーリー」と羽毛のように軽い口調に戻ってアナは言った。「いったいどうして？」

「運に恵まれなかったらしいね。今夜までは。ようやく神がわたしにも微笑んだらしい」

「同じ台詞を百回は言ってきたんでしょ。それも、フォーチュンクッキーに書いてあった言葉の受け売りね」

「七十回、多くても八十回ってとこかな」

軽口の応酬がエスカレートしていくのがおかしく、ふたりは声を合わせて笑った。男性とじゃれあってみたいとアナはずっと思っていたが、いまは苦もなくそれができた。

東四十六丁目の〈チャンドラーズ〉でハンバーグと蒸し焼きのタマネギ、フレンチフライを食べたあと、続いてアップルパイも頼んだ。シャンパンも飲んだ。チャーリー・ヴォスは、アナが気楽に話せる話題を選ぶすべを心得ていた。潜水のテストや、アクセル大尉の変人ぶりや、ウクライナでのドイツ軍に対するロシア軍の攻勢のことを。そういった明るい領域を取り巻く陰の部分には触れようとしなかった。アナはチャーリー・ヴォスにも同じような陰があるのに気づいた。ときおり、それがなにかかわりそうな、相手の真実が垣間見えたような気がしたが、結局は曖昧なまま終わった。

食事を終えて五番街へと歩いているとき、アナはチャーリーに腕を絡ませた。その日の朝に湾の底で覚えたのと同じ気持ちだった。まだ戻りたくない。チャーリーも同じらしく、こう言った。「お休みを言うには早いね。行きつけのナイトクラブはあるかい」

「行ったことがあるお店はひとつしかなくて」

＊

シルクハット姿の〈ムーンシャイン〉のドアマンは、ラッカー塗装の扉の外の人だかりのなかから入店させる客を慎重に選んでいた。デクスター・スタイルズの知り合いだ——あながち嘘でもない——と告げようかとアナは思ったが、その必要はなかった。ふたりはすんなり通された。店内に入った瞬間、なにも変わっていないと感じた。以前訪れたあの夜がまだ続いているような気がした。ぴかぴかの市松模様のフロアに立ち、アナはネルとともにすわったテーブル席を探した。いまは見知らぬ客たちがそこにすわり、デクスター・スタイルズの姿も見あたらない。一瞬がっかりしたものの、いなくてよかったと思った。リディアとマンハッタン・ビーチで過ごした日の思い出に傷がつくこともない。

給仕長にフロアの端の席に案内されたあと、チャーリーがシャンパンを注文した。楽隊のトランペットとスネアドラムが、雷雨か軍隊でも近づいてくるような不穏な音色を奏でている。崩れた感じの女性歌手が震える声で歌いだし、一瞬フロアが静まり返った。アナとチャーリーは何十組もの男女とともにそこへ繰りだした。前年の十月にマルコと踊ったときの気まずさを思いだしたアナは不安を覚えたものの、チャーリーのリードに助けられた。「よかった、ダンスがお上手で」

「相手がきみだからさ」

「もう！　嘘もお上手ね！」シャンパンの酔いと、人と抱きあう心地よさでめまいがする。胸のあたりが温かい空気に包まれていた。

「アナ？　アナじゃないの？」

振り返ると、桃色のシフォンのストラップドレスをまとったネルが、ディナースーツ姿の年上の男と踊っていた。アナはチャーリーの腕を離れ、友に抱きついた。「信じられない！　あちこち探しまわったのよ！」

「見逃すところだったじゃない！　いったいどうしちゃったの、すっごくすてき！」

ネルは変わらず魅力的だが、以前より少し派手に見えた。巻き毛には赤みが加わり、戸外には一歩も出ないかのような、驚くほど白い肌をしている。「端っこの席に追いやられてるんでしょ、こっちのテーブルに来てよ。こちらは婚約者のハモンドよ」

ハモンドは引きつった笑みを浮かべ、生気のない緑の目の下の鷲鼻をひくつかせた。ハンサムな人だ、とアナは思った。チャーリー・ヴォスの紹介が終わると、四人はダンス客のあいだを縫い、楽隊のそばを離れた。「ほんとは婚約してないの」ネルが小声で言った。「ああやって、あてつけてやっただけ」

「彼が……例の？」

「そう、例の。グラマシー・パーク・サウスの、こぢんまりしたすてきなアパートメントを用意してもらったの。公園の鍵も持ってるのよ！　ぜひ遊びに来て。二十一番地。ほら、言ってみて、覚えられるように。二十一番地って」

「二十一番地ね」アナは言われたとおり復唱した。ネルはずいぶん興奮している。酔っているのかもしれない。「いい仕事が見つかったの？」

「仕事なんてしてないわ。ハモンドに捨てられないように、いつもきれいにしておく以外はね」

四人はダンスフロア近くの数テーブルを占領している団体客のそばに腰を下ろした。アナはマルコに気づき、目が合ったと思って赤面した。だが、マルコが見ているのはネルだった。

「ほんとに捨てられたりするの？」アナは小声で訊き返した。

「ハモンドは人でなしだから」ネルがそう言うのを聞いて、アナは啞然とした。すぐ隣に本人がいて、ネルの肩を抱いているというのに。自分が無神経なことを言ったような気になり、アナは思わず目を逸らした。「だったら、どうして――」

「お金よ」ネルがあっけらかんと言う。「彼、すごいお金持ちで、なんでも買ってくれるの。ライ市にある寝室が八つの豪邸に、奥さんと子ども四人と住んでるのよ。家族を捨てる気はぜんぜんないの、信じたわたしがばかだった。そうでしょ、ダーリン」とハモンドに呼びかける。「アナは海軍工廠の同僚だったの。ハモンドはあそこの話を嫌がるのよ。女は働くべきじゃないって。彼を喜ばせることだけ考えていればいいって」

ネルはハモンドの青白い頰にキスし、傷口のように鮮やかな口紅の跡を残した。それが見えたかのように、ハモンドはその場所を何度も手で拭った。不自然なほど身をこわばらせているせいで、酔っているのを隠そうとぎくしゃく歩く人間を思わせる。酔ってはいないようだから、隠したいのは別のことらしい。

「お手洗いに行ってくる」とネルがいきなり言い、アナの手をつかんで席を立たせた。「バッグを忘れないで、アナ、お化粧を直さなきゃ！」

あまりに見えすいたネルの芝居に、アナは笑いをこらえるのに苦労した。誰に見せようというのだろう。眉をひそめてアナのほうを見ているチャーリー・ヴォスではなさそうだ。残るはハモンドしかいないが、当のハモンドは怒りとパニックの中間あたりの表情を顔に張りつけたままで、愛人の大仰な振る舞いを気にする余裕すらなさそうだ。

「お手洗いには行かない」テーブルを離れるや否や、ネルは言った。「話を立ち聞きされるし、性悪な女たちがいるから。ハモンドを横取りしようとみんな狙ってるのよ」

ふたりは柱の陰で立ちどまった。友の変わりように、アナの胸に不安が兆した。「あなた、幸せなの？　いまのアパートメントの暮らしが」

「まあね。ハモンドは仕事が忙しくて、あまり顔を見せないの」意味ありげな笑みが浮かぶ。「だから、ほかの人ともそこで会ってるってわけ」

「マルコのこと？」

ネルは血相を変え、熱く震える手でアナの肩をつかんだ。「人から聞いたんなら、誰か教えて」

アナは気色ばんだネルにたじろいだ。「そうかなと思っただけ。まえに、マルコと同席したでしょ。十月に来たとき」

ネルは長々とアナを見つめ、やがて手を放した。「ごめん。わたし、ちょっと……どうかしてるみたい」

「ハモンドに知られるのが怖いの？」

「そうよ。ま、怖がる必要もないけど。もしハモンドに捨てられたら、奥さんに電話して全部ばらしてやるから。そうしたら彼も捨てられるでしょ。問題は、そのときハモンドがどうするか。そこは気になるわね」

「あまりハモンドが好きじゃないみたい」

「大嫌いよ。向こうもわたしを嫌ってる。すっかり冷めきった最悪な夫婦みたい、子どもがいないだけで――というより、ほんとはいたはずだけど、やめたの」

アナはネルの美しい顔を凝視し、言葉の意味を察して驚いた。「つらかったでしょ」

「後悔はしてない。あんな男の子どもなんてほしくない、愛せやしないから。体型が変わるのもごめんだし」

「ああ、ネル」不安がのしかかる。友の境遇に、胸騒ぎを覚えずにはいられなかった。オリーヴ・トーマスやリリアン・ロレインの悲劇が初めてリアルに感じられた。不運な彼女たちも最初はネルと同じように普通の娘だったはずだ。「いっそのこと、みんな捨てちゃえば？　アパートメントも、ハモンドも、マルコも。工廠に戻ってきてよ！　わたし、潜水士になったの。あのごつい服を着るのよ、覚えてる？　はしけで訓練しているところ、見たでしょ？」

ネルが笑い飛ばしたが、アナは食いさがった。無駄とは知りながら。「戦争のこともあるでしょ、ネル。ちゃんと考えてる？」

「ハモンドとの戦争、それとももっと大きいほうの？」

アナは思わず噴きだした。

「どうしろって言うの？　ハモンドは働かせてくれないだろうし。彼ったら、二度も身体を洗って、頭の天辺から足の先まで香水を振っても、まだ工廠のにおいがするって言うの」

アナはしかたなく笑みを返した。いきなりネルに抱きつかれ、むきだしの肩と腕が押しつけられる生々しい感覚にはっとした。しょっぱいようなネルの腋のにおいと、獣のような胸の波打ちを感じた。

「アナって変わってる」ネルがアナの髪に顔を埋めて言った。「そこがすごく好き」

「変ね。ネルこそ変わってると思うけど」

「それじゃ、友達になれるってことね」ネルが身を離し、アナの目を覗きこんだ。「本物の友達に。ここにいる蛇どもみたいなのじゃなくて。あなたはせっせと働いて、へとへとになって家に帰る。でも、わたしはそういう生活が性に合わないの。母さんには見栄坊だって言われるけど、そうじゃない。人と違う生き方がしたいだけ。傍目にはばかみたいに見えたとしても」

「というより……危険そうに見えるけど」

「なにが起きるかわからないのが好きなの。好きな時間に起きて、気が向いたら朝の十時にシャンパンを飲んだりして。それに、わたしはこれで終わりじゃない。立派な計画もあるし、へまだってしない」

アナはネルの呟きこむような口調が気になった。計画ってどんな、と尋ねようとしたが、チャーリー・ヴォスのところへ戻らなくてはならない。

「ちゃんと話もできたし、お手洗いに行きましょ」ネルは最後にそう言い、アナの手に指を絡ませて、人のあいだを縫って歩きだした。

化粧室の横長の鏡の前には女たちがずらりと並び、思いがけない場所で出会って感激したかのように、うっとりと自分の顔に見入っていた。ネルは幾人かと熱心に挨拶を交わした。アナは目配せを送り、手を振ってから、そっと外へ出た。

席に戻る途中、年配のウェイターに呼びとめられた。「ミス・フィーニー？」

聞き慣れてはいながら、自分のものではないその名前は、曲がりくねった経路をへてようやくアナの脳に達した。「ええ……」

「ミスター・スタイルズがオフィスでお会いしたいと」

「ええっと……いまは無理です。席に――」

だがウェイターはすでに背中を向け、先に立って歩きはじめた。アナはフロアの反対側にいるチャーリー・ヴォスに合図を送ろうとしたが、うまく視線を捉えられなかった。最初からわかっていたはずだとアナは思った。ミスター・スタイルズがここにいることも。顔を合わせるようになることも。ラッカー塗装の扉の奥へ足を踏み入れたとき、自分で選んだことだ。

ウェイターのあとについて忙しなく騒々しい厨房に入り、飾り気のないすり傷だらけの狭い階段で二階へ上がって、ドアの奥に続くしんとした廊下を進んだ。そこはまるで別の店のようだった。ふかふかの絨毯、額縁についた小さなライトに照らされる油絵。どのドアの奥からもくぐもった笑い声が聞こえる。葉巻やパイプの煙のむっとするにおいが立ちこめている。

案内役のウェイターは廊下の突きあたりのドアをノックし、押しあけた。なかは羽目板張りのオフィスで、高級そうな机の奥にミスター・スタイルズの姿があった。「ミス・フィーニー」張りのあるもったいぶった声で言い、腰を上げる。「お越しいただいて光栄だ」

アナはこそこそ隠れているところを見咎められたような気がした。「探したんです。今日はお留守なのかと」

「いや、ずっといるとも。見張っていないと、この店も丸焼けになるかもしれない。そうだな、おまえたち？」

人相の悪い四人の若い男が、ガーゴイルのように室内に佇んでいる。ぼそりと相槌を打つだけなのは、その呼びかけが形ばかりのものだと承知しているからだろう。

「あら、だったら、いてもらえてよかった」

アナには軽口を叩きたい気分が残っていた。発した言葉が小気味よい響きをあげるのを聞いて満足した。

ミスター・スタイルズは愛想のいい言葉とは裏腹な鋭い目でアナを見据えた。「おまえたち、こちらのとびきりすてきなお嬢さんにご挨拶しろ」

ぼそぼそと声があがった。案内役はすでにドアを閉じて出ていったあとだ。りゅうとしたスーツに身を包んだハンサムなギャングを見つめながら、アナはふたりでリディアをマンハッタン・ビーチへ連れだした日のことが、水のグラスに落としたアスピリンのように溶けて消えるのを感じた。思い出に傷がつかないうちに立ち去りたかったが、決定権はミスター・スタイルズに完全に握られている。それに怒りを覚えた。

「おまえたちは行っていい」それを聞いて、男たちが帽子をかぶった。「ミス・フィーニーはおれが送る」

四人が退室すると、ミスター・スタイルズは立ちあがり、机に置かれた書類に目を落とした。それからアナに目を戻し、がらりと調子を変えて言った。「また会えてよかった。妹さんの具合は？」

アナは身をこわばらせ、てのひらを見つめた。そして、つとめて軽い調子で答えた。「その話はまた別の日に。連れのところへ戻らないと」

「連れなんてほっとけ」ミスター・スタイルズがうっすらと笑う。

「心配しているかも」

「させときゃいい」

アナの頭がわんわん鳴りだした。腹が立ってたまらず、同時に相手の怒りも感じとった。なにを怒っているのだろう？

「車で送ろう」

「どうも、でもまだ帰るつもりはないので、ご心配なく。それに」挑むような調子でアナは続けた。

「お店が丸焼けになっちゃうんじゃ？」

「望むところだ！」デクスター・スタイルズが笑い声をあげる。

アナは相手を押しのけて部屋を飛びだし、絨毯敷きの廊下へ出た。追いかけようとも、声を張りあげようともせず、ミスター・スタイルズは言った。「外に車がある。クロークに人を待たせておこう」

アナは聞こえなかったふりをした。なのに、ひっそりとした廊下をもと来たほうへ戻りながら、いつのまにかチャーリー・ヴォスへの言い訳を考えていた。そう気づき、いっそう腹が立った。いったい、何様のつもり？

入りくんだ廊下や階段にまごついたあげく、来たときと違うドアを通ってようやく広間に帰りついた。テーブルにはハモンドがひとり残り、怒りで顔を蒼白にしてダンスフロアを凝視している。視線の先をたどると、ネルとマルコが身を寄せあっていた。
二、三台離れたテーブルに知り合いらしき客たちといるチャーリー・ヴォスを見つけ、アナはほっとした。「母の古い友人にばったり会ってしまって。わたしが出歩いているのを心配して、家まで送るって聞かないんです。かまいません？」
驚きやショックを感じたとしても、チャーリーはそれを声に出さなかった。「きみの身が安全ならばね」

「すてきな夜をどうも、チャーリー。ぜひまた今度」

「指折り数えて待っているよ」

クロークには行列ができていたが、先ほどアナを案内した年配のウェイターが待っていて、番号札を受けとると二、三分とたたずにコートと帽子を手に戻ってきた。ウェイターに案内されて通りへ出ると、そこはラッカー塗装の玄関扉からふたつほど離れた別の出口だった。人目につかないその場所に、エンジンのかかったミスター・スタイルズのキャデラックが待っていた。

ウェイターが助手席のドアをあけたとき、運転席側の窓に男が近づいてきた。ミスター・スタイルズが窓を下ろす。「やあ、ジョージ」窓ごしに握手が交わされるあいだに、アナは隣の席に滑りこんだ。

「もうお帰りかい」ジョージが訊いた。

「ミス・フィーニーを家まで送るだけだ。ミス・フィーニー、こちらは義兄のドクター・ポーターだ。ミス・フィーニーはうちで働いてくれている」

医師が暗い車内にいるアナを覗きこんだ。軽薄そうな目に、ぴかぴかの口ひげ。好色そうに見える。

「一本奢るよ、飲んでくれ」ミスター・スタイルズが告げた。「あとでまた話そう。会えなければ、明日サットンプレイスで」

窓が上げられ、大きな車は北へ走りだした。ヘッドライトが凍てつく夜気をぼんやりと照らしだす。

「なにがあったのか聞かせてくれ」

アナはマンハッタン・ビーチでの一日以降の出来事を話して聞かせた。その話をするのは初めてのことで、慎重に言葉を探した。革シートのにおいがあの日へと引き戻す。腕のなかのリディアの温かい重みと、身体の奥から伝わる鼓動。たったいまそれを奪いとられたかのように、喪失の痛みで胸が詰まった。あのとき、静かにすわったリディアの体内には命が轟いていた。それを取りもどせない切なさに、アナの気持ちは沈んだ。

話がすむと、ミスター・スタイルズがこわばった声で言った。「お気の毒に」

北上していた車は南へ向きを変え、五番街の市立図書館の前を通過した。ペンシルヴェニア駅で母を見送ったあとにも来た場所だ。吸いこまれるような街の暗さと危うさを初めて意識したのもその場所だった。これまでずっとその危険を避けてきた。〝その手の女〟になることを。そばに誰もいない娘は、自分がどの手の女なのか、どうやって知ればいいのだろう。〝その手の女〟というのは、きみはそんな子じゃないと誰にも言ってもらえない娘のことなのかもしれない。

あたりをくまなく覆う夜の闇が車内にも満ち、アナを包んでいる。けれども、暗さへの恐れはもう消えていた。いつしかアナは闇に身を委ね、夜の裂け目の向こうへ吸いこまれていた。もう誰にも見つけられない。デクスター・スタイルズにさえ。

彼は前を見据えたまま車を走らせているが、熱を帯びたその焦燥が隣のアナにも伝わっていた。唾を飲みこむたび拳のような喉仏を上下させている。アナの視線に気づいているはずだが、長いあいだ待ってからようやく目を合わせた。そのとき、ふたりは互いの胸の内を察した。

「緑を着ると見違えるな」静かな口調だった。

「だからこれを着たの」アナは言った。

第十七章

デクスターは車の窓を細くあけ、冬の風を顔に浴びた。隣にいるのは知的な人間だ。この娘は愚かではなく、こちらの言わんとすることをよく察し、見た目の好ましさと勝気さの両面で惹きつけるものを持っている。いや、惹きつけられているのはおもに後者のほうだろう、見た目のいい女たちには囲まれているが、興味を引かれることはめったにない。それでも、彼女を車に乗せていることで問題が生じていた。頭がよく、現代的で、まともな価値観を持ち、国のために働き、苦労と家族の不幸による成熟も感じさせるこの娘に対し、デクスターの頭に具体的に浮かぶのは、抱きたいという思いばかりだった。それ以外の事柄——自分の下で働くかもしれない、勝気さは役立つかもしれない、射撃の名手になるかもしれない（ドレスから覗く腕は引き締まっている）といった漠然とした思惑や、出会いの記憶の曖昧さ（誰かに紹介されたのだったか？）——も頭をよぎりはしたが、彼女をもの︀に︀し︀た︀い︀という欲望によって遠くへ追いやられていた。その欲望のせいで運転に苦労するほどだったが、一方ではこうも考えていた——男と女はこれだから厄介だ、仕事の上でいい関係を築きたいと望んでも、うまくはいかない。男は世界を動かし、女を抱きたがる。男は〝女は弱い〟と言うが、実際は女が男を弱くする。同時に、別の思考の流れも存在していた——なぜこんなことを？　なぜいま？　なぜ彼女なのか？　ジョージ・ポーターに見られたばかりにもかかわらず、なぜ危険を冒す？　だがそういった問いは形式的なものにすぎなかった。どれもあとで検討すればいい。いまはただ、二週間前のミスター・Qとの面会以来、積もりに積もって爆発しかけていた不満のはけ口をようやく見つけた思いだった。考えるべきことはほかにもあった——どこへ行けばいい？　どこか人目に触れない、屋内がいい。欲望は触れる者すべてを愚者にする。まるで落ちこぼれのしるしの三角帽でものせているかのように、頭が愚かな考えに覆われているのがわかった。どこだ？　どこだ？　どこへ行けばいい？

おかしなことに、感謝祭後にマンハッタン・ビーチを案内したあと、ミス・フィーニーのことはろくに思いだしもしなかった。障害のある妹のほうはしばらく頭に留まっていて、一週間ほどのあいだ、巻きつけられた毛布の隙間から覗いていた瞳の輝きをふと思い起こすことがあった。健常者の姉のほうは違った。ところが今夜は、緑のドレスをまとったその姿を見た瞬間に胸が締めつけられた。覗き窓から様子を眺めながらその感覚が消えるのを待ったが、デクスターの気に入らない客たちと同席していると知り、焦燥は募るばかりだった。女友達は妻帯者の愛人をしている軽薄な娘で、連れの男のほうは、賭けてもいいが、同性愛者だった。ドレス姿の彼女を眺めているうち、デクスターは洗面所のドアごしに聞いたビッツィーのあえぎ声をつい思いだしていた。

車がブルックリン橋にさしかかったとき、潜水士になったのと彼女が言った。軽い調子で話しだしたのは、沈黙を埋めるためだろう。それがありがたかった。耳を傾けているうち、興味をそそられた——話の内容自体にも、そうやって同じ車のなかで同じ娘と話しながら、前回とはまるで違う目的に向かって走っていることにも。デクスターは、潜水にはどんな装備を用いるのか、水中での呼吸はどうするのか、死体を発見したことはあるかといったことを尋ねた。じつのところ、話題はなんでもかまわなかった。

ベイリッジへ向かう海岸線のカーブをまわりながら、デクスターは相手の指に指を絡ませた。ほっそりとした、温かい指だ。親指をてのひらに押しつけられた瞬間、ズボンのなかをまさぐられたような、雷に打たれたような感覚に身を貫かれた。車内の空気がびりびりと震えた。楽になる方法はただひとつ、発散するしかない。

古い船小屋は情事の場所にふさわしくはない。長年にわたり幾度となく仕事に利用し、そのすべてが好ましいものとは言えない。だが、どちらの用途にも好都合な点があった——人目につかず、プライバシーが保たれ、南京錠も用意されている。自宅の東一・五キロほどの場所にあり、いまのところはまだ沿岸警備隊の施設建設のために取り壊されてもいない。毎回そこへ寄るたび、跡形もなくなっているのではと心配してはいるが。

がらんとした通りに車をとめると、エンジンがパチパチ、シューッと音をあげ、やがて静かになった。あたりは漆黒の闇だ。身を乗りだして初めてのキスをした瞬間、唇の甘さにデクスターの頭は空になった。どうやら彼女は、ニューヨークに唯一残った煙草を吸わない娘らしい。彼女の身の内で欲望が心臓のように——本物よりも大きくやわらかい、第二の心臓のように——脈打つのを感じ、いますぐここでやりたいという十代のような衝動が押し寄せた。だがあまりに危険だ。デクスターは運転席のドアをあけ、反対側にまわって助手席のドアもあけた。

「見て」と彼女が言い、海のことだと気づいて初めて、潮騒がデクスターの耳にも入った。ふたりは突きあたりまで歩き、幽霊の行進のような波を眺めた。両手を掲げた白い帽子姿の人々が、幾列にも連なって忘却の彼方へ消えていく。デクスターは自重《じちょう》を忘れ、その場で彼女に口づけた。もっと暖かければ、そのまま押し倒してしまいたいところだった。若いころ、コニー・アイランドの遊歩道の敷き板の下で、海水浴客の足からこぼれた砂をかぶりながら、幾人かの娘にそうしたように。だが焦ることはない。店を出てきたのは午前一時前で、灯火管制のせいで朝の八時までは暗いままだ。やるべきことをやる時間は十分にある。

船小屋は一ブロック先の、短い桟橋の脇にあった。南京錠を外し、べたついたドアを押し開いたとき、デクスターは気づいた。二カ月ほどまえに訪れたとき以降に、誰かがここへ立ち入ったらしい。靴底でマッチを擦り、戸口のそばに常備してあるハリケーンランプの芯に点火すると、揺れる炎が勘の正しさを証明した。ウィスキーの瓶が一本、煙草の吸殻も落ちている。だが、それを気にする余裕もなかった。まずは室内を暖める必要がある。電気は来ておらず、小さなストーブがあるきりだが、火さえおこせば十分に暖はとれる。デクスターは薪をくべた。たきつけは切れているが、新聞紙を見つけてそれに着火した。無断侵入があった日のものではと気づいたときには遅かった。

作業に気を取られているうちに彼女は去ってしまったかもしれない。そう考えながら、勢いよく燃えだしたストーブに背を向けた。だが彼女はまだそこにいて、栗色の髪に挿したピンを抜いていた。抱きしめると、両手の上にこぼれた豊かな髪の重みを感じた。コートを着たまま横になるか、壁のラックにかけられたボートのひとつにもぐりこむか。そういった現実的な選択肢は頭から吹き飛んだ。彼女の尻の下で両手を組み、身体を抱えあげて、ストーブの奥の壁際に置かれたテーブルの前へ運ぶ。天板の端にすわらせる。明かりはほぼ届かない。口と首筋に唇を這わせ、コートの前を開かせ、ドレスとスリップをたくしあげて、パンティストッキングとガーターをむきだしにした。自分もズボンを脱ぎ捨て、裸の腹の上に身体を重ねる。足もとでストーブの薪がはぜた。

「したいか」デクスターは囁いた。

「ええ」それを聞いたとたん、頭のなかの愚かで見境のない部分が、キツネ狩りの猟犬さながら突進した。ショーツを脇に寄せてなかに押し入ると、みずからの快楽のうめきが他人の発したもののように聞こえた。ややあって、デクスターは撃たれたように身を震わせ、相手の身体をきつくかき寄せて射精した。膝から力が抜け、自分の乱れた息遣いが室内を満たす。脚が立つようになってから、ふたりのコートを暖まりはじめたストーブ前の床に広げ、彼女のドレスと長い手袋を脱がせた。ブラジャーとガーターベルトのホックを外し、ゆっくりと巻きとるようにストッキングを取り去る。炎に照らされたその姿はひどく若く見えた。彼女がコートの上に身を横たえて瞼を閉じると、それが本当のはじまりだった。言葉はひとことも発せられなかった。デクスターは相手の全身にくまなく唇を這わせ、呼吸さえ忘れさせた。両脚を開かせるとそこは海の味がした。壁の外ではいまも潮騒が聞こえている。彼女は身を引きつらせて昇りつめ、その途中でデクスターはまたなかへ押し入った。

ふたりは途切れがちな眠りに落ち、デクスターはときおり起きてストーブに薪をくべた。夜明け前、ほの赤い明かりのなか、彼女の両手にまさぐられる気配で目を覚ました。その感覚はあまりに鮮烈だった。身体の内と外から触れられているかのように。身の内にもぐりこまれてしまったかのように。でなければ、触れられるたびにこちらがどう感じるか、なぜわかるのだろう？　瞼を閉じている彼女に倣ってデクスターも目をつぶり、はてしなく続く快感の波に身を委ねた。ついに絶頂に導かれた瞬間、意識が吹き飛び、われに返ったときには思わず笑いだした。四十一年間生きてきて、こんな快感は初めてだ。同時に頭の片隅では、夜明けは近いだろうか、それまでに終わるだろうかと気にしていた。あとどのくらい続くだろう？　彼女は上になり、愛撫に応えて弦のように身を震わせている。デクスターもまた硬くなるのを感じた。終わりなど来ないかもしれない、いつまでもこうしていられるかもしれない。だがそう信じることを、分別が妨げていた。

「アナ」

囁き声が薄い眠りの膜を貫き、耳に突き刺さった。アナは目をあけた。雨戸の隙間から鈍い光が差しこんでいる。ストーブにはおき火がくすぶっている。身体が冷えきり、尿意を覚えた。いつのまにかごわついた毛布がかけられ、その下でふたりの肌が触れあっていた。「アナ」耳もとでまた声がした。「家まで送ろう」

アナは身動きひとつせず、目もほとんど閉じた。動くのが怖かった。ゆうべ会ったネルの恋人が、不自然なほど身をこわばらせていたのを思いだした。いまならその気持ちがわかる。じっとしたまま、危険をやりすごそうとしているのだ。

「大丈夫か」

「ええ」アナは答えた。「ええ、大丈夫」本当は違った。いつもは惨めな夜から解放してくれる夜明けが、いまは大惨事を暴きそうに思えて怖かった。発作を起こしたように脈が乱れ、耳の奥が鳴りだした。

彼が立ちあがって室内を横切った。全裸の男を目にするのは初めてだった。そびえるようなその身体が、見知らぬ相手のもののように思える。縮れた黒い毛が胸から腹へとあふれ、さらに下腹部に溜まるように茂っている。そこに集まった局部は、灯柱に靴紐でぶら下げられた一足のブーツを思わせた。情事のあとのひとときを経験するのは初めてだった。地下の物置で密会するときは、人目を避けてしのびこみ、ふたり別々にそそくさとそこをあとにしていた。明るいなかで服をかき集めたことも、椅子にかかった拳銃のホルスターを装着する姿を目にしたこともなかった。自分とこのギャングとのあいだに起きたことの重大さにアナは震えた。ゆうべは酔っていたのだろうか。正体をなくすほど？パニックを起こすまいと、自分に言い聞かせる――母さんにはばれたりしない。今日は休日だから、欠勤にも遅刻にもならない。でも、ゆうべの服装のままなのを気づかれずにうちに戻るには、どうしたらいい？　いますぐここを出て、夜が明けきるまえに用を足し、身体を洗い、自分のベッドで眠ってから、新しい一日をまともに迎えないといけない。そのために、いまは消えかけた夜の最後のひとかけらにしがみついていなければ。

彼がズボンを穿き終えるのを待ち、アナはふらつきながら立ちあがった。背を向けてショーツとブラジャーを着け、スリップを引っぱりあげる。アクセサリーは着けたままだった。ナイロンのストッキングの片方がストーブに引っかかり、熱で縮んでいる。素足のままドレスに足を入れ、手を貸されるのを断ろうと身を引いた。いや、手は差しだされていなかった。彼も同じように気もそぞろな様子で、空の酒瓶のラベルに目を凝らしている。床から吸殻を二本拾いあげ、また落とした。アナはビーズをあしらったマントの首もとのボタンをかけ、帽子をかぶった。むきだしの脚は鳥肌に覆われている。

ポケットを探る彼を、アナは戸口で待った。互いにコートと帽子に身を包んだことで、アナの気持ちはやや落ち着いた。彼が戸口まで来たので、アナはほっとして笑顔で見上げた。指で顎をつままれ、おざなりなキスを――別れのキスを――されたあと、ドアのかんぬきが外された。ところが、もう一度熱いキスをされた瞬間、アナは自分のなかで窓が開け放たれるのを感じた。夜明けの近さも忘れ、またはじめたくてたまらなくなった。呼び覚まされた渇望がためらいをきれいに消し去った。考えるのはあとでいい。夢の世界に戻ったとたん、数分前までの後悔も溶けて消えた。

彼がかんぬきをかけ、帽子を脱いで、アナのコートのボタンを外しはじめた。いつまでも続きそう、とアナは思った。いつまでもいつまでも。どんなにそれを求めていることか！

「わたしたち、昔も会ったことがあるの」ぽろりと口にしたあとで、初めてその言葉の重みに気づいた。「覚えていないでしょうけど」

「店でかい」

「いえ、あなたの家で」

相手の目が向けられる。ボタンにかけられた手が止まった。続けてほしいと願いながらも、アナは自分がそれを止めたことに気づいていた。

「うちで?」

「何年もまえに。わたしはまだ子どもだった」

見つめられたまま、ゆっくりと首が振られる。「ありえない」

「父と一緒に行ったの。エドワード・ケリガン。あなたのもとで働いていたはずよ」

アナが高らかに叫んだかのように、その名前が室内を満たした。あるいは、ほかの誰かが口にしたかのように。父の名を耳にしたとたん、肉欲の世界から一気に呼びもどされた気がした。父はエディ・ケリガン。自分とデクスター・スタイルズのあいだに起きたことは、すべてこの告白のためにあった。いまはそう思えた。

名前を聞いても、相手は表情を変えなかった。聞こえなかったか、聞き覚えがなかったように。金の指輪を捻り、コートの襟を直しただけだ。それでも、その落ち着きのなかには、アナが目覚めたときと同じ恐れと警戒が見てとれた。「なぜもっと早く話さなかった?」低い声でそう尋ねられた。

「どう言えばいいかわからなくて」

「フィーニーと名乗ったはずだが」責めているというより、失くしたものを探してポケットをあさるときのように、とまどった顔に見える。

「父はいなくなったの。五年半前に」

デクスター・スタイルズは帽子をかぶりなおし、腕時計に目をやって、雨戸をわずかにあけて外をたしかめた。「もう行こう」

　車までは離れて歩いた。冷たくまぶしい青の色とともに夜が明けた。助手席のドアがあけられ、アナは革のにおいのする車内に滑りこんだ。運転席のドアが乱暴に閉じられ、車が走りだす。数分のあいだ黙って運転していたあと、デクスター・スタイルズが口を開いた。「おかげで厄介なことになった。いまさらこんなことを聞かされるとは」

「それなら、父を知っているってことね。あなたのところで働いていたのね」自分が本気でそう信じてはいなかったことにアナは気づいた。記憶はすでに、夢や願望に近いものに変わっていた。

「訊かれさえすれば、いつでも答えたはずだ」

「父に連れられて、あなたの家を訪ねたことは覚えている?」

「いや」

「あの日も冬だった、いまみたいに。わたし、靴を脱いだの」

「これだけはたしかだ。少しでも覚えていたら、いまこうして車に乗せてはいない」

「父になにがあったか知ってる?　エディ・ケリガンに」

「いや、まったく」

　アナはその顔を見つめ、視線が合わされるのを待ったが、その目は前方を見据えたままだった。

「信じられない」

　いきなりブレーキが踏まれ、静かな住宅街の縁石に乗りあげたタイヤが小さく軋んだ。デクスター・スタイルズが蒼白な顔で詰め寄る。「信じられないだと?」

「ごめんなさい」アナは口ごもった。

「真っ赤な嘘をついていたのはそっちだ。名前も素性も隠していたくせに。おまえ、商売女かなにかなのか。誰かに金をもらって、おれと寝たあとで、いまの話をしろと言われたんじゃないのか」

アナは相手の頬を張った。考えるよりも半秒早く手が出ていた。頬に赤い筋が浮かびあがる。「ちゃんと名乗ったでしょ」声が震えた。「わたしはアナ・ケリガン、エディ・ケリガンの娘よ。ずっとそうだった」

殴られるかもしれないと思った。ハンドルを握る手はボクサーのように傷痕だらけだ。デクスター・スタイルズが深く息を吐いた。それからアナに向きなおった。「なにが望みだ、金か？」

またぴしゃりとやりたくなった。けれども、怒りは身体を突き抜け、あとには冷静さが残された。何週間かぶりに頭がはっきりしてくる。

「父の行方を知りたいの。生きているかどうかを」

「おれは力になれない」

「自分が失踪したら、娘さんに探してほしいはず。そうでしょ？」

「それだけはごめんだね」

アナは驚いた。「なぜ？」

「娘には極力関わらせないようにする。身の安全のために」

デクスター・スタイルズはまっすぐ前を見据えている。アナはハンドルを握るボクサーのようなその手を眺めながら、いま聞いた言葉を呑みこんだ。そしてドアを押しあけ、そこがどこかもわからないまま車を飛びだした。先に立って通りを歩きながら、車が真横にとまり、声がかかることをなかば期待した。けれども、デクスター・スタイルズは振りむきもせず走り去った。

第五部　航海

第十八章

五週間前

一九四三年一月一日、エディ・ケリガンはテレグラフ・ヒルの頂上に立つコイトタワーの上に――正確には、警備兵に許可された場所まで――のぼり、エンバーカデロ埠頭を眺めおろした。荷積み中のリバティ船が三隻、目に入った。当然のごとく見た目はそっくりだが、中央の船がエリザベス・シーマン号だということは知っていた。一時間後にはそこに乗務することになっている。エディは気が重かった。正直なところ、テレグラフ・ヒルにのぼったのは、高い所から見下ろすことで気の重さを紛らそうとしたからだった。

先週は列柱のそびえるサンフランシスコ市の税関で、五日にわたって三等航海士の試験を受けた。図書館や市役所と見まがうような堂々たる階段をのぼるだけでエディは怖気づいた。ろくな教育を受けておらず、船乗りになるまでは新聞しか読んだことがなかったからだ。だが、船上では誰もが読書家になる。カードゲームをやらない者にとって、身近な娯楽は多くない。気が進まないままはじめた読書はエディの性に合った。いまも読むスピードは速くないが、投げられた棒を息せき切って追う犬さながらの熱心さで本を求めるようになっていた。『商船員の手引き』は丸暗記し、おかげで三等航海士の試験はほぼ満点をとれた。

双眼鏡がないので、エディはエリザベス・シーマン号にできるだけ目を凝らした。木枠《クレート》に梱包された大型の積み荷をクレーンが第二船倉に降ろしている。おそらくは戦闘機だろう。眺めているうち、なじみのない緊張に襲われた——これからは失敗が許されない。足を踏み入れたことはおろか、数百メートル圏内に近づいたことすらないその船に、すでに責任を負っているように思えた。商船は戦艦とは違う、とエディは心でつぶやいた。商船員には揃いの制服すらない。それでも、曲がりなりにも航海士となったことで、五年半の船員生活で得た気楽な平穏が失われようとしているのを感じていた。

これまでも怠けていたわけではない。苦力《クーリー》さながらに働き、そのこと自体が平穏にとって不可欠な一部となっていた。最初に与えられたのは機関室の石炭夫《ブラック・ギャング》と呼ばれる仕事で、石炭をシャベルですくってボイラーに投入し、火災の際には消火にもあたった。室温五十度にもなる灼熱の蒸し風呂のような室内で機械を清掃し、油を差し、そのあいだ絶え間ない騒音に晒されていたせいで、消えない耳鳴りが残った。疲労が魂を空っぽにした。八カ月後、ようやく機関室を這いだして甲板員のひとりに加わったときには、ぎらつく日差しに容赦なく苦しめられた。ようやく目が慣れてから見まわすと、海がまるで違って見えた。眠気を誘う無限のその広がりは、鱗のようにも、蠟のようにも、槌目模様の銀板のようにも、皺だらけの肌のようにも見えた。陸からは目にすることのできない構造や層がそこにはあった。見慣れない海に目を凝らすうち、エディは半醒半睡の状態で意識を漂わせることを覚えた。瞼の裏側で金色にちらつく血管。空っぽな頭を満たす単調な音。なにも考えず、なにも感じず、痛みもない。ただただそこにあるだけだった。昔の生活を覚えてはいたが、その記憶は頭のなかの部屋のひとつに押しこめられていた。エディ本人すら気づいていない部屋がほかにいくつもあり、やがてその部屋だけを避けるすべを学んだ。そのうち場所も忘れた。

ゼネラルストライキの影響で西海岸から未組織船が締めだされるまでは、二十名ほどの男たちとそういった船で寝起きしていた。犯罪者に、船員袋に注射器をしのばせた麻薬中毒者、記憶に穴のあいたアマチュアボクサーたち。寝床はすし詰めで、誰かの咳や屁やうめき声が聞こえるたび、音の主は自分だろうかと疑うほどだった。一度など、ふたりの男がボイラー室の床に横たわり、汗まみれであえぎ声をあげながら抱きあっているところを目撃した。それを見たとたん、エディは嫌悪と怒りを覚えた。抗議の声をあげ、海事専門の弁護士を見つけて訴えを起こそうと決意したが、当直が終わるころには忘れていた。その出来事は発生現場の海上に置き去りにされ、過去に葬られた。一九三七年には誰もが秘密を抱えていた。船乗りに勝るおしゃべりはいないが、彼らが饒舌《じょうぜつ》なのは、けっして口外したくない事柄を隠すためなのだった。

真珠湾攻撃がエディの放浪に終わりをもたらした。軍需品輸送のために経験豊富な船員の確保が急務となり、エディは特段の努力もなしに甲板員から甲板手へ昇格した。甲板手は三等航海士の試験を受けることを強く推奨される。何カ月ものあいだエディは渋っていた。流されるように生きる根無し草の気楽さを失いたくはなかった。だが無駄な抵抗だった。戦時中に無為に過ごしていると、たとえ戦いを目の当たりにすることはなくとも、己の怠惰を思い知らされずにはいられなかった。しだいに退屈と焦燥も覚えはじめた。結局、二週間と続けて陸で暮らすことのなかった五年余りの日々のあと、サンフランシスコで船を降りて列車でアラメダへ向かい、二カ月間の航海士養成講習を受講したのだった。

時間を気にしながら、エディはテレグラフ・ヒルを下りはじめた。湾内には戦艦がひしめいている。周囲の丘には鳥の卵のような淡い色合いの家々が点在している。残念ながら、景色を見渡しても新たな緊張はやわらがなかった。いや、それは新たなものではなかった。かつての生活の名残りだった。それがどんな感覚かを忘れてしまっていたのだ。

三十分後、エディは二十一番埠頭からエリザベス・シーマン号に斜めに渡された歩み板をのぼっていた。甲板にたどりつくまえに、聞き覚えのある声が耳に飛びこんできた。仰々しく騒がしい響きのなかに歯切れのいいイギリス風のアクセントが混じっている。エディは歩み板の上で足を止めた。自分を目の敵にしている甲板長でなければと願った。誰でもいい、あいつ以外の声ならば。だが、無駄だった。あんな調子で話す人間はこの世にひとりしかいない。

クレーンや積み荷や忙しなく働く荷役作業員でごったがえす主甲板に出ると、エディはあたりに目をやり、甲板長の黒い肌を探した。だがナイジェリア人の姿はどこにも見あたらず、声も聞こえなくなっていた。こんなふうに甲板長の気配を感じたと思いこむのは、いまにはじまったことではない。

船体中央の甲板室の外で、エディは二等航海士のミスター・ファーミングデールに挨拶した。そっけない態度と真っ白な顎ひげは、硬貨にあしらわれた貴人の横顔を思わせるが、どうやら大酒飲みらしい。そう見てとったのは、おぼつかない足取りのせいだけではなかった。なにしろ今日は元日で、千鳥足の者は大勢いる。毛穴から発散されるにおいがそう告げていた。土と傷んだオレンジの皮が混じったようなにおいだ。エディは軽い嫌悪を覚えた。

次に向かった高級船員用の談話室では、インクも乾いていないほど真新しい三等航海士証を船長に提示した。若きキトリッジ船長は金髪の美男で、本物の船長というより船長役の映画スターを思わせた。そばにいると、エディは自分の年齢を思い知らされた。実際、三等航海士にしてはかなりの年だ。

「復職組かな?」船長も同じことを考えていたらしい。

「いえ、違います。ずっと船員をしていました」

船長はうなずいた。戦前の商船に大勢いたはぐれ者のひとりと見なしたのは間違いない。キトリッジには、いかにもアメリカ的な、ガキ大将を思わせる楽天性が感じられた。おれはいつだって最高のものを手にする、さもなくば、と言わんばかりの。エリザベス・シーマン号での航海は三度目で、過去の二回は平穏無事に太平洋の島々を巡って終わったという。

「このミセス・シーマンはたいしたご婦人でね」と船長はウィンクした。「十二ノット出せる」

「十二ですか！」エディは叫んだ。リバティ船は低速なことで知られている。十二ノットは最高速度のはずだ。船長の持つアメリカらしい押しの強さが船にもしみついているのだろうか。

前方の壁にあいた三つの舷窓から、風が勢いよく吹きこんでいた。その向こうにはサンフランシスコの色彩が覗いている。青、黄、ピンク。ここは明るい街だ。組合の会館や船員が通う教会では、東海岸からもたらされた悲惨な話の数々を聞かされた。何隻ものタンカーが魚雷で花火のように粉砕されていること、危険な北極海航路でムルマンスクを目指していた商船の乗組員が救命ボートのオールを握ったまま凍死したこと。この街にいる身には想像を絶する話ばかりだった。真珠湾攻撃以後の一年にエディが経験した航海は、キトリッジ船長から聞かされたものとおおむね同じだった。荷降ろしは沖で行い、自由はないが、台風の季節さえ終われば危険もなかった。

三等航海士用の居室は右舷後方のボート甲板にあり、隣は医務室だった。狭く簡素な室内にあるのは、抽斗付きの寝台に、小さな簞笥、机、洗面台だけだ。それでも、ふたり部屋や三人以上の相部屋で長く暮らし、ロッカーひとつしか持たない生活に慣れたエディにとって、個室を持てることは望外の贅沢だった。

船員袋から荷物を出していると封筒が見つかった。表には教師らしい几帳面な文字で〝あとで読んで〟と書かれている。イングリッドが入れたのだろう。三週間前、サンフランシスコで知りあった若い未亡人だ。当惑と苛立ちを覚え、エディは封筒を机の抽斗にしまい、三等航海士の職務にあたろうと操舵室へ向かった。まずは機関使用状況記録簿《ベルブック》と信号旗を確認する。リバティ船ではすでに二度の航海を経験しているため、エリザベス・シーマン号の詳細は頭に入っている。量産されるリバティ船は油布用ロッカーひとつにいたるまで規格化されているからだ。操舵室の窓からは、テレグラフ・ヒルで目にしたクレートが続々と第二船倉に積載されるところが見えている。思ったとおり中身は戦闘機だ。ダグラスA‐20。クレートにはキリル文字のスタンプが捺《お》されている。

　エディは操舵室を出て、主甲板へ戻った。後方にある第三船倉には一般貨物が搬入されている。セメントの袋にコンビーフ、粉末状の卵、ブーツの箱。エディは船尾の砲列甲板にのぼり、当直の砲手と言葉を交わした。ほかの兵士たちと同じように痛々しいほど若く、雑に刈られた髪のせいで耳ばかりが大きく見える。商船護衛の任務を望む水兵はいないが、すべての貨物船には一定数の海軍砲手が乗務し、敵襲の際には大砲と機関銃の操作を受け持つことになっている。

　砲列甲板を下りたエディは、甲板の下の操舵機室へのハッチが開け放たれているのに気づいた。そこに出入りできるのは航海士以上と定められているが、エディにも覚えがあるように、甲板員たちも鍵の入手法は心得ている。操舵機室は洗濯物を乾かすのにもってこいの場所なのだ。

　違反者が誰かをたしかめようと、エディは慣れ親しんだ油のにおいと熱気に満ちた室内へ続く梯子を下りはじめた。と、危うく下からのぼってきたナイジェリア人の甲板長とぶつかりかけた。

「おい……おまえ……」甲板長が口ごもる。驚きと不快のせいで、珍しく口がまわらないようだ。

「まさかいまのが、甲板手から甲板長への挨拶のつもりか」

　うまい具合に、相手はまだ知らないようだ。「いや、そうじゃない、甲板長。いまは三等航海士だ」そう返事しながら、エディは初めて心から昇進を喜んだ。

甲板長の多くと同じように、この男も航海士を見くだしている。いや、甲板手から航海士になった者を――〃錨鎖孔をくぐりぬける者《ホースパイパー》〃と揶揄される者を――見くだしていると言うべきか。案の定、甲板長の表情豊かな黒い顔に侮蔑の色が浮かんだ。「ホースパイパーというやつか！　お祝いを言わせてもらわねばな、サー！　これから航海士としての処女航海にお出ましになるというわけだ」慇懃無礼な言葉が返ってくる。

「ああ、そういうことだ」エディは答え、甲板長とやりあう際に決まってそうなるように、鼓動の速まりを感じた。流暢に繰りだされる相手の言葉に頭がくらくらするのだ。黒人に横柄な口を利かれることにまだ慣れずにいた。「ところで、その〃サー〃は不要だ、甲板長。わかってるだろうが」

「ああ、承知しているとも、三等航海士《サード》」甲板長がにこやかに返す。「さっきの〃サー〃は儀礼的に言ったまでだ、船員としての目覚ましい大出世に敬意を表して」

「操舵機室に用でもあったのか」

「ああ、むろんだ。でなければ、貴重な時間を一秒だってあそこで費やすものか」

「下りていってなかを見たいんだが、そこをどいてくれないか。その用というのが、洗濯物を乾かすことじゃないとたしかめたい」

甲板長が鼻を膨らませた。下から見上げる格好だが、筋骨隆々とした体軀と紫黒色の肌のせいで、エディよりもずいぶん大柄に見える。その場をどこうとはしない。「いい機会だから言っておこう」鞭のように鋭い言葉が放たれた。「三等航海士、それもなりたての新米になど、なんの権限もない。平たく言うと、指図は受けないということだ」

たしかにそうだ。三等航海士に部下はおらず、対する甲板長は十三人ほどの船員を指揮する立場にある。甲板手六名、甲板員三名、見習い三名、それにチップスと呼ばれる大工長。直属の上司は一等航海士だ。部下として働いてきた経験から、甲板長が絵に描いたような鬼上司なのは知っている――最低限の超勤手当で最大限に船員たちをこき使えるため、船会社には重宝される類いの。独裁者が往々にしてそうであるように、甲板長は人との交わりを避け、齧りつくように本を読んでいた。乗組員の多くは食堂で読んだ本の話をし、互いに貸し借りをして乏しい蔵書を補いあうが、甲板長だけは自分の本を油布で包み、誰かがそばに寄ると、開いたページを伏せて置くのだった。卑猥な本だと想像する者もいれば、いつも同じ本ばかり読んでいるのだと言う者もいた。聖書か、コーランか、トーラーか、あるいはその三冊を。その秘密主義にエディは苛立った。黒人には親切にしてきたつもりだったが、それまで接してきたのは自分より立場の低い黒人ばかりだった。人種のるつぼのような商船暮らしをはじめた当初はまさに衝撃だった。黒人や南米人、ときには中国人の下で白人が働くこともざらだったからだ。ただしこの甲板長は、エディより弁が立つだけでなく、明らかに教養も高かった。おまけに〝能無しのアイルランド野郎〟とでも言いたげな嘲りの目で見るのだった。

一度、仲間の甲板手に焚きつけられて甲板長に近づき、つい薄笑いを浮かべながら、なにを読んでいるのかと尋ねたことがある。とっくに本を閉じていた甲板長は返事もせずに立ち去った。それがふたりの反目のきっかけだった。甲板長は急ぎでもない仕事を山ほどエディに命じた。本来は甲板員の役目にもかかわらず、錆止め用の魚油と鉛丹塗料、さらに軍艦色の塗料を船全体に塗り重ねる作業を押しつけられ、しまいには塗料のにおいでめまいがするほどだった。マストの上で風にあおられながら、エディは虚しく復讐を誓うしかなかった。

「ということはだ、甲板長」エディは言った。あいかわらず梯子の下を塞がれているせいで、苛立ちが募る。「あんたの指図に従えと？」

「そんなことは夢にも思わない。先だっての航海まではたしかにそうだったが」

「だが、いまは違う。今後もそうなることはない、あんたがいつも齧りついてる本が三等航海士の試験用でないならな」

甲板長は鐘と太鼓の響きの中間のような笑い声をあげた。「あいにくだが、サード。出世が望みなら、とっくの昔に船長になっているさ」

しめた、とエディは思った。甲板長がいくら大口を叩いたところで、黒人のアメリカ商船長など見たこともないし、甲板長も同じはずだ。同時にそのことに思いいたったせいか、ふたりのあいだの空気が変わった。「ならいい」エディは思わせぶりに言った。「これでわかりあえたな」

「わかりあうことなどない」甲板長は吐き捨てるように言った。梯子をのぼってこようとするので、エディはやむなく退いた。自分が卑劣な勝ち方をしたような、負けたほうがましだったような気がした。甲板の上まで戻ると、甲板長は肩でエディを押しのけて立ち去った。

ようやく操舵機室に下りたとき、そこに洗濯物は見あたらなかった。

しばらくののち、エディは調理場の奥のドアを抜けて機関室へ下りた。スクリューを回転させる三基の巨大なピストンは停止中だが、パイプやキャットウォークや通気口がひしめきあうなかを船底へ下りるにつれ、室温が上がりはじめた。

エディと同じ階級にあたる三等機関士の話す言葉には、名前にふさわしくない訛りがあった。「オヒルスキーだろ?」エディは不思議に思って尋ねた。「アイルランド系じゃないのかい」

機関士は笑った。「ポーランドさ。O-C-H-Y-L-S-K-I」機関室の暑さも厭わず、珍しいことにパイプを吹かしている。

「噂は聞いたかい」オヒルスキーが言った。「ロシア行きだとか」

エディは戦闘機のクレートに記されたキリル文字を思いだした。「それだけじゃ、どのあたりかさっぱりだな」

機関士がパイプをくわえたまま くっと笑った。ヨーロッパ人特有の陰気な笑いも、いまはなじみ深いものになっている。「機械はものを考えられないからな。戦時船舶管理局も機械みたいなもんさ」

「ムルマンスクだろうか」その地名を発音するのに苦労した。

「北極海航路用の装備が支給されたらな。そんな話は出てるかい」

「調べてみる」エディは言った。

それから八日のあいだ、エリザベス・シーマン号はサンフランシスコ湾内の埠頭をまわって荷積みを続けた。第四船倉にはボーキサイトが、第一船倉には戦闘糧食と小火器の箱が積載された。最後に停泊した四十五番埠頭では、密閉された甲板のハッチの周囲に戦車やジープが並べられ、鎖をかけられて座付き金具に固定された。六十歳前後の老練なデンマーク人の一等航海士の指揮のもと、甲板長と部下たちがその作業にあたった。港湾内では手持ち無沙汰なエディは、つとめて甲板長を避けるようにした。幸い、高級船員と下級船員の食堂は別にされていた。出される食事は同じだったが、高級船員用の食堂には白いテーブルクロスが敷かれていた。夜に居室でひとりになると、エディは雑念を払うために読書に耽った。好んで読むのは海に関する本で、真珠湾攻撃以前に行った熱帯への航海の最中に噂を聞いた『死の船』（ドイツ人作家B・トラーヴェンによる一九二六年の小説）もようやく手に入れることができた。

出港前夜、エディは興奮と緊張を浮かべた見習い航海士のロジャーと並んで最上船橋に立った。ロジャーは見習い機関士のスタンリーとともにサンマテオの商船学校で三カ月の講習を終え、必須とされる六カ月間の航海実習に臨むところだった。ふたりは船橋甲板にいる〝スパークス〟と呼ばれる無線技師のそばに配置されていた。

「この船のスパークスはどんなやつだ?」エディは尋ねた。無線技師の姿を見るのは稀だった。たいていは無線室にいて、隣接した小部屋で休む際にも、緊急通信に備えて警報で飛び起きられるようにしている。

「しょっちゅう悪態をついてます」ロジャーが言った。

「じきにおまえさんもそうなる」

見習い航海士は笑った。痩せた身体に、骨ばった鼻をしていて、大人になる二、三歩手前といったところだ。「母が嫌がりますよ」

「ここにお袋さんはいないだろ」

「今日、気になるものを見たんです」ややあって、ロジャーが話しだした。

貯蔵室のドアをあけたとき、二等航海士のファーミングデールが室内でなにかしているのが見えたという。近づいてみると、ファーミングデールは灰色の塗料の缶を広口瓶の上で傾け、瓶の口に嵌めたパン切れの上から塗料を細く注いでいた。パンがどろりとした顔料を吸収し、瓶の底には濁った液体が溜まった。ファーミングデールはロジャーの目の前で瓶を口に運び、ゆっくりとそれを飲み干したという。

「怒った顔をしてましたけど、飲むのはやめませんでした」

「胃がひどいことになっていそうだな」

「そんな状態で航海ができるんでしょうか」

「そんなものを飲むってことは、慣れっこだってことだ」

「二等航海士が酔っ払っていたら、誰が針路の管理をするんです？」

「おれがやる」そうは言ったものの、エディも針路の管理についてはまだ初歩的知識しか持ちあわせていない。二等航海士が堕落した姿を見習いの若者に見せたことが腹立たしかった。「それにおまえさんもだ。方位角に慣れておけよ」

いつしか夜の帳が下り、ダイヤモンドをちりばめたようなテレグラフ・ヒルの明かりがまたたいていた。霧はまだ出ていない。

「フリスコが恋しくなるだろうな」ロジャーが言った。

「まったくだ。ただし、フリスコなんて呼び方は船乗りしかしないらしいがな」

「サンフランシスコか」ロジャーは声変わりしきっていない声でその言葉を発した。「すごい街ですね」


翌日の一月十日午前六時、錨を上げたエリザベス・シーマン号は地元の水先人の案内で消磁所へ向かい、魚雷の作動を妨げるための船体消磁をほどこされた。エディは火災避難訓練を指揮した。安全対策だけは三等航海士の職務と定められている。だが訓練とは名ばかりで、救命ボート用の昇降機《ダビット》すら作動させられず、当然ボートも降ろされずに終わった。キトリッジ船長が先を急いでいるためで、甲板長もエディに出しゃばらせまいという思惑からか、異は唱えなかった。

金門橋の下を通過したとき、船長が針路を告げた。パナマ運河だ。つまり行き先はペルシャ湾でほぼ間違いない。そこから物資は陸路でロシアへ運ばれ、ドイツ軍を撃退中の赤軍の大部隊へ届けられる。一月に北極海を航行するための寒冷地用装備が搭載されていないことがわかり、乗組員一同は心から安堵した。その晩遅くまで、甲板や食堂のテーブルのあちこちで〝ムルマンスクよりましだ〟という言葉が繰り返されることになった。だが、エディは心穏やかではいられなかった。カリブ海も危険なことには変わらず、おざなりに片づけられた避難訓練の件を腹に据えかねてもいた。

　翌朝八時に一等航海士と当直を交代した際、エディはもう一度訓練が必要だと力説した。その日の午後、エンジンはスタンバイ状態にされ、総員退船訓練が発令された。一般非常警報のベルが短く六回、続いて長く一回鳴らされた。乗組員たちがボート甲板に集まりはじめ、猛然と梯子をのぼってきた甲板長がエディに詰め寄った。

「三等航海士！」吐き捨てるように階級名を発し、「ジャップどもの潜水艦がカリフォルニア沖で商船を撃沈してから一年以上になる。わかっているのか」

「わかってるとも、甲板長」

「それなら、なぜ二日のあいだに二度も避難訓練を行う必要が？」

「一度目が不十分だったからだ。今回も同じなら、明日もう一度やる」

「さぞかし愉快だろうな、想像がつく」甲板長は皮肉に笑い、見物人の人だかりに向かって言った。非常ベルを聞いて、全員がボート甲板に集合している。「なんといっても、避難訓練はめったにない機会だからな、昇進に大はしゃぎするための」

「そんなふうに見えるか、はしゃいでいるように」

「はしゃぎ方は人それぞれだからな」

　周囲の者たちの顔に嘲りの色が浮かび、笑い声もあがりはじめる。一等航海士と船長もそばで様子を眺めている。いま介入されれば、エディの顔は丸潰れだ。

「訓練参加を拒否するつもりか、甲板長」エディは厳しい声でそう訊いた。最初からそう言うべきだったのだ。

「拒否など、滅相もない！」なだめるように甲板長が答える。「それどころか、なんなりと仰せのままに従うつもりだ、サード――われわれ全員が。さあ、手順を聞かせていただこう！」

エディは歯を食いしばって皮肉を聞き流し、訓練を開始した。言葉の鞭が残した傷がひりひりと痛み、耐えがたかった。それでも今回は救命ボートが四艇降ろされ、搭乗も成功した。甲板長を怒らせようが、規則どおり週に一度は訓練を実施しようとエディは心に決めた。むしろ怒らせてやろうと。

航海十日目、パナマ運河まであと一日という日、エリザベス・シーマン号の呼出番号が無線通信に表示された。極めて稀な事態だ。無線技師《スパークス》が暗号帳で解読し、文字に起こした文面を船長室に提出した。パナマ運河は通行せず、南下してホーン岬をまわり、南大西洋を横断して南アフリカ連邦のケープタウンへ向かうことになったという。航海予定日数は四十日。ただしキトリッジ船長の予想では、短縮も可能とのことだった。

しばらくのあいだは、運河の両端に群がる物売り舟からパナマ産のラム酒を買いそこねたのを惜しむ声が聞かれていたが、やがてそれも長い航海に付きものの単調な生活のなかで薄れていった。最初のうち、誰もがその単調さに抗おうとした。退屈し、苛立ち、落ち着きをなくした。だが二、三日もすると、船内は安堵のため息のような平穏に包まれた。この先数週間に経験することを――おそらくは――ひととおり把握したことによる安堵だった。航海中の手すさびに、船員たちは木彫りの笛や編み紐のベルトなどを作りはじめた。サンフランシスコを出港して十八日目のこと、二等航海士のファーミングデールが手の震えをこらえて麻布で人形を二体こしらえた。その夜、午後八時から午前零時までの当直を終えてファーミングデールと交代した際、エディは人形の出来を褒め、どうやって作り方を覚えたのかと尋ねた。

「オールド・ソルトから教わったのさ。五百六十体もこしらえたそうだ、想像できるか？　それをサンフランシスコの郵便局の荷物ロッカーに預けているんだと」

オールド・ソルトとは若いころ木造船に乗っていた老練な船乗りのことだ。この場合〝乗る《セーリング》〟というのは、文字どおり帆船《セーリングシップ》を指す。「まだ現役なのかい」エディは訊いた。

「そういえば、二年ほど見てないな」

「最近、とんと見かけなくなったな、オールド・ソルトは」

つい五年前までは、ヤシ蠟と針と紐をポケットに入れた彼らが、どこの船にもひとりかふたりは乗っていたものだ。戦時船舶管理局が追いだしにかかっているのではとエディは疑っていた。

「この船にもひとり乗ってる」ファーミングデールが言った。「ピューって名の、三等司厨員だ」

「そいつは縁起がいい」

ファーミングデールが曖昧に首をかしげた。いつも冷ややかで、素面《しらふ》でも考えが読みにくい二等航海士をエディは好きになれずにいた。だが、エリザベス・シーマン号にオールド・ソルトが乗っているという知らせには、大きな安堵を覚えた。〝木の船に乗った鉄の男〟と呼ばれる彼らと比べれば、近ごろの船乗りは鉄の船に乗った木の男ばかりだ。キトリッジにせよ、ファーミングデールにせよ、エディ自身にせよ。オールド・ソルトは創造神話のなかの存在のように、あらゆるものの起源に深く関係している。言葉もそのひとつだ。自分の使う言葉のなかに、海に由来する表現がどれほど多く含まれているか、以前のエディは知らなかった。〝転覆した《キールド・オーバー》（卒倒したの意）〟や〝ロープの使い方を学ぶ《ラーニング・ザ・ロープス》（こつを覚えるの意）〟、〝流れをつかむ《キャッチング・ザ・ドリフト》〟、〝無料で荷を運ばせる者《フリーローダー》（たかり屋の意）〟、〝風上を向く《グライプ》（不平をこぼすの意）〟、〝帆桁を縦方向にまわす《ブレイス・アップ》（元気を出すの意）〟、〝逆帆になった《テイクン・アバック》（不意を突かれたの意）〟、〝風圧差《リーウェイ》（ゆとりの意）〟、〝錨の末端《ザ・ビター・エンド》（最後までの意）〟。そういった表現を実際に使うたび、なにか根本的なものに――陸にいるときからおぼろげな輪郭らしきものを感じていた深遠な真理に——触れるような気がした。海での生活によってエディはその真理に近づいた。オールド・ソルトは、さらにそこに近い存在なのだ。

　エディはファーミングデールと船橋で別れ、当直の記録を航海日誌に記した——針路一七〇度、風力五、穏やかな追い波。高級船員用の談話室に立ち寄り、夜食のハムサンドとコーヒーを食べ終えてから、無線技師《スパークス》に差し入れようとカップに牛乳を注いだ。ポリオの後遺症らしく脚に金属の装具を着けているため、梯子の昇降が難しいからだ。当直のあと、ひとり部屋の寂しさを紛らすために、無線室を訪ねるのがエディの習慣になっていた。

「こいつはありがたいね、サード」スパークスはそう言って牛乳のカップを受けとった。

　エディは遮光幕がしっかり下りているのをたしかめてから、ふたりの煙草に火をつけた。スパークスは五十に近く、華奢なか細い身体と、睫毛のまるでない腫れぼったい目をしている。「おれは半分イモリみたいなもんでね、尻尾が切れてもすぐに生えてくるのさ」と、アイルランド訛りの口調で言われたことがある。同性愛者だということは、なぜかすぐに察しがついた。故郷はニューオーリンズで、二十代で船乗りになったという。アイルランドの人間には珍しく、酒は一滴も飲まなかった。

「いやまったく、どんなにこれが恋しかったか」そう言ってカップを覗きこみ、喉を鳴らして中身を飲み干した。「牛乳のためなら、ガラスの欠片の上だって這いずるだろうよ、阿片を欲しがる中毒者みたいに」

「阿片のほうがいいんじゃないか」

　スパークスが鼻で笑う。「食って寝て煙草を吸うのだってひと苦労なんだ。そんなもののためにいまいましいこの脚を引きずって歩く気はないね」

「阿片窟でも脚の悪い者は見たがね」

「そりゃ、不自由を忘れるためさ！　まったく利口なやつらだ、脚には装具、おまけに薬漬けになって、それで満足しちまうんだからな。頭がいかれちまっただけなのに」

　カップを振って牛乳の最後の数滴を口に垂らすスパークスを見て、エディは同情に駆られた。同性愛者のうえに障害まであり、容姿にも金にも健康にも恵まれない。そんな人生にどうやって耐えているのか。いや、耐えているどころか、楽しんでさえいる。

「お袋さんに大事にされたんだろうな、スパークス」

「いったい全体、なんだってそんなことを言いだした？」

「なんとなくさ」

「なら、そんな考えは耳にでも突っこんじまうんだな。お袋は近所で一番の大酒飲みだったんだ。一度、寝るまえのキスをしようとして、おれの寝床にゲロまで吐いたんだ！　まったくとんでもない母親さ。糞ばばあだな、あれは。途方もない糞ばばあさ」

「ツキに見放されるぞ、お袋さんのことをそんなふうに言うと」

「ツキに見放されたってのは、そんなお袋を持つことだろ。お袋がいると生活がめちゃくちゃだった。だから親父が施設に入れたんだ。でも姉貴はやさしかった。〝わたしのタンポポちゃん〟なんておれのことを呼んだものさ――おい、笑ったりしたら、壁に釘づけにしてやるぜ」だが、そう言うスパークスも笑っていた。スパークスはいつでも笑っている。黙りこむのは連合国商船通信《BAMS》を受信するときだけだった。グリニッジ標準時に基づいて毎日定刻に送信されるため、無線通信機の時計の二本目の短針は標準時を指すよう設定されている。〇三〇〇時、スパークスは五百キロサイクルに設定された受信機の周波数を上げ、ヘッドホンをかけてエリザベス・シーマン号の呼出番号が発信されないかと耳を澄ましはじめた。連合国の商船は発信を行わない決まりのため、スパークスの仕事はひたすら聞くことだった。身じろぎもせずに身を乗りだした姿は、まるで彼自身が、あるいは脚の装具が受信装置であるかのようだった。

エディはスパークスをそこに残し、空のカップを持って調理場に下りた。まだ休む気になれず、自室のそばのドアから外へ出た。穏やかな夜で、さざ波立つ水面には雲間から漏れる月明かりが幾千もの蛾のようにちらついている。船の揺れが固く頑強な陸をつかのま忘れさせ、やさしく心を癒す。空白が意識を満たすのを感じる。アジアへ航海していた何年かのあいだ、自分を支えていたのはその空白だった。当時はサンフランシスコからホノルルやマニラを経由し、中国やインドネシア、さらにはビルマも訪れた。上海に寄港した際は、木陰の通りを歩きながら、塀に囲まれた中庭から聞こえる暮らしの音に耳を傾けたものだった。赤ん坊の泣き声や、鍋のぶつかる音に。ときおり開いたドアの向こうに、小さく縮んだ足をして、フラミンゴのようなたどたどしい足取りで歩く女の姿を目にすることもあった。

世界は謎に満ちている。そんなものが実在するとは思いもよらなかった。ボランティアの婦人に読み聞かせられる本のなかだけの話だと思っていた。

エディはようやく自室に戻った。相部屋の仲間という底荷《バラスト》がないせいで、寄る辺なく漂う船のような気分だった。なんとなく机の抽斗をあけ、初日にそこへ入れた封筒を見つけて驚いた。すっかり忘れていた。イングリッドの顔さえろくに浮かばない。ひとたび離れれば、すべては実体を失い、想像上のものとなり、さらには想像すら難しくなる。そして存在しなくなる。

寝台脇の小さな明かりを頼りに、いまさらながら封筒をあけた。五年余りの洋上生活で初めて受けとった手紙だ。

〝エドワードへ〟と、かっちりとした筆記体で書かれている。**〝お天気は悪くないけれど、霧の日が**

続いていて、そろそろお日様が恋しいところです。生徒たちは春に向けて家庭菜園に種蒔きをしていますが、残念な結果になるかもしれません。戦争でたくさんのことが変わったとはいえ、植物が育つにはやはり日光がないと！　息子たちといつもあなたのことを楽しく話しています。あの遊園地に誘ってみたけれど、ふたりには断られました。あなたと行ける日を待っているのです〞

抑制のきいた、そっけなくさえある文面だが、エディは電流に打たれたような衝撃を覚えた。〈フォスターズ・カフェテリア〉でのイングリッドとの出会いの記憶が押し寄せる。青いスカーフを巻いた母親がふたりの息子にひと切れのパイを買い与え、息子たちは文句も言わず、喜んでそれを分けあっていた。エディは母親に時間を尋ねた。ドイツ系のイングリッドは、委員会の前でヒトラーと祖国を非難することで、どうにか失職せずにすんでいた。末の娘がいたが、幼くして亡くなったと聞かされた。七歳と八歳のシュテファンとフリッツは、妹のことをつい先週別れたかのように話した。〝赤ん坊のヘレン〞と呼んで食前には必ず祈りを捧げた。父親のほうも工場の事故でその後亡くなっていたが、話に出ることは稀だった。ふたりが覚えているのは赤ん坊のヘレンだった。

遊園地へ行ったとき、エディは少年たちとジャガイモ袋にすわり、木造の長い滑り台を滑り降りた。膝や肘が板にこすれ、摩擦で火傷をした。びっくりハウスの床にはいくつも穴があけられ、その下に隠れた係員によって勢いよく空気が噴射されて、少女たちのスカートがめくれるようになっていた。イングリッドはその風に驚き、笑いながらエディにしがみついた。

帰りの路面電車のなかで、エディは少年たちを支えようとふたりの胸に手をあてがった。指先に触れた心臓の鼓動が、よじのぼろうとするネズミの群れのように感じられ、思わず狼狽した。

彼らはまだあそこにいる。イングリッドも息子たちも。自分を思い、待っている。地層が一枚めくれたかのように、エディはその事実を生々しく実感した。捨ててきたものはすべて、いまも残されたままそこにある。消えたと思ったのはただのまやかしだった。

第十九章

エディは寝台の上でまどろんでいた。チリ沖の〝吠える四十度〟（南緯四十度から五十度にかけての海域の俗称）にさしかかり、エリザベス・シーマン号は猛烈に揺れていた。その揺れのせいだろう、エディの身の内に懐かしいリズムが甦った。ボールを打ちあうような、延々と続く静かな対話が。

「ギャングって本当にいるの？」

「映画のなかの作り話ってわけじゃないな」

「ジミー・キャグニーみたいな人たち？」

「実際のジミー・キャグニーはあんなふうじゃない。母さんよりチビだしな」

「ジミー・キャグニーと友達なの？」

「握手はしたよ」

「ギャングみたいに見える？」

「映画スターみたいだな」

「ギャングって、どう見分けるの？」

「たいていは、入ってきたら、部屋がしんとするんだ」

「怖いから？」

「怖くないと、ギャング失格だからな」

「わたしは怖がるなんて嫌」

「いい子だ。ぺこぺこせずにすむ」

「父さんは、ぺこぺこする？」

「してるところなんて見たことあるか？」

「ギャングと話はする？」

「挨拶ぐらいは。古い知り合いもいるしな」

「父さんもギャングの仲間に入ったりする？」

「よほどのことがない限りは、ごめんだね」

娘の小さく温かい手が、エディの手のなかに滑りこんだ。岩の割れ目を見つけた小魚のように、その手はいつもそこにおさまった。

「これからミスター・ダネレンに会いに行くの？」

「なんであの人が気になるんだい、お嬢さん」

「キャラメルをくれたから」

「ミスター・ダネレンは甘党だからな。おまえと同じで」

「父さんの兄貴分なんでしょ」

「そうとも言えるかな」

「溺れてたのを助けたのよね」

「ああ、そうだよ」

「ありがとうって言われた？」

「長々としたお礼は言われなかった。でも、恩に着てはいるはずだ」

「だからわたしにキャラメルをくれたのかな」

「そうかもな、お嬢さん」

「父さんもキャラメルもらった？」

「いや。父さんはおまえと違って甘いものが苦手なんだ」

何年ものあいだ忘れていたアナが、エディのもとへ戻ってきた。声も、早口な話し方も、手のなかの小さな手の感触も。その手に引かれて記憶の館に足を踏み入れ、たどりついたのは、昔の生活を入念にしまいこんだ部屋だった。なかには置いてきたものがそっくり残されていた。

日曜日のミサでのことだ。リディアが叫びだした。赤ん坊のものとは信じがたいほどけたたましく痛々しい、首でも絞められたような声だった。正確には赤ん坊ではなく三歳になり、障害を多少は隠すことのできる乳母車にどうにかおさまるほどの大きさだった。アグネスがリディアをあやそうと抱きあげると、混雑した教会のなかでよじれた身体が丸見えになった。エディは頭を強打されたような猛烈な羞恥を覚え、前列の会衆席につかまって身体を支えた。リディアはさらにうなり、わめいた。神父の説教をかき消すほどの大声だった。男たちは眉をひそめて聞こえぬふりをし、ふたりの妻たちがアグネスを教会の外へ連れだした。ひとりは乳母車を押し、もうひとりがばたつくリディアの脚を押さえていた。アナもあとを追おうとしたが、エディはその手をきつくつかんだ。頭のなかでなにかが壊れたような、周囲のものから急に遠ざかっていくような奇妙な感覚に襲われた。神父に注意を向けてみたものの、くぐもった声しか聞きとれなかった。

ミサのあと、男たちは仲間のひとりの自宅に集まった。ギャングのオウニー・マドゥンが西二十六丁目のビスケット工場で公然と醸造しているひどい味のビールを一杯引っかけるためだ。エディもすぐに引きあげるつもりで、そこに加わった。教会での嫌な気分がまだまとわりついていて、それを振り払ってからアグネスのもとに戻りたかった。マドゥンのナンバーワン・ビールを飲む楽しみは、味わうことではなく、なんの味がするかを当てることにあった。おが屑か？　濡れた新聞紙では？　オウニーが趣味で繁殖させている鳩の味では？　通りでは六人の子どもたちがときおり通りかかる車を避けながら雪合戦をしていた。窓から見下ろすと、そこに交じったアナが雪だまりの陰から少年たちに向かって飛びだしていくのが見えた。その姿を眺めていると気持ちが晴れた。**ありがたいことに、おれには五体満足な子がひとりいる**、とエディは思った。**ありがたいことに**。

ヘルズ・キッチン地区を抜けて家路を急ぐころには、初冬の夕闇が雪だまりに影を落としていた。エディはビールの酔いでかすかにふらついていた。思っていたより帰宅が遅くなった。アグネスは大急ぎでリハーサルに行かなければならないだろう。フォリーズは大恐慌以来休止中だったが、ミスター・Zの計らいで、アグネスは別のショーに出演中だった。

「もっと外で遊んでたいのに」アナが歯を鳴らしながら訴えた。

「服が濡れて寒いだろう。手をつなごう」

「やだ」そう言いながら、アナはなにかを別の手に持ち替えてから、湿った手袋を嵌めた手を差しだした。

「なにを持っているんだい」

雪玉が手渡された。きつく固められ、藁や堆肥が混じっていた。「持って帰るの」

「家のなかでは溶けてしまうよ。知ってるだろう」

「冷蔵箱に入れるもん」

「そんなことをしたら、全員腸チフスにかかる。外の階段に置いておきなさい」

「誰かに取られちゃう！」

「それはないさ、お嬢さん」

エディはアグネスの怒りとリディアの泣き声を覚悟しながら、玄関のドアをあけた。だが待っていたのは安らかな光景だった。リディアは濡れた髪でソファに横たわっていた。アナが妹に駆け寄る。台所の浴槽に湯が張られていた。

「お風呂に入りたかっただけなのよ」アグネスが憔悴した青い顔で言った。リディアはどれくらい叫びつづけていたのだろう。

「ひとりでやらせてしまったな。すまない」

アグネスは浴槽に残った湯で慌ただしく身体を洗った。エディはソファに身をかがめ、リディアのやわらかい頬にキスをした。教会で壊れたと思った身の内のなにかは、ひとまず修復されたようだった。

娘たちが眠ったあと、エディは表の階段にすわり――ヘルズ・キッチン時代のアパートメントは一階にあった――寒さも気にせず煙草をふかした。内反足や蒙古症、知的障害、歩行障害などを持って生まれる子どもの話は耳にすることがあった。窓から落ちたり、馬に踏み潰されたり、ハドソン川の桟橋から飛びこみ、突きだした杭に脳天を割られたりする子どももいた。なぜ自分のほうがつらく思えるのだろう。うまく説明がつかなかった。娘はこうなるはずではなかった、まるで違っていたはずだった。己の凋落ぶりに重なるからかもしれない。リディアのなかに混在する美しさといびつさが、双子のように。その思いには、あるべき本来の姿が影のように絶えずつきまとっていた。うらめしげな双子のように。ひとりでいるとき、しばしばエディは分娩室から医者が現れた瞬間を思い起こした。沈痛な表情や、勧められた煙草や、男の子ならと願っていた赤ん坊が死産だったらと恐れる気持ちを。だが振り返る際に思い描くのは、あの日恐れた知らせを告げられる場面だった――〝**大変残念です。お子さんは死産でした**〟。そしてつかのま、その修正によって改変された人生に想像を巡らせるのだった。ふたりはカリフォルニアに引っ越し、もっと恵まれた生活を送れるかもしれない。アグネスは新婚当時の呑気なおしゃべり娘に戻り、ベッドにいるエディを羽根扇子でくすぐったり、マッシュポテトの山に吸殻を突き刺したりするようになるかもしれない。だが、そんな空想に逃避すればするほど、厳しい現実に戻るつらさを味わうことになった。引っ越しもなければ変化もない、この日々に終わりは来ないのだと。

室内に戻り、娘たちの様子をたしかめてから、エディはストーブに石炭をくべた。リディアはどの部屋よりも暖かい台所に置かれた揺りかごで眠っていた。リディアには呼吸でさえ試練になる。**吸って……吐く。吸って……吐く**。いったん息を吐くと、次に備えて力をかき集めなければならないように、呼吸と呼吸のあいだに不自然な間が空く。ミサで感じた奇妙な解離感が戻り、麻痺したような無感覚が絶望を忘れさせた。エディは傍観者となり、男が枕を持ちあげ、眠る娘の顔に軽くかぶせるところを眺めた。押さえつけられてもがく娘の呼吸がしだいに遅くなる。男が枕を押しつけるのをエディはただ見守った。娘の小さな鎖骨がよじれ、寝間着の胸もとからむきだしになる。顔を横に向けようと首が捻られる。男がさらに押さえつける。必死に空気を求める娘の姿に、エディははっとした。歩くことも話すこともままならないまま、娘は生きようと足掻き、闘っている。生の衝動の激しさがエディをわれに返らせた。ドアが音を立てて戸枠に戻ったかのように。エディは枕を取り落とし、揺りかごからリディアを抱きあげた。叫びだしたくなるのをこらえ、怖がらせぬよう小さな頬にキスをして、そこに涙をこぼした。娘は瞬きとともに目をあけ、にっこりとエディを見上げた。静かに涙を流しながら、エディはその身体を揺すってふたたび眠りにつかせた。心の目には、屋上から飛び降り、路面電車の前に飛びこむ自分が映っていた。そのくらいの罰は受けて当然だと、受けたいとさえ思った。自殺は卑怯者の選ぶ道であり、罪でもあるが、その想像は甘美だった。頭から追いやることができなかった。

その晩遅くに帰宅したアグネスは、エディをひと目見るなり、死の天使の翼に撫でられたような顔をして揺りかごに駆け寄った。これ以上リディアと留守番はできないとエディは静かに告げた。それがアグネスの出演した最後のショーになった。週の終わりまでは続けてほしいとミスター・Zに懇願されたが、二度と舞台には戻らなかった。その晩を最後に、アグネスは憧れだった仕事を捨てた。十一年前に十七歳でニューヨークへ出てきた理由を。そして蓄えもあてもないエディは、ウェストサイドの波止場へ行き、若き日の仲間のもとに戻った。

朝の整《シェイプ・アップ》列が行われ、手配師があらかじめ選ばれた者たちに仕事を割り振ると、職にあぶれた残りの者たちは葉巻を揉み消し、悄然とその場をあとにした。行き先は酒場か賭博場、あるいは高利貸しや麻薬の売人のもとと決まっている。エディは午前の仕事は逃したが、ダネレンの計らいで午後の仕事にありついた。空いた時間の多くは、持たざる者たちの集団のあいだをぶらついて過ごした。ポーランド人、イタリア人、黒人、そしてアメリカ人、つまりこの土地で生まれた白人たちもいた。待ちうける誘惑は雑多だが、結局、どの誘惑も目的はひとつだった。稼ぐ機会を不当に奪われた者たちからさらに金を毟《むし》りとることだ。黒人たちが埠頭に現れるのがエディには意外だった。ありつける仕事といえば、船倉の底に積まれたバナナの荷降ろしのような、誰もが嫌がるものばかりだからだ。バナナは触るとすぐに傷み、噛みついてくる蜘蛛の巣窟になっていた。

じきにエディは、ダネレンが牛耳る桟橋近くで行われているギャンブルが残らずいかさまだと気づいた。手札はごまかされ、サイコロは細工され、そればかりか、〝アフリカ式ゴルフ〟と呼ばれるクラップス（サイコロ賭博の一種）では、ひとりの〝カモ役〟がほかの二、三人とぐるになり、残りの者たちから金を騙しとることもあった。それに気づいてショックを受けたということは、エディのなかにも理想主義らしきものがいくらかは残っていたらしい。高利貸しから金を借りる者はその意味を承知しているはずであり、薬や酒に溺れる者も自業自得だ。だが、家で待つ妻にいくばくかのものを持ち帰ろうと運を天に任せる者には、勝つチャンスくらいは与えられるべきだ。運だけが現実を変えられる。ないはずのドアを開くことができる。いかさま賭博はたんなる不正以上の、この世に対する重大な冒瀆なのだった。

エディはダネレンの賭博場を避けるよう、黒人たちに警告をはじめた。「もっとまっとうな勝負ができる場所がある」、「あそこじゃ一見《いちげん》の客は勝てないぞ」さりげなくそう耳打ちした。そうやって大きな危険を冒すたび、めまいのするような不安にも襲われた。仕事をまわしてくれるダネレンだけでなく、その背後にいる得体の知れない者たちにも抗うことになるからだ。そんな逡巡を嗅ぎとってか、警告を受けた者たちは胡散臭げに「遊ぶ場所くらい自分で決める」、「大きなお世話だ」などと言うばかりだった。それでもたまに賭博場に入るのをやめる者もいた。そんなとき、エディは人ひとりを救ったような高揚を覚えた。

一九三二年、貨物船の入港が完全に途絶えると、エディはダネレン専属の使い走りになった。放課後や週末にはアナも伴うようになり、ダネレンの〝用事〟の合間には、ヒポドローム劇場やセントラル・パーク動物園、キャッスル・ガーデンの水族館へも連れていった。アナとふたりでいるときだけは心から安らげた。アナこそがエディの密かな宝であり、純粋無垢な喜びの源だった。

「ここでちょっと寄り道をするよ、頼まれ事があるから。お行儀よくしていてくれ」

「父さんもお行儀よくする？」

「ああ、がんばるよ、お嬢さん」

「お行儀よくしなかったら、誰かに叱られるの？」

「目立たないようにすれば大丈夫だ」

「頼まれ事って？」

「ある人からある人へ、挨拶を伝える。でもそれは秘密の挨拶なんだ」

それを聞いたアナは興奮した。「わたしも秘密の挨拶がしたい！」

「できるとも。父さんにキスしてくれたら、父さんが母さんにキスをする、おまえからだと言ってね」

アナは少し考えた。「リディアに秘密の挨拶をしてあげたい」

「リディアにはわからないだろ、お嬢さん」

「ううん、わかるはず」

車が赤信号でとまると、アナは星の形に開いた両手でエディの頭を挟み、頬にごく軽くキスをした。

エディの目がじんとした。

「いまのキスを、リディアに伝えてね」

家に帰ると、アナはエディがリディアにキスを伝えるところをしげしげと眺めた。エディは言われたとおり、やさしくキスをした。運び屋の務めとして。

賄賂を届ける行為で腐敗に手を貸していることはエディも自覚していた。市会議員や州上院議員、警察幹部、競合する港湾組合のボスたちとのあいだで、金は不定期にやりとりされていた。だがエディは傍観者でいるつもりだった。自分はなにもしていない、見ているだけだと考えていた。その線引きが失意と絶望を——迫りくる路面電車の車輪の執拗な誘惑を——遠ざけるのに不可欠だった。しだいに訪問先は埠頭周辺だけでなく、ダネレンが関係を持ちながら支配してはいない各所の賭博場へと広がりはじめた。そこでもいかさまは行われていたが、責任者が不在の際に限られていた。つまり店ぐるみの不正ではなく、ディーラーたちが売上げをくすねるといった自殺行為に走る代わりに、そうやって小銭稼ぎをしているのだった。ならば、やめさせることもできる。エディが上の者にうまく告げさえすれば。

ダネレンの用がないとき、エディはたまに客としてゲームに参加し、不正の手口と、そこにある腐敗を探った。刑事にでもなった気がした——身近にいる悪徳に染まった連中ではなく、本物の刑事に。記録は一切残さなかった。いかさまの内容はすべて頭に叩きこんだ。誰が、いつ、どうやって、いくらごまかしたかを。そうこうするうち、全体像もしだいに見えてきた。金の流れを知ることは、ある意味すべてを知ることになる。明らかになったのは、一九三四年末のニューヨーク市で行われている賭博の大半がひとりの男によって仕切られているということだった。利潤はつづら折りやヘアピンカーブだらけの道筋をへてその男のもとに集約され、受け渡しを行う者以外に流れをつかむことは不可能だった。誰かの背後には必ず誰かがいて、その背後にもさらに別の誰かがいる。行きつく先は神だろうかとエディは想像した。

クリスマスの二日後、エディは靴を磨き、帽子にブラシをかけて、アグネスのお針子仕事で余った玉虫色の羽根をそこに飾った。そしてその大物に会うため、西四十丁目界隈に建つ元もぐり酒場の〈ナイトライト〉を訪ねた。店内に足を踏み入れると懐かしさに襲われた。アグネスやブリアンやほかのダンサーたちを連れてここに来たことがあるはずだ。〝あのころ〟と心で呼ぶようになった昔に。

ボスは留守だと支配人に告げられた。エディは待つと答え、ライ&ソーダを注文して、カウンターの上で銀の懐中時計を開いた。自分がノスタルジーに浸っていることにエディは気づいた。あえていかがわしさを漂わせた、そうでなくともそれを意識した店の雰囲気のせいだ。賭博が行われている気配を感じて見まわすと、それらしき部屋のドアが見つかった。そこへ入っていく男女の模造真珠や流行遅れの帽子から、賭け金の額には当たりがついた。〈ナイトライト〉の主たる商売が賭博でないのは明らかだった。なにか別のもの——表面的には赤字に見せながら儲けを生む手段があるはずだ。

二十四分後、別の男が近づいてきて、ボスに面会希望かと訊いた。男に案内されて入った奥の部屋では、ディック・トレイシーばりの顎を持つ男が、イタリア系らしきごろつきたちに取り巻かれていた。エディははっとした。ダネレンは埠頭の支配に留まらず、イタリア系の犯罪組織とも取引していたのだ。そうせざるを得なかったのだろう。

スタイルズは取り巻きたちを退出させた。エディが机を挟んですわると、スタイルズは訊いた。

「警察の人間か」

エディは首を横に振った。「懸念を持った一市民だ」

スタイルズが笑った。「ご用件は、ミスター・ケリガン?」

エディは気づいた不正をゲームごとに指摘した。店の場所と、いかさまの手口と、おおよその儲けとを。スタイルズは黙って耳を傾けていた。一、二度だけ「それはうちの店じゃない」と口を挟んだものの、おおむね聞き役に徹した。話が終わると、こう訊いた。「なぜ知らせに来た?」

「自分なら知りたいと思うからだ」

「もちろん知りたいとも。そっちの望みは?」

そこまであっさりと話が進むとは、エディも予期していなかった。どう答えるべきか、そもそも相手になにを期待しているのかも定かではなかった。

「すぐにでも叶えられるものもある。いや、たいていのことは可能だ」

デクスターはケリガンを見据え、相手の弱みを探った。金が目当てではないだろう、そうであれば話をはじめるまえに要求したはずだ。では、なんだ？　アイルランド男なら酒のことが多いが、ケリガンは大酒飲みには見えなかった。身を守るためなら猛然と闘いそうではあるが、貧弱な手足からして暴力の世界に憧れているわけでもなさそうだ。女はどうだ？　アイルランド男は浮気には消極的で、でっぷり太った赤ら顔の女房に忠誠を尽くすことで知られている。次から次へと子どもを産む以前の可憐な娘時代を忘れずにいるのか、あるいは酒飲みで口うるさい神父を恐れているからか。

「女は？」デクスターはケリガンの顔に目を据えたまま、図星を突かれた動揺が浮かぶのを待った。

「女ならいくらでもいる」

「家に美しい妻がいるんでね、ミスター・スタイルズ」

「こちらも同じだ。お互い、幸運だな」

ならば、金か。デクスターは相手に失望した。それならそうと、はじめから言えばいい。「いまの話にいくら欲しい？」

エディのほうも心外に思いつつ、考えをまとめようとした。「思ったんだが、儲けをあげながら、いまよりもきれいな――つまり、フェアな――商売をする手もあるはずだ。運を試そうとする連中のために」自分の言葉が嘘臭く、間抜けにさえ響くのがわかった。スタイルズも当惑顔だが、その当惑を楽しんでいるようにも見えた。

「おれが慈善事業をしているとでも、ミスター・ケリガン？」

エディは思わず苦笑した。

「おまわりみたいなことを考えるんだな。いっそ、なればどうだ？」

「それよりも、あんたの下で働きたい」

そのときようやく、エディはここへ来た目的に気づいた。仕事が欲しかったのだ。

「うちの仕事になじめない者もいるが。変化に対応できずに」

アイルランド人の港湾労働者で、思いつめてここへ駆けこんだ者は自分が最初でもないらしいとエディは悟った。「それは誰のもとで働いていたかによると思うが」

スタイルズが椅子の背にもたれ、値踏みするようにエディを見た。エディも年下のその男を机ごしに見返した。イタリア人の本名を隠した偽名、好奇心や活力として表れた、満たされない焦燥。そしてその下に潜んだ、重々しいまでの深い哀愁。エディは相手に理解と好感を覚えた。同胞から離れ、抗うことで力を築きあげたことに親しみも抱いた。自らの意志で忠誠を誓っていることに。

「たしかに」とスタイルズが言った。「あの手の商売は片づけたいと思っている。ほかにも問題があれば知りたい。部下たちの報告からは漏れているようだ」

「あんたのために働く監視役《オンブズマン》になりたい」エディは言った。それは何年もまえに新聞で目にした言葉だった。使う機会が来るのをずっと待っていたのだ。

スタイルズはうっすらと笑みを浮かべた。「なるほど、オンブズマンか。だが、ここで会うのはまずい。ふたりでいるところを見られるのもだ」

「たしかに」

「家族を連れてうちへ来るといい、そこでもう少し話そう。子どもは？」

「娘がふたり」

「うちにも娘がいる。一緒に遊べばいい。土曜日では？」

〈ナイトライト〉を去るときには小雨が降っていたが、高揚したエディは気づきもしなかった。吸殻あさりをする宿無しの少年のほかには誰もいない五番街を南へ歩きだし、まもなくマディソン・スクエアの野営地の前にさしかかった。湿っぽい空気のなかで、焚き火が音を立ててくすぶっていた。空き缶で煮立てられたコーヒーとコンデンスミルクのにおい。金気の混じったその甘ったるいにおいには決まって不快感を覚えた。普段はそれを嗅ぐと、野営地で煮詰まったコーヒーを飲む男たちと自分とを隔てるものがジョン・ダネレンだけだと——ぶくぶくと太った、むら気なあの怪物だけだと——気づかされ、たじろがずにはいられなかった。

だがようやく出口が、逃げ道が見つかった。リディアにも車椅子を買ってやれる。それに、とエディは木々の枝できらめく小さな雨粒に目を奪われながら考えた。これまでは悲観的だったが、その車椅子がリディアに望外の効果をもたらすかもしれない。それこそ、正常に戻らないとも限らない。

幸運の女神に触れるチャンスを人々に与えたい——当初のその目的は、雨に濡れて暗がりを有頂天で歩くエディの頭をかすめもしなかった。感じているのは、己が救われた安堵ばかりだった。

第六部　潜水

第二十章

ミスター・Qとの不本意な面会からひと月のあいだ、デクスターは日曜日の昼食会ごとに義父とふたりで話す機会を窺いながら、それを果たせずにいた。その苦労が結果的に有利に働いた。週を追うごとに、みずからの提案に自信が深まったからだ。そしてついに、狩猟クラブの晩餐舞踏会で、食べ残しのベイクド・アラスカが並んだテーブルごしにアーサーが目を合わせ、こう言った。「外の空気を吸ってくる。一緒にどうだ」

蠟燭の煙が立ちこめるなか、デクスターは腰を上げた。二月なかばには危険なほど薄着の楽団員たちが静かに〈ホワイト・クリスマス〉を演奏している（一九四二年秋以降、ビング・クロスビーの歌ったこの曲が流行中だった）。フォックストロットに興じる客たちの監視を切りあげられるのもありがたかった。タビーとグレイディに目を光らせているつもりが、目につくのは、妻が娘時代に夢中だったポロのチャンピオン、ブース・キンボール（冗談ではなく〝ブー・ブー〟とあだ名されている）の腕に抱かれて踊る姿ばかりだった。ブー・ブーはレディ・なんとかと結婚し、デクスターとハリエットの結婚直後にロンドンへ居を移していた。十年以上ぶりに顔を合わせると、その姿は見る影もなくなっていた。雪のような白髪に変わっていたのだ。「危うく難を逃れたな」デクスターはカクテルアワーのあいだにハリエットに耳打ちし、ブー

・ブーのほうへ顎をしゃくった。ハリエットも声を潜めて答えた。「ピッパが去年癌で亡くなったのよ」

ビロードの遮光カーテンの隙間から凍てつく外気のなかへ出た。「爽やかな空気だ」身を切る風を楽しむようにアーサーが言った。「すがすがしい」アスコットタイも同然の薄い絹のスカーフを巻き、山高帽をかぶっているだけだが、アーサーは滑稽なまでに寒暖に強いことで知られている。真夏にディナースーツを着こんでいても、汗ばむところを見たことがない。足取りもきびきびと切れがよく、数センチ背の高いデクスターがついて歩くのに苦労するほどだった。

ほの白く光る堅い雪がフェアウェーを覆っているが、キャディたちが行き来する小道はおおむね見通せた。ふたりは小道のひとつを海岸までたどり、風の合間に言葉を交わした。グレイディの制服姿がいかに凛々しいか、哀れな母親がいかに息子の出征を恐れているかを。この週末でグレイディの休暇は終わり、戦地へ発つことになる。ほかにも一族の若者三名の入隊が決まり——ふたりは陸軍へ、ひとりは沿岸警備隊へ——この晩餐舞踏会は送別会を兼ねたものでもあった。クーパーは息子が心配でたまらない様子だが、たとえ世界大戦であろうとグレイディの前途を妨げはしないはずだとデクスターは確信していた。

ふたりは蔓のように入りくんだクルックド川のほとりにたどりついた。緑がかったその水は凍結している。ロングビーチをまわりこみ、ブロード水路を経由した緩やかな流れが周囲に無数の沼沢を形成している。動きながら話をするのを好むデクスターは歩きつづけたかったが、アーサーは足を止めた。

「水辺を見るとそばに行きたくなる、そうじゃないかね」義父は暗闇を眺めながら言った。「メルヴィルがいみじくも言っている——〝陸地の果てまで行かねば満足しない〟——いや、正確には思いだせんが。端に引き寄せられるのは人間の性だ。そこがゴルフコースだろうとな」

「ゴルフコースならとくに、でしょう」デクスターは答え、ふたりは声を合わせて笑った。ふたりがともに敬遠しているもののひとつがゴルフだった。デクスターのほうは、熟練者なら乳飲み子のころから慣れ親しんでいるはずのスポーツをいまさら覚える気になれず、義父のほうは、それをスポーツに見せかけた怠慢だと見なしているからだ。

デクスターはいまいる場所に見覚えがあるのに気づいた。遠い昔、ハリエットとの結婚の許しを義父に求めた場所だ。夏の日のことで、生い茂る葉の重みで木々はたわみ、芝生を刈ったばかりのフェアウェーは新札を思わせるにおいを放っていた。黒々とした水平線を眺めるうち、デクスターの頭に当時のやりとりの一部が甦った。

「きみの仲間とわたしの仲間は」未来の義父はやかましい蟬の声のなかでそう言った。「さほど気が合いそうにないと言えるだろうな、ミスター・スタイルズ」

きわめて控えめなその言葉は冗談めかしたものではあったが、デクスターはストレートに受けとった。「ええ、共通点は多くないでしょう」

「いや、共通点は大いにあるはずだ、互いに認めたがらんだろうが。あるいは共通言語と言うべきか」

その大胆な言葉に、デクスターは沈黙した。

「意外に思うかもしれんが、ミスター・スタイルズ。きみの仲間のことをとやかく言う気はない」

「そう言っていただけて……感謝します」

「ハリエットはきみに夢中だ、大事なのはそれだ。肝に銘じておいてもらいたいのは、きみも同じように夢中でいてほしいということだ。あの子だけを愛してほしい。わたしがこだわるのはそこだ、ミスター・スタイルズ。きみの仲間でも、商売でも、評判でも、過去でもない。娘を裏切らんこと。それだけは約束してもらいたい」

「約束します」デクスターは、すでにセックスした銀行家の娘と今後も合法的にセックスすることで頭がいっぱいの若者が持ちあわせる限りの慎重さで答えた。

「娘には幸せでいてほしい」ミスター・ベリンジャーは軽く値踏みするようにデクスターを見て言った。「だから、本当に幸せかどうか、つぶさに見守らせてもらう」

「わかりました」

「わかるものか」ミスター・ベリンジャーはにこやかに言った。「わかりっこない。ともかく約束は守ってほしい、きみ自身のためにもだ。例外は認められない、いいね」

たしかにわかってはいなかった。のちに気づいたときには感服するしかなかった。義父はデクスターの約束を取りつけ、まんまと窮地を脱したのだ。フーディーニも顔負けの鮮やかさで。娘は身ごもり、堕胎は拒否している。アーサーが結婚に同意しなければ、デクスターと駆け落ちするだろう。恥をさらしなことに。注文をつける余地などなかったにもかかわらず、義父は一方的に有利な形で取引を成立させた。不気味なほどの眼力によって、デクスターが犯罪者ながらも約束を守る男だと見抜いたのだ。商売柄、浮気をしない男は稀なほどだが、コーラスガールのなめらかな腕が首に巻きつけられるたび、デクスターは監視の目を意識した。これは過ちになるだろうか。重大な結果を招くだろうか。冷水を浴びせられるよりも効果的だった。だがじきに、デクスターはその状況に満足するように、ありがたいと思うようにさえなった。女は麻薬と同じで男の理性を狂わせる。おまけにハリエットはどんな女よりも美しかった。

例外は列車の女の一件だった。思わぬときに思わぬ場所で犯した一度きりのあの過ちで、二度とばかな真似はすまいと固く決意した。

だが、ちょうど二週間前にふたたび約束を反故にすることになった。今夜はここでその件を問いただされるのだろうかとデクスターは身構えずにいられなかった。だが、気づかれることなどありえるだろうか。ジョージ・ポーターに見られたことはなんでもない。ジョージが疑っているとしても、デクスターの罪など、向こうの罪に比べれば霞んでしまう。そういえば、ジョージはあの晩からやけに無遠慮で親しげな態度を見せるようになっている。男同士の絆が深まったとでも言いたげに。

ふと物思いから覚めると、義父に見つめられていた。「このところ様子がおかしいようだが。なにか気になることでも？」

デクスターは狼狽した。筋金入りの浮気男はこういうときどう振る舞うだろう？　いや、気になることならたしかにある。この一カ月、義父の耳に入れようとしてきた件だ。安堵しながらデクスターは切りだした。「変化の必要を感じているのですが、サー」

「サーだって？」

デクスターは赤面した。「いえ、アーサー」

「どんな変化かな」

「商売上のです」

「いまでも十分に手広くやっとるんじゃないのかね」

「たしかに。ですが、悪事ばかりです」

遠くの蓄音機から聞こえるような切れ切れの音楽が、凍てつく風に運ばれてくる。灰黒色に沈んだ水と氷の世界は地の果てを思わせる。

「善悪というのは相対的な表現じゃないのかね、きみの世界では」

「これまではそうでした」

アーサーが口笛を吹く。「理想主義にかぶれるには遅すぎやしないか」

義父がにやりとしたのがわかった。「流行り病のようなものです」

「戦争のせいだな。数多い副産物のひとつだ」

「これからの時代には、堅気として関わりたいのです、陰で血を吸うヒルではなく」

アーサーはため息を漏らすように深く息を吐いた。「ごく若いうちに一生を左右する選択を迫られるというのは、酷なことだな」

「選択が間違っていたなら、別の道を選ぶべきです。遅まきながらでも」

吹き寄せた風でデクスターの目には涙が滲んだが、義父は帽子を押さえようともしない。風がおさまると義父は答えた。「きみの仲間や商売にくわしくはないが、宗旨替えはたやすくないのでは？」

「じつのところ、自然に変わりつつあります。ニューヨークでも、シカゴでも、フロリダでも合法的な形で収益をあげていますし。方々にってもあります」

「だろうな。きみは感じのいい男だ。だが、雇い主は承知しているのかね、その……自然な逸脱を」

義父がミスター・Qについて単刀直入に触れるのは初めてのはずだ。一瞬の驚きは、強烈な収束の感覚に取って代わられた。共存しがたいふたつの世界のあいだに、突如として橋が架けられたかのようだった。そしてその橋こそ、デクスターが求めているものだった。

「それはたしかです。ですが、決めるのはわたしです」

アーサーほどの敏《さと》い人間ならば、話の先は読めているはずだ。先ほどの〝商売上の〟や、あるいは〝サー〟のひとことを聞いただけで察したかもしれない。デクスターは背筋を伸ばし、深呼吸をした。

「考えたのですが」喉もとに泡玉のように迫りあがる〝サー〟を呑みくだし、「合法的に得た資産や利益をお任せできないかと。銀行に」

「こちらが買収するということかね」

「そのとおりです」

義父は黙りこんだ。真剣に検討しているのだとすれば、いい兆候だ。デクスターは渦を巻いて凍った足もとの水を見下ろした。かつてこの場所で自分の人生は進路を変えた。今度も変えられるはずだ。

「どうかしているようだな、息子よ」義父はようやくそう答えた。いつもと変わらぬ穏やかな口調のままだ。「気がかりだと言わざるを得ん――きみ自身の身も、きみの庇護下にある、わたしの大事な者たちの身も」

熱いものに触れたかのように身体の奥でなにかが弾けたが、デクスターは平静を装って答えた。

「なにがでしょう」

「きみは恵まれているんだ、デクスター。すばらしい家族がいる。名声があり、尊敬され、人望もある。新聞に名前も載る。たいていの男が一生に得られる二倍、三倍のものを手にしている。だがそれはどこへでも持ち運べるものじゃない。一国でしか使えない通貨のようなものだ」

「おっしゃることがわかりませんが」

「頭をはっきりさせたまえ、息子よ。はっきりとな」クーパーもそう呼ばれることを考えると、〝息子よ〟は侮蔑のしるしにちがいない。

「きわめてはっきりしていますが、頭なら」

「これは知っているかね」アーサーがものやわらかに言う。「第一次世界大戦後、鉄道や工場の建設を目的として、われわれ金融機関が公債発行のための引受シンジケート団を形成した際の話だ。関係団体のあいだで契約を交わすことはただの一度もなかった。身近な間柄の幹事グループだけでなく、公債を購入して大衆に売るその他の団体ともだ。そういった取引を規定する法すらなかった。信用と評判、それがすべてだ。それしかなかったんだ！　いまもそれは変わらん。わたしの事業のすべては、信用の上に築かれている」

「わたしのことは信用してくださっているはずです。幾度となくそう聞かせてくださったはずでは？」

「心から信用しとるとも。きみはすばらしい銀行家になったろうよ、デクスター。間違いなく役員になれた」クーパーとは違って、という意味だろう。血筋のよさにもかかわらず、息子はいまだにその地位になく、出世の見込みも薄い。「きみの先見の明には感服するばかりだ。だからこそ、自分の評判に――経歴に――問題があると自覚できておらんことが不可解なんだ」

　デクスターは気を取りなおそうとつとめた。こういった形の反対をなぜ予想しなかったのか。いや、予想はしていた、真っ先にそう考えはした。だが、権力と名声と独立性を備えた義父ならば、そうした懸念は一蹴するだろうと思いこんだのだ。

「他人の意見を気にされるとは思いませんでしたが」

「個人的には気にしない。だがビジネスとなるとそうはいかん。線を引くべきところはわきまえている。ニューヨークじゅうの銀行からそっぽを向かれるかといえば、そうではないだろう。信用をそこまで重視しない銀行もある。だが、なんの意味がある？　なぜあえて二流の銀行で二流の行員など目指す？　たんに、堅気になったことを示すために」

「それで終わるつもりはありません」

「その道を選ぶなら、それが関の山だ。わたしなら、なにも変えようとはせん。いまの地位でどれだけのものを得ているかよく考えて、それを楽しむことだ。道なかばで方向転換などすれば、手にしたものを失ったあげく、なにも得られずに終わりかねん」

アーサーの説教は反論の余地のない正論だったが、デクスターはそれを聞き流している自分に気づいた。なにかが自分のなかで変わったのだ。「手にしたもののために、あまりに多くの犠牲を払いました」そう言ってから、口からこぼれた言葉に驚いた。それは己の手を血で汚したことを指していた。

義父の手がそっと両肩に置かれた。その小柄さが威厳の源に感じられ、デクスター自身のたくましさが若輩者の軽率のしるしに思えた。「誰でも手にするもののために犠牲は払うものだ」義父が意味ありげに言った。「そうせぬ者などどこにもいない、聖職者も含めてな。誰にでも秘密はある、目的のためにせねばならんこともある。わたしがいる世界も同じだ。大理石の柱にごまかされちゃいかん──古代ローマにもあったが、連中は捕虜をライオンの餌にしていたのだからな。うちのような組織にも残酷さは嫌というほど潜んでいる。同じだけの偽善と相俟《あいま》った形でな」

デクスターの目がじんとした。風のせいではない。似た者同士だと思われることが、どれほどうれしいか！　義父の言う〝残酷さ〟がどんなものであれ、デクスターのものとはむろん違う。それでも、その言葉にこめられた激しさに、思わず義父の顔をたしかめたくなった。だが、このやりとりには闇が不可欠だ。

どちらからともなく、ふたりは楽団の奏でる音楽を頼りにクラブハウスへ引き返しはじめた。ようやく建物が見えてきた。青白く凍てついた景色のなか、天上の館を思わせる柱廊の奥から宴の華やぎがあふれている。

「中年の危機についてはまだ書きつくされてはいない」アーサーの声が風に運ばれてくる。「ダンテはそれを逃れようと地獄に足を踏み入れた。比喩的な意味で言えば、同じ行為に走る男たちを大勢見てきた。用心するといい、デクスター。戦争は予想を超える構造変化をもたらす。いまは軽率な行動を慎んだほうがいい」

デクスターは〝構造変化〟という言葉を気に入った。戦況は明らかに転換し、昨年の秋に義父が予言したことがすでに現実のものとなりはじめている。だが、何週間、何カ月分もの不満が蓄積したデクスターの身体は行動を求めていた。間違った動きであろうと、なにもしないよりはましだ。

ジョージ・ポーターが遮光カーテンの内側に佇み、落ち着かなげに口ひげを撫でつけていた。「どこへ行ったかと思っていたよ」探るような目で声をかけてくる。デクスターは気もそぞろで返事をしなかった。

寄宿学校にいる少年たちを除くベリンジャー一族が顔を揃え、晩餐室の四台のテーブルを埋めつくしていた。デクスターの席はビッツィーの隣だった。晩餐のあいだ、向かいにすわったヘンリーの惨めな視線を感じながら、ビッツィーの話し相手を務めた。ええ、娘は以前より泣かなくなったわ。いいえ、ご機嫌斜めなときばかりでもないの。落ち着いた様子を見ると、カクテルアワーにジョージと人目につかない場所で逢引でもしたのだろう。狩猟クラブにはお誂え向きの場所が山ほどある。一族への反抗のしるしにハリエットにここへ連れてこられたころからよく知っている。人当たりのよさと分厚い札束さえあれば入れる場所は数多あるが、ロッカウェイ狩猟クラブは違う。当時、年配の奥方たちや澄まし返ったその子女たちから向けられる冷たい目を、デクスターは愉快に受けとめた。なにを気にすることがある？　すげなくあしらわれようが、結婚式のホスト役を断られようが（アーサーはそれに激怒した）、こちらは一族のひとりを引っさらい、夜のプールサイドを手をつないで歩きながら、セックスする場所を探しているのだから。非難のまなざしの鋭さが、ナイフの先で鳴らされるグラスのようにふたりの思いをかき立てた。欲望が木々の梢で鳴り響き、月明かりを震わせ、やがてすべてを忘れさせた。結婚後も、ふたりはバンカー内や物置小屋、さらには写真立てやら有名な競馬大会のトロフィーやらが並んだキャビネットの下でも愛を交わした。ハリエットは妊娠八カ月になると、テニス大会の表彰式の最中にテーブルの下でデクスターを満足させた。

だがいまは〝構造変化〟が生じた。タビーと双子は生まれたときから一族にかわいがられ、放蕩のすえに帰還したハリエットは、旅の長さの分だけ温かく迎え入れられた。デクスターだけがよそ者のままだった。同世代の面々はまずまず友好的で、酔って色目を使う妻たちもいた。だが保守的な上の世代は、暇に飽かしてデクスターの陰口を叩きつづけた。すでに存在には慣れ、騒ぎたてはしないものの、目の敵であることには変わらなかった。

グレイディを含めた出征前の若者たちが、誇らしさと不安を浮かべた母親たちとワルツを踊りだした。ぱりっとした制服に身を包んだその雄姿はすでに英雄そのものだった。デクスターは厨房を取り仕切るミスター・ボナヴェンチュラ（ピューリタンたちも、料理と酒はブラジル人に任せるべきだと知っている）を探して、どこの闇市場で牛肉を仕入れているか尋ねることにした。ローストビーフが硬かったからだ。自分なら力になれるだろうし、ピューリタンたちが踊っているあいだにちょっとした商談をまとめるのも悪くない。だが、クッション張りの厨房のドアまで行きつくより早く、頭の一部は後ずさりをはじめていた。そんなことをしてもなにも変わらない。これまでとまるで同じだ。ミスター・ボナヴェンチュラに牛肉の商談を持ちかけるという悪くなさそうな思いつきは、一瞬にして悲惨なほど最悪なものに変わった。奥方連中と同様、デクスターも自分自身にうんざりしていた。

ダンスホールの中央に立ちつくしたまま、デクスターは問題に気づいた。力に任せて行動を起こしたところで、遠ざかりたい方向へ近づくだけだ。つまり、できることはなにもない。

とはいえ、その発見のなかにかすかな可能性も見いだした。行動を起こすことを考えたのがまずかったのかもしれない。やめることなら可能かもしれない。

婦人用のラウンジから出てきた妻を見つけ、デクスターはその手を取った。混みあったダンスフロアに連れだすと、その顔に驚きと喜びが浮かんだ。ケリガンの娘と過ごした夜以来、夫婦のあいだにはぎこちなさが生じていた。あの出来事がデクスターの頭を離れずにいた。なによりも、彼女の正体を知った衝撃が、そして彼女のにおいや手触りや味も。あの日の二日後、酒の空瓶を調べて侵入者を突きとめるためにまた船小屋を訪れた。だが、あの夜の小道具の数々――テーブルに、ストーブに、床に脱ぎ捨てられたストッキング――に囲まれたとたん、気づけば壁にもたれ、ズボンのなかに手を差し入れていた。以来、船小屋には足を踏み入れていない。ハリエットと身体を重ねてもいない。珍しい事態だが、ハリエットは意外なほど淡々とそれを受けとめた。そして今日、やもめになったばかりのブー・ブーの腕に抱かれて踊る妻を目にしたせいで、デクスターは夫婦生活を再開しようと決めた。ハリエットを抱き寄せ、ムスクの香りの髪に鼻を埋めながら、腰のくびれに手を触れた。しなやかなその腰は、子どものころに続けていた乗馬の名残りだ。

「ここで昔、なにをやったか覚えているかい」

「ええ、もちろん」

「タビーとグレイディが同じことをしないよう祈るよ」

冗談めかしたつもりだったが、腕のなかの妻は身をこわばらせた。「まだ十六歳よ」

「きみはいくつだった？」

出会ったとき、ハリエットは処女ではなかった。当時のデクスターは、いつ、誰といった詳細を尋ねようとはしなかった。十歳年上のブー・ブーだったかもしれない。求婚されていれば、ポロのチャンピオンの妻になっていたかもしれないが、年の差がありすぎたうえ、そうなるにはじゃじゃ馬すぎた。あの父親でさえ手を焼くほどに。父親はみなそういうものだが。

「坊主たちは行儀よくしているな」デクスターは空気を和ませようとそう言った。

「ふたりともいい子よ。あまり褒めてあげないようだけど」

「もっと褒めるようにしないとな」

「本当？」耳もとに温かい息が吹きかけられ、今夜は愛しあうことになるだろうとデクスターは確信した。船小屋での出来事は、完全に消えはしないものの、頭の隅に追いやられた。

「きみが喜ぶならね」

「とてもうれしいわ」

楽団が〈タンジェリン〉で演奏を締めくくった。ドロシー・ラムーア主演の、さほど出来のよくない映画の挿入歌だ。それぞれの家族は外の暗がりへとぎこちなく歩きだした。アーサーとクーパー、マーシャ、そしてグレイディの妹たち（兄の輝きの陰で苦労している平凡な娘たち）は、翌日グレイディをペンシルヴェニア駅まで見送りに行くことになっている。残りの者はここでお別れとなる。デクスターはジョージ・ポーターと並んでクラブハウスを出た。義父との密談の件を気にしている様子なので、安心させようと肩に腕をまわした。もっと信用してくれてもよさそうなものだ。

グレイディはほんの二週間でさらに背が伸びたようで、デクスターと目の高さがほぼ並んでいた。月明かりを浴びて制服の真鍮のボタンがきらめいている。甥と握手を交わしたとき、デクスターは喉の詰まりを覚えた。グレイディは生き延びる。そう信じてはいても、これが見納めになるのではという不吉な思いが頭をかすめた。

タビーがグレイディの首に齧りつき、そのまま泣きだした。そばに立ったデクスターは、娘の振る舞いがはしたないのではと気を揉んだ。だが、義母は「昔から仲が良かったものね」と声を詰まらせた。

デクスターは月光の下で義母の顔をたしかめようとした。本当に泣いているのだろうか。暗がりに沈んだベス・ベリンジャーの鋭い目からは涙があふれ、万華鏡の模様のような皺をきらめかせながら盛大に流れ落ちていた。

「グレイディをほかの人とも挨拶させてあげなきゃ」ハリエットがやさしくたしなめ、タビーをいとこから引き離した。

駆け寄ってきた娘を、デクスターは両腕で抱きとめた。「よしよし、タビーキャット。もう行こう。心配しなくていい」

「きっと変わっちゃう。元どおりにはならないわ」

「グレイディは元気に帰ってくるさ、約束する」

タビーが身を引き、デクスターを見つめた。「約束なんてできないでしょ、父さん」

たしかにそうだ。ただの気休めでしかない。「約束できるとも、そう信じているから。グレイディ・ベリンジャーにはなんの心配もない。これっぽっちも」

口から出まかせだったが、その言葉が功を奏したのか、胸に抱いた娘の鼓動が緩やかになるのがわかった。ふたりには似たところがあるとデクスターは気づいた。身体にも、においにも、仕草にも。娘は自分のものだ。自分も娘のものだ。

双子に両腕をまわしたハリエットが、先に立ってキャデラックのほうへ歩きだした。デクスターもタビーを腕に抱いたままあとに続いた。誰もが黙りこみ、砂利道を踏む靴の音だけが響いた。まさにそのとき、月明かりの下で悲しむ娘の肩を抱いたまま、デクスターは取るべき行動に思いいたった。

第二十一章

　テストで梯子をのぼりきった誇らしい日のことを、アナはたびたび思い返した。映画ならそれがラストシーンになるだろう。長い苦難の末に気難しい大尉の尊敬を勝ちとることを予感させながら。現実には、大尉はますますアナを嫌った。潜水士たちのことは〝男子諸君〟、〝紳士諸君〟と呼び、アナがそばを通ると黒猫でも横切ったように黙りこんだ。大尉を喜ばせるには辞めるしかないのは明らかで、留まる理由も与えられなかった。

　テストの日から二週間が過ぎても、アナはただの一度も潜水を許されていなかった。男たちはすでに何度も潜っていて、バスコムとマールはペアを組み、連合軍の駆逐艦の船底の修理にあたっていた。アナは名目上、引き揚げ係に指名された。サルベージ、つまり沈没品の回収が専門ということだ。マンハッタンの八十八番埠頭で転覆した客船のノルマンディー号や、スカパ・フローで自沈したドイツ艦隊の場合は、サルベージ隊が活躍していた。でも、ワラバウト湾には沈没船などない。その代わり、十年前にはしけから落下した数千もの線路の枕木が沈んでいて、喫水の深い船の通行を妨げていた。枕木の回収には多くの訓練生が指名されたが、アナを除けば落ちこぼればかりだった。たとえば、テストの日に潜水服に穴をあけたサヴィーノのような。穴をかがる役目はアナに押しつけられ、サヴィーノは潜水訓練用タンクでの溶接訓練を受けることになった。そこでも彼の受難は続いた。二日前、溶接していた鋼鉄製のパネルの角にぶつかり、ヘルメットの覗き窓が割れたのだ。補助役についていたマールたちの手ですぐさま引きあげられたサヴィーノは、水圧で耳と鼻から出血してはいたものの、見たところ問題はなさそうだった。ところが再圧チャンバーに入ったところで意識を失った。アクセル大尉は空気塞栓症を疑った。息を止めたまま引きあげられることで生じる症状だ。浮上とともに減圧が起こると、肺のなかの空気が膨張し、気泡が血管に侵入する。気泡は静脈から動脈へと流れ、とくに狭まった場所に達した際、そこで血流を妨げる。サヴィーノの場合、それが脳に通じる血管だった。空気塞栓症は多くの場合死にいたるが、サヴィーノは一命を取りとめた。それでも仕事に復帰できてはいなかった。

今日一日、アナは十台の空気圧縮機に取りつけられた油水分離器のスポンジフィルターを残らず掃除して過ごした。割り当てられる仕事は大半が家事と変わらなかった。潜水服をゴム糊で補修したり、ヘルメットの革製のパッキンに牛脚油を塗りこんだり、差しっぱなしになった送気管を抜いてまわったり。検品部門で働いていたときよりも、いっそう戦争から遠ざかったような気がした。以前は、少なくとも工廠内の別の部署にお使いに出る役目があった。ロッカー代わりの物置部屋で私服に着替えながら、アナの心はおなじみになった惨めな諦めの気持ちに覆われた。自分は弱いのだ。本当にそう感じた。枕木は重すぎて持ちあげられない。アクセル大尉に参加を許されないのも当然だ。弱気に囚われ、不当な扱いに対する憤りも鈍りはじめた。力不足を認めるほうが、騙されたと思い知るよりましな気もした。それは自分でも知らない一面だった。こんなに自信がなく、傷つきやすかったなんて。これでは主婦たちと変わらない。だが、燃えあがった怒りの炎が、そんな自分のイメージを藁人形のように焼きつくした。アクセル大尉が許せなかった――大尉のほうこそ消えるべきなのだ。憎しみがアナに力を注いだ。それでもその怒りを隠し、漂白剤でも飲む思いで呑みくださなければならなかった。少しでも逆らえば追いだす口実を与えることになる。それでは大尉の勝ちだ。

楽しみなのは、海軍の高級将校たちが五六九号館を視察に訪れるときだった。高官たちを前にした大尉は緊張の面持ちでかしこまり、部下のカッツは恐れ多さで呆然とさえしていた。恐縮のあまり、アナへの嫌がらせも忘れるほどだった。そのときばかりは。

アナはほかの潜水士たちとともに工廠を出、〈オーバル・バー〉に向かった。バスコムがマールを酒場へ誘ったときと同様に、アナを巧みに仲間に引き入れたからだ。潜水テスト後まもなく、バスコムの婚約者がサンズ通りの門の外で近づいてきて、鼻風邪気味の声でアナに言った。「バスキーがお仲間たちと飲みに行くから顔を出さないかって言うんだけど、一緒に来てくれない？　女ひとりじゃ気が引けるし」

今夜は誰もがマールの話を聞きたがった。サヴィーノが空気塞栓症を発症したとき、マールもチャンバー内にいたからだ。マールの話では、サヴィーノが意識を失ったあと、アクセル大尉は血管内の気泡を再溶解させるため、気圧を水深約八十五メートルに相当する八・四重量キログラム毎平方センチメートルまで上げた。そのせいで大尉のペンの青いインクが爆発し、ふたりの身体に飛び散った。マールがサヴィーノの両脚を持ちあげ、大尉が脳への血流をよくするために手足をさすったという。「そのあいだ大尉はずっと話しかけてたな」マールが言った。「〝きっと助かるぞ、なぜわかるかって？　死ぬならとっくに無料の料理をビールで流しこんでいた。一同は、水兵たちを呼びこむための無死んでる〟なんて調子で」

「いかにもアクセルらしい」バスコムがぼそっと言い、コカ・コーラに口をつけた。

「馬でもなだめるみたいな調子なんだ、サヴィーノは気絶したまんまだったけどな。〝いつか子どもたちに話してやるんだ、自分が命を懸けたおかげで、おまえたちは日曜の夕食に海藻やらザウアークラウトやらを食べずにすんだんだぞと〟とも言ってたな」

「ちょっと大袈裟じゃないか、こう言っちゃなんだが」

「でも、そのおかげで目を覚ましたんだ。おれはこの目で見てた。捻くれ者のこいつは信じないかもしれないけどな」マールがバスコムを目で示す。

四十五分後、サヴィーノは意識を回復した。その後五時間かけて室内の減圧が行われた。真夜中過ぎにようやくそれがすみ、サヴィーノは待機中の救急車に自分の足で乗りこんだという。

「アクセルが得意満面じゃないのは意外だな」バスコムが言った。「初日からあんなに英雄気取りだったくせに」

「あれは芝居なのさ」とマール。「これ以上潜水士を失ったらクビだ」

「自業自得さ」

マールがやれやれと首を振った。しばしば意見は食い違うものの、ふたりは分かちがたい絆で結ばれていた。バスコムはルビーの家族に歓迎されておらず、父親には流れ者扱いされて握手さえ拒まれているという。そのせいで、日曜の夕食にはハーレムにあるマールの実家に通っていた。

帰り道、アナはルビーとバスコムとともに路面電車に乗った。ルビーはサンセット・パーク地区にある実家の食料品店の二階に住んでいて、バスコムはそこまでルビーを送ってから、海軍工廠のそばの下宿屋に戻るという。往復一時間半の距離だ。婚約のことは、ルビーの父親に認めてもらうまで秘密にされていた。視力検査で三度不合格となった海軍への挑戦と同じように、いまのところ、こちらも見込みは薄そうだった。それでも猛然と闘志を燃やすバスコムを見ていると、望みを叶えそうにも思えた。ふたつの挑戦は互いに絡みあっていた。海軍に入りさえすれば、ルビーの父親も見なおしてくれるはずだとバスコムは信じていた。

アナはアトランティック・アベニューで電車を降りた。その日初めてひとりに戻ったが、数週間前までの孤独に包まれはしなかった。頭が考えでいっぱいだからだ。台所のテーブルにつき、夕刊と未開封の手紙を前に、デクスター・スタイルズを思った。仕事中は、警備兵たちが工廠への立ち入りを妨げているかのように、彼のことはめったに頭をよぎらなかった。けれども帰宅するたび、デクスター・スタイルズは父の消息を知っているはずだという確信とあらためて向きあうことになるのだった。その件には関わるなとあの日忠告された——というより、あれは警告だった。

非常階段に通じる窓をあけ、寒さ厳しい外気のなかへ這いだすと、アナは父を思いだそうとした。自分とは無関係な、どこかの誰かとして頭に浮かべようとした。毎晩のように父はここにすわって煙草をふかしながら通りを見下ろしていた。なにを考えていたのだろう。長い月日をともに過ごしたというのに、まるでわからなかった。娘だからこそ目が曇っていたのかもしれない、そんな気もした。ほかの誰かは——いや、ほかの誰もが——アナには見えない父を見、アナの知らない父を知っていたのかもしれない。

きっとなにかが起きる、デクスター・スタイルズとのことはまだ終わっていない。そんな確信が胸で渦巻き、とたんに父を忘れさせた。心が恋しがっているのはデクスター・スタイルズだった。ギャングではなく、愛しい男として。目覚めた朝の気まずい記憶はすでに薄れ、めくるめく興奮だけが残されていた。ときどき、素性を明かしたことを悔やむことさえあった。まだ別れたくはなかった。アナは室内に戻って入浴し、母からの手紙をあけもせずにベッドに入った。そして暗闇のなかでデクスター・スタイルズとの情事を反芻した。

彼の言葉は脅しだったのだろうか。それともただの警告だろうか。

二日後、アナは潜水服を着てはしけに乗るよう指示された。マジョーンの補助役だ。これまで二度はしけには乗ったものの、潜水は認められなかった。それでも、何日ものあいだ屋内で作業するか、ウェスト通りの桟橋を行き来するばかりだったので、水上に出られるだけでもありがたかった。トーチランプの炎のような日差しがワラバウト湾に降りそそぐなか、アナはマジョーンの吐く空気の泡を見つめていた。

「ケリガン、ぼやぼやするな！」

はしけの角あたりに停止中のモーターボートからカッツの声が飛んだ。アナの出番だ。もうひとりの補助役の手を借りて潜水服のパーツをおさめた重たい木箱を持ちあげ、ボートに積みこむと、その重量で船体がかしいだ。氷泥を分けてボートを進めながらカッツが状況を説明した。先ごろ第六乾ドックからＪ栈橋に移された戦艦のスクリューになにかが絡まっているという。連合軍の戦艦は名称が伏せられているが、工廠長室へ何度も足を運んだアナは、それが戦艦サウスダコタ――新聞では秘密保持のため〝戦艦Ｘ〟と表記されていた――だと気づいた。サンタクルーズ諸島の海戦で日本軍機二十六機を撃墜した艦だ。

壮麗にそびえる戦艦のせいで、周囲のすべてのものが、槌型クレーンさえもが小さく縮んで見えた。Ｊ栈橋ではすでにサヴィーノとグロリエが空気圧縮機のはずみ車の前で待機していた。サヴィーノは空気塞栓症のせいでまだ潜水できず、グロリエは朝のうちに潜ったため、すでに半分潜水服を脱いでいる。アナの役目は、戦艦の四基のスクリューを調べ、問題を突きとめて浮上し、必要な処置を報告することだった。溶接の訓練を終えたばかりのグロリエが潜って修理を行うという。

「可能なら、わたしが修理をしても？」アナは意気込んで尋ねた。

「おまえを行かせるのは、ほかに人手がないからだ」カッツが答えた。

アナは顔を赤らめた。「そんなことは訊いていません」

「いいから言われたとおりにしろ」

水面まで下降するための足場として、ロープで吊った踏み板が用意されていた。身体が水に包まれるとともに、アナは無重力の感覚をふたたび味わった。戦艦の陰にいても、厄介なイースト川の流れに運び去られそうになる。シュロの葉のようにやわらかく差しこむ日の光のなかを、巨大な船殻に沿って降りていく。見る者を威圧するほどの大きさだ。アナはそこに触れたくなった。足場のロープをつかんだまま、身体を前後に振って船体に近づいた。足場が下降し、手袋をした手が船殻を撫でる。肌がぞわりと粟立った。船の意識を、息吹きを感じる。くぐもった響きが指先から腕へと伝わる。船内にひしめきあう幾千もの魂の震えだ。横倒しになった摩天楼がそこにあるかのようだった。

右舷船尾の後方スクリューを見つけたところで、アナはカッツに到着の合図を送った。移動用に吊るされた数本の潜降索で身体を支えながら、スクリューのほうへ近づいた。全長四・五メートル、五枚のプロペラ翼が巻貝の内側のように渦巻き状に並んでいる。アナは翼から翼へと移動しながら、各翼を固定している輪に向けて翼の縁を手袋ごしになぞった。なにも絡まっていない。自分の命綱を絡ませないよう気をつけながら、今度はスクリューの周囲をまわりこみ、エンジンとスクリューを結ぶ駆動軸に近づいた。続いて前方スクリューへ移動する。こちらには五枚でなく四枚の翼がついている。そこにも絡まりは見あたらない。今度は、銀行の金庫室の大扉のような舵の先端につかまり、川に面した左舷にまわりこんだ。川の流れや通りすぎる船の引き波に身体が揺られる。前方のスクリューに問題が見つかった。アナの腕ほどもあるロープがプロペラ翼に巻きこまれている。ロープの先に厄介な枕木が絡みつき、一メートルほど下にぶら下がっている。

カッツから合図があった。アナも合図を返す。ここで浮上して、あとは交代したグロリエが邪魔なロープを酸水素ガストーチで切断することになる。でも、なぜ浮上する必要が？　工具袋の弓のこを使って自分でロープを切れるのに。アナは過ちだと承知しつつ、そちらを選択した。規則に従ってもなにも得られなかった。テストに合格してもなにも得られなかった。失望を重ねるうち、真面目に愛想よくしていれば報われるなどといった悠長な考えは消え去った。せっかくのチャンスをつかまなくてどうする？

アナは絡まった翼の周囲を移動しながらしきりにロープを引っぱった。もっとも厄介なのは、上向きの二枚の翼の付け根近くに8の字に絡まった部分だ。アナは弓のこを手にし、その部分を切りはじめた。しかし、作業は遅々として進まない。カッツの合図が一度、二度と繰り返された。そのたびにアナも命綱を一度引いて応え――**問題なし**――作業を続けた。

水中スレートを下ろす、とカッツの合図が来た。アナはそれに応えたが、右舷に戻ってそこに状況を記そうとはしなかった。それを読めばただちに浮上を命じられ、どのみち問題になる。それなら下にいて、最後までやりとげたほうがいいのでは？　警報が鳴りだすまえに金庫を破ろうとする泥棒のように、アナは薄闇のなかで弓のこを動かしつづけた。自分を駆りたてている野蛮なまでの情熱が身勝手そのものであること、最後には自分を傷つけることもわかっていた。それでもかまわない。ロープの切れ目が張りつめはじめた。残った子縄が少なくなるにつれ、さらにそこに力がかかり、フィドルの弦のように震えだす。と、ついにロープがちぎれ、バチンというその音が、息遣いにかき消されることなく耳に届いた。二本の切れ端は薄闇のなかにぶら下がり、麻の繊維が触手のように揺れている。アナはスクリューによじのぼり、ロープの各部を引っぱって弛みをこしらえた。重労働に目がまわりだす。突然ロープが緩み、枕木の重みでゆっくりと翼から外れはじめた。やがてロープ全体が解け、揺らめきながら闇の底に沈んで消えた。

浮上用の足場に戻ったとき、アナは初めてちらりと後悔を覚えた。自分が挙げた成果は、トーチを持ったグロリエならわけもなくすませられるもの、違反行為の重大さに比べれば些細なものだ。足場が桟橋まで浮上するより先に、カッツが上唇の傷を真っ赤に燃えたたせているのが見えた。「終わりました」覗き窓があくのと同時に、アナは言った。「スクリューの絡まりを解きました」

「よくもおれの指示を無視したな」足場から降りる間もなく、怒鳴り声が飛んでくる。

「終わりました」アナはぐっとこらえて言った。「任務完了です」

「いったい何様のつもりだ。下ろしたスレートも無視しやがって」

獣のようなアンモニア臭がアナの潜水服の内側から立ちのぼってくる。怯えているせいだ。「上がらせてください」

だが、カッツは怒りにわれを忘れている。「大尉に報告するまで待ってろ、このくそ女」顔を突きつけて怒鳴ったので、口のなかの金歯が覗き、ボローニャソーセージのにおいがした。「おまえなんか一瞬でクビだ」

殺してやる、相手がそう思っているのがわかった。アナは足場のロープをつかみ、後ずさった。

「落ちるぞ」と誰かが叫んだ。「その子をつかめ、つかむんだ！」

バランスを失った潜水服の重みを支えきれず、左手の手袋がロープから離れた。身体が切り倒された木のように傾いていく。重力に引きおろされているのに気づきながら、抗うことができない。空がぐるりとまわり、自分の叫び声が聞こえた。いや、叫んだのはカッツかもしれない。

そのとき、身体が止まった。潜水靴のかかとが足場を離れる直前にカッツが命綱をつかみ、すんでのところで落下を防いだのだ。アナは身をこわばらせ、その場でバランスを保とうとした。靴が足場から滑り落ちれば、潜水服の重みであっという間に湾の底に沈むことになる。カッツが手を離さなければ、もろともに。命綱はヘルメットの後ろの金具に固定され、肩金の前部にあいた穴に通してある。アナは転落を恐れながらそろそろと手袋をした手を上げ、覗き窓を閉じようとした。

「だめだ」頭上からカッツのかすれた声が聞こえた。「動くな」

腕を震わせながら、カッツは耐えがたいほどわずかずつアナの命綱を両手で引き寄せ、百五十キロに近いこわばった身体を垂直に起こした。顔は汗にまみれ、両目はアナの目にじっと据えられている。すべてがそこで起きているかのように。アナは背中の激痛をこらえ、身体をまっすぐ保つことに集中した。ヘルメットのなかに吐いてしまいそうになる。瞼を閉じたいと思いながらも、カッツから目を逸らしてはいけない気がした。しだいに、重力の働きで潜水服の重みが靴にかかりはじめた。アナの膝がついに崩れ、身体が前のめりになって、頭から足場に倒れこみそうになった。カッツがアナをつかんでまっすぐに立たせ、注意深く桟橋へ導いた。

サヴィーノとグロリエがアナをベンチにすわらせ、ヘルメットをまわして外した。アナは前かがみの姿勢ですわったまま、あいかわらず吐き気を覚えていた。その場は静まり返っている。凍てつく湾に覗き窓をあけたまま落ちていたら、引きあげられるころには溺死していただろう。アナは湾の底にいるあいだに垂れこめた灰色の雲を見上げた。そうしていると何事もなかったように思えた。自分は生きていて、どこも怪我はしていない。一方で、いまだに転落しそうな気もしていた。

カッツは離れたところに立っていた。髪をかきあげ、首を振り、やがて桟橋の先へ歩いていって、見張りの水兵と言葉を交わした。グロリエとサヴィーノがアナのベルトと肩金と靴を脱がせた。モーター音に、機械音、叫び声——アナは聞き慣れた工廠内の音にすがりつくように耳を澄ました。それらの音が落下を止めてくれるかのように。

ようやくカッツが戻り、一同は装備をトラックに積んだ。アナが空気圧縮機のはずみ車を解体していると、海軍の将校が三人、舷梯《げんてい》を下りてきた。ダブルの青いコートには、金箔のボタンと金色の肩章があしらわれている。

中佐は長身痩軀の持ち主で、金の顎紐付きの鮮やかな青い制帽から覗く胡麻塩頭も威厳を感じさせた。「ひとことお礼を言いたくてね、紳士――淑女――の諸君に」アナの姿に驚きの色も見せず、ひとりひとりと握手を交わす。「すばらしい働きだ、ミスター・カッツ。すばらしく見事な働きだ」

カッツはその賛辞に貫かれたかのように身を引きつらせた。いつしかべた雪が降りだしていたが、士官たちを前にしたアナはろくに気づかずにいた。彼らはあの摩天楼の戦艦の指揮官で、これから戦場へと出航する。その船体を触ったことで、アナは初めてじかに戦争に触れ、その鼓動の激しさを感じた。

士官たちが立ち去ると、周囲の空気が色褪せて見えた。アナは落ち着きを取りもどしたが、カッツはまだ放心した様子を見せている。ふと目が合い、アナは思わず微笑みかけた。カッツもぎこちない笑みを返した。ふたりは空気圧縮機を両側から抱え、トラックに積みこんだ。

ルビーと腕を組んでネイビー通りを渡っていたアナは、〈リチャーズ・バー&グリル〉の外にデクスター・スタイルズのキャデラックがとまっているのに気づいた。その車が待ってはいないかと、毎夕探していたのだ。

「ちょっとごめんなさい」とアナは言った。「知り合いに用事があって」仲間たちにデクスター・スタイルズを紹介するのも、その姿を見せるのも気が進まなかった。

興味津々の視線を浴びながら、アナはサンズ通りを渡った。デクスター・スタイルズが車を降り、助手席のドアをあけた。以前と同じ革のにおいがアナを包んだ。

相手が隣にすわったとたん、なにかが違うと気づいた。やけに無口だ。伸びかけた灰色の顎ひげも目につく。車は縁石を離れ、工廠の工員や水兵たちの横をゆっくりと走りだした。アナは窓の外の人の波をうらやましげに眺めた。ほんの一分前まで自分もそこにいて、仲間たちと笑いあっていたのに。井戸に落ちこみ、がらんとした侘しい場所に囚われてしまったような気がした。

「父は死んだのね」無言のまま一ブロック走ってから、口を開いた。「そうでしょ」

「ああ」

アナはこみあげてくるものを抑えた。「どこで?」

「場所は調べられる」

左右に揺れるワイパーが信号機の光をどろりとしたカラフルなシロップに変える。アナはそれをぼんやりと眺めた。デクスター・スタイルズを求める気持ちはまだ体内に息づいているが、熱を帯びたそのエネルギーは、隣にいる男とは無縁のものに思えた。冷ややかでそっけない、別人といるような気がした。けれども、変わったのはアナのほうだった。いや、戻ったと言うべきだ。そんなふうに感じた。長く混乱したまわり道のすえ、ようやく見慣れた土地へと帰ってきたように。「だったら、そうして!」とアナは声を張りあげた。「見つけてよ! なにをぐずぐずしてるの?」

車がネイビー通りの人けのない縁石にとまった。窓のすぐ外には工廠の煉瓦の壁が続いている。アナをちらりと見てから、デクスター・スタイルズは言った。「潜水服が必要になる」

「な、なぜ……?」わけがわからない。ようやく言葉の意味を呑みこんだとき、アナは相手の顔につかみかかった。

デクスター・スタイルズは攻撃の封じ方を知りつくした者の手慣れた所作でアナの両手をつかんだ。

「やめないか」そこでひと呼吸おく。「でないと、この話はなしだ」

アナは相手の身体を窓に押しつけていた。爪が食いこんだこめかみから血が滲む。覚えのある息のにおいを嗅ぎ、身体の奥から欲望があふれだした。コートごしに感じる男の激しい鼓動。ふたりの顔が重なりそうなほど近づき、キスされそうになる。そうされたくてたまらなかった。でも、きっと噛みついてしまうだろう。蹴りつけ、引っかき、大声で叫びだすにちがいない。

それを察したのか、デクスター・スタイルズは両手の自由を奪ったまま、ゆっくりとアナを押しのけた。「で、どうする」

アナは大きく息をつき、ぼそりと答えた。「そんなに簡単にはいかない。潜るにはボートいっぱいの装備が必要だから」

アナの手をつかんだまま、デクスター・スタイルズは壁に向かって顎をしゃくった。「あそこからどのくらい調達できる?」

「わからない。いくらかは」

「手に入らないものは、こちらでなんとかする」

こともなげな口振りに、アナはむっとした。「本当に? ボートに、空気圧縮機に、送気管。潜水用の梯子も必要だけど」

「ボートはわけもない。残りも入手するつてはある」

「たいていのことは思いどおりってわけ?」

「たいていのことは」

「補助役も探さないと。普通はふたり必要だけど、ひとりでもなんとかなると思う」

大人しくしてろと目で告げられ、手が放された。「誰か心当たりは?」

バスコムに声をかけたらどうだろう、とアナは頭を巡らせた。「面倒に巻きこまれるのを嫌がるかもしれない」

「誰でもそうだな」

ふたりは実務的に視線を交わした。いずれにせよ、共同作業になる。

「危険はどのくらいある？　知らない場所で潜水するのに」

「わからない。気にしないし」傾いた空を見上げてじっとしたまま、水底へ沈むのを覚悟した瞬間がアナの頭をよぎった。いまは、そこに落ちて生還したような気がした。

「こっちは気にする」デクスター・スタイルズは言った。

第二十二章

二月二十五日、エリザベス・シーマン号は予定より八日早くケープタウンに入港した。平均十二ノットで航行できると豪語したキトリッジ船長は、それを実現してみせた。金髪の船長が優雅そのものの手振りで采配を振る姿は絵のように見事で、ときおりエディは、貨物船ではなくヨットにでも乗っているような気がするのだった。養護院の仲間たちと夏にブロンクスの桟橋へ泳ぎに行ったとき、レースに参加するためロングアイランド湾へ向かう数多のヨットを眺めたものだった。セントラル・パークではテニスラケットや乗馬用の鞭を持って戯れる若者たちをよく見かけたが、キトリッジは彼らが大人になった姿を思わせた。船長は強運の持ち主だ、運ならあり余っているにちがいないとエディは考えていた。五十六人に行きわたるだけあればいいが、と。

陸が見える何日もまえから船内は興奮に包まれ、航海中の手すさびは、気もそぞろな期待の空気に取って代わられた。ファーミングデールは麻の人形をしまいこみ、歯車が壊れそうなほど頻繁に腕時計のねじを巻くようになった。やがて、ついに係船索が格納庫から取りだされ、荷揚げ用のクレーンが伸ばされた。

検疫がすむと船はテーブル港に停泊し、ボーキサイトの荷揚げののち生鮮食品と水が積みこまれた。

ケープタウンは船員に人気の港町で、非番の者たちはいそいそと夕暮れの町へ繰りだしていった。船員と砲手は港湾当局の自粛要請にもかかわらず、マレー・クオーターの娼館へ向かった。ファーミングデールのような酒飲みは場末の安酒場へ。海軍士官たちが過ごす地区は別にあり、砲手を指揮するローゼン大尉と副官のワイコフ少尉は埠頭に待機した車に乗りこみ、知人の私邸での晩餐会に出席した。

アイロンのかかった商船学校の制服を着こんだ見習いのロジャーとスタンリーは、浮き浮きと出かけていく水兵たちを途方に暮れた顔で見送っていた。娼館にはまったく不案内で、行くあてもなく当惑しているらしい。ケープタウンを発つまえに一度ナイトクラブへ案内しよう、とエディはふたりに約束した。

停泊中はほぼ仕事のない無線技師も多くの場合港へ姿を消すが、スパークスは船に残ると言った。「ケープタウンでなにをやれってんだ?」入港日の夜、自分に付きあって船に残ったエディに、スパークスは訊いた。「この役立たずの脚を引きずって、〝やあどうも、牛乳を一杯もらえるかい〟なんて言いに行けって? テーブルマウンテンとかいう名所だって、舷窓からしっかり見えるしな。ほら、あそこだ。観光なんて一歩も外に出ずにすませられる。ようやく無線機も心おきなく使えるしな」

無線封止のためニュースを受信するのは数週間ぶりだが、BBCのアナウンサーのくぐもった声が告げる情報は、おおむね好ましいものだった——〝ロンメルの戦車部隊がチュニジアで壊走中〟、〝ロシア軍はハリコフに結集〟、〝連合軍がメッシーナを猛攻〟

「どうやら勝ちは決まりらしいな、サード。どう思う?」

「わかったもんじゃないさ、あんなしゃべり方で告げられたって」エディは答えた。「おまえは死んだと言われたって、吉報を聞かされたと勘違いしそうだ」

スパークスが呆れたように椅子にもたれた。「なんだよサード、あんたが気取ったアクセントなんかに気後れするとはな」

エディの頭に、甲板長の刺すように鋭い口調がよぎった。「自分でも知らなかったよ」

エディはがらんとした船内を抜け、スパークスのカップを戻しに調理場へ下りた。甲板長がそこにいて、コーヒーを飲みながら本を読んでいた。エディに気づいてすぐさま腰を上げ、読んでいたページに指を二本挟んで本を閉じた。エディのほうもまごついた。

「陸へ上がらないとは驚きだな、甲板長」

「驚いたとは、どういった理由でかな、サード？」甲板長が苦々しげに問い返す。誰も来ないものと思っていたらしく、苛立ちを露わにしている。

「同船するのは初めてじゃないだろ。これまでは、機会さえあれば陸に上がっていたはずだ」

「そちらもな、記憶がたしかならば」甲板長がぴしゃりと返す。「目覚ましい出世のせいで振る舞いにも変化が生じたと見えるな。いや、ただの想像だ。自由時間になにをしようが——するまいが——知ったことじゃない。こちらのことも放っておいてもらおう」

「かっかするなよ。話でもしようかと思っただけさ」

甲板長は本を押さえたまま、胡乱《うろん》な目でエディを見た。青黒く光る肌のなかで、てのひらのピンク色が際立っている。部下として働いていたころ、そのピンクの色が目に入るたび、はためく翼のように目を奪われたものだ。

「〝話をする〟ことに利点はある、それは認めよう」甲板長が言った。「だがこの場合、その説明は不誠実なものと言うべきだろう。われわれのあいだに厳然と存在する確執《イプソ・ポスト・ファクト》を無視しているという点で。われわれは、言わば〝話をする〟間柄にはない。それゆえに、おまえの言葉は額面どおりに受けとるわけにはいかない」

「誰に対してもそんな話し方をするのか」

「どういう意味で訊いている？」声を張りあげた拍子に、本に挟んだ指が外れ、甲板長は腹立たしげに両手を掲げた。「修辞的な意味でか、文字どおりの意味か」

「文字どおりだ」どう違うのかと思いながらエディは答えた。

「なるほど。修辞は苦手というわけだな、サード。ならば、単刀直入に言わせてもらう」甲板長は足を一歩踏みだし、声の調子をぐっと下げた。「誰に対してもこんな話し方はしない。通常なら、こちらの知的興味の範疇にない者たちは、おまえのように必要以上の頻繁な交流を求めようとはしない。正直なところ、なぜそうも固執するのか理解に苦しむ。むろん推測することはできるが、不毛な試みに終わるだろう。推測するには、われわれの内面世界にいくばくかは通底するものがあるという前提が不可欠だが、それは大いに疑わしい。加えて、おまえの思惑や動機にこちらが多少なりとも興味を持っている必要もあるが、あいにくそれも持ちあわせてはいない」

　エディはとうの昔に聞くのをやめていたが、侮辱されているのはわかった。頭に血がのぼった。

「そうか、わかった。じゃあな」

　くるりと背を向けて調理場をあとにしたが、甲板長の顔に浮かんだ驚きを見ても、なんの満足も得られなかった。鞭で打たれた犬のような気分だったが、自業自得だ。甲板長になにを期待していた？自分でもわからなかった。

　翌日の午後は見習いのふたりを連れて船を降り、ケープタウン観光へ出かけた。テーブルマウンテンの麓に広がるその街は、想像していたより規模の大きなものだった。見習いたちはチョコレートと蜜柑《みかん》を買った。エディはプレイヤー社のネイビーカット煙草を買い、それをふかしながら、円柱のそびえる建物が並ぶアダリー大通りをそぞろ歩いた。二十分もすると、甲板長が船に残った理由が呑みこめた。黒人と白人があらゆる領域で隔離されている。バスの車内から、店舗、劇場、映画館にいたるまで。黒人が蔑まれる場面ならエディも見慣れていた。ウェストサイドの波止場では、イタリア系移民が黒人と見なされ、黒人はそれ以下とされていた。それでも、買い物袋をいくつも抱えてベンチでひと休みする黒人の老婆が警官に追い払われるのを目にして、ショックを受けずにいられなかった。誇り高い甲板長がこのような土地に足を踏み入れるはずがない。だとしても、四十七日間もの航海のあと、主義に反するという理由だけで陸に上がらずにいる自制心を持ちあわせているのはたいしたものだと言うほかなかった。

日没後、エディは朝食の席でローゼン大尉に教わったナイトクラブへ見習いたちを連れだした。期待したとおりローゼン自身もワイコフ少尉とともにそこにいて、エディと見習いたちを同じテーブルにつかせた。ローゼンは端整な顔立ちのユダヤ人で、在郷軍人として広告会社で働いていたという。十歳は年下に見えるワイコフのほうは、ずんぐりした体軀にそばかす顔をした感激屋だった。その日の午後に地元の知人の案内でローゼンと訪れたワイン農園の話を興奮気味にエディに語って聞かせた。葡萄の収穫を見学し、ワインを二箱買い入れたという。

「ワインを買ったって?」エディは言った。「冗談だろ?」

ワイコフは大真面目だった。戦争が終わったら、ワイン商になるつもりだという。

「ワインは苦手だな」エディはそう告白した。ブラックベルベットと呼ばれる、シャンパンとギネスを混ぜたものだけは口に合ったが。

「その思いこみを変えてみせますよ、請けあってもいい」ワイコフは早くも商売人の顔で言った。

大楽団が演奏する〈ホワイト・クリスマス〉が熟れた柑橘類のにおいと奇妙に入り混じっていた。

混血の娘たちが連合軍の士官たちと同席し、ダンスの相手を務めている。娼婦でもなければ、水兵に酒を奢らせることで収入を得るBガールと呼ばれる女たちでもない。ウェイトレスや店の売り子といった風情だ。受けとるものは金ではなくプレゼントということだろう。エディ自身、これまで幾度となくそういった接待を受けてきたにもかかわらず、目の前の光景を苦々しく思わずにいられなかった。やがて、その理由に気づいた。甲板長の目を通してそれを見ていたからだ。

出港前日、ファーミングデールが当直に現れず、どこにも見つからなかった。二等航海士なしには出港できず、エリザベス・シーマン号はモザンビーク海峡通過のための護送船団参加を断念せざるを得なかった。マダガスカルとアフリカ大陸に挟まれたその海峡では、ナチスの潜水艦団によって連合軍の船舶が多数撃沈されていた。三日後、ファーミングデールは陸軍の営倉で発見され、重大な違反行為を理由に出港準備の完了まで身柄を拘束された。

三月九日、憲兵によって埠頭に送り届けられたファーミングデールは、ただちに船長室に呼びだされた。優男のキトリッジだが、ファーミングデールが無事ですんだと思う者はいなかった。船長がなにより嫌うのは後れをとることだからだ。取り残されたエリザベス・シーマン号はジグザグ航行を余儀なくされた。面舵二十度で十分航行し、次に取舵二十度に転回、元の針路方向へ十分進む――その状態を、Uボートの活動が活発になる夜間のみならず、二十四時間続けなければならない。モザンビーク海峡が近づくと、急襲に備えて救命ボートの昇降機《ダビット》が洋上に振りだされた。

ファーミングデールは除け者扱いだった。二日のあいだ、食堂には遅れて現れ、見習いたちの小さなテーブルで食事をとった。そんな孤立した状況が最高の特権であるかのように、気取った笑みを浮かべていた。三日目の朝の当直を交代する際、エディは寛大な態度を示そうと愛想よく声をかけ、針路と船位を確認しながら、慰めるように肩も叩いてみせた。だがファーミングデールは、そのさりげない歩み寄りに苛立たしげなため息で応え、密かな力でも宿っているかのように白い顎ひげを撫でながら、そっぽを向いた。

その日の午後、スパークスがエリザベス・シーマン号宛ての第二の無線通信を受信した。針路が変更になったのだ。真夜中近くにダーバンの北東五十海里の集結地にたどりつくと、神の手が働いたかのように、七十七隻の船舶が周囲に姿を現した。かすかな船尾灯だけを頼りに衝突を避けながら船を所定の位置につかせる作業は、細心の注意を必要とした。エディは最上船橋で船長の傍らに立ち、船《エン》内信号器《ジン・テレグラフ》で機関室に速度と針路を伝えた。キトリッジには神通力でも備わっているのではないか。アメリカ的なその強運にこの船は救われたのではないか。そう考えずにいられなかった。エディ自身もそんな強運に憧れ、運をつかもうと苦心してきた。おそらく強運の持ち主とは、それをつかもうとする必要もない人間なのだろう。

ブラインドのような羽根が上下する点滅器を使い、船団の針路がモールス信号で伝えられた。信号は最前列の中央に位置する旗艦から後列の船へと順に伝達され、完了には三十分近くを要した。そして、ひと塊の見えない船団は四十三度の針路をとってモザンビーク海峡を目指した。

日の出とともに総員が配置についたとき、エディは一等航海士と並んで洋上を見渡した。八十隻近い船が整列した様子は、巨大なチェス盤のような荘厳さを湛えていた。「こんな壮観は初めてだ」エディは言った。

「もっと内側のほうがありがたいがな」一等航海士がくくっと笑った。Uボートの攻撃をもっとも受けやすい〝墓場《コフィンコーナー》〟のすぐそばに船が位置しているからだ。エディは気にしなかった。船団の規模が途轍《とてつ》もなく大きいせいで、その一部であるだけで無敵に感じられた。ポルトガルや自由フランス、ブラジル、パナマ、南アフリカ連邦の旗が掲げられている。右舷側のオランダの貨物船では、ロープに干されたシーツのあいだをふたりの子どもが駆けまわっている。船長はナチスから逃れるため、家族とともにオランダを脱出したのだろう。

小型で船足の速い護衛艦――駆逐艦とコルベット艦――が十五隻、パレードを率いる騎馬警官のように船団の周囲を軽快に走っている。船が航行不能になった場合、船団自体は停止できないが、護衛艦が残って乗員の救助にあたるという。このことがなによりもエディを安心させた。

エリザベス・シーマン号の乗員でただひとりこの状況に不満な者がいた。船長だ。船団はもっとも船足の遅い船に合わせて航行せねばならず、一団に含まれたパナマの石炭焚き船のせいで、速度は八ノットに抑えられていた。「ジグザグ航行したってもっと速く走れる」キトリッジは食堂で右隣にすわった機関長にこぼした。

真夜中過ぎ、エディが薄笑いを浮かべたままのファーミングデールと当直を交代すると、居室の前でワインの瓶を手にしたワイコフ少尉が待っていた。「外で飲みましょう。お誂え向きの夜なので。ワインは中身と同じくらい、どこで飲むかが大事なんです」

ふたりは第二倉口蓋《ハッチカバー》に腰を下ろした。夜気はひんやりとして澄みきり、細い月の光が緩やかにうねる水面を小さく照らしだしている。周囲の様子は見えないが、エディはそこに密集した船の気配を感じとった。前後百五十メートル、左右三百メートルの距離をおいて、船首を揃えた船が幽霊の群れのように波間を進んでいる。瓶の栓が抜ける音がし、酸味と樹皮のにおいが混じった香りが広がった。少尉が琺瑯《ほうろう》引きのカップふたつに少量ずつワインを注いだ。「ちょっと待って」エディがカップを口に運ぶと、ワイコフが止めた。「空気に触れさせないと」

南十字星が水平線近くに浮かんでいる。エディは南半球の空を気に入っていた。こちらのほうが明るく、星の数も多い。

「さあ、もう飲めます」数分ののち、ワイコフが言った。「口に含んで、転がしてから、飲みこんでみてください」

ばかばかしく思いながらも、エディはその言葉に従った。最初は灰を思わせる酸味しか感じず、それこそがワインの苦手な理由なのだが、やがてそれは熟しきった――かすかな腐敗さえ感じさせる――旨味に変わった。「いけるな」エディは意外な思いで言った。

ふたりは星空を仰ぎながらワインを味わった。戦争が終わったら、とワイコフが語りはじめた。サンフランシスコの北の丘陵地帯に葡萄の苗を植える仕事をしたいんです。昔そこにあった葡萄園が、禁酒法時代に当局に焼かれてしまったので。

「あなたはどうするんです、サード」とワイコフが訊いた。「戦争が終わったら」

答えは決まっていたが、エディは少しのあいだ考えた。「ニューヨークの家に帰るつもりだ。そこに娘がいるんでね」

「娘さんの名前は?」

「アナ」

何年も口にしていなかったそのふたつの音節がシンバルのように鳴り響き、長々とこだましたように思えた。エディはまごつき、そっぽを向いた。だが、ワイコフの反応がないまま数秒が過ぎてから、自分の告白がいたってありきたりなものだったと気づいた。この時代、たいていの船乗りは昔の暮らしをどこかに置いてきている。戦争がエディをありきたりにしたのだ。

「年は?」ワイコフが訊く。「アナの」

エディは頭のなかで計算してから答えた。「二十歳だ」言ってから驚いた。「ちょうど先週二十になったはずだ」

「もう大人だ！」

「たしかに二十歳といえば大人だな」

「ぼくは二十一ですよ」ワイコフは言った。

第二十三章

　モザンビーク海峡を航行中、夜間に幾度か護衛艦が爆雷を投下し、空気をぴりぴりと震わせた。総員配置のベルが鳴り響くなか、乗組員は甲板に集合し、長時間にわたるジグザグ航行にあたった。エディは充血した目で最上船橋に立ち、灯火を消した船舶の縦横の列のなかで自船の位置を保とうとつとめた。寝台に倒れこんで深い眠りに落ちると、アナが忙しない妖精のように頭にまとわりついた。

「わたしも行きたい」

「子どもはだめなんだ、お嬢さん」

「まえは行ってたのに」

「行けない場所もあるんだ」

「ついこないだまで行ってたじゃない」

「ごめんよ」

「わたしが変わっちゃったの?」

「まあ、大きくなったからな」

「急に大きくなったってこと?」

「急に成長したりはしない。徐々に大きくなるんだ」

「それじゃ、大きくなったことに急に気づいたの？」

「そういうことかもな」

「なにに気づいたの？」

「かんべんしてくれ、アナ」

「いつ気づいたの？」

「頼むから」

長いあいだ黙りこんだあと、アナは硬い声で言った。「仕返しに困らせてやる」

「やめたほうがいい」

「怠け者になってやるから」

「それは自分が困るだろ」

「お菓子を山ほど食べちゃうかも」

「ミセス・アデアみたいに歯抜けになるぞ」

「服を汚してやる」

「それは母さんが困る」

「あばずれになってやる」

「なんだって？」

「あばずれになってやるから。ブリアンおばさんみたいに」

エディは娘の頬を張った。「二度とそんなことを言うな」

アナは泣きもせずに頬を押さえた。「なら、わたしも連れていって」

七日後、船団は一隻の船も失うことなくモザンビーク海峡を抜けた。皮を剝がすように船が列を離れはじめた──西のモンバサを、あるいは東のセイロンやインドネシアを目指して。エリザベス・シーマン号は商船十八隻と護衛艦四隻に縮小した船団に残った。すぐ前にいるパナマの石炭焚き船のせいで船速は抑えられたままだった。一日数回、石炭焚き船が煙突の掃除を行うたび、細かな煤がエリザベス・シーマン号にくまなく降り積もった。キトリッジ船長は袖の煤を払い、遅々とした走りに怒りを爆発させた。穏やかな紺碧のインド洋を進みながら苛立ちを募らせる船長を観察するうち、エディの好奇心も募りはじめた。キトリッジは我慢に慣れていない。今後数週間のあいだ石炭焚き船のあとをついて走ることに、はたして耐えられるのだろうか。

エディの疑問は解けずじまいだった。セーシェルに到着するまえに、手旗信号で船団の解散が告げられた。夢のなかで飛び立つ鳥の群れを眺めているように、めいめいの船は緩やかに散らばりはじめた。あまりにゆっくりとした動きに、いつまでも船影が見えていそうなほどだった。だが三時間もすると、石炭焚き船さえも視界から消えた。

デクスター・スタイルズの監視役《オンブズマン》となったエディは、街道沿いのナイトクラブやカジノ、レストラン、ポーカー賭博場をまわりはじめた。よその土地から来てふらりと立ち寄った小金持ちを装うことにした。一九三五年初頭、そんな客を追い返す店はなかったからだ。知り合いに出くわしたときは愛想よく挨拶をし、一杯奢って、すぐに引きあげた。そして翌日出なおすのだった。店の裏事情を見通すには一度足を運ぶだけでは足りず、そのための経費はスタイルズからふんだんに渡されていた。エディが運ぶ金の封筒はいまやそれだけだった。

はじめのうちは、二週に一度マンハッタン・ビーチの船小屋でスタイルズと落ちあい、詳細を報告した。おもにいかさまに関することだったが、ほかにもスタイルズが決まって興味を示す事柄があるのに気づいた。煙草売りの娘たちに売春を斡旋するコックや、金をもらって勝負に手心を加える麻薬中毒のカードディーラー、脅迫を受けていると思しき同性愛者などについてだ。

「臆測ばかりだな、ミスター・ケリガン」

「そういう仕事では?」

「気を引こうと、作り話をするのはやめてくれ」

「滅相もない」

報告がすむと、スタイルズはいつも二、三の新たな訪問先を告げた。「書き留めなくていいのか」

「必要ない」

「ずいぶん利口なんだな」

「ハーヴァード出ってわけじゃない、言ってるのがそういう意味なら」

スタイルズは笑った。「もしそうなら、とっくに放りだしてる」

「よく言うだろ、〝話せるなら書くな、うなずけるなら話すな〟（ボストンのアイルランド系社会のドン、マーティン・ロマスニーの言葉）」

スタイルズは頬を緩めた。「言ったのはアイルランド野郎だったな」

エディはウィンクで応えた。

ダネレンには、大恐慌前にしていた劇場の仕事に戻ったと伝えた。ダネレンの住む世界とはかけ離れているため、ありえない話だと気づかれはしまいと踏んだためだ。エディに給料を払う必要がなくなったと知り、ダネレンはほっとした顔を見せた。過去の因縁のせいで無下に扱うこともできずにいたからだ。運び屋の仕事はエディ同様に金に困ったオバノンという男に代わらせ、その出来の悪さを嘆いてみせた。

「おまえとは大違いだ、エド」エディがまだ折りに触れて顔を出していた〈サニーズ〉で、ダネレンは愚痴をこぼした。「バニーの野郎が店に入ると、全員の目があいつに集まるんだ。〈ディンティ・ムーアズ〉で封筒を落としたんだぞ、信じられるか？　札びらがそこらじゅうに散らばって……伝染病の菌でもついているみたいに、さあっと人が離れていったそうだ。ウェイターが儲けて終わりさ。こう言ってやったんだ、〝バニー、今度やったらこの手で桟橋から突き落とす。泣き言は魚に言えってな〟」ダネレンはボタ山のような巨体を起こし、うんざりしたように肩をすくめた。「とはいえ、女房が目を悪くしてるし、子どもも五人いるしな……見捨てるわけにもいかん」小さな鋭い目で天井を仰ぎ、戸口のそばにいる用心棒たちに目をやった。

「あんたはやさしすぎるんだ、ダニー」エディは噴きだしかけた。「あまりにやさしすぎる。だが、用心したほうがいい、気のいい人間は他人につけこまれる」

「そういえばな、エド」ダネレンが声を潜めた。「例のイタ公の件、おまえの助言に従うことにした」

どのイタ公のことやらとエディは迷った。ダネレンを悩ませている者は大勢いる。「それで……？」

「相手と話をつけた。タンクレードと」

それで思いだした。ダネレンが肩入れしているジュニア・ライト級のボクサーたちの件だ。タンクレードが試合への出場を妨害していたはずだ。

「わざわざやつの前でひざまずいてみせたんだ。泥のなかで顔を踏みつけにされたぜ」

それを聞いてエディは懸念を覚えた。ひざまずかされて、ただですますダネレンではない。だが、その口もとには小さく笑みが浮かんだ。「これまでで最高の助言だ」

「冗談だろ?」

「うちのふたりなら勝てる」ダネレンが秘密を打ち明けるように顔を紅潮させて言った。「力は十二分にある。必要なのはチャンスだけだ、公平な扱いと」

「それはいいが、ダニー」

「子どものためならなんだって我慢できる、そうだろ、エド。踏みつけられようが、唾を吐かれようが、糞をなすりつけられようが、めちゃくちゃに殴られようが。子どもが喜ぶなら、辛抱のしがいがあるってもんだ」

マゾヒズムなどダネレンには似合わない。エディはやめさせたかった。「そうだな、ダニー。だが、行きすぎは禁物だ。出口を見つけて引き返したほうがいい」

ダネレンはうなずき、真顔になってエディを見つめた。どちらの頭にも過去のあの出来事が甦っていた。埋もれた財宝のようにふたりのあいだに沈んだままのあの出来事が——離岸流、パニック、救出。岸と平行に泳ぎ、戻れる場所を探す。それは自分がダネレンを捨てた——〝虚仮《こけ》にした〟と、エディの雇い主をダネレンが知ったなら言うだろう——理由でもあった。いくつもの事柄が見事にそこに帰結する。エディはすべての成り行きを同時に見渡せるような気がした。

「タンクレードに気づかれるなよ」エディは警告した。「絶対に。気をつけたほうがいい」

ダネレンはそう聞いてうなずいた。


エディは借り受けたデューセンバーグに家族を乗せ、ニュージャージー州パラマスにある医療用品店へリディアの車椅子を買いに出かけた。効果はてきめんだった。リディアは九歳にして初めて垂直な世界の仲間入りをした。食卓につくことができるようになった。アグネスが散歩に連れだすこともできるようになった。窓辺でアナに寄り添われ、窓台に撒いたパン屑をついばむスズメを眺めるようになった。後ろに立ったエディには、ふたりの姿が大差なく見えるほどだった。

ある日、アグネスがリディアのおむつを替えているあいだに氷屋が帰ってしまった。エディはアグネスのために電気冷蔵庫を即金で買った。割賦にしなかったのは、自分の持ち物でないものを所有しているかのように見せかけるのにうんざりしていたからだ。何日ものあいだ、近所の住人たちが台所に押しかけてその贅沢品をうらやましげに眺め、新しい車椅子にすわったリディアがそれを楽しげに見ていた。

冷蔵庫があげる陰気なうなりのせいで、エディは寝つくのに苦労した。ようやく眠りに落ちると、プラグを抜く夢を見た。

「ミスター・ダネレンにお礼を言っておいてちょうだいね」とアグネスは言った。

「組合がなかったら、どうなっていたかしら」とも。

「ああ、うちは恵まれてるわね、エド。よその人たちを見てよ」とも。

アグネスがそんなふうに言うたび、エディは微笑んで小さく同意した。だが妻がしきりに口にするそういった言葉の裏には、偽りの響きが感じとれた。胸の奥の隠し部屋に、秘めた思いを押しこめているかのように。アグネスは気づいていたはずだ。エディの帰りが遅くなったことにも、デューセンバーグをめったに借りなくなったことにも、アナを連れださなくなったことにも。気づかずにいるはずがない。にもかかわらず、自分たちの幸運を呑気に喜ぶばかりで、なにも尋ねようとはしなかった。エディは妻のその欺瞞を目にしながら、たちの悪い喜びを覚えた。だが寝床でその身体を腕に抱き、やつれた顔を覗きこんでも、そこに欺きの色は見てとれなかった。

スタイルズはエディをオールバニーやサラトガ、アトランティックシティへも派遣した。エディを撮影用カメラのように使い、見てきたことすべてをこと細かに報告させた。互いに名前を挙げることはなく、端的に人物を特定できる特徴を探すのはエディの役目だった。傷痕があればたやすい。なくてもなにかしら見つかった。ポマードでべたついた頭とか、目立つ指輪とか。丈が長すぎるズボンとか、熊のような歩き方とか。女のほうが苦労した。どうにか思いつけるのは、〝ブロンド〟や〝ブルネット〟、あるいは〝美人〟くらいだった。どのみち問題となるのは、女の連れの男のほうだった。

自分の奥にある無関心をスタイルズが看破していることに、エディは驚嘆した。「あんたはおれの目と耳だ」スタイルズのその口癖も気に入っていた。エディは事実の運び屋だった。誰の話をしているかも知らぬまま、その内容を伝えた。二年のあいだに否応なく知ることにはなったが、それに関して意見を持つことはしなかった。**おれには関わりのないことだ、おれがいようがいまいが同じことだ。**そうひとりごちるのだった。その先を考えるのはエディの役目ではなかった。

「まるで機械だな、ケリガン。生きてる機械だ」スタイルズは感嘆したように言った。それは褒め言葉だった。エディを目と耳とすることで、スタイルズはどこでも好きな場所へ行けるのだった。興味のおもむくままに。

しだいにスタイルズの興味はみずからが取り仕切る事業だけでなく、組織内のライバルや商売敵の動向にまで広がった。一九三七年一月、エディは雨には向かない厚紙製のスーツケースをヴァンダービルト・アベニューにあるイースタン航空のチケットオフィスに預けた。それからほかの乗客数名とリムジンに乗り、ニューアーク空港に向かった。スタイルズが気にしている人物がいるマイアミに飛ぶためだ。飛行機に乗るのはそれが初めてだった。

空港に着くと、エディは帽子を脱ぎ、心臓を波打たせながら銀色の機体の搭乗口をくぐった。搭乗が完了すると窓の外でプロペラが回転をはじめ、飛行機ががたつきながら雪の滑走路を走りだした。加速が続き、はっと息を呑んだ瞬間、車輪が地面を離れ、機体は上昇気流に乗った火山灰のように舞いあがった。エディは窓の下に広がるおもちゃのようなニューヨークの街並みに見とれた。小さな通りを走る小さな車、雪をかぶった家や木や野球場。槌目模様の鉛板のような海だけは、上空から見渡してもなお無限の広がりを見せていた。耳の奥でエンジン音がうなっていた。隣席の女性客が祈るように両手を組んですすり泣いた。悠々たる大地を一望していると、大いなる発見をしたかのような気分になった。

飛行機はワシントンDC、ローリー、チャールストン、ジャクソンヴィル、パームビーチを経由し、ようやくマイアミに到着した。黒いビロードの海に、銀の月が目の高さに沈んでいた。空気は蜂蜜のような香りがした。空港を出るまえから、パームビーチ流のファッションが目についた。白いディナージャケットに、淡い色のシルクシャツ。夜の九時になるころには、とあるカジノの奥の席でスタイルズに言われた男が見つかった。青白い顔に腫れぼったい瞼、ボクシングのプロモーターというよりも、会計士といった風貌だ。エディはルーレット台で適当に遊びながら、男のテーブルに挨拶に向かう者たちを順に記憶した。そちらに気を取られていたせいで、隣に立った女がしきりに寄りかかってきていることにしばらく気づかずにいた。女の酒代も払うことにしたのは、それまでの労に報いようとしたからだ。いや、そう自分には言い聞かせた。ターゲットの男がカジノを出るころには、女をホテルの部屋に連れこもうと決めていた。

翌朝、嗅ぎなれない香水の残り香がするシーツの上で目覚めた。嫌悪と惨めさが身を覆った。**かまいやしない、**とエディは心でつぶやいた。**男ならみんなやっている、ばれるわけでもない。**だがそんな陳腐な言い訳は、間抜けに慰められるのと同じだった。エディはホテルを出てセメント色の渚を歩き、寄せる波に吸殻を投げ捨てた。せめてもの気休めに、娼婦と寝たのは本物の自分ではないと思いこもうとした。いまの自分はデクスター・スタイルズの目と耳でしかないのだ、と。「おれはここにいない」何度かそう声に出すたび、その言葉が痛みを麻痺させた。

その晩、ポーカーテーブルについてターゲットの男を別の角度から観察していたエディは、見覚えのある足取りに目を留めた。買い物袋を山ほど抱え、足に魚の目をこしらえた女のような歩き方——ジョン・ダネレンだ。足を引きずりながらカジノのフロアを横切るところだった。以前は引きずるほどではなかったはずだが、最近はめったに顔も合わせていなかった。意外な邂逅《かいこう》に驚き、しばらくのあいだエディは顔を伏せることも忘れていた。普段のダネレンならばとっくにエディに気づいたはずだが、そのときは違った。ふらつきながら向かっているのは、エディが見張っていたテーブルだった。そこにいるのがタンクレードだとエディは気づいた。いや、最初から気づいていたのかもしれない。ダネレンは倒れこむように椅子にすわり、顔に卑屈な表情を張りつけて巨大な頭を垂れた。そんな姿を目にするのは、隠れて見ているだけにしろ、エディには耐えがたかった。友はなぜこんなに惨めな様子なのか。顔合わせは侮辱的なほどあっけなく終わった。タンクレードはそっけなくうなずき、その横柄さにエディの身は震えた。ダネレンはふらつきながら立ちあがり、また足を引きずってその場をあとにした。賭博台のあいだを縫うように歩く足取りはあまりにおぼつかず、倒れこんでチップや椅子を飛び散らせるのではとエディはひやひやした。もしそうなっても、じっと見ているしかない。

ところが、出口へ近づくにつれてダネレンの足取りは軽くなり、顔には得意の色が浮かびはじめた。とたんにエディは悟った。友の芝居に一杯食わされたのだ。めまいがするほどの喜びが広がるのを感じた。足の不自由は見せかけだった。卑屈な態度も見せかけだった。ずいぶんと大袈裟に——度が過ぎるほどに――やったものだが、エディですらころりと騙された。ダネレンはイタ公たちに屈服してはいなかった。したたかで頑なな性根は健在だった。すべてが策略、目的を叶えるための芝居だったのだ。ダネレンはエディの助言に従って出口を見つけた。そしてダネレンの見事な化けっぷり以上にエディを驚かせたのは、それを目の当たりにした自分の喜びようだった。どれほどダニーを応援し、勝利を願っていたことか！　駆け寄ってたるんだ頰にキスしたくなったほどだった。

スタイルズへの報告の際、エディはダネレンの件を告げなかった。

エディは初めて訪れる教会で、面識のない司祭からゆるしの秘跡を受けた。あまりにもたやすく。失望が黒いマントのようにまとわりつき、路面電車の車輪がまた頭をよぎるようになった。これまでやってきたこと、いまやっていることになんの意味があるのか――そのせいで娼婦と浮気をする結果になるのなら。望みを叶えるために続けてきたはずだが、はたして望みとはなんだろう？

衝動と習慣に従い、エディはアナに救いを求めた。「お嬢さん、シャルロット・リュスを食べたい気分なんだが」ある土曜日、アグネスがリディアを連れて出かけているあいだにそう声をかけた。

「一緒にどうだい？」

「あんまり食べたくないな、父さん」

「なんだって？　大好きだったじゃないか」

「甘すぎるんだもん」

とまどったエディは、台所のテーブルで教科書に囲まれているアナをしげしげと眺めた。考えてみれば、そうやってまともに見るのは久しぶりだった。十四歳になり、背丈も伸びてきれいになったが、昔ほど特別なものは感じられなくなっていた。デクスター・スタイルズに特徴を説明するのに苦労する女たちのように。

「いいから付きあってくれ。別のものを頼めばいいだろ」

アナは立ちあがってコートを着た。階段を下りながら、娘の気乗りしない様子にエディは気づいた。ほかにしたいことがあるのにと言いたげだ。エディは当惑した。昔はあんなについてきたがったのに！　仕事に連れていくのをやめたときはひどく抵抗したではないか。たしかに、あれからずいぶんたつが……デクスター・スタイルズのもとで働きはじめてから二年になると気づき、エディは衝撃を受けた。その気になればいつでも昔のふたりに戻れるものと思っていた。そのとき初めて、それに疑念を抱いた。

ふたりはドラッグストア〈ホワイツ〉のカウンター席にすわった。アナはエッグ・クリームを注文し、エディは言ったとおりシャルロット・リュスを選んだ。ミスター・ホワイトが窓辺のショーケースからそれを運んでくる。ふたりで待つあいだ、エディは煙草に火をつけ、箱に入ったクーポンをアナに渡した。アナはそれを見て妙な顔をし、やがて呆れたように笑って言った。「父さん、もうこんなの集めるのはやめたの」

「やめた？　これまで集めていたのはどうしたんだい」

「どんなに集めても、欲しいものをもらうには足りないから」

「いまなら足りるかもしれないよ」

アナは怪訝な顔をした。「なんで父さんが気にするの？」

気にしているのはエディではない。アナに気にしてほしいのだ。「もったいないだろ」

「どっちみち煙草は吸ったんだし。それとも、わたしのためにせっせと吸ってくれたの？」アナがおもねるような、甘い笑みを浮かべた。大人の女の笑みだ。

エディの胸の奥で不安が頭をもたげた。「いつ集めるのをやめたんだい」

アナが肩をすくめる。その仕草も気になった。

「最近か？」語気が鋭くなる。

アナの顔から表情が消えた。「違う。とっくの昔に」

不意にエディの傍らに可憐な幻が現れた。小さいころの生き生きとしたアナが。おしゃべりな妖精のようだったあの子は、いま隣にいる、気怠げで醒めた顔をした娘のどこかに残っているのだろうか。窓の外を見ないようにしているらしいが、仕事柄、エディは気づかずにいられなかった。いったい誰を探そうというのか。

ミスター・ホワイトがカウンターごしにエッグ・クリームを滑らせて寄こし、ふたりは無言で食べはじめた。エディは話題を思いつくのに苦労した。頭に浮かぶのは、雪玉や秘密の挨拶の思い出ばかりだった。覚えているかとアナに尋ねたかったが、忘れたと言われるのが、あるいはもっと悪いことに、だからなんなのと言われるのが怖かった。

それに、ほかの日々のことはどうだ？　ふたりで過ごした何百もの日々のことを、なぜ自分は思いだせないのか。

「おまえの言うとおりだな」エディはようやく口を開いた。「シャルロット・リュスは甘すぎる」

ドラッグストアを出たあと、ふたりは店の前で立ちどまった。ステラの家に行くとアナは言ったが、嘘のにおいを嗅ぎとったエディは、寒いなかにもかかわらず汗ばむのを感じた。アナのなかのなにかが永遠に、決定的に変わってしまった——それはたしかだった。娘から目を離し、スタイルズに雇われてよそ見をしているうちに、見失ってしまったのだ。

妖精の幻が、ぴょんぴょんと飛びはねながらエディの手を揺すった。エディを見上げ、しきりに話しかけてくる。とりとめもないやりとりは、犬の尾のように無邪気に行ったり来たりを繰り返し、何時間でも続いたものだった。

エディは濃い睫毛に覆われたアナの大きな黒い瞳を覗きこみ、妖精の姿を探した。だが、長いあいだ目を離していたせいで妖精は消えていた。そこにいるのは、父との思い出をあらかた忘れ、しきりに離れたがっている娘だった。

ダネレンは真夜中すぎに〈サニーズ〉を出たところで、走行中の車から十五発の銃弾を浴びた。一九三七年四月、エディがマイアミで見かけてから三カ月後のことだった。ダネレンは小便に立つにも人を伴う男で、当然目撃者はいたが、誰もが口をつぐんでいた。敵は多く、仕事の割り振りや縄張りを巡る争いも絶えなかったが、そういった確執は長年くすぶりながらも、深刻な事態を生じることはなかった。それはイタリア流の死刑執行だった。

セント・ヴィンセント病院に入ったダネレンは二日のあいだ持ちこたえた。警官たちが何度か訪れたが、一時的に昏睡から覚めて口が利けるようになったとしても、ダネレンはなにも話さなかっただろう。

病院のロビーには養護院時代の仲間が二、三人ずつ固まって立っていた。みな四十代にさしかかり、髪は薄くなり、歯も欠けていた。エディは仲間の腕で泣いた。「おまえは親友だったからな」そう声をかけられた。「あいつのお気に入りだったよな。当然だ、命を救ったんだから。一生の恩人さ」切望していた称賛の言葉も、つかのまの気休めにしかならなかった。みずからの手でダネレンを撃ち殺したような気分だった。

バート・シーハンに会うのは二十年ぶりだったが、エディはひと目で相手に気づいた。豊かさを保ったままのバートの髪には半分白いものが交じり、散髪が必要そうだった。気取らない生活ぶりが窺えた。「おまえは昔、おれたちを助けてくれたよな」バートは悲しみに顔を歪めてすすり泣いた。「沖から連れ戻してくれたんだ。でなきゃ、おれは今日ここにいなかった、神に誓ってそうだ」

死してなお、二日にわたる通夜の席を支配しているのはダネレンその人だった。特大の棺におさめられたボタ山のようなその遺体が一同を圧倒していた。パウダーと固形白粉《パンケーキ》で隠されていても、こめかみと額と首の銃創は見てとれた。妻のマギーは慰めようもないほど泣き崩れていたが、同情を寄せる者は皆無に等しかった。身も世もない嘆きぶりは、飲み足りない亭主をたびたびバーから引きずりだしたのと同様、〝ダニーに楽しくやらせる〟のが気に入らないせいだと誰もが解釈していた。

通夜の席で、エディはバートと落ち着いて話をする機会を得た。彼はやもめで、三人の子どもを抱え、独身の妹とともにいまもブロンクスに暮らしているという。

「法律家になったんだってな」エディは言った。

「州検事局で働いてる。そっちは、エド?」

「まあ、あれやこれやとね」

「こんな時代だからな」バートはエディの曖昧な返事を失業中だと受けとったらしい。「こっちは州の仕事にありつけて運がよかったよ」

「おまわりみたいなもんか、やってる仕事は」

「掃除屋だな」バートが言い、ふたりは笑った。

葬儀が行われる日曜日の朝、ガーディアン・エンジェル教会には津波のように会葬者が押し寄せた。多くはへべれけのまま、残りも二日酔いの状態で。エディは少し離れたところで誰かがこう囁くのを聞いた――「ジョー・ライアンが教会に来てるぞ」腐敗まみれの業界のドン、国際港湾労働者組合の会長が葬儀に姿を見せたことが、なによりもダネレンの力を示していた。

アグネスがエディの腕をつかんだ。教会の階段に立ったバグパイプ奏者が曲を奏ではじめ、エディの目にまた涙が滲んだ。「わたしたちはどうなるの、あなた?」ひどく不安げなアグネスを見て、想像していたほど妻が事情を察してはいなかったのだとエディは悟った。なにも知らなかったのかもしれない。

「心配ない」エディはぼそりと言った。

バートもエディの傍らに立ち、三人は腕を組んで階段をのぼった。戸口を入ったところでエディは旧友に耳打ちした。「先日小耳に挟んだんだが、犯罪組織を捜査してるって?」

バートがはっと身をこわばらせたのがわかった。警戒するような囁きが返ってくる。「あながち間違いでもないが」

「おれが……力になれるかもしれない」

バートが疑わしげな目を向けた。「なにか知ってるのか」

「なにからなにまで」

第二十四章

集合場所のレッドフック地区の艇庫からはしけを出し、南へ二十分走ったところで、〝船長〟と呼ばれる老人が言葉らしき音を発しはじめた。狭い操舵室の外壁にもたれ、誰かに後ろから髪を引っぱられたように空を仰いで、うなるような、嘆くような声をあげつづける。灯火管制下でも陸では目にすることのできない満天の星だ。

「とりか……もど……よーそ……」

苦しげな声があがるたび、アナはぎょっとして船長を振り返った。ほかの者は気にも留めていないが、長身で無表情の操舵手だけは、その声に反応してわずかに舵を切っている。その姿は人間というより、船長が頭のなかで操るレバーのようだった。

時刻は午後十一時。夜気は澄み、気温は七度と三月初旬にしては暖かい。鎌形の月が低く浮かんでいる。航空機を探すサーチライトが夜空を切り裂いている。目には見えないが、波止場にはボートがひしめきあっている。ときおり黒山のような影がはしけに急接近するたび、船長の号令を受けた操舵手が蝶のように軽やかに危険を回避し、その後に押し寄せる引き波がはしけを激しく揺らした。自由の女神のシルエットが闇に沈み、掲げ持つ松明《たいまつ》の先に灯された光だけがわずかに見えている。

ナロウズ海峡にさしかかると船長も黙りこんだ。そこがローワー・ニューヨーク湾への出口で、東のフォート・ハミルトンと、西のスタテン島のフォート・ワズワースの両基地が哨戒にあたっている。デクスター・スタイルズによれば、万一はしけが止められても咎められることのないよう、沿岸警備隊の知り合いに〝話をつけてある〟とのことだが、誰もそんな事態は望んでいない。十分ほどのあいだ、はしけの上にはエンジン音だけが響いていた。アナははしけの底が防潜網にかかることを心配したが、やがて封鎖は解除されているはずだと気づいた。ローワー湾に向かう護送船団らしき船の一団が先を行っている。汽笛とサイレンが遠ざかり、風と波が強くなった。デクスター・スタイルズが連れてきた五人の〝チンピラ〟（とバスコムは呼んだ）たちは、帽子を押さえながら船縁にもたれている。空気圧縮機のはずみ車をまわすのが役目だが、男たちの存在が船上の空気を不穏なものにしていた。

マールとバスコムは忙しく働きつづけ、デクスター・スタイルズが用意した空気圧縮機の点検と準備にあたっていた。海軍工廠で使っているのと同じ、モース社製の空気ポンプ一号と呼ばれる製品で、それを舳先に据え、空気タンクを清掃し、ピストン棒にオイルを差し、ポンプシャフトのハンドルにもオイルと粉末黒鉛を混ぜたものを塗っている。ふたりは拍子抜けするほどたやすく工廠から潜水装備箱ふたつを持ちだした。それぞれに九十キロの潜水服と十五メートルの長さの送気管が六本、工具袋、潜水用ナイフ二本、部品収納缶がひとつ入っている。ちょろいもんさ、と艇庫で落ちあったふたりは得意げにアナに語った。水道パイプラインへ向かう潜水士が大勢いるため、箱を抱えてマーシャル通りの門を抜け、マールがおじから借りた小さな平床トラックに積みこむあいだ、警備兵は目を向けようともしなかったという。

はしけがナロウズ海峡を抜けて東に針路を変えると、左にコニー・アイランドのパラシュート・ジャンプのうっすらとしたシルエットが浮かびあがった。観覧車《ワンダー・ホイール》とサイクロンの骨組みも見える。やがてはしけは南へ、さらに西へと針路を変え、そのあたりでアナは方角を見失った。ニューヨーク港から大西洋へ出るつもりなのだろうか。どのくらいの深さを潜ることになるのだろう。

デクスター・スタイルズはフェドーラ帽を押さえて船尾に立っていた。近寄りがたいその雰囲気に、アナの不安はかき立てられた。レッドフックまでの車中はデクスターとほとんど言葉を交わさず、そのあとはずっとマールとバスコムのそばにいた。ふたりの陽気さが嫌な予感を遠ざけてくれる気がしたからだ。計画を打ち明けるときは、一笑に付されるのではないか、警察に通報されるのではないかと気が気でなかったが、ニューヨーク湾に沈んだ死体を――誰のものかは一度も尋ねられなかった――引きあげるというのは、ふたりにとって願ってもない大冒険だったらしい。アナは危険や落とし穴が伴うことを念押ししようとしたが、目を輝かせたふたりはろくに聞いていなかった。あるいは、危険や落とし穴にこそ惹かれたのかもしれない。

はしけがようやく速度を落とすと、アナはコートと靴を脱ぎ、つなぎ服の上からニットの上下を着、頭にも暖かいニット帽をかぶった。自力で帆布地の潜水服に足を通すあいだに、バスコムとマールがヘルメットと送気管の継ぎ目をたしかめた。揺らめく淡い月の道がはしけに向かって伸びている。操舵手が幾度か船位を調節し、やがて船長がひと声吠えてアナの頭皮がぞわりとしたとたん、エンジン音がやんだ。石炭で真っ黒に汚れたオーバーオール姿の釜焚き役のふたりが、二基の錨のひとつを下ろしはじめた。船首と船尾に投錨し、はしけを固定するためだ。

「どのあたりにいるかわかる?」アナは仲間たちに訊いた。

「さあな」バスコムが言う。

「スタテン島のそばだ。南東岸沖だろう」とマール。

「知ってる。おまえを試したんだ」

ふたりの笑いには棘が含まれていた。興奮の連続で疲れてきたのかもしれない。ふたりはアナに装備を着けはじめた。靴を履かせ、紐を締めて留め金をかける。ヘルメットのクッションを装着する。身にしみついた手順に従うことで、慣れない環境にもなじみはじめた。肩金に、襟ゴム、ボルト、当て金、蝶ねじ。ヘルメットを残すのみになったところで、マールがチンピラたちを空気圧縮機のはずみ車のそばへ集めた。男たちは猛然とそれをまわしはじめた。体力を誇示するように、互いに押しのけあっている。離れたところからそれを見守るデクスター・スタイルズの顔には、アナの不安を映すかのような色が浮かんでいた。アナは目を逸らした。

投錨が終わり、はしけが固定されると、マールがロープで水深を測った。濡れた結び目の数から計算して水深は十二メートル、砂と泥からなるやわらかい海底だ。次にバスコムとマールが九十キロの錘のついた潜降索を右舷の潜水梯子のそばに下ろした。続いてアナとマールが手を貸し、バスコムに二着目の潜水服を着せた。ただし、帆布地のスーツだけにし、重たい他の装備は着けずにおいた。すっかり興奮の冷めたふたりは、職人を思わせる淡々とした手つきで作業を進めていた。アナはヘルメット以外の装備をすべて身に着けた姿で潜水用の椅子に腰を下ろした。「ミスター・スタイルズに話があるの」

まもなくデクスター・スタイルズが傍らにしゃがみ、アナの目を覗きこんだ。ふたつの洞穴のような目で。

「なにを探せば？」アナは訊いた。

「決まっているだろう」

「なにかほかに目じるしは？」

しばらく間があった。「ロープだろうな。なにかの錘と。鎖かもしれない」

アナは声を張りあげてマールとバスコムを呼んだ。「準備できたわ」

椅子から立ちあがり、ゆっくりと梯子へ向かった。ふたりがヘルメットをかぶせ、送気管と命綱を首の後ろの金具に固定して、送気の具合をたしかめる。マールが命綱をアナの右腋に、送気管を左腋にくぐらせ、肩金の正面についた金具に通した。梯子に足をかけようとしたとき、バスコムが開いた覗き窓から覗きこみ、鋭い目でいつになくまっすぐにアナを見据えた。「やめておいたらどうだ」

「おあいにくさま」

バスコムがふんと鼻を鳴らした。「まあ、潜るのはおれじゃないが」

「だったら失敗する心配もないじゃない」そう言うと、笑いが返ってきた。

バスコムが覗き窓を閉じると、薬品のにおいのする冷たい空気が音を立てて流れこみ、アナの口と鼻を満たした。梯子の下端まで下り、潜降索をつかんで海に身を委ねた。潮流の勢いがすさまじく、その向こうに広がる大洋へ押し流されそうになる。潮流についてのアクセル大尉の講習を思いだしながら、アナは流れを背中で受けて身体が潜降索に押しつけられるように体勢を調節した。そして下へ、下へと潜りはじめた。ワラバウト湾での潜水も見通しはきかないため、夜間の潜水も似たようなものだと思っていた。いまになって、湾内の水の濁りは目に見えていたことに気づいた。ここでは目をあけていても、閉じていても、なんの違いもない。それが奇妙な混乱をもたらした。無に向かって近づいていくような、虚空を漂うような感覚だった。ようやく海底に着くと、アナは潜降索につかまったまま暗闇に目を凝らした。早く降りすぎただろうか。命綱が引かれ、ほっとして合図を返した。海底は流れが穏やかだった。目を閉じるとすぐに気持ちが落ち着いた。もう視覚なしでも平気だ。

工具袋から長さ十八メートルの検索ロープを取りだし、潜降索の錘のすぐ上に固定した。そして、大尉の講習を思いだし（バスコムに耳打ちされながらでも、不思議によく覚えていた）、手袋をした指を錘の縁に差しこんでひっくり返した。そうすることで検索ロープが錘に押さえられ、接地した状態で動かすことができる。アナはもう一端を手首に結びつけ、ロープがぴんと張るまで錘から遠ざかった。それから工具袋を下に置いて起点の目じるしにし、四つん這いになって、手首のロープを引いて中心からの距離を一定に保ちながら、海底を時計まわりに這い進みはじめた。じきにロープが海底の隆起にぶつかった。最初のうちは、引っかかりを感じるたびにそこを調べようとしたが、しだいに物体と海底の隆起を判別できるようになった。目を閉じたまま、自分を囲む無限の広がりと、そこにいる自分の小ささと寄る辺のなさを忘れようとした。スタテン島の水道パイプラインで働いた潜水士たちからは、海底に沈んだ難破船や、巨大な牡蠣にびっしりと覆われた百年前の養殖場や、全長十五メートルものイカの話を聞かされていた。そういった不気味なものたちが伸ばした指のすぐ先にありそうな気がした。気を落ち着けるため、アナは命綱と送気管を握ったマールが自分の動きに応じてそれを上下させる姿を思い浮かべた。いざというときはすぐに引きあげてもらえる。四回短く命綱を引くだけでいい。

デクスターはからくり時計の人形のようにはずみ車をまわす部下たちを眺めていた。乗船してからずっと落ち着けずにいるのは、なによりも不得手とすることを強いられているからだった——なにもせずにいることを。手持ち無沙汰なせいで気が立ち、いまや見るものすべてが耐えがたくなっていた。潜水士たちがアナの足首をつかんでばかでかい潜水靴を履かせる姿も。ハーネスかなにかを装着するとき、黒人が手でアナの顎を支えたことも。彼らの団結ぶりに妬ましさを覚えた。男たちだけでなく、三人ともに嫉妬を覚えた。男ふたりと女ひとりが慣れた様子で共同作業に勤しむ姿に。潜水服の装着がすみ、アナの姿が女と判別できなくなったあとも、彼らの分かちあう知識に、駆使する専門用語や技術に苛立っていた。ふたりに支えられてアナが足から海へ潜りはじめると、デクスターは五年ぶりに煙草を抜いて口にくわえた。部下のエンゾが物陰からするりと現れ、タイミングよく火をつけた。

久しぶりの煙草にめまいを覚えながら、デクスターは船長の席の隣に椅子を並べ、かしいだままの老人の頭に合わせるように頭を傾けた。脳卒中だろう。空気は冷たいが、船長の顔は汗でてかてかと光っている。船長がひっきりなしに飲んでいる（かなりの量を服にこぼしているが）トマトジュースのにおいがした。潰瘍予防だそうだが、そんなに大量のトマトジュースはかえって潰瘍のもとではないのだろうか。思ったとおり、船長の傍らの缶バケツのなかにジュースが入っていた。頭上では星々がひしめきあうようにまたたいている。

「想像もしなかったな、船長」デクスターは言った。「ニューヨークの夜空にこれだけ星があるとは」

船長は気に入らなげにひとつ咳をした。ニューヨークの船乗りは、大きな建造物や海岸線の明かりを目じるしに船を操るのに慣れている。星は目を惑わせるものでしかない。だが港のことならば、吹く風も潮流も、厄介な水路も、海底の隆起や穴も、そして澱《よど》みの位置も知りつくしている。潮の流れから取り残された澱みにものを沈めると、岸に打ちあげられることはない。船長によれば、沈めた場所を探しだすこともできるという。

「まあ、船長。星にもじきに慣れるさ」

ぶっきらぼうなうなり声が返ってくる。戦争が終われば灯火も戻り、ニューヨークの空も元の姿を取りもどすということらしい。

「ああ、たしかにな」デクスターは言い、そこで声を潜めた。「ところで、場所はここで合っているのか」

船長が疑われて心外だとばかりに声を張りあげる。

「だがどうやってたしかめる、これだけ暗いと目じるしも見つからないだろう」

老船乗りはこめかみを指でつついてみせた。船上ではつねにかぶっている白い帽子のぱりっとした清潔さが、トマトジュースのしみだらけのむさくるしい服と奇妙な対照をなしている。「すべてある」唐突に発せられた明瞭なその言葉に、デクスターはたじろいだ。「ここに」

「なるほど」

デクスターはまた苛立ちはじめた。操舵手のネスターに話しかけようとしたが、無駄だと気づいた。かつては饒舌だったネスターは、数年前になにか恐ろしい体験をして以来、すっかり無口になっていた。代わりにデクスターは、部下たちが空気圧縮機と格闘している船首に近づいた。潜水士のひとりもそこにいる。亜麻色の髪の気難しげな男で、パンに塗って食べられそうなほどたっぷりと不満の色を浮かべていた。両目は圧縮機の前面にあるふたつの計器に据えられている。

「まわす速さはこれで十分なのか」デクスターは訊いた。

「いまのところは」

「怠けるような連中じゃない」

「でないと困る」

喧嘩腰だ。電流に触れたようなぴりっとした感触を心地よく感じ、デクスターは誰がボスかをその場で思い知らせるのはやめにした。代わりに船尾近くの潜水梯子のそばにいる黒人潜水士に近づいた。足もとにコイル状に巻かれた二本のコードが男の手のなかを通り、アナへとつながっている。男の目はぴたりと海面に据えられている。

「なにをそんなに見ている？」デクスターは尋ねた。

「アナが吐いた息を」黒人が目を動かさずに答えた。「泡が見えます？　潮に流されるので、あの下にアナがいるとは限りませんが」愛想はいいが、黒人によくあるように、感情は読みとれない。黒人同士にしか読めないのだろう。

「なら、どうやってたしかめる？」

黒人が手にしたコードを持ちあげてみせる。「これがたるまないように、アナの動きに合わせて長さを調節するんです。アナの合図に気づけるように」

「危険なのか、いまやっていることは」

「全員が役目を果たせば平気です」

ふたりは泡を見つめた。黒々とした水面にほの白い気泡が弾ける。「向こうにいる相棒はなぜ潜水服を着てる？」デクスターは訊いた。

「予備の潜水士を必ず用意するんです、送気管が詰まったときに備えて。ほかにも問題が起きるかもしれないので」

「あいつが潜ることになったら、ポンプの目盛りは誰が見る？」

「あなたはどうです、サー？」

デクスターは笑いつつ感心した。ごく短い返事で和やかな空気を作り、同時にボスが誰かわきまえていることを告げてみせるとは。駆け引き上手だ。

「ポンプひとつで潜水士ふたりに十分な空気を送れるのか」

「設計上は。工廠ではひとりにつき一台ですが、いま使っているやつを試したところ、性能的には問題なさそうです。頼もしいまわし手がいるので、めいっぱい送気できますよ」

期待していた賛辞をようやく送られ、デクスターは頬を緩めた。「だが機械が故障したら？　そのときはどうなる」

「そんなことはありえません」黒人は平静な声で言ったが、そこに混じった不安をデクスターは嗅ぎとった。「あったとしても、潜水服のなかに溜まった空気で八分はもちます。そのあいだに浮上できますよ」

手にした命綱に合図があったらしく、黒人は数回力強くそれを引き、しばらく待って、もう一度引いた。それから泡に目をやったまま、コードをたるませながら後ろ向きに船縁を歩いて船首にいる相棒のそばへ行った。短く言葉が交わされたあと、亜麻色の髪の男のほうが空気圧縮機のそばを離れ、錘で沈めた潜降索を引きあげて、素早く圧縮機のそばの船首に下ろした。デクスターは黒人のそばへ寄って説明を求めた。〝潜水士〟つまりアナが潜降索の周囲を検索し終えたが、なにも発見できなかったため、場所を変えてもう一周するという。

「それじゃ埒が明かない」デクスターは言った。「下にいられる時間は？」

「二時間は問題ありません。それ以上になると、浮上の途中で減圧が必要になります。ここには吊る《ボー》し型腰掛け《スンチェア》しかないですが、なんとかなるはずです」黒人は手首に目を落とした。腕時計が三つ巻かれている。「降りてから三十八分になります」

「おれが降りよう。探すのを手伝う」

とっさにそう口にした。それは提案というよりも、積もりに積もった苛立ちが言葉の形をとって表れたものだった。だがそう言った瞬間、デクスターの心は決まった。「本気だ」

黒人は慇懃に首をかしげた。「潜水の経験は、サー？」

「覚えは早いほうだ」

「すみませんが、安全上の理由で、それは不可能です」

「不可能など存在しない」デクスターはにこやかに言った。「挑戦する者がいる限り」

黒人は黙ったまま海面の泡を見つめた。デクスターは待った。長いあいだ待たせるような不躾な真似はしないはずだ。思ったとおり、相手は穏やかに諭すような調子で返事をした。「おれたちも二週間の訓練を受けてから潜ったんです」

「それでも、最初は誰でも初めてなはずだ。やったことのないことも、いつかは経験する日が来る」

黒人が考えを読もうとするようにまた首をかしげる。

「今日がその日だ」

白人潜水士はいまのやりとりを聞いてか聞かずか、空気圧縮機の計器を凝視している。デクスターはそばへ行き、咳払いをした。潜水士には聞こえ、はずみ車をまわす男たちには聞かれないくらいの小声で話しかける。「その潜水服を着ておれが潜る」

「そう簡単にはいかない」目盛りに目を据えたまま、潜水士がぼそりと答えた。

「いや、どうとでもなる。万事がそういうものだ」

潜水士はちらりとも見ない。

「手助けしたいだけだ。時間の節約になる。きみはここにいる必要がある」

「なんの助けにもならないさ」

「おい、それはご挨拶だな」

「危険で邪魔なだけだ」

「心配なのは空気か？　ポンプ一台でふたりに送気することか」

「それもある」

「トラブルの際は、こっちを切り捨ててくれ。そのまま浮上する。八分あるんだろ?」

ようやくどちらの潜水士もデクスターのほうを向いた。「体格差の分、もっと短くなりますよ」黒人のほうが答える。

「かまわない」

白人潜水士が気に入らなげに鼻を鳴らす。「あんたの死体を扱う羽目になったら、ありがた迷惑なだけだ」

「それはない」

ふたりは目と目を見交わした。「なぜ言いきれるんです?」黒人が訊いた。

「船長」デクスターは声を張りあげた。老船乗りが鍋の水を顔に浴びせられたように飛びあがった。

「来てもらえるか」

踏み潰された虫のように、船長がよたよたとやってくる。

「このふたりに約束してやってほしい。潜水中、おれにもしものことがあっても、ふたりはそのまま立ち去らせると。警察だの、検死官だの、弁護士だのと関わり合いにはならないと」

船長は肩で息をしながらうなずいた。理解できたかどうかあやしいものだが。

「お言葉ですが」と黒人が言う。「死体は消えてなくならないのでは?」

「いや、なくなるんだ」デクスターは答えた。「なくなるとも。いいか、きみたちはいま別世界にいる。見えるものやにおいや音は同じに思えるかもしれないが、この場で起きることは外の世界とは関係ない。明日目覚めたら、すべてがなかったことになっている」

頭がどうかしたのかという顔でふたりがデクスターを凝視する。どう説明すれば、影の世界の仕組みを納得させられるだろう。むろん説明の必要などないが、暴力ではなく話し合いですむなら、それに越したことはない。

「つまり、そちらとこちらとではルールが違うということだ。やり方も違う。そちらの世界ではありえないことが、ここでは起きる。死体だって消える」

「下にいる潜水士は？」黒人が訊く。「アナになにかあったら、どうなるんです」

「彼女にはなにも起こらない。それははっきりさせておく。だが、おれは違う。おれは言わば……幻だ。影だ」デクスターは、これまで明確に意識はせず、理解してもいなかった考えを言葉にしようとした。

「与太話はたくさんだ」白人潜水士が言い、初めてまっすぐデクスターを見た。眉をひそめ、険しい顔をしている。「おれに言わせりゃ、世界はひとつだ、それに酸素なしじゃ誰も長くはもたない。英雄気取りの素人は手に負えないが、そういうやつらが失敗するのを止めないほうがばかなんだ。いいか、あんた。答えはノーだ。これを着て潜るのは認めない」

デクスターは深いため息をついた。「わかりあえればと思ったが、無理なようだ」

「いまの話をどうわかれと？」

「これは命令だ――潜水服を脱げ」

「おれは海軍の人間だ。あんたの部下じゃない」

押し寄せた怒りにデクスターの神経が粟立った。「ここに海軍はいない」低い声でそう告げる。

「少なくとも、おれには見えんな」

「いや、いるさ。港は軍が監視している。四方から見張られているんだ」

デクスターは黒人に向きなおった。「きみの相棒はおつむが弱いのか」亜麻色の髪の男の耳にも入るよう、やや声を張る。「頭をぶち抜いて魚の餌にしてもいいんだぞ。ゴキブリでも始末するように。

いますぐ部下たちにそうさせようか」

怒号をあげたわけではなかったが、その声は風にかき消されもせず船上を響きわたった。エンゾが大股でやってくる。「なにか問題でも、ボス？」

「さあ」デクスターは黒人を見据えて言った。「どうかな」

危機を察知することにかけて黒人に勝る者はいない。静かに相棒のそばに行き、なにやら耳打ちをはじめた。切れ切れの言葉が漏れ聞こえる。

「……そう難しくも……」

「……サヴィーノのときだって……」

「……海軍でもときどき……」

デクスターは勝利を確信した。黒人の意見が通るはずだ。思ったとおり、デクスターのそばへ来てこう言った。「争うつもりはありません、サー。これっぽっちも」

「こちらも同じだ。だからこそ、相棒の彼に最後のチャンスをやろうというんだ。糞を漏らすほど怖い思いをせずにすむように。言っておくが、生易しいもんじゃないぞ」

白人潜水士の顔からは血の気が引いている。なにか考えるように空気圧縮機の計器に目をやった。デクスターは相手の心中を想像した。頭蓋骨を圧迫されるような思いなのにちがいない。人の考えを読むのも気持ちのいいものではなかった。

「なんてこった《ホーリー・クライスト》」白人潜水士が相棒に向かい、恐怖にかすれた声で言った。

「キリストも見あたらないようだが」とデクスターは言った。

ふたり目の潜水士が潜ると合図を受けたアナは、自分が誤って要請したのだろうかと考えた。そのあと、なにか問題が起きたのだと気づいた。それでなくとも、潜降索を三度移動させたあげく（最後の一回は左舷側へ移した）壊れた樽と流木しか見つけられていないのに。そのまま這い進んでいると、降りてきた潜水士が検索ロープを手にしたのがわかった。ロープ伝いに近づいてきて、アナを立ちあがらせた。アナは思わず目をあけたが、当然なにも見えない。

そういえば、水中でヘルメットを押しつけあえば言葉を交わせると講習で教わったはずだ。バスコムは思ったよりも背が高く、アナは相手の腕を軽く引いてかがみこませた。ヘルメットを押しつけて訊く。「なにしに来たの？」

返事は、毛布の下で鳴っているラジオのようにくぐもった平板な音に聞こえた。「デクスターだ」

「デクスターがどうかした？」

「ここにいる。おれがデクスターだ」

一瞬、バスコムがからかっているのかと思ったが、こんなときにふざけるとは思えない。「そんなのありえない」

「でもないようだ」

「そんな――危険なのに」

「上にいる連中にも言われたよ」

バスコムの潜水服を借りるまでにひと悶着あったはず、とアナはちらりと思った。それを頭から締めだした。冷静さを保たなくては。「圧縮機はふたり分の空気を送れるの？」

「息は苦しくないか」

ふかぶかと息を吸いこむと、アナの気持ちは落ち着いた。そういえば、海軍でも手っ取り早く不適格者を篩《ふるい》にかけるために、いきなり潜水服を着せて潜らせることもあると聞いた。ヘルメットに送られる空気はひんやりとして湿っぽくもなく、頭もすっきりしている。「ええ、あなたは？」

「最高だ」

それはデクスターの本心だった。黒人に教わったとおりに送気管の弁を調節し、両肩の重みが消えると、デクスターはえも言われぬ高揚に包まれた。なかば無意識のうちに続けていた途方もない努力がようやく報われたような感覚だった。呼吸には問題ない。呼吸しながら海底を歩くこともできる。

「なにも見つからなくて」アナの声がした。「本当にこの場所で合っているの？」

長距離電話で話しているようなくぐもった声だ。そのせいで、電話で話すときに似た、親密さと隔たりが奇妙にないまぜになった感覚を覚えた。遠くにいる者が頭のなかに直接語りかけてくるような感じだ。「見つかるさ」対照的に、自分の声は轟くように聞こえる。「船長がたしかだと言っている。彼はここだ」

その言葉にアナは困惑した。船長がここにいるということ？　ヘルメットごしに伝わる声からは、音量だけでなく、感情もそっくり失われていた。機械が話せたならこんなふうだろうと思うような声だ。それでも、言葉の響きは残った。**彼はここだ**。そのとき突然、父の姿が鮮明に目に浮かんだ。コニー・アイランドで朝のひと泳ぎをしたあと、水の滴る身体を輝かせながら海から上がる姿。突如上がってきた父に驚く海難救助員にウィンクをして手を振る姿。砂浜のアナの傍らに服と札入れとともに置いたタオルで身体を拭く姿。そんなふうに泳いだあと、つきまとう悲しみを脱ぎ捨てたかのように、生き生きとした喜びを放っていた姿。

「わたしも」アナはそっと言った。「わたしもここにいる」

デクスター・スタイルズがヘルメットを押しつけた。「もう一本ロープを持ってるなら、それで身体をつなげばより広範囲を探せる」機械的な響きの声が聞こえてくる。

「持ってる」

アナは手袋の嵌まった相手の手を取り、数分前に探索をはじめた地点へ誘《いざな》った。そこに工具袋を置いてある。なかには両端が環状になった十メートルのロープが入っている。空いたほうの左手首に一方の輪を通し、もう片方の輪を相手の右手首のストラップに重ねるように嵌めた。そしてヘルメットを押しつけて言った。「ロープがぴんと張るまでわたしから離れて、それからわたしと同じ方向に這って進んで。ヘルメットを下げないように、身体より上に保つように気をつけて」

「了解」

デクスターは指示に従い、ロープが張りつめたところで、ぎこちなく膝をついた。潜水服のゴム引きの布ごしにやわらかい海底の感触が伝わる。頭を下げないよう気をつけながら——そういえば、下げるとどうなるかは訊き忘れた——両手を地面につける。四つん這いの姿勢が異様なほど不自然に感じられる。このまえ四つん這いになったのはいつだっただろう？　それでも手首のロープに引かれ、頭を下げないように恐る恐る這い進みはじめた。ロープにかすかな抵抗を感じるたび、なにか見つかったのだと思ったが、やがてそれが海底の隆起や海草の茂みだと気づいた。原始的なその動作を続けるうち、頭が空になっていく。闇のなかを這う。闇のなかを這う。這う。這う。いつしか、そうしている理由も忘れていた。


なにかが引っかかった、とアナは気づいた。デクスター・スタイルズと自分をつないでいる外側のロープのほうだ。そちらに近づこうと、錘に結んだ内側のロープのフックを外しかけたとき、問題に気づいた。放そうとしているそのロープは、はしけとの唯一のつながりだ。初めての潜水のことが頭をよぎった——水の底で方向を見失い、さまようあの不安が。比較的明るく浅いワラバウト湾でさえ、直径七・五センチのマニラロープを見つけるのは難しかった。もしもの場合でも、自分ならばマールとバスコムが命綱をつかんで引きあげてくれる。でも、デクスター・スタイルズは？

ほかに案も思いつかず、アナは内側のロープを手首から外し、外側のロープを伝って障害物のほうへ近づいた。コンクリートブロックに重たい鎖が巻かれたものだ。反対側から近寄ってきたデクスター・スタイルズが傍らで止まる気配を感じた。アナが懐中電灯をつけると、青白い光が漆黒の海底を五十センチほど目覚めさせた。直径数センチの鎖の環は、長いあいだ動かされていないのか、藻で滑りやすくなっている。ほかにもなにか見てしまうのを恐れ、アナは光を消した。デクスターにヘルメットを押しつけて言う。「どう思う？」

「見つけたようだ」かすかな返事があった。

ひと晩じゅう感じていた胸騒ぎが一気に高まった。「怖い」ヘルメットごしに伝わる相手の声の単調な響きを真似てアナは言った。その淡々とした口調が、不思議にすべての感情を剝ぎとった。言葉だけを残して。

「父はなぜ殺されたの」

「逆らったからだ」

「父は犯罪者だった？」

「いや」

「なぜ逆らったの」

「それは本人にしかわからない」

「明かりをつけずに探すことにする」

デクスター・スタイルズが立ちあがったのがわかった。邪魔をしないためにか、発見されたものを目にしたくないからか。鎖は二重にぐるぐる巻きにされ、がっちりと固められている。アナは恐る恐る鎖の結び目を緩めにかかり、隙間を指で探った。巨大な南京錠で環と環が数ヵ所で連結され、座付き金具でコンクリートブロックに固定されている。アナは指先を環に突っこみ、なにか有機的なものがないかと探した。布や、革や、骨といったものが。父が失踪した日の服装は覚えていないが、スーツとネクタイと帽子は身に着けていたはずだ。靴も。恐怖と嫌悪が入ったどす黒い卵のようなものが鳩尾《みぞおち》につかえるのを感じた。それに怯えながらも、そんな怯えから解き放ってくれるなにかを見つけたいと願った。父が逃げたのではないという証を。自分を捨てたのではないという証を。真実を求める気持ちに駆りたてられ、アナは手袋をした手で泥や砂を掘り、ぬるぬるした鎖の環を探った。けれども、靴も、布も、骨も見あたらなかった。なにもかも押し流されてしまったのだろうか。

落胆を覚えながら、せっかくこんなに近くまで来たのよ、とアナは自分を励ました。いまここにいるのは奇跡にも近い、一度きりのチャンスだ。その思いが水底を掘る手に新たな熱をもたらした。工廠の男たちのように悪態をついてみる——**くそっ！　畜生！**　掘りつづけていると、瞼の奥でちらつく光にふと気を取られた。それを追いやるため瞼をあけようとして、すでにあいていたことに気づいた。光っているのは瞼の外のもの、水そのものだった。手を動かすにつれ光はさらに強さを増した。メタリックなその橙や紫や緑の色は厳密には色彩ではなく、いつか見た写真のネガの色合いのようだった。掘り返した地面の底から立ちのぼり、アナの周囲でちらちらと揺らめいている。

アナはデクスター・スタイルズの潜水服の締め紐を引き、しゃがみこませた。ヘルメットが押しつけられる。「なんなんだ、これは」

「燐光《りんこう》よ。水中の生物が発してるの」潜水の講習でそう教わった。

デクスター・スタイルズも地面を掘りはじめた。燐光がふたりを取り囲み、アナの隣にいるデクスターをぼんやりと照らしだす。指に触れる水底に温かさを感じた。と、アナは砂に埋まっていた環のひとつに嵌まりこんだ小さな円盤状の物体に気づき、絡まった細い鎖を引きちぎらないよう気をつけながら、分厚い手袋をした手で取り外しにかかった。ようやくその円盤を環から外し、てのひらの上でひっくり返した。また金属だ。そう気づいて落胆した。丸い縁の一カ所に、突起のようなボルトのようなものがついている。その瞬間、心臓が凍りつくほどのショックとともに、その正体がわかった。懐中時計だ。アナは悲鳴をあげた。ヘルメットのなかでその声が反響して耳を打つ。時計を覗き窓の前に掲げてみる。デクスター・スタイルズが掘りつづけている地面から立ちのぼる燐光の明かりで、見覚えのある他人のイニシャルの刻印がかろうじて読みとれた。

父の時計だ。

アナは泣きだした。手袋の上からでも、うっすらとした刻印の窪みをたしかめることができた。JDV――ジェイコブ・デヴィア。少年時代の父に手を差しのべてくれた老紳士だ。時計を手にしたまますすり泣いていると、ヘルメット内の湿った空気にめまいがしはじめた。アナは送気量を増やし、スピットコックと呼ばれる調節弁を開いて少量の水を取りこみ、ヘルメット内を濯いだ。涙を流したまま、デクスターにヘルメットを押しあてた。相手に聞こえるのは、自分の声の機械的な残響だけだ。

「見つけた。父はここにいる」

潜降索を探しはじめるころには、デクスターはかなりの息苦しさを覚えていた。這いずるのは歩くよりも重労働で、めまいがして脚の力も失われていた。ロープをぴんと張った状態で、ふたりはアナの記憶に従って潜降索があるはずの方向へゆっくりと歩きだした。ありがたいことに、それは見つかった。

デクスターはアナが浮上するあいだ海底で待った。片手で握った潜降索から、途中でアナが減圧のために数分休む気配が伝わり、そのあと梯子に移る際に強く引かれる感触があった。それきりだった。手のなかの潜降索は動きをやめ、感じるのは押し寄せる潮流だけになった。黒人に教わったように、デクスターはヘルメットの送気弁を時計まわりにごく軽く緩めた。力いっぱい息を吸いこむ。激しい喉の渇きを水で潤すのにも似た快感とともに、シューッと音をあげる空気を貪った。めまいは消え、感覚が研ぎ澄まされる。いま自分は海の底でひとりきりだ。そのような途方もない場所にいることがデクスターを魅了した。暗さは元から好むほうだが、これまで知っていたのは夜の暗さにすぎなかった。ここにあるのは悪夢に現れるような太古の闇だ。人目に触れるにはあまりに惨《むご》い秘密がここには隠されている。溺死した子どもや、沈没船が。デクスターは潜降索を放して二、三歩その場を離れ、隔絶されたその孤独な場所にひとり佇む自分を思い描いた。細長くつるりとしたものが潜水服の外側を撫でる——ウナギか？　魚だろうか？　パニックがしのび寄る。

だが、息詰まるような闇のなかに立つデクスターに訪れたのは、何年も忘れていたエド・ケリガンの記憶だった。帽子のつばから覗く歪んだ皮肉な笑み。帽子はいつも上等で、洒落た羽根飾りがついていた。身だしなみのいい男だった。マンハッタン・ビーチを歩いた日は、風に飛ばされぬよう帽子を押さえていた。どれほどあの男を気に入っていたことか！　ケリガンの人あたりのよさを、苦労を窺わせない淡々とした迅速な仕事ぶりを。アイルランド人らしさを。この男とはわかりあえるとデクスターは直感した。のちにこう自問することになった——なにをわかったつもりだった？

ケリガンの自己韜晦的《とうかいてき》な性格は仕事に不可欠だった。彼はどこへでも行け、なんでも探りだすことができた。その目を通して、デクスターは時間と空間に縛られない自由を味わった。足を踏み入れにくい場所を訪れ、知り得ないはずの話も耳にした。**対象への接近**——ケリガンはそれを可能にした。

全知で不可視であることを。デクスターはそれに慣れ、依存していった。その快適さを、伝えられる情報をあまりにも貪欲に求めた。万事がそうであるように、便利さには代償が伴うことを忘れていた。

デクスターの住む世界では、許されざる掟破りをした者は車で送られることになる。なにが起きたかは誰もが承知で、消えた者の名は一切口にされなくなる。ケリガンも心得ていたはずだ。

ならば、なぜ？　かつての部下が裏切りのすえに代償を支払ったときから、デクスターを悩ませてきた問いはそれだった。あの男はなぜあんなことをしたのか。金のためか。報酬は十分だったはずで、求められればさらにはずんでいただろう。

ケリガンのみすぼらしい住まいと障害のある娘を目にしてからは、疑問はいっそう深まった。これほど家族に必要とされていながら、なぜ殺されるような危険を冒す？　誰かが――おそらくは五体満足なほうの娘が――真相を探ろうとする可能性を考慮に入れなかったのか。

答えは見つからなかった。海を見渡しながら歪んだ笑みを浮かべる男の記憶が残されただけだ。「どこにも船がいない」一度そう言うのを聞いたが、その短い言葉だけでは、いい知らせか悪い知らせかさえ判然としなかった。海を見やると、たしかに船は見あたらなかった。

デクスターは潜降索をつかみ、黒人に聞かされたとおり右腕と右脚をそこに絡めると、送気弁を開き、潜水服を膨らませた。予想どおり、身体が魔法のように浮きはじめる。つかのま神になったような高揚に包まれた。いま自分は舞いあがり、宙に漂い、水中で呼吸している。人間には不可能なことばかりだ。そのとき、閃きが襲った。**そうだ**と、頭でつぶやいた言葉が口からこぼれた。「そうだ！」ようやく見いだしたのだ。すべての根底をなす、ある真実を。上昇の速度が上がり、潜水服が制御不能なほど膨らんでいく。飛ぶように浮上しながら潜降索にしがみついているのがやっとで、ヘルメットの調節弁に触れる余裕も、ロープを握る手に力をこめる余裕もない。だが興奮のあまり気にも留めなかった。**そうだったのだ**——猛烈な浮上スピードを忘れるほど、デクスターはようやくつかんだ真実を頭に閉じこめようと夢中だった。

膨らみきったデクスター・スタイルズの身体が、はしけから十五メートル離れた海面に浮上した。マールが大声で呼ぶと男ふたりが船縁に駆けつけ、命綱をたぐり寄せはじめた。バスコムが盛大に悪態をつきながら空気圧縮機の計器を睨む。パニックによってその場に団結が生まれ、まとまりに欠ける一団が力を合わせて動きはじめた。潜水靴を脱いで潜水服だけになったアナは梯子を伝いおり、うつ伏せに浮かんだデクスター・スタイルズを男たちがたぐり寄せるのを待った。死んでいるように見えた。すぐそばまで来ると、アナはその身体を仰向けにさせて覗き窓をあけようとしたが、マールに鋭く制止された。

「甲板に引きあげるんだ。圧力が下がったら沈むぞ」

たしかにそうだ。動揺のあまり忘れていた。男ふたりが膨らみきったデクスター・スタイルズの両腋を抱え、残りのふたりと力を合わせて船縁から甲板へ引きあげた。アナもできるだけ手を貸し、急いで梯子をのぼって仰向けにされたデクスター・スタイルズの傍らにしゃがみこんだ。潜水服からこぼれた水が足もとに流れだす。アナは震える手で覗き窓をあけた。両目がぽっかりと見開かれている。

「聞こえる?」アナは呼びかけた。

目が瞬かれ、にっと笑みが浮かんだ。押し寄せた安堵で誰もがへたりこみそうになった。

「まさか……上がってくるときに息を止めたりしてない?」アナは空気塞栓症を心配して訊いた。

「もちろん止めてない。きみの仲間の黒人に教わったから」

第七部　海よ、海

第二十五章

　デクスターがみずからの発見をひとり落ち着いて反芻する機会を得たのは、レッドフック地区の艇庫の外にとめた車に戻ったときだった。革が香るキャデラックのシートに包まれ、その抱擁にぐったりと身を預けた。〝吹き上げ〟のあとひと悶着あり、潜水士たちやケリガンの娘ばかりか、自分の部下たちや船長までがデクスターに異を唱えた。その思いがけない連帯は、潜水病防止のために海底に戻り、段階的にゆっくりと浮上すべきだという主張に基づいたものだった。デクスターはそれを拒否した。吐き気もなければ痛みもなく、むしろ爽快ですらあった。浮上に失敗し、先刻脅して従わせた男たちの手でボロ人形のように海から引きあげられたにもかかわらず。その件も気に病んではいなかった。頭の奥では先ほどの発見が太鼓のように響いていた。港へ戻るまでの一連の作業を順を追って終えるあいだ、その響きを絶えず感じていた。最後にケリガンの娘とその同僚たちと握手を交わしたとき、ふたりの男が臆することなく目を合わせるのに気づいても、苛立ちは覚えなかった。

　ちょうどお気に入りの時間帯にさしかかっていた。目には見えない夜明けの気配が感じられる。エンジンをかけて車を温め、ようやく浮上の際の発見を思い返そうとした。だが思いだせるのは、その気づきを、啓示を得た瞬間の衝撃だけだった。

驚きで啞然としながら、デクスターは発見の瞬間に立ちもどろうとした。潜降索の摩擦で手袋に熱い筋をこしらえながら、ぐんぐんと速度を上げて漆黒の海を上昇していたあの瞬間に。やがてブルックリンの街の輪郭が白みはじめ、波止場に静寂が落ちた。唐突に訪れた薄明のなか、平船やタグボートや車両はしけが、エレベーターに乗りあわせた見知らぬ者同士のように、つかのましんと黙りこんだ。

本当に忘れてしまったのだろうか。

日の出前には帰宅できそうだった。今日一日をいつもどおりのありふれた日にしたい——にわかにそんな思いに強く駆られた。デクスターは縁石から車を出し、太陽と勝負するようにサンセット・パークとベイリッジを駆け抜けた。車を走らせるにつれ、賭け金は吊りあがっていった。いつもの時間にいつもの場所で一日をはじめられれば、なにかをなかったことにできる気がした。成否はリズムとタイミングにかかっている。路面電車の下に硬貨を投げ入れる古い遊びと同じだ。電車をうまくくぐらせるには、硬貨を手から放す瞬間を見極めなければならない。

マンハッタン・ビーチに着いたとき、フラットランズ地区の空の一角が明るくなりはじめた。太陽に勝ったのだ。息を切らしたままひっそりとした家に足を踏み入れると、デクスターはなぜか安堵を覚えた。ミルダの用意したコーヒーを温めてカップに注ぎ、思惑どおり、ポーチに出て顔に風を浴びながらそれを飲んだ。太陽が遠慮がちに顔を出し、弱々しい曙光を海に注いだ。早朝任務にあたる掃海艇の姿がロビーの床をワックスがけする用務員を思わせる。船の隊列が身を寄せあうようにブリージー・ポイントの向こうへ進んでいく。カモメが凧のように上空を漂っている。すべてが平穏そのものだ。海のそばにいるせいか、なにもかもが些細に思えた。ケリガンの娘のことも、潜水のことも、啓示のことさえも。

タビーが顔を出さないだろうかとデクスターは期待した。三週間近くまえにグレイディが戦地へ発ってから、娘は嘆き悲しんでばかりだった。十六歳にして寡婦にでもなったように。厄介払いできた安堵が大きくなければ、デクスター自身も甥との別れを惜しんだだろう。

コーヒーをさらに二杯飲んで朝日が眠気を剝ぎとるのを待った。寝室に向かいながらベッドで眠るハリエットを思い浮かべ、デクスターはここ何週間か忘れていた欲望を——妻への欲望を——覚えた。

寝室の遮光シェードがあけられていた。ほの暗さを期待していたデクスターは、そこから差しこむ鋭い光に当惑した。浴室のドアの奥で水音がする。土曜日だ。なぜこんなに早起きを？

ドアをノックしてたしかめようとしたが、ふと思いなおした。衣装部屋に行き、拳銃を外して片づけ、靴下もソックスベルトから外し、潜水服の下にも着けたままだったカフスボタンを外した。浴室の水音が消えると、ドアごしに声をかけた。「早起きなんだな、ハリエット」

「クラブにブリッジをしに行くの。タビーも一緒に」

デクスターは静かにドアノブをまわしたが、鍵がかけられていた。双子がときどき部屋に飛びこんでくるせいだ。「あの子ももう起きたのか」

「ゆうべは友達何人かでルーシーの家に泊まったの。カルメン・ミランダ・パーティーですって」身体を洗う音が聞こえる。「果物を飾った帽子を作ったり、耳にカーテンリングをぶら下げたりして、〈サウス・アメリカン・ウェイ〉に合わせて踊るんだそうよ。聞いたところでは」

矢継ぎ早に続く楽しげな報告は、まぶしい日光と同じようにデクスターを鼻白ませた。「そんな元気があるとは驚きだな」少ししてから、ドアの向こうへそう返した。「グレイディがいないのに」

「あら、それはもう平気みたいよ」

浴槽から上がる音がした。二、三分後、ハリエットが浴室のドアをあけた。珊瑚色のサテン地の化粧着姿で、高級な香りを放つ湯気をまとっている。デクスターは《遥かなるアルゼンチン》の封切り時にカルメン・ミランダに会ったことがあるが、美しさではハリエットの足もとにも及ばない。妻の生え際に滲んだ汗の粒にそそられ、デクスターはそばへ寄った。ハリエットは横をすり抜けて衣装部屋に入り、ドアを半分閉めて、その上に脱いだ化粧着をかけた。ふたたび木の板ごしに言葉を交わす格好になる。「いつからタビーはブリッジをやるようになったんだ？」

「フェリシティに教わって、もう夢中よ」

「フェリシティ？」

「ブースの娘よ」

「へえ」デクスターはズボンとシャツを着たまま、ベッドに腰を下ろした。日差しが目を射る。「ブー・ブーに会っているとは聞いてないが」

「何日もまえに言ったわよ。ブリッジをして、昼食をともにして、そのあと娘たちを五番街のスクイブ・ビルまで送っていくの。〈バンドルズ・フォー・ブリテン〉にコートを寄付しに」

すらすらと告げられたその予定には、どこか完璧なアリバイを思わせるものがあった。デクスターはベッドに寝転がり、ハリエットがクラブへ行く際の軽快な服装で現れるのを待った。出てきたハリエットは買ったばかりのターバン帽《カポート》をかぶり、首にミンクの毛皮を巻いていた。まだ家を出るはずはないから、鏡に姿を映すためだろう。

「ブー・ブーがうちのガソリンを活用してくれてうれしいよ」

「ブースよ」

「ブー・ブーって呼んでるじゃないか」

「わたしは彼と親しいもの」

「もっと親しくなろうとしてるわけか。おれのガソリンを使って」

「よく言うわ」

デクスターは身を起こした。ハリエットは風を入れようと窓をあけた。日の光がいっそう差しこむ。デクスターはベッドを離れて妻のそばに立った。両手をつかみ、動きを遮る。「ハリエット、いまのはどういう意味だ」

ハリエットは目を逸らした。「タビーを迎えに行かないと」

「なにを考えてる」デクスターは両手をつかんだまま、目が合わされるのを待った。**吐きださせろ、**と心で言った。妻がどんな想像をしているにしろ、打ち消さなければ。

「考えてること？　煙草が吸いたいわ」

「ほかには？」

「車にガソリンを入れないと」

「ほかには？」

「今日は変よ、デックス。なんだか怖い」ようやくハリエットは、ミンクに包まれた顔をまっすぐに向けた。

「ほかには？」デクスターは口調をやわらげた。

「あなたは苛立ってる。悩んでる。もう何カ月も」

「ほかには？」

「もう十分でしょ？」ハリエットが焦れて訊き返した。だが視線は逸らさない。

「全部吐きだしたならな」

「あなた変わったわ。父もそう言ってた」ハリエットが身を引き、鏡台の上の銀のケースから煙草を抜いて、真っ赤な唇のあいだに挟んだ。

「そうなのか」デクスターは言い、縞瑪瑙《しまめのう》のライターで火をつけた。

「言うつもりじゃなかったのに」ひと筋の煙を吐いてから、ハリエットが言う。「あなたが問いつめるから」

「お義父さんも言っていたって？」

「父には言わないって約束して」

「言わないさ」デクスターは激しい動揺を押し隠し、ベッドに腰を下ろした。義父がそう考えていることはなんの問題もない。自分の口からも変わるつもりだと告げた。だが、それがハリエットの前で口にされた――話しあわれた――となると事情は変わる。一族のあいだでデクスターが問題にされていることを意味する。

ハリエットの吐く煙のにおいに、デクスターも吸いたくなった。「いつのことだ」

「なにかの拍子によ」

「最近のことか」

「覚えてない。もう忘れて」

「忘れてなんかないだろ」

遠い昔、狩猟クラブで初めて顔を合わせたときから、義父とは率直にものを言いあってきたはずだ。どういった状況で自分のことが話しあわれたというのか。デクスターは傷つき、それを妻に見せまいとした。

「一緒に来ない？」ハリエットは言い、並んでベッドに腰を下ろした。

デクスターは鼻で笑った。「ブースとブリッジをやりに？」

「やるのはタビーよ。わたしはしなくていいの」ハリエットの手が重ねられる。だが目は泳いでいる。

「落ち着かないな」

「昔はクラブへ行くのが好きだったじゃない」

「なぜ落ち着かない？」

「苦しそうなあなたを見るのが嫌なだけ」

「疲れているだけだ」

夫婦のあいだになにが起きているのか、デクスターにはわからなかった。重大事なのか、あるいは些細なことなのか。眠ればわかるかもしれない。

デクスターは腰を上げてシェードを下ろしはじめた。ハリエットが煙草を揉み消す。「わたしも横になるわ」そう言ってそばに来ると、長い指をデクスターの胸に這わせた。細く冷たい感触がシャツごしに伝わる。ターバン帽は脱がれ、赤褐色の髪が垂れかかっている。

「出かけるんじゃないのか」

「遅れてもタビーは気にしないでしょ」

ハリエットの微笑みはかすかに歪み、悪戯っぽく見えた。その笑みをどれだけ愛したことか！　だが髪のにおいを嗅いだとき、デクスターの胸に疑念が兆した。ぴたりと身を寄せてしきりに自分を誘う美しいその女が、見知らぬ他人に思えた。**この女には二度と手を触れるまい**とデクスターは心に決めた。

「行ってくるといい」つとめて愛想のいい声を保った。にわかに生じた妻への嫌悪が危険に思えた。相手に気づかれたとたんに効力を発揮する毒のように。

デクスターは目を閉じて横になったまま、玄関の扉が閉まる音を聞いた。妻が出かけたのをたしかめてから、途切れがちな浅い眠りに落ちた。いつもどおり正午に目を覚まし、入浴して身支度を整え、ヒールズの店へ向かう準備をした。頭痛がするものの、頭は冴えている。ハリエットとのことはそもそも問題なのだろうか？　たいしたことではないという気になっていた。

　玄関前のクロゼットからコートを出しているとき、屋敷の奥でなにかの気配を、あるいは音を感じた。「誰かいるのか」

　かすかな返事があった。息子たちだ。今日は土曜日だからだ。デクスターは階段をのぼり、いつものように息子たちを驚かせようと、ノックせずに部屋のドアをいきなりあけた。ふたりのぎょっとした顔に、ばつの悪さを覚えた。フィリップはシャツを着ている最中だった。ちらりと覗いた虫垂炎の手術痕を見たとたん、デクスターは激しい胸苦しさに襲われ、思わず息子を抱きしめようと近寄った。フィリップが訝しげな目を向ける。「なにかあったの」

「いや」デクスターは言った。「そうじゃない。大丈夫だ」

　何週間ものあいだ息子たちの部屋には足を踏み入れずにいた。ふたりがくだらないコンテストでせっせと取ってくる賞品の数々を見ずにすむように。だが、室内の様子は一変していた。ローラースケートも、ラッパも、アコーディオンも、パチンコも、どこにも見あたらない。「なあ、あの戦利品はどうした」

「セント・マギー教会に持っていったんだ」ジョン＝マーティンが言った。

「兵隊さんの子どもたちにあげたんだよ」フィリップが付けくわえる。

　知らずにいた出来事をまたしても後追いする羽目になった。厚かましい司祭がもっけの幸いと手を差しだす姿が目に浮かぶようだ。「いつだ？」

　息子たちは目と目を見交わした。「このごろ」ジョン＝マーティンが答える。

「近ごろという意味か」

「そう、近ごろ」ふたりはうなずいた。

椅子代わりの二台のベッドのあいだに細長いテーブルが置かれている。ジョン＝マーティンが自分のベッドにすわった。卓上にはバルサ材の板と、ゴム糊のチューブ、パラフィン紙、模型の組立説明書が広げられている。

「飛行機かい」デクスターは訊いた。

「なんでみんなそう思うのかなあ」ジョン＝マーティンが憤慨する。

「船だよ」フィリップが説明した。「作りはじめたばかりなんだ」少し間を空けて続ける。「近ごろね」

ジョン＝マーティンの反抗的なもの言いを、フィリップのやわらかな気遣いが絶妙に相殺している。デクスターは初めてそう気づいた。昔からだろうか。「なんで船なんだ？」

ふたりが啞然とした顔をする。なにか大事なことを失念しているらしい。「グレイディが乗ってるから」ふたりは口を揃えた。

「十六歳になったら、ぼくらも水兵になるんだ」ジョン＝マーティンがさりげなさを装って言った。

「父さんが許してくれたらだけど」フィリップが続ける。「それにまだ戦争中だったら」

息子たちが褐色の目でちらちらとデクスターの反応を窺う。思った以上に、グレイディに寄せられる称賛を意識していたらしい。「十六じゃ若すぎる」

「そんなことないよ」

「おふざけをやめないとね」

「先週やめたろ！」

「今朝やってたよ」

部屋の窓は海に面している。デクスターはいつもの癖でブリージー・ポイントを通過する船列を探した。「ごらん、タンカーが来る」

「ポーチのほうがよく見えるよ」ジョン＝マーティンが言った。

「ポーチで船を見ることがあるのか」デクスターは驚いた。そんな姿を見かけたことはない。

「みんなが留守のときにね」ジョン＝マーティンが答える。

「つまりしょっちゅうってこと」とフィリップ。

「なら、見に行こう。父さんもよくやるんだ」

階段を下りる途中で電話が鳴りだし、デクスターは玄関ホールに引かれた付属電話機で応答した。ヒールズからだ。「なにか問題か」

「今朝早くフランキー・Qから店に電話がありまして。船小屋に人の出入りがあったようです。こちらに来る途中、寄ってみられては？」

ミスター・Qの息子から電話があるとは珍しい。「何週間かまえに誰かが立ち入ったらしい」

「フランキーは……おれがボスの居場所を知らないのに驚いていたようです。信頼で結ばれた夫婦なんだと言ってやりましたよ」

デクスターは笑った。「向こうはなんと？」

「無言です」

「わかった。いまから出る」

息子たちはポーチの手すりに並んでもたれていた。ジョン＝マーティンが双眼鏡を差しだす。「見て、父さん」少しして、「すわったら」と付け足した。

「手もとが安定するから」フィリップが説明する。

「安定してないか？」

「震えてるよ」

手が震えることなど、ついぞなかった。勧められたとおり海底へ戻るべきだっただろうか。デクスターはちらりとそう思った。

「ぼくの手も震えるよ」フィリップが安心させるように言った。

デクスターは肘を手すりで支え、双眼鏡を覗いた。息子たちが無邪気に腕を肩にまわす。デクスターはふたりの身体に愛しさを覚えた。自分とよく似た骨格に。ハリエットがこの光景を見たら、約束が果たされたことを喜ぶだろう。デクスターは双眼鏡を押しつけた目を潤ませながら、息子たちに出発を告げるときを引き延ばしていた。

妙だ、と船小屋に着くまえからデクスターは気づいた。なにかが仕組まれている。直感的にそう察知し、自分が鋭敏さを保っていることに満足した。とはいえ手は震え、目の奥には鮮烈な痛みを感じている。いつもならば部下の二、三人も従えてくるところだが、連絡してきたのはフランキー・Qであり、実質的にはミスター・Q本人ということになる。つまり仕組まれているのは罠ではなく、舞台だということだ。デクスターには演じるべき役があり、そのための備えは必要ないとミスター・Qは考えている。たしかに、出た所勝負には慣れている。

デクスターは一ブロック離れたところに車をとめ、新しいオックスフォードシューズの埃を払い、ネクタイをまっすぐに直してから、船小屋へと歩きだした。黒のセダンが正面にとめられ、なかからは物音ひとつ聞こえない。サプライズの誕生パーティーよりも見えすいている。

愉快な気分は、ドアを押しあけたとたんに萎んだ。バジャーがごろつきふたりとカードゲームをしている。かつて面倒を見ていたその若造には、小規模なふたつのクラブの数当て賭博を任せたあと、目を光らせてはいなかった。目の前のバジャーは手描きのネクタイに真珠のネクタイピン、ボルサリーノ帽でめかしこんでいる。ニューヨークではうまくやっているらしいが、教わるべきことはまだあるようだ。

バジャーもほかのふたりも、さっぱりとした様子に見える。風呂に入り、ひげも剃り、朝のコーヒーもすませたようだ。おかしい。ゆうべこの小屋にいたのが彼らでないなら、フランキー・Qが見たというのは何者なのか。

「バジャー」デクスターは言った。「これはこれは」

「すわれよ」自分の優位を信じている者のそっけない鷹揚さでバジャーが言った。デクスターは聞き流した。ミスター・Qの又甥の若造を見据えながら、さらなる無礼に備えた。バジャーの部下ふたりが壁に溶けこみ、デクスターは空いた椅子のひとつにすわった。

「一杯どうだい」バジャーが訊いた。ウィスキーの瓶が卓上に置かれている。

「遠慮するよ」

「ひとりで飲めってのか、付き合いが悪いな」

「なら飲むな」

デクスターは椅子にもたれて脚を組んだ。平静さを示すのと同時に、アンクルホルスターに手が届きやすくするためだ。脚を組む動作がデジャヴュをもたらした。同じこの船小屋で、向かいにすわったケリガンが操り人形のような細長い脚を組む姿が甦った。あの男がすわったのは、いまデクスターがかけている椅子だ。ただしケリガンは勧められた酒を飲んだ。

「いいだろう、バジャー。話があるなら聞こう」

「いまはジミーで通ってる」

「冗談だろう?」

「シカゴではバジャーだったが、ニューヨークじゃジミーだ」バジャーはグレープフルーツでも握るような仕草でふたつの街を両手で示し、左右を比べてみせた。

あのとき、ケリガンは自分の運命にうすうす感づいていたはずだが、怯えを見せてはいなかった。

デクスターは部屋の反対側からでも人の恐れを嗅ぎとることができる。それはスカンクのような、セックスのような、獣のにおいだ。そのにおいに興奮し、泣いて命乞いをする相手を見てズボンの前を張りつめさせる者もいる。ケリガンが落ち着いた手つきでグラスを掲げ、片頬を歪めて微笑んだとき、感じとれたのは安堵だけだった。「よき時代に」三〇年代に好まれた乾杯の言葉をケリガンは口にした。グラスを空にしながら、デクスターは友と目を合わせることができなかった。

「シカゴにご執心だと思っていたがな」デクスターはバジャーに言った。

「ああ、まあ、素人にはうってつけだな」

救いようがない。半ズボンの小僧が映画のギャングを猿真似するのと変わらない。歩く標的だ。

「立派になったもんだな」デクスターは真顔を保とうとつとめた。「ジミー」

そう呼びかけられ、バジャーは気をよくした。「何カ月かまえ、おれを車から放りだしたろ、覚えてるか」

「うっすらと」

「ああしてもらってよかった」

デクスターは警戒した。追従は麻酔と同じで、まず間違いなく、次に来るのは不快なものと決まっている。

「無駄口を叩くなと学んだよ」

「礼でも言うつもりか」

「まあ、そうだな」

「それはそれは。さて、もうこんな時間だ。予定があるものでね」

「急ぐことはないだろ」

デクスターは相手を長々と見据えた。「おれに指図するな、バジャー」ゆっくりとそう告げる。

「いいな」

「ジミーだ」

デクスターは話を切りあげようと立ちあがった。予想どおり、男たちが戸口にすっと立ちふさがった。拳銃を手に、船酔いしたような表情でデクスターを見上げる。

ここが見極めどころだ。長年にわたり、子どもの躾にも似たその判断をデクスターは下してきた。いかにして秩序と権威を保つか――懲らしめ、慢心をくじき、従わせるか。ただし、生死に関わるほどの傷を負わせることなしに。指一本潰すくらいは問題ない。足首を折るのも。それ以上はまずい。

デクスターはバジャーに笑みを向けた。「話があるなら聞くと言ったろう。銃なしにはまともにしゃべれもしないのか」

「おれからもひとつ教えてやる」バジャーが答える。「恩返しってやつだ」

ケリガンが飲んだ酒はすぐに効き目を現した。細身だったせいだろう。はじめは驚き、混乱していたが、やがてぼんやりとデクスターを見たまま大人しくなった。デクスターは驚きを装いはしなかった。目を合わせるだけですべては伝わり、非難も言い訳も必要なかった。掟は誰もが承知のはずだ。

酒を飲み干してから五分とたたないうちにケリガンはテーブルに突っ伏した。肩のあたりにはまだ身を起こす力が残っていそうに見えた。ストーブの薪がはぜる音を聞きながら、デクスターはゆっくりと呼吸をする友に目を据えて待った。しばらくして肩を揺すり、その身体が麻薬中毒者のようにだらりと崩れ落ちるのをたしかめてから立ちあがり、窓ガラスを叩いて、ボートで待機している船長と水夫たちを呼んだ。

「自分より上の人間などいないと思ってるんだろ」バジャーが言った。

「神でもない限り、誰にでも上の人間はいるさ。おまえじゃないがな、バジャー」

「ジミーだ！」バジャーが怒鳴り、両手をテーブルに叩きつけた。「何度言ったらわかる？　映画スターたちと遊び呆けて、頭のねじが緩んだのか」

「バジャーのほうがお似合いだ」

拳銃だらけの部屋から脱出したことならある。だが、ずいぶん昔の話だ。年も若く、足も速く、体重も数キロほど軽く、若死にしたところで失うものも多くはなかった。いま問題なのは生きるか死ぬかではなく、どうやって相手に思い知らせるかだ。誰も殺すことなく、いかにして戒めるか。

「こっちは手出しできないと思ってるんだろ。顔に書いてあるぜ」

「おまえにおれの考えがわかるものか」だが、たしかにそうだ。バジャーには手出しなどできない。

先ほどの疑念がふたたび頭をよぎった。フランキー・Qから電話があったのは早朝で、そのころバジャーはまだ眠っていたはずだ。ミスター・Qはデクスターがすぐに船小屋に駆けつけないことをどうして知っていたのだろう。こちらの行動が漏れているのだろうか。

だとすれば、状況を読み誤ったことになる。懲らしめられるのは自分のほうで、ミスター・Qが求めているのは、指導ではなく、謝罪ということだ。見えすいたお膳立てはデクスター自身を守るためのものだった。内輪でことを処理し、世間の非難や本物の危険に晒さないための。その可能性に気づきもしないとは迂闊だった。疼く頭のせいだろう。潜水の影響で思考が鈍っているのだろうか。ようやく話が読めた。ここでデクスターはバジャーに頭を下げ、ミスター・Qは早春の農園で葡萄の覆いを外しながらその報告を聞いて満足するのだろう。デクスターは従来の地位に留まるものの、手綱を締められることになる。バジャーはジミーに変わり、自分と肩を並べる。

向かう先は日の出のように明らかだ。だが、別の方向にはより不明瞭な道も存在している。その先にはほの暗く揺らめき、熱砂の舞う、得体の知れない景色が横たわっている。謎が。

ミスター・Qは年寄りだ。すっかり老いぼれている。

頭を下げるのにはうんざりだった。人生の大半をそうして過ごしてきた。だが、やめることもできるのだ。デクスターも、そしてミスター・Qもそれを知っている。

自分でも驚くほどの機敏さで、デクスターは男ふたりの喉首を両手でつかんで絞めあげた。軟骨が砕ける手応えがあった。銃が乱射される。一発がバジャーに当たったのか、誰かが叫び、船小屋を苦痛が満たした。気づけばデクスターは腹を押さえて床に転がっていた。そういえば、腹痛の恐れがあると黒人から聞かされたはずだ。

だが、潜水病のせいではなかった。バジャーに背中を撃たれたのだ。

焚き火に見入るように目を輝かせたバジャーが上から覗きこんだ。そのときデクスターは、自分の殺害許可が下りていることに気づいた。だが、なぜだ？　それが可能になるほどの劇的な秩序の変化が生じたということか。答えは冷えびえとした確信とともに訪れた――義父に見放されたのだ。アーサー・ベリンジャーに切り捨てられたのだ。

バジャーが頭上から拳銃を突きつけた。饒舌な殺人者の例に漏れず、殺しをまえに長話をはじめる。

聞いているふりをしている限り、命はつながる。相手の顔に目を据えたまま、デクスターは霧の向こうに垣間見えるビルのように露わになりはじめたことの次第を把握した。自分の秘密が露見することを恐れたジョージ・ポーターが先手を打って告げ口したのだ。そしてデクスターが長年望んでいた義父とミスター・Qとのつながりが実現した。あるいは、とうの昔に実現していたのかもしれない。その結果、ふたりはデクスターに見切りをつけたのだ。

バジャーはデクスターの凝視に気をよくしたのか、嬉々としてしゃべりつづけている。デクスターはひとことも聞いていなかった。とも綱を解かれた船が桟橋を離れるように、意識が頭を離れて漂いだす。気づけば目の前には海が広がり、湿っぽい夜気を顔に浴びていた。隣に立つ船長はまだ脳卒中に見舞われておらず、背筋の伸びた威厳のある姿を見せている。ケリガンは船倉に転がされている。

「この場所を思いだせるか」デクスターは船長に尋ねた。

「いつでも」

「忘れてもらったほうが好都合だが」

船長はひび割れて節くれだった両手を掲げた。「雇われているのはここで」そう言って今度は頭をつつき、「こっちじゃない」

デクスターの部下たちがケリガンの身体に鎖を巻きつけ、錘に固定した。ゆうべその鎖をあらためて目にしたとき、友の痕跡が少しも残っていないことを知った。骨も、服も、帽子も、靴の革さえも。思いがけない結果にデクスターの胸は希望で満たされた。そしていま、前夜の発見が一点の曇りもなく甦った。あのとき、暗い海を浮上しながらデクスターは解き放たれたような感覚を覚えた。そして身体のなかからあふれだしたなにかが、まばゆい未来へと流れこんでいった。ずっと求めてきたことを、自分はすでに叶えていたのだ！　おれはアメリカ人だ！　おれの血をたぎらせたその渇き、憧れ。

それこそが、来るべき明日を創る支えとなっていたのだ。

「なににやついてる」バジャーが言った。「なにか秘密でも知ってるのか」

バジャーを見据えたまま、デクスターは残された時のなかに身を沈め、その時を半分に、さらにまた半分にと区切って、向こう岸に到達すまいとした。まわりが静かになり、海のなかにいるかのような闇に包まれていく。ボートの上で部下たちに力を貸し、鎖と錘につながれたケリガンの身体を船縁へ持ちあげ、船外へ投げ捨てる光景が甦った。

エディは脱出する姿をボートから目撃される恐れがなくなるまで、ひたすら待った。そして小刻みにもがきはじめた。ためらいがちに意識不明のふりをはじめたときから、頭のなかで準備していたことだ。デクスターが驚いて立ちあがり、何事かと訊くことをなかば期待していたが無駄だった。船小屋に来る際、すでに漠とした予感があったエディは、ボードヴィル時代の仕掛けを用意していた。ズボンの裏に剃刀を、歯茎と唇のあいだに錠前をあけるための針金をしのばせたのだ。酒を飲むふりをするときに針金を呑みこまないかと心配したが、杞憂に終わった。スタイルズがまともに目を合わせようとしないので、肩ごしに酒を捨てるだけですんだ。

事前に身辺を整理し、二冊目の預金通帳を開いて書き物机の上に置いてきた。なにも知らないアグネスのために。それがバート・シーハンに出した唯一の条件だった。万が一の際にも、妻には真相を告げないこと。万が一の際にはなおさらだ。知れば行動につながる。最低な卑怯者として記憶されることになろうと、一途なアグネスに夫の仇探しをさせることだけは防がねばならない。エディはそう心に決めた。あまりに危険すぎる。家族を捨てる男は珍しくない。そんな悪党は牢屋送りにするべきだとエディはつねづね言っていた。だが、もしも殺されれば、自分はそういう男として記憶されることになる。たびたびそう自分に言い聞かせたせいで、まだ無事に家にいるのに驚くことがあるほどだった。すでに家では余分な存在になりつつあった。昔はアナも懐いていたが、もう違う。いなくなってせいせいされるかもしれないと思っていた。

錘と鎖にすさまじい速さで引きずり下ろされたとき、ブーツに踏み潰される胡桃のように水圧で頭蓋骨が砕けるかと思った。もがきまわるうちに片脚が、続いて片腕が自由になった。ようやく鎖と錘が身体を離れ、またたく間に海底へと沈んでいった。昏睡状態の人間を目の覚めた相手と同じくらい慎重に鎖で巻く者はいない。

エディは靴下一枚の足を必死にばたつかせ、腕で水を掻いて、空気があるべき方向を目指した。ところが掻けども掻けども水ばかりで、そのうち向きを間違えたのではと恐れはじめた。鼓動が遅く、脚も重くなり、羽の生えたやわらかな手で撫でられるように意識が遠のきだした。やっとのことで水面に浮上し、弱々しくあえいだ。力を使い果たしたそのときが、死にもっとも近づいた瞬間だった。黄みを帯びた夜空の下、エディは仰向けになり、両手をヒレのように動かして身体を浮かせた。海水の浮力の助けを借り、ただただ呼吸を続けた。

長いあいだそうしていたあと、ようやく岸を目指せるだけの力が回復した。場所はブルックリンではなかった。夏の水のぬるさが残る海面を、エディは泳ぎはじめた。最後の力が尽きたあとも手を止めようとはしなかった。まだ残りがあるはずだと空の食器をこそげるように、**あと少し、あと少し、あと少し**と泳ぎつづけると、奇跡のように、もうひと掻きするだけの力が絞りだされるのだった。

泳ぎついたのはスタテン島南岸の小さな埠頭のそばだった。バスの群れを追っていつもより遅く岸に戻った漁師が、朝の光のなかで浜辺に打ちあげられた男を発見した。死体だと思った漁師は、最寄りの電話まではるばる歩いて通報するのを煩わしく思ったが、船を係留してもう一度たしかめたとき、その身体が震えていることに気づいた。

漁師の妻が浴槽に水を張り、熱湯を加えてぬるま湯にした。ふたりでエディをそこに入れたあと、漁師が両腋を抱えて身体を支え、妻はやかんで沸かした湯を時間をかけて注ぎ、熱湯になる寸前まで徐々に湯温を上げた。ようやく震えがおさまり、顔に血色が戻ると、ふたりはエディの身体を拭き、羊毛脂《ラノリン》を塗って羽根布団でくるみ、ストーブの前に敷いた寝床に寝かせた。漁師はエディの胸に耳を押しあて、鼓動が力強く規則正しくなったのをたしかめた。

高熱とともに意識を取りもどしたエディは、見知った顔を探したが、そこにいるのは髪の分け目に白髪の交じった女だけだった。ときおり、魚臭い男の手で額と胸に触れられた。エディはふたりに抗議した。懐中時計を盗んだからだ。病院へ連れていこうかと話すのも聞き、**やめろ**、と弱々しく抵抗した。**やめてくれ！** そして時計の件を口にするのはやめた。

やがて熱が下がると、羽根布団にくるまったまま台所の椅子にすわらされた。漁師のハーランがふたりのグラスにライ麦パンに似た味のする透明な蒸留酒を注いだ。孫の少年がストーブのそばのテーブルで宿題をしていた。ハーランはノルウェー系で、スタテン島の生まれだった。子どものころは父親の漁の手伝いをし、〈レクターズ〉や〈カフェ・マーティン〉や〈シャンリーズ〉などの、ロブスター・パレスと呼ばれた高級レストランに漁獲物を出荷していた。漁師たちは富豪のダイヤモンド・ジム・ブレイディと女優のリリアン・ラッセルの途方もない大食ぶりを噂しあって楽しんだ。ある晩など、ふたりで十四尾ものロブスターを平らげ、女優のほうはコルセットを外す羽目になったという。話を聞きながら、エディも自分の身の上話——**船から落ちて**——を用意したが、岸に打ちあげられた理由は一度も尋ねられなかった。なぜかは理解できた。他人の問題を知れば、それは自分の身にも降りかかる。ハーラン自身が、漁で稼ぎ、隣人たちと卵やリンゴや牛乳を交換しあって、やっとのことで家族を養っているのだ。

日がたつにつれ、エディはすぐそばにあるみずからの生活を意識しはじめた。だが心が弱り、今後の策を練ることもできずにいた。一家でニューヨークから逃げなければならない――だが、どこへ行けばいい？　自分のことをばかにしている、ミネソタのアグネスの実家へか？　海から遠く離れた、うるさい家畜と泥ばかりのあの土地では生きられそうもない。ならば、見知らぬ土地へ行くか？　気づけばエディは、まだ具合が悪いふりをし、目を閉じて眠ろうとしていた。

だがハーランにはお見通しだった。「もう大丈夫だ。明日になったら、どこへ送ればいいか言ってくれ」

エディは夜明けとともにハーランの船でウェストサイドの埠頭へ送り届けられた。ブラジルの貨物船が検疫停船を終えたところで、仕事にありつこうと朝の整列《シェイプ・アップ》に集まった何百もの男たちが、身体を引っかき、煙草をふかし、川面に唾を吐いていた。ダネレンが亡くなり、すでに手配師もエディの知らない者に変わっていた。一九三七年九月のことだ。

エディはハーランからもらったぶかぶかのズボンのポケットに手を突っこみ、帽子を目深にかぶって人だかりの後ろに立った。海牛号《シー・カウ》の錆びついた船体が、木の幹で背中を掻く皮膚病の野良犬のように栈橋をこすっていた。不定期貨物船が気怠げにメロンやゴムやココナッツの荷を吐きだしていた。怠惰な自己満足の気配を漂わせたその姿は、盛りを過ぎた年増の娼婦を思わせた。朝の荷揚げがすむとエディは船の歩み板をのぼった。長年のあいだ、犯罪者や大酒飲みや麻薬中毒者が大勢そこをのぼるのを見ながら、どれほど切羽詰まればそんな道を選ぶのだろうかと不思議に思ったものだった。雇用の契約は署名も求められない怪しげなもので、あてがわれたのは石炭夫と呼ばれる機関室内でももっとも下っ端の役目だった。だが、うだるような暑さの船底へと滑りやすい梯子を下りながら、エディは助かったと思った。それほどまでに家へ戻ることを恐れていたのだ。

第二十六章

護送船団の解散後、三日のあいだ雲ひとつない晴天と穏やかな海が続いた。昼夜の別なく神経にこたえるジグザグ航行を強いられ、キトリッジ船長の苛立ちが船内に満ち満ちたころ、ようやく気圧計の数値が下がりはじめた。スパークスがその日の気象予報を文字に起こし、船長に提出した。大きな嵐が近づいているという。船長の歓声は操舵室の外にいたエディにも伝わった。

総員配置が発令されるころには空は雲に覆われ、風も強さを増していた。嵐の到来は翌日の早朝と予測されていたが、船長は攻撃回避のための変則航行を終了すると一等航海士に告げた。

「海はまだ穏やかですが、船長」航海士は尋ねた。

「だからこそだ。荒天に見舞われれば、また船足が遅くなる。いまのうちに時間を稼ぐべきだ」

エディが当直についた午後八時から午前零時までのあいだ、エリザベス・シーマン号はいつもの驚異的な能力を発揮し、十二ノットで海原を疾走した。気圧は下がりつづけ、高波で甲板室が浸水するのを防ぐため、すべての扉が閉じられ、固定された。真夜中に交代に現れたファーミングデールは、新たに補佐につけられた見習い航海士のロジャーを伴っていた。その変更を決めたのはエディと一等航海士だった。ケープタウンでの一件のあと、二等航海士を信用できなくなったためだ。

エディが寝床につこうとするころには、逆巻く波に船体は横揺れを続けていた。最後にもう一度ロジャーの様子を見ようと、エディは船橋に上がることにした。〝吠える四十度〟を越える際には船酔いと恐怖に苦しんでいたからだ。「荒波は苦手だろうが」とエディはロジャーに声をかけた。「Uボートも同じだ。そう思いだすといい」

「もう平気です」ロジャーはちらりと誇らしげな表情を浮かべた。

「聞いていたとおり、船酔いは克服できたみたいです」

エディは相手の変化に気づいた。不格好なバランスの悪さが消え、背丈も伸びたようだ。実際、航海のあいだに成長したのかもしれない。エディはロジャーと並んで海を見渡した。強さを増した風が層雲を吹き払い、高々とそびえる積雲を運んできている。上弦の月が点滅するモールス信号のように雲間に見え隠れしている。エディが左舷の船橋にまわると、そこにいたファーミングデールが身をこわばらせたのがわかった。あからさまな嫌悪の色と、しつこく明滅する月の光がエディの落ち着きを失わせた。ファーミングデールの目は海に注がれているが、なにを見ているのかは――なにか見ているのかどうかも――判然としなかった。双眼鏡は胸にぶら下げられたままだ。

「双眼鏡を借りても、セカンド？」

ファーミングデールがそれを渡して寄こす。エディは最上船橋へのぼり、双眼鏡を覗きながら煙突のぐるりを一周した。月が雲に隠れ、海のうねりが暗闇に沈む。左舷正横後二十二度三十分の方角に、黒いまっすぐな輪郭が見えた。エディは目を瞬き、双眼鏡を下ろしてから、もう一度目に当てた。やはりそこにある――自然界には見られるはずのない直線が。間違いない、潜水艦の展望塔だ。「船長を呼んでこい。おれは総員配置のベルを鳴らす」下にいるロジャーに叫びながら、エディはまだ信じがたい思いだった。

キトリッジ船長がすぐさま最上船橋に駆けつけた。ファーミングデールを肘で押しのけ、双眼鏡を構える。そして操舵輪を握る甲板手のレッドに大声で命令した。「面舵いっぱい！」続いて、船内信号器《エンジン・テレグラフ》の前で待機したエディに告げた。「全速前進、エンジン全開だ」

エディが機関室に指令を出すと、それに応えるように足もとから振動が伝わり、エンジンのスロットルが開かれたのがわかった。甲板手が大きく舵を切った。総員配置のベルで乗組員が甲板に集まり、救命胴衣——通称メイ・ウェスト（豊満な女優にちなんでつけられた愛称）——を着けた砲手たちが砲塔へ駆けつける。ローゼン大尉が最上船橋の無電池式電話機を使い、潜水艦の展望塔に向けて船尾の五インチ砲を発射せよと命じた。吹きさらしの闇を爆風が切り裂き、展望塔は無傷で水中に消えた。とはいえUボートの潜航速度はせいぜい七ノットほどだ。エリザベス・シーマン号ならばたやすく振りきれる。

エディはテレグラフの前で待機を続けていた。突然、ロジャーが振り返って叫んだ。指差すほうに目をやると、右舷船首三十三度の方向に別の展望塔が出現していた。面舵をとったことで、向きあう格好になったのだ。その瞬間、衝撃が船を揺らした。ハッチの蓋が吹っ飛び、落下したクレーンの腕木が甲板に叩きつけられる。エリザベス・シーマン号が船体を震わせ、煙突から火の玉を吐きだした。赤い炎が甲板上の乗組員を照らし、巨大な太陽のかけらのようにジュッと音を立てて水面に落ちた。油の燃える臭いが立ちこめるなか、突如として船のエンジンがとまり、深い静寂が訪れた。

エディは暗い甲板室内の梯子を大急ぎで下り、機関室を目指した。隔壁に据えられた非常灯のいくつかを九十度捻って点灯させながら先へ進むと、油煙が口のなかに入りこんだ。機関室のドアの奥から煙があふれだしている。三等機関士のオヒルスキーが、血と重油にまみれ、よろめきながら現れた。

「ボイラーが爆発した」と息をあえがせる。

エディは相手を押しのけ、梯子の手すりを滑り降りた。しかし、燃えさかる炎に包まれた機関室の底へは近寄れなかった。下で作業中だった者は誰も助からなかっただろう。エディは自分の居室に走り、救命胴衣を身に着けてから、非常用持ち出し袋と懐中電灯を引っつかんだ。船首の三インチ砲と、船尾の五インチ砲の発射音が立てつづけに響く。Uボートは砲撃回避のために潜水し、荒波に揉まれてしばらく二発目を発射できないはずだ。ボート甲板に出ると、エディは着替えと六分儀、煙草、ラム酒、〈総員退船の手引き〉が入った持ち出し袋を自分の乗る四番救命ボートの内部に結びつけた。ダビットはすでに振りだされているが、強風のなかにボートを降ろすのはためらわれた。総員退船命令はまだ出ていない。火災が船内で食いとめられ、船体が安定している限り、この嵐のなかでは、救命ボートに乗り換えるよりも母船に留まったほうがはるかに安全だ。

そのとき、二発目の魚雷の衝撃がエディの肋骨を震わせた。左舷の水線下に着弾したということは、一隻目のUボートから、あるいは未確認の三隻目から発射されたものだろう。甲板室後方の第四船倉と第五船倉の中間あたりだ。続いて船底から重々しい振動音があがった。耳にするのは初めてだが、海水がエリザベス・シーマン号の船倉に流れこむ音だとわかった。ほぼ間をおかず、船尾が下へ傾きはじめた。キトリッジ船長が退船命令を出す。現実感のない世界のなか、闇と荒波がさらなる混乱をもたらす。逆巻く波が瀕死のネズミをなぶる猫のように舷側を打った。三等司厨員のピューが最上船橋の二十ミリ機関砲に齧りついていた。エディは老船乗りの腕を取り、三番ボートに乗れと急きたてた。ボートの割り振りは暗記している。船橋甲板を覗くと、そこでスパークスが暗号帳を沈めるため多孔板製のスーツケースに詰めているところだった。

「ボートに乗るんだ」エディは言った。「一番ボートに」

「なにをそんなに慌ててるんだ、アイルランドの旦那」スパークスはそう言って笑った。「返事がさっぱり来ないんだ。もういっぺんＳＯＳを送らないと」補助電源に切り替えられた無線通信機は、焼け焦げた船のなかでひどく活気に満ちて見えた。エディは非常用の通信機を船長のボートまで運ぼうと申しでた。スパークスが頬にキスをする。「そいつは御の字だ、サード」

エディはかさばる通信機を操舵室から運びだした。時間が扇形に広がり、前だけでなく横にも動けそうな気がした。甲板はますます傾いていくが、無限に活動できそうだった。人であふれたボート甲板に出ると、エディは船長用の一番ボートに通信機を積んだ。反対側の左舷では一等航海士用のボートがすでに降ろされ、ふたりがオールを漕ぎ、残りの者たちは揺れを静めようと船底にうずくまっていた。高波がボートを母船の船殻に叩きつけようとしている。舵柄の前に膝をついた甲板長が強風に負けじと声を張りあげ、しきりに指示を飛ばしている。二番ボートは無事に避難できそうだ。

エディのボートがあるべき場所にはオヒルスキーが立ちつくし、吊り索のそばで海面を見下ろしていた。ボートは空のまま降ろされ、母船の風下に虚しく漂っている。

「なにがあった?」エディは風に遮られまいと大声で三等機関士に訊いた。

「ひとりでに……落ちたんだ」オヒルスキーは言った。重油にまみれた顔は血の気を失い、パイプをくわえていないせいで、いっそう虚ろに見える。動転していたのだろうとエディは思った。不注意でボートを落下させてしまったのだ。

「気にするな」エディは詰問したくなる気持ちを抑えて言った。両頭型の救命ボートにはかなりの広さがあり、残りの二艘で十分に全員を収容できるはずだ。同じ左舷のすぐ横ではファーミングデールの乗るボートが荒れ狂う波間に降ろされるところで、乗組員たちが着水を待ってロープを伝いおりようとしていた。船長の乗る一番ボートも降下がはじまろうとしている。エディは猛烈な雨に打たれて立ちつくした。船を離れたくないような、奇妙な感覚に襲われていた。水中で続く爆発の衝撃が足の裏に伝わっている。流れこんだ海水が通路を通り、熱いボイラーを直撃しているのだろう。ときおり煙突から吐きだされる灰煙ごしに、苦労して甲板に積みこみ、守ってきた貨物が覗いている。シャーマン戦車もあればジープもある。どれほどの労力と気遣いと費用が注がれていることか。身ひとつで逃げるのが惜しかった。

そのとき、はたと気づいた――スパークス。船長の乗る一番ボートに割り当てられているはずだが、ロープを伝いおりる順番を待つ乗組員たちのなかに無線技師の姿は見あたらない。エディは激しく傾いた甲板室へ戻り、船橋甲板にのぼった。自分の席で無線通信機と同じく身動きがとれずにいるスパークスを見つけ、力任せに引き起こした。

「いいからほっといてくれ」スパークスが弱々しく言った。

「ぐずぐずするな、のろま野郎」エディは怒りに任せてスパークスを背負い、ゆっくりと梯子を下りてボート甲板に出た。

「おせっかいな男だ」スパークスがつぶやいた。

救命ボートは四艘とも降ろされ、ボート甲板は空だった。どしゃ降りの雨のなか、船尾は最後尾のマストあたりまで水に沈み、砲塔が波をかぶっている。風下舷側の甲板のそばに、スライド式のラックから自然に滑り落ちた浮き台が漂っている。スパークスを背負ったエディは、脚の装具でかかとを打たれながら、どうにか梯子を下りて主甲板へ出た。滑りやすい鉄の甲板に足を取られないよう気をつけながら、サンフランシスコの坂に匹敵する傾斜を横歩きでくだりはじめる。浮き台のところまでスパークスを運び、もやい綱をつかんで浮き台を引き寄せ、なかば転がし、なかば投げおろす格好で、船縁ごしにスパークスを浮き台の床板の上に乗せた。エディも手すりを越えてそちらへ乗り移ろうとしたとき、頭上で雷鳴のような轟音が響いた。垂直に近づいた前甲板の貨物が崩れ、なだれ落ちてこようとしている。鎖が切れた戦車やジープが大岩のように転がり落ち、クレーンやマストをなぎ倒し、甲板室さえ乗り越え、金属音を轟かせながら後甲板を直撃して海へ落下していく。このままではふたりとも押し潰される。エディは浮き台のもやい綱を切ろうとしたが、それは鋼索で、ボウイナイフでも歯が立ちそうになかった。エリザベス・シーマン号が責めさいなまれたような鋼鉄の叫びをあげ、身を震わせる。エディは浮き台に備えられた斧に手を伸ばした。だがもやい綱を切り落とすより先に、船は悲鳴のような、げっぷのような、太古の獣の断末魔のうなりをあげて水に沈み、浮き台を道連れにした。エディとスパークスは海中に投げだされた。エディはスパークスの胸に腕をまわして渦に備えた。ロッカウェイ・ビーチでふたりの少年を救助したときの感覚を身体が唐突に思いだした。「息を止めろ」エディはスパークスに向かって叫んだ。だが、渦は来なかった。船があった場所にはゴボゴボと泡が湧きだし、ふたりの身体を押しやった。

エディは必死に救命ボートを探したが、雨と闇と高波に遮られ、ひとつも見つけられなかった。と、救命胴衣が発するらしき赤い光の集まりが目に入った。別の浮き台に大勢が乗っているのだろう。エディはスパークスの胸に腕をまわし、水を蹴ってそちらを目指した。救命胴衣はおろかコートも着ていないスパークスの身体は、鳥のように華奢な骨格と肉づきのせいでひどく軽かった。沈みゆく船の振動が海底から伝わってくる。海面を覆った重油が口や目や鼻腔にもぐりこむ。ときおり方向を確認しながら必死に水を掻き、やっとのことで、スパークスを抱えたまま水から引きあげられた。スパークスの生死も知らぬまま浮き台に倒れこむ。ようやく目をあけると、そばにいた砲手のボーグスが言った。「たいした泳ぎっぷりだな」

エディは浮き台の上で吐いた。スパークスも同じように嘔吐しているところを見ると、どうやら助かったらしい。油臭い反吐を油臭い海に垂れ流しているあいだも、エディはしきりに考えを巡らせていた。ボーグスはファーミングデールと同じ三番ボートに乗っていたはずだ。それがなぜ浮き台にいる？　三番ボートは沈んだのだろうか。浮き台は幅二・七メートル、長さ三・七メートルの格子状に組まれた床板一対と、そのあいだに配置されたドラム缶の浮きで構成されている。エディは床板の一枚に腕をまわしてしがみついた。海は荒れているが、母船から流れた重油によって波立ちが抑えられ、浮き台はどうにか波を越えられていた。エディは首をもたげて船を探しつづけたが、九千トンの貨物を積んだ七千トンの溶接鋼の塊がつい半時間前まで浮かんでいた場所を示すものは、なにひとつ見あたらなかった。はるばる地球の裏側まで彼らを運んできた奇跡の貴婦人の痕跡は、小さなへこみさえ、泡粒ひとつさえ残されていなかった。

隣に横たわったボーグスの話では、三番ボートは大波によって船の横腹に叩きつけられ、大破したという。大半が浮き台に乗ることができたが、怪我をした機関士がひとり、波に呑まれたそうだ。

「オヒルスキーが溺れた？」エディは驚いて訊き返した。だが、砲手は機関士の名を知らず、エディはそれがオヒルスキーだとは思うまいとした。浮き台の外周に張られた救命索にしがみつき、やれやれと苦笑している姿を想像しようとつとめた。エディとスパークスを含め、浮き台には二十九名が乗っているとボーグスは言った。定員を四名オーバーしていることになる。

嵐は容赦なく襲いかかり、歯に挟まった食べ滓《かす》のように浮き台の上の者たちを呑みこもうとしていた。稲光を頼りに、エディはサイコロの目の合計を読むギャンブラーのような熱心さで人数を数えた――七が四回――いいぞ、それに自分を加えて二十九だ。浮き台は山のような大波に揺られ、いまにも転覆しそうだった。そうなれば乗っている者は投げだされ、身体をベルトで床板に括りつけたスパークスは溺れ死ぬことになる。それでも波が襲うたびに浮き台は波頭をどうにか越え、波の谷に突っこんでから、また持ちあげられた。エディは人数を数えるのをやめ、爪先でスパークスの装具を探った。板に括りつけた自分の腕は死後硬直のようにこわばりきっている。もはや天地の区別さえつかなくなっていた。ときおり浅い断片的な眠りが襲った。水中では冷光が揺らめいている。プランクトンだ。太平洋でも同じ現象を見たことがある。だがその光は、海底から放たれたもののように感じられた。エリザベス・シーマン号や、何世紀ものあいだに沈没した無数の難破船が、はるかな深みから合図を送ってきているようだった。

くすんだ朝の光が、波立つ海を照らしだした。嵐は峠を越した。六人が姿を消していた。一等司厨員、甲板手のレッド、砲手、機関員、見習い司厨員、そして、仲間たちの人気者だった夢見がちな甲板員のペレモンド。残った者のなかにはボーグスとファーミングデール、見習いのロジャーとスタンリー、何人かの砲手や甲板員や機関員が含まれていた。エディのベルトで身体を括りつけられたスパークスも無事だった。老船乗りのピューも持ちこたえていた。まさに〝木の船に乗った鉄の男〟だ。一同は死んだ仲間たちに長い黙禱《もくとう》を捧げた。エディにとっては、姿の見えないオヒルスキーもそのひとりだった。

最高位の階級にあるファーミングデールが浮き台の指揮をとり、エディがその補佐を務めることになった。ファーミングデールに対する懸念はあるものの、二等航海士の存在は心強かった。さらに喜ばしいことに、遭難信号に返信があったとスパークスが告げた。嵐がおさまれば、救助される見込みは十分にある。

正午ごろ、断続的に降りつづく雨のなかで、誰かが波間の向こうに救命ボートを発見した。大勢が乗っているのか、船体が低く沈んでいる。浮き台のオールが取りだされ、エディが救命索の弛み部分にその柄を結わえつけてオール受けの代わりにした。手引きで学んだ知識がそこで役に立った。砲手と機関員が膝立ちの姿勢で一本ずつオールを握り、ほかの者が前後から身体を支えた。ボートがよく見える位置まで近づいてみると、船上は無人で水が溜まっているのがわかった。おそらくはエディが乗るはずの、誤って落下した四番ボートだろう。すばらしい幸運だ。浮き台に比べれば、救命ボートは御殿も同然だ。八・四立方メートルのスペースに、装備と食料、なによりも帆と舵柄がある。船内に括りつけたエディの非常用持ち出し袋のなかにも、六分儀と毛布、防水処理された予備の食料が入っているはずだ。煙草は水浸しだろうが、南アフリカ産のラム酒は大いにありがたい。

浮き台をボートにつないだあと、一同は交代でボートに移り、水を掻きだした。奇妙なことにそれは一等航海士用の二番ボートだったが、エディが結びつけたのと同じ場所に持ち出し袋が見つかった。とまどいながら袋の口をこじあけると、なかには海水を吸って膨らみ、どろどろになった本が詰められていた。その意味に気づき、エディは慄然とした。沈没する船から、本だけを詰めた袋を持ちだす者などひとりしかいない。甲板長を最後に見たのは、最初に降ろされた一等航海士用の二番ボートの舵柄のそばだった。

エディはその事実をファーミングデールに報告した。「このボートには十七名が救命胴衣を着けて乗っていた。生存者を探すべきだ」ファーミングデールは気がなさそうに手を振ったが、エディはほかの者たちが口を揃えて同意するのを待った。ファーミングデールは肩をすくめて頑なに浮き台に残り、残りの者たちはボートで捜索の準備をはじめた。老船乗りのピューが、帆を揚げるにはまだ風が強いと主張した。ボートのオールとオール受けが一対失われていたが、予備が見つかった。各方向に千回ずつ漕いで正方形を描くように進み、五回漕ぐごとに救命胴衣についた笛を鳴らす——相談の結果、そう決まった。ファーミングデールを含む全員が浮き台からボートに移ったが、生存者が多数見つかった場合に備え、浮き台もつないだままにした。エディは非常食の入った円筒形のスチール缶を注意深くあけ、めいめいにペミカンと呼ばれる非常食を一食分と、固形麦芽乳二枚を配り、容器の水——中身は四日前に替えたばかりだった——を百七十グラムずつ琺瑯の計量カップで計って飲ませた。

ボートを漕ぎだしたとたん、エディの耳が悪戯をはじめた。オールの音が途切れるたび、人の叫び声らしきものがしきりに聞こえるような気がするのだ。けれども、東へ向けて正方形の一辺を漕ぎ終えても人影は見つからなかった。漕ぎ手を代え、今度は南へ進んだ。三百回漕いだところで何人かがかすかな笛の音を聞き、舳先にいるロジャーが大声をあげた。左舷正横の方向に、漂流物らしきものが小さく見え隠れしている。荒れた波のなかをようやく近づくと、それが身体をつなぎあった甲板長とワイコフ少尉だとわかった。一同は注意深く海上のふたりにオールを差しのべ、船縁から船上に引きあげた。船底に倒れこんだふたりは激しく身を震わせていたが、やがて意識を失った。脚の装具を外したスパークスが、濡れそぼったふたりを温めるために上から覆いかぶさった。

日暮れとともに空がハッチのように開き、エキゾチックなピンクやオレンジの色をした積み荷を露わにした。終日捜索を続けたものの、その後はひとりも見つからなかった。波が静まりはじめ、エディは二度目の食料を配給した。ワイコフも甲板長も食べることはできたものの、ワイコフは言葉少なで、甲板長のほうはひとことも口を利かなかった。あまりにも無口な天敵にエディは不気味さを覚えた。甲板長の幽霊でも見ているようだった。

夜の帳が下り、天候が回復すると、みなの士気は上がった。救命ボートを発見したということは、エリザベス・シーマン号が沈没した付近にいるのは間違いない。翌日には救助が来るかもしれない。見張りを怠らず、潮の流れに逆らわずにいれば、それを考慮に入れて救難機が捜索するはずだ。そのために、横波を受けないよう海錨と呼ばれる帆布でできた円錐形の袋を舳先から投入した。機中からの目じるしに浮き台もつないだままにした。それから見張りを立て、交代で船底の救命浮輪の上で身を寄せあい、あるいは腰掛け梁にすわったまま船縁に頭をもたせかけて睡眠をとった。エディはエリザベス・シーマン号を離れて二十四時間が経過したしるしに、寝場所の船縁にナイフで刻み目をひとつつけた。

震えながら一同が目覚めたとき、衣服が露で濡れていた。エディはまた食料を配った。太陽が顔を出すとワイコフが二番ボートの転覆の話をはじめた。猛烈な大波に襲われ、十七名全員が海に投げだされたという。船縁の救命索につかまり、ボートを元に戻すチャンスを窺っていたところ、鮫が二等司厨員を襲った。何人かは悲鳴に怯えて泳ぎ去り、ワイコフと傷を負った司厨員を含む残りの者たちは、転覆したボートの上に這いあがった。それが間違いだった。次の大波にボートがふたたび転覆したとき、全員が狂乱状態の鮫の群れのなかに投げだされたからだ。ワイコフだけはどうにか命拾いをした。泳ぐ力は残っていなかったが、救命胴衣のおかげで沈まずにすんだ。夜が明けたとき、ワイコフは泳ぎ寄ってくる甲板長に気づいた。その後はずっとふたりでボートを探しつづけていたという。

ワイコフが話すあいだ、エディは甲板長の様子を窺いながら、この男が沈黙するとは、どれほどの恐怖を味わったのだろうかと考えていた。

日が高くなり、マストが立てられたあと、エディはボートに備えつけの緊急物資に含まれた黄色い旗を掲げた。正午をまわったころ、低空を飛ぶ飛行機が現れた。誰もが大声をあげ、ボートから浮き台へと飛び移りながら、しきりにシャツを振った——ただひとり、船底に無言ですわったままの甲板長を除いて。しかし飛行機は気づいた様子もなく飛び去った。失望のあまり一同は意気消沈した。それでも先ほどの飛行機が生存者の捜索に来たことに疑いを持つ者はいなかった。日没までにはまだ時間の余裕がある。四方を確認できるよう、見張りを四名立てることにした。エディも目を皿のようにして水平線を見つめた。いまにも船影が現れそうに思えるものの、穏やかな晴天が——救助にはお誂え向きの天候が——数時間過ぎるあいだ、なにも見つけることはできなかった。

日が沈むころには誰もが途方に暮れ、不機嫌になり、空腹を訴えていた。いつになったら救難機が来やがるんだ？　パイロットの目は節穴か？　エディは黙ったまま、キトリッジがいてくれたならと考えていた。運に恵まれたあの船長がいれば、救難機も避けて通りはしないはずだ、と。

甲板長は船底にぼんやりとすわったままだった。「まったく頼りになるぜ、この怠け者が」ファーミングデールがくくっと笑い、周囲に目配せをした。甲板長を挑発して口を利かせようとしているのだ。利かせられれば運が向いてくるかのように。そうなのだろうか、とエディは思った。「話すのは得意だろ」ファーミングデールが嫌味を言った。「サードはよく知ってるな」と、仲間に引き入れようとするようにエディを見た。エディは曖昧な笑みを返した。

三日目の朝、風は微風に近くなっていた。ファーミングデールの指示により、もう一日だけ海流に乗って進み、その後は帆を揚げて陸地を目指すこととなった。遠くに船影が見えたものの、どれだけ飛びはね、大声をあげようと、無駄だった。消えかけた夕日のなかで、一同は翌朝アフリカ大陸の長大な砂浜に向けて帆走をはじめるための準備をした。エリザベス・シーマン号はソマリランドから東へ千海里の地点で沈没した。海流に乗って北へ流されたことで、陸地までの距離は縮まったはずだとファーミングデールは考えていた。強い西風が吹けば、少なくとも十五日後には陸地を目にすることができるだろう。浮き台と救命ボートの食料に――願わくば――釣った魚と雨水も加えられれば、そのくらいの日数は食いつなげるはずだ。途中で救助される可能性も残されている。

寒く厳しい夜が来た。ボートと浮き台の双方から同時に発火信号を発し、中立船の航海灯が見えることを期待して見張りも続けられた。エディは腰掛け梁にすわったまま眠れずにいた。頭のなかには、等深線や大洋航路や潮流が細かく記載されたパイロットチャートが浮かんでいた。思い描いたその海のイメージと、いま周囲に広がる茫漠たる景色がまるで別のものに思えた。頭上には宝石をちりばめたような星空が広がっている。初航海に出たとき、アリババの洞窟さながらのそのまばゆさに驚嘆したものだった。船の甲板から見上げるその空は、選ばれた者だけに与えられた絶景だった。だがいまは星々も、海そのものも、たまさかそこにあるだけのものに思えた。アナが夢に現れることもすでになくなっていた。娘の手の届かないところまで来てしまったのだろう。自分がまた新たな人生の層へと足を踏み入れたことにエディは気づいた——深く、冷たく、無慈悲な場所へと。

そして船縁に三本目の刻み目をつけた。

第二十七章

潜水を終えたあと、アナはリディアのベッドを横向きにして壁に立てかけた。両親の部屋に通じるドアを閉じ、台所のテーブルを居間に運び、ラジオもそこへ引きずってきた。部屋を新しくしたかった。心が受けた変化を刻みこむために。発見したものの重みをしるすために。

父の時計からは数日のあいだ海水が浸みだしていた。乾いてからたしかめると、針は九時十分を指したまま動かなくなっていた。菱形をしたその重みを手に包むと力が湧き、守られているように感じた。それはあの暗い水底へと行った証だった。種々の危険を冒して。得たのはその時計だけだった。夜は枕の下に入れて眠った。

海に潜った日から何日かすると、アナは引っ越しを考えはじめた。バスコムの住むような下宿屋は女性を受け入れていない。アパートメントの近くにYWCAはあるものの、順番を待つ必要があるはずで、そうでなくても、工廠のそばのほうがありがたかった。サンズ通りには貸部屋がいくつかあり、バーや制服屋の窓に下手くそな手書きの張り紙があるのをこれまでにも目にしていた。そういった部屋を内緒で借りる手はあるかもしれない。とはいえ、それは身持ちの悪い娘がすることで、誰かに知られたときの危険が大きすぎた。

ある日の夕方、アナは職場から出てくるローズとばったり会った。腕を組んでサンズ通りの門を出ながら、アナは悩みを打ち明けた――正確には、母が病気の姉の看病のために中西部に帰郷してしまい、ひとり暮らしが心細くて、という形で。ローズはぽんと手を叩いた。実家の部屋を貸している新婚夫婦が、夫の赴任先の海軍基地があるカリフォルニア州デルマーに引っ越すことになったという。つまり、クリントン・アベニューのアパートメントに間借りできるということだ！　アナはその場で申し出を受けた。

古いアパートメントを借りたままでも新しい部屋の家賃を払うだけの収入はあるので、アナは母にもおばにも引っ越しを知らせないことにした。説明がややこしくなるからだ。ブリアンと顔を合わせる機会も減り、会うときもたいていは映画を観て終わりだった。数日おきに郵便物を取りに来れば、隣人たちにも気づかれないはずだ。

アナは雨には向かない（と父がよく言っていた）厚紙製のスーツケースを買って、服や化粧品やエラリイ・クイーンの小説をそこに詰め、牛乳瓶の残りを飲み干し、バターを布巾に包んだ。そして最後にもう一度テーブルについた。人生の多くの時間を過ごしたその場所に。思えば、食事をするのも、裁縫をするのも、肉屋の包み紙を人形の形に切り抜くのも、いつもそこだった。非常階段ごしに光芒が差しこみ、舞い踊る埃をワラバウト湾に漂う雲母の欠片のようにきらめかせていた。室内は重くしんとした空気に包まれていた。アナは台所に入り、ブリキ張りの流し台に手を這わせた。リディアが大きくなりすぎるまで、母とここで身体を洗ってやったものだ。父がいつもひげを剃っていた鏡も覗きこんだ。それからアパートメントを出てドアに鍵をかけた。

六階から下りる途中、興味津々の隣人に呼びとめられ、詮索されることをなかば覚悟していた。けれども誰ひとり顔を出さず、ドアの覗き穴に近づく足音さえ聞こえなかった。誰もがまだ眠っているのだ。寒さのやわらいだ三月末の空気のなか、通りを歩きだしたアナは見慣れない顔にいくつも気づいた。スーツケースを持った男性が戸口に刻まれた番号を確認しながら、足早に歩いていく。ここへ越してきたのだろう。

アナの新しい部屋はローズの家族が暮らすアパートメントの奥にあり、窓の外にはバーベルを持ちあげているような姿の木が立っていた。荷馬車でバターと牛乳を配達する老人の姿も眺められた。かつてクリントン・アベニューは高級住宅地で、大きな屋敷には厩舎が備えられていたが、いまは使われていないか、車庫として利用されている。ローズの上の弟ふたりは陸軍に入隊していたが、末弟のハイラムはまだ家にいて、アナの子ども時代と同じに甘草の香りの油布を教科書のカバーに使っていた。アナは新居が気に入った。

仕事が終わると、アナはかつての職場の前でローズと待ちあわせて帰るようになった。フラッシング・アベニューから路面電車に乗り、車内で夕刊を分けあって読んだ。ほんの数週間前までは同じ電車の外からローズを眺め、孤独に溺れかけていたのに。そんな思いで懐中時計をまさぐるのだった。午後に潜水が入る日は仕事が引けるのが遅くなり、ローズは先に帰った。そんな日は、アナは仲間の潜水士たちとサンズ通りに繰りだした。ローズの両親にただいまを言うときにビールの臭いをさせないよう、帰りの電車のなかではペパーミントの飴を舐めた。

ローズの家に住むことで、その上司であるチャーリー・ヴォスと親しく会うわけにはいかなくなった。ある日の夕方、アナは主婦たちが帰ったあとにヴォスのオフィスを訪ねた。

「なるほど、わかった」ヴォスは言った。「残念だ」

「寂しくなるわ、チャーリー」

「ときには顔を見せてくれるね？　人目がないときに」

「ええ、きっと」

仕事を終えてサンズ通りに出ると、アナはいまだにデクスター・スタイルズの車を目で探し、見あたらないとわかるたび胸に痛みを覚え、それから安堵するのだった。

海に潜ってから二週間後のこと、〈オーバル・バー〉で料理を取りに行った同僚たちを待つあいだ、アナは《ヘラルド・トリビューン》紙を開き、明るい見出しを期待しながら目を通した――〝ロンメル陥落寸前〟、〝赤軍、スモレンスク方面へ独軍を撃退〟。ページをめくると左下の記事に目が留まった。

行方不明のナイトクラブ経営者、他殺体で発見。
現場は廃競馬場近く、遺体には無数の銃創。

アナは食い入るように写真を見つめた。読んでいる意識もないままに、文字が頭にもぐりこんでくる――**〝今週日曜日、二週間に及ぶナイトクラブ経営者デクスター・スタイルズ氏の捜索は陰惨きわまる結末を迎えた。シープスヘッド・ベイ在住のアンドリュー・メタッチェンとサンディ・キューペック（ともに十歳）が廃競馬場近くで遺体を発見……〟**

アナは新聞を押しやり、ビールをひと口飲んだ。まわりにいる潜水士たちがムール貝やソーセージロールを腹に詰めこむ姿をぼんやり眺めた。頭が風船になり、首から一メートルほど上に浮かんでいるような気がした。グラスが割れる音が聞こえ、気づけば倒れこんでいた。

気つけ薬が持ってこられた。アナは横向きに倒れ、床のおが屑に頬を押しつけていた。覗きこんだルビーの顔が目の前にあり、崩れたアイメイクの甘ったるい香りに吐き気がこみあげた。アナは嘔吐し、身を起こそうとした。バスコムとマールが両脇に立ち、アナの腕をめいめいの首にまわして、ようやく立ちあがらせた。ふたりはアナを支え、酔っ払いだと勘違いしてにやつく水兵たちの前を通りすぎ、店の外へ連れだした。

ひんやりとした外気が心地よかった。アナはふたりに体重を預け、目を閉じたまま歩きだした。夢のなかにいるような気分で、バーでのひどい出来事も嘘だったように思えた。何度も方向を変えたすえに、ふたたび屋内に入り、そこで塩気と焦げたゴム臭さが混じった潜水服のにおいに気づいた。再圧チャンバーに連れてこられたのだ。

アナはマールに付き添われてそこへ入った。「痛みは？」マールが目盛りを設定しながら訊いた。

「気絶するまえはどうだった？」

「潜水病じゃないの」そう答えたとき、アナは気絶の理由を思いだした。両手が震えはじめた。

「補助役は誰だった？」

「カッツよ」がちがちと歯を鳴らしながら答えた。「でも、長く潜りすぎたわけじゃない」

「時間を計っていたのはあいつだろ」

アナはふたたび嘔吐した。

再圧処置がすむと、マールがドアを解錠し、ふたりは外へ出た。バスコムとルビーが待っていた。バスコムの銀色がかった険しい目で長々と見つめられ、アナはあの記事を読んだのだろうかと考えた。あの日の違法な潜水については、工廠から盗みだした装備を無事に返却したということ以外、話しあってはいなかった。あの晩の出来事のせいでふたりに避けられるのではとアナは不安だったが、その逆だった。三人の絆は、家族にも似た複雑なものに変わっていた。

マールはアナの症状や再圧処置の件を潜水記録に残さないことに同意したが、代わりに病院へ直行してチェックを受けろと言い張った。警備兵がバイクでアナを丘の上の工廠病院へ送り届けた。受付の看護婦の問診を受けたあと、しばらく待たされた。新聞の見出しが頭のなかを駆けめぐっていた。いまだに信じられずにいたが、否定しつづける気力も尽きていた。

しばらくして、海軍看護婦に起こされた。椅子にすわったまま壁にもたれて眠りこんでいたらしい。腕時計を見ると午後九時を過ぎていた。看護婦はアナとほぼ同年配で、ブロンドの髪を帽子の後ろでシニヨンに結っていた。アナの体温を測り、血圧計の腕帯を感心するほど丁寧に巻きつけた。小型の明るいライトで目と耳も調べる。小さな聴診器を胸に当て、検査結果をすべてクリップボードに記入した。

「問題なしね。気分はどう？」

「大丈夫。疲れただけです」

「先生からのお尋ねなんですけど、ご結婚は？」

「いいえ」アナは驚いて訊き返した。「なぜ？」

「既婚者なら、妊娠検査も必要だから。妊娠初期には失神することもあるの」

「ああ」

「潜水のために指輪を外しているのかもしれないと先生がおっしゃっていて」

「もう……検査はしました？」

「もちろんまだよ。採血しないと」

「いいえ、けっこうです」

その場をあとにしたアナは、白い角柱のそびえるゆったりとした病院の正面階段を下り、前年の秋にローズとともに献血をした楕円形の芝生の庭に出た。しばらく暗がりに立ったまま、見覚えのある白い柱状の彫刻を眺めていた。天辺には鷲があしらわれている。潜水訓練に参加してから、月のものが来ていなかった。もう二カ月になる。訓練のせいだと思い、煩わしい思いをせずにすんで助かったと喜んでいた。別の解釈は、可能性ではなく確信として訪れた。

帰宅するとローズの父親が居間にいて、緑のガラス製シェードの卓上ランプのそばで《フォワード》誌（ユダヤ系アメリカ人向け月刊誌）を読んでいた。夜遅くによれよれの姿で帰ったアナを見て、その目にかすかな非難——あるいはただの心配——の色が浮かんだ気がした。部屋に入ると、アナはお腹に手を当ててベッドに横になり、窓の外の木を見やった。まだ決まったわけじゃないと自分を安心させようとした。けれどもわかっていた。ついに問題が起きてしまったのだと。

翌朝は食事もとらずに家を出た。懐中時計をバッグにしまいながら、お守りの効き目も足りないかもしれない、と不吉な予感を覚えた。フラッシング・アベニュー行きの路面電車のなかで、吐き気を伴う猛烈な空腹が襲ってきた。それで、フラッシング・アベニューとクリントン・アベニューの角のカフェテリアで工廠の工員たちに交じって列に並び、卵とハッシュドポテトとコーヒー、それから食用油脂の供給が制限されているためバターのついていないトーストを注文した。食べると胃が落ち着いたので、歩いて職場まで行った。アクセル大尉に朝の挨拶をするため、アナはオフィスの前で足を止めた。大尉はいつも一番に出勤していた。

「ケリガン」大尉が声をあげた。「待っていたんだ。ちょっと入ってくれ」アナが机の前に立つと、大尉は続けた。「今日は新たに訓練生が五人来る。ずぶの素人たちが。今日の予定は？」

「午前中は補助役、午後は潜水です」

「間抜けどもを見学にやってもいいか。少しは勉強になるかもしれん」

「了解です、大尉」

アクセル大尉との関係に変化が生じたのは三週間ほどまえだった。ある日突然、大尉はアナの存在を受け入れた。大尉の偏見を支えていた足場が摩耗によってひとりでに崩れ落ちたかのように。その変化があまりに劇的で、魔法のようでさえあったため、懐中時計を手にする以前の出来事だったとはいえ、時計が触媒の働きをしてくれたのかと思うほどだった。ふたりのあいだの敵意が親しみに変換されたかのように、意外にもいまのアナには大尉のお気に入りとしての、ペットとしての役が与えられていた。大尉は言葉を端折って話しかけるようになり、アナはそれを理解した。若い娘たちに対する大尉の侮蔑も、アナにはお世辞になった。アナは例外だからだ。「悪いんだが、ケリガン、はしけの上では髪を隠してくれ。空っぽ頭の秘書どもに工廠じゅうから押しかけられると困る」先週はそんなことも言われた。

「潜水には興味なんてないかもしれません、大尉」

「たしかにな。きみのような酔狂なやつもおらんだろうから。だが、これは言っておく、連中が大挙してやってきたら、クビにするのはきみの役目だ」

「使いものになれば別ですが」大尉は鼻で笑っただけだった。アナもその反応を予想し、期待してさえいた。あとになってそれに気づき、自分の陰険さを恥じた。

「新人たちに見込みがあるか、見てみてくれ」大尉が告げた。「これはというやつがいれば報告しろ。それと、ケリガン」そこで小声になり、ドアに目をやる。「少しばかり脅かしてやれ。わかるな。一人前の男とガキを選り分けるんだ」

アナはおだてられて得意な気持ちと、それを喜ぶ後ろめたさを覚えながら、大尉のオフィスをあとにした。それから作業服に着替え、外に出て桟橋へ向かった。船台の骨組みごしに日差しが注ぎ、目を閉じてその温もりを顔に浴びた。殴られた傷の痛みが引いていくように、のしかかっていた不安がやわらぎはじめる。やるべきことは明らかだった。潜水が問題を解決してくれる。妊娠中の身体に耐えられる作業ではないから、月経が来るはずだ。その日の午後、はしけの上で五名の訓練生が見守るなか、魚雷を受けた駆逐艦の船殻を点検していたアナは腹痛に襲われた。潜水服が汚れるかもしれないと心配する余裕さえ覚え、ヘルメットのなかで密かに笑みを浮かべた。けれども、グリーアに見張りを頼んでトイレに入ると、信じがたいことに予想は外れていた。

　今日こそ心配は消えるはず。朝目覚めるたび、アナはそう確信した。予想は外れたが、夜にはそれを考える余裕さえないほど疲れきっていた。陽気が暖かくなると、アナとローズはフラッシング・アベニューで電車を乗り換えず、クリントン・アベニューを歩いて帰るようになった。ユダヤ教の安息《シャバッ》日《ト》にあたる金曜の夜、ローズの家族は夕食後に蠟燭を二本灯し、パンの塊をのせたテーブルを囲んだ。戦地にいるシグとケイレブのために特別な祈りが捧げられるあいだ、アナも熱心に願い事をした――**どうかわたしの心配を消し去ってください**。問題が解決しなければ、じきにすべてとさよならしないといけない。蠟燭とも、パンとも。ローズとその家族とも。望まない妊娠をした娘が住むべき場所へ行かなくてはならない。

　頭の片隅では時計が動きだしていた。潜水の効き目がなければ別の方法があるが、時間の猶予はあまりない。気を失ってから二週間後、ある朝目覚めたアナは確信した――**なんとかしないと**。なにからはじめればいいか見当もつかなかったが、以前から計画していたかのように答えは見つかった。ネルを探せばいい。ネルならどうすべきか知っているはず。自分にも経験があるはずだから。

　勤めを終えたアナは、地下鉄でユニオン・スクエアへ向かった。第一次世界大戦の帰還兵の老人たちが、分厚いコートに、ピンやメダルのついた帽子といういでたちでチェスに興じていた。〈いつか聴いた歌〉がポータブル蓄音機から流れ、ティーンエイジャーたちがコート姿で抱きあい、曲に合わせて踊っている。その姿を見てアナは切なさに襲われた。ブルックリン・カレッジ時代、自分も男の子たちと踊ったものだが、目の前にいる若者たちのように無邪気ではいられなかった。いつも隠し事をしていた。いまと同じように。

グラマシー・パーク・サウス、二十一番地。ネルがその番地を復唱させたのは奇跡だった。ネルのファーストネーム――知っているのはそれだけだった――を告げると、軍服のようなグレーの制服姿のドアマンが壁の配電盤に近づいてケーブルをつないだ。アナは懐中時計に手を触れた。予想どおり、ネルは夜の外出用の身支度で家にいるようだった。エレベーター係に八階で降ろされた。ホールには鏡板張りのドアがふたつ向かいあっていた。中央には赤い薔薇があふれんばかりに活けられ、その向こうの鏡によっていっそう豪華に見えていた。アナは自分の顔の青白さに驚いた。赤みを出そうと頬をつねっているところへ、左側のドアからネルが現れた。サテン地の化粧着姿で、襟にはシャボンの泡のような白い小さな羽根が無数にあしらわれている。一瞬、見知らぬ相手を見るような顔をしたあと、火傷させないよう煙草の火を遠ざけながら、ネルはアナに抱きついた。「元気にしてた、アナ？　すっかりご無沙汰だったじゃない、あなたったら。いったいどこに隠れてたのよ」矢継ぎ早にまくしたてられる言葉に、アナは曖昧なつぶやきを返した。そのやりとりが続くうち、ネルはなにかを察したようだ。身を引いて、険しい目でアナを見つめた。「入って、話を聞かせて」

日曜日の早朝、アナはグラマシー・パークを再訪した。ふたりで東二十丁目を歩きだすと、ネルのピンヒールが釘を打つような音を舗道に響かせた。朝の光のなかでは脱色された髪が白っぽく見え、目の下には青い隈ができていた。いまのネルは、人工の光のなかのほうが見栄えがするようだ。

パーク・アベニューに出てタクシーに乗りこんだあと、アナは運転手に聞かれないよう小声で費用の話を続けた。そういった処置にどれほどお金がかかるのか見当もつかなかった。分割払いにしてもらえるだろうか。

「ハモンドが出すわよ」ネルが囁き返した。「わたしが受けることにしといたから」

「もしばれたら？」

「安心して。彼には貸しがあるし」

「感謝してる」そう言ったものの、そんな言葉では到底足りない気がした。「付き添ってくれることも。来てもらえるなんて思ってなかった」

ネルは肩をすくめた。なんとなく、アナだから世話を焼くというわけでもないように見えた。同じ問題を抱えて訪ねてきた娘なら、誰にでもこうするような気がする。

「デクスター・スタイルズのことは聞いた？」ネルが言った。

アナは窓の外にぼんやりとそびえる灰色のビルを見やった。「ええ、新聞で読んだ。恐ろしい話ね」

「どこへ行ってもその話で持ちきりよ」

「犯人はわかったの？　動機は？」

「噂が山ほど飛び交ってる。シカゴの犯罪組織の仕業だっていう話もあるみたい。ニューヨークのギャングより残酷らしいし」

「なぜ彼を殺す必要が？」

「いま捜査中だけど、誰もなにもしゃべらないと思う。同じ目に遭うのを恐れて」

「デクスター・スタイルズがなにか自白したのかも」

ネルは少し考えた。「でも、なんのために？　彼の商売は四分の三が堅気だったって話よ。いいえ、八分の七かも！　それを犠牲にしたりする？」

「子どもはいたの？」答えは知っているが、アナは話を続けるために訊いた。デクスター・スタイルズのことを話すと気が楽になった。

「双子の息子と、娘がひとり。奥さんはすごい美人よ。社交界の花形で、資産家の娘だし。まさに敵なしだと思われてたのに」

「悲劇ね」アナは悲しみがこみあげるのを感じた。ネルに悟られまいと、窓の外に目を据えたままにした。

「クラブでもみんな泣いてたわ」

　彼の死を多くの、何百もの人々と分かちあっている。そう考えると、アナもそのなかに紛れこめそうな気がした。ほかの人たちに比べれば、自分はデクスター・スタイルズのことを知らない。ほとんどなにも。けれども、記憶の矢がいくつも胸に刺さっていた。彼を抱きしめたときの感触が、かすれた囁きが。これからしようとしていることも。

　東七十四丁目の角でタクシーを降りた。ディアウッド医師の診療所からほんの数ブロックの場所だ。その偶然がアナを困惑させた。いまは四月初旬だから、本当なら数週間後にはリディアを次の診察に連れてきたはずだ。ネルの担当医とディアウッド医師の診療所が同じ建物内にあったらどうしよう。同じ診療所の医師だったら、ひょっとして、ディアウッド本人だったら？　ひんやりとした日の光が交差点に降りそそぎ、鳩の群れがいっせいに飛び立った。ネルは映画スターのような黒いサングラスをかけた。淡い色のウールのコートには金モールの肩飾りがあしらわれている。教会の鐘が鳴りだした。

「診療所はどこ？」アナは訊いた。

「少し先よ。先生は週末に診療所の前にタクシーがとまるのを嫌がるの。人目を引くから」

ふたりはマディソン・アベニュー方面へ歩いた。アナは頭痛がし、鐘が鳴りやんでほしいと願った。ブロックのなかほどでネルは足を止め、縞模様の日除けときれいに剪定された植え込みのあるテラスハウスの前に立った。階段を数段下りたところに、長方形の真鍮のプレートが掲げられている。〈ドクター・ソフィット、産婦人科医〉。ネルがブザーを押すとドアが解錠され、ふたりは待合室に入った。ディアウッド医師の診療室と同じように高級感にあふれているが、しつらえは違っている。ここには銀色の絨毯が床一面に敷きつめられ、グレーのビロード張りの三日月形のソファが置かれている。アナは汗ばみはじめた。教会の鐘が頭のなかで鳴り響いている。「やめてほしい」アナはつぶやいた。

ネルが驚いて訊き返した。「誰のこと？」

かすかな薬品のにおいが漂い、絨毯やビロードの奥にある診察室の存在を意識させた。もちろんあるに決まっている。三日月形のソファで手術は受けられない。

「わたしも最初のときは緊張したわ」ネルが言った。その声もやはり緊張している。

「これまで何度ここに来た？」

「三度。いえ、二度ね。今日が三度目」

「終わったあとはどうなるの？」

「しばらく眠気が残るかな。お腹も痛むかも。でも平気よ、本当に。明日にはけろっとしてるはず」

質問の意図は少し違っていたが、別にかまわなかった。恐れに混じり、リディアの診察に通っていたころと同じ期待も募りはじめていた。先生が来る。先生が来る！　ラッカー塗装のコーヒーテーブルの上に、雑誌が整然と扇形に並べられている。《コリアーズ》、《マクルアーズ》、《サタデー・イブニング・ポスト》。ネルが《シルバー・スクリーン》を開き、アナも肩ごしにブロンドの女優たちの写真を覗きこんだ。ベティ・グレイブルに、ヴェロニカ・レイク、ラナ・ターナー。どの顔を見ても、リディアも同じになれたのにと思ったものだ。アナは隣室に通じるドアに目を据えた。革張りの美しいドアだ。気づけばネルの手を握りしめていた。

「痛みはないからね」ネルが言った。「クロロフォルムを嗅がされて、眠っちゃうから」ネルの目はロールやウェーブやカールといった映画スターの髪型についての記事に落とされたままだが、文字を追ってはいない。用事がすんで立ち去れるのを待っているように見える。じきに先生が来る。不安と期待でアナの胃が痛みだした。

見つめていたドアが開いた。ソフィット医師は想像よりも若かった。つまり、ディアウッド医師よりも。長身で髪は明るい茶色、手には結婚指輪。ネルに愛想よく声をかけ、やさしく真摯にアナの手を握って目を合わせた。革張りのドアの奥に通されると、そこは恐れていたほど病院らしくはなく、天井の回り縁から果実の絵が何枚か吊るされていた。背の高い手術台には白いシーツがかけられている。隣室に入ったアナはスリップを脱ぎ、ブラジャーとショーツの上からやわらかい綿のスモックを着た。平らで引き締まったお腹がやめろと囁きかける。ひょっとして思い違いだったら？　妊娠などしていなかったら？　**検査もしていないのに！**

それとも、あのとき検査されたのだろうか。

ネルが手術台の枕元に置かれた椅子にすわった。「ミス・コノプカにはなにも見えませんよ」ソフィット医師が言った。「ただそばにいて、眠っているあいだ手を握っていてくれます。そうですね、ミス・コノプカ？」

「ええ、もちろん」ネルは医師が現れてほっとしたように見える。

コノプカ。**ポーランド系だな**と父の声が聞こえ、アナは泣きだした。台の上に仰向けに横たわり、両脚を立てて、シーツの上から腰骨をつかんだ。ネルがアナの片手を取り、震える両手で挟む。「三十分ですむからね」そう言いながらも、ことの重大さに、いつもは幾重にもかぶっている仮面はすべて剝がれ、生々しい緊張がむきだしになっている。「これからクロロフォルムを吸うのよ。そしたら眠ってしまうから」

「楽にしてください、ミス・ケリガン」ソフィット医師が言った。

背後にいる医師の姿は見えず、声もディアウッド医師のものと区別がつかなかった。アナは上体を持ちあげ、医師を見ようとした。心臓が胸のなかで暴れだす。

「楽にして」ソフィット医師がやさしく言った。両手になにかを持ってアナの横にすわる。先生が来る。先生が来てくれた！　これでなにもかも大丈夫。

けれども、アナのそばに来たのはソフィット医師ではなかった。妹だった。デクスター・スタイルズとの一夜以降忘れていた生々しさで、アナはリディアのミルクのような、ビスケットのような香りを思いだした。肌や髪のやわらかさを。よじれた、不完全な姿を。懸命に鼓動を続ける心臓を。そして、薄いヴェールのようにいつもリディアにまとわりついていた、本当はなれたはずの夢の姿を。

夢――日差しの下、膝をひらめかせて駆けていく美しい少女。目の端にずっとちらついていた少女。その少女にいま自分が命を与えられるような気がした。

医師が円錐形のマスクをアナの口にあてがった。待合室の薬品のにおいが凝縮された甘ったるいガスが流れこむ。「やめて」

ネルが顔を近づけ、アナは友の目に映しだされた自分自身の恐怖を見てとった。ガスが脳に達し、雨雲が集まるようにぼんやりとした眠気が襲う。ひとりきりの、なにもない自分が診療所を去る姿が目に浮かんだ。空っぽになった身体で。

走る少女。夢。

「やめて」もう一度ネルに向かって言った。「やめさせて」だが、マスクのせいでくぐもった声は自分にさえ聞きとれなかった。

それでもネルは理解した。気を失いかけたアナの目の訴えを読みとったのだろう。

「待って」ネルが叫び、アナのマスクを外した。

第二十八章

広々とした浮き台を捨てて救命ボートに押しこめられるのはさぞかし窮屈だろうとエディは心配だった。ファーミングデールが帆走の指揮をピューに任せるのを渋ることも心配だった。風任せで進むしかないこと、帆の力だけでは四ノットも出せないことも心配だった。なによりの心配は食料だった。これまでどおり日に三度、百七十グラムの水を配給するべきか、それとも二度にするべきか。スパークスは一匹でも魚を釣りあげられるのか。一九二三年に沈没したイギリスの貨物船トラヴェッサ号の船長と船員たちのように、どこかの島に漂着できる可能性はあるのか。彼らは救命ボート二艘でインド洋を千七百海里も帆走したが、それは装備や海図があっての話だ。エディの手もとにあるのはコンパスだけだった。

帆走をはじめる前夜、煙草が一本でも――いや、できれば五十本ほど――あればと願いながら眠れずに過ごしたエディが予想できずにいたのは、凪だった。

四日目の朝、空気は熱くそよともせず、海は汗の膜に覆われたようだった。なにもせずにいるよりは漕ぐべきだと砲手たちが訴え、ファーミングデールも同意したため、やむなくエディは、つとめて控えめに、体力と食料の浪費だと指摘した。アフリカ東岸まで千海里はあり、漕いでたどりつける距離ではないと。ほかの者たちもエディに加勢したので、ファーミングデールは茶化すような薄笑いとともに引きさがった。どうやらそれがこの男の敗北との向きあい方らしいとエディは悟った。

その日はなにもせず、翌日の出発に備えて休息日とした。見張り役以外は日差しを避け、救命ボートの波除け布や広げたボートカバーの下で横になっていた。夜には最後に残った発火信号を発し、見張りも続けた。エディは寒さで眠れなかった。風や波飛沫を感じたように思ったが、いつしか夢を見ていただけだった。

翌日も、さらにその翌日も同じだった。しのぎやすいのは、日差しがボートの露を払い、冷えきった身体に心地よく降りそそぐ早朝と、しのび寄る冷気が日に焼けた身体を看護婦の手のように癒してくれる夕刻のみだった。その後は寒さが訪れ、ボートに積まれた六枚の毛布の下で震えながら身を寄せあうしかなかった。過ごしやすい時間帯に合わせてエディが食料を配ると、一同はつかのまの安らぎを味わった。漂流によって赤道無風帯に入ってしまったのは明らかだった。その一帯ではボートすら進むことができないほど貿易風が弱くなるのだ。それでもこんな凪はそう長く続かない、せいぜい一日か二日だ、とピューは請けあった。だが、風のない一日は十日にも感じられた。たまに微風が吹くと喜び勇んで帆を揚げるものの、二十分もするとやんでしまい、そのたびに落胆が募った。陸地を目指すチャンスが来たときのための食料がいたずらに消費されていった。絹布に虫ピンで留められた標本のように動きがとれず、ほかの船に発見されることをただ願いつづけた。遠くに船影が見えたことも三度はあった。そのたびに一同は叫び、怒鳴り、飛びはねるものの、やがてくずおれ、死んだようにに倒れこむのだった。飛行機はまるで来なかった。陸地から遠すぎるのだ。最初に来た救難機は船から送られたものだったのだろう。

凪が続いて三日、エリザベス・シーマン号沈没から六日目に、食料の配分量を三分の二に減らすことが決まった。エディはジーンズが腰からずり落ちるようになり、ベルトの穴を三つずらした。一同は、セックスの話をする養護院の少年たちと同じ能弁さで食べ物の話に耽った。熱中する理由も同じだった。話しかすることがなかったからだ。

昼の食料配給の楽しみを失ったせいで、誰もが無気力に陥った。甲板手のオステルガードは、ほかの者がかぶせようとする覆いを頑なに拒み、何時間ものあいだ日向で眠りつづけた。夕方には日射病で熱を出した。応急手当の心得のあるロジャーがボートに備えつけの救急箱に入ったカーマインローションと濡らした包帯で処置にあたった。オステルガードがひどく水を欲しがったので、ロジャーとエディは夕方の割り当て分の半分をめいめい減らし、オステルガードの分を倍にしてやった。翌朝、オステルガードはボートから消えていた。ほかの何人かと浮き台で寝ていたエディは、ボートにいた十三人のうち、オステルガードが海に落ちる瞬間を見聞きした者がひとりもいないことが信じられず、仲間に疑いの目を向けずにはいられなかった。とりわけファーミングデールに。だが朝の食料を配分しながら、目を光らされているのは自分のほうだと気づいた。依怙贔屓《えこひいき》をしてはいないか、自分だけ多く口に入れてはいないかと監視されているのだった。救命ボートで生き延びるためには士気の高さが不可欠だが、確実に士気を高めるものがここには欠けていた。酒と煙草が。だが、もっとも責めるべきはリーダーのファーミングデールだった。一同の和を保とうとつとめないばかりか、誰よりも諍《いさか》いの種を蒔いていた。とくに甲板長に対して。その日の朝、ファーミングデールは甲板長に割り当て分のコンデンスミルクを渡そうとしたエディを遮った。

「話さざる者、食うべからずだ」そう言い放ち、いじめに巻きこもうとあたりを見まわした。「いつまでだんまりを決めこんでいられるか、見ててやろう」

エディがもう一度甲板長に食料を渡そうとすると、ファーミングデールが手首をつかんだ。「甘いな、サード。やつにはさんざんいたぶられたくせに」

「全員の体力を保っておかないと」エディは言った。

「こいつは指一本動かさないだろ。体力が落ちようと問題はない。いなくなろうとな」

生贄《いけにえ》を求める集団心理を満足させるため、エディに火つけ役をやらせようというのだ。エリザベス・シーマン号の乗員で、エディに対する甲板長の敵意を知らない者はいない。すでに弱りきった甲板長は、自尊心の欠片をかき集め、やりとりを聞きながら無頓着を装っている。甲板長をやりこめるのはやぶさかでないが、ファーミングデールにそそのかされてそうするのは受け入れがたかった。

「放っておこう、セカンド」エディはきっぱりと言い、甲板長にコンデンスミルクを差しだした。

ファーミングデールはエディと甲板長を見比べた。いびつな笑みが口もとに浮かんだ。「なるほどな」

そのときから、ファーミングデールはエディにつきまといはじめた。ごく限られた空間のなかで〝つきまとう〟のが可能ならばだが。敵意に満ちたその追跡——あるいは監視——の裏には、エディが自分に刃向かい、ほかの者たちの反感を煽るのではというファーミングデールの恐れが感じられた。以前は思いもよらなかったが、エディ自身もその誘惑を覚えていた。

その日の午後、エディは革のベルトの余分な部分を切ってスパークスに渡した。救命ボートに釣り糸と針は積まれていたが、餌はそれまでボロ布を使っていたのだ。餌を革に替えたおかげで、日没の直前に小さなマグロがかかった。エディも手を貸して魚を船縁に横づけにし、ボーグスがハンティングナイフで心臓をひと突きにした。エディが海に飛びこんで尾にロープを結ぶと、ほかの者たちが船縁から魚を引きあげた。ファーミングデールがそれを切り分けたあと、後ろを向いた者がそれぞれの切り身を受けとる相手を指名するという方法で分配した。全員に大きな身がふた切れずつ行きわたり、身に含まれる水分で、飢えだけでなく渇きも癒された。そのあと一同のあいだの不信は溶けて消えたようだった。石油ランプが灯され、戦後の身の振り方が夜半まで語りあわれた。眠気と満腹で沈黙が落ちたとき、甲板長がエディの腕に触れた。腰掛け梁の上にのせられた魚の食べ滓を手で示してから、エディにだけ聞こえる囁き声で話しかけた。聞いたほうのエディも、一瞬後には自分の耳を疑った。

「うまかった」と甲板長は言った。

さらに三日のあいだ、残酷で気まぐれな微風ばかりの状態が続き、空腹と渇きが倍もの激しさで戻ってきた。一同は服のボタンを外し、唾液を出すために舐めた。エディの舌は口のなかで靴革のように干からび、できるものなら切りとってしまいたいほどだった。凪が続いて六日目、フンメルとアディソンが海水を口にした。嬉々として喉を潤す姿に、ほかの者たちが真似しないよう、エディは必死に止めねばならなかった。夕方にはふたりとも幻覚を見はじめ、フンメルは胃をぱんぱんに膨らませて翌朝死んだ。遺体が海に沈められたあと、アディソンがフンメルから自分の食料を譲ると遺言されたと言いだした。フンメルにその権利はないとエディが答えると、アディソンは殴りかかってきた。ファーミングデールはそのときもそばにいたが、それを遮ろうともしなかった。アディソンを引き離したのは砲手たちだった。夕方、アディソンも息を引きとった。寝場所にしている浮き台（ファーミングデールもついてきて隣で鼾をかくのだった）に移るまえに、エディは船縁に一日の経過を示す刻み目をもう一本入れ、命を落としたふたりのためにひとつずつしるしを刻んだ。

凪が続いて七日目——漂流十日目——の日暮れ、エディは浮き台に横たわり、厳しい暑さと厳しい寒さのあいだの、つかのまの安らぎのときを味わっていた。と、頰に風を感じた。そうと気づくのに数秒かかり、気づいたあともまた夢だろうと思った。もう何日も、こわばった膝をほぐす程度の運動しかしておらず、誰の反応も鈍かった。だが、それは間違いなく本物の風だった。怠けていた見張りは見落としたが、突風《スコール》が訪れたのだ。歓喜の叫びがいっせいにあがった。救命ボートの上ではピューたちが海錨を引きあげ、帆を揚げはじめた。すでに海は波立っている。ボーグスがボートに飛び移り、浮き台を捨てるためにほかの者たちに手を貸してボートに移動させた。ところが、ロジャーが浮き台から飛び移ろうとしたとき、もやい綱が切れた。海に転落した拍子にロジャーはボートの船縁で顔を強打した。ボーグスがオールを差しだしたが、パニックを起こしたのか、手足をばたつかせて浮き台のほうへと戻ってくる。エディは海に飛びこんでロジャーを浮き台に引きあげた。ロジャーの顔は白くぎらつき、頰がざっくりと裂けていた。

そのあいだにも、喫水部分のない浮き台はぐんぐん流され、ボートから離れていく。ボーグスがエディにロープを投げるが、何度試しても届かない。やがて大雨が降りだし、諦めざるを得なかった。ファーミングデールは腰を上げようともしない。エディは浮き台に残った者たちに、ふたりずつボートへ泳ぐよう指示した。そうすれば船上の者たちもゆとりを持って引きあげられる。意外なことに、甲板長が泳ぎついた者たちを海から引きあげる姿が見えた。エディたちに救助されて以来、初めての働きだ。

ファーミングデールは泳ぐのを拒んだ。エディは頰の傷から血を流して浮き台に倒れたままのロジャーを連れて最後に渡るつもりだった。「オーケー、セカンド。なら、しんがりは任せた」残りの者たちが渡り終えると、エディはファーミングデールにそう言った。それからロジャーに声をかけた。

「泳がなくていいから、おれが泳ぐのを手伝ってくれ。できるか?」

ロジャーはうなずいた。救命ボートと浮き台のあいだの距離は五メートルほどだが、刻一刻と広がりつつある。エディが雨に打たれた波間に身を沈めようとしたとき、後ろから肩をつかまれ、浮き台の中央に引きずりもどされた。ファーミングデールがわれを忘れたように意味不明な言葉を発しながらすがりついてくる。エディは正気づかせようとその頬を張った。「あんたは泳げるだろう、セカンド。どうしたっていうんだ」

ファーミングデールはエディの顎を殴りつけ、ふたりは膝立ちの姿勢でつかみ合いをはじめた。床はつるつると滑り、雨が激しく叩きつける。浮き台がおもちゃの小舟のように波に揉まれる。エディが目をやるたび、ボートは遠ざかっていく。心配げな視線をいくつも感じた——スパークスに、ワイコフ、そして甲板長の。そのまなざしが力強い撚糸《よりいと》となり、両者の距離を縮め、暗闇に光を投げかけているようだった。

エディは必死にポケットのボウイナイフを抜き、ファーミングデールの喉をかき切ろうとした。だがもぎとられ、海に投げ捨てられた。大柄なファーミングデールにのしかかられて自由を奪われ、視界も奪われる。感じとれるのは、自分を押し潰そうとする男の濡れて悪臭を放つ身体だけだった。起きあがったロジャーがその身体を引きはがそうとする。ようやくファーミングデールがうなり声とともに脇へ転がったときには、ボートはほとんど見えなくなっていた。エディは憤怒と失望のあまりすすり泣いた。仲間を失い、日付や事件や出来事の記録も失ってしまった。頭をのけぞらせ、口をあけて、数分のあいだ雨水で喉を潤した。それから、もう一度たしかめた。まだボートは見えているし、気のせいかもしれないが、こちらを見守る仲間たちの顔も見える。まだ戻れる、とエディは自分を励ました。海が荒れていても、そしておそらくはロジャーを背負った状態でも、このくらいなら泳げる。泳げるはずだ。だが、その思考の流れがファーミングデールの注意を引き、取り残される恐怖をかき立てたようだった。エディは悟った。唯一の望みは、ファーミングデールに捕らえられるまえに、ひとりで海に飛びこむことだ。ロジャーは残していくしかない。誰も咎めはしないはずだ、生きるか死ぬかの瀬戸際なのだから。それでも、エディはためらった。ロジャーをファーミングデールのもとに残すわけにはいかない。

暗闇に目を凝らすと、こちらへ泳いでくる人影が見えた。目をこすって、もう一度たしかめた。まさか。いや、そうだ。人の頭がひとつ、コルクのように荒波に揉まれて浮いている。ボーグスだろうか。そんなことをやるだけの体力と度胸のある者がほかにいるだろうか。だが、なんのためだ？　ロジャーも近づいてくる人影に気づき、食い入るように見つめながら指差した。ようやく浮き台に泳ぎついた男を見て、エディは仰天した。甲板長だ。エディはロジャーとふたりがかりでその身体を引きあげた。甲板長はほんの一瞬で呼吸を整え、激しく揺れる浮き台の上に立ちあがった。そして、腹に括りつけてあった救命ボートに備えつけの斧を外すと、高々と振りかざし、ファーミングデールの脳天に叩きつけた。頭蓋骨が床に落ちた皿のように砕け、浮き台の床板に脳味噌と血が飛び散る。甲板長はファーミングデールのポケットナイフを抜くと、遺骸を浮き台の端へ押しやり、波間に沈めた。高波が押し寄せ、どろどろの汚れを洗い流した。

すべてが終わるのに一分とかからなかった。ファーミングデールが浮き台からいなくなったという事実が、そして計り知れないほどの安堵がなければ、エディは自分の妄想だと思ったにちがいない。一時間ほどで雨はやんだが、雲の切れた空には月影がなく、あたりは漆黒の闇だった。遠くに小さな明かりがぽつんと見えた。救命ボートの石油ランプだ。浮き台にはオールばかりか、ボートに合図を送るすべもなかった。大事なものはすべて運びだしてしまったのだ。食料も、水も、コンパスも、人間が生き延びるのに有用なものはひとつ残らず。

大雨が長く続いたおかげで、服に含まれた水分はかすかに塩気が残る程度になった。三人は残らず水気を絞りとって互いの口に注ぎ、眠ろうとした。エディはたびたび目を覚まし、救命ボートが見えないかと曙光を待った。ようやく夜が明けたが、ボートは見あたらなかった。三人は空っぽの海を呆然と見つめた。恐怖で吐き気を覚えながらも、エディはその危機的な状況が些細な問題であるかのように振る舞おうとつとめた。

甲板長が自分の喉を押さえ、力なく首を振った。

「わかってる」エディは言った。「いつもの名調子が聞けずに残念だ」

甲板長が疑わしげに首をかしげる。

「本気さ。いざ聞けないとなると、寂しいもんだ」

甲板長が自分を指差した。「ルークだ」

「いや、おれにとってはあんたは甲板長だ、これまでと同じく。だよな、ロジャー?」だがロジャーは、ぼんやり海を眺めているだけだった。

甲板長が食料庫をあけ、押しこまれていたボートのカバーを見つけた。前日まで日除けに使っていたものだ。それからちぎれたもやい綱を海中から引きあげ、そのふたつを結わえつけはじめた。

「海錨をこしらえているんだ」エディはロジャーを会話に引きこもうと声をかけた。ロジャーの頬は異様に腫れあがり、右目は塞がっている。ふかぶかとした真っ赤な傷だ。「海流に流されるままにしたほうがいい」とエディは続けた。「いい風が来るまでは、そのほうが陸地に近づける可能性がある。いい考えだ、甲板長」

甲板長が見慣れた鋭い一瞥をくれ、それに刺激されたエディの口から流れるように言葉があふれだした。「おれのような無知蒙昧の輩が、一流の船乗りのあんたを褒めるなど、あるまじき無礼なのは百も承知だ、甲板長。恐れ多くも、あんたの考えに意見を申し述べるなんてな。だが、そうやって片言しか聞かせてもらえないとなると、こちらとしてはどうにかご意向を推し量るしかない。おこがましいにもほどがあるがな」

甲板長があっけに取られたようにエディを見つめた。ロジャーさえ顔を上げた。そんな話し方をしたのは生まれて初めてだった。まるで、甲板長の頭から自分の喉へと直接言葉が送りこまれたかのようだった。立て板に水のごとく言葉があふれる感覚が心地よく、思うままにものを言うことに、エディは経験したことのない快感を覚えた。

海から引きあげて以来初めて、甲板長が頬を緩めた。その笑みが浮かぶたび、エディは純白の歯が描く見事な三日月形につい目を奪われるのだった。

ファーミングデールのナイフを使って、エディは浮き台の縁に新たな日数を刻みはじめた。救命ボートで過ごした日々はすでに現実味をなくし、あの世のものとなっているため、第一日からはじめることにした。新たな日々には強い風と、黒々とした荒海が待っていた。自然の脅威を遮るものがなく、風が、日差しが、雨が容赦なく彼らをまさぐり、爪を立てた。星々や月が、貝殻の欠片や輝く石のように無防備なほど近くに感じられ、その気になればそこへもぐりこんでいけそうだった。夜の虹を目にすることもあった。日中は甲板長とふたり、船やはぐれた救命ボートを探して水平線を見渡した。二日目には浮き台に飛びこんできた二匹のトビウオを三人で分けあい、やわらかい骨についた肉片をしゃぶりつくしてから、骨も嚙みくだいて食べた。三日目にはふたたび訪れたスコールで渇きを癒したが、雨水を溜める道具がなかった。

ボートで顔を怪我したロジャーは意識が混濁するようになった。傷のある側の目は塞がったままで、腫れもひどくなる一方だった。エディは自分のシャツの裾を裂き、海水に浸して傷口に押しあてた。してやれることはそれだけだった。傷は化膿しはじめ、真っ赤な輪が顔じゅうに広がった。夜は哀れなほど身を震わせるので、エディと甲板長は両脇から腕をまわしてロジャーの身体を温めた。日が沈むたび、エディは浮き台の縁に刻み目を入れた。四日目、五日目。ロジャーはかすかな声で飼い犬のウェルシュコーギーの子犬の話をした。新聞配達で貯めた十八ドルのことも、復活祭の日にアナベルという娘の胸をセーターの上から触ったことも。母親を呼ぶこともあった。エディは若者の顔に干からびた唇を押しあてて囁いた。「みんなおまえさんが大好きなんだ、坊主。なにも心配しなくていい」若者を安心させられるなら、なんでもしてやりたかった。子どもに対する同じような愛をかつて目にしたことがある気がしたが、いつ、どこでだったかは思いだせなかった。

六日目の晩、横たわったロジャーは熱で顔を紅潮させ、浅く乱れた息遣いを響かせていた。エディと甲板長は両脇から伸ばした腕を絡めてロジャーの身体を覆った。やがて、最後に深く息を吐き、ロジャーは動かなくなった。温もりがすっかり失われるまで、ふたりは亡骸を抱いていた。夜が明けてからふたりはロジャーをそっと転がし、海に沈めた。エディは若者の死が受け入れられず、つい手を伸ばしてその身体を探した。

だがやがて、その生活にも慣れていった。陽気な見習いは死者の群れに加わり、手の届かない場所へ去ってしまったのだ。照りつける日差し、凍てつく夜、苛立たしく抑えがたい空腹。それはみずからの身体を食いちぎり、貪るような苦痛だった。食料や船を探す力も尽き、ふたりとも浮き台の上に倒れたまま、ときおり降る短い雨で渇きを癒した。エディの身体は骨と皮になり果て、最後に小便をしたのがいつだったかさえ思いだせなかった。すでに死体と大差なくなっていた。だが身体が衰える一方、頭は新たな自由を得て縦横無尽に駆けめぐっていた。上海の阿片窟で見た光景がようやく理解できた。力なく横たわったあの人々も、いまのエディと同じく思考は活発に働き、音と色彩に満ちた雲のなかを、解き放たれた魂のように飛びまわっていたにちがいない。

甲板長の身体もエディに倣うように目に見えて縮み、そうやって衰えゆく肉体とは裏腹にふたりの髪やひげはぼうぼうに伸びていた。甲板長のほうが日差しには強く、エディはボロと化した衣服ごしに皮膚をひどく焼かれた。苦痛が癒えるのは海に身を浮かべるときだけだった。日に一度は気力をかき集め、海錨の綱につかまって海に入るようにした。弱りきった骨身を踏みつけにするかのような重力から、そのときだけは逃れることができた。水に浸かり、波間に漂う喜びは、そのあと乾いた塩気が傷口に沁みる痛みを補って余りあるものだった。浮き台には自力で戻れず、甲板長の手を借りた。言葉はひとことも交わさなかった。目と目を見交わしたまま、長いあいだ並んで横たわっているだけだった。友にラゴスの話を聞く機会を逸したことがエディには悔やまれた。船乗りになった理由や、カトリック教徒かどうかや、最高の思い出や最悪の思い出を。話をするには遅すぎた。すでに言葉は捨てた。共有する海の言葉でさえ。

ある日、日差しの下で横になっていたとき、エディは傍らの床に軽く重みがかかったのを感じた。目をあけるとそれは白いアホウドリで、大きな翼を画架のように折りたたみ、落ち着かなげに立っていた。甲板長は眠っていた。残された力を振りしぼり、エディは鳥の喉をかき切ろうとポケットナイフを突きだした。アホウドリは片肢をひょいと上げて軽々とかわし、また肢を下ろした。そして首をかしげ、黒光りする目でしげしげとエディを見つめた。

翌日は熱い日差しの下にもかかわらず、エディは悪寒に襲われた。甲板長が身体を温めようとエディを抱えた。「おまえはいいやつだ」それを聞いたエディは、ずいぶんまえに自分も同じような励ましの言葉を瀕死のロジャーにかけたことを思いだした。それに抗い、甲板長の誤りにあれこれ文句をつけようとしたが、すべては言葉になるまえにおぼろげな色彩へと変わった。エディは身動きも呼吸もほとんどやめて残された体力を温存した。限りなく死に近い停止状態を保つことで、さらに一時間命をつないだ。それは生きるための死だった。いまだ理解し得ずにいる真実を求め、放縦に思考を巡らせるための。すでに昼夜の区別もつかず、そばに甲板長がいるか否かも定かでなかった。やがて、下の娘が脳裏に甦った――不自由な肉体に魂を囚われた娘が。おれと同じだ。その発見に身を貫かれ、思わずエディは声にならない叫びをあげた。浮き台にへばりつき、海に入りたいと願いながら、浴槽の湯に浮かべられて心地よさげに笑い声をあげるリディアを思った。だが自分は娘のいびつな身体を厭い、背を向けたのだ。そのときようやく、まさに初めて、娘を捨てた罪が胸をえぐり、エディは叫んだ。「リディア！　リディ！」ざらつき、くぐもった声に愕然としながら、自分が捨てたわが子へ、家族へ、必死に手を伸ばした。

　リディアの名を硬貨のように口に含んだまま、エディはただ横たわっていた。やがて、軽くやわらかな音が耳を満たした。かすかに聞き覚えのある声だ。アナのものではなく、もちろん甲板長のものでもない。泡のように移り気な言葉のほとばしり、あるいは楽しげな小鳥の囀りのように他愛ない、たどたどしいおしゃべりだ。エディは浮き台の上の肉体を離れ、開いた窓から流れこむ音楽に引き寄せられるように声のするほうへと誘《いざな》われた。途中で足を止め、風にはためく鮮やかなリボンをつかもうとするかのように、楽しげなおしゃべりを捕らえようと耳を澄ました。それはリディアの声だった。息をはずませ、笑っている。言葉というより波を思わせるその声に、かつては耳を傾けようともしなかった。だがいまようやく、エディはその意味を理解した――**ぱぱ、あな、ハシル、まま、ウミミエル、まま、ぱちぱち、あな、ウミミエル、ぱぱ、きす、あな、ウミ、ハシル、ウミミエル、ウミミエル、ウミ、ウミ、ウミウミウミウミウミウミウミ**――言葉は単調になり、たんなる反復になった。ただ一本の弦をかき鳴らす音に、ただひとつの心臓の鼓動に変わった。エディの心臓の、リディアの心臓の、同じ心臓の鼓動に。あらゆるものの根底をなす真実がそこにあった。海の底からすべてを揺らすかのように。そのとき初めて、エディはまだ甲板長の腕のなかにいることに気づいた。どこにも行かず、

「もうじきだ、友よ。まもなく終わる。神はまだともにおられる」

「もうじきだ」甲板長は言った。

ずっとそばにいてくれたのだ。

第八部　霧

第二十九章

「もっとよく考えてから来るべきだったのよ！」

朝の日差しの下、ソフィット医師の診療所から一ブロック離れたセントラル・パークでネルが声をあげた。教会用の帽子で散歩する母親や子どもたちがいなければ、怒鳴りだしていたはずだ。

「先生を止めてくれてありがとう」アナは言った。

「止めなきゃよかった。いまごろはとっくに終わって、片がついていたはずなのに。なんなら――」ネルが五番街のほうへ目をやる。「いまからでも戻れるかも」

「やめて。お願い」からりとした冷気の心地よささえ、アナにはろくに感じられなかった。「お願い。やめて」

「わかったわよ！」

友の腕をつかんだアナは、ご立腹な様子の美しい自分の味方に、愛情に近いものを覚えた。「ありがとう、ネル」

ネルは身をこわばらせ、そして力を抜いた。アナに感謝の言葉を重ねられて気もおさまってきたらしい。でなければ、怒るのに飽きて、アナの厄介事の新たな展開に興味が移ったのかもしれない。

「なら、どうしても産むってことね」口調をやわらげてネルは言った。「だったら遠くへ行かなきゃ。でも覚悟して、条件のいいところはとんでもなく高くつくから」

「蓄えならいくらかあるし」

ネルは笑った。「なに言ってるの、お金は彼に出させるのよ。はっきり言ってやりなさい、平穏な生活を続けたいんでしょ、奥さんに告げ口したら家庭はめちゃくちゃよ、嫌なら払いなさいって。それで解決ってわけ」

「彼、もういないの」

ネルは首をかしげた。「死なない限り、いなくなりはしないでしょ。そいつを探しだしてお金を出させるの、でなきゃ尼僧たちのところへ行くしかない。それは勧められないけど。尼僧って、わたしたちみたいなタイプには厳しいから。それだけはたしかよ」

「ほんとに――いないの」ネルの怪訝そうな顔につられ、アナはとっさに続けた。「外国に行って」

「ああ、兵隊なのね。なんでそう言わなかったの?」

答えの用意はなかったが、必要もなかった。ネルはひとりで想像を巡らせている。「かりそめの恋ってわけね」それなら話は別だという顔でそう言う。「あなたは刹那に身を委ね、相手も同じだった。後先も考えずに」

「……そうよ」アナは認めた。

「だったらなぜ、体型が崩れるうえに、一年を無駄にするような真似を? 三十分で片がつくのに。その人が……生きて帰るなら別だけど……」

「帰らない。それはわかってるの」

あまりに断定的な言い方になった。だが、ネルは不審にも思わない様子だ。「ということは、子どもは彼の忘れ形見ってわけね。他人には内緒の。ある意味、彼は生きつづけることになる。彼の子どもを産むことで、愛しい兵隊さんの命をつなぐことになる。そう考えてるんでしょ！」

ロマンチストを演じるネルは詐欺師みたいだとアナは思った。ラジオのメロドラマを聴きすぎなのは明らかだ。とはいえ、自分の問いに自分で答えを見つけてくれるのは好都合だった。

「なら、尼僧たちのところね」ネルは結論を下した。「一年間、にこにこして耐えるしかない。そうしたら、生まれてきた男の子にまともなクリスチャンの家庭を見つけてくれるはずよ」

「または女の子に」アナは言った。

夕食後、アナはローズの家族とともに居間にすわり、蓄音機でモーツァルトを聴いていた。ローズの父親は《フォワード》誌を読みふけり、母親は息子たちの凱旋祝いに使うため、四角いレースのモチーフをつないでテーブルクロスを作っていた。ハイラムは宿題に勤しんでいる。赤ん坊のメルヴィンは車輪のついた馬のおもちゃをソファの上で転がしていたが、そのうちそれをアナの太腿から腕、肩へと這いのぼらせ、アナが嫌がらずにいると、しまいには頭の天辺に置いた。

「悪さしちゃだめよ、メルちゃん」ローズが言った。

「平気よ」アナは言った。馬の車輪の丸い縁が肌や頭皮をなぞる感覚が心地よかった。ようやく見つけた、はかなくもかけがえのないその生活のすべてが心地よかった。さらに数日が過ぎ、数週間が過ぎるうち、その満ち足りた思いは歓喜にまで高まった。クリントン・アベニューの並木は一夜のうちに花を咲かせた。腕を振ってその下を歩きながら、アナは思わずにいられなかった——**じきにこの木々を見ることも、葉擦れの音を聞くこともなくなる。**ローズの母親のテーブルクロス作りのために、四角いモチーフを編みつなぐ手伝いをすることもあった。「これを使う日は、一緒にいてちょうだいね、アナ。あなたも家族の一員なんだから。あなたのお母さんもね、お姉さんの看病がすんだら、戻ってこられるんでしょ」ローズの母に感謝の言葉を述べながら、アナの胸はじきに悲惨な形で失うはずの幸せで満たされた。秘密を知れば、ローズの母は自分を家から追いだすだろう。でも、いまはまだ大丈夫――知られてはいないはず！　まだ誰にも！

そんなふうに、アナは残り滓をすするように、すでに失っているはずの生活を奇跡的に味わいつづけていた。身体はレモネードを欲するようになった。みなが寝静まったあと、台所の流しで冷水にレモンを搾り入れ、自分の配給券で密かに買った砂糖を加えて飲むようにした。心地よいその甘酸っぱさに身が震えた。自分の部屋でそれを貪り飲みながら外を見やると、窓辺の木はポーカーの手札のように若葉を広げていた。その快適さを捨てる日を先延ばしにせずにはいられなかった。あと一日、もう一日だけ、と。だが日々は過ぎ、三月以来なにも手を思いつかないまま、気づけば五月だった。下腹部はわずかに膨らみはじめたが、隠すのは苦もなかった。仕事中はぶかぶかのつなぎ服か潜水服で過ごしていたし、男の同僚たちもアナの性別をもはや気にせず、同性と同様に接するようになっていた。ローズの母親は、どう見ても痩せすぎだったアナが〝ふっくら〟したのは、自分の料理の腕前のおかげだと思いこんでいた。そのうち、無料で昼食まで用意してくれるようになった。

溶接の技術を身につけたアナは、海中での船体の補修やスクリューの整備を任せられるようになり、戦艦の下にまっすぐに敷かれたマットの上にほかの潜水士たちと並んで立ち、作業にあたった。巨大な船体に両手で触れると小刻みな振動が伝わった。重みから自由になれる喜びは以前にも増して大きかった。ときにはスクリューにぶら下がり、重たい足を流れに漂わせることもあった。そうしていれば問題が自然に解決するのではとも考えたが、そんなふうに片がつくことを期待するのはすでにやめていた。正直なところ望んでもいなかった。バスコムの呼びかけで潜水士全員が赤十字の献血に協力したときには、腹痛を訴えて直前で断った。

八十八番埠頭でノルマンディー号の引き揚げにあたったサルベージ隊が工廠を訪れた際、アクセル大尉は工廠の潜水隊の案内役をアナに任せた。アナの写真は《ブルックリン・イーグル》紙に掲載され、見出しには〝**女性潜水士、ノルマンディー号のサルベージ隊にブルックリンの流儀を紹介**〟と記された。写真のアナは笑みを浮かべ、つなぎ服姿で帽子はかぶらず、ピンで留めた髪が風でほつれていた。紙面に載った翌日には、その姿は遠い過去の遺物のように感じられた。アナはその写真をベッドの脇に飾り、毎晩眠りにつくまえに眺めながら、**これが最高に幸せなわたし**、と自分に語りかけた。そう思いつつ、その幸せを翌日も味わうことになるのだった。至福の夢から覚めたあと、つかのまそこへ戻ることを許されたかのように。

「きみが抜けたらどうなることやら、ケリガン」ある日の夕方、潜水服をホースの水で洗っていたアナに、アクセル大尉が言った。

アナは身がまえた。「どういうことです、大尉?」

「ロシア軍がコーカサスの防衛線を突破した。チュニスとビゼルトもあと数日で落ちる。じきに帰還兵が押し寄せて、ここで働きはじめる」

「ああ」アナはほっとした。「なるほど」

「わたしもあっという間にお払い箱さ。ボートでのんびりナマズ釣りの毎日だな」大尉は顔をしかめてみせた。「きみはどうする、ケリガン? ひらひらのエプロン姿は想像できんな」

「光栄です、大尉」

大尉は甲高く笑った。「お世辞のつもりじゃなかったが、どういたしまして」

もしも秘密を知られたら、大尉もアナを追いだすだろう。でも、知られてはいない。それは密かで危険な喜びだった。

自分の偽りに心が痛むのは、母に手紙を書くときだけだった。工廠での出来事をあれこれ綴るのが弁解のように思え、真実を打ち明けようかとも考えた。手紙のほうが伝えやすい気もした。けれども、それを知ったら母は打ちひしがれ、アナをひとりにした自分を責めるにちがいない。母には相談する相手もいない。おばたちや祖父母が知れば、アナは母の実家に歓迎されなくなるだろう。あの子も期待外れだったか、と。失ってばかりの母に、このうえ恥をかかせるわけにはいかなかった。

六月初旬の土曜日の朝、仕事が休みのアナは、ローズの家族が礼拝に出ているあいだに昔のアパートメントへ郵便物を取りに向かった。建物の入り口にもたれて目を通すと、普通の封筒やV郵便に交じり、異国の切手が貼られた航空郵便が見つかった。封筒の表にはアナの名が手書きされている。いびつに傾いたその筆記体には、どきりとするほど見覚えがあった。父の字だ、とアナは確信した。

引っ越し以来初めて六階まで階段をのぼりながら、かつてはトンボのように軽やかだった自分の足取りの重さに気づかずにはいられなかった。部屋は古い冷蔵箱のようなにおいがした。アナは窓をあけ、不審な手紙を持って非常階段へ出た。バッグには父の懐中時計が入っている。ニューヨーク港の底から持ち帰った、父の死を示す揺るぎない証拠だ。それでも、手紙の送り主が父なのはたしかだった。アナにはわかった。

かすれた乱雑な文字が並ぶその手紙は、イギリス領ソマリランドの病院で書かれたものだった。父は魚雷で船が沈没して二十一日後に海上で救助された。一九三七年以降、ずっと商船に乗っていたのだ。すべてが一気に押し寄せ、その波が引くとアナの頭は空っぽになった。父は衰弱し、いつ帰国できるかわからないという。〝**おまえとリディアが恋しい、早く会いたくてたまらない**〟とそこには書かれ、サンフランシスコの私書箱の番号も添えられていた。

長いあいだじっとしているうちに、足もとの非常階段の横桟にとまったスズメたちが身を膨らませて喧嘩をはじめた。父は生きていた、これまでずっと生きていたのだ。途方もない話にもかかわらず、アナが覚えたのは驚きではなかった。まっさかさまに、危険へ向かってどこまでも落ちていくような感覚だった。アナは両手で非常階段の手すりをつかんだ。建物がぐらついているように思え、そろそろと窓から室内へ這いこんだ。日差しは窓台まで後退している。もう正午に近いのだろう。台所へ行き、母が買い物リストを書くために壁の釘から紐でぶら下げた鉛筆を見つけた。父の手紙をカウンターに広げ、紙が破れるほどの勢いで〝**リディアは死んだ**〟と書き殴った。それから自分の寝室に入ってベッドに横になり、眠りこんだ。

目を覚ましたとき、日差しの加減で午後だとわかった。クリントン・アベニューに戻る気にはなれなかった。なにか行動を起こさなくては。アナはラジオをつけ、テーブルについて考えを巡らせはじめた。ネルが話していた尼僧というのはどんな人たちで、どうやって探せばいいのだろう。電話はあるのだろうか。いまさらまたネルのところへ行くわけにもいかない。誰を頼ればいいだろう。なぜかチャーリー・ヴォスが頭に浮かんだが、ローズの家に引っ越して以来、ほとんど顔を合わせていなかった。チャーリーならば同情してくれるかもしれない。なんとなくそう思ったが、たしかめるすべはなく、危険を冒すわけにもいかなかった。

《ロイ・シールズ・ショー》がはじまった。おばのブリアンとよく聴いていた番組だ。おばのことを思いだしたとたん、答えがわかった。そう、それしかない。母と同じようにブリアンもアナの純潔と良識を当然と見なしているが、それが幻想だと知ったところで、打ちのめされはしないはずだ。なにがあろうとおばは打ちのめされたりしない。

電話で言づけをすると待たなくてはならないが、アナはその時間が惜しかった。それで、住所も知らないままに直接シープスヘッド・ベイへ行き、そこから電話することにした。ブリアンはずっと私書箱を使っている。住む場所がたびたび変わり、ときには部屋を持たないことさえあって、そんなときは毛皮や羽根飾りがぎっしり詰まったトランクだけでなく、家具さえアナの両親に預けることがあった。アナは雑多なものが積みあがった自分の書き物机をあさった。思ったとおり、リディアの葬儀後の昼食会におばが用意してくれた紙ナプキンを一枚そこに残してあった。〝**ヘディジー・スウェインン〉、シープスヘッド・ベイ、エモンズ・アベニュー**〟。そこからあたってみることにした。

台所の食器棚に貼られた船員銀行発行の路線図でたしかめたところ、シープスヘッド・ベイまでは地下鉄一本で行けるとわかった。アナはアパートメントを出て地下鉄駅へ歩きだした。

シープスヘッド・ベイへは父の〝用事〟について行ったことがあり、ひしめきあうように並ぶ朽ちかけた船着き場や小さな釣り船が記憶に残っていた。父に連れられて入ったみすぼらしい食堂では、数人の男が飼い葉桶に首を突っこむ家畜そっくりに料理の皿に覆いかぶさっていた。父が用事をすませるあいだ、店主がアナにもチャウダーを持ってきてくれた。いまでも覚えている――クリームとバターの風味も、どっさり入っていた魚の身も。それを思いだして、アナの胃がぐうっと鳴った。

エモンズ・アベニューは思ったよりも広い通りで、薄汚れた船着き場は、湾に面して斜めに整然と並ぶ立派な桟橋群に取って代わられていた。アナは通りの北側にある一軒のカフェテリアに入り、黒く染めた髪と貼りつけたような口ひげのレジ係にナプキンを見せた。「このお店、知りませんか」

「ああ、知ってるとも。エモンズ・アベニューを東へ行ったところだ。三十メートル先で路面電車に乗るといい」

アナは路面電車の窓から、遅い午後の日差しの下を歩く制服姿の男たちを眺めた。制帽の鷲の記章が銀色ではなく金色なので、海軍ではなく沿岸警備隊の隊員だ。シープスヘッド・ベイを東へ横切るにつれ、民家が消えて軍事施設が現れはじめた。おばが以前話していた商船員の訓練施設だろう。路面電車を降りると、そこはサンズ通りとまるで同じだった。混みあったバーに、六十九セントで十二通りのポーズの写真が撮れる写真館。〈マダム・ラルースの館〉――タロット占い、ウィジャボード、水晶玉。一ブロック先に〈ディジー・スウェイン〉が見つかった。ハート形の目をしてカクテルシェーカーを握った羊飼いの看板が掲げられている。

店内は〈オーバル・バー〉とさほど変わらず、ビールのしみこんだおが屑のにおいに、魚介類のにおいがたっぷりと混じっていた。大勢の私服姿の男性客たちは商船員だろう。おばが出入りするような店には見えないが、カウンターにはブリアンがいた！　アナはそばへ駆け寄ったが、おばがカウンターの奥に立っていることに気づいた。なんと、バーテンダーをしている！　アナは当惑のあまり立ちつくし、人違いだろうかと疑った。それほどその状況は現実味に欠けていた。けれども、おばは歓声をあげた。「ちょっと、久しぶりじゃないの！　姪の顔はもう《ブルックリン・イーグル》紙でしか拝めないのかと思ってたところよ。二週間も電話ひとつ寄こさないんだから。〈ホワイツ〉の店に三度も伝言を頼んだけど、あそこにもまるで顔を出してないそうじゃない。お腹は空いてる？　姪にチャウダーをお願い、アルバート、アサリたっぷりでね」

騒々しく責めたてられ、アナは口ごもりながら謝罪を口にした。鼻よりも大きな喉仏をしたアルバートがアナをカウンターにすわらせ、湯気をあげるチャウダーの皿を運んできた。そこにオイスタークラッカーを崩し入れ、アナはチャウダーを口に運んだ。そして目を閉じた――魚と、クリームと、バターの味だ。昔食べたのと同じシチューだが、実際に口にしてみると、なおさらおいしかった。お腹が隅から隅まで温まり、温もりが手足へ広がっていく。食べている最中、チャウダーに入った魚が胃のなかで跳ねまわるような、不思議な感覚を覚えた。二度目にそれを感じたときは消化不良だろうかと思った。いや、違う。お腹のなかで生き物が動いたのだ。

喉がきゅっとすぼまり、アナはスプーンを置いた。そのとき初めて、自分が招いた危機に身を貫かれるほどの恐怖を覚えた。これまで二カ月近く自分をごまかし、どこかにまだ逃げ道はあると信じこもうとしてきた。ついに危機に直面するときが来た。これでおしまいだ。

ブリアンは船員たちにビールを注ぎながら軽口を飛ばしている。アナの耳にはほとんど入らなかった。愛するすべてのものとのあいだに、埋められない溝が広がるのがわかった。潜水の仕事とも、マールやバスコムやほかの潜水士たちとも、ローズとその家族とも。《ブルックリン・イーグル》紙の写真のなかにいるのは、真面目な娘、にこやかに笑う無垢な娘だ。でも、それはアナではない。自分は人を騙して生きる腹黒いもぐり商人だ。

アナは味のしなくなったシチューを食べ終えた。生き物はそれきり動かなかったが、体内で身を丸めている気配が感じられた。アナが子どものころから秘めていた陰の部分が、いま実体を持って動きだしたのだ。父だけがアナのたちの悪さや道徳心の低さに勘づき、父だけが変わっていくアナに気づいていた。それに幻滅し、父は離れていった。ずっとわかっていたことだ。

おばが隣に来て、肩に手を置いた。「フランシーンが早出してくれたから、ふたりで上へ行っておしゃべりしましょ」アナはそばかすだらけの胸もとばかりが目立つフランシーンにお礼を言い、ブリアンのあとについて店の外に出た。横手のドアから階段室に入ると、彫刻がほどこされたオーク材の手すりが古きよき時代を思わせた。腰板張りの二階の廊下はタマネギと茹でたジャガイモのにおいがした。思いもよらないおばの暮らしぶりにアナは当惑した。ロブスター王と一緒のはずでは？

階段を折り返して次の階にのぼったところで、ブリアンは服の胸もとから鍵を引っぱりだしてドアをあけた。アナも続いてなかへ入ると、そこは日当たりの悪い窓がひとつあるきりの部屋だった。子どものころに見た覚えのある家具に目が留まった。赤い布張りの長椅子に、中国の衝立、筆記体の文字に似た曲線を描くコート掛け。壁や天井が迫ってくるような狭苦しさのせいで、やけに大きな家具を無理に詰めこんだように見えた。おばがランプをつけると、小さな流しと、コーヒーポットが置かれたガスコンロがひとつ、ガードルやブラジャーのかかった物干しが浮かびあがった。

「ロブスター王は……近所に住んでるの？」アナは尋ねた。

「もういないわよ」おばは言い、チェスターフィールドを口にくわえて、アラジンの魔法のランプそっくりの道具で火をつけた。「ほかのやつらと同じ、屑野郎だったたってわけ」

「それじゃ……お友達はいないの？」

ブリアンは煙草をひと口吸い、それを背の高い銀の灰皿に注意深くのせた。「友達ならたくさんいるけど、女ばかりね」ふうっと煙を吐いてからそう答える。「家主のミスター・レオンタキスを別にすれば。店のオーナーのね。ギリシャ人だけど」と言い訳するように付けくわえた。

そして赤い長椅子に腰を下ろし、隣の座面を叩いてみせた。アナはふらつく足でそこにすわった。ブリアンはアナの汗ばんだ両手を、ずんぐりしたやわらかい手で包んだ。ここだけが不格好なのよねと昔から自分で言っていたものだ。顔じゃなくてありがたいけど、と。目を合わせると、おばが用件を察しているのがわかった。

「最後に月のものが来たのはいつ？」

「覚えてないの」

「おおよそでいいから」

「ことが起きたのは二月九日」

ブリアンが口笛を吹く。「もっとたびたび様子を見に行くべきだった」

それが唯一の後悔の言葉だった。そのあとは、医師を思わせる穏やかで冷静な態度で実際的な質問に取りかかった。アナもそれに淡々と答えた。いいえ、襲われたわけでも、おもちゃにされたわけでもないの。妊娠のことは人に知られてない。父親の名前は言いたくないし、二度と会うこともない。子どもを手放すことも考えているけど、まだ迷っていて。

「いますぐ決めなさい。今日ここで」とブリアンは言った。「どっちにするかで、進むべき方向が変わるから」

赤ん坊を手放すなら、あとはどこで産むかを決めるだけだ。ブリアンの心当たりがあるのは、すべて尼僧たちのもとだという。「カラスの餌食になる覚悟が必要よ。それからたっぷり反省させられる。懺悔《ざんげ》して、改悛《かいしゅん》。また懺悔して改悛。しまいに頭がくらくらするくらいに」

「なぜ知ってるの?」

間があった。「誰でも知ってるわよ」

赤ん坊を手もとに置くなら、すぐに結婚しなくてはいけない。そう聞かされて、アナは思わず笑った。「わたしと結婚したい人なんていないでしょ、おばさん」

「そうでもないわよ」ブリアンは言った。とりわけよくある動機は、片思いだという。「こんなことでもなけりゃ見込みもなかった男なら、あんたを手に入れるのと引き換えにほかの男の子どもを育てるかもしれない」

思いを寄せられている相手はいないとアナが断言すると、ブリアンは次なる可能性を提示した。〝普通じゃない〟男を選ぶという。「これもうまくいくはずよ。一緒に暮らすうちに、夫婦愛らしきものも芽生えるだろうし」

「〝普通じゃない〟って？」

「同性愛者よ。ほら、オカマってこと」

アナも知ってはいたが、言葉として聞いたことがあるだけだった。「そういう人をどうやって見つければいいの？」

「意外と身近にいるものよ」

アナは眉根を寄せ、首を振ったが、ふとチャーリー・ヴォスの顔が脳裏をよぎった。可能性はあるだろうか、それとも、勝手な思いこみだろうか。

「ひとり知っているかも。でも、もし間違いだったら？」

「お互い、気は合うの？」

「ええ、とても」

「ビンゴ。それが答えよ。その彼がまともな職に就いていればだけど」

「本当にそんなことできるの？」

「大事なのは将来性ね。職ならいまは誰でも持ってるから」

「いきなり会いに行って頼むなんて無理よ」

「さっそく明日の朝行きなさい。事情を打ち明けて、向こうが心を動かされて申し出るのを待つの」

「それから？」

「できるだけ早く、目立たないように結婚するのよ。普通はふたりで街を離れて順序をごまかすんだけど、いまはくだらない戦争の最中だから、婚姻日と子どもの出生日を曖昧にしておいて、あとから調整するしかないわね。それであんたの子――ひとりじゃなければ、子たち――には父親ができる。それがなにより肝心なことよ。私生児にしないことが」

「そんなふうに暮らしてる人たちって、本当にいるの？」

「そういう夫婦をいくつか知ってる。ほとんどはロングアイランドとかニュージャージーとかの郊外に住んでるわね。夫が街に通勤して、職場の近くにも部屋を借りてて、週に二日はそこに泊まるって生活よ。ベッドは別々。女友達と暮らすのと同じね、相手が夫っていうだけ」

「すごく侘しそう」

「侘しいって？　自分の状況を考えなさいよ」

「そんな生活なら、ひとり者のほうがいい」

ブリアンは銀の灰皿に煙草を置き、冷ややかに肩をそびやかして説教をはじめた。「へえ、ひとり者ね、なるほど。〝はぐれ者〟のほうがぴったりでしょうよ、生まれた子は父なし子の烙印を捺されるんだから。これだけは言っておくけどね、アナ、世間は未婚の母にも私生児にも扉を開いてはくれないの。その子を産んで、結婚できなかったら、一生日陰の身になる。生まれたガキんちょもね。なんだって手の打ちようがあるあいだにここへ来なかったのか知らないけど、あんたは利口だからわかるでしょ、アナ。その同性愛者の友達――同性愛者と思しき友達――の件をちゃんと考えなさい。運よくプロポーズされたら、それが幸せになる最大のチャンスよ。赤ん坊を育てたいならね」

赤ん坊は手放すしかない。アナはそう悟った。一時的にここを離れなければならないが、そのあとは元の生活に戻れるだろう。そのとき自分を待っているものを頭のなかでざっと挙げてみた。下宿の部屋、戦争が終われば失うことになる職。仲間たちとも離ればなれだ。言い換えれば、なにもない。アナの生活は戦時の生活、つまり、戦争が生活そのものだった。かつては別の生活があり、家族や隣人に囲まれていたが、当時一緒だった人々はみな亡くなるか、引っ越すか、大人になってしまった。その最後の名残りが、父の死という奇妙で暗い謎だったのだ。

「散歩してくる」アナはだしぬけに立ちあがった。「考えたいの。ひとりになって」

「とんでもない」ブリアンもうめき声とともに長椅子から腰を上げた。「あんたはひとりでいすぎたのよ、はっきりしてる。しゃべらなくてもいいけど、ちゃんとした見通しが立つまで、そばを離れませんからね」

ふたりはエモンズ・アベニューを東へ歩いた。日はすでに沈み、空は茜色に染まっている。アナは湾のにおいを、油っぽい桟橋のにおいを感じた。カモメの群れが白いウサギのように浜辺を跳ねている。

「父さんは生きてる」アナは長い沈黙を破った。

おばがちらりと目を向ける。「死んだと思ってた？」

「手紙が来たの。商船の乗組員をしてたんだって」途方もないその知らせを平然と聞くブリアンを見て、アナはおばに詰め寄った。「知ってたの？」

「うすうすね」そう言ったあと、アナの爆発を予期したのか、ブリアンは続けた。「あんたやお母さんに渡してたお金がどこから来てたと思ってた？　あんな安食堂で働いてるのに」

「だって……ロブスター王が」

「ロブスター王なんているもんですか。もう、かんべんして、なんなのその仰天した顔は。あんなの、まるっきりでたらめよ。あたしみたいな年増に恋人がいるって？　信じてもらえて光栄だけどね」

アナは怒りに駆られた。ぱたりと足を止め、通行人を振りむかせるほどの激しさで怒鳴った。「リディアのことを父さんに伝えなかったのね！　あの人、まだ生きてると思ってるのよ！」

「住所は教わってなかったから」おばは穏やかに答えた。「私書箱さえも。年に二回、郵便為替でお金を送ってくれてたの。あたしも少しもらって、残りはアグネスに渡すことになってたのよ」

「死ねばよかったのに！　そのほうがましよ」

「願うだけで男を殺せたら、みんなとっくに死んでるはずよ」

アナの怒りは膨らんだときと同じく唐突に萎み、嫌悪だけが残った。「おばさんも父さんを憎んでるの？」もう一度歩きだしてから、アナは尋ねた。

ブリアンはため息を漏らした。「たったひとりの弟だしね。ひょっとすると、戦争のせいで少しは正気づいたかもしれない。戦争にはそういう作用があるって言うし」

「戦争なんてばかばかしいって言ってたじゃない。棒でつつきあいをする子どもと同じだって」

「戦争をはじめたやつらはそうよ。でも、戦地に行く立派な若者たちには……なんの罪もない」

「父さんは兵士じゃないのよ、おばさん、商船の船員なんだから！」

「だから戦ってないとでも？」ブリアンは声を荒らげた。「彼らだって同じように身を挺してるのよ、なんの称賛も期待せずに。勲章もなければ、礼砲もなし。所詮は商船の船乗りで、世間の目から見ればはぐれ者も同然なのに。彼らこそ本物の英雄よ、あたしに言わせればね」

おばの声ははっきりと震えていた。英雄的行為だけは、ばかにする気になれないらしい。

「父さんも英雄？　そういうこと？」

返事はなかった。アナは父の手紙を思い起こした。魚雷のこと、浮き台のこと、病院のことを。おばに伝えるべきだろうが、いまはまだ無理だ。怒りの炎で混乱が焼き払われたかのように、ようやく頭がまわりはじめた。

海岸沿いの軍事施設の柵の前までたどりついたあと、ふたりは引き返した。帰りはどちらも口を利かなかった。階段をのぼってブリアンの部屋に入り、上着をかけてからアナは尋ねた。「父さんが送ってきたお金はいくら残ってるの？」

まわした。


「二百ドルってところね。なぜ？」

「ひとつ思いついたの」

おばがフォアローゼズをグラスに注いで勧めたが、アナは断った。おばの前でお酒を飲む気にはいまだになれなかった。ふたりで長椅子に戻り、ブリアンは煙草に火をつけて、ウィスキーのグラスをまわした。

「汽車でカリフォルニアに行こうと思うの」アナは切りだした。「着くまでに結婚指輪を嵌めて、黒い服を着るのよ。戦争未亡人として向こうへ行って、メア・アイランドの海軍造船所のそばに住んで、そこで潜水士として働くの。ブルックリン工廠からの転属扱いにしてもらえると思う」

ブリアンはふんと鼻を鳴らした。「わかってるの、カリフォルニアまでの寝台車の切符は百五十ドルもするのよ」

「銀行に五百四十二ドル預金があるし、三百二十八ドル分の戦時公債もある。普通客車にするし」

「だめよ、身重なのに！」

「おばさん、わたしは深さ九メートルの海底で溶接作業をしてるのよ！」

「お金に困るでしょ。貧乏するわよ」

「公債を売ればいいし」

「路頭に迷うに決まってる」

「ばかなこと言わないで」

「いったい誰に頼るの。カリフォルニアに知り合いなんている？」

アナは鋭く笑った。「そうね、切羽詰まったら、父さんに手紙を書けばいいかも。いまじゃ英雄らしいし」

有名店の〈ランディーズ〉で魚介料理を食べ、ハックルベリーパイも平らげてから、アナは腋にしみのついた古いサテンのネグリジェをおばに借り、それに着替えた。ブリアンのほうは毛羽立ったレーヨン素材の地味な部屋着を着こみ、首もとまでボタンを留めた。天蓋付きのベッドに並んで横になると、下の店から土曜の夜の賑わいが騒々しく響いてきた。アナは眠れず、天井の照明の台座に石膏でかたどられた薔薇を見上げていた。自分の計画に、ようやくそれを思いつくことのできた安堵に、興奮がおさまらなかった。おばは寝入ったものと思っていたので、暗がりのなかで声をかけられ、ぎょっとした。

「その子の父親のことだけど……」

「やめて、おばさん」

「ひとつだけ訊かせて」

「やめてってば」

「答えなくていいから。訊けばわかるから」

「わかりっこない」

「相手は兵士？」

アナは返事をしなかった。

「制服のせいでしょ」おばはくすくす笑った。「あれはたまらないわよね」

第三十章

「書類などなんの役にも立たんよ」アクセル大尉は言った。「残念だが、無駄だ」

「転属願という形にできればと」アナは説明した。「ブルックリン海軍工廠からメア・アイランドへの」

「転属願なぞ糞の役にも立たん、言葉が悪くてすまんが。いつまで待っても埒は明かんだろう、ここは万事がそんな調子で、当てにはならんからな。代わりに――」と大尉が机ごしにアナを見上げた。「長距離電話をかけて、責任者と話をしよう」

「まあ、ありがとうございます」

「まともな潜水士だったなら、知ってる相手だろうしな」大尉が顔をしかめてみせるが、いつもなら覗くはずのからかうような色は見あたらない。「かけたまえ、ケリガン」

アナはぎこちなく腰を下ろした。申し分のない評価とともにカリフォルニアに向かえるか否かが、一挙手一投足にかかっている。秘密に気づかれるわけにはいかない。

「ひとつ残念な現実がある。わたしのもとにいる限りは無縁でいられたが、カリフォルニアに行ってしまえば、もう守ってはやれん」大尉は長々と息を吐き、打ち明け話をするように身を乗りだした。

「上の者たちには、古い考えの人間が多い。女性の潜水士を歓迎せんだろう。聞いただけで、鼻で笑うかもしれん」

真剣な顔を向けられ、アナはとまどった。いまのは冗談かなにかだろうか。柄にもない自虐の素振りだろうか。まさか、最初のころのことを忘れてしまったとか？

「むろん、きみは普通の娘たちとは違う。言わずもがなだが」

「なにが普通かはよく知りませんが」アナはぼそりと返した。

「つまりだな、一対一で話をする必要があるということだ――〝この娘を雇いたまえ。男ふたり分の働きをするから〟とな。書類だけ持たせて向こうへやれば、きみを厄介払いするつもりだと思われる。こんな不愉快な現実を認めるのは残念だがな、ケリガン、連中はそんなふうに考えるだろう」

アナはとまどいを募らせながら聞いていた。「なるほど」

「一対一ならこう言ってやれる――〝彼女は男といちゃつくしか能のないブロンド娘とは違う〟。向こうはそう思うにちがいないからな。ショックなのはわかるが、世間とはそういう不快な場所だ。〝うちの隊きっての逸材だ、にやにや笑いは引っこめて、さっさと採用するんだ、わかったか〟」大尉は顔を紅潮させ、想像上の通話相手の偏見と対決してみせる。「戦争に勝たねばならん、どうしてもだ！　そのためには必要なのだ、選りすぐりの男たちが――いや、者たちが。うちでは黒人も働いているだろう、ミスター・マールが。溶接の腕はぴか一だ。肌の色を気にするかって？　ばかばかしい、あれだけの水中溶接の腕があれば、キリンだって雇うだろうよ」

その熱弁のせいで、アナは自分の記憶に自信がなくなった。これまでの大尉の仕打ちを、大袈裟に捉えすぎていたのだろうか。気にしすぎだったのだろうか。もはや定かではなくなっていた。「許可は下りるでしょうか」

「連中の言いそうなことはわかる、考えそうなこともな。話が通じないわけでもなかろう」

「ありがとうございます、大尉」

大尉は机の上で組んだ手に目を落とし、しばし黙った。「いまのが第一点」と口調をやわらげて続けた。「二点目はこれだ――太平洋には鮫がうようよいるぞ。サンフランシスコ湾じゃ、アザラシを飴玉みたいに丸呑みする白い巨体が見られるそうだ。そっちはどうする？」


カリフォルニアにいる母のところへ行くと告げてから出発までに残された時間は、わずか十二日だった。そのあいだに――正確には、退勤後の時間と休日一日のあいだに――大家に退去通知を送り、母の服や布類を箱詰めして発送し、家具は倉庫に預け、ウィリアムズバーグ貯蓄銀行の口座を閉じて、残額をカリフォルニア州ヴァレーホにあるバンク・オブ・アメリカの支店に電信送金しなければならなかった。リディアの墓にも参り、落ち着いたら迎えに来ると約束した。バスコムやマール、ルビー、そしてローズ（一家はみなアナがいなくなるのを知ってがっかりした）も手伝いを申しでてくれたが、用心のために断った。母と隣人たちに対しては、さらに大胆な引っ越しの理由を用意しなければならなかった。二週間の交際後にさっさと式を挙げ、新婚の夫についてメア・アイランド海軍造船所へ向かうことになったという話をでっちあげることにした。そのために質屋で結婚指輪を買い、昔のアパートメントに近づくたびに指に嵌めた。そうやって人目を欺くのは大量の荷造りや荷運びよりも骨が折れ、めまいや息切れに襲われるほどだった。リリアンやステラとその母親、さらには出征中の近所の若者たちに手紙を書くのもひと苦労だった。便箋にはバラの香水をたっぷり振りかけ、感嘆符を山ほど添えた。母に嘘をつくのがなによりつらかったが、それもミネソタの親戚を納得させるまでのことだった。会ったときに真実を告げるつもりでいた。

夫の名前はチャーリーに決めた。**チャーリー・スミス大尉！！！！！！**

辻褄の合わないふた通りの嘘を両立させるには、結婚指輪を用心深く着脱するだけでなく、母や隣人たちとのかつての生活と工廠での現在の生活を完全に切り離す必要があった。そのせいで、チャーリー・ヴォスに別れを告げることはできなかった。面と向かって嘘をつく自信がなかったからだ。そのため、カリフォルニアから手紙を書くことにした。

〈オーバル・バー〉で別れのビールを飲みながら、アナは仲間たちに連絡先としてヴァレーホのチャールズ・ホテルの所番地を伝えた。バスコムのために太平洋の海岸にキスすると誓い、ルビーにはヤシの葉を送ると約束した。戦後にカリフォルニアへ移住したがっているマールには、どこよりも黒人に親切な町を探すと請けあった。それからルビーと抱きあい、十六人の潜水士仲間と握手を交わして、フラッシング・アベニューの停留所から路面電車に乗り、ローズの家で最後の夕食をともにした。

翌日の正午、ブリアンがタクシーで到着した。ローズと父親は仕事に出たあとで、見送りに出た母親は、タクシーに積まれた荷物の多さに驚きの声をあげた。ダンボール箱ふたつに、スーツケース、一泊用の鞄、化粧用品入れ、そして大型の旅行鞄――すべてブリアンのものだ。はじめは駅まで見送りに来るだけのはずだったおばは、やがてシカゴまで付き添うと言いだし、ハリウッドの友人を訪問がてらカリフォルニアまで足を延ばすことにし、アナが落ち着くまでヴァレーホに滞在することに決め、最後には若い妊婦をひとりにはできないと、出産まで残ることになった。深い眠りから目覚めて、天蓋付きのベッドを飛びだすことにしたのよと本人は言っていた。ニューヨークにはもううんざり、気候のいいカリフォルニアに住みたかったのよ、もっと早く引っ越しておくべきだったくらい、と。家具はアナと隣り合わせの倉庫に預けてあった。

ローズの母親が幼いメルヴィンを抱えあげ、走り去るタクシーに向かって手を振った。母親が泣いているのがアナには見えた。クリントン・アベニュー沿いのきらめく並木が、石炭とチョコレートのにおいを含んだ風に揺れていた。ふたりが見えなくなると、アナは座席にもたれて目を閉じた。出発までの無数の手続きをこなせたのは、尋常でないエネルギーに背中を押されていたからだった。すべてをやり遂げたとたん興奮は消え去り、虚脱感だけが残された。そもそも、ここを去りたいと思ったことは一度もなく、それはいまも同じだった。

ブリアンは手描き模様の中国の扇をばたつかせ、服にしみついた埃っぽいにおいを撒き散らしている。アナは急に嫌悪を覚えた。行きたくない気持ちが募る――かび臭い年増女が道連れならなおさらだ。アナは窓をあけて顔に風を浴びた。タクシーは左折してフラッシング・アベニューに入り、海軍工廠沿いを西へ向かった。上層階の窓から乾ドックの船を眺めた七七号館を通りすぎ、カンバーランド門や奥にテニスコートを備えた将校たちの住宅群も通りすぎる。発電所の煙突ごしに見える丘の上には、切妻屋根の黄色い工廠長邸が覗いている。

ネイビー通りで右に折れた車は、サンズ通りの門とネルが働いていた四号館を過ぎた。工廠の北西の端にさしかかったとき、アナは胸と喉に塊がつっかえたような痛みを覚えた。あの壁の向こうは五六九号館なのに！　今日は平日で、最高の潜水日和なのに！　まるで、壁の向こうで仲間たちとはしけに装備を積みこんでいる自分と、そこを永遠にあとにする自分とが同時に存在しているかのようだった。容赦なく引き裂かれ、追放される、そんな思いがした。斜面を滑り落ちまいと爪を立てるように、アナの目は目立つ建造物にすがりついた。あれはウールワース・ビルだ！　サウス・ストリート・シーポートの古い波止場も見える！　ブルックリン橋のハープみたいなケーブルも！

イースト川を渡ると対岸にふたたび海軍工廠が現れ、船台の格子ごしにそびえる戦艦ミズーリの黒っぽい船影が見えた。建造工程が早められ、すでに進水式での席取りが人々の関心を集めていた。一番人気は船台内で、チャーリー・ヴォスがアナの席も確保すると約束してくれていた。ブルックリンまで進水式を見に来ることはできるだろうかとアナは思った。それを見逃すと、自分が工廠にいた事実も消えてしまいそうだった。

結果的に、アナは船台内から進水式を見物することになった。カリフォルニア州ヴァレーホのエンプレス劇場で流れた、ニュース映画のなかで。一九四四年四月末、進水式から三カ月後のことだった。あまりに足しげく通ったせいで、しまいには切符係が無料で館内に通してくれるようになった。映画の本編は観ようとしないからだ。突きだした艦首はカメラのフレームがちっぽけに思えるほどに巨大で、甲板で手を振る水兵たちを豆粒のように見せていた。命名者はミズーリ州選出上院議員の十九歳の娘、マーガレット・トルーマンだった。シャンパンの瓶を砲声のような盛大な音とともに船体に叩きつけて割る役を務めたのだが、筆まめなマールからの便りで知らされたところでは、三度目の挑戦でようやく成功したとのことだった。〝**ケリガンならもっとうまくやったはずだとみんな言っているよ**〟と手紙には書かれていた。

瓶が割れると、すぐさまミズーリの船体を固定していた盤木がハンマーで叩いて外された。数秒後には〝史上最大かつ最強の戦艦〟が船台をなめらかに滑り降りはじめた。実際には甲高い摩擦音があがったとしても、ニュース映画のなかでは楽隊の音楽と高揚したアナウンサーの声にかき消されていた――〝戦艦ミズーリは戦力拡充を続けるアメリカ海軍の象徴であります〟。男たちが帽子を振りながら駆けだしたが、追いつけはしなかった。艦首がまだ進水台を滑り降りているあいだに、すでに艦尾は飛沫をあげてイースト川へ入水していた。猫を受け入れるクッションのようなしなやかさで、水面が分かれて艦尾を包みこむ。やがてミズーリは船体の下半分を水に沈め、地上に存在していたことなどなかったかのように水面を遠ざかりはじめた。それはさながら、わずか一分のあいだに生き物が生まれ、成長し、引きとめるすべもなく去っていったかのようだった。

タクシーは四十二丁目を西へ進み、グランド・セントラル駅方面へ向かった。道路に桝目状の影を落とす三番街高架線をくぐる。やがて、にわかに空がかき曇ったかのように摩天楼が日差しを遮った。新聞売りが大声で見出しを読みあげていた。

「ガダルカナル島で日本軍機七十七機を撃墜！」

「太平洋戦争最大の航空戦！　わが軍の損失わずか六機！」

「指輪を見せて」ブリアンが言った。

裁判所近くのウィロビー・アベニューの質屋に指輪を買いに行ったとき、アナは店じゅうで一番安い品を買うつもりでいた。ところが、木の葉をかたどった細金細工の真鍮製の指輪のほかに、十四金の台座に極小のダイヤモンドが数粒嵌まったものも見つけ、どちらにすべきか迷った。考えれば考えるほど大事な選択に思えた。曲がりなりにもこれは結婚指輪で、毎日嵌めるものなのだ。へこみだらけで指が緑に染まりそうな真鍮の指輪をわざわざ選ぶ必要があるのだろうか。ふたつを見比べながら迷っていると、不意にデクスター・スタイルズの面影が、そばにいるときのぴりぴりとした空気が甦った。小粒のダイヤの指輪を却下する姿が目に浮かぶようだった――〝**ダイヤモンドは大粒じゃないとみすぼらしいぞ。真鍮は磨けば金に見える**〟。アナは真鍮の指輪を選んだ。

「悪くない」ブリアンが言い、その日の朝にアナが磨きあげた木の葉の模様を指でなぞった。それからウィンクをして、「あんたの兵隊さんは趣味がいいわね」

グランド・セントラル駅へと歩きながら、ブリアンは胸もとに香水をたっぷり振りかけた。そして、さっそく赤帽の黒人青年に色目を使いだした。湖の乙女《レディ・オブ・ザ・レイク》の香りをぷんぷんさせた五十間近の女を見て、赤帽はアナと苦笑を交わした。

煙の立ちこめるコンコースは制服姿の乗客たちで混雑を極めていた。どの列車もひどく混んでいた。ブリアンはシカゴ―サンフランシスコ間の寝台車の切符二枚を至急入手するために〝ありとあらゆる手管を使った〟と言っていた。色気ではなく鼻薬をきかせたにちがいない。天井近くの半円形の窓から差しこむ淡い光芒の下を歩きながら、アナはみずからの過ちの跡がそこに紛れていくのを感じた。まわりは若い女性だらけだ。海軍婦人予備部隊員に、陸軍婦人部隊員、子どもの手を引いた母親たち。アナの旅立ちはなんの変哲もない、移住者の集団のほんの小さな一部にすぎないのだった。

ふたりはシカゴ行きのペースメーカー号に乗車し、窓際の席に向きあってすわった。さらに六人の乗客が窮屈そうに横に並んだ。妊娠を隠す必要がなくなったアナは、ほっとしてカーディガンの前を開き、お腹を突きだした。それがきっかけになったように、ほかの乗客たちはアナの様子に興味を示しはじめ、やがて結婚指輪に気づいた。好奇心が満たされ、誰もが満足のため息を漏らさんばかりだった。指輪の効果はてきめんで、扇や、新聞や、水のグラスを勧められた。ちっぽけな金属の輪なのに威力はたいしたものだった。

会話は少々厄介だった。誰もが海軍に知り合いがいて、いくら曖昧にごまかしても、チャーリー・スミス大尉のことをしきりに訊きたがった。アナは読み物をすることでその問題を解決した。最初は《ニューヨーク・タイムズ》、次に《ジャーナル・アメリカン》。エラリイ・クイーンの『Zの悲劇』も読んだ。

アナは小声でおばに訊いた。「喪服は持ってきてくれた？」

「何枚かね。どれも捨てがたくて。でも、まだ着なくていいわよ」ブリアンはアナに耳打ちした。「喪に服すまえに一週間は新婚生活を楽しみなさいよ」

ペースメーカー号が北上するにつれ、ハドソン川に停泊する軍艦はまばらになりはじめた。母とリディアと一緒にミネアポリスの祖父母の家を訪れたときと同じルートを走っているが、当時の列車はこれほど速くなかったようにアナには思えた。ペースメーカー号は轟音をあげていくつもの踏切を通過し、線路沿いの洗濯物を驚いたムクドリのようにはためかせながらひた走った。兵士たちが廊下をうろつき、トランプに興じたり、車窓から吸殻を捨てたりしている。列車のスピードがアナの心に疼くような期待を芽生えさせた。窓の外にはひとつ、またひとつと町の景色が広がり、やがて折りたたまれるように視界から消えていく。対向列車が衝撃とともにすれ違っていった。

微睡《まどろ》みから覚めると、そこはスケネクタディの街で、線路沿いの煉瓦造りの工場を夕日が蜂蜜色に染めていた。ブルックリンに留まっていればいまごろはローズと一緒に海軍工廠を出たころか、でなければ〈オーバル・バー〉で仲間の潜水士たちとビールを飲んでいるころだ。引き裂かれるような感覚はすでに薄らぎ、かすかな痛みへと変わっていた。距離が開いたせいだ。スケネクタディから出した手紙はニューヨークに届くのに一日かかる。電話するには何枚も硬貨が必要で、交換手を通さなくてはならない。ずいぶん遠くまで来てしまった。

シラキュースに日が沈むころ、アナとブリアンは食堂車に移った。チキンカツレツを食べながら今後の計画を小声で確認した。アクセル大尉の計らいでメア・アイランド海軍造船所で働けることになったので、そこで妊娠を隠せなくなるまで潜水を続ける。それから休暇をとり、出産を終える。あとは寡婦として復職するために、子どもの世話役を見つけないといけない。「母さんが来てくれたらいいんだけど」

ブリアンがむっとした顔をした。「目の前にいる相手じゃ不満なわけ？」

アナは笑った。「おばさんは子ども嫌いでしょ」

「みんながみんなってわけじゃない」

「ガキんちょなんて呼ぶじゃない」

「融通が利くことにかけちゃ有名なのよ」

アナは小首をかしげた。「赤ちゃんの世話をしてみたい？」

その問いかけは依頼になった。アナは顔じゅうを皺だらけにして珍しく考えこむおばを見守った。

「それだけはまだやったことがないかもね」とブリアンは言った。

ロチェスターに着くころには、日の名残りは西の地平線で燃えたつオレンジの色だけになっていた。開いた窓から畑の作物のつんとするにおいが漂ってくる。右手には紫黒色に沈むオンタリオ湖が広がっている。アナは寝床に入ったローズと幼いメルヴィンを思い描いた。ローズは胡桃でも食べながら、探偵小説の最終章を読み終えようとしているところかもしれない。バスコムはルビーを家まで送り、波止場のざわめきに満ちた夜の街を、路面電車で下宿へと帰っているところかもしれない。それらすべてを、アナは切ない決別の念とともに振り返った。その生活は過去のものとなった。望遠鏡ごしに見る景色のように遠いものになった。それとひきかえに、オレンジの光のもとで燃えているはずの希望へ向けて進むのだ。その先に待つ未来を求め、アナの心は逸った。列車は轟音をあげて西へひた走る。やがてアナは、はっと身をこわばらせた。父のことを考えていて、ようやく気づいたのだ。**父さんも同じことをしたのだ、**と。

第三十一章

エンプレス劇場の向かいのベンチにすわったエディは、入り口からアナが現れるのを待っていた。アナはそこで戦艦ミズーリのニュース映画を観ているところだった。独身時代、その戦艦が建造されたブルックリン海軍工廠で一年近く働いていたからだ。

エディも観たいと言ったが、アナに断られた。「父さんはいなかったじゃない。観ても意味ないでしょ」

「待っていてもいいかい」

「どうぞご自由に」

エディはその言葉に励まされた。これまでのところ、今回の訪問は初回のときよりも進歩が見られる。最初に訪ねたのは昨年の十月末のことで、サンフランシスコから電車で来たエディは、日が落ちてから殺風景なアパートメントを訪ね、呼び鈴を鳴らしたのだった。赤ん坊の泣き声が聞こえ、とたんに及び腰になった。こそこそと立ち去ろうとしたところへドアが開き、娘が――大人になったアナが――現れてエディを凝視した。「父さん」小さくそう言ったアナの顔には、驚きとともに興奮も表れているように見えた――いや、やはり驚きだけだったかもしれない。エディのほうも驚いていた。

戸口に立つ娘は青白い顔と黒い目をした大人の女になり、長い髪を化粧着に垂らしていた。アナにひっぱたかれ、エディの目に星が飛んだ。「二度と来ないで」そう言ってアナはそっとドアを閉じた。赤ん坊を怯えさせないためだと、あとになって気づいた。

二度目の訪問は一月のことで、二等航海士としてギルバート諸島へ三カ月の航海に出たあとだった。胃の調子がまだ万全ではなく、海に出るのはエリザベス・シーマン号の一件以来初めてだった。そのときはアナが仕事中で、ブリアンと〝ちっちゃな紳士〟——と姉はしきりに呼んでいた——に会うことができた。むっちりした身体と気の強そうな目をした赤ん坊は、かごのなかから咎めるようにエディを見つめた。

「父親はどんな男だった？」赤ん坊を眺めながらエディは訊いた。「写真はあるかい」

「ないのよ」ブリアンは重々しく答えた。「列車でスーツケースを紛失して、中身を丸ごとなくしちゃって」

赤ん坊の世話をしているのがアグネスでないのは、エディにとって好都合だった。ブリアンの話では、アグネスは前年の六月に実家の農場を飛びだし、十七歳で家出をしてニューヨークへ出たときと同じように、頭の固い親戚たちを驚かせたという。ヒッチハイクで町まで出、赤十字に志願したのだ。いまは外国で看護助手として働いている。手紙は厳しく検閲されているため、アグネスの所在は明らかでなかったが、どこかの森だと書かれていた。おそらくはヨーロッパだろう。

エディは落ち着きのない動物の仔のように脚をばたつかせる赤ん坊を眺めた。「よしよし、かわいそうに」

「かわいそうなもんですか」姉はぴしゃりと言った。「こんなに甘やかされ、大事にされているちっちゃな紳士はいないわよ」

ブリアンは驚くほどに慣れた様子で、わが子に接するように赤ん坊の食事やゲップの世話をしていた。酒の気配はどこにもない。姉は年増のあばずれから、かいがいしい子守役へと、一瞬のうちに変身していた。万華鏡をまわしたかのように。

「なあ、いままでどこに母性を隠してたんだ?」

「隠してたわけじゃない。無駄遣いしてただけ。この子よりずっと幼稚な、木偶の坊やら駄目男やらのためにね!」ブリアンに抱きあげられ、顔にキスを浴びせられた赤ん坊はきゃっきゃと笑いだした。

「ほら来て、孫を抱いてあげてよ」

エディは赤ん坊を傷つけはしないかと、おっかなびっくり手を伸ばした。驚いたことに、むっちりとした赤ん坊はためらいもせずにそっとしがみついてきた。エディは自分が抱きしめられたように感じた。

「あらあら。泣いていいのは赤ん坊だけよ」

二度目の訪問の最後に、エディはメア・アイランドの造船所を訪れて門の前でアナを待った。アナとブリアンは造船所の工員の多くが暮らす一軒家に居を移していて、職場からそこまでの道筋は事前に調べてあった。

エディはユーカリの並木の陰に隠れ、肩に垂れかかる鎌に似た形の葉の香りを嗅ぎながら待っていた。帰途につく人波が途切れたころ、アナが女性の同僚と笑いあいながら現れた。きびきびとしたその歩みはアグネスに瓜ふたつで、あれはどっちだとエディが混乱するほどだった。アナは同僚と別れると帽子の下の頬を上気させて早足で歩きだした。夫を亡くしたばかりとは思えないほど幸せそうに見えた。いや、とエディは思いなおした。おそらくは悲しみに暮れるほどスミス大尉との交際が長くはなかったのだろう。小さな紳士が家で待っているとなればなおさらだ。近づいてくる娘を見ているうち、エディは自分が実体を失った空っぽな存在に思えた。本当は浮き台の上で死に、幽霊として戻ったような気すらした。思わず木の陰から出ていき、アナが自分の姿に気づくか、自分が実在しているのかをたしかめたくなった。だが、そんなことをすれば、娘の楽しい気分を台無しにしてしまう。だから身を隠したまま見送った。

それで十分だとあとで自分に言い聞かせた。あの子が幸せだとわかっただけで。三人が幸せだとわかっただけで。それで十分のはずだったが、そうはいかなかった。だから、情婦——イングリッドがふざけて自分のことをそう呼んだものだ、寡婦の教師にはまるで似つかわしくない言葉だが——にせっつかれたかのように、今日の午後にまたこうしてやってきたというわけだった。今回はニューギニアへの航海から戻ったばかりだった。日本軍をさらに本土へ押しもどし、降伏を促す作戦の一環として赴いたのだ。その航海ではワイコフ少尉と再会し、以前と同じように星空を見ながら甲板でワインを飲んだ。エディにもその味がわかるようになっていた。穏やかな太平洋の風を顔に浴びていると、エリザベス・シーマン号での苦難が悪い夢だったように思われた。

不屈の老船乗りのピューが舵を握った救命ボートはイギリス領ソマリランドにたどりつき、ワイコフやスパークス、ボーグスを含む全員がまずまずの健康状態で上陸を果たした。キトリッジ船長のボートは早々に発見され、こちらも全員が救助された。結果的に、エリザベス・シーマン号の船員および水兵のほぼ半数が生還することとなった。戦時船舶管理局は沈没事故の生還者を早期に復職させることを方針としていた。恐怖の体験を口外させないためだと噂されている。ほぼ全員が船上生活に戻ったが、娘のもとに身を寄せることにしたピューと、いまだに片言のままの甲板長だけは引退を決めた。ラゴスに帰国する甲板長に、戦争が終わったら会いに行くとエディは約束した。ふたりは〝兄弟〟と呼びあう仲になり、頻繁に手紙を交わしていた。甲板長の流麗な文に比べると自分の書くものが小学生の作文同然だということに、エディは屈折した満足を覚えた。

映画館を出たときに父の姿は見えず、帰ってしまったのだろうとアナは思った。胸がずきんと痛んだが、やがて父が通りの向かいのベンチから立ちあがり、手を振るのが見えた。手を振り返しながら、アナは自分の安堵の大きさに驚いた。父がそばまで来たときにはまた怒りがこみあげ、追い返したくなっていた。でも、そんなことをしてなんになるだろう？　父が何度でも現れる気なのは明らかだ。毎回ひっぱたくわけにもいかない。

自宅のある丘の上へとのぼりながら、アナは父の変わりように気づいた。年を取って、顔には皺が刻まれ、髪にも白いものが交じっている。けれども、変わったのはそういった点ではなかった。むしろひょろりとした身体やハンサムな顔は昔のままだった。変わったのは、陰のある虚ろさが消えたことだった。なくなってみるとそれがほぼ唯一の特徴だったのがわかった。それと、煙草のにおいと。その煙草も吸わなくなり、おまけにこちらが気まずくなるほどもの静かになった。救助されたときは瀕死だったらしいとブリアンからは聞かされていた。心拍が確認できなかったという。

父は知らない人になった。初対面の際にするように、人となりを推し量るべき相手になった。再会を願っていたようなうっすらとした記憶はあるものの、いざ望みが叶えられると、交わすべき言葉はろくに見つからなかった。父はアナの暮らしぶりを知らない。たとえば、昨日届いたマールの手紙を読む喜びも理解できない。

〝われらが仲間、ミスター・バスコムに天使が微笑んだ。海軍入隊の許可が下りたんだ。イリノイ州のグレートレイクス海軍訓練センターに発つまえに、ルビーのお袋さんが夕食をご馳走してくれ、親父さんも無事を祈って乾杯してくれたそうだ。制服が男を作るというのは本当らしい。もっと詳しく

伝えたいんだが、Bのやつが口を割らないんだ、夕食のメニューでさえ。あいつもいなくなって、五六九号館も寂しくなったよ〟

「母さんのことは知ってる?」アナは沈黙を破ろうと口を開いた。

父がうなずく。「看護される兵士は幸運だな」

アナは母が恋しかった。自分がカリフォルニアに移った直後、妊娠を告げる間もなく、母は赤十字の救護活動に参加した。いまも戦死したチャーリー・スミス大尉の存在を信じたままだ。いつかは真実を告げるべきか、アナは迷っていた。戦争が終わったあとにそれを告げることになんの意味があるのかと。これだけはたしかだ——戦争が終われば狭い世界が戻ってくると言ったローズは間違っていた。少なくとも、以前と同じ狭い世界には戻らない。あまりに多くのことが変わった。そして、そういった転換や再構成の過程で生じた裂け目をアナはすり抜け、逃げ延びたのだ。

「帰国したら、看護婦になるそうよ」アナは父に告げた。

「これまでだって看護婦だったようなものさ」

ふたりは坂をのぼりきり、ひと息入れた。サンパブロ湾の奥に位置する半島に建てられたメア・アイランド海軍造船所が眼下に広がり、いくつもの桟橋が軍艦の行き来する水路に突きだしている。毎日、仕事に向かうまえにそこを見下ろし、夜間に出入港した艦をたしかめるのがアナは好きだった。仕事に就けたのは奇跡だった。ヴァレーホにおばと住む部屋を見つけたとき、すでに潜水するにはお腹が大きくなりすぎていたからだ。赤ん坊に差し障りがあるのではとアナは心配だった。それで、ブリアンとふたりで食堂で働きはじめた。ブリアンはウェイトレスを、アナは会計係をして稼ぎながら、狭苦しいぼろアパートメントで出産を待った。つらい日々だった。

昨年の十一月、レオンが生まれて六週間がたったとき、アナはようやく転属願を海軍造船所に提出した。アクセル大尉の電話はとっくの昔に忘れ去られていた。それでも、結果的にはうまくいった。ノルマンディー号のサルベージ隊のうち三人が現在はメア・アイランドに勤務中で、そのうちのひとり――それも隊長――がアナが案内役を務めたブルックリン海軍工廠の見学に参加していたのだ。三人とも《ブルックリン・イーグル》紙に載ったアナの写真を覚えていた。アナは週給八十ドルで採用され、いまではほぼ毎日潜水任務にあたっていた。

「駆逐艦ばかりだな」父が造船所を見下ろしながら言った。「金門橋を出ていく護送船団はほとんどないのに」

「四隻だけよ」

「六隻だ」

アナはたしかめた。「ほかの船と一緒にしてる」

父が指を差して数えはじめる。三隻目で、アナは遮った。「あれは掃海艇よ、父さん」

父はじっくりと眺めてから、アナに向きなおり、笑みを浮かべた。「父さんの間違いだ」

しのび寄りはじめた霧が、太平洋からひと筋の蔓となって伸びてくる。遠くで霧笛が響いている。これまでアナが聞いてきた霧笛よりも深く大きな響きだ。霧そのものも独特で、手でつかめそうなほど濃く見える。ひと晩で広がり、忘却のように街を呑みこむ霧だ。

ボーッ、ボーッ。

ボーッ、ボーッ。

船同士が衝突を避けるために発する霧笛が、アナにはいつも、白一色の世界のなかで道に迷い、仲間を探しているように聞こえた。その音を聞くたび、漠とした胸騒ぎを覚えずにいられない。夜半に霧笛で目覚めると、揺りかごで眠っているレオンを抱きあげ、力強く打つ鼓動をたしかめるのだった。

「ごらん」と父が言った。「そこまで来たよ」

はっとして顔を上げると、父は霧を見やっていた。またたく間にそれは近づいてくる。燐光を放つ空に、荒々しく刻一刻と形を変えながら。押し寄せる津波のように、あるいは音のないかなたの爆発の余波のように、霧は陸地にぶつかり、迫りあがった。

アナは思わず父の手を取った。

「来た」

謝辞

本書の執筆と格闘する月日のなかで励みとなったのは、努力が実を結ばなくとも幸いだと思えるほどに楽しい調査を経験できたことだった。その喜びがはじまったのは二〇〇四年、ニューヨーク市立図書館のドロシー&ルイス・B・カルマン研究者・作家センター（センター長ジーン・ストロース）のフェローに選ばれたときだった。そこで司書のロブ・スコットとマイラ・リリアーノの助けを借り、わたしはニューヨーク市における港湾地区の歴史的重要性について、そして長年そこに暮らしながらほぼ意識することのなかったその地区の特殊性について学ぶ機会を得た。

ブルックリン歴史協会では、戦時中にブルックリン海軍工廠の同僚として知りあったアルフレッド・コールキンとルシール・ジェウィルス・コールキンによる興味深い往復書簡と出会うことができた。二〇〇八年には、九十歳を迎えたアルフレッド・コールキンと、その娘ジュディ・カプランとマージョリー・コールキンとに工廠でお目にかかった。

ブルックリン海軍工廠では、アンドリュー・キンボール、エリオット・マッツ、エイリーン・チュマード、そしてこの企画の守護天使である非凡の人、ダニエラ・ロマーノから歓迎と励ましを与えてもらった。工廠における証言記録の調査では、ブルックリン歴史協会に協力をいただいた。口述記録の専門家であるセイディ・サリヴァンの助言を得て、以下のみなさんに対するインタビューに参加することができた。エレン・ブルゾーネ、ドン・コンドリル、ルシール・フォード、メアリー・ハニガンとアン・ハニガン、パール・ヒル、シルヴィア・ホニグマン、アルフレッド・コールキン、ヘレン・キューナー、シドニア・レヴィーン、オードリー・ライアン、アントワネット・マウロ、ジョヴァンナ・メルコリアーノ、ロバート・モーゲンソー、アイダ・ポラック、チャールズ・ロッコフ、ルビナ・ロス。その際に伺った話のいくつかは本書に盛りこませていただいた。アンドリュー・グスタフソンには、海軍工廠の展示室およびビジターセンターである九二号館の見学の際にお世話になった。また光栄なことに、わたしも海軍工廠の顧問委員のひとりに加えていただいている。国立公文書記録管理局のボニー・サワーは〝ニューヨーク海軍工廠における建設・補修、施設、船舶の写真（一九〇三年〜一九四五年）〟の閲覧を許可してくれた。

船舶の補修と深海潜水との関係について知ったのは、第二次世界大戦中にブルックリン海軍工廠で民間潜水士を務めたロバート・アラン・ヘイに関する記事を読んだことがきっかけだった。さらに、二〇〇九年の陸軍潜水士協会の会合に出席する機会を得、こちらも守護天使である陸軍曹長・最上級潜水士スティーヴン・J・ハイムバックと、退役上級曹長ジェームズ・P・レヴィル（フレンチー）の協力を得て、重さ九十キロのマークV潜水服を身に着けることができた。第二次世界大戦時の思い出を聞かせてくれた陸軍潜水士のジェームズ・D・ケネディとビル・ワッツにも感謝を捧げる。ケネディ氏の貴重な体験談の一部は本書に使わせていただいた。陸軍初の女性深海潜水士である退役先任曹長アンドレア・モトリー・クラブツリーとの数回にわたる対話は、女性潜水士の苦労を理解する上で不可欠なものとなった。サンフランシスコ海洋国立歴史公園のジーナ・バルディ、ダイアン・クーパー、カーステン・クヴァムは、テクニカルダイビングに関する貴重な書籍や、歴史的価値のある潜水機器のコレクションに触れさせてくれた。スタテン島で潜水を行うエドワード・ファヌッツィは、ニューヨーク湾にまつわる秘密をいくつか教えてくれた。

戦時中の商船員たちの経験に興味を持つきっかけとなった二冊の回想録、ハーマン・E・ローゼン著 *Gallant Ship, Brave Men* とハロルド・J・マコーミック（海軍予備員）著 *Two Years Behind the Mast: An American Landlubber at Sea in World War II* は、いずれも本書の執筆に必須の知識を与えてくれた。サンフランシスコで博物館船として現在も活躍中のリバティ船ジェレマイア・オブライエン号への幾度かの訪問（短い航海も一度）では、第二次世界大戦中に船員を務めていた人々とも言葉を交わし、彼らの記憶と知識は本書に欠かせないものとなった。無線技師のアンジェロ・デマッティ、甲板員ジェームズ・リッチ、機関員ノーム・ショーエンスタイン、海軍警備隊上等水兵ジョン・ストークスに感謝を捧げる。ニューヨークのキングスポイントにある商船博物館の臨時館長ジョシュア・スミスにも、参考文献やファクトチェックの面で大変お世話になった。

港湾地区に関する知識については、ジョゼフ・ミーニーの第二次世界大戦中のニューヨーク港に関する優れた論文が大変参考となった。フォート・ハミルトンの港湾防衛博物館館長リチャード・コックスには館内を案内していただいた。一八六四年からニューヨーク沿岸で曳船を運航してきたマカリスター曳航輸送社のマカリスター家のみなさんにも惜しみない協力をいただいた。ブライアン・マカリスターには第二次大戦期の様子を、バックリー・マカリスターには昨今の状況と港湾遊覧について伺った。

小型船舶に関する専門知識やファクトチェック、さらには多数の参考資料を提供してくれたジョン・リプスコムにもお世話になった。海軍関連のファクトチェックをお願いした退役海軍中将ディック・ギャラガーにも感謝する。経済史学者チャールズ・ゲイストとリチャード・シラの惜しみない助言によって、大戦中のニューヨークの銀行業について理解を深めることができた。テネメント博物館のデイヴィッド・ファヴァローロは、すばらしい案内と多くの情報を提供してくれた。アレックス・ブザンスキーには法律面の助言を得た。

本書に描いた時代を知る方々は幸いにしてご健在であり、長年のニューヨーク生活で得たプライベートな思い出を聞かせていただけたことに大変感謝している。画家のアルフレッド・レスリーの精緻な記憶のおかげで、何人かの方々との対面も実現した。ロジャー・エンジェル、ドン・セシルとジェーン・セシル、シャーリー・フォイアスタイン、ジョゼフ・サルヴァトーレ・ペリ、ジュディス・シュロッサーにもお話を聞かせていただいた。コンデナスト・アーカイヴのマリアン・ブラウンは、戦時期の数多くの刊行物を閲覧させてくれた。

文献一覧は眠気を誘うだけかもしれないが、とくに重要な書を以下に挙げさせていただく。T・J・イングリッシュ著 *Paddy Whacked: The Untold Story of the Irish American Gangster* とジェームズ・T・フィッシャー著 *On the Irish Waterfront: The Crusader, the Movie, and the Soul of the Port of New York* は、エディ・ケリガンの港湾労働者生活の描写にきわめて重要な役割を果たした。ジョン・R・スティルゴー著 *Lifeboat* は救命ボートによる生還に関するきわめて独創的な論考である。センター・フォー・フィクションは二十世紀初頭のニューヨークを舞台とした小説のリストを提供してくれた。

知性と才能に富んだ多くの方々が調査の手助けをしてくれた。サラ・マーティノヴィッチはデポー大学で学びながら、わたしに協力してくれた。ニューヨーク市立大学ハンター校MFAプログラムのピーター・ケアリーは、二〇〇五年度のハートグ・フェロー生を三名——ジェフリー・ロッター、ジェス・バロン、ショーン・ハマー——も紹介してくれた。優秀な調査専門家メレディス・ウィズナーは、行き届いた歴史的調査を行ってくれた。

コーポレーション・オブ・ヤドーには、原稿の仕上げに欠かせない居室を用意していただいた。

原稿に目を通してくれるみなさんがいなければ、ここまで来ることはできなかった。モニカ・アドラー、ルース・ダノン、ジェナヴィーヴ・フィールド、リサ・フューガド、デイヴィッド・ハースコヴィッツ、ドン・リー、メリッサ・マクスウェル、デイヴィッド・ローゼンストック、エリザベス・ティッペンズ——彼らの洞察と問いのおかげで、本書をはるかによいものにできた。

エージェントのアマンダ・アーバンは真のパートナーだ。彼女を中心としたICMおよびカーティス・ブラウンの最高のチーム——デイジー・メイリック、アメリア・アトラス、ロン・バーンスタイン、フェリシティ・ブラントほか大勢のみなさん——にも感謝している。編集者のナン・グレアムは本書の原稿に多大なる情熱と力を注いでくれた。

愛情深い母のケイ・ウォーカーと義父のサンディ・ウォーカーにも感謝したい。

いつものように、夫のデイヴィッド・ハースコヴィッツと、ふたりの息子マヌとラウルにも感謝を。日々の生活をとびきり楽しいものにしてくれてありがとう。

最後に、弟のグレアム・キンプトン（一九六九年〜二〇一六年）にもありがとうと伝えたい。あらゆる芸術作品には〝火薬〟が必要だと教えてくれた弟の見識と愛は、日々わたしの胸に響いている。

訳者あとがき

超大国アメリカの覇権はいずれ終焉を迎えるのではないか――9・11同時多発テロの発生はそう予感させるものだった。

世界的ベストセラーとなったジェニファー・イーガンの前作 ***A Visit from the Goon Squad***（2010）（『ならずものがやってくる』谷崎由依訳、早川書房）では、大和田俊之氏の解説で指摘されているように、9・11後の〝老いた〟、〝凋落し始めた〟アメリカが描かれた。

では、そのように失われようとしている若さと力と輝きに満ちたアメリカ――〝理想や、言語や、文化や、生活様式を世界に輸出する〟と本作中で描写されるアメリカ――の姿は、いつ、どのように形作られたのだろうか。イーガンはその問いの答えとして、第二次世界大戦下のニューヨーク・ブルックリンを舞台としたこの ***Manhattan Beach***（2017）を書いたという。

時代を自在に行き来し、語り手や文体を替える実験的なスタイルの前作から一転、本作では伝統的ともいえる歴史小説の形式がとられており、刊行時はそのこと自体が驚きをもって迎えられた。

だがなによりも驚かされるのは、史実の描写の精緻さだ。ブルックリン海軍工廠や戦時中に量産されたリバティ船の構造、あるいはヘルメット潜水の仕組みについての緻密な記述にはどれも圧倒されるばかりだが、それだけには留まらない。リンゴレヴィオ（隠れんぼ）に興じる少年たちの口笛。チョコレート工場で兵士の非常食が製造されるにおい。日常の襞に隠れたなにげない記憶の細やかな描写が、五感に訴えかけ、抒情をかきたてる。

着想を得たのは前作の執筆開始以前だったというが、二〇〇四年にはじまった本書執筆のための調査は、結果的に十三年もの年月を要した。その間にイーガンは膨大な文献にあたっただけでなく、五十名近くの人々にインタビューを行い、重さ九十キロのマークV潜水服をみずから身に着けてみることさえしたという。ジャーナリストでもある作者の完璧主義ともいえる徹底した調査にもとづいて、この重厚かつ情感あふれる物語は産みだされた。

物語は禁酒法廃止の翌年、大恐慌の疲弊が残る一九三四年の年の瀬からはじまる。場所はブルックリンの南端、コニー・アイランドの東側に位置するマンハッタン・ビーチ（十九世紀末にリゾート地として開発された際、マンハッタンの富裕層の利用を狙ってそう名づけられたとされている）。十二月末のその日、十一歳のアナは、父のエディに連れられてビーチ近くの立派な屋敷に住むデクスター・スタイルズという人物を訪ねる。大恐慌で職も資産も失ったエディは、ウェストサイドの港湾労働組合支部長を務めるダネレンのもとで、裏金を受け渡しする〝運び屋〟をして家族を養っていた。だがアナは父の仕事が後ろ暗いものとは気づいていない。もちろん、デクスターがイタリア系ギャングの大物であること、父がなんのためにその男のもとを訪ねたのかも知らずにいた。

第二次世界大戦下の一九四二年、十九歳になったアナは、母とふたりで重い障害のある妹リディアの世話をしながら、ブルックリン海軍工廠で工員として働いていた。五年前に父が謎の失踪を遂げたためだ。ある晩、友人に誘われて行ったナイトクラブで、アナはオーナーのデクスターと偶然に再会する。この人は父の消息を知っているのではないか。そう考えたアナはデクスターに近づくが……。

アナとエディ、デクスターの三人の視点が撚糸《よりいと》となり、物語は紡がれていく。エディの目を通して描かれるのは、アイルランド系移民のコミュニティ（イーガン自身も父方がアイルランド系である）や、不況にあえぐウェストサイドの港湾労働者の暮らしぶりだ。組合幹部の腐敗と専横はエリア・カザン監督の映画『波止場』（一九五四年）を彷彿させる。十代なかばでマフィアの世界に身を投じたイタリア系のデクスターは、禁酒法廃止後もナイトクラブ経営で成功して組織幹部を務める一方、ＷＡＳＰの銀行家の娘と結婚したことで上流階級とのつながりも有している。

そしてアナの視点からは、男性に占められていた造船や潜水の世界に進出する女性の姿が描かれる。このようにして当時の社会の様子がさまざまな角度から描出されているが、多面的なのはそういった構成だけではない。三人はいずれも内面に複雑な葛藤を抱えている。品行方正なよい子として振る舞いながら、誰にも言えない秘密を隠し持ったアナ。障害を持つ次女を心から愛せず、そんな自分を憎むエディ。日の当たる世界への憧れを抱きつつも、組織の維持繁栄のために血で手を汚すデクスター。アナの友人ネルの言うように〝清らかな天使ではない〟彼らだからこそ、時代の波のなかでもがき、生き抜こうとする姿が身近に感じられる。

〝人類史上の大事件のすべては銀行家たちの企みの副産物でしかない〟とデクスターの義父アーサーは言う。国を作り、動かしているのは一部の特権階級なのだと。けれども、そのように端的にまとめられる歴史のなかには、名もなき人々の無数の生の営みが積み重なっている。

戦争を契機に、みずからの属する個々の民族やコミュニティや組織のなかで生きてきた人々が、アメリカ人という新たなアイデンティティに目覚めていった。その激烈な構造変化によって生じた裂け目を通り抜けることができた者もいれば、力尽きる者もいた。だが作中の台詞にもあるように、アメリカ人になりたいと願う渇望そのものが、来《きた》るべき明日を創る支えとなったのだ。多様な背景を持つあらゆる人々の努力が、失敗が、夢や絶望や祈りが、若く輝きに満ちたアメリカの礎《いしずえ》となった——移民の街ブルックリンをおもな舞台にしたこの物語で、作者はそう訴えかけているように思える。

もう一点、イーガンが本作に盛りこみたかったテーマが女性の自立だという。アクセル大尉は、潜水服を着てロープを解いてみせたアナに、女性は潜水士になれないと言い放つ。それが現実だ、と。持ち前の勝気さと頑固さで一歩ずつその現実を変えていくアナの姿が、なんとも頼もしく愛おしい。

第二次世界大戦中のブルックリン海軍工廠に女性潜水士がいた記録はなく、その点は作者の創作だという。フランスへ出征した元兵士へのインタビューで、ロシア人女性の潜水士に会ったという話を聞いたことがヒントになったそうだ。また、大戦中に工廠で働いていたある女性は、溶接工として高く評価されていたにもかかわらず、戦後に同じ職を求めると嘲笑されたという。その後郊外に住む専業主婦が幸せのモデルとされる五〇年代が到来し、女性の社会進出は一時衰退することになる。

ジェンダーや男女同権はもはや歴史小説のなかで描かなければ古臭く感じられるテーマだろうとイーガンは考えていたが、本作発表直後にＭｅ Ｔｏｏ運動がはじまり、そういった問題が過去のものではないことをあらためて認識したと語っている。

ブルックリン海軍工廠は一八〇一年に設立され、第二次世界大戦中は七万人もの人員を擁していた。太平洋戦争の降伏文書調印の舞台となった戦艦ミズーリもここで建造された。一九六六年に工廠としての役目を終えてニューヨーク市に売却され、現在は商業施設および博物館として活用されている。コワーキングスペースやウィスキー蒸留所などが集まり、最先端カルチャーの発信地として発展をつづけるブルックリンのなかでも、新たな注目を集めている。イーガンが夫とふたりの息子とともに二十年近くを過ごしてきたフォート・グリーンのアパートメントも、そこからほど近い場所にある。

造船だけでなく、ニューヨークは港湾都市として海とのさまざまなつながりのなかで繁栄してきた。海運や港湾業で栄え、ヨーロッパからの移民の玄関口でもあった。アッパー・ニューヨーク湾のエリス島にあった移民局が受け入れ窓口として使用された一八九二年から一九五四年のあいだに、千二百万人を超える移民がこの島を経由して入国したとされる。海はつねに変化をもたらすものだった。幼いころから海に魅せられてきたアナは潜水士を目指し、デクスターはリディアとともに海を見て、進むべき道に思いいたる。そして海は不毛の地だと言うエディにも、思いもよらない運命が用意されている。

多くのテーマを包含した本作を、簡単にジャンル分けすることは難しい。歴史小説であり、女性の成長物語であり、家族の物語であり、マフィアや港湾地区の腐敗を描いたノワールであり、エディの消息を探るミステリでもある。そういったエンターテインメント的要素の効果もあり、邦訳で五百ページを超える分量にもかかわらず一気に読ませる面白さだ。中盤からは文字通り、怒濤の海洋冒険物語も展開する。

「できるだけ多くのものを盛りこむ、自分の手法があるとすればそういったものになるでしょう」と作者は述べている。

ジェニファー・イーガンは一九六二年シカゴに生まれ、ペンシルヴァニア大学を卒業した。短篇集 ***Emerald City***（1993）刊行ののち、初の長篇 ***The Invisible Circus***（1995）（『インヴィジブル・サーカス』夏目れい訳、アーティストハウス）がベストセラーとなり、『姉のいた夏、いない夏。』として映画化もされた。全米図書賞最終候補の長篇第二作 *Look at Me*（2001）、および第三作 *The Keep*（2006）（『古城ホテル』子安亜弥訳、ランダムハウス講談社、のち文庫化）につづき上梓した長篇第四作『ならずものがやってくる』でピュリッツァー賞、全米批評家協会賞など数々の文学賞に輝いた。

「イーガンの目を通して世界を見ると、言葉を介して、新しく世界を愛おしむことができる。彼女にまさる今日の書き手をわたしは知らない」

長篇第五作となる本作はジョージ・ソーンダーズにこう称えられ、多数の主要紙誌で二〇一七年のベストブックスに選ばれた。二〇一八年のアンドリュー・カーネギー・メダルを受賞したほか、二〇一七年の全米図書賞の候補にも挙げられている。ニューヨーク・タイムズのベストセラーリスト（ハードカバー・フィクション部門）では三位を記録した。また、プロデューサーのスコット・ルーディンが映画化権を取得している。

二〇一八年からPENアメリカ会長を務めているイーガンは、就任後いち早く、みずからに不都合な報道をしたメディアを〝フェイクニュース〟などと脅すトランプ大統領に対し、言論の自由を保障する憲法に違反しているとして訴えを起こした。また「思考の複雑性、すぐれた文学やジャーナリズムに表現される深みのある多義性こそが、民主主義に不可欠だと強く信じる」とも発言している。

徹底した調査にもとづき事実にこだわった歴史描写、複雑さや多様性の重視、人々の営みへの温かなまなざし――〝伝統的〟と評される手法があえてとられた本作が、今日の世界にあらためて問いかけるものは大きく重いのではないか。

次作の内容はまだ明らかではないが、『ならずものがやってくる』に似た形式をとったものになると予告されている。また、六〇年代を時代背景に本作の続篇を書く構想もあるという。どちらも楽しみに待ちたい。

最後になりましたが、早川書房編集部の永野渓子さんをはじめ、本書の訳出にお力添えをくださったみなさまに心より御礼申しあげます。

二〇一九年六月

訳者略歴　京都大学法学部卒，翻訳家　訳書『ゴーン・ガール』ギリアン・フリン，『白墨人形』C・J・チューダー，『オスロ警察殺人捜査課特別班 アイム・トラベリング・アローン』サムエル・ビョルク他多数

マンハッタン・ビーチ

2019年7月20日　初版印刷
2019年7月25日　初版発行

著者　ジェニファー・イーガン
訳者　中谷友紀子《なかたにゆきこ》
発行者　早川　浩
発行所　株式会社早川書房
東京都千代田区神田多町2－2
電話　03－3252－3111（大代表）
振替　00160－3－47799
http://www.hayakawa-online.co.jp

印刷所　株式会社亨有堂印刷所
製本所　大口製本印刷株式会社

Printed and bound in Japan
ISBN978-4-15-209873-3 C0097

早川書房の文芸書

地下鉄道

The Underground Railroad

コルソン・ホワイトヘッド
谷崎由依訳
46判上製

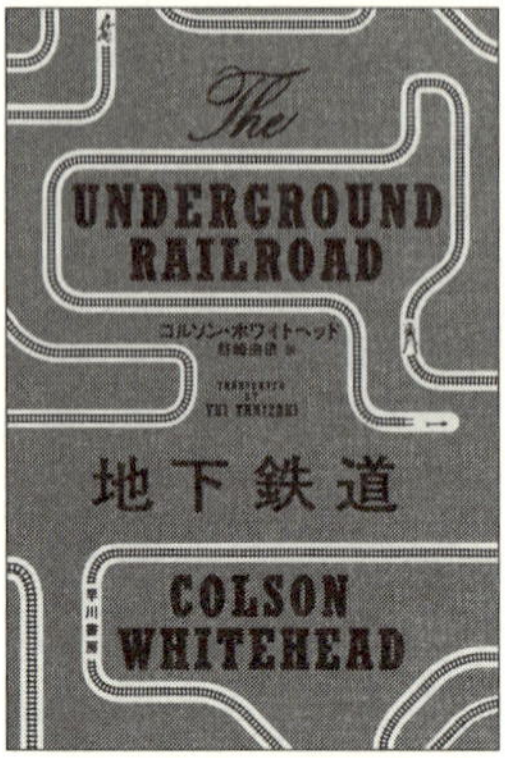

〈ピュリッツァー賞、全米図書賞、アーサー・C・クラーク賞受賞作〉アメリカ南部の農園で働く奴隷の少女コーラは、新入りの奴隷に誘われ、逃亡することを決める。農園を抜け出し、暗い沼地を渡り、地下を疾走する列車に乗って、自由な北部へ……。しかし、そのあとを悪名高い奴隷狩り人リッジウェイが追っていた！　歴史的事実を類まれな想像力で再構成し織り上げられた長篇小説

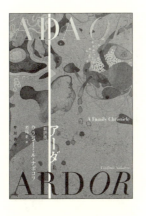

早川書房の文芸書

無垢の博物館　上・下

Masumiyet Müzesi

オルハン・パムク
宮下 遼訳
46判上製

輸入会社の社長を務める三十歳のケマル。業績は上々、可愛く、気立てのよいスィベルと近く婚約式を挙げる予定で、その人生は誰の目にも順風満帆に見えた。しかし、遠縁の娘、官能的な十八歳のフュスンとの再会により、ケマルは危険すぎる一歩を踏み出すことに——トルコの近代化を背景に、ただ愛に忠実に生きた男の数奇な一生を描く、『わたしの名は赤』『雪』の著者オルハン・パムク渾身の長篇。ノーベル文学賞受賞第一作!

早川書房の文芸書

わが闘争　父の死

Min kamp

カール・オーヴェ・クナウスゴール

岡本健志・安藤佳子訳

46判上製

執筆に励む作家カール・オーヴェ・クナウスゴールは、十年前の父の死を回想する。冷たく専制的だった父は、少年時代にも、そしてその後にも、どこか遠い存在だった――。ジェフリー・ユージェニデス、ゼイディー・スミスなど、世界の読書人を熱狂させたノルウェー人作家のベストセラー。想像を絶するほど赤裸々に描かれる家族の肖像と青春の日々。世界を席巻した破格の自伝的小説！

早川書房の単行本

何があってもおかしくない

Anything Is Possible

エリザベス・ストラウト

小川高義訳

46判上製

〈ストーリー賞受賞作〉アメリカ中西部にある小さな町。寂れたこの町を出た者もいれば、そこでずっと暮らしている者もいる——。火事に遭った男性が神を思う「標識」。有名作家の女性と故郷の兄との再会を描く「妹」。帰郷した女性が実家の真実に直面する、O・ヘンリー賞受賞作「雪で見えない」。家族という存在、人と人との出会いに宿る苦しみと希望を描く九篇を収録した短篇集

早川書房の単行本

ビール・ストリートの恋人たち

If Beale Street Could Talk

ジェイムズ・ボールドウィン
川副智子訳
46判上製

〈映画化原作〉あたしはティッシュ、十九歳。彼はファニー、二十二歳。あたしは彼のもので、彼はあたしのもの――。一九七〇年代初めのニューヨーク、ハーレム。黒人の青年ファニーは冤罪で収監されてしまう。彼との子を妊娠中のティッシュは、無実を証明するため奔走する。残酷な人種差別と、若い恋人たちを取り巻く家族愛や隣人愛のきらめきを描いた傑作文芸長篇。解説／本合陽

早川書房の単行本

ピュリティ

Purity

ジョナサン・フランゼン
岩瀬徳子訳
46判上製

人生に行き詰まった二十三歳のピップ。母子家庭で育った彼女は、名前すら知らない父親のことがわかるのではないかと思い、南米に本拠地を置く情報公開組織のインターンになるが……。秘密と嘘、理想主義と欺瞞、正義と不正、愛情、憎悪、そして殺人。壮大なスケールで織りなされる現代版『大いなる遺産』。全米図書賞受賞作『コレクションズ』、『フリーダム』の著者が放つ大作！

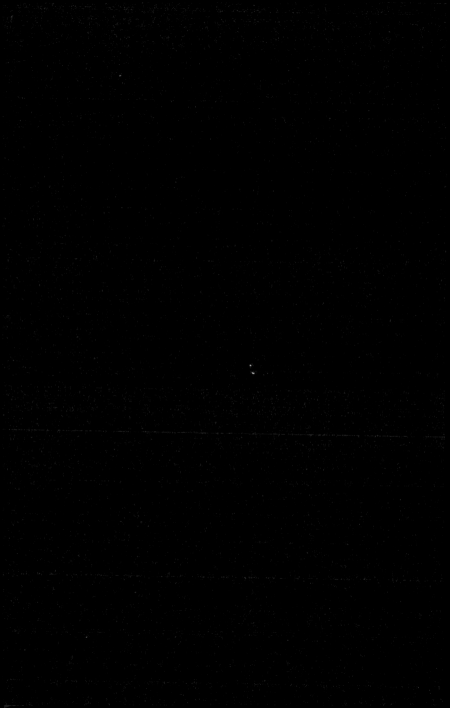